하늘에 영광

하늘에 영광

초판 1쇄 펴낸 날 | 2018년 5월 8일

지은이 | 전은정
펴낸이 | 서경석

편집책임 | 조윤희 **편집** | 이은주, 이예진 **디자인** | 최진실
마케팅 | 서기원 **경영지원** | 서지혜, 이문영

임프린트 | MUSE
주소 | 경기도 부천시 부일로 483번길 40 서경B/D 3F (우) 14640
전화 | 032-656-4452 **팩스** | 032-656-4453
이메일 | roramce@naver.com **블로그** | bolg.naver.com/roramce
홈페이지 | http://www.chungeoram.com

발 행 처 | 도서출판 청어람
출판등록 | 1999년 5월 31일 제387-1999-000006호
어람번호 | 제11-0082호

ⓒ 전은정, 2018

ISBN 979-11-04-91701-1 03810

도서출판 청어람은 언제나 여러분의 소중한 작품 투고와 도서 출간 기획 등 다양한 제안을 기다리고 있습니다. chungeorambook@daum.net

하늘에 영광

전은정 장편소설

목차

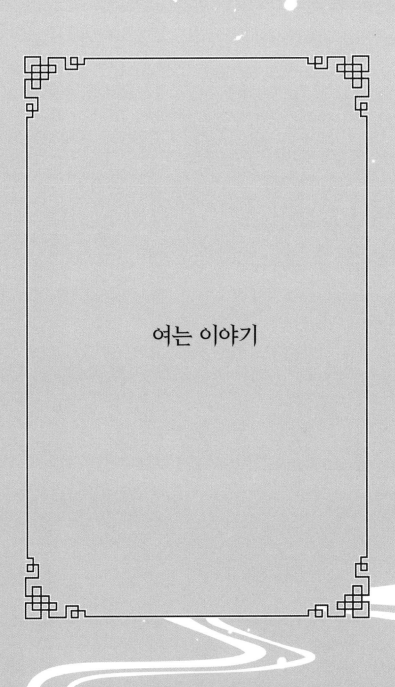

여는 이야기

타닥, 타닥, 타닥!

민영은 어둠 속을 달렸다. 유독 힘들었던 하루가 최악의 날로 변하고 말았다. 시작은 다른 날과 같았다. 가장 먼저 출근해 종일 빵을 굽고 재료를 날랐다. 연약한 여자라는 배려 따위 없다. 오늘 입고되어 나른 20㎏짜리 밀가루만 50포대, 그녀보다 늦게 들어온 막내가 없는 것도 아니지만 꼴에 사장 아들이라고 잡일은 모조리 민영의 몫이었다. 거기에 늦게까지 정리를 한 후 가게 문을 닫고 퇴근하자니 자정이 넘었다. 무거운 몸을 이끌고 잠시지만 달콤한 휴식을 기대하며 골목을 돌아선 참이었다.

탁탁탁!

도망치는 민영의 발보다 쫓는 발이 더 빨랐다. 점점 멀어지는 가로등 불빛에 번쩍이는 그것이 칼이라는 건 굳이 가까이에서 확인하지 않아도 알 수 있었다. 달아나는 방향을 잘못 잡았다는 걸 깨달은 건 너무 늦은 후였다. 도망칠수록 그녀는 점점 더 인적이 드문 곳으로 향하고 있었다. 어둠 속에 벽을 마주한 순간 한 가지 생각만 떠올랐다.

'세상아, 도대체 나한테 왜 그러니!'

기억하는 순간부터 세상은 민영에게 각박했다. 매일매일이 늘 같았다. 유독 동생과 차별이 심했던 모친이 실은 계모였다는 사실을 알게 된 건, 고등학교를 졸업하기도 전에 취직해 일하면서 번 임금이 고스란히 그녀의 저금통이 된 지 삼 년이 지난 어느 날 모자의 대화를 듣게 되면서였다. 마지막 월급이 들어오던 날, 민영은 계모가 찾아 쓰기 전 먼저 몽땅 찾아 집을 떠나면서 그들과 인연을 끊었다. 동생이라는 망나니도 계모의 전남편 자식이었기에 인연을 끊는 데 한 자락 미련도 남지 않았다.

그들을 떠나고 이 년, 이제야 겨우 고시원을 벗어나 내 집을 마련한 참이었다. 비싼 월세를 감당해야 했지만 생애 처음 가진 내 집에 새벽 출근과 야간 퇴근이 보람찼다. 그렇게나마 작은 행복을 얻은 때였다. 그런데 그것마저 이렇게 허무하게 잃어야 한다면 너무나 억울했다.

그러나 소리 없는 절규에 대답할 수 있는 이는 그녀를 뒤쫓는 흉수 하나밖에 없었다. 당연히 흉수에게 통할 이야기도 아니었다. 어둠 속에 입을 벌린 건 절망스럽게도 막다른 길이었다. 높은 벽들로 둘러싸인 그곳엔 더는 나아갈 통로가 없었다.

킬킬킬, 기어이 뒤를 쫓아온 흉수가 괴상한 웃음소리를 내며 민영에게 천천히 다가왔다.

잠깐, 협상의 여지가 있지 않을까? 지갑이든 뭐든 던져 주려던 찰나, 괴인이 먼저 소리를 질렀다.

"죽어, 죽어, 죽어! 여자라는 족속은 다 죽어야 해!"

괴인이 들어 올린 날카롭고 긴 비수가 달빛을 받아 푸르게 빛

낫다. 증오범죄자인가? 아니, 지금 이 순간 그가 증오범죄자든 그저 정신 나간 사람이든 무슨 소용일까. 민영이 할 수 있는 건 그저 비명을 지르는 것뿐이었다.

"안 돼!"

그러나 괴인의 칼날은 여지없이 그녀를 향해 내리꽂히고 있었다. 그때였다. 민영의 발아래로 검은 구덩이가 생겨난 것은. 구덩이는 생겨난 것만큼 순식간에 그녀를 집어삼켰다.

민영이 그 세상에서 마지막으로 들은 것은 먹이를 놓친 괴인의 분통한 비명과 탕, 하는 이질적인 소리뿐이었다. 뒤늦게 들이닥친 경찰들은 쓰러진 괴인만 보았을 뿐, 아무도 발견하지 못했다. 검은 공간은 아무것도 삼킨 적이 없다는 듯 시치미를 떼고 원래 모습으로 돌아가 있었다.

"아아악!"

비명을 지른 것 같았다. 칼에 맞을 뻔해서? 아니다. 방금까지 어둠 속이긴 하나 지면에 있던 민영은 환한 햇빛 아래 허공에서 하염없이 아래로 떨어지고 있었다. 날개가 없는 이의 당연한 숙명이긴 하나 어째서, 왜?

의문보다 추락하고 있는 생명체로서 절망과 위태로움이 그녀의 성대를 한껏 달구었다.

"아아아악!"

죽는다. 정말 죽는구나. 칼에 맞아 죽는 게 나을지, 땅에 떨어져 깨져 버리는 게 나을지. 어느 거든 선택하고 싶지 않다고!

"아아아아아악!"

구름을 통과한 것 같다. 그리고 저 아래 산천초목이 보인다. 나무가 보이고 그 옆에는 호수가……. 호수?

풍덩!

떨어지는 소리가 요란했다. 어디서 듣기로 고공에서 추락하면 물에 떨어진다 해도 살아남기 어렵다던데 이상하게도 어디 아프거나 하진 않았다. 물도 제법 따뜻하고…… 발이 닿진 않는데 가라앉지도 않았다.

위기의 순간이 지났음을 인식하면서 허우적거리던 팔다리에 힘이 빠지려는 순간이었다. 바로 머리 위에서 흥미로워하는 목소리가 들렸다.

"너, 뭐 하는 물건이지?"

민영이 이 세상에 발을 딛게 해준 이와의 만남이었다.

대답할 압박은 느껴지는데, 그의 모습을 보는 순간 생각이 날아가고 말았다. 그나마 뒤늦게 생각난 말을 주워섬긴 게 바로 이것이었다.

"저, 저는 가민영이라고 해요……. '하늘에 영광'이라는 뜻입니다!"

지상이나 하늘에나 한 번도 영광스러웠던 적은 없지만, 일찍 세상을 떠난 아버지가 남겨주신 이름이다. 이 거창한 이름 뜻은 알고 보면 드라마 주제가의 한 소절이라고 했다. 그 말을 하던 아버지의 표정을 생각하면 어쩌면 아예 기억도 못 하는 친엄마가 지어준 것인지도 모른다.

"하늘에 영광이라고?"

그가 피식 웃었다. '네까짓 게?'였다. 민영은 순간 발끈하려다 눈이 마주치며 그대로 쪼그라들고 말았다. 진짜 무섭다.

"좋아, 하늘에 영광. 여기 어떻게 온 거지?"

"그냥 민영이라고……. 그건 저도 잘 모르겠어요. 방금까지 골목에서 괴한의 습격을 받을 뻔했는데 눈을 뜨고 보니 하늘에서 떨어지고 있었어요."

두서없긴 했으나 가장 정확한 설명이었다. 대답하고 나니 온몸이 덜덜 떨려왔다. 아, 정말 나 죽을 뻔했구나. 살았구나! 설마 죽어서 온 건 아니겠지? 아무리 죽어본 적은 없어도 저승은 아닌 것 같다. 그런데 아무래도 떠는 이유가 꼭 마지막 기억을 떠올려서는 아닌 듯했다.

무섭다. 저에게 질문하고 있는 이 존재가 손톱으로 꾹 눌러도 저를 죽일 수 있는 이라는 걸 본능적으로 알 수 있었다. 그런데 왠지 정이 가니 알 수 없는 일이다. 존재, 그는 그렇게밖에 말할 수 없는 이였다.

그의 얼굴은 눈과 볼 부분만 빼고 전체적으로 동글동글한 털이 덮여 있었다. 회색 사이사이 흰색이 섞인 털은 만지면 폭신할 것 같은 곰 인형 같았다. 눈은 흰자가 거의 보이지 않는 검은 망막이 가득한 둥근 형태였는데 가운데 마름모 같은 동공은 붉고 푸른빛이 왔다 갔다 했다. 그리고 뿔. 머리 양쪽 위로 산양처럼 둥글게 휘어진 유백색 뿔은 나선형 무늬가 있었는데 오른쪽 뿔 끝이 손가락 마디만큼 부러져 있어서 묘하게 더 위험하게 보였다. 그렇게 위험해 보이고 무서운데 그 순간 하필 왜 그런 말이 나온지는 모른다.

"거기 끝은 왜 부러진 거예요? 아깝게……."

그때 그의 입술이 가늘어진 건 아마도 미소를 지은 것일 터였다. 그게 아니라면 그녀의 목숨은 그 순간 끝이었을지도.

"너, 꽤 신기한데 죽이지 말까?"

"히이익! 죽이지 마세요! 방금 죽을 뻔하다 살아났는데요!"

민영은 나중에 이 순간을 회상하면 한숨을 쉬곤 했다. 정말이지 간덩이가 탈출한 게 아니고선 그리 꼬박꼬박 대꾸할 수가 없었다. 죽느냐 사느냐 왔다 갔다 하는지도 모른 채 그가 어이없이 웃는 것에 배시시 따라 웃기까지 했으니 말 다했다. 하지만 당시의 자신은 꽃 대신 지푸라기 장식을 머리에 달고 있는 것에 더 길길이 날뛰었으니 한숨은 피식거리는 웃음으로 대치되곤 했다.

"네가 살던 곳은 어떤 곳이었느냐?"

"사람 많고 차도 많고 인연도 많은데 제 건 하나도 없는 곳이요."

"어째 준비한 듯한 대답이구나."

"아······."

정말 기다렸다는 듯 대답하고 나서야 민영은 제가 살던 세상을 너무나 간단하게 뭉뚱그렸다는 걸 깨달았다. 그리고 여기가 자신이 살던 곳은 절대 아니라는 것도.

'아, 정말 내가 다른 세상에 온 거구나.'

그런데 여태 살던 세상과의 단절이 왜 이렇게 놀랍지 않은지 모르겠다. 어쩌면 그곳에선 좋은 기억이나 애착 같은 것이 하나도 없어서일지도 모른다. 아니면 저를 죽이려는 누군가에게서 도망치던 충격이 아직 가시지 않아서일 수도. 뭐가 됐든 지금 민영을 지배하는 감정은 낯선 세상에 떨어진 충격이나 놀라움, 망연함이 아닌 안도감과 궁금함이었다. 그가 다 안다는 듯 말했다.

"네 입으론 제대로 된 답이 나오지 않겠구나. 네 기억을 읽어도 되겠느냐?"

"우와······! 그런 것도 하실 줄 아세요? 어떻게요? 전 뭘 하면 돼요?"

눈을 빤짝이는 민영에게 판고는 코웃음을 쳤다.

나중에 판고가 말하길, 그럴 땐 가능 여부가 아니라 거부감과

하늘에 영광

두려움이 먼저 아니겠느냐고 했다. 기억을 읽다가 조금만 달리 마음먹으면 백치가 되거나 죽을 수도 있었다고 설명했지만 민영은 그 부분에서 다시 한 번 감탄만 하다가 꿀밤을 먹었다.

"그냥 가만히 있으면 된다."

다음 순간 그는 민영의 머리 위에 손을 얹었다. 그가 제 인생 전체를 한눈에 훤히 들여다보게 되었는데도 민영은 그에게 머리를 맡긴 채 그저 눈만 감고 있었다. 시간이 얼마나 흘렀는지는 잘 가늠이 되지 않았다. 아주 길었던 것도 같고, 찰나였던 것도 같고. 마지막엔 무언가 머릿속으로 들어오는 것이 느껴지면서 그가 손을 떼었다. 눈을 뜨면서 민영은 감탄을 내뱉었다.

"앗, 제게 상식을 주신 건가요? 우와, 와……!"

민영은 마냥 신기해하기만 했다. 이미 제가 살던 세상과의 단절을 받아들인 것이다. 이런 존재를 부르는 말이 있었다.

"너는 공간의 미아로구나."

"공간의…… 미아요?"

"그래, 너도 짐작하다시피 이곳은 네가 살던 세계가 아니다."

"……네, 주신 기억을 보니 그런 것 같았어요."

민영은 시무룩하게 대답했다. 이전 세상에 큰 미련이 없으니 그곳에서 떨어져 나온 건 그리 서러울 게 없다. 하지만 미아라는 말이 통렬하게 가슴에 와 닿았다.

"그리고 넌 '꿰뚫는 자'이기도 하다."

꿰뚫는 자란 인형을 갖춘 이의 본질을 보는 이를 말한다. 그가 준 상식 속에 있는 말이었다. 덕분에 그의 본모습을 볼 수 있었다는 것도.

"공간의 미아는 꿰뚫는 자가 되는 건가요?"

"아니다. 꿰뚫는 자는 이 세상에도 있었던 이다. 네가 꿰뚫는 자이기에 나와 인연이 되었는지도 모르지."

"그러면 꿰뚫는 자는 드문가요?"

"수백 년에 한 번씩 나타나니 너희 시간으로 치면 드물다고 할 수도 있겠지."

내리깐 그의 눈을 마주쳤다가 또 간이 졸아들었다. 생김새도 이질적이지만 그가 얼마나 오래 살아오고 또 얼마나 오래 살아갈 존재인지 그가 준 상식으로 헤아려도 아득하니 짐작도 할 수 없었다.

"그런데 지금은 모습이 다르게 보여요."

민영은 고개를 갸웃했다. 그의 모습이 달라졌다. 푸른 머리와 뿔은 어디 가고 반백의 회색 머리에 평범한 중년 남자가 서 있었다.

"필요 없으니 내가 눌러놓았다. 말하자면 두 번째 금제다. 하지만 그건 언젠가 네게 필요할 때 풀어질 것이다."

그거야 당장 필요한 것도 아닌데 아무래도 상관없었다. 어깨를 으쓱하는 민영에게 그가 갑자기 정색한 얼굴로 말했다.

"너, 말해보아라."

"네?"

"내가 어찌 아비처럼 느껴지느냐?"

"네?"

또다시 반문하던 민영은 얼굴을 새빨갛게 물들이고 말았다.

그랬나? 그랬다. 생각을 다 읽었으니 그것까지 알았던 모양이다. 정말 뜬금없이 왜 그를 보고 아버지를 연상한 걸까? 아버지와는 정말 한 치도 닮은 점이 없는데. 두렵고 무섭고 심지어 인간이 아닌데도 그에게서 느껴지는 아련한 향취가 너무도 그립고 애달파 저도 모르게 아버지라 부르고 싶었다.

"그게……. 그게……."

눈물이 뚝 흘렀다. 갑자기 떨어진 낯선 곳이 이세계라는 충격보다 기억을 내주면서 속마음까지 읽히고 만 것이 서러워지고 말았다. 뭐라 할 말이 없어서 아득해진 채 눈물만 뚝뚝 흘리고 있는데 그가 짐짓 야단치듯 말했다.

"어이, 내가 싫다고 하지도 않았는데 왜 우느냐?"

무슨 간덩이가 이렇게 고무풍선처럼 늘었다 줄었다 하는지 모르겠다. 그의 말 한마디에 냉큼 대꾸가 나왔다.

"네? 이, 이름도 안 불러주시면서……."

"……고얀 녀석이로고. 그래, 민영아. 애비라 불러도 좋다."

"정말요?"

받아들여졌다. 새 인연이 생겼다. 너무나 기쁘고 행복해 저절로 웃음이 나왔다. 마치 아이로 퇴행한 듯 생각이 어려지고 유치한 저가 우스웠지만 그래도 좋았다. 나중에 정신만 퇴행한 게 아니라 실제로 모습도 퇴행했다는 걸 알게 되어 놀라긴 했지만 세상이 뒤바뀐 것도 어깨만 으쓱하고 말았는데 뭐. 민영은 당장 제 소원풀이부터 했다.

"아버지! 아버지!"

"계집애가 목소리 하고는. 어험, 나는 판고다. 너는 이제부터 판민영이라고 하면 된다."

"판민영……. 판민영. 저는 이제 아버지와 함께 살 수 있는 건가요?"

"그래, 하지만 네가 새 인연을 찾는다면 그날로 끝이다."

"왜……."

민영은 말하다 말고 입을 다물었다. 그가 기억을 읽고 나서 넣어준 상식에 이곳에도 세상을 지배하는 대부분은 인간이었다. 하지만 인간만 사는 건 아니었다. 판고처럼 인형(人形)을 했지만 사람이 아닌 존재들과 수인과 신수와 영물, 요괴와 마물들이 각자 영역을 나눠 살았다. 신분제가 있고 공력과 주술을 사용해 초인을 방불케 하는 이들이 있고 시간 축도 다르다. 한 달이 28일이고 일 년이 열네 달에, 백 년에 한 번, 열다섯 번째 달도 있었다. 일반 사람을 제외한 그 외의 존재들이 백 년을 넘겨 수백 년까지 사는 건 놀라운 일도 아니었다.

마지막으로 금제도 있었다. 그녀가 살던 세계에 대해 말하거나 그곳의 상식, 문물 같은 건 아예 입 밖으로 내거나 기록할 수 없다. 민주주의나 컴퓨터에 대해선 말할 수 없지만 비행기를 말하는 건 가능한 걸 보면 아마도 이곳 세계를 흔들 수 있는 다른 문명에 관한 금제인 것 같았다. 많은 것이 불편하여 중세 시대를 연상케 했지만 과학을 능가하는 주술의 효율에 감탄하는 곳이기도 해서 여러모로 모순이 느껴졌다.

"음, 여기서 아버지와 오래오래 살래요!"

"흥, 인연이라는 거 안 만들 생각은 없구나?"

"헤헤헤."

'오래오래'라지만 영원히는 아니다. 그 말을 비꼬는 판고를 민영은 눈물 꼬리를 단 채 웃으며 덥석 손을 잡았다.

"아버지?"

"아무리 아양을 떨어도 공짜는 아니다. 우선 청소하고 밥부터 지어라."

"네, 아버지!"

민영이 떨어진 호수 옆 멀지 않은 곳에 작은 오두막이 있었다. 어째 딸이 아니라 식모로 취업한 듯했지만 아무래도 좋았다. 여기가 내 자리다. 내 집, 내 가족, 내가 살아갈 곳. 민영은 이 세상의 첫 번째 보금자리를 향해 씩씩하게 뛰어갔다. 그리고 마지막 보금자리가 될 그곳에서 판고가 말한 인연을 만나기까지 삼 년이란 시간이 흘렀다.

1
하늘에서 떨어진 남자

풍덩!

무언가 호수에 떨어지는 소리가 들렸다. 민영이 있는 부엌까지 들리려면 실제론 굉장히 큰 소리가 난 것이었으리라. 민영이 달려 나가자 호수 위에선 파문이 일고 있었다. 그저 파문만은 아니었다. 호수 중간에 떨어진 존재로부터 피가 흘러나오고 있기도 했다. 호수에 떨어진 건 작은 동산만 했다. 그 커다란 몸체가 호수 속으로 가라앉으며 떨어져 나온 작은 존재를 발견한 순간 민영의 눈이 크게 벌어졌다.

"사람이잖아!"

그 사람도 호수로 가라앉으려 했다. 매일 그녀가 일용할 양식을 제공하는 호수에서 사람이 죽어나가는 꼴을 두고 볼 수는 없었다. 더 큰 존재가 더 큰 문제긴 하겠지만 제 능력 밖은 아예 논외였다. 지금은 하필 판고가 집에 없어서 도움을 받을 곳도 없었다. 제가 수영을 할 수 있는지에 대해 떠올린 것은 허우적거리며 그를 끌어낸 다음이었다.

"맙소사!"

뭍으로 끌어올린 그는 살아 있다는 것이 기적같이 처참한 모습이었다. 가슴 언저리가 무언가에 뜯겨 있었고 허벅지와 팔다리에 깊은 상처가 나 있었다. 무엇보다 얼굴의 반이 험하게 긁혀 있었다. 옅은 숨을 쉬기에 시체가 아니란 건 알았지만 가슴에서 계속 피가 새어 나와 곧 죽을 것처럼 보였다.

"안 돼, 죽지 마요!"

이 남자가 죽는 꼴을 보고 싶지 않았다. 왜인지 모르지만 이 남자를 살리면 제 것이 된다는 생각이 머릿속을 점령했다. 마침 그녀는 지혈하는 약초를 잘 알고 있었다.

외모는 한 끼에 소 한 마리도 찜 쪄 먹을 것처럼 생겼지만 의외로 판고는 육식은 전혀 하지 않았다. 대신 그의 식성을 맞추기 위해 민영은 집 주변을 샅샅이 뒤져 재료를 조달해야 했다. 입맛 까다로운 판고의 식성을 맞추느라 온갖 종류의 나물을 덖고 찌고 말리고 삶아온 민영은 풀에 관해 거의 도사가 되었다. 집 주변에 한해서라지만 그녀가 모르는 풀이 없을 정도라 적어도 남자를 이대로 보내진 않을 수 있을 것 같았다. 그를 반드시 살리고 싶었다.

급히 피가 흐르는 곳만 동여매고 약함을 뒤지자 지혈과 상처에 듣는 약초들이 후두두 쏟아졌다. 쏟아진 약을 다시 정리할 경황 같은 건 없었다. 필요한 것만 찾아 뛰어갈 때까지 남자가 살아 있지 않을 수도 있었다. 다행히 남자는 민영이 치료를 마칠 때까지 살아 있었다. 하지만 복병은 따로 있었다. 외출에서 돌아온 판고는 그를 보자마자 냉정하게 말했다.

"버려라!"

"아버지!"

"네가 버리기 어려우면 내가 버리리?"

"제발, 아버지. 아직 살아 있어요. 살리고 싶어요. 이 사람 버리면 제가 나갈 거예요!"

판고는 거역할 수 없는 이였지만 가끔 민영의 풍선 간은 외출도 하곤 했다. 식모가 나가면 누가 아쉬운지 모르느냐는 식으로 대들고 나서야 혁했다. 금방이라도 불호령을 맞을까, 움츠린 그녀에게 그가 고개를 저으며 말했다.

"또 귀찮은 일에 휘말릴 순 없다!"

"제가 다 할게요. 그냥 살릴 수 있게만 해주세요!"

그땐 너무 경황이 없어 '또'라는 말의 연유를 물을 수 없었다. 그리고 생각났을 때는 물을 상대가 없어진 후였지만.

"이놈을 살려내면 이놈 목숨은 네 것이다. 이놈과 연이 생긴다는 말이다. 그렇게 되면 너와 나와의 인연은 이렇게 끝난다."

첫 번째 말은 어쩌면 저가 어렴풋이 한 생각과 비슷했다. 하지만 그 때문에 아버지를 잃게 생겼다. 민영은 양자택일을 하라는 판고의 말에 겁이 덜컥 났다. '오래오래'라는 말은 겨우 삼 년을 뜻함이 아니었다. 그러나 정신을 잃고 제 손에 생이 좌우되는 그를 죽게 놔둘 수는 없었다.

"네 것이다."

그것이 오히려 그를 더욱 살리고 싶은 이유가 되었다.

"이 사람, 살릴래요. 살리고 싶어요. 하지만 아버지, 당장 떠나지는 마세요. 이 사람 깨어날 때까지만 곁에 같이 있어주세요."

민영의 마지막 애원에 판고는 웃었던 것 같다. 제가 사는 곳이 누구의 집인데 인연을 끊는다면 그가 이곳을 떠날 거라는 민영의

확신에 웃었는지도 모른다. 아무튼, 판고는 그녀의 마지막 바람을
저버리진 않았다.

정말 판고는 그를 살리는 데 터럭도 도움을 주지 않았다. 그와
함께 떨어진 거대한 괴생명체는 감쪽같이 없앴지만, 민영이 조잡
한 들것을 만들어 그를 싣고 땀을 뻘뻘 흘리며 옮기는데도 손 하
나 까닥하지 않았다. 그를 간신히 방에 옮기고 나서도 문제는 있
었다. 임시방편으로 치료한 상처를 다시 제대로 살피려면 옷을 벗
겨야 했다. 사심 한 푼, 수줍음 구할 구 푼을 이겨내고 남자의 옷
을 벗겨내자 그때까지 팔짱 끼고 지켜만 보던 판고가 냉큼 그의
옷만 챙겨가 버렸다. 돌아온 그에게 왜 옷을 가져갔느냐고 묻자
판고는 당연하다는 듯 말했다.

"태워 버렸다."

그때 민영은 판고가 그를 '버리게' 두었다면 그도 저 옷처럼 그
렇게 '태워 버렸을' 거라는 사실을 직감했다. 으슬으슬 떨리는 어
깨를 감싸며 민영이 몸을 부르르 떨자 판고가 손가락으로 가리키
며 말했다.

"이놈, 살려나 보다. 깨어났다."

"어? 여보세요, 이봐요, 정신 들어요?"

"으으……."

처음 듣는 그의 목소리는 단순한 신음이었지만 반가웠다. 그리
고 판고가 산다고 말했으니 살 것이다. 그러나 그 반가움은 판고
가 하는 말에 단숨에 희색되고 말았다.

"놈이 깨어났으니 난 간다."

"아버지!"

벌써 방 밖으로 발을 내디딘 판고의 다리를 붙잡고 민영은 애타
게 물었다.

"아버지, 다시 만나 뵐 수 있을까요?"

"……웬만하면 너 죽기 전엔 한 번 보마."

그 말을 끝으로 판고는 방문을 나섰다. 문을 나서자마자 판고는 벌써 사라지고 없었지만, 민영은 마당에 달려가 외쳤다.

"아버지, 감사해요, 감사해요, 아버지! 보고 싶을 거예요, 아버지, 아버지!"

처음 이 낯선 곳에서 만나고 그녀를 받아들여 준 소중한 인연이 그렇게 떠나 버렸다. 민영에게 남겨진 건 자신이 어디서 왔는지, 자신이 누군지도 모르는 상처투성이 남자 하나, 그의 신음이 그녀를 슬픔에 잠기지 못하도록 불렀다.

"들어가요!"

아버지가 떠나는 날, 민영의 남자가 깨어났다.

⚘

"천령!"

"네?"

"'네'는 무슨, 그냥 나처럼 말하라니까!"

천령, 하늘에서 떨어졌다 하여 민영이 붙여준 이름이다. 과거를 기억하지 못하는 건 물론이고 반병신이 된 사람이었지만 민영에겐 그저 '내 사람'으로만 보였다. 물론 얼굴의 반을 가린 흉터가 보이지 않는 것은 아니나 그보다 그란 존재 자체가 민영에겐 더 중요했다. 민영은 아직 쭈뼛거리는 그를 다그치듯 다시 불렀다.

"천령!"

"네? 어, 으, 으응."

"이름도 불러야지!"

"민……영."

"거 봐. 잘하면서."

민영이 활짝 웃었다. 이 이름 하나 듣기까지 얼마나 정성을 쏟았던가.

아버지가 매정하다시피 떠나 버렸지만 슬픔에 젖어들 수도 없었던 것은 천령, 이 남자 때문이었다. 그동안 이 남자가 수도 없는 고비를 넘기면서 민영에게 생각할 여유 같은 건 사치였다. 처음 신음을 흘린 후로도 정신을 차리지 못하고 그대로 몸이 타버릴 듯 매일 열이 끓어 애를 먹었다. 그렇게 위중하니 당연히 민영이 대소변까지 받아내야 했었는데 아흐레째 정신을 차리고 다음 날 그가 직접 볼일을 볼 수 있었던 건 순전히 그의 의지력 덕분이었다. 그 때문에 상처가 벌어져서 다시 피가 났지만, 그는 이후로도 절대 그녀의 손을 빌려 볼일을 보지 않을 것을 고집했다.

민영이라고 다 큰 성인의 뒤처리까지 해주는 게 쉽거나 기꺼운 일은 아니었지만, 막상 그가 제 손을 빌리지 않아도 된다는 것에는 이상한 아쉬움을 느꼈다. 하지만 그러고도 그가 제대로 거동하고 낫기까지는 다시 보름 넘는 시간이 필요했다. 그리고 엊그제 처음 산책을 시작해 오늘이 사흘째였다. 그리고 그의 말투로 입씨름한 지도 사흘째, 드디어 그가 이름을 불러주었다.

"아이 좋아라!"

판고 앞에선 매일 바람 빠진 풍선처럼 웃던 민영이 제법 새침을 떨었지만 제 버릇이 어디 가는 건 아니었다. 금세 또 헤헤, 웃는 민영은 곧 정신을 차리며 입을 가렸지만 천령이 멍하니 저를 쳐다보는 걸 보자 무안해지고 말았다.

"내가 좀 실없긴 하지? 그래도 천령이 이름 불러주니 너무 좋아서."

"그…… 게 아니다."

"응?"

"……예뻐서."

"뭐라고?"

"그대가 너무 예뻐서……. 정신이 아찔할 정도로 예뻐, 그대는."

"뭐……."

그렇게 놀려봤자 더 맛있는 거 해줄 것도 아니라, 받아치려던 민영은 얼굴만 붉히고 말았다. 그런 식으로 답하기엔 그의 표정이 너무나 진지했다.

"그, 그대라니, 너무 오글거리잖아! 그냥 너라고 하라니까!"

무안함을 누르려 짐짓 화난 척 소리친 민영은 풀이 죽는 천령을 보며 저를 저주하고 말았다. 정말 화낸 건 아니라 말해야 하나, 눈치를 보는 민영에게 천령이 느릿느릿 입을 열었다.

"이런 내가 그대…… 너를 눈에 담는 것도 무례인 듯싶다."

"그, 그건 무슨 말이야! 이런 나라니, 네가 어디가 어때서!"

"네가 더 잘 알 텐데."

그가 자신의 얼굴을 쓸어내리듯 손짓했다.

그가 일어난 직후 민영은 오두막에 있던 거울부터 치웠더랬다. 본래 판고 혼자 살 때는 거울 같은 건 없었지만 민영과 함께 몇 번 산 아래 내려갈 때 판고가 사준 것이 있었다. 처음 산 아래 내려 갔을 때 민영은 막연히 인연이 생길지도 모른다고 생각했던 적도 있었지만, 음심 가득한 이들의 눈은 마주하는 것만으로도 불쾌하 기만 했었다. 인연은 본래 없던 거구나, 포기하며 살고 있던 차 만 난 이가 바로 천령이다. 언제고 천령도 제 모습에 대해 알겠지만 되도록 그가 알게 되기엔 좀 더 시간이 흐른 후였으면 했다. 이를 테면, 제게 홀딱 빠진 후라든지…….

"봤…… 어?"

"아까 호숫가에 갔었잖나."

"그래서!"

"뭐?"

"그게 뭐 어떻다고! 안 보이는 것도 아니고 못 걷는 것도 아니잖아! 여긴 사람도 안 들어오니 누가 뭐랄 것도 아니고, 뭐가 어때서!"

"민영."

"그래, 말도 잘하네. 목소리 정말 좋은 거 알아?"

사실 성대를 긁는 목소리가 그리 좋을 것 없다. 그렇지만 민영에게 천령은 존재 자체가 좋기만 했다.

"나, 싫어?"

"아, 아니다, 그건. 내가 본 중에 가장 예쁜 여자다, 너는."

그 당황한 어조와 몸짓이 더 귀엽게 보인다고 하면 화를 내려나?

"와, 그 거짓말 참말이야? 나 철 들고 예쁘다는 소리 처음 들어."

"아니다, 그대, 너처럼 예쁜 여자는 본 적이 없다. 사람 홀리는 요물도 너보단 예쁘지 않을 것이다."

"그게 칭찬이야, 욕이야? 그보다 여자고 남자고 본 기억이 나 말고 또 있어?"

"그래, 그것도 문제다. 난 기억도 없고 몸은 정상이 아니고 얼굴도 이래서 사람들이랑 어울려 일을 하기도 어렵다. 무얼 보고 내게 이런 호의를 보이는 건지 모르겠다."

'넌 내 거니까! 내가 구하고 내가 살렸잖아!'

마음 같아선 그렇게 소리치고 싶었지만 일말의 이성이 그것만은 막아주었다. 아니, 천령이 대신 말해주어서 참을 수 있었다.

"하지만 한 가지는 말할 수 있다. 내 목숨은 네 것이다. 앞으로 너를 위한 일은 뭐든 할 것이다."

"정말? 뭐든 내가 하란 대로 할 거라고?"

"……그렇다."

"좋아, 그럼……."

민영이 말끝을 늘이자 그는 짐짓 긴장한 눈을 했다. 설마 수청을 들라고 할까! 샐쭉 미소를 짓자 움찔하는 그를 보며 민영은 깔깔 웃었다.

"그 말투 좀 고쳐 줘!"

"응?"

"다, 다, 다. 듣는 사람 어색하니까 제발 좀 부드럽게 말해달라고."

"고쳐 보겠…… 고칠게."

"맞아, 그렇게!"

민영은 잘했다며 다가서려 했지만 그는 전진도 어렵게 하는 몸으로 움찔 물러섰다. 그녀의 부축도 거부한 천령은 지팡이 하나만 의지하고 서 있어서 매우 불안해 보였다. 하지만 그 꼿꼿함만은 대군을 호령하는 장수처럼 보였다. 원래 천령이 입었던 옷이 남았다면 그의 과거의 단서가 될 수 있었을지도 모르지만 없는 건 없는 거다. 하지만 말투로 짐작하건대 군부 같은 상명하복 체계가 확실한 곳에 있었던 것 같았다.

그렇다고 천령의 과거를 찾아줄 생각 같은 건 조금도 없었다. 그럴 능력이 없는 건 차치하고. 그가 유부남이거나 연인이 있었다면 어떡하지, 하는 생각이 잠시 스치기도 했지만, 판고가 '네 것'이라고 말한 것으로 이미 민영의 머릿속엔 그가 자신의 것이란 절대 명제가 성립되어 있었다. 판고가 '인연'이라는 말을 허투루 쓸 리가 없으니까. 그러니 이 남자는 자신의 것이었다. 앞으로 어떻게 잡아먹……, 잘 구슬려 자신의 남자로 만드느냐만 남았다.

민영은 천령에게 눈을 찡긋거리며 씩 하고 웃었다. 느릿느릿하나마 이어지던 그의 발걸음이 또 우뚝 멈춰 버렸지만 그건 그것대로 괜찮았다. 빈말인지는 모르지만 예쁘다고도 해주었고, 제가 웃을 때마다 저렇게 반응하곤 하는 것 자체가 그도 싫다는 뜻은 아니니까. 아직 연애해 본 경험은 없어도 그런 눈치쯤은 있다.

조금씩, 조금씩. 이제 시작이다!

"아우, 이놈의 머리, 잘라 버려야지!"

민영이 아무리 꽉 묶어도 흘러내리는 머리카락을 잡고 신경질적으로 잡아당겼다.

"안 돼!"

"응? 언제 왔어?"

민영이 아예 당장 잘라 버릴 것처럼 낫을 찾아 두리번거리는 걸 본 천령이 달려들 듯 다가와 앞을 막아섰다.

"무슨 일 있어?"

"무슨 일은 너에게 있는 거지!"

"내가? 나 어디 아픈 것도 아닌데? 어, 내 얼굴에 뭐 묻었어?"

"머리, 자른다며!"

"너무 길어서. 아버지가 절대 못 자르게 해서 기르긴 했지만 나 버리고 가셨는데 뭐."

"그렇다고 인생을 포기할 건 없잖아!"

"머리카락 자르는 게 무슨 인생 포기야!"

"머리카락에도 염이 들어 있다고! 특히나 공력을 쌓는 이들은 더더욱."

"염? 공력? 나, 그런 거랑 관계없는데?"

"약초를 다 꿰고 있잖아. 의술을 공부하는 거 아냐? 내가 입은 상처도 보통이 아니었어. 살아난 것도 기적이지만 내가 다시 걷고 제대로 움직일 수 있게 해준 것 모두 너의 의술 덕이잖아."

"의술은 무슨. 그저 주변에 나는 먹거리나 잘 구분하는 거지. 약재도 산 아래 파는 용도로만 가끔 캐는 것뿐인……. 잠깐, 천령, 뭔가 기억해 낸 거야?"

"기억하다니, 이런 건 상식이잖아."

"그게 상식이야?"

"……상식이지."

"이상해, 예전에 본 ***에서는 기억을 잃은 주인공들이 뭐든 하나씩 기억해 내면서 머리를 쥐어 잡고 아파하고 그러던데, 천령은 그런 거 없어?"

무심결에 드라마라고 말한 것 같은데 강력한 금제는 그 단어를 쏙 골라내서 삭제해 버렸다. 민영은 괜히 움찔했지만, 다행히 천령은 사라진 단어보다는 그녀의 머리카락이 더 우선인 듯싶었다.

"아무튼, 자르면 안 돼. 더구나 이런 깊은 산에는 요력이 넘치는 요괴가 살 가능성이 커. 요괴는 인간의 일부로 요술을 부리는데 특히 여자의 머리카락을 좋아한다고!"

요괴라, 별로 가능성 없는 말이었다. 버리고 떠나긴 했지만 판고가 나름 영역 표시를 해놓은 덕분에 오두막 근처로 들어올 수 있는 이는 지성이 없는 동물들뿐이었다. 천령은 아마도 아버지가 제게 허락하신 그날 영역 안의 사람이 됐을 것이다.

"아, 그렇구나. 하지만 빗질도 어렵고 말리기도 귀찮은데 그럼 잘라서 아궁이 속에 넣으면……."

"내, 내가 해줄게!"

필사적으로 소리치는 천령의 눈가가 벌겠다. 민영은 영문 모를 순진한 얼굴로 물었다.

"정말? 그럼 매일 천령이 직접 머리도 감겨주고 빗겨주는 거야?"

"……응, 우선 물부터 데울게."

호숫가 근처에 위치한 집이라 물이 부족할 일은 없었다. 하지만 천령은 툭하면 감기에 걸리는 민영을 찬물에 씻길 수는 없다며 동동거렸다. 돌아서서 주섬주섬 장작을 챙기던 천령은 민영의 회심의 미소를 볼 수 없었다. 그에게서 이름이 불린 지 세 달째 되던 날의 일이었다.

❀

"밀은 베도 베도 자꾸 자라네?"

민영이 쌀나무 사이사이에서 한 움큼 잘라낸 풀을 던지며 말했다. 이전 세상과 같진 않지만 이곳의 주식도 쌀이다. 다만 벼가 아닌 일년생 나무에서 자라는데 손가락만 한 열매에서 알맹이를 수확하는 방식이었다. 호수에서 물고기를, 오두막 주위에서 약초와 버섯 등 나물 종류의 먹거리를 대부분 충당하지만 쌀을 심는 작은 밭은 직접 가꿔야 했다.

"등락제국에서 가장 흔한 잡초니까."

또 나왔다. 누구나 다 아는 상식. 천령은 자기 자신에 대해 아는 건 없으면서 별 잡다한 건 다 아는 것 같았다. 민영은 주변 약초에 관해선 거의 꿰고 있다고 생각하는데도 가끔 저보다 천령이 더 잘 아는 것 같았다. 특히 그는 짐승의 흔적을 읽는 데엔 탁월한 감각을 지녔다. 발자국만 보고 무슨 짐승인지, 몇 마리인지, 언제 다녀갔는지 등을 알아맞히는 걸 보면 혀를 내두를 정도였다. 그늘에 가 앉으라는 그의 말을 무시하며 민영은 괜스레 투덜거렸다.

"아까워. 먹기 까다롭지나 않으면 좋을 텐데."

"이건 독이 들었어. 먹으면 안 돼!"

"알아."

잘 안다. 처음엔 멋도 모르고 베어다 탈곡까지 해서 찧어다 전을 부쳤다가 판고에게 독살 의심까지 받았더랬다. 독이 들었다지만 입이 부푸는 정도일 뿐인데 쓴맛이 너무 독해서 일부 발굽 달린 짐승 말고는 입에 대지 않는 풀이란다. 안 그래도 밀 같은 건 지긋지긋했으니 잘됐다 생각하다가도 가끔은 빵을 만들어 먹었으면 하는 게 이전 세상의 유일한 미련인지도 몰랐다.

"그래도 탈곡하기 전에 세 번 이상 덖으면 먹을 수 있다고 하던데⋯⋯."

"먹어보고 싶어?"

"⋯⋯아냐. 그 정성을 들이느니 다른 걸 하나 더 캐지. 그렇게 해도 쓴맛이 다 사라지는 것도 아니고."

쓴맛을 완전히 없애려면 일곱 번은 덖어야 했다. 오기로 해보고 알아낸 결과였다. 정성을 들인 만큼 만들어본 전은 맛있었지만 다시 하라면 고개를 젓게 된다. 미련을 던진 민영은 천령을 도와 나머지 밀과 잡초를 뽑고 잘라냈다. 처음과 그리 달라지지 않은 밭인데 저가 혼자 가꾸다가 천령이 도우니 일도 쉽고 신이 나서 재미있었다. 그와 함께하는 건 뭐든 재미있었다. 채집도, 낚시도, 청소도, 빨래도, 음식을 만드는 것도 천령은 민영이 하는 일을 모두 함께했다. 하지만 아직 목욕 같은 건⋯⋯.

엉큼한 생각을 하다가 혼자 볼을 붉힌 민영이 괜히 헛기침을 하며 앞으로 쭉쭉 전진했다. 그러다가 멀쩡한 쌀나무를 자르고 밟고 지나가는 바람에 천령이 말리는 사태가 벌어지기도 했지만 민영의 머릿속에서는 그 생각이 떠나지는 않았다.

"천령."

민영이 배시시 웃으며 그를 불렀다. 그럴 때마다 천령은 뜨끔한 얼굴로 그녀의 눈치를 보곤 했다.

"응?"

"우리 만난 지 얼마나 되었지?"

"새삼 왜……. 넉 달 정도 되었네."

불퉁해지는 민영의 표정에 그가 얼른 답을 내놓았다. 그녀가 왜 그러는지 천령도 알았다. 하지만 그는 그녀의 바람대로 민영에게 다가갈 수는 없었다.

민영은 자신이 예쁘다는 말이 농담인 줄로만 알고 있었다. 천령은 비록 기억은 없지만 정말 민영 이상으로 예쁜 여자는 없을 것이라고 생각했다. 정신이 들며 처음 한 생각은 천국에 왔거나 요괴 소굴에 빠진 게 아닌가 하는 것이었다. 그만큼이나 믿을 수 없는 미모를 지녔으면서도 민영은 저를 '흔한 1인'이라며 아무렇지도 않게 말하곤 했다. 그게 또 진심으로 하는 말이라 어처구니가 없을 지경이었다.

민영은 정말 홀릴 정도로 아름다웠다. 터질 듯한 붉은 입술, 그린 듯한 코에 미인의 정점인 치켜세워진 눈꼬리를 긴 속눈썹이 장식했다. 백 년에 한 번 볼 수 있는 쌍둥이 초승달을 연상케 하는 완벽한 눈썹은 뭇 여인의 부러움과 시샘을 살 것이다. 그 작은 입술을 크게 벌리고 웃을 때면 하루에도 수 번씩 벌렁거리는 심장을 억누르고 몸의 어느 한 부위를 감추기 위해 돌아서야 했다.

저처럼 청색이 섞이거나 보통 붉은색이나 잿빛이 섞인 사람들과는 다르게 아무 색도 섞이지 않은 밤하늘처럼 까맣고 긴 머리카락은 그것 자체로 보석 같았다. 아마 민영이 종종 말하는 정체 모를 그녀의 신비한 아버지도 그래서 자르지 못하게 했을 것이다. 민영의 말대로 잘라서 태우는 것으로 관리해도 되지만 그것이 잘리는 꼴은 절대 볼 수 없었다. 그래서 본의 아니게 그녀에게 닿게 되었지만 그것 이상은 가까이 갈 수 없었다.

민영이 자신에게 보이는 호의는 처음엔 믿을 수 없었지만, 진심이라는 건 곧 깨달을 수 있었다. 민영은 노골적으로 말하곤 해서 그녀가 바라는 것이 무언지도 알고 있었다. 그녀는 사람들과 어울릴 생각도 없이 이 외진 산골짜기에서 저와 이 작은 밭을 가꾸고 이렇게 살아가기만을 바라고 있었다. 하지만 공력도, 주술도 한 줌 쓸 수 없는 이런 망가진 몸으론 평생 그녀에게 얹혀살아야만 할 것이다. 그럴 수는 없었다.

그의 고뇌를 아는지 모르는지 투덜거리며 밀을 베어내던 민영이 비명을 질렀다.

"앗!"

"다쳤어?"

천령이 절뚝거리는 다리로 날듯이 달려갔다. 그 속도가 이례적이었지만 두 사람 다 깨닫지 못했다. 민영이 낭패한 얼굴로 손에 든 것을 내보였다.

"아니, 난 괜찮은데 낫이 망가졌어."

"다치지 않았으면 됐어. 갈면……. 이런, 부러져서 갈아도 소용없겠는데?"

"오래 썼으니까. 새로 살 때도 됐어. 부엌칼도 비슷한데 아무래도 산 아래 한 번 가야겠다."

"네가?"

"응, 전엔 아버지랑 함께 갔었는데 이젠 혼자 가야지."

"……나는?"

"천령도 같이 갈 거야? 정말 같이 가줄 거야?"

천령은 실은 제 용모가 흉측해 민영이 함께 데려가기 부끄러워하는 것 아닌가 하는 생각에 잠시 멈칫했었다. 하지만 뛸 듯이 기뻐하는 민영을 보고는 그런 생각을 했다는 것이 더 부끄러워지고 말았다. 그러나 이대로 내려갈 수는 없었다. 민영의 눈이 아니라 저를 보고 그녀를 얕잡아볼 수 있는 일을 사전에 차단해야 했다. 물론 민영을 홀로 보낸다는 생각은 애초에 없었다.

"천령이 도와줘서 약초도 제법 쌓였으니까, 우리 내려가서 이것저것 맛있는 것도 사 먹자!"

"……그래."

"고기! 고기도 사 먹자! 아버지는 맨날 풀만 드셔서 난 생선 말고는 남의 살은 구경도 못 했다니까! 내가 사냥할 줄 알아야 말이지. 설사 사냥했다 해도 그 뒤가 문제고."

"사냥은……. 고기는 내가 구해줄 수 있을 것 같은데."

"정말? 아무튼, 할 수 있다 해도 그건 나중에 하고. 일단 우리 가자!"

민영은 잔뜩 신이 나서 곧장 약초 창고를 뒤지기 시작했다. 그리고 다음 날 아침 일찍 내려갈 준비를 마친 그녀의 모습을 천령은 지적하지 않을 수 없었다.

"그게 뭐야?"

천령이 눈도 잘 보이지 않을 정도로 푹 눌러쓴 민영의 두건을 가리켰다.

"이거?"

"응, 왜 그런 걸……."

"아버지가 귀찮은 일 만들지 않으려면 산 아래 갈 때 꼭 이걸 하고 다니라고 하셔서."

"현명하시네."

"뭐야? 내가 그렇게 못생기거나 괴상하게 생긴 건 아니잖아! 안 그래도 아버지 이름만 대면 아무도 접근 못 하는데 왜 굳이 이런 걸 씌우시는지. 아 참. 아버지도 안 계시는데 그냥 갈까?"

"아냐! 아버지 말씀이 옳아! 그리고 그거 여유 더 없어?"

"응?"

천령이 다시 자신의 머리를 가리켰다.

두 두건인이 산 아래 도착하기까지 꼬박 반나절은 더 걸렸다. 본래 그 정도 걸리는 거리는 아니었지만 천령의 걸음이 느리기도 하고 산책 삼아 더 천천히 내려온 것이었다. 산을 다 내려와서야 천령은 조금 뒤늦은 질문을 했다.

"여기가 어디야? 아니, 우리가 사는 곳이 어디야?"

"성치산. 우리 아버지는 성치산의 주인, 판고야. 여기 영주도 아버지 이름만 대면 벌벌 떤대. 우리 아버지가 하신 말씀이니 맞을 거야."

판고라는 이름이 그의 본명은 아닐 것이다. 하지만 그 이름이 통할 만큼 이곳에서 사람들과 교류하면서 살아왔다. 그러나 천령이 온 직후 판고가 떠나 버렸으니 판고라는 이름도 곧 잊힐 것이다. 그래도 아직은 그의 이름이 건재했다.

"성치산에 주인이 있어?"

"말로는 관리인? 산지기? 그러던데 실은 이곳 주인이셔."

민영이 아련한 눈으로 산을 향해 손으로 동그랗게 가리키며 말했다. 그녀가 진짜 그린 범위를 알았다면 더 놀랐을 테지만 그게 아니라도 누구든 이런 말을 듣는다면 놀랄 것이다.

성치산은 등락제국의 뼈대와 같은 산맥의 시작으로 그저 산이라 칭하기엔 거대한 영역을 차지한 곳이다. 덕분에 인간은 물론 많은 종족이 둥지를 틀고 살지만 감히 주인이라 칭할 수 있는 이는 없었다. 예로부터 성치산은 성왕의 영역으로 알려졌기 때문이다. 그런데 민영의 손이 그린 범위가 바로 그 산맥을 덮는 하늘이었다.

성왕은 반신 같은 존재로 인간이 감히 재단할 수 없는 인외의 자연, 혹은 재앙과도 같은 존재다. 이 땅엔 일곱 개의 대륙이 있으며 각 대륙에 성왕이 하나씩 존재한다고 알려졌다. 하지만 실제 성왕이 하나인지 대륙의 수만큼 많은지 아는 이는 아무도 없었다. 다만 성왕이 존재하는 것만큼은 누구도 부인하지 못한다.

성왕은 고귀한 존재로 불리기도 하지만 다른 말로 요왕이라고도 한다. 인간만이 아니라 요괴도 그에겐 똑같은 이 세상의 구성원일 뿐이었다. 해서 등락제국이 성왕의 축복을 받아 많은 재해를 빗겨가긴 했지만 요괴와의 싸움은 피할 수 없다.

하여튼 그런 성왕의 영역에서 일부러 할지라도 주인이라 칭한다는 건 있을 수 없는 일이었다. 하지만 천령은 그것에 놀라거나 그게 사실인지 따질 생각은 없었다. 그저 민영이 아버지를 다시 만나지 못할 것이며 많이 그리워한다는 사실만 알면 되었다. 그렇게 생겨난 그 빈자리를 자신이…….

흠칫, 고개를 저은 천령은 사람의 흔적이 나타난 울타리를 보고는 심호흡을 했다. 몇 달 만에야 접하게 된 사람과의 만남에 괜히 긴장이 되었다.

"민영, 내 곁에서 절대 떨어지면 안 돼?"

"맞아, 그러니까 우리 꼭 붙잡고 다녀야겠다!"

민영이 냉큼 천령의 팔을 감싸 쥐었다. 그가 잠시 굳은 채로 서 있자 아무것도 모른다는 듯이 다시 물었다.

"이상해? 그럼 우리 손잡을까?"

"아, 아니. 이대로 가자."

민영이 저를 좋아한다는 건 믿을 수 없는 사실이지만 천령도 점점 믿어가는 중이었다. 받아들이느냐는 다른 문제지만.

심장이 그녀와 닿은 팔로 넘어간 상태로 천령은 마을 입구로 들어섰다.

'판고의 딸이다!'

'산지기 판고의 딸이 왔다!'

'엇, 그럼 저 사람이 판고인가? 두건을 써서 모르겠는데?'

'아니야, 몸집이 달라.'

'지난번 두건이 벗겨진 거 봤지?'

'그럼 봤지.'

'그럼 판고 없이 그 딸이 온 거야?'

'예끼, 판고가 없으면 어찌해 보려고? 판고 대신 다른 놈이 붙었잖나.'

'제대로 된 놈도 아닌데? 저 봐, 발을 절잖아. 쓰읍, 그저 한 번 더 보기나 했으면 좋겠다는 말이지.'

'에이, 속마음은 아니지?'

'그래, 저놈이 판고는 아니잖아.'

그 말을 하던 사내가 갑자기 몸을 부르르 떨었다. 그것이 판고와 마주치고 느끼던 것과 비슷하다는 것에 사내는 고개를 둥글게 말았다.

무의식적으로 음심을 드러내며 떠드는 사내에게 살기를 쏘아낸 천령은 뱃속을 찌르는 고통을 무시하며 아무렇지도 않은 척 걸었다. 아무것도 모르는 민영은 그저 천령의 팔을 잡고 좋다며 대장간 방향으로 그를 안내하고 있었다.

"여기 대장간이 세 군데 있거든. 그런데 아버지 말씀으론 지금 가는 곳이 그중 쓸 만한 곳이래. 우리 필요한 것만 골라놓고 약재 상에 가자. 약재상은 대장간에서 좀 더 가야 해서 물건 먼저 고르고 가도 되거든. 그리고 나오는 길에 시장에 들러서 먹고 싶은 거 사자!"

"⋯⋯좋아."

말은 그렇게 했지만 천령은 초긴장 상태였다. 그녀의 두건은 이미 한 번 벗겨진 전적이 있어 별로 소용이 없는 모양이었다. 민영은 자신의 미모에 자각이 없는 상태라 그것이 더 위험했다. 그저 신이 난 민영과는 다르게 천령은 머리카락이 하늘로 솟을 듯이 경계심을 세우고 있었다.

대장간과 약재상에서의 볼일은 무사히 마쳤다. 칼과 낫만으로 무겁다며 시장을 구경하면서 당장 먹을 것만 사기로 했다. 민영이 이것저것 구경하면서 웃을 때면 천령의 날은 더욱 뾰족뾰족 솟았다. 그리고 두 사람이 자리를 잡고 앉아 먹을 때쯤 기어이 사달이 나고 말았다.

"여어, 누가 이렇게 의심스럽게 얼굴을 가리고 다니시나?"

"혹시 수배된 현상범 아닌가?"

"맞아, 얼굴을 드러내지 못하고 다니는 걸 보니 영 수상한데?"

껄렁거리는 두 건달의 행위가 다분히 억지스러움을 모르는 이는 없었다. 하지만 당장 치안은 멀리 있기에 그들을 말릴 사람은 없었다.

"수작 부리지 말고 가시오."

그런 말로 통할 일들이 아닌 건 알지만 천령이 그들을 막아섰다. 그걸 빌미로 남자가 천령의 두건을 획 벗겼다.

"어어······."

사람들의 한탄 섞인 신음이 여기저기서 새어나왔다. 두건 아래에도 천령은 붕대로 얼굴을 가리고 있었다. 하지만 눈까지 가리지는 못한 터라 한쪽 눈을 가로지르는 깊은 상처가 그 아래를 짐작케 했다.

"애꾸만 간신히 면한 얼굴 병신이네?"

"야, 쉽게 말해. 괴물이라고 해야지?"

"큭큭, 그래 네 말이 맞다. 어디까지 괴물일까? 어디 그 아래도 볼까?"

건달이 천령의 붕대까지 벗기려고 달려들었다.

"당신들, 이게 무슨 무례야!"

민영이 노성을 터뜨리며 일어서는 순간 두 건달은 바닥에 쓰러지고 말았다. 무엇에 당한지도 모르게 누운 건달은 천령의 말이 들리고서야 사태를 파악했다.

"이 이상의 무례는 참지 않겠소!"

"이, 이놈이!"

"감히, 우리가 누군지 알고!"

사람들이 보는 앞에서 망신을 당했다고 여긴 건달들이 이번엔 칼을 빼들었다. 그럼에도 아무렇지 않게 대처하려는 천령을 보며 민영이 소리쳤다.

"당신들, 우리 아버지가 가만두실 줄 알아?"

"헹, 네년 애비가 누군데?"

건달들이 움찔했다. 건들거리며 비아냥거리긴 했지만 모르고 하는 말은 아니었다. 민영이 그대로 꽥 소리쳤다.

"아버지!"

그에 맞춘 듯 무언가가 건달의 볼을 스쳐 지나갔다. 무엇이 스친 건지 보이는 건 아무것도 없었지만 건달의 볼에 각각 한 줄기 피가 흘렀다. 그걸 본 누군가가 비명을 지르자 건달의 얼굴이 사색이 되었다. 두 건달이 네 발로 기어서 도망치는 모습에 사람들의 웃음이 왁자했다.

민영은 너무 마음이 상했다. 건달을 물리친 건 정말 아버지가 도와준 건지, 지나가는 선인이 도운 건지는 모르지만 천령이 그들에게 조롱당했다는 사실이 못 견디게 마음 아팠다. 맛있는 것이고 뭐고 아무것도 눈에 안 들어왔다. 민영은 보란 듯이 그의 손을 잡고 말했다.

"우리 집으로 돌아가자!"

건달이 당한 것을 봐서인지 그 후로 두 사람에게 접근하는 이들은 없었다. 하지만 민영은 마을 어귀를 벗어난 순간부터 엉엉 울었다.

"다시는 저 마을에 안 갈 거야!"

천령은 민영이 눈물을 줄줄 흘리며 속상해하는 것을 달래며 슬그머니 제 손을 펼쳐 보았다. 뱃속이 다시 따끔거리긴 했지만 건달들을 혼낸 건 분명 자신이 한 일이었다. 몇 번 더 머뭇거리고서 잠시 뒤, 천령이 어깨를 감싸며 토닥여 준 덕분에 민영은 울음을 그칠 수 있었다.

"사냥 갔다 올게! 오늘은 구왈 고기를 먹을 수 있게 해줄게!"

"아냐, 무리하지 말고 다녀…… 와."

천령은 벌써 저만치 달려가고 있었다. 민영은 그새 천령을 감춰 버린 숲길에 대고 젓던 손을 내리고 말았다.

마을에 갔다 온 다음 날부터 천령은 사냥을 시작했다. 지식이 탁월한 것치곤 첫날엔 허탕을 쳤지만 다음 날부터는 새나 토끼를 잡아오더니 며칠 전엔 사슴을 잡아왔다. 거기에 능숙하게 가죽과 살을 바르는 기예를 보여주더니 후에는 가죽을 잘 무두질해서 민영의 옷을 지어주겠다며 큰소리를 치기도 했다. 천령은 알면 알수록 가진 기예나 상식이 출중한 사람이었다. 가끔 그의 과거가 궁금해지기도 하면서 덜컥 겁이 났다. 정말 그가 과거를 기억해하면…….

민영은 상념을 떨치기라도 하듯이 크게 고개를 저었다.

"나도 같이 가고 싶었는데……."

하지만 천령은 위험하니 절대 안 된다며 엄한 얼굴로 고개를 저었다. 자신을 위한 것이라지만 왠지 거부당한 것 같은 느낌이라 괜히 서러웠다.

처음 살아난 것이 기적 같았던 부상을 털고 일어난 천령은 회복 속도가 눈부셨다. 한동안 계속 절뚝거리던 다리에도 점점 힘을 주더니 최근엔 거의 표시도 나지 않게 걷는다. 그래도 뛰는 건 아직 잘 못하는 걸 보면, 가끔 아플 텐데도 절대 민영에게 내색하지 않았다. 그렇게 감추는 것인지 정말 괜찮아진 건지 최근 천령은 거의 나은 것처럼 보이기도 했다.

구왈은 일종의 새인데 성체는 크기가 황소만 한 것도 있다. 그동안 그가 잡던 새나 토끼와는 차원이 다른 종류지만 분위기로 봐선 정말 잡아올 것만 같았다.

"나만 혼자 좋아해. 이제 나는 별로 필요하지 않은 것 같아."

그가 사라진 길을 넋 놓고 바라보다가 민영이 중얼거렸다.

천령이 사냥을 하면서 먹거리가 늘고 좀 더 풍족해졌지만 그리 기쁘지만은 않았다. 처음 말고는 산 아래 볼일이 생겨도 천령 혼자 다녀오기 때문에 그녀는 정말 제 쓸모가 다한 것처럼 생각되기도 했다.

'천령도 가버리면 어쩌지?'

민영은 그런 생각이 불쑥불쑥 들 때마다 두려워졌다. 이기심에 그를 붙잡고 있는 게 아닌지 괴롭고 힘들었다. 천령이 자신에게 고마워하는 건 알지만 그의 마음이 그저 고마움뿐이라면 그것만으론 부족했다. 욕심이 많아서인지는 모르지만 처음 마음을 준 그가 자신에게도 마음을 줬으면 했다. 그러나 제 마음을 강요하면서 집착하고 싶지는 않았다. 그건 서로에게 불행이라는 건 굳이 겪지 않아도 알 일이니까. 그러나 머릿속으론 잘 이해해도 막상 천령이 떠날지도 모른다는 생각을 하면 가슴이 미어졌다.

"떠나도 된다고 말하면……."

민영은 웅크리고 앉아 고개를 파묻었다. 자학하는 자신이 우습고 한심해 보였다.

"짝사랑이라니, 한심하긴. 그래도 의무감인 건 싫다고! 돌아오면 확 쫓아내야지! 혼자 충분히 잘 먹고 잘 살 것 같잖아!"

고개도 들지 못하고 꽥꽥 소리를 질러댔지만 정작 천령을 보고는 하지 못할 말이었다. 그래서 그 말에 대답이 들려왔을 땐 기겁하고 말았지만.

"나, 쫓아내게?"

"처, 처, 천령?"

"정말? 나 아직 아픈데, 이렇게 선물도 가져왔는데, 정말 쫓아낼 거야?"

"아니, 그런 게 아니……. 어? 그게…… 뭐야?"

벌써 돌아오다니 무슨 일인가 싶었는데 그의 팔 안에 무언가 작은 생명체가 꼼지락거리고 있었다. 노란 바탕에 옅은 갈색 점이 드문드문 나 있는데 끝이 뾰족한 귀는 늘어져 있고 꼬리는 복슬복슬했다. 그것도 두 마리나 있었다.

"삵견, 태어난 지 열흘쯤 된 것 같아. 야생에서 태어난 녀석들은 빨리 자라거든."

"이게…… 삵견이야? 귀여워라! 어미는? 어떻게 데려왔어?"

"실은 며칠 전에도 봤었는데, 어미가 부상을 입은 채 근처에 있더라고. 하지만 성견이 된 야생 삵견은 절대 인간의 손을 타지 않거든. 그래서 그냥 지나쳤는데 오늘 보니 어미는 죽어 있고 새끼만 울고 있었어. 원래 새끼가 다섯 마리가 넘었었는데 벌써 다른 야생짐승들에게 당했는지 얘들 형제밖에 남지 않아서 데려왔어. 너, 개 키우고 싶다고 했잖아?"

"아, 안아봐도 돼?"

"안 돼."

"왜!"

"나 쫓아낸다며!"

"그, 그건. 그건……."

너무 당황한 나머지 민영은 그 심각한 주제에도 천령이 싱긋 웃고 있음을 그제야 볼 수 있었다. 하지만 냉큼 강아지들을 받기엔 저의 고민의 무게가 가볍지 않았다. 망설이는 그녀에게 천령이 강아지를 거의 강제로 떠넘기며 말했다.

"원래는 구왈의 심장을 바치며 말하려 했는데……."

"응?"

"으흠, 흠, 흠!"

천령은 크게 헛기침을 하더니 갑자기 그녀의 손을 잡고 무릎 하나를 접고 꿇어앉았다.

"가, 갑자기 왜 그래?"

"절대 쫓겨날 위기에 처해서 하는 말은 아니라는 걸 알아줬으면 해. 그리고 얘네들은 첫 번째 선물, 다음엔 정식으로 구왈의 심장을 바칠게.”

“천령…….”

“절대 짝사랑 아니야. 아니, 가당치도 않아. 너를 본 순간 내 마
음은 이미 네 것이었어. 그렇지만 이런 몸으로 어떻게 너를 욕심
내. 하지만 네 눈물을 내는 것이 나라는 사실이 더 가슴 아프더라.
평생 네게 나의 생명과 마음을 바칠게. 나의 아내가 돼주겠어?”

“응, 좋아, 좋아!”

대답이 너무 빠른 게 아닌가 싶긴 했지만 이런 순간 내숭을 떨
생각은 조금도 없었다. 붕붕 고개를 끄덕이며 웃는 민영의 눈에서
눈물이 떨어지고 말았다. 천령이 강아지들에게 양손이 묶인 민영
을 와락 끌어안았다. 그동안 손도 닿지 않으려 했던 그가 억지로
참아왔다는 걸 느낄 수 있는 강렬한 포옹이었다.

두 사람의 눈이 마주치며 그대로 입술이 가까워지기 시작했다.
그동안 짓궂으리만치 그에게 호감을 표하던 민영이지만 연애란 글
로, 혹은 화면으로만 배운 민영은 입술이 닿기 전 눈을 꼭 감고
말았다. 하지만 바로 그 순간 강아지들이 끼끼거리며 발버둥치는
바람에 대망의 첫 입맞춤은 성사되지 못했다.

우웅, 웅! 오옹, 웅!

“배가 고픈가 보다.”

놀라서 화들짝 떨어져 버리는 민영에게 그가 아쉬움을 감추며
말했다.

“그렇지, 어미를 잃었다고 했으니. 잠깐만!”

민영이 볼을 붉힌 채로 부엌으로 달려가 먹을 것을 찾아왔다.
그리고 녀석들이 허겁지겁 먹는 모습을 보며 즉석에서 이름을 지
어주었다.

“여기 점박이가 머리에 있는 녀석은 웅이, 다리가 모두 흰 이

녀석은 옹이."

"옹이? 옹이?"

"발음이 좋잖아."

그 순간 민영이 당겨졌다. 천령은 감히 눈도 들지 못하고 강아지들만 보는 척하는 그녀의 턱을 들어 올리고는 그대로 입을 맞췄다. 처음 맞댄 입술의 감촉은 차갑고 부드러웠다. 곧 따뜻하며 말랑말랑한 감촉에 정신이 반쯤 날아가 버렸다. 처음 수줍게 입술만 벌리고 있던 민영은 천천히 제 입안을 탐험하고 돌아가는 그를 쫓아 정신없이 그의 입술 안을 탐험하며 빨아들였다. 그렇게 한참이나 더 입을 맞추던 천령이 입을 떼고서 숨을 몰아쉬는 민영에게 말했다.

"궁금한 게 있는데…….''

"응, 뭐든 말해. 대답해 줄게."

"내가 왜 좋아?"

"내 거니까!"

한순간도 머뭇거리지 않는 단호한 대답에 천령은 쿡쿡 웃었다.

맞다. 그도 이미 맹세하긴 했지만 확실히 자신은 그녀의 것이었다. 가끔 민영이 자신이 기억을 찾은 후의 일을 걱정하는 걸 알지만 절대 그녀를 배신하는 일은 없을 것이다. 제 가슴에 기댄 채 쿡쿡 웃는 민영을 다시 당겨 안고 입을 맞추고 싶었지만 더 했다간 자제할 자신이 없었다. 그런데 민영이 먼저 얼굴을 떼더니 그를 아래위로 훑으며 호들갑을 떨었다.

"그런데 아까 아직 아프다 했지? 어디가, 어떻게? 약 새로 지어 줄까? 아니지, 내가 주물러 줄까? 내 손은 약손!"

천령은 마지막 순간까지 사심 어린 장난을 잊지 않는 민영을 안고 깊게 입을 맞추곤 뗐다. 이대로 함께 방에 들어도 민영이 거부하지 않을 거라는 건 안다. 첫 입맞춤에 당황하고 서툴렀지만 금세 따라오던 그녀가 첫날밤도 같은 반응을 보이리라는 건 예측 가능한 일이었다. 하지만 천령은 민영을 안은 채 선언하듯 말했다.

"먼저 말했듯이 너에게 먼저 구왈의 심장을 바칠 거야. 녀석의 부리로 너의 비녀를 만들어서 꽂고 우리 둘만의 예식을 하자."

"……응."

높은 해가 두 사람의 짧은 그림자를 하나로 뭉쳤다. 배부르게 먹은 강아지들이 동시에 어느 나뭇가지를 쳐다보며 왈왈, 짖는 시늉을 했지만 다시 입맞춤에 몰두한 두 사람의 관심을 돌리지는 못했다.

❀

"이게 구왈의 심장이구나……."

구왈의 심장을 바친다는 건 말 그대로 뜨끈뜨끈한 심장을 준다는 말이 아니었다. 민영은 은은한 금빛으로 빛나는 엄지손톱만한 보석을 들고 감탄했다. 천령은 그것을 구왈의 힘줄을 꼬아 목걸이로 만들어 민영에게 걸어주었다.

"정말 예뻐! 평생 내 보물로 간직할게! 하지만 난 이런 멋진 선물을 준비하지 못했어."

천령은 청혼한 다음 날 구왈을 사냥해 왔다. 그가 잡은 구왈은 몸집이 황소보다 더 커서 잡는 것도, 가져오기도 쉽지 않아 보였는데 민영이 아무리 물어도 어떻게 잡았는지는 일러주지 않았다. 구왈의 몸집이 큰 덕분에 고기와 가죽이 많이 나와서 천령이 반은 자신들 몫으로 가공해 저장하고 나머지는 마을에 팔고 왔다. 그것으로 그는 지금 두 사람이 입고 있는 새 옷과 민영의 비단 머리장식 하나와 술을 준비했다. 하지만 민영은 천령을 위해 특별히 준비할 것이 없었다. 그는 속상해하는 민영을 꼭 안고 말했다.

"여기 있잖아, 나는 이 아름다운 보석을 평생 가질 거야."

"고마워. 제 눈에 안경이라지만 네가 예쁘다고 해줄 때마다 정말 기분 좋아."

"아니, 너는 정말 예뻐. 마을에서 그 사달이 일어난 걸 보면 몰라?"

"뭐? 그거야 그놈들이 그런 놈들이라서 그런 거잖아."

"하……."

천령은 자신의 평범함을 굳게 믿고 있는 민영을 굳이 설득하려 하지 않았다. 오늘은 그들의 가장 기쁜 날, 혼인식 날이었다. 비록 하객은 게걸스럽게 먹는 데만 집중하고 있는 웅과 옹 두 마리뿐이었지만, 충분했다.

두 사람은 호숫가에 작은 상을 놓고 그 위에 술잔을 두 개를 얹고서 서로 마주 보고 절을 했다. 호수는 두 사람이 만나게 된 곳, 의미 깊은 그곳이야말로 혼인식 장소로는 최고였다. 술을 나눠 먹고 웅과 옹에게서 억지로 축언의 비명 한 마디씩 듣고 나서 다시 호수에 술을 붓는 것으로 혼인식을 맺었다.

"아버지, 우리 혼인식이나 보고 가시지."

민영이 천령의 품에 안긴 채 작게 속삭였다.

"아마도 어디선가 보셨을 거야."

"그럴까?"

"응."

두근두근. 입으론 투덜거리고 있었지만 이미 심장이 얼마나 크게 방망이질을 하고 있는지 민영은 똑바로 고개를 들지도 못했다. 대범한 척하다가 막상 닥치자 수줍음에 어쩔 줄 모르는 그녀를 천령은 두 손으로 낚아채 어깨에 얹었다.

"꺄아아악!"

"이젠 못 놔줘! 안 놔줄 거야!"

천령이 달리자 서로 뒤엉켜 싸우던 녀석들이 덩달아 뛰기 시작했다. 하지만 매정하게도 두 녀석의 눈앞에서 방문이 닫히고 말았다.

"평생 너만 사랑할 거야."

"응, 나도. 평생 너만 사랑할래. 내 것. 내 천령."

가장 보드랍고 고운 옷 대신 겨우 뻣뻣함을 면한 투박한 평상복 하나만 입고도 그의 신부는 눈부시도록 아름다웠다. 그를 향해 보이는 아낌없는 미소와 행복감이 가득한 눈은 보는 것만으로 가슴이 먹먹할 정도였다.

저는 얼굴은 흉측할 정도로 흉 지고 팔다리와 가슴도 마찬가지로 엉망이었다. 그런 험한 저를 민영이 정말 좋아하는지 천령은 더는 의심하지 않았다. 한결같은 민영의 눈빛을 믿기도 했지만 전날 그녀가 웅과 옹에게 한 이야기를 엿들은 덕분도 컸다.

"너희에게만 살짝 알려줄까? 내가 왜 저 사람에게 반했는지?"

"너무 잘생겨서……. 뭐? 알고 있었다고? 그래, 너희도 아는구나? 맞아. 그깟 상처 같은 건 그냥 걷어내고 보면 그만 아냐? 난 머리털 나고 세상에 저렇게 잘생긴 사람 처음 봤어. 보는 순간 심장이 덜컥 고장 나는 줄 알았다니까? 크흐흐흐. 응, 응, 그래. 나 미남 밝힘증 있었나 봐. 인정!"

"하지만 저 사람에겐 비밀이다?"

비밀이라니 지켜줘야겠다. 음흉한 아저씨 웃음을 섞은 고백을 들었다면 민망할지도 모르니까.

세상을 뒤흔들 미모를 지녔으면서도 자각하지 못하고 흉터를 무시하고 제 본래 모습을 본다는 민영의 해태 눈에 감사하며 살 것이다. 덕분에 민영을 안는 이 순간 자격지심 같은 건 한 올도 챙겨오지 않았다. 대신 챙겨온 용기로 옷을 벗기기 시작했다.

민영이 눈을 감았다. 음흉한 척, 넉살 좋은 척, 짓궂은 척해도 수줍은 처녀의 두려움까지 걷어내지는 못하는 그녀를 가만히 감싸 안아주었다.

"사랑해."

어둠 속에서 들리는 건 사락사락 옷자락 벗겨지는 소리뿐이었다. 도중에 숨을 들이켜는 소리가 들리긴 했지만 금세 막힌 숨소리로 대체되었다. 느낄 수 있는 건 몸을 눕히는 감각과 아주 미세한 소리뿐이었다. 그의 입술과 손이 막연히 상상만 했던 곳으로 쳐들어오는 순간 민영은 절로 움츠러들고 말았다.

"나를 향해 열어줘."

목석이 따로 없다 싶었던 남자의 노골적인 유혹은 달콤하고 야했다. 뻣뻣하던 민영의 몸에서 긴장이 풀어질 때까지 그는 아주 천천히 공을 들여 그녀를 어루만졌다. 오래도록 인내심을 키워왔기에 민영이 몸을 열어줬을 때도 천령은 서두르지 않을 수 있을 줄 알았다.

"아아!"

고통의 신음을 듣는 순간 천령도 함께 굳어버리고 말았다. 하지만 그도 잠시, 자잘한 사과의 입맞춤과 함께 자제심을 풀어버렸다. 옅은 신음은 차츰 다른 의미의 소리로 바뀌어가기 시작했다. 옹과 옹이 문을 박박 긁었지만 문은 밤새도록 열리지 않았다.

나중에 천령은 회상했다. 그날이 유일하게 저가 주도권을 잡았던 날이었다고. 첫 번째 벽을 깨고 미지의 경험을 획득한 민영의 탐험과 도전 정신은 날로 발전했다. 물론 감당하기 어렵지는 않았다. 그는 민영의 손끝 아래 조율되는 걸 매우 즐겼으니까. 죽을 때까지 행복할 것만 같았던 부부의 계절이 시작되었다. 그리고 두 계절이 더 지났다.

❀

"웅, 옹! 손 똑바로 들어!"

"왜, 그 녀석들 또 사고 쳤어?"

사냥을 마치고 돌아오던 천령은 뒷다리로 엉거주춤 서서 민영에게 혼나고 있는 웅과 옹을 보며 피식 웃었다. 벌써 성견의 반쯤 자란 웅과 옹은 민영의 허리까지 올 정도로 키가 컸다. 아마 다 크면 거의 민영과 비슷한 크기로 자랄 것이다. 영특한 녀석들이라 저희가 무슨 잘못을 했는지 알고 있는 게 틀림없었다. 그래서 그를 보고 꼬리를 마구 흔들긴 해도 혼나는 자세를 풀지는 않았다.

"이것들이 자기 주려고 뒀던 무지개 붕어를 오늘 홀딱 먹어치웠어!"

"어? 그걸 다?"

"오늘 아침까진 있었어. 아까 한 마리 꺼내려다가 감쪽같이 사라진 걸 보고 얼마나 놀랐게? 한두 마리 없어진 것도 아니야! 열 마리나 되는 걸 몽땅 다 먹었다니까!"

가을에 잡아서 말린 무지개 붕어는 별미였다. 최근 눈이 두텁게 쌓여 힘들게 사냥하는 천령의 몸보신을 위해 한 마리 꺼내려다 몽땅 없어진 걸 발견한 민영은 잔뜩 화가 난 상태였다.

"음……. 다 먹은 것치고는 배가 홀쭉한데?"

천령이 갸웃하며 말했다. 듣고 보니 정말 배가 홀쭉하다. 각자 반씩 나눠 먹었다 해도 사람 팔뚝보다 큰 붕어 다섯 마리씩 먹고 이렇게 날씬할 수가 없다.

"응? 너희, 붕어 어디로 가져간 거야!"

"크크크!"

"웃지 마! 또 봐주라고 하지 마! 나는 너무 속상하단 말야!"

"아니, 봐주라고는 안 할게. 아무튼, 무지개 붕어 행방을 알 것 같아서."

"행방이라니?"

"얼마 전 멀지 않은 곳에서 삵견 한 가족을 봤거든. 아마 거기 암컷들에게 공양하고 왔을걸?"

"뭐? 너희들 그게 참말이야!"

민영의 앙칼진 소리에 스르르 앞발을 내리려던 두 녀석의 몸이 바짝 솟구쳤다. 묻는다고 대답이 나올 리는 없다. 그러나 눈을 피하며 딴청을 부리는 녀석들은 분명 그녀의 말을 알아듣고 있었다. 분개한 민영이 주먹을 부르르 떨었다.

"이 녀석들! 여자친구에게 아양 떨고 싶으면 네 힘으로 해야 할 것 아냐! 왜 내가 내 서방 주려고 힘들게 낚은 걸 탐을 내느냔 말이야!"

"그래서 화가 난 거였어?"

"당연하지!"

"음, 그럼 좀 봐주라. 제 암컷을 기쁘게 해주고 싶은 건 모든 수컷의 본능이야."

"그렇다고 주인이 먹을 걸 훔치면 안 되지! 내가 제들 몫을 안 주기나 했어? 제들 건 다 먹고 감히 내 서방 것을 훔쳐!"

제 암컷을 기쁘게 해주고 싶은 게 수컷의 본능이라면 제 수컷을 위하는 것도 암컷의 본능이다. 따라서 녀석들은 혼이 날 수밖에 없다. 천령이 민영 모르게 녀석들에게 고개를 젓자 녀석들의 귀가 축 늘어지고 말았다. 이대로라면 앞으로 최소 한 시간쯤 벌을 써야 할 것 같았다.

"그런데 여긴 정말 춥다. 우리 들어갈까?"

"안 돼! 녀석들 내가 들어가자마자 좋다고 혀 빼물고 놀러다닐 걸? 맞아, 그 암컷들 찾아 달려갈 거야."

"이놈들이 벌 받든지 말든지 난 내 여자가 이 추운 데 서 있는 게 더 싫어. 그러니 들어가자. 응?"

천령의 의도야 뻔했지만 민영은 못 이기는 체 그의 손에 떠밀려 안으로 들어갔다. 그의 말마따나 춥기도 했고 자신이 안 들어가면 천령도 안 들어갈 것이다. 따뜻한 방에서 천령과 오순도순 맛있는 밥을 먹고 싶었다. 무지개 붕어는 없어졌지만 대신 녀석들이 절대 출입불가 지역인 부엌에 그를 위해 남겨둔 구왈 고기가 있었다. 그리고 다 먹고 나서는……. 행복한 어른의 놀이를 해야지!

"벌써 여자친구라니, 저 녀석들, 왜 저렇게 빨리 자라는 거야?"

밥을 먹고 나니 역시 두 녀석은 사라지고 없었다. 민영은 천령이 설거지하는 모습을 지켜보다가 괜히 투덜거렸다.

"둘이 합하면 사냥에서 제법 한몫하기도 해. 아마 내년쯤엔 지금 정성을 들이는 암컷과 짝을 지을 수도 있어."

"그렇게 빨리?"

"하지만 그렇게 되면……, 녀석들은 아마 돌아오지 않을 거야."

"아……!"

웅과 웅은 새끼 때부터 길렀지만 녀석들의 배우자인 암컷들은 야생 삵견이니 당연히 사람의 손을 타지 않으려 할 것이다. 삵견은 암컷 위주로 가족을 꾸린다. 그러니 아마 짝을 짓는다면 녀석들은 제 암컷을 따라 떠나 버릴 것이다.

"그럼 혼내지 말아야 하나?"

"아니, 혼낼 건 혼내야지. 녀석들이야 짝을 짓든 말든, 아직은 내년이나 돼야 할 얘기고. 자, 부인?"

어느새 그릇을 엎어놓고 손을 닦은 천령이 민영에게 손을 내밀었다. 차갑게 닿는 손을 어루만지며 민영이 입술을 오물거렸다.

"나는 다른 건 그리 욕심 안 나는데 제가 알아서 설거지 해주는 부엌은 갖고 싶어. 자기, 힘들게 찬물에 손 담그는 거 싫어."

"민영, 난 네가 찬물에 손 담그는 게 더 싫어. 나는 괜찮으니까 하는 거잖아. 자, 봐, 금세 따뜻해졌지?"

"응."

민영이 천령의 손을 잡아다 볼에 갖다 대자 어느새 그의 입술이 따라와 있었다.

"들어가자. 우리, 녀석들보다 애는 더 빨리 가져야지!"

"난 무조건 찬성!"

가끔은 여자가 속없이 너무 좋아하는 티를 내는 거 아닌가 싶기도 했지만, 민영은 봐도 봐도 좋은 그에게 매일 좋다고 말하는 것도 부족했다.

"사랑해, 천령. 내 남자."

"응, 사랑해."

입술이 마주치기도 전 민영의 손은 벌써 천령의 옷을 벗기고 있었다. 다급한 그녀의 손길을 도우며 천령이 몸을 틀었다. 두 사람의 숨이 겹치며 몸이 겹쳐졌다.

"좀 더. 좀 더, 천령!"

수줍음 같은 건 남의 이야기, 민영은 그저 그를 더 깊게 받아들이고 더 오래, 행복하게 해주고 싶기만 했다. 처음의 낯설고 서

투름이 사라지자 이젠 제법 능숙하게 서로의 몸을 탐구하는 도전이 이어졌다. 둘이 매일 경쟁하는 게 있다면 누가 누구를 더 기쁘게 하는가였다.

사랑의 향기가 도는 방, 천령은 새근거리며 자는 민영을 안은 채 한참이나 생각에 잠겼다.

제가 알아서 설거지 해주는 부엌이라……. 민영은 뜻 없이 한 말이겠지만 불가능한 일은 아니었다. 주술사의 손길을 거친다면 못 할 것도 없다. 하지만 주술사를 부르는 비용은 만만치 않았다.

최근 산 아래에서 본 공고가 떠올랐다. 얼마 전 성치산 협곡을 잇는 다리가 무너져서 급히 인부를 모은다는 영주의 방(榜)이었다. 협곡인 데다 특히 겨울철이라 다리 공사는 위험해서 노역의 임금이 셌다. 사냥해서 모은 돈과 합친다면 민영의 소원을 들어주지 못할 것도 없을 것 같았다.

깜짝 선물을 해주고 기뻐하는 민영을 보고 싶었다. 행복한 신혼의 종말은 그렇게 뜻 없는 한 마디로 다가왔다.

천령이 최근 사냥을 가는 게 아니라 다른 일을 하러 다닌다는 건 어렴풋이 짐작하고 있었다. 하지만 아침마다 나가는 길에 너무나 행복한 얼굴을 하고 있어서 차마 말릴 수도 없었다. 무슨 계획이 있겠지, 민영은 그게 자신과 관계된 것 같아 무리하지 말라고 하고 싶었지만 매일 밤 자신의 튼튼함을 과시하는 천령에게 항상 져서 먼저 잠이 들곤 했다.

그러길 벌써 한 달, 날이 점점 추워져서 걱정스러운데 그래도 천령은 오늘 꼭 가야 한다며 나갔다. 가는 건 좋지만 이젠 무슨 일을 하는 건지 알려달라는 말에도 천령은 비밀스럽게 웃고는 입을 맞추는 것으로 대답을 대신했다. 그렇게 나간 천령이 날이 저

무는데도 돌아오지 않고 있었다.

밤이 하얗게 지나가고 말았다. 여긴 연락할 수단이 없으니까, 너무 늦어 산을 오르지 못한 것일 게다. 하지만 돌아오면 당장 그만두라고 역정을 내야지! 천령이 돌아오지 않는 밤은 두려움 그 이상이었다. 어쩔 수 없이 방에 들어가 깜빡 졸다가 끙끙거리는 소리에 퍼뜩 잠이 깼다. 문을 열자 웅과 옹이 어쩔 줄 모르는 눈빛으로 발을 구르며 끙끙 앓는 소리를 내고 있었다.

"너희, 천령을 따라간 것 아니었어?"

녀석들의 귀가 쫑긋하더니 계속 민영의 신발을 물었다. 따라오라는 것 같아 민영은 얼른 옷을 걸쳐 입고 밖으로 나갔다. 그러자 녀석들이 산 아래로 안내하기 시작했다.

눈 덮인 산길을 몇 번이나 미끄러졌지만 그때마다 웅과 옹이 번갈아 받쳐 주었다. 말썽 피울 때마다 혼내긴 해도 밥을 주고 애정을 주고 키워준 민영에 대한 녀석들의 충심은 남달랐다. 웅과 옹의 안내로 산 아래 도착했을 때 민영은 불길한 기운을 느낄 수밖에 없었다.

"아이고, 아이고!"

온 사방에서 곡소리가 울리고 있었다. 거적 덮인 시신 앞에서 우는 이도 있었고 그냥 바닥에 주저앉아 우는 사람도 있었다. 민영은 정신없이 지나가는 사람 아무나 붙잡고 사연을 물었다.

"협곡 다리 공사를 하는 도중에 다리가 무너졌소. 에고, 댁도 인부의 댁 중 하나인가 보오. 저기 가서 인부 명단을 확인해 보시오."

민영 말고도 명단을 확인하는 이들은 여럿 있었다. 명단은 죽은 이와 실종자 두 가지로 나뉘어 있는데 실종자는 협곡의 소에 빠진 거라 사실상 사망자나 마찬가지라고 했다. 그리고 민영은 실종자 무리에서 천령의 이름을 발견하고 말았다.

"안 돼!"

키잉, 웅과 옹이 앓는 소리를 내며 엎드렸다. 마치 미안하다는 듯 엎드린 녀석들을 보며 민영은 불현듯 깨달았다. 웅과 옹은 천령이 협곡에 떨어지는 장면을 본 것이다. 보기만 한 게 아니라 함께 있었던 건지도 몰랐다. 그래서 오두막으로 왔을 땐 몸이 젖어 있었고, 그녀를 이곳으로 안내한 것이었다.

아니, 아니다! 이대로 천령이 죽었다는 사실을 믿을 수는 없었다. 내 것이, 아버지가 허락한 내 인연이, 그가 이렇게 허망하게 가버렸을 리가 없다. 민영은 협곡 아래로 내려가 소용돌이치는 소 옆을 뒤지기 시작했다. 아차, 발을 잘못 디디면 바로 그 소에 빠져 물귀신이 되고 말겠지만 말리는 사람들의 기함에도 반쯤 정신이 나간 민영은 물가를 샅샅이 뒤졌다.

이틀? 사흘? 나흘이 지났나? 민영은 물가에 걸린 시체를 발견했다. 천령이 나간 날 입었던 그 색이었다. 심장이 튀어 올라 차마 만질 수 없었다. 그러나 확인해야 했다. 차가운 물에 불은 시체를 뒤집은 순간 민영은 통곡했다. 그는, 천령이 아니었다.

넋이 나간 민영을 잡아끈 건 웅과 옹이었다. 거의 제정신이 아닌 채로 민영이 마을로 돌아왔을 때 실종자 중 생존자가 나왔다는 소문이 돌았다. 민영은 다시 미친년처럼 소문의 그를 찾아갔다.

멀리 병사들이 모여 있는 사이에서 군청색 머리카락이 보였다. 무작정 달려갔다. 뒷모습뿐이었지만 천령이 확실했다.

"천령! 살아 있었어? 살아 있었구나!"

민영은 소리쳤다. 살아 있었으면서 왜 돌아오지 않았는지, 왜 자신을 찾지 않았는지, 그런 원망은 나중에 해도 되었다. 단지 천령이 살아 있다는 것만이 행복하고 감사했다. 그런데 그에게 채 다가가기 전에 옆에 있던 백발성성한 이가 호통을 쳤다.

"감히 어디서 소란이냐!"

"제 남편이, 여기 살아 있다고!"

민영이 돌아선 남자를 가리켰다.

"너도 그런 헛소리를 하는 게냐! 이분은 부마시다! 어서 썩 물러나거라!"

부마? 그게 무슨 말이었더라? 머릿속이 멍해지면서 길지도 않은 단어가 조각나서 들렸다. 굳어버린 머리가 느릿느릿 두 음절을 이어 붙였다. 부마? 그게 천령과 무슨 상관인데?

물러날 생각을 하지 않는 민영을 보며 노인은 다시 더 크게 호통을 쳤다.

"여봐라, 이런 여인들 오지 못하게 하라고 하지 않았느냐?"

"네, 주술사님! 이보시오, 어서 가시오!"

병사들이 다가와 민영의 앞을 막아섰다. 병사들도 사정을 아는지 험하게 굴지는 않았지만 그녀를 쫓아내려는 기세에 뒤를 따르던 웅과 옹이 그들에게 이를 드러냈다.

"뭐야, 감히 예가 어디라고 저런 사나운 짐승을 끌고 온 게냐!"

주술사의 손짓에 민영이 넘어질 뻔하자 웅이 얼른 그녀를 받쳐 주었다. 그때 그가 돌아섰다.

'천령, 여기 봐! 주술사라는 이 사람이 이상한 말을 해.'

힘껏 외치는데 입 밖으로 소리가 새어나가지 않았다. 웅과 옹도 꼬리를 만 채 앓는 소리만 낼 뿐 그에게 반갑다며 달려들지 않았다.

막상 돌아선 그는 무척이나 낯선 모습이었다. 그는 사각 챙이 넓은 관에 너울을 내려뜨려 얼굴을 반쯤 가리고 있었다. 하지만 그 아래 얼굴을 확인하는 건 어렵지 않았다. 투명한 너울 아래 보이는 얼굴은 낙인찍힌 듯한 상처 하나 없이 매끈했다. 그때 바람이 불어 너울을 날리며 그의 얼굴을 제대로 확인해 주었다.

"천령……?"

천령이다. 아니, 상처 너머로 보곤 하던 천령의 얼굴이 되살아난 것 같은 얼굴이다. 그는 막연히 상상하던 천령의 이미지를 현실로 구현한 얼굴을 갖고 있었다. 하지만 단 하나가 일치하지 않았다. 멍한 부유감에 현실과 상상을 오가던 민영의 정신은 그와 눈을 마주치면서 깨어나기 시작했다.

"참으로 무엄하구나! 감히 뉘 안전에 빳빳이 고개를 쳐들고 있는 게냐!"

때를 맞춘 듯 주술사가 또 성을 냈다.

"사정을 알지 않나. 안됐으니 너무 타박 말게."

"네, 대장군."

다시 짧게 스친 그의 눈은 감정 없이 차가웠다. 그는 주술사에게 그렇게 한마디 하고선 그대로 돌아서 버리고 말았다.

민영은 웅과 웅이 다시 받쳐 줄 새도 없이 주저앉고 말았다.

그때 막 달려오며 소리치는 여인이 하나 더 있었다.

"여보! 말리 아빠, 여보!"

그는 달려오는 여인을 흘긋 보더니 주술사에게 말했다.

"여인들에게 담요라도 하나 줘서 보내게."

"네!"

병사들이 민영과 새로 달려온 여인에게 다가와 담요를 내밀었지만 민영은 넋을 놓은 채 사라지는 남자의 뒷모습만 하염없이 쳐다봤다.

"여보, 말리 아빠! 말리 아빠!"

여인이 주저앉아 땅을 치며 통곡하고 울자 등에 업힌 갓 돌 돼 보이는 아이가 힘없이 따라 울었다. 그를 잃었다. 울음소리가 현실을 인정하라 종용했다. 민영은 여인을 안고 토닥여 주었다. 민영은 울지 않았다.

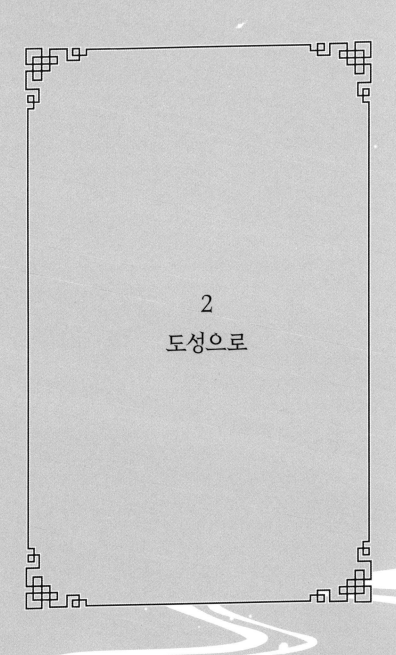

2

도성으로

문을 열자 산 위로 **빼꼼** 솟은 해가 보였다. 하늘은 쾌청하고 바람은 싱그럽다. 새벽이라 아직은 좀 쌀쌀하지만 오늘도 따뜻한 봄 날씨가 될 것 같다. 떠나기 참 좋은 날씨다. 팔을 쭉 뻗으며 기지개를 켜자 저절로 하품이 나온다.

"아함! 아자아자, 힘내자! 판민영!"

"아자아자! 힘내, 팡거늉!"

휙 돌아본 민영의 얼굴에 잠깐 스쳤던 불안이 씻기듯 사라졌다. 민영과 똑 닮은 아이가 어느새 옆에 서서 해사하게 웃으며 그녀의 말을 똑같이 따라 하고 있었다.

"어? 우리 건융이 벌써 일어났어?"

"엄마!"

손을 내미는 아이를 들어 안자 덥석 안겨왔다.

"귀하고 귀한 내 새끼!"

쪽쪽쪽! 꺄아아! 아침마다 의식 같은 뽀뽀 세례를 하고 나니

슬금슬금 다가오는 인기척이 느껴졌다.

"누님……."

채명이 모자를 바라보며 싱긋 웃고 있었다.

민영은 오두막으로 돌아가지 않았다. 건융이 생긴 것을 알았기 때문이다. 아이를 낳기 위해서라도 사람들과 어울려 살아야 했다. 민영이 마을에 터를 잡자 웅과 웅은 슬그머니 짝을 찾아 떠나 버렸다. 보호자 역할을 하던 녀석들 대신 그 자리를 차지한 이가 바로 채명이었다.

주린 배를 안고 가게 앞에 쓰러져 있던 아이를 데려다 먹이고 돌본 것이 오늘까지 이어졌다. 꾀죄죄하고 마르고 작던 소년은 이젠 제법 청년 티가 났다. 이제 채명은 민영의 또 다른 가족이었고, 그녀가 시작할 기약 없는 여행의 동반자이기도 했다.

"채명아, 우리 때문에 깼니?"

"아니에요. 그런데…… 벌써 가시게요?"

"가야지. 사람들 눈에 띄지 않는 게 좋지 않겠니?"

"누님이 무슨 잘못을 했다고요! 그건 다 그 남자와 여자가……!"

"그만. 우리 건융이 들어."

"네, 죄송해요."

채명이 건융을 흘긋 보며 얼른 사과했다. 건융은 요즘 부쩍 말을 따라 하며 하루가 다르게 어휘력이 늘어가고 있었다. 입을 오물거리며 의아한 얼굴을 하는 건융에게 채명이 우스꽝스러운 얼굴을 해 보이며 관심을 돌렸다.

"아냐, 네가 무슨 잘못이 있다고. 아무튼, 우리 서두르자."

"네, 알겠어요."

채명이 돌아서서 주섬주섬 짐을 꺼내기 시작했다. 어제 미리 다 챙겨놓았으니 싣기만 하면 떠날 준비 끝이었다. 그리고 마지막으로 살던 집을 둘러보던 때였다.

"엄마, 배고파!"

방금 눈 뜬 새벽이건만 25개월 아기님은 시도 때도 없이 배가 고프다. 길을 조금 지체하겠지만 귀한 아드님 배를 곯릴 만큼 중요하진 않다. 그러나 그 아주 조금 지체한 시간 동안 피하려던 일이 생기고 말았다. 그들이 문을 열고 나왔을 때 평해가 식당 앞마당을 쓸고 있었다.

평해는 '부마' 앞에서 만난 여인이었다. 그날의 인연으로 민영은 평해와 서로 보듬어주며 마을에서 함께 식당을 열고 새 삶을 시작했었다. 삼 년이 지난 현재는 불행한 사고를 지워 버린 듯 새 협곡 다리도 섰고 마을이나 식당은 안정을 찾아가고 있었다. 하지만 오늘 이렇게 민영만 떠나게 되었다.

"평해야…… 잘 있어."

억울한 악다구니와 원망을 들었어도 민영에게 평해는 지난 삼 년간 가장 친한 친구였다. 그러나 평해는 민영이 인사한 걸 엎드리는 것으로 받아들인 모양이었다. 눈치만 보던 평해가 입을 실룩이며 쏘아붙였다.

"남의 남편 채려다 들키고는 야반도주하는구나, 꼴좋다!"

"뭐요? 말 함부로 하지 마소! 사정 다 알면서 그런 말 하고 싶소!"

채명이 화를 참지 못하고 소리쳤다.

"어린 게 뭘 안다고 나서! 넌 빠져!"

평해가 앙칼지게 대들었다. 사정 다 안다는 게 뭔지 알기에 얼굴이 벌게져 소리치는 모습이 광분한 듯 보였다. 완전히 돌아선 평해는 더는 친구도, 말이 통할 상대도 아니었다.

"채명아, 그냥 가자!"

"나쁜 년, 네가 나쁜 년인 건 동네 사람이 다 알아!"

"흥, 알긴 뭘 알아! 나쁜 건 댁네 남편 우각……."

"채명, 내 말 안 들리니?"

"가요, 갑니다!"

조용히 떠나기는 다 글렀다. 평해의 악다구니에 마을 사람들이 여기저기서 고개를 내밀며 빼꼼 내다보고 있었다. 사람들의 시선과 수군거림이 들리자 평해는 악귀에 씐 것 같이 소리쳤다.

"사정? 그래, 네 사정 같은 거야 잘 알지. 그 멀끔한 상판으로 사내 후리는 재주는 탁월하잖아? 네 그 아들내미, 이름도 모를 어느 사내의 자식이라며? 사내는 부인도 있다고 했지 아마? 왜, 이번엔 그 사내 찾아가서 부인 제치고 안방에라도 들어앉을 셈이냐?"

순간 민영은 굳었다. 잠깐 앞이 점멸하며 생각이 날아갔다. 하지만 곧 마차에 앉아 저만 기다리는 어린 아들이 눈에 들어왔다. 아직 알아들을 나이는 아니지만 이런 모욕을 안고 돌아설 수는 없었다. 민영은 천천히 돌아섰다. 그녀가 한 걸음 한 걸음 다가가자 움찔하던 평해는 곧 들고 있던 빗자루로 가로막듯 들고 쏘아보았다. 민영은 일부러 빗자루가 닿을 거리에 서서 목소리를 키워 말했다.

"평해, 나는 참았어. 너를 봐서 참고 또 참았어. 처음 우각이 나를 덮치려던 밤에 방을 잘못 찾아서 네가 아이를 가진 일이나, 너랑 결혼하고도 나를 번들거리는 눈으로 본다거나 하는 것도 참아왔어. 기어이 엊그제 밤 우각이 날 또 덮치려다가 채명에게 맞고 뺀 건 너도 알고 있지 않니? 그래도 널 생각해서 난 조용히 떠나려고 했어. 너와 내가 어떻게 만났는데! 내가 내 남편을 어떻게 잃었는지 네가 가장 잘 알면서 감히 나와 내 아들을 욕보여? 사과해! 당장 나와 내 아들에게 사과해!"

"나, 나, 난……. 미, 미안해. 민영."

성큼성큼 다가서는 민영은 마치 전사 같았다. 당장에라도 손을 내려칠 듯 호통치는 민영의 모습에 평해는 저도 모르게 사과의 말을 뱉었다. 하지만 제 목소리로 불러들인 사람들의 손가락질에 그 목소리는 기어들어가는 것 같았다.

"내 아들에게도 사과해, 당장!"

"저, 저런 아기가 뭘 안다고 사과해!"

평해가 작게 소리치며 뒤로 물러섰다. 어차피 민영은 떠난다. 여기 남아야 하는 이로서 사람들에게 사과하는 모습을 보이기는 싫었던 것이다.

"너. 정말 끝까지 형편없구나. 네가 우각에게 과하다고 생각했었지만 지금 보니 천생연분이다. 너를 이렇게 끊어내게 해줘서 고맙다고 해야겠구나. 잘 있어. 우리 다신 보지 말자."

건융을 욕보이지만 않았어도 사람들에게 평해가 우각의 아이를 가지게 된 사연까진 말하지 않았을 거다. 그러나 평해는 가장 건드리지 말아야 할 걸 건드렸고, 마지막까지 민영을 붙잡고 있던 연민을 모조리 날려 버렸다.

평해는 민영이 마차에 타고 섬뜩하게 뒤돌아본 채명이 마차를 몰고 가는 동안 망연히 서 있었다. 마차가 동구 밖으로 사라질 무렵 평해는 바닥에 철퍼덕 주저앉아 목청 놓아 울기 시작했다.

"나쁜 계집. 나쁜 계집! 요물 같은 년! 네가 홀려서 그런 거잖아! 이 나쁜 년아! 으허어어엉!"

평해의 울음소리에 화답하는 건 사람들의 수군거림뿐이었다.

"정말 떠나왔네……."

"많이 섭섭하세요, 누님?"

"글쎄, 섭섭하지 않다면 거짓말이겠고. 그렇다고 미련이 남은 것도 아니고 그래."

"섭섭하신가 보네요. 그래도 그놈을 다시 보지 않아도 되니 얼마나 좋아요."

"겨우 그런 놈 때문에 떠나다니 왠지 억울해서……. 앗, 우리 융이 자나?"

"네, 아까부터 잠들었어요."

"우리 융이, 처음 떠나는 먼 길에 멀미할까 봐 걱정했는데 다행이다."

"그러는 누님은 안 괜찮아 보여요."

채명의 말대로 민영의 안색은 그리 좋지 않았다. 마차를 잠깐은 타본 적은 있어도 이렇게 멀리 떠나긴 처음이었기 때문이다. 포장이 그리 잘되지 않은 길을 달리는 마차의 흔들림에 더부룩한 속이 요동을 쳤다. 아침을 먹지 않고 떠난 건 이런 걸 대비한 이유도 있었다.

"좀 쉬었다 갈까요?"

민영은 고개를 저었다. 얼마나 왔다고 그새 쉬기 시작하면 목적지까지 도착하기란 갈수록 요원해진다. 낯선 여행길은 되도록 빨리 끝내고 싶었다.

"너야말로 엊그제 다녀온 길인데 너무 무리하는 것 아니니?"

"에이, 누님. 저야 팔팔한 청년인데 이 정도쯤 아무것도 아니지요."

"호호, 어린 건 아니고? 넌 아직 십대 아니니!"

"누님!"

또래에 비해 유독 작았던 채명은 어리다는 말에 이렇게 격하게 반응하곤 했다. 체구가 보통 어른보다 더 커진 지금도 반응이 비숫한 걸 보면 아직 애는 애였다.

"우리 융이가 널 형이라고 부르잖니. 그럼 넌 어린 거 맞아."

"형이 아니라 명이라 부르는 것 아닌가요?"

"그럴 리가! 우리 융이가 그렇게 버릇없을 리가 없어!"

"에이, 이제 말 배우는 아기가 버릇은요."

"아냐, 세 살 버릇 여든까지 간다고 했어. 우리 융이가 세 살이니까 지금부터 잘 가르쳐야지."

"네에. 네."

하지만 채명은 속으로 중얼거렸다. "명'이라 부르는 것 맞는데요.'라고.

독심술을 하지 않는 한 모를 소리를 중얼거린 채명은 민영이 모르게 속도를 줄인 마차의 고삐를 당겼다. 민영의 말처럼 길가에서 시간을 오래 낭비하는 건 그리 좋은 게 아니다. 멀미에 적응된 민영이 꾸벅꾸벅 졸기 시작할 무렵, 마차는 울퉁불퉁한 관도를 지나는 것이 맞는지 의심스러울 정도로 부드럽게 속도를 높였다.

첫 번째 마을 어귀에서 잠에서 깬 민영은 생각보다 일찍 도착한 것에 어리둥절했다. 하지만 '엄마, 배고파!'란 건융의 말에 시간 생각 같은 건 금세 날아갔다. 그런데 채명에게만 고삐를 맡긴 것은 미안했다. 그래서 요기를 하고 난 후 고삐를 번갈아 잡자는 그녀의 말에 채명의 얼굴이 희한하게 일그러졌다.

"저를 죽이시게요?"

"무슨 소리야! 나도 마차 고삐쯤은 잡을 줄 알아!"

"그게 아니고요……. 아무튼 안 돼요! 그런 줄 아세요!"

채명이 워낙 단호하게 거부하는지라 민영은 다시 교대하자는 말은 못 꺼냈다. 사실 채명처럼 마차를 몰 자신도 없었다. 채명은 마차도 잘 몰고, 길도 잘 알고, 가는 곳마다 어떤 여관에 머물러야 하는지도 잘 알았다. 체구가 커진 걸 빼곤 여전히 어리고 순박한데, 가끔 보이는 그늘을 생각하면 채명의 과거가 조금 짐작되기도 했다. 많이 힘들었을 거란 상상은 했지만 그 과거에 이런 경험도 포함되었는지는 몰랐다. 그러나 말하지 않는 걸 굳이 캐물을 생각은 없었다.

"누님, 두건! 두건 잊었잖아요!"

막 세 번째 묵을 마을로 들어서려다 돌아본 채명이 깜짝 놀라 소리쳤다. 채명의 잔소리는 아버지보다 심한 것 같았다. 오는 내내 절대 두건을 벗지 말라며 신신당부하더니 잠깐 벗었다가 그새 잔소리 폭격이 쏟아지기 시작했다.

"아아……."

체념의 한숨에 채명의 눈이 각이 졌다. 민영이 귀찮다고 일부러 벗어던진 걸 눈치챘기 때문이었다.

"네 성화 때문에 좋은 경치를 다 놓친단 말이야……."

입으론 투덜대면서도 민영은 도로 두건을 눌러썼다. 아무리 순한 채명이라도 저렇게 단호한 얼굴을 하면 민영도 한 수 접어줘야 했다.

"누님, 경치보다 안전이 우선입니다. 누님은 예뻐요. 그냥 예쁜 것도 아니고 어마어마하게 예쁘다고요. 여자들이 누님을 보면 저 눈코입과 내 눈코입이 같은 기능을 하는 건지 의심할 것이고, 남자들은 누님을……. 하여간 위험하게 예쁘다고요. 농담 아니에요!"

물론 천령은 그녀가 예쁘다고 했었다. 하지만 그건 제 눈에 안경……. 설마 세상을 넘어오며 차원 보정이라도 받은 걸까? 하지만 거울에 비쳐 봐도 저는 그리 다를 바 없이 평범해 보이는데 채명의 반응은 솔직히 잘 이해 못 할 일이었다.

"하지만 마을에선 그런 말 못 들었는데……."

"그거야 그 마을에선 사람들이 어지간히 단련되어서 그런 거죠. 감히 말할 용기도 없고요! 그런 수작을 부렸다간 아작이 났을걸요? 지금까지는 제가 있었고, 그전엔 누님의 무서운 아버지가 계셨다면서요? 그러니 누가 감히 누님께 흑심을 품겠어요."

"아, 우리 아버지. 무섭다고들 했지."

민영이 남의 얘기처럼 고개를 끄덕였다. 채명의 뜨악한 얼굴을 배경 삼아 민영은 잠시 아버지란 이에 대해 추억했다. 겨우 일 년 같이 살 연을 만들어주고 그렇게 떠나 버리다니, 아버지치고는 매우 무책임하지 않은가 말이다. 정말 죽기 전에나 다시 만날 수 있을는지 모르겠다.

"아무튼, 누님 얼굴은……!"

"알았어! 화근이라고? 꼭꼭 눌러쓰고 있을게."

"아니, 그게……. 화근이라니……. 그게 그런 뜻이……."

다시 쩔쩔매기 시작하는 채명을 툭툭 두드려 벌써 마차를 맞으러 나온 여관 주인을 가리켰다.

여관 주인은 사방을 신기한 듯 관찰하는 아기의 깜찍한 얼굴에 입매만 보이는 여인의 용모가 궁금했지만 사납게 지팡이를 들고 호위하는 사내를 보고는 관심을 접었다. 본 게 많았던 여관 주인은 사내가 들고 있는 뭉툭한 지팡이가 그저 단순한 지팡이가 아니란 걸 알았던지라 여인에겐 눈길도 주지 않으려 애썼다. 그들이 여태 지나온 마을에서 있었던 일이고, 앞으로 지나가는 곳에서도 계속 겪게 될 일이었다.

"드디어 도착했어요!"

채명이 그렇게 말한 건 그들이 떠난 지 열 하고도 나흘째였다. 눈을 들자 그들이 살던 유슬에선 보기도 드문 2층 누각이 흔하다 못해 기본 건물인 데다 눈만 돌리면 그보다 높은 고층 누각과 화려한 건물들이 가득했다. 이곳이 바로 황제가 사는 도성, 어쩌면 전에 봤던 부마라던 이도 이곳에 살고 있는지도 모르겠다. 까닭 없이 왜 그가 떠오르는지 모른다. 만날 가능성 따위 조금도 없는 이인데 낯선 곳에 오니 괜히 아는 이를 떠올리려 하다 보니 생각 난 모양이었다. 아니, 그게 아니라 어쩌면······.

"누님?"

상념이 길었던 모양이다. 채명이 고개를 갸웃거리며 쳐다보고 있었다.

"그래, 여기가 도성이구나. 우리가 살 곳······."

"맞습니다. 우리가 살 곳이지요."

채명이 싱긋 웃었다. 민영도 마주 웃었다. 새로운 시작이다. 조금은 두렵지만 설레기도 했다. 꿈을 펼치고 살아가기 좋은 곳이리라. 그렇게 믿었다. 첫 번째 여관에서 전 재산이 든 돈주머니를 도둑맞을 때까지는.

민영은 눈을 떴다. 왜 잠에서 깼는지는 잘 모른다. 부스럭거리는 소리가 들린 것도 아니고 건융이 옆에서 몸부림치지도 않았다. 하지만 어느 순간 정신이 번쩍 깨버렸다. 인기척이 들리지 않았지만 민영은 알았다.

'누군가 안에 있다!'

채명은 아니다. 알지만 눈을 뜰 수도, 일어날 수도, 소리를 칠 수도 없었다. 설명할 수 없는 압박감에 숨이 막힐 것 같았다. 그러다 어느 순간 눈이 떠졌다. 아직 몸은 움직여지지 않았지만 창가에 어른거리는 인영은 볼 수 있었다.

놈이 옆구리에 낀 익숙한 꾸러미는 민영이 지난 시간 모은 전 재산이 든 주머니였다. 도둑! 창을 막 박차고 나가려던 놈이 갑자기 뒤를 돌아보았다. 그때 눈이 마주친 것 같았다. 놈이 민영을 보며 웃었다. 두려움에 소리조차 새어 나오지 않았다. 반사적으로 건융을 감싸며 눈을 감았다. 하지만 한참이 지나도 다른 기척이 더 느껴지지 않았다. 살그머니 실눈을 떴다가 푸르스름한 달빛에 반사된 빛나는 이빨을 보는 순간 민영의 정신은 까무룩 꺼지고 말았다.

민영이 잠, 아니 정신이 깬 건 그녀의 자동 알람 건융이 꼼지락댄 덕분이었다. 민영은 먼저 채명부터 불러 간밤의 일을 말했다.

"도둑이요? 제가 바로 옆방에 있었는데 어떻게 모를 수가……."

도둑이 다녀갔다는 창문을 살피면서 채명은 놀라고 당황하고 분개한 표정을 감추지 못했다.

"아무 소리도 나지 않았어."

"정말 누님 주머니가 사라진 걸 빼곤 흔적도 없어요……."

채명은 망연한 얼굴로 도리질 치다가 깜짝 놀라 소리쳤다.

"그보다 누님, 괜찮아요?"

민영은 바로 며칠 전 평해의 남편 우각에게 당할 뻔했었다. 채명이 며칠 없는 틈에 민영에게 몹쓸 짓을 하려던 우각은 예정보다 빨리 돌아온 채명 때문에 일도 실패하고 차후 사내구실을 할지 의심스러운 상태로 뻗어버렸다.

"보다시피……. 조금 놀라긴 했지만 괜찮아. 아니, 괜찮지는 않네. 도둑이 우리 전 재산을 들고 갔으니 우리 이제 어쩌지?"

"죄송해요. 누님 말대로 제가 나눠 가지고 있었어야 했는데. 도성에 왔다고 마음을 놓았나 봐요. 정작 여기가 더 위험한 곳이란 걸 그새 까먹고!"

채명은 자책하며 제 머리를 쥐어박았다. 건융이 그런 채명을 잡아당기며 말했다.

"멍, 왜 아야, 해?"

발음도 새고 단어도 짧지만 한심하다는 기색은 충분했다. 더욱 좌절한 채명이 아예 머리를 부여잡자 민영이 건융의 말을 고쳐 주었다.

"형이라고 해야지."

"형."

'그게 아니라고요!'

채명이 입으로만 벙긋거리자 건융은 장난치는 줄 알고 좋다고 따라서 입을 벙긋거렸다. 해맑은 아들의 재롱을 보며 민영은 건융을 끌어안고 말했다.

"여관에 닷새치 비용을 미리 낸 것이 천만다행이야. 그동안 일자리부터 알아봐야겠다."

삼 년을 꼬박 모은 재산을 몽땅 도둑맞고 당장 살 길이 막막해졌는데도 민영의 얼굴에 절망은 없었다. '엄마, 오늘도 예뻐. 좋아!' 하고 안기며 뽀뽀해 오는 아들이 있기 때문이다. 이 귀한 아이를 위해선 좌절할 시간도 아까웠다.

"제가 알아볼게요."

"그래줄래? 나도 여관 주인에게 먼저 물어보고 시장에 나가볼게."

"누님, 제발 누님은 여기 가만히 계세요."

"응, 왜? 둘이 알아보면 더 빠르고 좋잖니?"

"제발 누님!"

"그래, 그랬었지……."

민영은 여태 믿기지 않던 자신의 '미녀 설'을 진지하게 받아들여야 할지도 모른다는 생각을 했다. 그러면서 어째 시무룩해지는 민영 때문에 채명은 기어이 제 가슴을 쾅쾅 쳤다.

"또 아야 해?"

"아, 아니야아……."

한숨을 쉬는 채명의 어깨를 작은 손이 토닥여 주었다. 그 모습을 보며 민영은 피식 웃다가 채명에게 말하지 않은 사실을 떠올렸다.

웅과 웅 못지않게 기척에 예민한 채명이 어제 그녀의 방을 턴 도둑을 알아채지 못한 건 당연했다. 인간이 아니니까. 꼬리가 셋 달린 이를 인간이라 할 수 없지 않겠는가? 평범한 사내의 얼굴에 투영된 도둑의 엉덩이 뒤로 불쑥 튀어나온 꼬리 세 개가 살랑살랑 흔들리는 모습이 꽤 위협적이었던 것 같다.

이상하지만, 도성에 들어선 이후 민영의 눈에는 그런 인외의 존재가 사람들 속에 가끔 보였다. 어제 그 도둑처럼 사람의 모습을 하고 있는데 겹친 화면처럼 다른 모습이 튀어나와 있었다. 유슬에선 그런 이들이 없었던 것인지, 아니면 도성에 오고 나서 제가 이상해진 것인지 모를 일이지만 하여간 환각을 본 건 아닐 것이다.

인외의 존재에게 당했다는 것을 알게 되어서인지 전 재산이 털린 것엔 뭔가 쉽게 포기가 되었다. 아깝지 않은 건 아니지만 그냥 자연재해를 만난 거다. 그래도 아무도 다치지 않았으니 그걸로 감사할 일이었다. 그녀에게 인외의 존재란 아버지 판고를 연상케 하니 저절로 그렇게 포기가 되었다.

원래 계획으론 민영은 그 돈으로 변두리에 작은 집을 빌려 식당을 시작하려 했었다. 하지만 이젠 그런 계획 따윈 깨끗이 지워야 할 때였다. 당장은 묵고 먹을 돈부터 마련해야 했다. 지금 머무는 이곳도 나흘밖에 여유가 없었다. 나흘 동안 일자리를 구하지 않으면 당장 건융이 굶게 된다. 무조건 방법을 찾아야 했다.

"일할 곳부터 찾아야 해."

"네, 우선 일할 곳부터 찾을게요."

"건융을 데리고 일할 수 있는 곳을 구할 수 있을까?"

"제가 이곳 뒷골목 출신이라니까요. 절 믿으세요!"

큰소리를 탕탕 치며 나가는 채명의 뒷모습이 꽤 든든해 보였다. 사실 아무 연고도 없는 그들이 수도로 온 것은 채명이 이곳 출신이라는 것 하나 때문이었다. 우각의 일이 있자 채명은 당장 그곳을 떠나자며 제 과거 한 자락을 풀어냈다. 저가 이곳 도성의 뒷골목 출신이라는 것이다. 비록 좋은 기억은 없지만, 그나마 한 사람이라도 잘 알고 있는 곳에서 새 출발을 하는 것이 낫지 않느냐는 주장에 민영도 고개를 끄덕였다.

'정말 그래서 온 거니?'

그 순간 떠오르는 그림자에 민영은 얼른 고개를 홰홰 저었다. 도성에 오니 쓸데없는 상상을 하게 된다. 제가 할 일은 채명이 일자리를 구해오는 동안 얌전히 기다리는 것뿐이었다.

호언장담을 하고 나갔던 채명은 저녁이 돼서야 맥이 빠져서 들어왔다. 얼마나 애를 썼는지 알 것 같기에 민영은 말없이 채명을 토닥여 주기만 했다. 하지만 두 번째 날도 채명은 기진맥진한 모습으로 돌아와 죄스러운 얼굴을 할 뿐이었다. 이제 하루만 남았다. 그 안에 일자리를 찾지 못하면 그들은 그대로 찬 바닥에 나앉아야 했다. 건융이 없다면 노숙 같은 것 견뎌보겠지만 봄밤은 쌀쌀했다. 건융이 그 한기를 버텨낼 수 있을지 절대 모험하고 싶지 않았다.

마지막 날, 채명은 오늘만큼은 꼭 일자리를 구해서 올 거라며 투지를 불태우며 나갔다.

실은 민영도 알았다. 채명이 쉽게 일자리를 구하지 못하는 이유는 건융이 있기 때문이라는 걸. 아무 허드렛일이나 하는 거라면 이 많은 사람들이 모인 곳에서 의탁할 곳이 없을까? 그들이 머무는 이곳 여관 부엌일이라도 거들 수 있었다. 하지만 채명은 여관 주인이 다른 여자 손님을 보며 눈을 아래위로 희번덕거리는 광경을 봤다며, 절대 말도 꺼내지 말라고 펄펄 뛰었다.

다른 방법이 있기는 있었다. 당장 그들이 타고 온 조랑말과 마차를 판다면 그리 돈은 되지 않겠지만 적어도 며칠 여관비는 나올 것이다. 그래도 안 된다면…… 마지막 수단이 있었다.

민영은 목덜미를 더듬어 그것을 꺼냈다. 최후의 최후까지 아끼고 숨겨둔 이것은 나중에 건융에게 물려줄 것이었다. 하지만 건융이 무사하지 않게 되면 다 소용없는 일이다. 처음과 다름없이 빛나는 금빛을 보며 입술을 깨물던 민영은 계단을 급히 올라오는 소리에 다시 목걸이를 품에 넣었다. 다음 순간 문이 벌컥 열리며 채명이 기쁜 얼굴로 소리쳤다.

"됐어요, 누님! 우리 갈 곳이 생겼어요!"

"정말?"

"네! 어딘지 알아요? 무려 율기 대장군 댁이에요! 그 댁 접객실 부엌에서 급히 사람이 필요하게 되었는데 머물 방도 내어준대요. 보수도 있고 먹을거리도 풍족할 거래요. 율기 대장군 댁은 대우가 좋다고 하니 거기서 오래 일하면 우리 본래 계획대로 나가서 살 수도 있어요."

"너, 정말 대단하구나! 꺄아, 잘됐다, 잘됐어!"

"운이 좋았다고요! 아, 얘기할 시간이 별로 없네요. 당장 가요. 가면서 얘기해 줄게요."

"그래, 어서 가자."

후다닥 챙겨 여관을 나오는데 저를 훑어보는 여관 주인의 눈길에 민영은 소름이 오소소 돋았다. 아니지, 싶어 고개를 돌리는데 여관 주인의 숨넘어가는 비명이 들렸다. 갑자기 배를 쥐어 잡고 뒹구는 여관 주인을 보며 그의 아내와 하녀가 어쩔 줄 몰라 했다.

"갑자기 왜 저러지?"

"허튼 생각 하다 벌 받은 거겠죠. 신경 쓸 거 없어요. 우린 어서 나가요!"

채명이 어깨를 으쓱하고는 민영을 감추듯 가리며 앞장세웠다.

의원을 부른다, 어쩐다 하는 소리를 들으며 민영은 여관 주인의 비명에 긴장한 건융을 안고 채명을 따라나섰다.

번화한 곳이라 달리지 못하는 터라 세 사람은 마부석에 나란히 앉았다. 채명은 신이 나서 하던 이야기를 이었다.

"참, 누님. 율기 대장군이 누군지는 아시죠?"

"응, 들어본 적은 있는 것 같아."

민영은 거의 주방 일을 맡긴 했지만 그래도 식당을 한 덕분에 흘려들은 이야기는 꽤 많았다. 몇 년 전 황제가 죽었다든가, 황태자가 새로 황제로 즉위한 일이나, 나라에서 가장 강한 무력을 지닌 장수가 누구인가, 하는 세상 이야기들 말이다. 종종 사람을 해치는 요괴들의 등장과 함께 율기 대장군의 이야기는 빠지지 않았다.

"요괴를 많이 물리치신 분 아냐?"

"그게 끝이에요?"

"뭐 더 알아야 해?"

"……아뇨. 세상 상식이 있는 듯 없는 건 알고 있었지만 설마 그분도 모를 줄은……."

"뭐야?"

"아, 아뇨! 하하, 그냥 제가 설명해 드리면 되죠. 참, 이미 결정된 건 아니고요. 누님을 보고 나서 말할 거래요."

"그거야 당연하지."

"일단 누님에 대해선 자세히 일러두고 왔어요. 아마 지금쯤 벌써 사실 여부를 다 확인했을걸요?"

"응? 우리가 열흘 넘게 떠나 온 곳을 어떻게 그새 알아본다는 거야?"

"참, 누님은 소리통이라는 거 본 적 없죠? 먼 곳에 있는 사람과 서로 연락을 주고받는 건데요, 보통은 소리만 전해서 소리통이라고 하는데 능력 좋은 주술사가 만든 건 서로 마주 보고 말하듯이 연락이 된대요. 아, 그게 중요한 게 아니라, 하여간 소리통은 웬만한 영주부나 군사 초소에는 다 있거든요. 율기 대장군 댁은 요괴의 출몰이나 동향을 가장 넓게 통제하는 가문이니 사람 하나 들이기도 보통 까다로운 곳이 아니래요."

"그렇구나……."

"훗, 그런데 누님 말고도 그런 거 모르는 이가 또 있긴 있었어요."

"응?"

"제가 제일 먼저 달려간 줄 알았더니 다른 여자가 벌써 와 있더라고요. 그래도 혹시나 사정이라도 해보려고 갔다가 들었는데, 우리가 도성에 들기 전날 지나온 절울 마을 있죠? 거기 기방에서 손님들 물건을 도둑질하다가 도망친 여자였대요. 간도 크지, 그런 것도 모를 줄 알고 제 발로 그 댁에 들어가다니. 바로 관청에 잡혀가는 걸 보고 왔어요."

"그런 것도 금세 알아볼 정도야?"

"그럼요! 도성은 난다 긴다 하는 주술사들이 거의 모여 있는 곳이라고요. 별의별 주술품들이 다 돌아다니는데 그깟 좀도둑 하나 알아내는 건 우스운 일이지요."

민영은 묘한 괴리감을 느꼈다. 첨단을 달리는 과학물품의 홍수를 경험하다가 중세시대로 빠진 듯한 생활을 하게 되니 당연히 불편한 점은 있었다. 그런데 이곳도 주술의 힘을 빌린다면 첨단 과학으로도 누리기 어려운 편리한 혜택을 누리는 곳이다. 소리통은 그작은 일부일 뿐이고 하늘을 날거나 물건을 순식간에 먼 곳까지 옮기거나 몸을 투명하게 숨길 수도 있단다. 하지만 당연하게도 그런고도의 혜택을 누릴 수 있는 건 귀족이나 일부 부호들뿐이었다.

"엄마, 저기, 저기 봐!"

그때 건융이 그녀를 잡아당기며 그 작은 손가락으로 어딘가를 가리켰다.

"응?"

건융이 가리키는 곳으로 고개를 돌리자 높은 누각 지붕 위에 붉은 인영이 보였다. 사람이 불에 타고 있다! 하지만 비명을 지르기 직전, 그가 입고 있는 붉은 도포가 노을에 반사되어서 빛나 보일 뿐이라는 걸 알 수 있었다.

"어? 없다!"

건융이 안타깝다는 듯 소리쳤다.

"응? 뭐가요?"

"저기……."

민영이 누각을 가리켰지만 그곳엔 노을의 흔적만 남았을 뿐이었다. 채명에게 잠깐 고개를 돌린 새 인영은 사라져 버렸다. 채명이 신기하다는 듯 말했다.

"누님, 대장군은 모르시면서 저 댁인 건 어떻게 아셨어요?"

"저기라고?"

"네, 맞아요, 다 왔어요!"

채명은 제 집인 양 뿌듯하게 저택을 가리켰다.

방금 본 누각은 담이 둘러싼 건물 중 일부였을 뿐이다. 누각을 포함해 모든 건물에 검푸른 기와가 얹어진 그 집은 멀리 보이는 황금색 궁궐이 아니었다면 황궁이라고 착각했을지도 모를 그런 대저택이었다.

가까이 가면서 보자 방금 본 누각의 웅장함과 화려함이 돋보였다. 3개 층이지만 일반 건물 5층 정도 높이라 자꾸만 눈에 들어왔다. 누각 위로 선명한 노을이 져서 대비되는 아름다움이 장관이었다.

"정말…… 우리가 일할 곳이 여기라고?"

"네, 그렇다니까요! 어서 가요."

채명이 희희낙락 앞장서더니 바로 앞에 보이는 거대한 대문을 지나 한참 더 담을 돌아갔다.

"저기 정문을 드나들 수 있는 사람은 그리 많지 않아요. 우리 같은 사용인들은 따로 다니는 문이 있거든요."

채명은 씁쓸한 얼굴로 말해주었지만 민영은 그리 서운한 생각은 들지 않았다. 신분제가 있고 없고의 차이는 크지만 어느 세상이든 계급은 존재한다. 어느 회장님네만 탈 수 있는 엘리베이터가 따로 존재하고 건물도 그런 부류만 출입할 수 있는 층이 분리돼 있는데, 하물며 신분 사회에서 대문쯤이야.

담을 한참 더 돌아가고서야 사람이 드나드는 다른 대문이 보였다.

"여기예요, 누님!"

채명이 먼저 내리더니 건융에게 손을 내밀었다.

"자, 우리 도련님. 여기가 이제부터 우리 도련님 집이에요!"

채명이 과장스레 대문을 가리키자 건융이 손뼉을 치며 좋아했다.

"우와아, 크다아!"

"아직 들어가 봐야 아는 거잖아. 이전에 쫓겨난 사람이 있다며?"

"그거야 그 사람은……. 말했잖아요. 하여간 누님은 별걱정을 다 해요."

"그러게."

대답은 그렇게 했지만 민영은 문 앞의 하인이 다가오자 초조해서 입술이 말랐다. 지원자의 이력을 조사한다니 이 댁에선 유슬에서 일어난 제 일을 이미 알고 있을 것이다. 그 일이 다시 입에 오르내리는 것도 싫지만 그것 때문에 거절당할까 마음이 초조해졌다.

"다 잘될 거예요, 누님."

채명이 씩 웃어 보이고는 마차에서 내렸다. 하인과 인사하고 몇마디 이야기를 나눈 채명이 금세 돌아와 민영에게 손을 내밀었다.

"곧 사람이 올 거예요. 마차는 들어갈 수 없으니 여기서 짐을 내려야 해요."

채명의 말대로 곧 하녀 한 사람이 그들을 안내하러 왔다. 건융을 꼭 끌어안은 민영 뒤로 채명이 옷가지를 담은 보따리를 안고 들어가자 몇 사람이 흘끔거렸다. 하지만 다들 제 볼일이 바쁜지 그리 관심을 보이는 이는 없었다. 그만큼 오가는 이들이 많았다.

하녀가 발길을 멈춘 곳은 열기가 이글거리고 사람들이 이리저리 복잡하게 움직이는 부엌 앞이었다. 하녀가 그들을 앞에 세우고 안에 들어가자 곧 깐깐하게 생긴 반백의 중년 여인이 나왔다. 이 여인에게 그들의 앞날이 달린 것이다. 민영은 얼른 채명에게 건융을 맡기고 인사했다.

"안녕하세요, 판민영이라고 합니다."

"성치산 아래 유슬 마을에서 살던 판민영, 나이는 스물다섯,

살던 곳에선 삼 년간 식당을 운영했었다고?"

성을 붙여 부르는 이름을 듣자 새삼 아버지가 생각났다. 정든 마을을 떠나와서 그런지 요 몇 년간 잊고 있던 그가 단 며칠 사이에 부쩍 생각났다. 솔직히 나이에 대해선 살짝 수정이 필요했지만 퇴화한 외모 때문에 그 정도도 많이 쳐준 것이었다.

"네? 네, 맞습니다."

여인이 말하는 자신의 약력에 민영은 채명의 말이 실감 났다. 채명이 미리 말은 해뒀다지만 어쩐지 그것이 아닌 조사한 사항을 읊는 느낌이 들었다.

"두건을 벗어봐."

날카롭게 훑는 시선에 민영은 아직 한 몸이 되어 있는 줄도 몰랐던 두건을 벗었다. 순간, 왁자하던 부엌의 뜨거운 소란이 멈추며 잠시 정적이 일었다. 그러자 여인이 인상을 찌푸리며 중얼거리는 소리가 똑똑히 들렸다.

"왜 얼굴을 가리고 다녔는지 알겠어. 사내 열은 잡아먹을 얼굴이네. 열이 뭐야, 아휴, 여긴 순 사내들이 득시글거리는 곳인데. 이러면 좀 곤란하려나?"

민영은 속으로 뜨악했다. 사실 채명의 말은 사심이 섞인 과장이라 여겼는데 실제로 민영이 화근이 아닐까 걱정하는 여인의 표정이 정말 심각해 보였다.

정말 미의 기준이 이렇게 다른가? 아니면 제 눈만 다른 건가? 판고의 영향이 얼마나 컸던지 새삼 깨달았다. 우각은 외지에서 온 이라 그 영향에서 벗어났던 것이고. 아니, 당장 중요한 건 그게 아니다. 여기에서 쫓겨날 수는 없었다.

"제발, 뭐든 잘할 수 있어요. 제 자랑 같지만 식당은 꽤 입소문이 날 정도로 솜씨는 나쁘지 않았어요."

"여기 있는 사람 중 그렇지 않은 사람 있나……."

"실은 갈 데가 없어요. 도성에 온 첫날 도둑이 들어 저희 전 재산을 훔쳐갔어요. 연고도 없이 정리한 재산만 보고 떠나온 것이라 정말 절박합니다. 머물 곳만 주신다면 정말 열심히 일하겠습니다! 정 문제가 생기게 된다면 스스로 떠나겠습니다. 당분간이라도 지켜봐 주세요."

그러나 여인의 얼굴에 서린 차가움은 가시지 않았다. 골치 아픈 일을 떠맡고 싶지 않다는 표정이 역력했다. 결국 고개를 저으려던 것 같던 여인이 갑자기 움찔하더니 입술을 떨며 말했다.

"뭐, 문제가 생기면 제 발로 나가야 할 거야! 아무튼, 당장 사람이 필요한 건 사실이니 일단은 두고 볼게. 시골에서 아무리 네가게를 가졌었다 해도 우선은 보조나 열심히 해."

"감사합니다, 정말 감사합니다!"

허리를 숙여 인사하는 민영을 보는 여인의 눈은 그리 곱지 않았다. 모르는 척 고개를 숙이고 있자니 중얼거리는 말에 짜증이 실렸다.

"흥, 전 재산이 털려? 핑계도 가지가지네. 하긴, 이 댁 대문 안에 발만 붙이고 보면 될 테니 무슨 이유든 못 댈까."

"네?"

"아, 아닐세. 어찌 됐든 첫날부터 일하라고 할 수는 없으니 오늘은 숙소에 가서 여정이나 풀게. 정말 귀한 몸이 되면 곤란할지도 모르니."

여인은 뭔가 포기한 듯 짧게 한숨을 쉬고는 민영의 뒤편을 쳐다보며 말했다.

"위험하니 애는 절대 부엌에 데려와선 안 되네!"

"네, 제 동생이 돌볼 것이니 그건 걱정하지 않으셔도 됩니다."

여인은 그새 건융을 어깨에 올려놓고 놀아주고 있는 채명을 흘 긋거리고는 혀를 쯧쯧 찼다.

"허우대는 멀쩡하구먼. 차라리 동생이 일을 할 것이지······."

들으라는 듯한 말에 채명이 볼을 긁적였다. 하지만 사정이 있었다. 채명도 일을 해보려 하지 않은 건 아니었다. 그렇지만 채명은 가끔 남의 집에 일손을 도우러 가기만 하면 발작적으로 혼절하곤 했다. 결국, 소문이 나서 마을에선 채명을 쓰고자 하는 이가 없었다. 그렇지만 민영의 일을 도울 때는 그런 일이 없었다. 힘쓰는 일도 곧잘 했고 사냥을 해서 고기를 구해 오기도 하고 결정적으로 우각과 같은 이로부터 그녀와 건융을 지켜주기도 했다.

나중에 떠도는 의원에게서 진단받기로, 채명이 발작하는 건 심리적인 병이라고 했다. 그리고 덧붙이길, 마음의 병이기에 저절로 낫기까지 기다릴 수밖에 없다고 했다. 의원의 진단에 허탈해하는 채명을 보며 민영은 그가 스스로 떠날 때까지 그를 절대 떼어놓지 않겠다 다짐했다.

"나는 아초라고 부르게. 아이 있는 어미의 이름을 부르긴 뭣하니, 사람들에게 자네는 유슬댁이라 소개하겠네. 나도 그렇게 부를 거고."

"네, 아초님."

"지금은 저녁을 준비할 시간이라 길게 말할 시간이 없어. 잠깐, 거기 애진아!"

아초에게 이름이 불린 소녀가 금세 달려왔다.

"네!"

"여기는 유슬댁이라고, 내일부터 일할 게야. 양남이 머물던 곳으로 안내해 줘. 유슬댁, 내일 6시가 되기 전까지 여기로 와. 일이 만만치 않을 테니 각오하고!"

"네, 명심하겠습니다!"

민영의 인사가 끝나기도 전에 아초는 벌써 부엌으로 사라졌다.

"이쪽으로 오세요."

애진은 눈치껏 먼저 마당을 질러가더니 사람이 드문 곳에 오자 납죽 인사했다.

"안녕하세요, 저는 애진이라고 해요. 열네 살이고요, 부엌이랑 접객실을 돌며 잔심부름을 해요."

"만나서 반가워요. 나는 민영이라고 해요. 이쪽은 내 아들 건융, 여긴 동생 채명이에요."

"건융! 이름도 멋져요! 너무너무 예쁜 아기님이에요! 참, 그럼 전 민영님이라고 부를게요. 유슬댁이 뭐람, 촌스럽게."

작게 투덜거리는 소리에 민영은 그제야 긴장이 풀리면서 웃을 수 있었다.

"그냥 언니라고 불러요."

"그건 우리 어머니께 그래도 되는지 물어볼게요. 아, 우리 어머니도 아까 그 부엌에 계세요. 어머니는 사람들이 제 이름을 붙여 애진댁이라고 불러요."

"잘 알아둘게요."

"헤헤. 그리고 저한테 편히 말씀해 주세요."

애진은 연신 민영과 건융을 돌아보며 감탄하는 얼굴을 숨기지 않았다. 그 천진한 호감의 눈길에 절로 기분이 좋아지는 아이라 민영도 굳이 거리감을 두고 싶지 않았다.

"응, 그럴게."

숙소는 멀지 않았다. 애진은 작은 방들이 다닥다닥 붙어 있는 단층 건물의 끝 방에서 발을 멈추면서 말했다.

"여기예요! 여긴 대부분 혼자 사는 하녀들이 머무는 곳이에요."

"고마워."

"하지만 방이 작아서 세 사람이 지내긴 좀 불편할 거예요."

그러면서 미간을 찌푸리는 애진을 보니 채명을 좋게 보지 않는 것 같았다. 언젠가 사정을 설명하고 친해질 수 있는 날이 오길 바랄 수밖에 없었다. 눈치 빠른 채명이 그런 분위기를 모를 리 없었다. 하지만 말없이 묵묵히 짐만 안으로 들이는 모습에 잘 참는가 보다 했다.

"저는 이만 가봐야 해요. 내일 뵐게요!"

애진은 돌아서다 말고 미련 가득한 눈으로 민영에게 안긴 건융에게 손을 뻗으며 말했다.

"그런데…… 어쩜. 너무너무 예뻐요! 다음에 제가 놀아줘도 돼요? 저, 시간 날 때 봐드릴게요!"

얼마든지, 라고 말하려던 순간 민영의 말을 먼저 채는 이가 있었다.

"어림없거든! 우리 융이는 나만 좋아하거든!"

채명의 대답에 애진은 잠시 황당한 얼굴을 했지만 곧 대차게 대꾸했다.

"댁한테 한 말 아니거든요? 저 예쁜 아기 도련님이 날 좋아하게 만들어줄 테니 두고 봐요!"

애진은 채명이 잠시 말을 잃은 새 코웃음을 치고는 도망치듯 가버렸다. 채명은 항상 어른스럽고 저가 보호자인 양 굴지만 제 또래를 만나니 제 나이대의 모습이 보인다. 그게 반가워서 민영은 소리 내어 웃었다.

"뭐 저런 애가……."

"네가 잘못했어, 명아."

"아……. 누님, 죄송해요. 괜히 저 때문에 고생하시는데 소란까지 일으켜서…….”

“어머? 채명아, 그러지 말라고 했지? 너 아니면 내가 건융이를 어떻게 믿고 맡기니?”

“그건 그렇지만…….”

“난 건융이 없으면 못 살아. 내 소중한 아들을 맡길 수 있는 사람은 너뿐이야.”

“그렇죠? 이 멋진 도련님은 제가 목숨 걸고 지킬 테니 걱정하지 않으셔도 돼요. 저 밤톨의 손에서도 반드시 지킬게요!”

“그건 아니다…….”

“밤톨?”

채명의 말을 따라 하는 건융 덕분에 두 사람은 동시에 웃었다. 하지만 작은 방에 들자 채명의 얼굴은 다시 어두워지고 말았다. 왜 이곳이 혼자 사는 하녀들이 쓰는 곳인지 알 정도의 좁은 곳이었다. 그러나 민영은 늦지 않게 묵을 곳과 일할 곳을 찾아준 것만으로 채명이 고마웠다. 민영이 가슴 부근을 더듬어 잡는 모습을 채명이 말없이 지켜보았다.

“엄마, 배고파요.”

“어머나, 우리 건융이 배고파요? 엄마가 맘마 줄게요!”

조금이라도 어두운 분위기가 될 것 같으면 어김없이 깨주는 깜찍한 존재가 입을 열자 채명이 용수철처럼 튀어 일어났다. 짐 보따리에 건융이 먹을 건 항상 있었다. 채명은 어느새 나가서 물을 찾아 떠왔고 잽싸게 말린 곡물가루를 물에 개어 건융에게 한 숟가락씩 떠먹여 주기 시작했다. 유모가 따로 없었다. 하지만 야속하게도 건융이 먼저 챙기는 건 그 유모가 아니었다.

“엄마, 엄마도 아!”

“엄마는 우리 건융이 먹고 먹을게, 건융이 아!”

“그럼, 명도 아!”

“아이쿠, 우리 도련님! 채명도 주시려고요? 황송해라! 그래도 우리 도련님 먼저 아!”

“아!”

건융이 참새처럼 입을 벌렸다. 씹을 것도 없는 죽을 오물거리며 받아먹는 건융이 너무 사랑스럽다. 기분이 좋아진 채명에게 민영은 다시 한 번 이야기했다.

“네가 없으면 우리 모자 굶어 죽을지도 몰라. 내가 네게 얼마나 고마워하는지 그 생각만 해줬으면 좋겠어.”

“그게 아니라……. 누님, 그러면 나중에…….”

“응? 뭐든 말해!”

무슨 얘기를 하려는지 채명은 계속 망설이기만 했다. 민영은 그가 말할 때까지 다그치지 않고 가만히 기다려 주었다. 몇 번이나 입을 달싹이던 채명이 드디어 어렵게 입을 열었다.

“나중에요……. 누님이 저한테 화가 나시더라도요…….”

“내가? 내가 왜 너한테 화가 나?”

“혹시요……. 혹시 그럴 일이 있더라도……. 그때 저를 한 번만 용서해 주실래요?”

“그럼, 얘는 또 당연한 소릴……!”

“어, 그게 그렇게 간단하게 말할 게 아닌데……. 나중에 이런 말 했다고 더 혼날지도 모른다고요.”

채명이 머리를 잡아 뜯듯 감싸 쥐었다. 여관에서도 그러고, 최근 채명에게 나쁜 버릇이 생긴 것 같았다. 다시 달래줘야 하나 하고 있는데 바깥에서 인기척 소리가 들렸다.

“민영님!”

문을 열자 애진이 들고 있던 커다란 보따리를 내놓았다.

"이거 드리려고 왔어요. 어머, 벌써 시작했네? 아기님 드릴 것도 챙겨 왔는데."

"이게 뭐니? 세상에……!"

애진이 풀어놓은 보따리엔 먹을 것이 가득했다. 식당을 하느라 먹을 것이 빈곤한 적은 없었지만 보따리 안은 그 이상이다. 각종 고기와 해산물, 따뜻한 밥과 죽에 말린 과일들까지 그야말로 생각도 못한 진수성찬이었다.

"이 많은 걸! 아초님이 보내신 거야? 자상하셔라. 감사하다고 전해주렴. 아니, 내가 직접 말씀드려야겠다."

"아니에요, 아니에요! 실은…… 어머니가 보내주신 거예요."

"아, 부엌에 계시다던? 어머, 이렇게 많이 보내주셔도 되는 거니?"

"그럼요! 우리 어머니는 아초님도 함부로 못하세요. 꼭 그래서가 아니라 부엌엔 항상 음식을 넉넉히 해서 하인들도 나눠 먹는걸요? 민영님도 남는 음식은 얼마든지 드실 수 있어요. 밖으로 빼돌려 팔지만 않으면 돼요. 그런 건 엄벌에 처하거든요."

"그래, 고마워. 우리 융이도 누나한테 인사해야지?"

"고맙쭙니다."

곱게 배를 접어 인사하는 건융을 보고는 애진이 몸을 꼬며 좋아하다가 죽을 찾아 내밀었다. 뜨겁게 보낸 죽이 건융이 먹기 딱 좋게 식어 있었다. 애진이 말은 하지 않았지만 일부러 건융을 위해 따로 쑤어 보낸 것 같았다.

"고, 고맙다."

딴청을 부리던 채명도 민영의 눈짓에 억지로 인사를 했지만 애진은 본 체도 하지 않았다.

"앗, 파파다!"

말린 과일들 중 자신이 가장 좋아하는 파과에 눈을 빼앗긴 건
융이 죽 그릇을 밀치며 손을 뻗었다. 하지만 건융은 파과를 잡을
수 없었다.

"안 돼. 간식은 나중에."

"히잉……."

엄한 엄마의 고갯짓에 건융은 아쉬운 눈을 했지만 곧 입을 벌
려 죽을 한입 가득 물었다.

"식기 전에 얼른 드세요. 저는 가볼게요."

"정말 고마워! 내일 내가 뵙고 하겠지만 어머니께 꼭 인사 전해
드려!"

식사를 방해할세라 애진이 황급히 사라지자 세 사람은 작은 잔
치를 시작했다. 건융이 이가 다 나진 않았지만 그래도 대부분 먹
을 수 있는 것들이었다. 죽도 그렇고 일부 고기가 잘게 다져져 있
는 것을 보면 건융을 배려한 것이었다.

"애진의 어머니, 정말 자상하신 분인가 봐……."

"그러게요. 아고, 잘 먹네, 우리 융이 도련님. 이게 더 맛있어
요?"

"응, 마이쩌!"

"말도 잘하고……. 아유, 이렇게 예쁜 아기님을 매일 못 보게 되
면 저는 아마 눈이 짓무를 거예요."

"채명이 넌 어디 갈 것도 아닌데 뭐."

"하하, 그렇죠? 하하하."

그러는 게 더 어색한 줄 모르는지 채명이 계속 억지로 웃었다.
민영은 당장 나앉지 않을 곳을 찾고 좋은 사람을 만나 기분이 좋
아졌지만 채명은 그게 아닌 모양이었다. 돈주머니를 도둑맞은 후
며칠간 긴장한 후유증이 오래가는 모양이었다. 그러지 말라고 하

기엔 분위기가 더 이상해질 것 같아 민영도 뭐라 말할 수 없었다. 하지만 금세 어깨춤 추는 건융을 따라 같이 춤추고 율동에 노래까지 하는 채명을 보면 또 평소와 다를 바 없다.

좁아서 그렇지, 숙소에는 공용으로 쓰는 작은 욕실도 있었다. 욕실에 들어가 본 민영은 깜짝 놀라고 말았다. 수도꼭지처럼 물을 틀고 잠그는 것은 물론 온수도 나왔다! 하수 시설도 되어 있어 물을 따로 버리러 갈 필요도 없었다. 놀라는 민영에게 채명은 사용법을 일러주며 말했다.

"대가댁이라고 다 이런 시설을 하는 건 아니에요. 시설에 주술사의 품이 들어가야 해서 비용이 많이 들거든요. 그래서 귀족들도 대부분 본인들이 쓰는 곳만 설치한다고 하더라고요. 더구나 더운물을 쓰려면 비싼 녹황석을 계속 소모하기 때문에 하인들 숙소에까지 설치하는 이는 거의 없지요."

"이 댁 주인은 용맹하시기도 하고, 아랫사람에게 관대한 분이시기도 하구나."

"네……."

'그런데 왜 하필 그런 오명을 쓰신 거람…….'

제대로 들리지 않을 말을 웅얼거리며 채명은 건융을 먼저 씻겨 안으로 들어갔다. 그녀가 건융을 재우는 새 먼저 씻고 온 채명은 민영을 재촉했다.

"누님, 제가 문 앞을 지킬 테니 얼른 씻으세요."

"안에서 잠그면 되는데……. 어, 알았어."

또 각진 눈을 하는 채명을 설득하는 대신 얼른 씻고 나오는 게 나았다. 유슬에 살 때는 이렇게까지 하진 않더니 채명은 그곳을 떠나는 순간부터 매사에 단단히 긴장하며 경계하고 있었다.

민영이 잠든 건융 옆에 잡고 눕자 채명이 문가에 자리를 잡고 기대어 앉았다.

"너도 누워서 자. 넓진 않아도 우리 셋이 누울 공간은 된다, 얘."

"네, 누울게요."

채명이 엉거주춤하게 눕는 걸 보며 민영은 그새 잠든 건융을 꼭 끌어안고 잠을 청했다. 모자의 잠든 숨소리가 들리자 슬그머니 일어난 채명이 까닭 모를 한숨을 쉬었다. 채명이 밤새 두 사람을 지켜보고 있는 걸 모른 채 민영은 새벽이 밝을 때까지 곤한 잠에 빠졌다.

모처의 어두운 밀실에 두 사람이 은밀히 들었다. 그중 한쪽은 바닥에 조아리고 한쪽은 상석에 등을 기댄 채 앉았다. 당연히 한쪽은 주인이고 나머지 한쪽은 종이다. 그런데 주인은 종이 처음 보는 유난히 흥분한 기색으로 입을 열었다.

"'꿰뚫는 자'가 나타났어요."

고양된 기분은 주인의 말투에서도 나타났다. 전에 없는 말투도 말투지만 그 내용에 종의 눈이 휘둥그레졌다.

"허억! '꿰뚫는 자'라니……. 그것이 언제 나타난 겁니까?"

"아마 몇 년 되지 않을 거예요. 기운으로 봐선 아기는 아닌 듯하고……. 갑자기 드러난 걸 보면 그분의 영역 안에 있다가 나온 걸 거예요."

갸우뚱 기울어지는 주인의 눈매에 주름이 잡혔다. 종의 마음도 다급해졌다.

"그럼 그것이 도성에 있다는 말입니까!"

"그래요, 바로 어제 느낄 수 있었어요."

"그런데…… 그것은 양날의 검이 아닙니까?"

"아는군요. 하지만 날을 이쪽을 향할 수는 없지 않겠어요? 감히 내게?"

나른하게 기대 있던 주인의 눈이 파르라니 빛났다. 종은 파르르 떨며 주인의 발치에 머리를 바싹 붙였다.

"소인이 실언을 했습니다."

"하하하, 그럴 것 없어요. 그것은 나를 위해 존재하는 거예요."

"그렇습니다! 지당하신 말씀이십니다! 하온데……."

"말해요."

감히 종이 말을 덧붙이는 것에도 순순히 허락하는 것을 보면 주인의 기분이 유난히 좋다. 벌써 수십 년 전부터 대계를 세웠던 주인이다. 그런데 대계를 위한 준비가 거의 완성되어 가는 지금 바로 '그것'이 나타났으니 정말 주인을 위한 것일 수도 있다.

"그것을 어찌해야 하겠습니까? 죽여야 할까요, 아니면……."

"당연히 내게 바쳐야지요."

"혹, 그것에 대한 단서가 있습니까?"

"훗, 어리석군요. 하긴 그리 모자라니 내 입으로 말할 때까지 그것이 나타난 줄도 모르고 있었지요."

주인 자신도 그것이 도성에 오기 전까지 모르고 있었으면서 모자라니 어쩌니 하는 것도 우스운 일이지만 그런 걸 내색했다간 당장에 심장이 씹힐 것이다.

"잘못했습니다!"

"아니에요, 그것을 느낄 만한 존재를 내 곁에 둘 것 같아요?"

하하하!

주인의 기분 좋은 웃음에 종은 다시 바닥에 머리를 박고 웃음이 그칠 때까지 숨을 죽였다.

"탈각."

"명하소서."

"내가 눈을 빌려줄게요. 찾아요!"

주인은 눈을 뜯어내 종에게 건넸다. 실제로 제 눈을 뜯어내는 것도, 그 자리에 희한하리만치 금세 새 눈이 돋아난 것도 이상하게 보는 이는 없었다. 탈각은 소중히 그것을 받아 품 안에 간직했다. 도둑이 민영의 방을 털던 바로 그 시각에 있었던 일이었다.

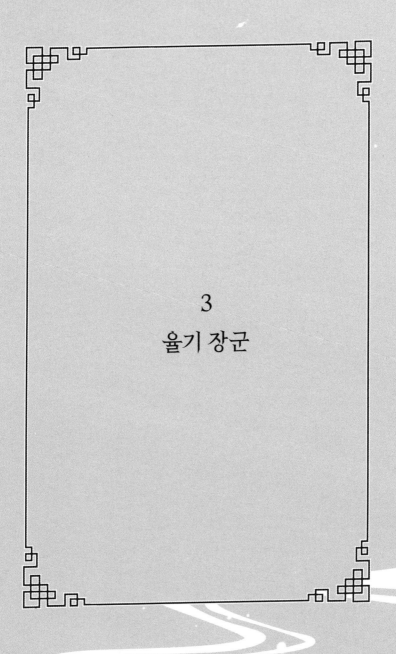

3

율기 장군

"자, 소개는 한 번만 한다. 여기는 유슬댁이다. 어제 본 사람도 있을 테고 처음 본 사람도 있겠지만 통성명은 일하면서 천천히 하도록 하고. 유슬댁은 우선 이 감자부터 까고 설거지를 돕도록 해."

"네, 아초님."

아초는 작고 깡말랐지만 강단이 느껴지는 인물이었다. 그녀의 말 한마디에 스물대엿 명의 인원이 경직한 채 대답하고는 각자 볼일을 향해 고개를 돌리는 모습이 장관이었다. 아초는 음식을 직접 하진 않고 가끔 음식의 간을 보고 상에 놓인 음식의 모양을 살피거나 재료를 검수하기만 했다. 말 그대로 부엌의 총책임자였다. 아초가 있을 때는 아무도 민영을 돌아보지도 않았다. 그러나 아초가 아침상이 나가면서 자리를 비우자 여인 세 사람이 슬금슬금 민영에게 다가와 말을 걸었다.

"어제 듣자니 유슬에서 왔다고 했소? 유슬이 어디요?"

"성치산 아래 있는 작은 마을입니다."

눈매가 꽤 날카로워 인상이 강해 보이는 첫 번째 여인의 질문에 답하자 몸매가 푸근한 주먹코의 여인이 알은체했다.

"성치산? 여기서 꽤 멀지 않나?"

"네, 도성까지 꼬박 보름 걸리더군요."

"요괴는 만나지 않았나? 산적보다 요괴가 더 위험하잖나."

눈매 날카로운 여인이 묻자 오각형 얼굴에 광대뼈가 불거진 여인이 심술궂게 맞장구를 쳤다.

"맞아, 성치산이라면 여기서 서북쪽이지? 지지난달엔 그 길을 오가던 작은 상단 하나가 몰살당했다고 했지 아마?"

그럴 리가, 요괴는커녕 오다가 본 가장 큰 짐승이 홀로 다니는 병든 늑대 한 마리였다. 그나마도 채명의 돌팔매질 한 방에 부리나케 도망쳤다. 채명도 도성까지 가는 길은 청소가 되었다며 장담했었다. 하지만 만일 요괴가 나타났다면?

민영이 허옇게 질리자 주먹코 여인이 두 여자의 면전에 손을 홰홰 저으며 말했다.

"여편네들, 쓸데없는 소리 하기는. 아니, 지난달 대장군께서 그 길을 싹 토벌하신 것 모르나?"

"아, 그랬지, 맞아! 그 지령인가 뭔가 때문에 거의 한 달이나 나갔다 오셨지."

그제야 아는 척하는 오각형 여인에게 눈매 사나운 여인이 참견했다.

"지렁이가 아니고 지룡!"

"지룡이나, 지렁이나!"

"대장군이 지렁이를 토벌하셨다고? 이 여편네가 감히 대장군을 모욕해!"

"아니, 농담도 못하나?"

"농담이라니! 농담할 사람이 따로 있지, 감히 대장군을 두고 이 여편네가?"

"어디서 자꾸 여편네, 여편네야!"

투닥거리는 두 여인을 두고 주먹코 여인이 민영에게 살갑게 물었다.

"보아하니 아들이 있는 것 같던데, 어제 곁에 있던 사내가 남편이우?"

그 말에 보지 않는 척하던 남자 숙수들이 일제히 귀를 쫑긋했다.

"네, 제 아들이 맞습니다. 채명은 동생이에요."

"그럼 남편은?"

오각형 여인이 툭 끼어들며 묻자 이번엔 주먹코 여인이 그녀를 나무랐다.

"그만두지 못해? 왜 그런 걸 캐물어!"

"궁금하잖아! 그 먼 산골 마을에서 왜 연고도 없이 도성까지 흘러왔는지 말이야."

"연고 없는 건 또 어떻게 알고?"

"어제 그 사내가 아초님께 사정하는 이야기를 들었지."

"이 여편네, 말본새 하고는! 아이구, 너무 고깝게 듣지 말게. 내살다 이래 예쁜 사람은 처음 봤어. 어제 자네를 본 사람들 모두 어디 하늘에서 내려온 선녀가 아닌가 했었다네."

"괜찮습니다. 남편은…… 몇 년 전에 성치산 협곡을 잇는 다리가 무너지는 사건이 있었어요. 그 사고 때……."

민영은 담담하게 답했다. 오각형 여인은 꽤 무례할 정도로 심술궂게 굴었지만 피할 수 없는 질문인 이상 차라리 빨리 밝히는 게 낫다.

"이런, 괜한 상처를 헤집었구먼. 미안하구먀."

"험험."

사과는 주먹코 여인이 했다. 눈매 사나운 여인도 헛기침을 하며 슬쩍 미안한 얼굴을 하는 반면, 오각형 여인은 입을 삐죽 내밀었을 뿐이다. 몇 마디로 여인들의 성격이 드러나는 것 같았다. 물론 좀 더 겪어봐야 알 일이지만 벌써 적의와 호의는 확실히 갈리고 있었다.

"하여간 이 댁에 자리를 얻다니 자네는 정말 운이 좋네. 다른 어느 댁보다 이 댁이 샀도 좋고 처우도 좋다네. 군기 엄정한 광천대와 광평대가 항시 상주하니 감히 해코지할 사람도 없고. 열심히만 살면 될 거네. 하지만 담장 밖은 또 다르지. 그러니 웬만해선 이 댁을 벗어나지 말게."

주먹코 여인이 덕담하듯 말했다. 그런데 주먹코 여인의 인상이 꽤 낯익다.

"……귀한 조언 감사드립니다. 그런데 혹시……."

"아, 알아봤는가? 애진이 고것이 내 이 못생긴 주먹코를 똑 닮았지? 하하하!"

"감사합니다! 애진이 덕에 어젠 정말……."

"아, 애진이에게 들었어. 우리 애진이가 유슬댁 아들에게 푹 빠졌던데 친해지면 가끔 놀게 해주면 좋겠네."

모르는 척 말을 끊는 애진댁에게 민영은 눈으로만 감사를 전했다. 어제 보낸 음식은 오늘 낮까지 채명과 건융이 먹을 정도로 충분한 양이었다.

"그럼요, 제가 더 부탁드리고 싶은 일인걸요."

"모여서 수다나 떠는 걸 보면 아초가 뭐라 할 테니 우린 이만 가세."

여인들의 말을 들으면서도 민영은 쉬지 않고 계속 당파를 다듬고 있었다. 당파는 양파와 생강을 섞어놓은 맛의 향신료인데 이파리는 잘라내고 당근같이 생긴 뿌리껍질을 벗기는 게 일이었다. 벗기는 과정에 매운 향이 번져서 콧물 눈물깨나 쏟아내는 일이라 당연히 막내인 그녀 차지가 된 것이다. 하지만 그 고운 얼굴에 눈물 자국 하나 없이 능숙하게 당파를 손질하는 모습에 부엌 일꾼들의 눈에 은근한 감탄이 서렸다. 다 그런 건 아니었다. 오각형 여인과 예쁘장하지만 뾰족한 인상의 여인 하나는 민영을 노려보며 쌍심지를 켜고 있었다.

"뭣들하고 멍하니 있는 게야? 어서 마무리하고 점심 준비해야지!"

그새 아초가 들어와 민영만 쳐다보고 있는 이들을 환기시켰다.

"네, 아초님!"

아초는 당파를 거의 다 다듬어놓은 민영을 보더니 손짓했다.

"식당을 운영했다더니 재료 준비하는 데 꽤 능숙하구먼. 며칠은 이런 식으로 하게. 눈치껏 잘하다 보면 음식을 맡길 수도 있어. 음식을 조리하면 녹봉도 조금 오를 게야. 마무리하는 것 돕고 식사 때엔 숙소에 다녀와도 좋아. 음식은 챙겨두라 이르겠네."

"감사합니다, 아초님!"

처음 인상과는 다르게 아초의 처사는 꽤 관대했다. 덕분에 불안한 마음이 씻겨 내리며 절로 인사하는 목소리가 높아졌다. 시작이 나쁘지 않았다. 어쩌면 이런 낯선 곳에서 대뜸 장사를 시작한다는 것부터가 너무 낙관적인 생각이었던 건지도 모른다. 안전이 보장된 곳이라니 오히려 이곳이 건융을 키우기에 더 적합한 곳일지도 모른다. 민영은 속으로 주먹을 꼭 쥐었다.

'잘해야지!'

그들이 담당하는 곳은 접객실일 뿐인데도 내가는 음식량이 엄청났다. 접객실은 율기 대장군의 오른팔인 사량 선생을 만나러 온 주술사나 광천대와 광평대 가족들이 머무는 곳이었다. 세 여인도 잠시나마 민영에게 말을 걸며 여유를 보이던 모습이 거짓말처럼 거의 뛰어다닐 듯 정신없이 움직였다.

그야말로 한바탕 전투와 같은 시간이 지났다. 민영이 설거지를 마치고 눈을 돌리니 먼저 밥을 먹고 있던 애진댁이 다가와 보따리를 내밀었다.

"음식은 내가 미리 챙겨뒀어. 남는 음식은 풍족하게 먹을 수 있으이. 하지만 밖으로 내가는 건 절대 안 되네. 숙소에 작은 부엌이 있으니 나중에 여유가 되면 간단히 해 먹을 수도 있고. 아들 걱정되지? 얼른 식사만 하고 돌아오게. 점심때는 그야말로 쉴 새 없이 돌아가니 10시까진 돌아와야 해."

애진댁이 가리키는 곳을 보며 민영은 새삼 기묘한 문명의 조화를 느꼈다. 영주부에서나 볼 수 있는 희귀한 시계가 거대한 탑 꼭대기에 달려 있었다. 몸체가 서서히 돌아가면서 사방 어디서든 볼 수 있는 구조라 아무 데서나 시간을 확인할 수 있었다. 이제 9시를 갓 지났다. 여유롭진 않아도 밥을 먹는 동안 건융을 볼 수 있다는 것만으로도 좋았다.

"감사해요. 애진 형님."

"형님은 무슨. 아차, 그런 건 나중에 따지고 어서 가게!"

민영이 보따리를 들고 서둘러 뛰어나가자 음식을 먹는 데만 열중하는 것 같던 사내들 무리가 동시에 목을 빼고 돌아봤다. 뭐든 남 좋은 꼴은 못 보는 오각형 여인이 앙칼지게 쏘아보자 다들 다시 밥을 먹는 체했지만 민영이 혼자라는 말을 귀담아들은 개중 몇몇은 눈을 빛내고 있었다. 딸린 아이가 있다지만 저 정도 미인을 차지할 수만 있다면 그게 대수랴.

하지만 애진댁이 먼저 다가갔기에 다들 눈치만 볼 뿐이었다. 그래서 젊은 여자의 눈이 더 암팡지게 굳어지고 있는 것을 오각형 여인이 흥미로운 듯 쳐다보고 있었다.

"오구오구, 잘생긴 우리 융이 도련님."

"명도 잘생겼어!"

칭찬은 좋은데 강아지를 부르는 것 같아 조금 슬프다. 채명이 우는 눈으로 입을 찢으며 건융을 높이 들어 안았다.

"발음만 조금 더 좋으면 얼마나 행복할까요, 우리 도련님?"

그러자 건융이 손뼉을 치며 까르르 웃었다. 호기심 많고 흥 많은 아기는 낯선 곳에 왔는데도 눈을 빛낼 뿐 전혀 두려워하는 기색이 없었다. 아침에 엄마가 일하러 나가는 것은 싫지만 익숙했고, 항상 제 곁을 떠나지 않는 채명이 있으니 걱정할 것이 없는 거다. 하지만 그렇다 해서 다 만족스럽지는 않은가 보다.

"엄마 보고 싶어!"

"누님은 지금 일하세요. 하지만 조금만 참으면 돼요."

항상 들어오던 대답에 건융이 애처로이 고개를 숙였다.

"이젠 정말 조금이에요. 얼마 안 남았……."

안절부절못하던 채명의 기세가 일순 날카로워졌다. 갑자기 돌변한 기세가 찔릴 듯 매서워졌지만 건융은 익숙한 듯 아무렇지도 않게 물었다.

"명, 왜 그래?"

"아무것도 아니에요. 우리 도련님, 배고프지 않으세요?"

채명이 어제 야심만만하게 챙겨놨던 호박 양갱을 꺼내 들었다. 되바라진 밤톨이 가져다준 것이었다. 고약한 밤톨과 어여쁜 아기를 두고 하는 경쟁에 반드시 이길 거라 투지를 불태우던 채명은 그럴 시간도 얼마 남지 않았다는 사실을 상기하고 축 늘어지고 말았다. 하지만 지금 이 순간만큼은 오직 그만이 건융을 차지할 수 있었다. 그러나 야심 찬 간식도 그다지 빛을 보지 못했다. 건융이 고개를 저었다.

"아니, 배 안 고파!"

"이거 무지 무지 맛있는 거예요!"

"……엄마랑 먹을래."

채명이 아무리 애지중지 잘 돌보아 줘도 역시 엄마에게는 미치지 못했다. 당연한 이치니 불만을 품을 일은 아니지만 채명의 가슴은 가끔 콕콕 쑤셨다. 건융이 시무룩해지는 채명을 보며 고개를 갸웃하더니 그의 어깨를 두드리며 말했다.

"그럼 먹을게."

어르고 달래고. 근데 누가 얼러지고 달래지는 건지는 구분할 수 없다. 대번에 꼬리를 흔들 듯 흥분한 채명이 냉큼 기름종이에 싼 양갱을 펼쳐 보였다. 조그만 입이 벌어지며 한 입 베어 물자 채명의 표정이 세상 다 얻은 듯 활짝 펴졌다. 아까부터 뒤통수를 찌르는 시선의 압박은 모르는 체 건융이 양갱을 다 먹을 때까지 칭찬의 추임새도 빠뜨리지 않았다.

"아고, 잘 드시네요, 도련님. 우리 도련님은 먹는 모습도 어찌 이리 예쁘시나. 맛있어요?"

"응, 맛있어!"

"이 채명이가 제일 좋지요?"

"아니, 엄마가 더 좋아."

건융이 한 입 더 베어 물며 야무지게 답했다. 양갱을 든 손이 살짝 떨렸다.

"하, 하, 하……. 그럼 다음으로 제가 좋지요?"

"응, 채명이도 좋아."

"헤헤헤. 나 이런 사람이오! 그러니 아무리 겁줘보시오. 내가 눈이나 깜빡하나. 내가 예전의 채명이 아니라 이겁니다!"

"채명이 예전이 아니야?"

"제가 말로 했어요? 정말 말로?"

건융이 영문을 모른 채 고개를 끄덕였다. 채명이 절망스러운 얼굴로 다시 머리를 쥐어뜯었다. 시한이 다 되었다는 것에 며칠 정신이 없었더니 그대로 탈출하고 말았던 모양이다.

"으아, 죽었다!"

"명이 넌 왜 또 머리를 쥐어뜯고 있니?"

엄마의 목소리에 건융이 소리 높여 외치며 달려갔다.

"엄마, 몡이 예전이 아니래."

"응? 그게 무슨 소리야?"

"하, 하, 하. 간이 부은 소리죠. 하. 하."

"채명아."

"아, 아무것도 아니에요! 고생하셨죠?"

"응? 아냐, 도중에 이렇게 융이 보러 올 수 있다니 얼마나 좋니? 우리 융이, 잘 놀았어?"

"응, 몡이가 맛있는 거 줬어."

"형이라고 했지?"

"응, 형이가."

민영은 아들의 말을 고쳐 주고 흐뭇한 얼굴을 했지만 채명은 이만 허옇게 드러내며 웃었다. 요즘 채명은 종종 저렇게 억지웃음을 짓곤 했다. 돈주머니를 잃었을 땐 앞날을 걱정하느라 그런가 보다 했다. 그러나 이렇게 자리를 잡게 되었는데도 표정이 점점 더 어두워지고 있었다. 아무래도 자신에겐 말 못할 고민이 있는 것 같았다. 하지만 아는 내색하는 게 채명을 더 힘들게 할 것 같아 모르는 척 보따리만 내밀었다.

"채명아, 부엌에서 음식을 싸주셨어. 어서 먹자. 먹고 가봐야 해."

채명은 민영이 내려놓은 묵직한 음식 보따리를 받아들면서 걱정스럽게 물었다.

"누님, 정말 괜찮으셨어요? 텃세는 심하지 않아요? 무슨 일을 하셨어요?"

"얘는, 참. 힘든 일 전혀 없었어. 당파만 깠는걸? 첫날인데 건융이 보러 올 시간도 있고, 이렇게 음식도 푸짐하니 난 그저 고맙기만 해. 어서 들어가서 같이 먹자."

"네, 누님."

앞에선 밝게 대답했지만 민영이 돌아서자 역시나 채명의 얼굴엔 또 그늘이 졌다. 당파를 얼마나 깠는지 손이 발갛다. 양이 적지도 않을 텐데 저 가는 몸으로 포대를 들고 나르고 했을 걸 생각하면 속이 치민다. 그러고 밥만 겨우 먹고 다시 그 '쉬운' 일을 하러 부리나케 가는 민영의 뒷모습을 보는 속이 좋지 않았다.

채명의 속은 타들어갔지만 해가 저물어서야 숙소로 돌아온 민영의 얼굴엔 웃음꽃이 피어 있었다. 애진댁을 제치고 각기 민영을 챙기려는 남자 숙수들의 경쟁 덕에 아침보다 더 많은 음식을 챙겨온 덕분이다. 지친 몸으로도 건융과 놀아주고 재우고는 곯아떨어지는 민영을 보며 채명은 입술을 지그시 깨물었다.

"천령……."

익숙한 잠꼬대 소리에 채명의 눈이 흐려졌다. 다음 순간 채명이 퍼뜩 고개를 들었다. 그가 문소리도 없이 사라진 방 안. 민영이 다시 한 번 천령의 이름을 부르며 뒤척이고 있었다.

민영이 처음 인상 깊게 봤던 누각의 1층은 율기 대장군 무하의 직속 휘하 광천대가 있는 곳이었다. 가장 안쪽 깊숙한 방에서 살짝 졸고 있던 사내가 쿵쿵거리는 발걸음 소리에 인상을 살짝 찌푸리는 동시에 문이 벌컥 열렸다. 하지만 사내가 뭐라 말하기 전에 문을 연 자가 먼저 소리쳤다.

"대주, 좀 수상한 놈이 들어온 것 같습니다."

"수상한 놈이 기어들어오는 게 어디 한두 번이냐?"

하품이라도 할 것 같은 광천대주 형곽에게 사내, 석찬이 꽤 진지한 표정으로 말했다.

"정말 수상한 놈이 왔다니까요."

"그래, 그래. 뭐가 수상하다는 것이냐?"

성의 없는 목소리가 갈수록 낮아지고 있었다. 그냥 두면 그대로 잠들 기세다. 잠든 형곽을 깨우면 그 신경질을 다 받아내야 하기에 석찬은 재빨리 뒷말을 이었다.

"제가 좀 가까이 다가가려니 살기를 뿜어내더란 말입니다."

"그걸 두고 그냥 왔다고?"

형곽이 한쪽 눈만 빠끔 뜨며 물었다.

"거기다 들으란 듯 이상한 소리까지 하더란 말입니다."

"뭐라더냐?"

"제가 예전의 채명이 아니라나, 뭐라나……."

"채명? 아는 놈이냐?"

"아니오."

"그럼 놈을 감시하거나 치도곤 할 것이지, 겨우 그런 걸 보고하러 온 거냐?"

"감시는 계속하고 있는데, 딱히 치도곤 할 일은 없단 말입니다."

석찬이 뒷머리를 긁적였다. 곰처럼 생겨 둔하고 어수룩할 것 같지만 보기완 다르게 꽤 예민한 이가 석찬이다. 형곽이 두 눈을 다 떴다. 게슴츠레.

"뭐 하는 녀석인데?"

"며칠 전 애 딸린 여자와 함께 들어왔는데 여자는 접객실 부엌에서 일하고 놈이 애를 돌봅디다."

"허, 네 감시를 알아차릴 정도로 공력 높은 놈이 제 계집은 내돌리고 저는 애나 봐?"

형곽이 슬쩍 등받이에서 등을 뗐다. 눈도 제대로 떴다. 이때를 놓칠세라 석찬이 감시 결과를 읊었다.

"일단 남녀 사이는 아닌 것 같습니다. 사람들에게는 오누이 사이라 소개했답니다. 내돌리는 것 같지도 않은 게, 놈이 모자를 지키는 것처럼 보였습니다. 여인이 오가는 길이 짧은데도 엄청나게 경계하고 누가 엿볼세라 목욕간도 철통 방비에, 밤에는 잠도 안 자고 문간을 지키는 것 같더라고요."

"애 딸린 여자를 누가 그리 넘본다고."

코웃음 치는 형곽에게 석찬이 크게 손사래를 쳤다.

"아니에요! 여자가 얼마나 예쁜지 아십니까? 정말로 사내들 눈 돌아가게 생겼습니다! 그 여자 곁눈질하다가 숙수들이 자주 손을 벤답니다. 저도 몇 번 현장을 봤고요. 정말 그럴 정도로 예뻐요! 그 여자 보려고 일부러 찾아가는 치들에다 지나가다 보고는 넘어지는 사내도 한둘이 아닙니다."

그럼 그렇지, 눈 빠지게 예쁜 여자기 왔다는 소식에 보러 갔다가 사내놈까지 지켜보게 된 모양이었다. 하여간 그 정도로 미인이라······.

"음……, 그 여자에 대한 말이 우리 대장님께도 들어갔을까?"

"아무래도요?"

"사달 나겠는데."

"에이, 그 흉악한 년도 사라졌는데 그러면 뭐 어때……."

석찬이 말하다 말고 목을 움츠렸다. 방금까지 나른하기만 하던 형곽의 눈이 이글거릴 정도로 매서웠다.

"너, 말조심하라지 않았느냐! 너는 목이 대체 몇 개냐!"

"네, 네! ……그런데 말입니다!"

"너는 도대체……. 아니다, 또 뭐냐?"

형곽이 콧김만 불고는 체념한 듯 물었다.

"그놈이요, 그 수상한 놈."

"도대체 뭐가 자꾸 수상하다는 게냐? 그러려면 좀 알아오고나 말하든가!"

"그놈이 수상한 이유가 또 있습니다. 돌보는 아기를 도련님이라 불러요."

"그럴 수도 있지, 그게 왜?"

"애 엄마랑 함께 있을 때는 이름을 부르다가 애랑 둘만 있을 때 그럽디다. 말도 꼬박꼬박 높이고요."

"응?"

형곽이 눈을 가늘게 찌푸렸다. 석찬의 말마따나 수상한 건지 어쩐 건지 사연이 있는 건 확실했다.

"놈의 이름이 채명이라고?"

"아기는 놈을 멍멍이라고 부르지만요."

석찬이 키득거렸다. 책상 아래 불끈 쥔 주먹을 날릴까 말까 잠시 고민하던 형곽은 보고를 마저 들을 때까지 참기로 했다.

"여태까지 이렇게 길게 말한 이유가 뭐냐?"

"아, 참! 그런데 그 수상한 놈 얼굴이 낯이 익습니다."

"낯이 익어? 아까는 모르는 놈이라며? 어디서 본 적 있단 말이냐?"

그제야 진짜 흥미를 보이는 것 같은 형곽에게 석찬이 조금은 진지해진 얼굴로 말했다.

"곡이, 기억하십니까?"

"곡이?"

형곽의 눈빛이 흐려졌다. 광천대원 중 그가 모르는 이는 없었다. 하물며…….

"삼 년 전 전사한 놈 이야기는 왜?"

"네, 저도 그렇게 알고 있었지요. 하지만 시신은 확인하지 못했지 않습니까."

"그랬지……. 그런데 수상한 그놈이 곡이 같다고? 그 말이냐? 전사한 놈이 돌아와?"

따끔거리는 기세에 석찬이 움찔하며 말했다.

"그놈 같기도 하고 아니기도 하고…… 좀 이상합니다."

"그놈이면 그놈이고 아니면 아닌 거지, 변장이라도 한 것 같더냐?"

"변장이라고 하기엔 좀 이상합니다. 몸이 작아졌습니다."

"작아져? 그럼 축공(縮公)이라도 익힌 거라더냐?"

"에이, 축공이라니요. 우리 대장군 정도라면 모를까, 꼬마가 그런 공력을 지닐 수 있으려고요?"

"꼬마……. 큭, 녀석, 그 소리를 제일 싫어했었지."

"그때 열여섯밖에 되지 않았으니 꼬마였지요."

"그럼 아닌 거지."

형곽의 관심이 확 수그러들며 흐늘거리려 하자 석찬이 급히 말을 이었다.

"놈이 도발했다니까요!"

"예전의 채명이 아니라고 했다고? 채명이 누군 줄 알고. 그냥 한 말 아니겠느냐."

"아니, 그게 아닙니다. 제 기척에 마주 기척을 쏘아내면서 한 말이란 말입니다!"

"……그래? 그럼 한번 봐볼까?"

하지만 무거운 엉덩이를 떼고 일어나려는 형곽에게 석찬은 손을 내저었다.

"네? 지금은 해 떨어진 지 한참 되었는데요? 지금 가면 문간에 그림자는 볼 수 있으려나…… 어떻게 확인하시려고요? 불러내기라도 하시게요?"

"넌 뭐 하다 이제 온 거냐!"

반쯤 일어서던 형곽이 꽥 소리쳤다.

"말씀드렸지 않습니까, 긴가민가해서 확인차……."

확인은 무슨. 그 예쁜 여인을 엿보려다가 놈에게 쏘인 것일 테지. 뻔한데도 곡이와 비슷하단 말만큼은 무시할 수 없어서 직접 확인해 보려 했더니 역시나 이놈이 이렇다.

"에잉……, 네놈이 그러면 그렇지!"

형곽이 흥, 하고 콧김을 불어내자 석찬이 인상을 찌푸리며 손을 움츠렸다. 석찬이 탁자보에 대고 손을 쓱쓱 문지르는데 형곽과 눈이 딱 마주쳤다.

"너, 뭐 하냐?"

"아, 아무것도……."

"내일 아침 일찍 놈의 숙소로 안내해라, 알겠냐?"

"네, 그럼 대주도 그 여자가 얼마나 예쁜지 보시려는…… 게 아니군요. 그럼 여자가 나가면 놈을 덮칠까요?"

철딱서니를 찾으려면 구만리는 가야 할 것 같은 이놈이 무려 부대주라니, 형곽은 이마를 짚었다.

"덮치긴 뭘 덮쳐!"

결국, 석찬은 달밤에 대주와 푸닥거리를 해야 했다. 대주의 무거운 엉덩이를 일으킨 대가는 컸다. 석찬은 숙소에 기어서 들어가야 했다.

하지만 형곽은 숙소로 돌아가지 않았다. 그는 그대로 담장 몇 개를 뛰어넘었다. 감히 율기 대장군의 내원 담과 지붕을 뛰어다닐 수 있는 이들은 몇 없었으나 형곽도 그 몇 안 되는 이들 중 하나였다.

형곽이 도착한 곳은 석찬이 말했던 하녀들 숙소였다. 한데 바로 그 순간 수상한 그림자 하나가 지붕 위를 뛰어가는 것을 볼 수 있었다. 딱 자신의 눈앞에서 저리 움직이다니 잡아달라 목을 매는 것과 같았다. 석찬이 수상함을 강조한 그놈보다 당장 눈앞의 그림자를 쫓는 게 급했다.

그림자가 지붕과 지붕 사이의 은밀한 공간에 멈추는 순간 형곽은 기척을 더욱 숨겨 놈의 뒤를 쫓았다. 그곳에는 다른 이가 기다리고 있었다. 역시 접선을 위한 것이었다. 한데 형곽이 쫓던 그림자가 돌연 무릎을 꿇었다. 나머지 그림자의 정체를 확인한 순간, 형곽은 입을 딱 벌리고 말았다.

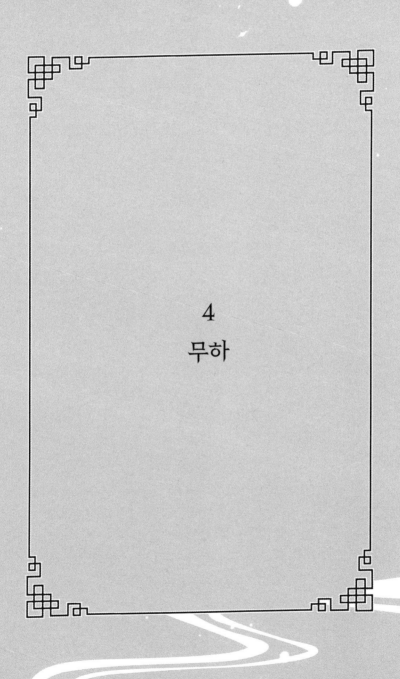

4
무하

"아버지."

소녀의 주저하는 목소리에 사내가 고개를 들었다. 이곳 기와의 색과 비슷한 청흑발에 단순한 금박 줄이 둘린 붉은 도포를 입은 그가 바로 이 집의 주인, 율기 대장군 무하였다.

무하는 처결할 문서를 보다가 붓을 멈췄다. 그는 자신을 보고 있는지도 모른 채 계속 살금살금 다가오는 소녀를 나직이 불렀다.

"재윤아, 여긴 어쩐 일로 왔느냐."

그의 어조는 평이했다. 하지만 소녀는 움찔하며 멈춰 서서는 그의 앞에 선 채 망설이기만 했다. 그는 재촉하지 않고 소녀를 기다려 주었다. 소녀는 길게 망설이고도 숨을 크게 들이쉰 후에야 입을 열었다.

"밖에…… 나가보고 싶어요."

"외출하고 싶은 게로구나. 유모가 내게 허락받으라고 하던?"

"……네."

재윤은 그 한마디만 겨우 하고는 고개를 떨구고 손가락을 바르작거렸다. 말을 할 때 반드시 시선을 마주치라고 하지 않았다면 아이의 눈을 보기란 요원한 일이었을 것이다. 그 하나를 청하기 위해 얼마나 용기를 내었을지 아는 무하는 흔쾌히 고개를 끄덕였다.

"그래, 날씨가 좋으니 소풍하기도 괜찮을 것 같구나. 삼상이와 각위에게 일러두겠다. 나가면 유모 말 잘 듣고."

"감사해요, 아버지!"

재윤은 들어올 때완 다르게 날듯이 뛰어나갔다. 무하가 병풍 뒤편으로 손짓하자 아주 작은 인기척이 사라졌다가 돌아왔다.

한 달 전 동생을 낳던 어미가 세상을 떠나고 제 처소 마당을 벗어나지 않던 아이가 처음으로 나서는 길이었다. 눈에 띄도록 따라나서는 이들은 삼상과 각위, 둘뿐이지만 보이지 않는 호위가 열은 넘을 것이다. 아이의 안전을 확보한 그는 다시 서류로 눈을 돌렸다. 하지만 금세 다른 방해꾼이 나타났다.

"상고옹."

낭창낭창한 허리를 흔들며 나타난 고혹적인 미녀가 그가 앉은 탁상 앞에 고개를 비스듬히 꺾어 턱을 받치며 눈을 깜빡였다.

"무슨 짓이냐."

"아이, 상고옹. 지난밤에도 절 안 찾아주시고. 이제는 자유의 몸인데 어찌 전에도 하지 않던 독수공방을 하시와요."

애교스러운 콧소리와 함께 눈을 깜빡이며 미소 짓는 여인은 사내라면 당장 그 허리를 낚아채 품고 싶게 할 만큼 매혹적이었다. 그러나 무하의 얼굴은 그녀가 처음 들어올 때 그대로 파르라니 날이 서 있었다.

"차라리 독사굴에 들어가지."

"자꾸 그러시면 소첩, 서운하옵니다!"

앙탈하는 듯한 여인은 요염하고 귀엽게 웃고 있었지만 눈엔 독이 들어 있었다. 그야말로 독사보다 더 치명적인 독에 명부를 달리한 이가 여럿이다.

"그 세 치 혀를 무사히 보전하고 싶으면 입을 함부로 놀리지 마라."

서릿발 같은 어조에도 여인은 곱게 눈을 흘기고는 나붓나붓 몸을 뒤로 뺐다. 지난번 그의 얼굴에 손을 대려다가 목덜미에 생긴 선을 지우기 위해 목걸이 하나를 처분해야 했다. 앙갚음으로 그의 새 첩을 죽여 버리려 했지만 여느 때처럼 성공하지는 못했다. 하지만 쫓아낼 수는 있었으니 그녀는 다시 그의 유일한 첩실이 될 수 있었다.

"아이 참, 상공은 너무 차가우셔요. 하지만 그것이 더 매력적이와요. 소첩은 그래서 더 몸이 달아오른답니다."

고운 웃음이 사갈 같은 여자였다. 저 가는 목을 단번에 꺾어버리는 건 쉬운 일이었다. 그러나 그렇게 해서 또 다른 사갈을 불러들이느니 차라리 익숙한 사갈을 경계하는 것이 나았다.

"왜 왔느냐."

"어머, 이래서 제가 상공에게 더······."

"흰소리하려거든 나가거라!"

"그런 게 아닙니다. 제가 좋은 소식을 가져온 걸요?"

"좋은 소식이라······. 네가 떠난다는 말이더냐?"

"흥, 그럼 말하지 않겠······. 아이 참. 상공께 정말 좋은 소식이와요. 접객실에 웬 여자가 새로 왔는데 저와 맞먹는 미녀라 하더라고요! 남자와 함께 오긴 했지만 동생이라고 합니다. 임자 없는 미녀의 출현에 지금 사내들 눈이 벌겋다고 하네요. 분란이 생기기 전에 조처를 하셔야 하지 않겠어요?"

무하에게 튕기는 것 따윈 통하지 않는다. 말 한마디에 그대로 쫓겨날 뻔한 화정은 빠르게 목적을 읊었다. 그러나 회심의 도발에 이번에도 돌아온 건 철저한 박대였다.

"너와 맞먹는다라, 그런 여자를 미녀라 하느냐?"

"……상공!"

화정은 목덜미까지 빨개진 채로 주먹을 떨었다. 세상 천지에 제 미모를 무시하는 사내는 율기 무하, 이 사내 하나뿐일 것이다. 어금니를 깨물고 화를 참는 것조차 가장 아름다운 모습을 계산한 연출이었지만 돌아오는 냉소를 누그러뜨리진 못했다.

"내 침상이 차가워질까 걱정해 준 건 고맙구나. 지난번 아이가 떠난 지가 벌써 며칠이나 되었으니 새로운 아이가 필요하긴 했다. 내, 알아보지."

"아, 아이가 아니어요! 애 딸린 어미란 말입니다!"

"그게 무슨 상관이냐? 그리 새삼스럽지도 않다. 네 입으로 임자는 없다 하지 않았더냐. 모처럼 내게 좋은 소식을 일러주었으니 이번엔 그냥 보내주마."

도발에 실패한 화정은 금세 바닥을 드러냈다. 회심의 공격이 될 수단이었으나 그 또한 무하는 귀찮다는 듯 손을 저을 뿐이었다.

"이미…… 알고 계셨군요!"

"네 발로 나가기 싫은 것이냐?"

화정은 입술을 질끈 깨물고는 몸을 휙 돌렸다. 두 눈에 독기가 뚝뚝 흐르는 화정은 발을 쿵쿵 구르며 요란하게 퇴장했다. 하지만 그녀가 성을 내며 있는 힘껏 닫은 문은 기대처럼 소리조차 내지 못했다. 무하는 힘을 쓸 필요도 없이 숨은 이들의 공력에 문은 그 어느 때보다 조용히 그녀를 집무실과 단절시켰다.

율기 무하. 세상 사람들에게 그는 황제가 가장 총애하는 누이의 남편이며 요괴 토벌에 혁혁한 공을 세우는 제국 최고의 무장이었다. 이미 선황이 그를 총애해서 부마가 되었던 것이다. 그러나 부마임에도 그에게는 여인이 끊이지 않았다. 그의 용맹뿐 아니라 수려한 외모에 끌리는 여인은 숱하게 많았고 그는 다가오는 여인을 마다치 않았다. 셀 수도 없는 여인이 그의 침실 문지방을 넘었다. 하지만 아무도 오래가지는 못했다.

그에게는 오래된 첩이 딱 한 명 있었다. 그녀가 바로 화정이다. 하지만 화정은 지금의 황제가 보낸 이였다. 무하는 다른 많은 여인을 들였지만 일부러 화정만은 안지 않았다. 그것은 도성 최고 기녀로 소문났던 화정의 자존심을 태웠다. 해서 황제의 힘을 빌려 정기적으로 제 처소를 방문하는 날을 만들어 세상이 다 알 정도로 교성을 질러대곤 했다. 덕분에 그녀의 몸종조차도 주인이 가장 총애를 받는 줄 알고 있다.

문이 닫히는 순간 무심하게만 보이던 무하의 안색이 일그러졌다. 재윤과 화정이 들었을 때도 그림자처럼 곁에 서 있던 사량 선생이 조심스레 말했다.

"저 발칙한 것이 주군께 선전포고를 하고 가는군요."

화정이 무하에게 여인을 소개해 주겠다니 어불성설이다. 여태 그를 거쳐 간 여인들이 제 발로 떠난 건 그의 아내 완예 공주가 아니라 대부분 화정 때문이었다. 그런 화정이 다른 여자에 대해 말함은 아예 그가 만나기도 전에 치워 버리겠다는 선포였다. 평소에도 독기가 충천한데 나가던 분위기로 봐선 반드시 피를 보려 할 것이다.

"내버려 두어라. 제 발악이 그리 소용없음을 깨닫게 해주면 그만이니."

무하는 언제 안색을 일그러뜨렸느냐는 듯이 금세 차가운 표정을 되찾았다. 그리고 그 일은 그새 잊었다는 듯 작게 누군가를 불렀다.

"북구."

"네, 주군."

한 남자가 그림자처럼 홀연히 나타나 무릎을 꿇었다. 북구는 무하의 지근 호위 네 사람 중 하나였다. 사방 호위의 가장 중요한 임무는 무하를 지키는 것이었지만 모시는 이가 가장 강한 무력을 지닌지라 대부분 중대한 정보의 취합과 명령을 전달하는 것이 주된 임무였다.

"온고에서 올라온 소식은?"

"광천대주와 부대주가 달려갔으니 곧 소식이 올 것입니다. 하지만 아직 전갈이 없음은 이상하니 직접 사람을 보내볼 생각입니다."

"아직 전갈이 없어?"

"네, 해서 무슨 일이 생긴 건 아닌지 염려스럽습니다."

"인위적으로 만든 요괴에게 설마 형곽과 석찬이 당할까, 다른 일이 생겼을 것이다. 요괴를 숭상하고 산사람을 제물로 삼는 집단이다. 그런 무도한 자들의 세가 이토록 빨리 확산하는 데다 급습 때마다 이렇게 완벽히 꼬리를 만다라……."

"주군께서 의심하시는 것이 사실인 것 같습니다. 그동안 저희가 예상했던 인물보다 훨씬 윗줄의 배후가 있는 듯싶습니다. 그리고……."

"그래, 생각보다 더 가까이 세작이 있다는 의미겠지."

북구가 미간을 짚은 주군을 향해 허리를 숙였다.

"근시일 내에 반드시 색출하겠습니다!"

"그래야지……."

북구는 길게 말이 없는 주군을 올려다보았다. 그리고 깨달았다. 그 세작은 이미 색출되었다는 것을. 북구는 그 자세 그대로 몸을 움직일 수가 없었다.

"북구."

"네……, 주군."

북구가 움직일 수 있는 것은 입술뿐이었다. 그는 이 순간이 저의 마지막임을 깨달았다.

"네 말대로 세작이 가까이 있더구나. 매번 우리의 움직임을 번번이 흘리곤 하던."

"……주군."

"아직 내게 주군이라고 하는구나."

굳어진 북구는 표정도 만들어낼 수 없었다. 그의 눈빛만이 처참하게 일그러졌다. 북구는 간신히 마지막 말을 뱉어냈다.

"어, 어떻게……?"

"형곽과 석찬은 온고로 가지 않았다. 아니, 네가 전한 그 시각에 가지 않았다고 해야겠지."

온고는 오늘 새벽 광천대가 출동한 곳이었다. 북구가 직접 그들에게 시각과 장소를 전달했었다. 그리고 떠나는 것까지 지켜봤었다.

"광천대가 덮치기로 한 그곳에서 적의 잔당 대신 함정이 기다리고 있었다지. 대규모 폭발이 있었다고 하더군. 하지만 그들은 그 시각 그곳에 있지 않았다. 따라서 무사하다. 그런데 너는 그들이 돌아오지 못할 것을 확신하고 있군."

오랜 시간 가장 측근에서 모셨던 이다. 그만큼 변절한 순간 그 은밀함은 상상을 초월했다. 그럼에도 결국 들키고 만 것에 경악하던 북구의 얼굴에 그예 체념이 솟았다.

"뉘냐. 난 네가 네 의지로 한 건 아니라고 믿는다. 무엇 때문이었느냐?"

"주, 주군……. 크흐흑! 허억!"

하지만 북구의 대답은 들을 수 없었다. 북구가 갑자기 비명을 지르며 그대로 허물어졌다. 눈과 입과 귀에서 피를 쏟아내던 북구는 무하나 사량 선생이 손 쓸 새도 없이 그대로 절명했다. 사량 선생은 곧바로 호신부를 쓴 후 북구의 시신에 달려들어 살폈다.

"정체가 밝혀지면 바로 자폭하는 주술이 걸려 있었던 것 같습니다……."

"크흐……."

오늘 북구와 함께 집무실을 지키던 동구가 모습을 드러낸 채 신음을 흘렸다. 동구의 얼굴에는 경악과 배신감, 분노가 서려 있었지만 사량 선생은 그에게 고개를 저을 뿐이었다.

동구가 북구의 시신을 수습해서 나간 후 사량 선생은 무하에게 조심스레 말을 건넸다.

"북구의 패는 너무 이르지 않았습니까?"

"선생."

"네, 주군."

"화정이 누구의 손을 빌 것 같던가."

"아……!"

"형선이 꽤 유능하긴 하나 북구를 당해낼 수는 없을 것이다."

화정이 아무리 유혹해도 넘어오지 않는 무하를 기다리며 수절을 할 리가 없다. 그녀가 기녀로 유명했던 이유는 그 용모뿐 아니라 방중술도 한몫했다. 본래 색을 탐하기 좋아하는 성정인 데다 여봐란 듯 무하를 화나게 하는 방법이라고 한 짓이 그의 호위를 유혹하는 것이었다. 북구는 그녀와 몸을 섞은 후 무하의 여인들을 쫓는 일을 거들었다. 그때부터 북구는 이미 변절자가 된 것이다.

"선생, 이젠 나도 내 것을 지킬 때야."

"주군의 뜻대로 될 것입니다."

"걱정하지 말게. 내가 자신의 손안에 있다고 믿는 한 그는 아직 나를 죽이려 하지 않을 테니."

할 말은 많았지만 선생은 아무 말도 할 수 없었다. 누구보다 가장 큰 고통을 짊어진 이에게서 외려 위로를 받다니 침통할 뿐이었다. 하지만 계속 이렇게 침통하게 있지는 않을 것이다. 사량 선생은 말없이 주먹만 그러쥐었다.

❀

"너, 유슬댁이라고 했지? 거지들한테 동냥 보따리 잘 가져다주고 왔니? 숙수들이 널 챙겨주지 못해서 안달이더구나. 유슬이라니, 어느 촌구석인지 몰라도 그 반반한 낯짝으로 거기서도 그렇게 사내 후리다가 왔니?"

건융이 먹는 걸 보고 기분 좋게 부엌으로 돌아오는 길이었다. 난데없는 봉변에 민영은 한순간 멍해지고 말았다.

며칠이나 오각형 여인과 살살거리며 민영을 쏘아보기만 하던 그 젊은 여자였다. 눈치가 썩 좋지 않아 그동안 눈인사만 하고 말을 섞진 않았었다. 아마도 애진댁이 없는 틈을 작정하고 찾아온 것 같았다. 마주친 그녀의 비열한 눈빛에 민영은 정신이 번쩍 들었다.

"너, 참 천박하구나. 네 생각과 입이 그리 저렴한 걸 보니 너야말로 그리 싸게 살아온 모양이지? 네가 싸구려니 남들도 다 싸구려로 보이는 것이냐!"

며칠간이나마 애진댁의 호의에 길들여진 나머지 너무 마음을 놓고 있었던 모양이다. 머릿속이 펑 터져 버릴 것 같았다. 생각 같아선 그 입을 찢어놓아도 시원치 않았다. 폭력을 그리 신봉하는 건 아니지만 저런 물건은 말로 해선 안 된다는 걸 알고 있었다. 하지만 건융에게는 안 된다고 하면서 폭력을 행사하는 어미가 될 수는 없었다.

"뭐, 뭐라고⋯⋯?"

이번엔 여인이 기함한 건지 입만 벙긋거렸다. 민영이 이렇게 대들 줄 몰랐던 모양이다. 하지만 곧 정신을 차렸는지 민영에게 손을 올려붙였다. 아니, 그러려 했다.

"생각이 그리 얕으니 반응도 참 식상하구나. 내가 만만해 보이는 모양인데, 어디 한번 덤벼보아라. 너는 겨우 손이나 흔들 줄 아나 본데 나는 주먹도 휘두를 줄 안단다."

민영이 그녀의 손목을 잡아 던지듯 팽개쳤다. 휘청거리며 뒷걸음질치는 여인에게 한 발짝 다가가 주먹을 쥐어 보이자 여인은 기겁한 얼굴로 악을 썼다.

"뭐? 날 치겠다고? 네가 감히 날 쳐? 난 대장군을 모신 적도 있는 몸이야. 그런데 어디서 굴러먹다 온지 모를 네년이 감히 나를 쳐!"

"어디, 나에게 맞을 때 너의 대장군께서 너를 지켜주시는지 볼까?"

"아악, 사, 사람 살려요! 사람 살려요! 이년이 사람 쳐요!"

역시 소리만 요란한 여자였다. 겨우 을러메는 주먹에 여자는 이미 몇 대 맞은 것처럼 꽥꽥 고함을 질러댔다. 생각보다 저급한 여자라 더는 상대할 가치를 못 느꼈다. 하지만 이런 장면을 다른 사람이 보면 민영이 곤란해질 수 있었다. 그때 맞춘 것처럼 다른 이의 목소리가 들렸다.

"지랄 났네. 지녕이 네년이 무슨 수작을 하는지 다 봤다, 이년 아!"

"애, 애, 애진 형님!"

여인, 지녕이 민영의 뒤에서 나타난 이를 보고는 빨개졌던 얼굴이 순식간에 파래졌다.

"내가 전부터 경고했지? 대장군 팔아서 또 다른 이에게 해코지하다간 쫓겨날 줄 알라고 하지 않았어!"

"요, 용서해 주세요, 형님. 다, 다신 안 그럴게요!"

"너는 전에도 다신 안 그런다고 했어. 그러지 않았어?"

애진댁은 용서의 여지가 없어 보였다. 순하고 따뜻해 보이기만 하던 그녀의 표정에 단호함이 서리자 위압감마저 느껴졌다. 하지만 그런 분위기도 눈치채지 못하는 건지 지녕이 독을 쓰며 대꾸했다.

"내가 형님과 안 지 더 오래됐어요! 내가 여기서 일한 지 더 오래됐다구요! 저깟 년이 뭐라고 날 내쫓아요!"

"그래, 더 오래되어서 못된 것도 더 많이 봤지. 너를 왜 내쫓느냐고? 그건 유슬댁 때문이 아니야. 일도 못하면서 꾀만 부리고 빈둥대는 너를 계속 참아줄 줄 알았어? 경고는 한 번만 한 게 아니야. 그건 네가 더 잘 알지?"

"제, 제발, 한 번만 더 봐주세요! 제발!"

"아니, 더는 네가 음식을 빼돌려 파는 꼴은 봐줄 수 없어."

애진댁이 고개를 저었다. 지녕은 민영이 음식 가져가는 걸 유독 싫어했다. 제가 팔 몫이 줄어들기 때문이었다. 게다가 저에게 홀렸던 남자 숙수들이 챙겨주던 것도 사라져 버렸다. 제가 빼돌릴 몫이 줄어들자 지녕은 아예 새 식재료를 건들기까지 했다.

"그, 그건 집에서도 좀 먹으려고……."

"처음엔 그랬겠지. 그러다 손이 점점 커지더구나. 안 그래도 오늘 다잡으려 했더니 네가 이렇게 끝을 보이는구나."

"다, 당신이 뭔데! 당신은 그냥 하녀잖아! 아초님께, 그래 아초님께 빌면……."

끝까지 저열한 여자였다. 하지만 지녕의 끝은 바로 그 자리에 아초가 나타나면서 맺어졌다. 지녕은 다시 부엌에 발을 디뎌보지도 못한 채 곧바로 쫓겨났다. 아초도 모든 사실을 알고 있었던 것이다.

부엌은 평상시와 다르지 않게 돌아갔다. 지녕이 없었지만 워낙 꾀를 부리던 이라 일손이 비는 자리도 크게 느낄 수 없었다. 지녕이 쫓겨난 이유를 알기에 아무도 언급하지 않았다. 그만큼 부엌음식을 훔치는 건 엄중하게 처리되는 일이었다. 정신없이 일을 하다 보니 저녁을 내가고 잠시 짬이 생기는 때가 생겼다.

"유슬댁, 유슬댁."

"네, 애진 형님."

"아이쿠, 이걸 벌써 다 깠단 말이야? 세상에, 손도 야물고 빠르지."

"이젠 익숙해졌어요."

애진댁이 민영이 까놓은 당파 더미를 보고는 혀를 내둘렀다. 민영은 어제처럼 잔심부름을 한 후 내일 쓸 당파를 까고 있었다. 당파는 거의 모든 요리에 쓰이는 재료라 많이 필요로 하지만 다듬는 이는 괴롭다. 그 특유의 매운 향기에 눈과 코가 시달리는 건 물론, 손톱 사이에 즙이 배이면서 무척 아리다. 그 때문에 원래는 지녕과 교대로 할 일이었지만 한 번도 교대한 적이 없는지라 민영이 아예 전담처럼 하게 된 일이었다.

애진댁이 슬그머니 자루를 당겨 함께 당파를 까며 말했다.

"세상 불공평해. 우린 당파 한 자루만 까도 눈물 콧물에 손이 아려서 입으로 불어야 하는데 유슬댁은 얼굴색 하나 변하지 않았네."

"형님은 안 하셔도 돼요!"

"조금 남았으니 같이 해. 원래 이런 건 돌아가면서 해야 하는데 어찌 혼자 하게 하누."

"정말 괜찮아요."

"그냥 수다나 떨려고 그러는 거야."

"……네."

"아까 일은 너무 마음에 담아두지 마. 지녕이 그년은 유슬댁 말대로 입도 몸도 싸구려라 생각이 그것밖에 안 돼."

"……아까는 감사했어요."

"감사하긴. 안 그래도 일어날 일이었어. 그러니 그년이 쫓겨난 건 절대 마음 쓰지 마. 그년이 시무 조카라 여태 봐준 건데 그것도 한계였지."

시무는 오각형 여인의 이름이었다. 두 사람이 왜 친한 건가 했더니 그런 관계였던 것이다. 하지만 지녕이 쫓겨났으니 오각형 여인, 아니 시무의 견제가 심해질 건 당연했다. 그렇다 해도 민영은 아까 그 순간을 다시 맞는다면 또 그렇게 행동할 것이었다.

애진댁이 분위기를 바꾸려는지 화제를 돌렸다.

"하여간 자넨 운이 좋은 줄 알아. 바깥에선 율기 대장군 댁에서 일하는 걸 얼마나 부러워하는지 모르지? 일단 이 댁에 들어오면 식솔들은 모두 배불리 먹을 수 있어. 지녕이 년처럼 빼돌리지만 않으면 되니 웬만해선 식솔 모두 대문 안에서 살고자 하지. 무엇보다 부러워하는 건 우린 율기 대장군의 직접적인 보호를 받는 존재가 된 거라는 거야."

"그렇군요……."

이 댁은 이전 세상의 복지시설 잘된 대기업 같은 모양이었다. 민영은 맞장구를 쳤지만 애진댁은 그녀의 평범한 대구에 피식 웃었다.

"자네, 이 집안에 대해서 좀 아나?"

"율기 대장군 댁이라는 것 말고는……."

"그래, 그럴 줄 알았지. 그럼, 율기 대장군은 어떤 분이신 줄은 알아?"

"그…… 황제 폐하의 가장 큰 총애를 받는 장군이라고요."

"오, 그 정도는 아네? 그렇지, 선대 황제 폐하 때부터 율기 대장군을 총애하셨지. 그러니 부마가 되셨지."

"네? 부마…… 라고요?"

"응? 몰랐나 보네? 그런데 왜 그렇게 놀라?"

"아, 아니에요. 아까 그…… 대장군을 모셨다고 해서요."

동화 속 공주님은 외동이지만 황제의 딸은 수십이 기본이다. 민영은 부마라는 한 마디에 전에 만났던 그를 떠올리다가 다시 애진댁에게 집중했다.

"후, 이건 천천히 알게 될 이야기지만 미리 해줄게. 그래도 어디 다른 데서 아는 체는 하지 말고."

애진댁이 목소리를 낮추며 말했다.

"율기 대장군께 여인이 많았던 건 사실이야. 하지만 그건 공주님이 권하신 거야."

"공주님이 왜요?"

민영은 눈을 휘둥그레 떴다. 저라면 절대 내 남편을 다른 여자에게 내주지 않을 것이다. 천령을 다른 여자와 나누느니 차라리 평생 보지 않고 살겠다. 아니, 줄 수도 없게 되어버렸지만.

"공주님은 슬하에 따님만 두시고 계속 태기가 없자 율기 대장군께 축첩을 권하셨어. 뭐, 표면적인 이유는 그렇고. 실은 사 년 전, 대장군께서 실종되신 적이 있었어. 하리타타라고 알아?"

"아뇨."

"하리타타는 신수가 되려다 말고 타락한 요물이야. 요물은 보통 본신에 제가 잡아먹은 동물의 모습을 취해 요력을 부리곤 하는데 놈은 호랑이 몸에, 새의 날개, 꼬리 대신 다섯 마리 뱀이 달려 있고, 머리는 사람의 얼굴이었어. 사람을 가장 많이 잡아먹고 요물이 된 거지. 하리타타는 이 나라 초대 황제께서 성왕의 축복을 받은 이래 최고의 재앙이라고도 불렸던 놈이었어. 신수가 되기 직전에 타락한 탓에 신수에 버금가는 요술까지 부렸어. 주술 공격을 튕겨내고 살을 녹여 버리는 독에 공중에서 쏟아지는 깃털과 발톱 공격까지 해댔으니 그야말로 최악이었지. 하리타타를 토벌하려던 이들 태반이 죽어나갔는데 그런 놈과 최후까지 싸우신 분이 대장군이었어."

무시무시한 사실의 나열에 민영의 머릿속이 몽롱해지고 있었다. 눌어붙은 얼굴, 뜯겨나간 가슴, 칼이 아닌 무언가에 난자당한 온몸. 아니겠지, 설마, 그럴 리가.

"대장군은 마지막까지 놈을 몰아붙이셨어. 최후의 순간 놈이 도망을 쳐 버렸는데 대장군께서 놈을 끝까지 따라붙으셨지. 요물은 다시 나타나지 않았지만 대장군도 돌아오지 않으셨어. 그래서 다들 돌아가신 줄 알았는데 기적적으로 일 년 후 돌아오신 거야. 오히려 더 강해지셔서 말이야!"

"그랬…… 군요."

"아무튼, 그때부터였어. 율기 대장군께선 공주님의 권유를 받아들이셨어. 그리고 제일 먼저 화정 마님을 들이셨지."

"화정 마님이요?"

"응, 유슬댁도 곧 알게 될 거야. 저보다 예쁜 여자는 절대 봐줄 생각이 없는 사람이거든. 그러니 유슬댁도 조심하라고 미리 알려 주는 거야."

"⋯⋯네."

"화정 마님은 공주님께서 권한 여자고, 대장군도 따로 여인을 들이셨어. 하지만 다른 여인은 버텨나지 못하는 거야."

"왜 버티지 못해요?"

"화정 마님은 사실 기녀 출신이거든. 남의 남편 빼앗는 역할을 하던 이가 질투는 더 대단했지."

"네에⋯⋯."

"참, 대장군이 부마라는 것도 몰랐던 걸 보니 공주님이 얼마 전에 돌아가신 것도 모르겠네?"

"네? 돌아가셔요?"

"역시 몰랐구나. 얼마 전 출산 중에 돌아가셨어. 그토록 바라던 사내아이였는데. 이제 화정 마님만 살판 난 거지."

애진댁이 쯧쯧, 혀를 차더니 목소리를 더 낮추며 속삭였다.

"내가 괜한 조바심이 나서 이런 말을 다 해."

"조바심이라뇨?"

"유슬댁이 좀 예쁜가. 그러니⋯⋯ 대장군의 눈에 들 수도 있다는 말이지."

이젠 예쁘다는 말도 익숙해지는 것 같았다. 민영은 어색하게 웃으며 손사래를 쳤다.

"에이, 설마요. 저는 아들도 있는걸요."

"애가 있으면, 여자가 아닌가? 어차피 유슬댁에게 남편이 있는 것도 아니고. 지금 눈 돌아가는 사내놈들 모두 숨죽이고 있는 거다 대장군의 눈치를 보는 거거든?"

"무슨 말씀을요. 아직 그분은 뵙지도 못한걸요?"

"그러니 하는 말이야. 아직 대장군께서 유슬댁을 보시기 전이니 눈치만 보는 거지. 최근 화정 마님과도 소원해졌다는 소문도 있고. 그러니 유슬댁을 보시면 손을 내미실지도 모르지."

"저는 아니에요!"

세차게 고개를 젓는 민영에게 애진댁은 야릇하게 웃어 보였다.

"지금은 그렇게 말하지. 하지만 유슬댁도 대장군을 보면 마음이 달라질걸? 대장군을 보고 몸살을 앓지 않는 여인이 없다네."

"그건 그런 여자들 얘기고요. 정 안 되면…… 이 댁을 나가는 수밖에 없겠지요."

굳어버리는 민영에게 애진댁은 다 안다는 듯 고개를 저었다.

"아냐, 대장군께서는 싫다는 여인을 강제로 취하실 분이 아니시네. 절대 아니지, 암. 하지만 잘 생각해야 해. 내쫓기 전에 나갈 생각은 하지 않는 게 좋아. 이 댁 안만큼 안전한 곳은 없다네."

"네, 명심할게요."

"아, 그리고 말이야……."

그러고도 애진댁의 수다는 계속 이어졌다. 화정이 제일 미녀인 줄 알았더니 민영이 더 예쁘다는 말이나, 자신의 딸 애진도 가벼운 주술은 다룰 줄 안다는 은근한 자랑이나 최근 도성이 뒤숭숭해서 더욱 집을 떠날 생각은 하지 말라는 둥, 당파의 수만큼 수다의 주제도 많았다. 나중에 왜 도성이 뒤숭숭하다는 건지 물으려 했을 때는 당파 자루가 비어 있었다.

"에취!"

자루가 빈 것을 보자마자 애진댁이 요란한 재채기를 했다. 시원하게 재채기를 한 애진댁은 자신과 대조되게 여전히 말간 얼굴을 한 민영을 곱게 흘기며 말했다.

"자, 이제 오늘치 당파는 다 깠으니 마무리는 내가 할게. 오늘은 이만 들어가 봐."

애진댁은 오각형 여인이 쓴소리를 하기 전에 선수를 쳐서 민영의 등을 밀었다. 건융에게 달려가며 민영은 다시 한 번 이 댁에 온 것에 감사했다. 어쩌면 건융과 함께 꿈을 키울 수 있는 곳이 될지도 모르겠다. 작은 희망이 꿈틀댔다.

어렵게 아비의 허락을 얻어내어 갔던 나들이였건만 돌아오는 재윤의 얼굴은 시무룩하기만 했다. 날씨도 좋았고 볼거리도 많았다. 그러나 기대와 달리 즐긴 것이 없었다. 시장에선 유모가 허락한 곳만 볼 수 있었고 아이들이 노는 곳은 가마 안에서 스쳐 지나갔다. 거기에 남들 다 구경하는 풍물놀이패 놀이를 보지 못한 것이 못내 속상했다.

그래도 유모를 졸라 요란한 징소리가 들리는 근처까지 가긴 했었다. 하지만 알록달록한 옷을 입은 이들이 펄쩍거리는 걸 사람들 숲 너머 어른거리는 것만 봤을 뿐, 사람들이 무엇 때문에 환호성을 지르는지는 알 수 없었다.

부족했다. 재미없었다. 삼엄한 보호와 호화로운 옷보다 저도 남들처럼 구경하고 시원하게 웃어보고 싶었다. 남들이 들으면 원하면 뭐든 가질 수 있는 아이의 배부른 투정이라 하겠지만 재윤은 이제 겨우 다섯 살이다. 가장 원하는 걸 보지 못했으니 짜증이 났다. 그런 재윤의 눈에 들어온 것이 저보다 작은 아이가 뛰어가 어떤 여자 품에 안기는 장면이었다.

"엄마!"

"우리 융이, 오늘도 잘 놀았어요?"

"잘 놀았어요!"

발음은 좀 새지만 저보다 훨씬 작은 아이가 말을 또박또박 하는 것에 놀란 재윤은 저도 모르게 걸음을 멈추고 그들을 쳐다보았다. 그러다 저보다 더 말갛고 뽀얀 볼에 귀여운 아이가 어미의 뽀뽀 세례를 십수 번이나 받고 있는 모습에 기분이 이상해졌다.

저는 어머니께 그런 뽀뽀를 받아본 적이 없었다. 또 저렇게 안긴 기억도 없었고 저렇게 예쁜 미소를 본 적도 없었다. 아, 어머니는 뱃속의 동생에게는 저와 비슷한 미소를 짓곤 했었다. 부푼 배를 쓰다듬으며 어머니는 기쁜 얼굴로 웃으며 말했었다. 이 아이가 사내아이라 너무나 행복하다고. 너와는 다른.

그래서 재윤은 그런 아이 따위, 태어나지 않았으면 하고 빌었다. 그래서일까, 동생은 태어나지 못하고 죽었다. 어머니와 함께. 재윤은 저가 빌어서 어머니와 동생이 죽은 것이 아닐까 두려워 어머니 장례가 끝날 때까지 방에서 한 발자국도 나올 수 없었다.

그러다 오늘에야 겨우 아버지의 허락을 받아 나온 참이었다. 그러나 실망하고 돌아오는 길에 다른 곳도 아닌 집에서, 엄마 품에 안겨 까르르 웃는 아이를 보니 뭔지 모르게 울컥했다. 어린 눈에 봐도 여자는 아버지의 첩, 화정보다 더 예뻤다. 아이도 어미를 똑 닮아 예뻤다. 게다가 사내아이였다. 누가 가슴을 쿡 찌르는 것 같았다.

"유모."

"네, 아기씨."

유모는 재윤이 가리키는 곳을 보았다가 눈을 찌푸렸다. 돌아오는 길, 유난히 칭얼거리는 재윤을 달래기 위해 일부러 멀리 돌다가 하인들이 드나드는 문으로 들어온 참이다. 하지만 길을 잘못 선택한 듯싶다.

재윤은 별채에서 애지중지 자란지라 맥내 하인이라 해도 얼굴을 모르는 이가 많다. 수시로 바뀌는 외채 하인들이 모르고 결례를 범한다면 불벼락이 떨어질 수도 있었다. 불벼락이야 하인에게 떨어지겠지만 사달이 난다면 주인이신 율기 대장군의 화가 재윤에게 미칠 수도 있다. 율기 대장군의 처사는 만인에게 공명정대하지만 재윤에게도 마찬가지라 아이는 엄격한 아비를 어려워했다. 그래서 빨리 들어가길 바랐는데 재윤이 그녀의 치맛자락을 꼭 붙든 채 놓아주지 않았다.

"저기, 저 아이 말하는 거 들었어?"

유모는 하인의 아이 같은 건 관심 없었다. 그런데 재윤이 무엇 때문에 발길을 멈췄는지는 알 것 같았다. 재윤이 신기한 눈으로 바라보는 끝에는 누가 봐도 따뜻하고 기분 좋을 모습이 있었다. 그러나 재윤에겐 독이 될 수도 있는 장면이었다.

"아기가 말이 빠른가 보네요. 그런데 재윤 아기씨도 그랬답니다."

"뭐? 나도 그랬어?"

"네, 두 돌이 채 되기도 전에 문장을 엮어 말씀하셨는걸요. 아기씨가 영특하신 건 그때부터 알아보았지요."

"저 아이도 그런 것 같아. 게다가…… 사내아이야."

유모는 움찔했다. 재윤의 어미 완예 공주는 그 누구보다 사내아이를 바라던 이였다. 그리고 그걸 재윤에게 전혀 감추지 않았다. 재윤이 가리키는 바람에 유모는 엄마와 아기가 하는 양을 더 자세히 볼 수밖에 없었다. 방금 재윤을 칭찬한 것이 무색하게 아이는 정말 말을 잘했다.

"엄마, 보고 싶었어요. 조금 눈물이 났어."

"어머, 우리 융이가 엄마 보고 싶어서 울었어?"

"아니, 그냥 눈물이 났어."

"아우, 어떡해!"

그냥 보기만 해도 귀엽고 사랑스러운데 말하는 건 더 예쁘다. 민영이 부르르, 배에 바람을 불고 볼을 비비자 청아한 웃음소리가 하늘 높은 줄 모르게 울렸다.

"어흠흠!"

헛기침 소리에 민영이 놀라며 고개를 돌리자 중년 여인의 손을 꼭 잡은 작은 여자아이가 이쪽을 보고 있었다. 입은 옷은 수수한 모양새였지만 고급스러워 보이는 옷감은 평범한 이들이 입을 옷이 아니었다. 민영은 반사적으로 건융을 감싸 안으면서 허리를 숙였다. 마을에 내려와 살면서 제일 처음 배운 것이 신분의 차에 허리를 굽히는 것이었다. 판고와 사는 동안 늘어난 눈치와 비굴함은 사는 데 크나큰 도움이 되고 있었다. 그게 아니라도 건융을 위해서라면 이까짓 허리 정도야 얼마든지 숙일 수 있었다.

여자아이가 뭐라 귓가에 속삭이자 아이에게 맞춰 허리를 숙였던 중년 여인이 일어나며 말했다.

"자네, 여기에서 일하는가?"

"네, 그렇습니다."

"아기씨께서 그 아이가 몇 살이나 되었는데 그렇게 말을 잘하는 건지 궁금해하시네."

어쩐지 모녀 사이 같이는 보이지 않았다. 신분 높은 아이의 말이라면 더더욱 무시할 수가 없다. 민영은 긴장한 채 조심스레 대답했다.

"이제 막 25개월이 지났습니다."

"아직 두 돌이 안 되었는데도 말을 꽤 잘하는구먼."

여인의 말에 민영은 새삼 건융의 생일잔치를 해줘야겠다는 걸 상기했다. 이곳 아이들은 첫돌은 기념하지 않는다. 두 돌이 되어야 세상에 난 축복을 받을 수 있었다. 아마도 영아 사망률이 높아서인 듯한데 그것만큼은 이전 세계와 비교되는 아쉬움이었다. 어찌 됐든 열악한 상황에도 이렇게 무사히 예쁘게 자라나 준 건융이 고맙고 기특했다. 하지만 그런 생각은 나중에, 당장은 여인을 상대해야 했다.

"감사합니다."

일단 답을 하고 다시 허리를 숙였는데 여인은 더는 말도 하지 않으면서 갈 생각을 하지 않았다. 정확히는 여자아이가 갈 생각이 없는 것 같았다. 그런데 건융을 계속 쳐다보고 있는 것이 아이의 눈빛이라고 여기기엔 뭔가 많이 복잡해 보였다. 호의적인 것만이 아닌 것 같아 불안해진 민영은 자꾸만 아들을 감싸 안았다. 하지만 건융이 도와주지 않았다.

"엄마, 답답해. 내릴래!"

낯선 사람들의 등장에 처음엔 가만히 안겨 있던 건융이 엄마를 졸라 기어이 내려섰다.

"정말 말을 잘하네."

여자아이가 이번엔 이쪽에 들리도록 감탄하며 말했다. 하지만 지체 높은 신분과 엮여서 좋을 것이 없다. 상대가 아이라면 더욱. 그런데 걱정스럽게도 건융도 여자아이에게 관심을 보였다.

"누나!"

"쉿, 아니야, 융아. 아기씨라고 불러야 해."

평해 전남편의 딸, 말리와 같이 자란 건융에게 손위의 여자아이는 모두 누나였다. 민영이 안색이 파래지며 건융의 말을 고쳐주자 건융이 금세 말을 따라 했다.

"아기찌?"

"그래."

"아기찌 누나."

건융이 해맑게 웃으며 손을 흔들자 여자아이도 얼결에 같이 손을 흔들다 던지듯 손을 내렸다. 그리고 그대로 돌아선 아이가 사라지고 나서야 민영은 팽팽하게 당겨진 긴장을 풀 수 있었다. 우각 같은 이도 아니고 겨우 아이를 만난 거였는데 그 어느 때보다 긴장했던 것 같았다. 그리고 보니 평해에게서 신분 높은 이는 어른보다 아이를 조심해야 한다고 들었던 것이 기억났다. 그래서 그랬나 보다. 그런 식으로 평해에겐 도움 받은 게 많았다. 그러나 평해와 마지막에 그런 식으로 어그러지다니 새삼 회한이 일었다.

민영은 작게 한숨을 쉬고는 건융에게 타일렀다.

"융아, 저 아기씨는 말리 누나랑은 달라."

"달라?"

"응, 그러니까 같이 놀자고 하면 안 돼?"

"아기찌 누나가 놀자고 하면?"

"아기씨 누나가 아니고 아기씨. 만일 아기씨가 놀자고 하면 놀아도 돼. 하지만 뭐 그럴 일은 없겠지."

민영은 오랜만에 또래를 만나 반가워하는 건융을 토닥이며 쓸쓸함을 삼켰다. 방금 만난 아이가 누구일지 짐작되었기에 조심스러울 수밖에 없었다. 되도록 마주치지 않는 것이 나을 것이다. 아이가 더는 관심을 보이지 않고 가버린 것에 민영은 안도의 숨을 쉬었다.

❀

"이번에도 율기 대장군이 온고에서의 일을 모두 망쳤다지요?"

"그렇소이다, 폭발이 있었는데 광천대는 그때 도착하지도 않았다고 하오."

"어허, 하면 한 사람도 구하지 못했다는 말 아니오!"

달에 한 번, 무하는 황궁으로 든다. 무하는 황제의 호위대장이라는 이름을 달고 있었지만 그가 황궁에 갈 수 있는 날은 극히 드물다. 오늘이 그날이었다. 무하가 드는 날이면 대전은 성토장으로 변모해 도떼기시장이 따로 없이 어수선해졌다.

"태내감, 백청, 청대부, 제정신이오들? 거기에 광천대가 있었으면 모두 죽었소이다! 그것이 광천대를 노린 함정이었음을 모르고 하시는 소리요!"

"바흰 승상, 그 무슨 망발이오!"

"제정신이냐니, 하면 우리더러 미쳤다는 말이오!"

"태내감, 청대부 영감, 고정하세요. 바흰 승상, 함정이라 했소? 함정이었다 해도 백성을 구하는 게 먼저 아니오?"

"내, 댁들이 백성들을 그리도 위하는 줄 몰랐소이다. 하면 왜 댁들은 한 번도 달려가지 않았소!"

"그거야 율기 대장군의 일이 아니오? 우리가 왜 가오?"

"율기 대장군에겐 그러라고 광천대과 광평대가 있지 않소?"

"그들이 몇이나 된다고 하는 말이오! 다 합해도 겨우 사백 명 남짓한 무력으로 도성 전역을 다 지키란 말이오? 댁들에겐 무력이 없소? 왜 당신들 손은 쓰지 않는단 말이오?"

"바흰 승상, 말도 안 되는 소리 하지 마시오! 우리가 왜 요괴를 잡소!"

"맞소이다! 손이 부족하다는 건 다 핑계요. 지난달 그 외유는 무엇이오? 무려 한 달 가까이 토벌 명목으로 자리를 비우지 않았소!"

"명목이라니요! 지난달 외유는 상인 수십을 잡아먹은 요괴를 토벌하기 위함이었던 걸 모르고 한 소리요? 놈을 토벌해 달라 상신한 곳이 청대부, 당신의 상단이라고 알고 있는데!"

"어험, 험! 그거야……. 겨우 요괴 하나 잡자고 그렇게 오래도록 도성을 비우지 않았소! 핑계라고밖에 볼 수 없지 않겠소!"

"청대부, 진짜 정신이 어떻게 된 것 아니오? 그 요괴가 무엇인 줄 알고나 하는 말이오! 지룡이라 불리는 놈이오! 수백 년 묵어 크기는 집채만 한 데다 이미 사람 맛을 알아 사냥까지 나선 놈이었소. 자칫 하리타타의 재앙이 재연될 수 있는지도 모를 요괴를 두고 겨우 요괴란 말이 나오오?"

"흥, 요괴를 잡은 건 잘했다 칩시다. 하지만 시간이 문제가 아니오, 시간이! 왜 그렇게 오래 뭉그적대며 돌아온 거냔 말이오! 도성은 어쩌고!"

"당연히 주변정리를 하기 위함이 아니었소! 분명 보고도 했고 인근 마을 백성들의 칭송 서한까지 받아봤으면서도 그런 소리가 나오오! 도성이 뭐가 문제요! 당신들 야유회를 못 나가서? 그거야 당신네들 가는 길에 나오는 요괴는 당신네들이 알아서 없애야지!"

"바흰 승상, 말조심하시오!"

"그렇소, 말을 삼가시오! 아닌 말로 우리더러 왜 요괴를 잡으라 하는 게요. 요괴야 율기 대장군이 잡는 것이 당연한 일 아니겠소? 그것이 본분인데."

"본분이라? 하면 율기 대장군이 없다면 댁들 중에 그 본분을 맡을 것이오?"

"왜 자꾸 우리더러 요괴를 잡으라는 것이오! 저기 율기 장군이 멀쩡히 있는데!"

"맞소. 그 많은 요괴를 잡으면서 나라에 한 푼 바치지 않고 떵떵거리면서 잘살고 있잖소!"

"그건 또 무슨 해괴한 소리요! 지금 선황 폐하와 폐하께서 친히 허가하신 사안을 언급하는 게요?"

바휜 승상이 수염을 떨며 분개했지만 동조하는 이는 없었다. 대신 세 대신의 편에 선 이들이 서로 숙덕거리기 시작했다. 이상하게도 그들의 중심엔 세 대신이 아니라 수염 허연 중년의 사내가 있었다. 완예 공주의 외삼촌 외윤, 외척으로서 대전에 들 직위가 없는데도 당당히 자리를 차지하고 앉는 것도 모자라 세 대신조차 눈치를 보는 이였다. 완예가 죽었을 때 외윤의 권세도 축소될 줄 알았으나 여전히 대전에 출석하는 것만으로 그의 눈치를 보는 이들이 상당수다. 말은 태내감이 했지만 무하의 특혜를 언급한 것 또한 외윤의 지시였을 것이다.

선황은 무하에게 백여 명의 광천대와 삼백 명의 광평대를 독립적으로 운용하게 했다. 말만 독립적이지 실상은 한 푼도 지원하지 않는다는 말이었다. 반대급부로 요괴 토벌에서 나온 부산물을 팔아 얻는 이득에 대해서 세금을 면제하겠다는 혜택을 내렸다.

그때가 무하가 부마가 된 시기였다. 공주에게 연간 내리는 내탕금의 십 분의 일만 줘도 되는 일이었지만 생색내기 혜택으로 목을 조른 것이었다. 무하는 요괴뿐만 아니라 빈곤과도 싸워야 했다. 그런데 지금은 상황이 극 반전되었다. 요괴 토벌 과정에서 나오는 부산물을 사기 위해 전국은 물론 외국에서도 상인들이 찾아올 정도의 성세를 구가했다. 어느 곳에도 율기 대장군만큼 양질에 수량 많고 다양한 요괴 부산물을 한꺼번에 살 수 있는 곳이 없으니 사람들이 몰리는 것은 당연했다.

상식적으로 그만한 돈이 된다면 누구든 요괴 장사에 뛰어들고 싶을 것이다. 그러나 돈 좋아하기로 둘째가라면 서러워할 이곳 탐욕스러운 자들 누구도 그것만은 하지 않으려 한다. 위험해서? 그건 아랫사람들을 시키면 그만이다. 하지만 그것도 하지 않는다. 그보다 더 근원적인 두려움이 있기 때문이다. 요괴 토벌은 공력뿐 아니라 주술력도 받쳐 줘야 한다. 그렇지 않으면 기껏 부산물을 얻고도 남은 요력에 휩쓸려 가문을 몰락시킬 수도 있다. 그런 위험을 감수할 이는 여기 아무도 없었다. 실력이 부족하기도 하거니와 무하와 같은 면세 혜택을 받을 이도 없으니 남의 떡일 뿐이다.

하지만 무하가 얻는 막대한 부가 눈에 뻔히 보이니 아깝지 않을 수 없다. 그 엄청난 부가 자신들의 주머니는 거치지도 않고 천한 백성들에게로만 베풀어지니 배알이 꼴릴 밖에. 하니 입만 크게 벌려 왕왕 떠드는 것이다.

"바흰 승상, 승상이야말로 도대체 왜 그렇게 율기 대장군을 싸고도는 것이오?"

"싸고돌아? 말 같은 소릴 하시오! 율기 대장군이 상인들과 널리 거래하면서 그들이 내는 세금이 얼마인지 몰라서 하시는 말씀이시오? 거래가 잘되니 인근 상권이 융성하고 백성들이 윤택해지면서 다시 그들이 나라에 바치는 세금이 훨씬 더 많소. 그래도 율기 대장군이 따로 더 세금을 내야 하오? 그대들은 제국의 재앙으로부터 목숨을 구함 받은 은혜를 그런 식으로 갚으시오?"

"목숨을 구해주다니, 이상한 말씀이시오. 그때 다른 이들이 하리타타를 다 잡아놓은 것을 율기 대장군이 거든 것뿐 아니오. 결국 잡지도 못했고."

"그러게 말이오. 흥, 자신도 도망쳤다가 나타났으면서. 혹시 승상의 딸이 예전에 율기 대장군에게 목을 맸다더니 아직도 그 정이 남아서 저렇게 좋게만 보는가 보오?"

"아니면 율기 대장군에게 받아먹은 것이 있어서 그럴지도 모르지요."

"뭐라 했소, 지금 내가 뇌물을 받아먹고 하는 소리란 말이오? 그 말 책임질 수 있소!"

펄펄 뛰는 바흰 승상에게 세 사람은 잠깐 움찔했지만 주제로 다시 돌아왔다.

"율기 대장군은 지난번에도 첩에게 집 하나를 사주었다지 않소. 그런 이가 나라에 세금 한 푼 바치지 않다니 이는 뻔뻔하다는 말로 다 표현할 수가 없소!"

"이 뻔뻔한 인간들아! 미친 인간들, 욕심에 눈먼 인간들, 똥통에 빠져 죽을 작자들아! 그 입이 부끄럽지도 않느냐! 늬들이야말로 세금 한 푼 제대로 내면서 하는 말이냐? 백성들이 내놓은 세금을 빼돌리지나 마라!"

"저 영감이 기어이 미쳤군! 이⋯⋯."

핏대가 오르고 졸렬한 말잔치가 이어지는 이곳이 바로 대전이다. 그들을 아울러 보는 가장 상석에 황제가 앉아 있었다. 황제가 손을 들어 올리며 낮게 중얼거렸다.

"그만."

천장을 뚫을 듯한 소란이 가벼운 손짓 하나에 일시에 가라앉았다. 성왕의 축복을 받은 핏줄 덕에 황제의 위엄은 그 어느 나라보다 지엄하다. 성왕의 축복은 대대로 절대 황권을 누릴 수 있는 권력까지 준 것이다.

"그대들의 의견은 잘 들었다. 율기 대장군, 할 말이 있는가?"

"⋯⋯없습니다."

조용해진 대전이 잠시 수런거렸다. 무하를 잡아먹을 듯 떠들던 이들은 비웃음을 흘리며 고개를 끄덕였고, 바흰 승상만이 가슴을 쳤다. 무하가 한 마디도 하지 않는 것에 또 저들은 무능력의 소치며 탐욕의 화신이라며 떠들어댈 것이었다.

바흰 승상 같은 몇몇이 아무리 입바른 소리를 해도 소용없었다. 무하가 무슨 말을 하든 모두 변명이 될 뿐이었다. 성토를 위한 성토, 그들의 논리대로라면 옆집 개가 수태한 것도 무하 탓이었다.

황제 긍하가 그런 광경을 보다가 히죽 웃었다. 긍하는 바로 이런 분위기를 이끌어낸 장본인이었다.

"모두 들으라."

"예, 폐하."

"모두 율기 대장군의 면세권에 대해 불만이 많은 것으로 안다."

모두 그럴 리 없다. 관문만 나가 봐도 요괴에 당한 가족이 한 사람도 없는 가정이 드물다. 무하 덕분에 가족과 집을 구하고 은혜를 입은 이들은 율기 대상군의 혜택은 당연하다고 입을 모았다. 아니, 저런 망발을 일삼는 이들을 그냥 두는 황제의 처사가 바흰 승상은 야속하기도 했다.

하나 대신들은 편안하고 안전한 도성 심처에서 배에 기름만 올리는 것만 익숙했다. 자신들이 직접 요괴를 물리친다거나 자신의 무장을 보내 세력을 줄이는 위험을 전혀 감수할 생각이 없었다. 그저 황제의 심기만 잘 살펴 떠들어대는 것이 최고의 능력이었다. 그러니 그들의 불만은 최고조였다.

"하나! 이는 선황 폐하께서 직접 공표하시었고 짐이 공증한 일이었노라. 이를 뒤엎음은 황실의 위신을 뒤엎음이니 다시 언급하지 말라."

"······예, 폐하."

"망극하옵니다, 폐하."

"그대는 할 말이 없는가."

황제, 긍하가 무하에게 물었다. 긍하가 싱긋 웃는 모습은 언뜻 관대해 보였지만 그 속에 든 조롱을 읽지 못한다면 여태 겪은 세월이 우습다. 무하는 깊게 허리를 숙였다.

"폐하의 성은에 감읍하나이다."

"내 누이의 무덤은 아직 식지 않았으나 그대의 침실은 뜨거울 테니 어서 돌아가 보아라."

"망극하옵니다, 폐하."

큭큭, 비웃음이 무하의 귀로 꽂혔다. 돌아서던 무하의 시선이 우연히 웃음을 흘린 이에게 가 닿았다.

"히이익!"

무하는 그저 아무렇게나 시선을 두었을 뿐이지만, 눈이 마주친 태내감이 이상한 공기 빠는 소리를 내며 풀썩 주저앉았다.

"대감, 어인 일이시오, 대감!"

백청과 청대부가 호들갑스럽게 태내감을 부축했지만 다시 무하를 돌아보며 말하지는 못했다. 이미 황제와의 접견이 끝난 무하와 감히 시선을 마주칠 용기가 없었기 때문이다. 태내감의 바지가 젖은 것이 자신들의 일이 될 수도 있었다. 오늘도 무하는 그렇게 쫓겨나듯 퇴장했다. 하지만 끝내 무하의 위엄을 돋보인 세 대신을 바라보는 황제의 눈엔 못마땅함이 가득했다.

황궁 입구를 나서는 무하를 기다리는 급한 전갈이 있었다. 전갈은 전음으로 전해졌다. 순간 내내 변함없던 그의 안색이 흐트러지고 말았다.

"아기씨께서……."

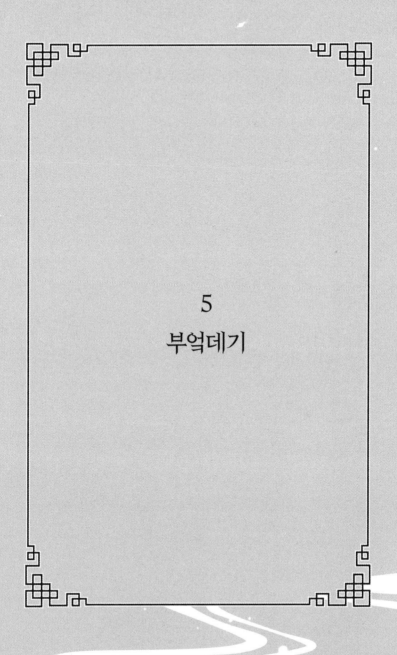

5
부엌데기

　오늘도 민영은 정신없이 한바탕 일이 끝나자마자 애진댁이 챙겨
주는 보따리를 들고 숙소로 왔다. 그런데 이상했다. 제가 올 시간
에 목을 빼고 기다리고 있을 건융이 보이지 않았다. 채명도 없으
니 함께 있긴 하겠지만 그는 미리 말도 없이 그럴 이가 아니다. 아
는 곳이 없으니 찾으러 갈 수도 없었다. 민영이 불안감에 발만 동
동 구르고 있을 때였다.

　"댁이 건융이라는 아이의 어미요?"

　웬 낯선 여인이 다가와 굳은 표정으로 물었다.

　"네?"

　"난 안채에서 왔소. 건융의 어미가 맞는지 물었소."

　"네, 네 맞습니다."

　심장이 툭 떨어졌다. 불안감이 머리끝까지 치밀었다. 그녀의 다
음 말에 민영은 보따리를 떨어뜨리고 말았다.

　"댁의 아들이 아기씨께 큰일을 저질렀소. 따라오시오."

민영은 거의 넋을 놓고 여인을 뒤따랐다. 어딘지 모를 안쪽 건물로 한참 들어가자 담 너머 건융이 악을 쓰며 우는 소리가 들렸다. 떼를 좀 쓸 때는 있었지만 건융이 저런 식으로 우는 소리는 처음 들었다. 덜컥 겁이 났다. 최악의 상황이 마구 그려졌다. 미칠 듯이 뛰어 여인보다 먼저 문을 열고 들어가자 건융이 누군가의 품에 안겨 울며 발버둥 치는 게 보였다.

다행스럽게도 일단 보기에는 건융은 어디 다치거나 상한 곳이 없어 보였다. 건융에게 달려가서 손을 내밀자 안고 있던 여자가 말없이 내주었다. 엄마가 보이자 건융이 거의 탈진하기 직전인 얼굴로 기대어왔다.

"괜찮아, 괜찮아……."

영문을 알 수 없지만 큰 사달이 난 것만은 사실이다. 건융의 작은 몸을 두드려 주며 달래는 민영의 손이 마구 떨려왔다. 건융에게 약한 표정을 들키지 않기 위해 마음을 가다듬던 민영은 저도 모르게 헉 소리를 질렀다.

"채명아!"

마당 한구석에 채명이 엎드린 채 누군가의 발에 어깨가 밟혀 있었다. 네 명의 건장한 남자 하인들이 그를 제압한 채 몸을 묶는 중이었다. 채명의 얼굴이 성치 않았다. 입가와 눈 옆이 터졌고 온몸이 먼지투성이였다. 채명이 남에게 맞는 걸 본 건융이 겁에 질려 그렇게 울었던 것이다.

"놈을 일으켜라."

의식하지 못했던 남자의 목소리에 민영은 그를 향해 황급히 고개를 숙였다. 복장으로 보아 지위 높은 장수로 보였다. 채명은 방금까지 엄청나게 발버둥 치며 반항했던 듯한데 민영의 앞에선 순순히 포박을 받아들이고 일어났다.

민영이 안내자에게 들은 건 건융이 큰 죄를 저질러 사달이 났다는 것이다. 아직 두 돌도 안 된 아기가 얼마나 잘못했다고 큰 죄를 저질렀다는 말인가. 하지만 채명까지 저런 꼴이 된 걸 보면 사안이 보통이 아닌 건 틀림없었다.

왜냐고 묻고 싶었지만 압박감에 민영은 아무 말도 못 한 채 건융만 쓰다듬었다. 그때 방금 명령했던 장수가 민영을 돌아보며 말했다.

"아이의 어미인지는 묻지 않아도 알겠군. 무슨 일인지 궁금할 테니 말해주겠다. 아까 아기씨께서 자네 아이를 초대해 함께 놀았다고 하더군. 그런데 응접실에서 뛰어놀다가 아기씨께서 아끼시는 도자기를 깼다. 공주님의 유품이자 선대 황제께서 주신 하사품이었다."

"아……."

그냥 귀한 물건 정도가 아니다. 아마 값어치를 상상도 하지 못할 것이다. 하늘이 캄캄해질 뿐이었다.

"아이가 저지른 짓이니 실수인 것은 알겠으나 사안이 중대해 그냥 넘어갈 수는 없는 일이다. 해서 어미인 너를 불러오는 과정에 저 사내가 날뛰어 하인 여럿이 상했다. 금전을 헤아릴 수 없는 보물에 사람까지 상하게 했으니 처분이 있을 수밖에 없다."

"우리 융이 한 짓이 아니란 말입니다!"

채명이 고함을 질렀다. 그러자 하인이 채명에게 마구 발길질하며 마주 소리쳤다.

"네 말은 그럼 아기씨께서 그런 거란 말이냐? 너도 밖에 있었으면서 어찌 그리 우기는 것이냐? 아기씨께서 거짓말이라도 한단 말이냐!"

"앗, 채명아!"

그렇게 맞았던 거니! 민영이 건융의 눈을 가리며 애타게 불렀지만 채명은 멈추지 않았다.

"그렇소! 우리 융이는 거기에 손도 닿지 않는단 말입니다!"

"아이가 뛰어놀다가 제풀에 넘어졌다고 했지 않느냐! 아기씨만이 아니라 유모도 본 사실이다! 감히 뉘에게 죄를 덮어씌우려 하는 것이냐!"

"우리 융이를 민 것이 아기씨였지 않습니까!"

"뭐라? 네놈이 정녕……."

하인이 이번엔 몽둥이를 쳐들었다. 민영이 거의 비명을 지르기 직전 장수가 손을 들어 말렸다.

"그만. 채명이라고 했느냐? 네 마음은 이해한다만 아기씨께 무례한 언사를 하는 것까지 용납할 수는 없다. 사건을 본 사람이 둘이다. 아무리 아이가 어려서 실수한 것이라 한들 책임을 면할 수는 없다."

장수의 선언에 채명은 분한 얼굴로 이를 악물었다. 채명이 뭐라 더 소리치려고 입을 벌리기 직전 민영이 작게 고개를 저었다. 잘잘못을 따져서 제대로 밝혀진다면 모를까, 지금은 그럴 상황이 아니다.

"잘못했습니다. 부디 용서해 주십시오!"

바닥에 이마를 대고 빌면서도 민영은 하나도 비굴하다는 생각이 들지 않았다. 아들과 채명이 걸린 일이었다. 하지만 채명은 그렇게 생각하지 않는 것 같았다.

"누님, 누님이 빌 필요 없어요! 그러지 마요!"

"조용! 한 번만 더 소란을 떨면 물고를 내겠다. 아낙도 일어나라, 그래서 될 일이 아니다."

처량하게 엎드린 여인을 보는 장수의 얼굴이 착잡했다. 엉거주춤 엄마를 따라 엎드리려는 아기를 일으켜 세운 장수는 그녀의 모습을 반쯤 외면한 채 말했다.

"안타깝지만 내 선에서 처리할 수 있는 일이 아니다. 너와 네 아들 몸값을 다 합한다 해도 갚을 수 없는 보물이 상했다. 주군께 사안을 아뢰었으니 오시면 직접 처분을 내리실 것이다."

민영은 눈을 감았다. 그녀가 엎드린 모습이 심히 못마땅한 장수의 눈짓에 그녀는 어느 하녀의 부축으로 반쯤 강제로 일으켜 세워졌다.

"엄마, 울어? 울지 마요."

민영은 건융이 토닥이며 그 작은 손으로 눈가를 닦아주고서야 눈물이 흐르고 있다는 걸 알았다. 민영은 건융의 울 것 같은 눈을 보며 얼굴을 쓱 닦았다.

"엄마 안 울어. 먼지가 들어가서 그런 거야."

"내가 호, 해줄까? 그럼 안 아파."

"응, 지금은 말고. 이따가."

"이따가?"

"응."

민영은 눈시울이 붉어진 채 다시 씩씩거리기 시작한 채명과 눈을 마주치곤 고개를 저었다. 채명은 어떻게든 건융이 무고함을 주장하고 싶어 하는 얼굴이었지만 그건 주인 아기씨의 죄를 주장하는 것이었다. 어제 본 꼬마 아가씨는 짐작대로 이곳 주인 아기씨였다. 그 아이의 눈에 띈 것이 이 사달을 불러온 것이다.

그때 거기서 놀지 말 것을……. 뒤늦은 후회가 스쳤지만 이미 벌어진 일을 주워 담을 수는 없었다. 망나니를 기다리는 심정으로 장수가 말한 주인의 행차를 기다리는 시간이 느릿느릿 흘러갔다.

"주인마님 오셨습니다!"

하인의 외침과 함께 공기가 무거워지는 기분이 들었다. 말로만 듣던 율기 대장군이다. 평생 만나볼 일도 없을 거라 장담한 것이 바로 엊그제였는데 이런 식으로 볼 줄 누가 알았을까. 조금 전 장수도 그랬지만 대장군이라는 이는 아직 보지도 않았는데 등장만으로 감히 고개를 들지도 못할 위압감이 느껴졌다.

고개 숙인 시선 너머로 발 하나가 멈췄다.

"오면서 이야기는 들었느니. 아이가 유원배(流源盃;근원이 흐르는 잔, 일명 생명의 잔)를 깼다고?"

민영은 얼어붙었다. 그가 꺼낸 첫마디는 절망스럽기만 했다. 그런데 한편으론 다른 이유로 그녀의 가슴이 마구 뒤엉키고 있었다. 아니, 이유 같은 건 없다. 그저 그의 목소리를 듣는 순간 가슴이 울렁거리기 시작했다.

"유원배는 선대 황제께서 혼인 선물로 하사하신 잔이다. 몇 세대를 건넌 희대의 주술사가 혼을 담아 만들었다고 알려진 것이다. 값어치를 따질 수 없는 물건이지. 그것은 알고 있는가?"

민영은 눈을 꼭 감았다. 들리는 내용과 목소리로 연상되는 혼란을 억지로 누르며 다시 한 번 조아렸다.

"부디, 부디 용서해 주십시오. 귀물의 값어치를 갚을 수는 없겠지만 제가 할 수 있는 한 뭐든 하겠습니다."

"뭐든이라……."

살짝 말을 늘이는 여운에 긴장을 느끼기도 전에 그가 뒷말을 뱉어냈다.

"값어치를 대신한다면 하인 몇 대가 평생 종살이를 해도 갚을 수 없을 터인데, 어찌 갚겠다는 것이냐?"

"……!"

"일단 고개를 들어 보라. 나는 표정을 숨기고 하는 말은 믿지 않는다. 어떤 식으로 갚을 작정인지 직접 대면하면서 말하라."

고개를 든 민영의 눈이 휘둥그레졌다. 애진댁의 말을 듣는 순간 혹시나 했었다. 그런데 정말 그다. 담요를 내주라던 말이 괜히 더 야속했던 그 사람. 그래서 일부러 잊고 있던 사람.

그때나 지금이나 왜 이 사람을 보며 천령을 떠올리는 걸까. 이 사람과 천령이 같은 건 그리 드물지 않은 군청색 머리카락 하나뿐이었다. 상처 너머로 본 얼굴을 그대로 복원한 듯 보인다 해도 머리로는 아니라는 걸 안다. 울림이 깊은 저 목소리와 쉰 듯한 긁힌 목소리도 다르다. 아니, 천령이 이 사람으로 둔갑했다고 상상하는 일 자체가 억지스러운 일이었다.

그런데도 엉뚱한 말이 자꾸만 뱅글뱅글 돈다. 살아 있어줘서 고맙다고, 어디서든 이렇게 살아만 주면 좋겠다고. 존재해 주는 것만으로 뭐든 다 용서해 주겠다고 말이다. 건융이 울먹거리며 민영을 부르지 않았다면 그녀는 계속 그렇게 엉뚱한 생각에 빠져 있었을지도 모른다.

"엄마아……."

"괜찮아, 건융아. 괜찮아."

찬 바닥에 주저앉은 아이를 얼른 끌어안고 보듬어주었지만 건융은 품 안에서 가늘게 떨었다.

"말해보라. 어떻게 갚을 거지?"

다시 그의 말을 듣는 순간 정신이 번쩍 들었다. 그럴 리가. 천령이라면 저런 눈빛을 할 리가 없다. 그러고 보니 그때도 그랬다. 그날도 세상 가장 무심하고 차가운 빛을 봤다고 생각했었다. 덕분에 새로운 사실도 깨달았다. 그에게 자비를 기대하거나 할 수는 없을 것이다.

"평생 종이 되어야 한다면 하겠습니다. 하지만 제 아들은 부디

선처해 주십시오."

끝까지 눈을 마주칠 수 없어 마지막엔 절로 고개가 떨어졌다. 이제 처분만 기다려야 했다. 눅진한 공기가 온몸을 누르며 심장을 압박했다.

"적어도 일부러 한 짓은 아니로군."

흘긋 올려다보니 건융을 보며 하는 말이었다.

"네 반반한 얼굴을 들이밀고 용서를 구하고자 했다면 물고를 면치 못했을 것이다. 꽤 배짱이 있는 것 같으니 그거 하난 마음에 드는구나."

"저, 저는 절대로, 절대로······!"

"내일 무너질 수도 있는 맹세 따위 단언할 필요 없다. 아무튼, 네 각오는 잘 들었느니. 하나 내게는 하인이든 하녀든 얼마든지 있다. 너 하나 평생 종이 된다고 그 잔의 값어치를 할 것 같으냐?"

"······제발, 제 아들은 이렇게 어립니다. 아무것도 모르는 아이 니 굽어살피소서. 제가 몸이 부서져라 일해야 한다면 할 터이니 부디 저만으로 갚을 길을 마련해 주십시오."

"평생 종이 되라 해도 하겠다 했느냐?"

"네!"

"종이라, 예전 하인들을 노예처럼 부릴 때 쓰던 말이로군. 하나 우리 등락제국에 노예 제도가 폐지된 지 벌써 수 세대가 지났으니 너의 말은 소용이 닿지 않는다. 대신 너는 평생 나를 위해 일해야 하며 내 허락 없인 절대 내 집의 대문을 넘어갈 수 없을 것이다. 수긍하는가?"

"그······ 것으로 용서해 주시는 것입니까?"

"그렇다."

"그러겠······."

"안 됩니다! 그 잔을 깬 것은 우리 융이 아니……."

소리치던 채명은 기어이 하인에게 뒷덜미를 맞고 기절하고 말았다. 민영은 목구멍까지 차오른 비명을 억누르며 건융의 눈을 더 바싹 가렸다.

"수긍하는가?"

그가 다시 물었다. 민영이 할 수 있는 대답은 하나뿐이었다.

"네……."

"네가 할 일은 나중에 따로 정해주겠다. 우선 처소를 안채로 옮기도록."

그의 말에 주위 사람들이 화들짝 놀랐지만 민영의 눈에 그런 건 보이지 않았다. 간헐적으로 떠는 건융이 겁먹지 않게 다독이며 반복적으로 속삭일 뿐이었다.

"괜찮아, 융아. 괜찮아……."

"엄마, 멍 좀 봐."

힘없이 안겨 있는 것 같았던 건융이 손가락으로 가리키는 걸 보자 어느새 정신을 차린 채명이 대장군을 노려보고 있었다.

"채명아!"

민영이 애원하듯 부르자 채명이 고개를 떨궜다. 이번엔 율기 대장군이 채명을 향해 고개를 돌렸다. 아직 채명의 처분은 따로 남았던 것이다.

"채명이라고 했는가? 너의 발광에 두 사람이 뼈가 부러졌고 한 사람은 죽을 뻔했다. 사람을 상하게 한 것은 광천대 허드렛일 일 년 하는 것으로 갚아라."

생각보다 온유한 처분이었다. 그러나 채명에겐 날벼락이었다.

"제발, 뭐든 할 테니 우리 누님과 융이와 같이 있게 해주십시오!"

한풀 꺾인 채명이 필사적으로 애원했지만 그는 결과를 바꾸지 않았다.

"죽은 사람이 없는 것을 다행으로 알아라."

돌아서는 그의 뒤에서 채명이 소리쳤다.

"율기 대장군이 공명정대하다더니 뭐가 공명하고 뭐가 정대한데! 다 거짓······."

아까의 그 장수가 다시 채명의 뒷목을 내려쳐 기절시켰다. 대장군의 모습은 이미 보이지 않았다. 하인이 쳤을 때는 금세 깨어나던 채명이 이번엔 다시 일어나지 못했다.

"채명아!"

민영이 비명처럼 외치고 건융은 기절한 채명을 보고는 울기 시작했다.

"멍, 멍아! 으아앙!"

건융이 울자 채명을 기절시킨 장수가 다가오더니 복잡한 표정으로 말했다.

"나는 광천대 대주 형곽이라고 한다. 채명이라는 저 아이는 괜찮을 테니 아이를 달래라. 하나 앞으론 감히 대장군께 무례하게 굴지 못하게 단련될 필요는 있다. 걱정할 일은 없을 테니 애쓰지 않아도 된다."

민영은 형곽이라는 이 장수가 무척 고마웠다. 비록 채명의 주장을 믿어주지는 않았지만 그래도 제 말을 들어주려 애쓰는 것 같다는 느낌이 들었었다. 그는 건융과 눈을 맞추며 인자하게 웃어 보이기까지 했다. 그래봤자 인상이 워낙 험악해 더 무섭게 보이는 얼굴이었는데도 다행히 건융은 눈물을 그쳤다.

"멍이 아야 했어."

"괜찮아, 융아, 괜찮아. 이분이 채명이 새 대장님이래."

"대자앙?"

눈꼬리에 눈물 한 방울을 매단 건융이 고개를 갸웃거렸다.

"엄마가 멍이 대장인데. 멍이가 다음엔 내가 멍이 대장이라고 했어!"

"우리 융이는 다음에 대장 하면 되지? 융이가 어른이 되면."

"어른이가?"

곰곰이 생각하는 것 같던 건융이 형곽을 향해 손을 내밀며 말했다.

"그럼 내가 어른이 되면 멍이 돌려주세요."

순간 형곽의 입가가 실룩인 것 같았다. 하지만 그는 곧 근엄한 표정으로 진지하게 답했다.

"네가 어른이 되기 전에 꼭 돌려주마."

그 말에 건융은 안심한 얼굴을 했다. 태어날 때부터 항상 곁을 지켜온 채명을 이제부터 못 보게 된다는 것을 아직은 이해하지 못해서 다행이었다.

"채명을…… 부탁합니다."

"그쪽도 어서 대장군께서 가신 쪽으로 가보아라."

민영의 마지막 인사말을 기다렸다는 듯이 옆에서 기다리던 하녀의 성마른 음성이 들렸다.

"이쪽으로 따라오시오!"

민영은 채명이 눈을 뜨는 걸 보지 못한 채 건융을 안아 들고 하녀를 따라 걸었다. 그녀의 모습이 사라지자 사람들이 움직이기 시작했다.

"일어나, 일어나!"

형곽이 뺨을 두드렸지만 채명은 일어나지 않았다. 갑자기 살기를 세운 형곽이 발을 들어 올리자 석찬이 냉큼 튀어와 그의 다리에 매달렸다.

"죽이진 마쇼! 여기선……."

채명의 몸이 부르르 떨리는 것 같았다. 석찬이 채명을 짊어지고 사라지자 마지막까지 남았던 두 사람이 이야기를 나누기 시작했다.

"형선, 자네가 말한 대로 됐네."

"내가 생각한 대로는 아니었는데……. 아무튼 결과는 같네?"

형선이 어깨를 으쓱하며 싱긋 웃었다.

처음 민영이 두건을 벗은 순간, 아초는 그녀를 내치려고 했다. 그러나 형선이 막았다.

"내가 책임질 테니 들여. 대장군께서 마음에 들어 하실 것 같으니."

형선이 대장군의 여자들을 돌보긴 했으나 노골적으로 누군가를 점찍어 보낸 적은 없었다. 형선, 애진댁이 숨은 실세로서 하는 역할은 다들 알고 있다. 그런 그녀가 처음부터 민영의 곁에 찰싹 붙어 있으니 다른 사내들은 함부로 말도 걸지 못했던 것이다.

"자네 생각은 뭐였는데?"

"글쎄, 대장군이 열심히 구애하는 거?"

"뭐? 그걸 말이라고……. 아니, 대장군이 먼저 눈길을 준 여인이 있던가?"

"줄 수도 있지, 그만큼 생기지 않았나?"

히죽거리는 형선을 새치름히 바라보던 아초는 살짝 한숨을 쉬고 말았다.

"꽤 마음에 드는 아이였는데……."

"처음엔 싫어하더니? 무에 걱정인가? 평생 내보내지 않는다 하시지 않던가?"

"그게 더 걱정이지! 대장군에게 버려지고 난 후 계속 이 댁에 남아 있게 되면……."

"아초, 대장군이 '평생'을 말한 이가 있던가?"

형선이 눈을 야릇하게 뜨며 히죽 웃었다. 눈이 휘둥그레진 아초는 민영이 사라진 곳을 보다가 고개를 저었다.

"설마……."

하녀는 민영에게 방을 안내해 주고선 부를 때까지 나올 생각을 말라며 가버렸다. 반쯤 갇힌 죄인 신세가 된 것이다. 그래도 목을 감아 안아오는 건융이 있기에 견디지 못할 일은 아니었다. 하녀는 쌀쌀맞게 가버렸지만 그래도 금세 돌아와 음식을 가져다주었다.

건융을 먹이고 보니 그제야 방이 보였다. 새로운 처소는 너무 좁아 셋이 발 뻗기에도 부족해 채명이 문간에 앉아서 밤을 지새우던 방보다 세 배는 넓었다. 바닥에는 기름 먹인 종이가, 벽에는 얇은 천이 발렸고, 커다란 창문엔 밖을 내다볼 수 있는 작은 유리창까지 있었다. 금실이 감긴 문고리를 열자 금방 햇볕에 말린 냄새가 나는 색 곱고 두툼한 이불 한 채가 있었다. 그러고 보니 방금 건융이 먹은 음식들도 접객실 음식보다 한층 더 고급스러웠다.

죄인 신세가 된 것치고는 너무 호강스러운 환경이었다. 안채 하인들은 다 이 정도로 먹고 지내는 건가 싶어 환경은 더 낫다는 생각을 하다가 코웃음이 나왔다. 좋은 종이다. 그는 잘라 말했다. 자신의 허락 없인 절대 대문 밖을 나설 수 없다고. 그의 어조로는 허락 같은 건 없다고 말하고 있었다. 이 집이 크다 하나 평생 감옥에 갇힌 것이다. 앞으로 어떻게 살아야 할지 두려워졌다.

"엄마, 나 졸려. 씻을래요."

숙소 욕실 덕에 자기 전에 씻는 게 당연한 줄 알게 된 건융이 눈을 비비며 말했다. 당장 갈아입을 옷이 없어서 난감하다는 생각을 하는 것과 동시에 문을 두드리는 소리가 들렸다.

"짐을 가져왔소."

안내해 줬던 하녀가 그 한 마디만 하고 보따리를 내려놓고 가버렸다. 보따리를 대충 살펴보니 원래 구분해 놓긴 했지만 채명의 것은 하나도 포함되어 있지 않았다. 다시 숙소로 돌아갈 핑계조차 만들지 않겠다는 취지인 듯싶었지만 아무튼 고마웠다.

욕실에 들어간 민영은 놀라움을 감추지 못했다. 이곳 욕실은 숙소에 붙어 있던 작은 욕실과는 또 차원이 달랐다. 바닥과 벽에 깔린 도자기 판엔 하나하나 무늬가 새겨져 있었고 물을 받는 대야도 은은하지만 섬세한 장식이 달려 멋스러웠다. 당연히 온수가 나오는 기능은 월등했고 두 사람이 몸을 담그고 씻을 수 있는 커다란 욕조도 있었다.

이곳 세상엔 비누가 없다. 대신 덤덤이라는 수세미처럼 생긴 풀을 쓰는데 수세미보다 훨씬 부드러우면서 세척력이 오래갔다. 덤덤에 향기를 입히면 입욕제처럼 쓸 수도 있는데 물론 부자와 귀족들이나 쓰는 것이었다. 그게 이곳에 종류별로 열 개쯤 있었다.

"우와, 물 많다!"

대야에 물을 채우자 건융이 발가벗은 채 뛰어들었다. 아직 밤은 쌀쌀한데 욕실은 훈훈하니 온기가 있어 춥지 않았다. 정말 하녀가 묵어도 되는지 의심스러운 곳이다.

첨벙거리며 노는 건융을 보니 민영은 절로 웃음이 나왔다. 하지만 방으로 돌아오자마자 잠든 건융을 토닥이다 보니 채명이 걱정되는 한편 가슴엔 먹구름이 끼었다.

어둠은 금세 찾아왔다. 민영은 버릇처럼 목걸이를 더듬어 꺼냈다. 괜히 확인하며 위로라도 해볼까 싶어 불을 켜려던 민영은 잠시 당황하고 말았다. 숙소에도 있던 등잔이 보이지 않았기 때문이었다.

나중에 알게 된 사실이지만 불을 밝히는 도구는 있었다. 등잔이 아니라 청광이라는 것이 천장에 매달려 있었으니 알지 못했던 것이다. 청광은 청청이라는 곤충의 눈알로 만든 것이었다. 청청은 잠자리를 수백 배 부풀린 것처럼 생겼는데 한 마리를 잡으면 청광 여섯 개가 나온다. 하지만 청청의 수는 많지 않아 청광은 향을 입힌 덤덤보다 훨씬 귀한 것이기도 했다.

민영은 다시 목걸이를 품 안에 넣고 작은 유리창을 통해 보이는 달을 쳐다보았다. 달은 한 누각을 비추고 있었다. 이 집에 들어오기 전 보았던 그 누각이었다. 은은한 달빛에 덮여 있는 누각은 어둠 속에서 보아도 참 아름다웠다. 그리고 그 꼭대기에 있는 칼 든 조각은 너무나 섬세해서 당장에라도 움직일 것만 같았다. 눈을 뗄 수 없어 계속 보고 있는데 바람에 도포가 날리더니 조각이 움직였다.

"진짜 사람이잖아!"

놀라서 외쳤다가 조마조마한 마음으로 보고 있자니 그 사람은 날듯이 훌쩍 뛰어내려 버렸다. 그의 모습이 완전히 사라지고 나서야 민영은 알 수 있었다.

"대장군…… 이었구나."

처음에 자신들이 이 집에 들어오던 날 멀리서 보았던 이도 바로 그였다. 굳이 확인하려 하지 않아도 그라는 걸 알 수 있었다. 왜 거기 올라가 있었을까? 그때는 바깥을 보고 있었고 지금은 안쪽이 보이는 곳이니 어쩌면 저를 보고 있었던 건지도 모른다.

큭큭, 말도 안 될 망상에 민영은 헛웃음을 짓고는 건융의 옆에 누웠다. 건융이 품을 파고들며 입을 옹알거렸다. 건융의 목덜미에 깊게 입을 맞추자 잠시 위로가 되었다. 건융만 무사하게 자랄 수 있다면 다 이겨낼 수 있다. 잠이 오지 않았다. 다시 내다본 창문 밖으론 달도 보이지 않았다.

✿

집무실 위층 다락방, 무하는 홀로 술잔을 기울이고 있었다. 어느새 들어온 사량 선생이 그의 앞에 앉아 품속에서 잔을 꺼내 내밀었다.

"저도 한 잔 주십시오."

무하가 말없이 술을 채워주었다. 사량 선생은 술잔을 털어버리고 말했다.

"잘 참으셨습니다……."

"참았다, 라……. 내가 잘 참았는가."

선생은 말없이 무하의 잔에 술을 따라줬다. 완예 공주가 죽은 후부터 폭풍에 휘말린 듯 혼란이 닥치고 있었다. 거기에 거미줄해의 준동이 거세지면서 상황은 한 치 앞도 모르게 흘러가고 있었다. 대외적으론 최고의 무장이지만 그를 향한 거센 압박의 폭풍에 그는 그야말로 풍랑에 던져진 낙엽에 올라탄 개미처럼 불안한 신세였다.

"황제는 내가 공주를 죽였는지에 대한 의심을 푼 것 같더군."

"……황제가 죽인 것 아니었습니까?"

"황제는 누구보다 공주의 아들을 원했다."

"다시 한 번 확인해 보았지만 정말 우리 쪽 아이들이 한 일은 아닙니다."

"안다. 누구든 제가 한 일이라면 반드시 밝혔을 테지."

무하는 술잔을 한 번 더 비웠다.

완예 공주는 아이를 낳다가 죽었다고 알려졌지만, 그녀의 죽음
엔 석연치 않은 점이 많았다. 공주는 회임한 내내 건강했고, 그녀
의 출산을 위해 산파 일곱과 주술사 의원 일곱이 철저히 대비했
다. 그러나 공주는 그토록 바라 마지않던 아들을 결국 보지 못하
고 죽었다. 그녀의 아들은 황실에 가장 가까운 핏줄이었다. 황제
의 아이였으니까.

당시 무하는 또 요괴 토벌을 위해 출전 중이었으니 진상을 알
아볼 수도 없었다. 그가 돌아왔을 때는 산파와 주술사 열네 명 모
두 공주의 죽음에 책임지고 목숨을 잃은 후였다. 그들에게 직접
죽음을 내린 이가 황제였다. 그리고 황제는 무하를 끊임없이 의심
했다. 그가 공주를 해하는 것이 불가능하다는 걸 알면서도.

"산파들의 말대로 자연사한 것일 수도 있다."

황제는 산파와 주술사 의원들을 죽이기 전 당연하다시피 무지
막지한 심문을 했다. 하지만 그들은 끝까지 공주는 출산의 마지
막에 급작스러운 출혈과 심장발작으로 목숨을 잃었다고 했다고
했다. 최고의 고문 기술자가 정신을 헤집는 주술을 동반해 심문
한 것이니 거짓 증언을 할 수도 없었을 것이다. 그럼에도 공주의
죽음은 무하의 책임이었다.

"하지만 주군은 타살을 의심하시는 것이지요."

"완예 공주는 평소 지병이 없었고 건강했다. 산모들의 그런 갑
작스러운 죽음은 없는 일은 아니나 그토록 대비한 와중에도 죽었
으니 의심을 살 수밖에 없는 일 아닌가."

"그런데 정말 황제가 한 짓이 아니라면 이렇게 쉽게 주군에 대

한 의심을 풀 리가 없습니다."

"요즘 황후와 사이가 매우 좋다고 들었다."

"아⋯⋯."

황후는 삼 년 전, 전 황후가 병으로 죽고 새로 들인 이였다. 가문의 위세는 보잘것없으나 학사 집안으로 전통이 깊고 오랜 역사를 지닌 가문의 여식으로, 음전하고 학식이 깊고 현숙한 면모에 무엇보다도 아름다운 용모를 지닌 여자였다. 전 황후가 병으로 죽었다지만 실은 완예 공주가 한 짓이었다.

새로 들인 황후는 완예 공주가 휘두르기 좋게 직접 별 볼 일 없는 가문의 여인으로 고른 것이었다. 한데 막상 들이고 난 후 의외로 황제가 새 황후를 꽤 총애한지라 완예 공주의 질투가 대단했었다. 그렇다 해도 황제가 완예 공주를 멀리하지는 않았다. 공주가 낳은 아들은 황후의 밑으로 입적해 황제가 될 것이었다. 그런 아들을 잃었으니 황제의 분노가 대단할 수밖에 없었다.

"하면 황후에게 기대를 걸고 있다는 것이겠군요. 하지만 황후는 지난 삼 년 동안에도 태기가 없지 않았습니까?"

"완예 공주의 방해가 만만치 않았잖는가. 그리고 황후는 이제 갓 스물이 되었으니 얼마든지 가능성이 있다."

완예 공주는 황제가 황후의 궁에 들 때면 후궁들과 방을 바꾸거나 후궁을 함께 밀어 넣는 짓도 서슴지 않았다. 덕분에 후궁들의 소생은 꽤 많았지만 그중 황제의 인정을 받을 수 있는 후계가 나올 리는 없었다.

"뭐가 됐든 거센 폭풍우 하나가 지나간 것 같습니다. 뭐라고 하시든 저는 완예 공주를 죽여준 이가 고맙습니다."

술잔을 들어 올리던 무하가 멈칫하고는 곧 다시 술을 들이켰다.

"⋯⋯가장 경계해야 할 적일 수도 있다."

"하면 요괴가 죽인 것일까요?"

"요괴라……. 어쩌면."

"만일 그렇다면……."

사량 선생의 눈이 짙게 가라앉았다. 선생은 그동안 황제 쪽에 무게를 뒀다. 하지만 이제부턴 자신이 놓친 게 무엇인지를 치밀하게 찾아야 했다.

"가능성을 배제할 수는 없지……."

만일 요괴가 저지른 짓이라면 사안이 심각했다. 무하의 저택은 일종의 요새였다. 물리적인 경계 말고도 살의와 침투에 반응하는 주술진만 수천에 이르도록 철통 방비를 자랑했다. 하면 그 경계가 뚫렸음을 뜻하는 것이기 때문이다. 어쩌면 공주의 처소라서 오히려 가능성이 보였다. 공주는 사량 선생을 믿지 않았다. 해서 자신의 처소에 사량 선생이 무슨 조치를 한다는 걸 절대 용납하지 않았다. 공주의 처소는 저택 가장 안쪽에 있긴 했으나 공주의 사람으로 생긴 틈이 있을 수 있었다.

"어찌 됐든 점검을 다시 하겠습니다."

지금은 공주가 없으니 그런 틈도 없앨 수 있다. 무하는 무언으로 수락할 뿐이었다. 다시 잔을 비운 그의 술잔을 채우며 사량 선생이 조심스럽게 말했다.

"주군, 한데 그…… 당장 들이실 것입니까?"

"당장은 어렵겠지. ……천천히 유혹할 생각이다."

짧은 순간, 무하의 입가에 아주 작은 홈이 패였다. 그것도 웃음이라고 볼 수 있다면 몇 년 만에 짓는 것이었다. 그 하나만으로 충분한 걸까……. 사량 선생의 눈이 가늘게 찌푸려졌다.

"이쪽으로 오시오."

하녀가 나타나 또 필요한 말만 짧게 하면서 민영을 이끌었다.

민영이 불려간 곳은 전에 봤던 그 누각이었다. 건물 안으로 발을 디디는 순간 민영은 알 수 없는 이유로 가슴이 울렁거렸다. 마음을 진정시킬 여유도 없이 딱딱한 하녀를 따라 재게 움직여야 했다.

율기 대장군의 집무실은 꼭대기 층에 있었다. 1층과 2층에 많은 사람이 오가고 있었지만 민영이 지나가는 동안 아무도 쳐다보는 이는 없었다. 집무실에 도착하자 안에서 기다렸다는 듯이 서생 복장을 한 이가 나왔다. 그는 얼굴은 삼십대로 보이지만 머리는 백발이었다. 파리한 안색에 빼빼 마른 체형인데도 엄청난 중압감이 느껴지는 이였다. 건융은 그의 인상이 무서운지 민영의 품으로 꼭 파고들었다. 하녀가 그에게 얼른 허리를 숙여 인사했다.

"사량 선생을 뵙습니다."

"되었다, 너는 가봐도 좋다."

그가 바로 말로만 듣던 율기 대장군의 오른팔 사량 선생이었다. 민영도 얼른 허리를 숙였지만 그는 거의 무시하듯 안을 가리키며 말했다.

"어서 들어와라. 주군께서 곧 오실 것이다."

민영은 조심스럽게 사량 선생을 따라 들어갔다. 밖에서 본 건물이 우아하고 아름다웠다면 집무실 안은 넓고 짙고 차분한 분위기를 뭉쳐 놓은 것처럼 보였다. 곳곳에 놓인 물건 하나하나가 장식이 아닌 쓸모와 경계를 위한 주술품들이었지만 민영은 그런 걸 알아볼 눈도, 정신도 없었다. 대조적으로, 건융은 사방이 신기한지 온 데를 살피며 이리저리 몸을 크게 꿈틀댔다.

"우와, 저기 눈이 엄청 많아!"

건융이 천장을 가리키며 감탄사를 토해냈다. 높은 천장에 세숫대야만 한 반구 여러 개가 묘한 문양을 그리며 붙어 있었다. 민영은 그것이 마치 이전 세계의 전구나 감시카메라처럼 보였지만 건융에게는 눈으로 보이는 모양이었다. 실제로 그것이 눈알로 만든 것이란 걸 알게 되고 기함하는 건 얼마 지나지 않은 후의 일이었다.

걸음을 멈추자 건융은 몸이 달아오르는지 몸을 비틀어 내려서고 싶어 했다.

"융아, 아직은 안 돼. 여기선 가만있어야 해."

민영은 건융을 추스르고 나서야 그가 있는 걸 알 수 있었다. 어느새 소리도 없이 들어온 그가 사극에서나 볼 법한 높은 단상 위에 앉아 있었다. 순간 왈칵 밀려드는 감정에 민영은 고개를 숙인 채 당황함을 감춰야 했다.

'아니다, 아니다. 아니야, 저 사람은 천령이 아니야……'

그러나 아무리 세뇌하듯 속으로 돌림노래를 해도 그리움의 향기를 어쩔 수 없었다. 만일 그의 차가운 빙해 같던 눈빛을 보지 않았다면 민영은 계속 이 착란 같은 착각에 빠져 허우적거렸을지도 모른다.

"고개를 들어라, 나는 표정을 숨기고 말하는 걸 싫어한다고 했었다."

잠시 눈이 마주친 그는 몹시도 느른한 표정을 하고 있었다. 민영은 얼른 그의 목 아래로 시선을 맞추며 그와 눈이 마주치지 않으려고 애썼지만 그의 눈빛이 제게 쏟아지는 것을 모를 수 없었다. 찰나였지만 입안이 바짝바짝 타는 것 같은 시간이 흐른 후 그가 말했다.

"너를 어디에 쓸지 생각해 보았다."

"……하명하십시오."

"네가 부엌에서 일한다고 들었다. 먹을 만하게는 음식을 할 줄 아느냐?"

"네, 전에는 식당을 했었습니다."

"잘되었군. 그럼 앞으로 네가 내 먹을 것을 책임져라."

"네?"

"단, 내가 먹는 음식은 모두 네 아들도 먹는다. 그것만 명심하면 될 것이다."

"하, 하지만 저는 고급스러운 음식은 만들어본 적이 없습니다."

"내가 원하는 건 고급 음식이 아니라 먹을 수 있는 음식이다. 네 아들도 먹을 테니 독을 넣지는 않을 터."

"……."

"일단 한 끼를 먹고 다시 너의 처사를 결정할 것이다. 곧 낮 것 때가 다가오니 지금부터 시작해라."

"하지만……."

망설이는 그녀를 보며 사량 선생이 눈을 치켜떴다. 민영은 왠지 그가 자신을 못마땅해하고 있는 것 같았다. 어쩌면 숙수라면 누구나 바랄 일이며 영광스러운 자리를 차지했으면서 토를 다는 것이 가당찮은지도 모른다. 선생이 날카롭게 물었다.

"주군의 명을 거부하는 것이냐?"

"그, 그것이 아닙니다."

"하면 무엇이 문제냐?"

"부엌은 아이가 있기에 많이 위험합니다. 해서 동생이 항상 아들을 돌봐줬습니다."

순간 건융을 스치는 선생의 표정이 아주 잠깐 푸근하게 풀린 것 같았다. 하지만 착각이었던지 역시나 이어지는 말은 차갑기 그지없었다.

"채명이라는 아이 말이더냐? 그 아이는 사람을 상하게 한 바, 풀어줄 수 없다. 네가 음식을 만드는 동안은 아이를 여기 두어도 좋다. 아니, 여기에 두어야 한다."

"네?"

민영이 놀란 눈으로 건융을 잡아당기자 선생은 그런 그녀를 못마땅한 눈으로 쳐다보며 말했다.

"주군의 말씀을 듣지 못했는가. 아이를 두고 음식에 허튼짓은 못 하겠지."

"저, 절대 그런 일은……."

무하가 그녀의 말을 잘랐다.

"되었다. 어찌 됐든 선생의 말대로 하라. 나도 최소 몇 년은 숙수의 목을 베고 싶지 않으니 아이 걱정은 하지 마라. 혹시 네가 싫다면 거부해도 된다. 다만 다른 일은 조금 고될 것이다. 선생, 어디가 있지?"

"을구포 계곡의 은 광산입니다. 하지만 그곳에도 음식을 만드는 정도의 인력은 넘친다고 하니 채집하는 일을 해야 할 것입니다."

"그곳을 선택한다면 내 집 대문을 벗어나지 못한다는 금제는 풀릴 것이다. 물론 평생 일해야 하는 건 같다. 어쩌겠느냐?"

광산이라면 장정들도 버티기 힘든 노동을 하는 곳이다. 더구나 채집이라니, 아무리 힘들게 일해도 평생이라는 낙인이 붙은 이상 그저 노예 생활을 해야 한다는 말이었다. 무엇보다 그런 곳에서 건융을 돌보는 건 더욱 안 될 말이었다. 애초에 그녀에게 선택의 여지란 없었다.

"여기서 일하겠습니다!"

"그럼 어서 가보라."

"잠, 잠시만요……."

민영은 건융을 세워 눈을 맞추며 구슬렸다.

"융아, 엄마 잠깐 부엌에 다녀올게. 여기서 엄마 기다릴 수 있지?"

"응, 다녀와. 그런데 멍은?"

"채명이는 어제 다른 대장한테 빌려줬잖아."

"싫어! 나 멍이하고 있을래!"

"오늘은 여기 사량 선생과 함께 있어. 착하지? 엄마 금방 다녀올게."

"싫어, 무서워!"

건융이 선생을 돌아보더니 기겁하며 민영의 다리에 매달렸다.

"나 엄마하고 같이 갈래요."

"안 돼. 부엌은 위험해요."

"위험해?"

"응, 아기는 위험한 데 있으면 돼? 안 돼?"

"안 돼."

알면서 하는 대답인지 관성적으로 하는 대답인지 건융의 표정이 시무룩해졌다.

"엄마, 금방 올게, 응?"

건융이 당장에라도 떼를 쓸 듯 인상을 찌푸리는데 순간 그녀의 시야에서 아이가 사라졌다. 사량 선생이 건융을 안은 채 말했다.

"작별인사만 종일 할 것 같군. 아가, 너는 나랑 놀자."

아까 본 표정이 착각만은 아닌지 의외로 선생은 건융에게만은 꽤 인자한 얼굴로 말했다. 하지만 안 익숙한 미소를 그리느라 그의 작은 눈이 더 작게 가늘어지는 모습에 건융은 더욱 자지러지고 말았다.

"무서워, 무서워!"

"나와 함께 있으면 된다."

건융의 위치가 그새 바뀌었다. 언제 내려온 건지 무하가 사량 선생의 품에서 건융을 안아들고 있었다. 다행스럽게도 건융은 무하의 눈을 바라보며 서서히 눈물을 그쳤다.

"아저찌랑 같이?"

민영이 깜짝 놀라 말을 고쳐주었다.

"융아, 아저씨 아냐! 주인님이라고 하는 거야."

"주인니?"

"아니, 대장군이라 불러라. 너도. 작별인사만 종일 할 것 아니라면 이제 가보는 것이 좋을 것이다."

그의 얼굴이 매우 찌푸려져 있었다. 너무 오래 머뭇거려 기분이 상한 것 같아 민영은 허리를 숙였다.

"잘 부탁드립니다."

민영은 발버둥치는 건융을 되돌아보지 않으려고 애쓰며 억지로 발을 떼었다. 나오고 보니 어디로 가야 할지 묻지 않았다는 생각에 돌아보던 민영은 깜짝 놀라고 말았다. 사량 선생이 바로 뒤에 따라오고 있었던 것이다. 민영은 엉겁결에 달려들듯 물었다.

"대장군께 아이를 두고 가도 될까요?"

"주군께서 아이를 해치신 예는 없다."

선생은 마치 모욕이라도 당한 듯 대답하며 성큼성큼 앞섰다. 민영은 다시 안을 돌아보고 싶은 마음을 억누르며 선생을 따라갔다.

"이곳이다. 잠깐 네 머리카락 한 올을 뽑아주어라."

부엌은 같은 층에 있긴 했지만 집무실에서 가장 멀리 떨어진 곳이었다. 사량 선생은 들어가기 전 민영이 뽑아낸 머리카락 한 올을 품에서 꺼낸 부적에 붙여 문고리에 붙였다. 곧 타오른 부적은 재도 남기지 않고 문고리로 흡수되어 사라졌다. 어떤 주술적 조화가 벌어진지는 전혀 모르지만 이전 세상보다 더한 방범 장치인 건 알겠다.

"이제 들어갈 수 있을 것이다."

문을 열자 접객실의 것보다는 작지만 갖출 것이 다 갖춰진 널찍한 부엌이 보였다. 선생은 맨 먼저 한쪽 벽에 있는 문을 열어 보이며 말했다.

"이건 식품을 보관하는 저장고다. 만들어둔 음식을 보관하면 한 달은 그대로 갈 것이다. 식재료는 매일 신선한 것이 들어올 것이나 필요한 게 더 있다면 말해도 된다. 한창 자라는 나이이니 뭐든 주문해도 될 것이다. 식사뿐 아니라 간식도 아기가 먹을 수 있는 거라면 뭐든 만들어도 된다."

"저, 선생님?"

"님은 필요 없다. 사량 선생이라 하거나 선생이라 하면 된다."

"선생……, 대장군이 드실 음식을 만들어야 하는 것 아닙니까?"

"흠, 내 말은……. 대장군이 드시는 모든 음식은 네 아들이 먹어야 할 것이란 거다!"

사량 선생이 정색하며 말했다. 건융이 그의 음식을 모두 기미할 거란 뜻이라 울컥하다가 대장군의 말을 떠올리니 왠지 더 마음이 침울해지고 말았다.

"나도 최소 몇 년은 숙수의 목을 베고 싶지 않으니……."

'그게 그 뜻이었구나…….'

사량 선생이 정색한 채로 말을 이었다.

"여기 있는 것들 대부분 사용법을 모를 것이다. 알려줄 테니 보아라."

사량 선생이 하나하나 일러주는 동안 민영은 계속 눈만 휘둥그렇게 뜨고 속으로 감탄에 감탄을 이었다. 사람 둘이 오가도 충분할 만큼 넓은 식품 저장고는 가지런히 정리된 재료가 가득한데, 거기에 신선식품이든 뜨거운 음식이든 같이 넣어도 그대로 보존된다는 것이 신기했다.

개수대는 말할 것도 없었다. 냉온수를 자유자재로 쓸 수 있는 건 물론이고 그릇을 담가두면 제가 알아서 씻어 말리는 자동세척에 건조 기능까지 있었다. 화덕은 또 어떤가. 냄비 몇 개는 동시에 올릴 수 있는 크기도 크기지만 온도를 마음대로 조절할 수 있으면서 불을 때는 장작 따위는 필요 없었다. 이곳에 있는 모든 기구들이 주술장치에 반응하는 녹황석을 연료로 하는 것이었다.

"어두울 땐 여기에 손을 대면 불이 켜진다."

사량 선생이 문 옆의 작은 반구에 손을 대자 안 그래도 환한 부엌에 빛이 더해졌다. 집무실에서 봤던 반구와 비슷한 천장에 붙은 반구들에서 빛이 뿜어지고 있었다. 그제야 민영은 어제 묵은 곳에도 같은 원리로 작동하는 등이 있을 거라는 걸 알 수 있었다.

"식재료뿐 아니라 필요한 기구가 있으면 얘기해도 된다. 급히 만들어서 부족한 게 있을 것이다. 저기 작은 공간은 잠깐 앉을 곳을 마련한 건데 급히 보료만 깔아두었다. 오늘 저녁이면 냉난방 설치도 완료될 것이다. 그 옆에 문을 열면 볼일을 볼 수 있는 곳이다."

휴식처에 화장실까지, 민영은 점점 아연해지기 시작했다. 광산과 이 최첨단 초호화 부엌, 선택하라는 말은 왜 한 것일까?

"선생께서 여기에 있는 것 모두 직접 만드신 것입니까?"

"당연하지! 대장군을 위한 곳인데 내가 아니면 누가 하겠느냐?"

사량 선생은 그것도 질문이냐는 표정을 했다. 잘은 몰라도 그는 제국 최상위 주술사라고 들었다. 직접 듣고 보지 않았다면 그가 작은 부엌에 이런 지대한 공을 들였다는 걸 선뜻 믿을 수 없을 것이다.

"마지막으로 음식을 다 만들면 이 식탁에 올린 후 이곳을 살짝 누르면 된다."

식탁은 육각형에 고급스러운 조각이 새겨져 있었는데 그중 선생이 가리키는 곳에 봉황처럼 생긴 새가 흰 구슬을 물고 있었다.

"구슬 색이 푸르게 변하면서 식탁이 옮겨질 것이니 너는 그냥 돌아오면 된다. 참, 네가 먹을 것도 같이 준비해야 한다. 부엌에서 따로 먹는 건 안 된다."

하면 종이 주인과 함께 식사한다는 말인가? 설마, 그 앞에서 기미를 하라는 거겠지. 참으로 매정하리만치 철저하다.

"혹시 무슨 일이 생기거나 하면 저기에 대고 말하면 된다."

그곳엔 민영의 머리보다 조금 더 큰 반구가 벽에 붙어 있었다. 보는 순간 감시카메라를 연상케 했다. 아니, 그럴 것이다. 참으로 빈틈없구나 싶었다. 묘하게 쌀쌀맞으면서 친절한 설명을 마치려던 사량 선생은 그녀의 마지막 질문에 멈칫했다.

"여기 재료가 넉넉한데, 선생 것까지 같이 만들어도 됩니까?"

선생은 잠시 입을 실룩거렸지만 돌아온 대답은 한결같이 차가웠다.

"아니, 신경 쓸 것 없다. 너와 네 아들, 대장군이 드실 것만 만들면 된다. 대장군은 일반인 양으로 가늠하지 말고 재료를 남기지 말고 넉넉히 만들어라."

선생은 민영이 붙잡기라도 한 것처럼 휙 하니 가버렸다. 혼자 남은 민영은 일을 시작하기 전 일단 참았던 감탄사부터 터뜨렸다.

"우아, 대가댁 부엌은 다 이런 건가?"

이곳, 아니, 이전 세계를 다 비교해도 이보다 더 좋은 부엌을 본 적은 없었다. 더구나 필요하면 여기에 추가해 주기도 한다니 더할 나위 없는 최상의 부엌이었다.

저장고를 열어보니 다시 감탄만 나왔다. 먼저 집어든 채소는 오두막 주변엔 흔했지만 삼 년간 식당을 하면서는 단 한 번 만져 보았던 청향초라는 향신료였다. 선홍빛 살을 드러낸 고기는 구왈이었다. 천령이 그녀에게 청혼하면서 잡아다준 그것이다. 구왈 고기는 일반 백성들은 잔치 때나 겨우 구경할 수 있는 귀한 음식이었다. 하긴 이런 대단한 집에서 이런 게 귀하진 않을 것이다. 그밖에도 산중에선 구경도 할 수 없었던 신선한 생선들이 파닥거리고 있었고, 소금을 비롯해 열 가지가 넘는 향신료 재료 중에 있는 분홍빛 가루는 이곳 세계의 설탕이었다.

"어? 이것도 있네?"

쌀과 잡곡을 살피던 민영은 갸웃했다. 잡곡 사이에 밀이 섞여 있었기 때문이다. 밀은 흔하긴 하지만 가공 과정이 워낙 번거로워 그 수고를 들이느니 버린다. 하지만 너무 가난한 이들은 그렇게 해서라도 먹는다. 그렇기에 밀은 빈곤의 상징이었다.

민영도 오두막에 있었을 때는 밀이 아쉬운 적이 없었지만 나중에 상황이 바뀌었다. 빈곤해서가 아니라 입덧 때문이었다. 입덧으로 빵을 먹고 싶고, 국수가 당겼던 것이다. 전엔 다신 안 봐도 좋을 만큼 지긋지긋하다고 생각한 게 거짓말처럼 건융을 가진 내내 계속 밀가루 음식만 먹고 싶어지니 채명이 고생을 했다. 처음엔 일일이 덖던 채명이 나중에 통 일곱 개가 돌아가는 틀을 만들어 차례로 통과시키는 방식으로 밀가루를 만들어냈다. 덕분에 유슬에선 건융을 낳은 후에도 종종 해먹기도 했었다. 하지만 그건 기계가 있을 때 일이었다.

"덖는 기계도 없고, 반죽기도 없으니 그건 좀 아쉽네. 우리 건융이가 빵을 좋아하는데."

민영은 피식 웃고는 밀을 내려놓았다. 당장 이 밀로는 무언가를 만들 수 없을 테니 다른 것으로 무엇이든 만들어봐야 했다. 재료가 많으니 그건 또 그것대로 고민이었다.

식기류와 도구류 또한 부엌에 어울릴 정도의 최상품들이었다. 날카롭게 빛을 발하는 부엌칼들은 머리카락을 미끄러뜨려도 잘릴 듯 번쩍였고 그릇은 박물관에서 볼 수 있을 법한 화려한 자기들이라 잘못 만졌다가 깨뜨릴까 겁이 날 것들이었다.

"하나만 망가뜨려도 인생 두 번 팔아야겠네……."

실없는 농담 아닌 농담을 끝으로 민영은 음식 장만을 시작했다. 먼저 구왈 고기부터 손질해 양념에 재고 쌀을 씻어 얹고는 당파를 손질했다.

"어?"

제풀에 놀란 민영이 작게 비명을 질렀다. 후두두 눈물이 쏟아졌다. 이상했다. 이 널찍하고 호화스러운 부엌이 제 공간이다. 환경만 보자면 오히려 감사할 판이었다. 그런데 왜인지 떨어지는 눈물을 주체할 수가 없었다. 가장 이상한 건 무의식적으로 계속 떠올리고 있는 생각이 제 처지가 아니라 그가 한 말이라는 것이다.

숙수의 목을 베고 싶지 않다……. 그건 숙수의 목을 베어야만 했다는 말이다. 그는 온 백성이 존경하는 대장군이자 황제의 총애를 받는 부마였다. 그런데 왜 그런 목숨의 위협을 받고 살아왔던 걸까.

"앗, 이런……."

눈물의 이유를 알게 되니 더 기가 막히다. 누가 누굴 걱정하나, 바보가 따로 없었다. 민영은 거칠게 눈물을 쓸어 닦았다. 그런데 아무리 눈가를 훔쳐도 자꾸만 손이 젖어들었다. 제 맘대로 그치지도 않는 눈물 때문에 왠지 더 속이 상했다. 눈을 꼭 감고 숨을 참아 억지로 눈물을 그치니 목에서 끅끅 소리가 났다.

갑자기 어지러워졌다. 가슴이 먹먹하고 막 울렁거렸다. 아까 느꼈던 묘한 두근거림이 본격적인 격랑으로 변해 마구 흔들려 대더니 머릿속을 한꺼번에 증발시키는 느낌이었다. 다리에 힘이 풀려 맥없이 바닥에 주저앉고 말았다. 손에 아무것도 들고 있지 않아서 다행이었다.

"어······?"

어지러움에 눈을 감았다가 뜬 민영이 다시 작은 신음을 뱉었다. 이번엔 제 눈이 이상했다. 눈앞으로 뭔가가 둥둥 떠다니는 것 같았다. 아니 실제로 떠다니는 건 아니었다. 어디선가 새어 나오는 듯한 여러 갈래의 빛줄기라고나 해야 할까. 가만히 보니 그것은 제각각 뿌리가 있었다. 근원을 따라가 보니 그것이 뿜어져 나오는 것은 어이없게도 방금 꺼낸 식재료들이었다.

"허······."

멍하니 그것을 보고 있다가 눈을 감았다가 뜨니 보이지 않았다. 앗, 하고 다시 집중하니 또 보였다. 또 눈만 감았다가 떴다. 보이지 않았다.

원리를 알았다. 그것은 보고 싶을 때면 보이고 보고 싶지 않다고 생각하면 사라졌다.

'이게 뭐야?'

식재료에서 빛줄기가 새어 나온다? 제 의지에 따라 보였다 말았다 하는 것이니 이 부엌에서 일어난 조화는 아니었다. 당장 눈에 보이니 정체가 궁금했다. 향기일까? 그러자면 냄새 없는 마른 가루에서 나는 빛들은 설명할 수가 없다.

향기가 아닌데 뿜는 것이라면······ 기운? 기운이라야 적절히 설명할 수 있을 것 같다. 싱싱함, 온화함, 차가움, 고약함. 아, 고약함은 녹색 바탕의 베베 꼬인 보랏빛에서 느껴지는 것이었다. 밀이었다. 구왈 고기에서 나오는 선홍빛은 싱싱함을, 곡물과 향신료 식물들에선 연둣빛과 청량한 녹빛의 알갱이 모습을, 생선들에선 유선형의 푸른색 빛이 흘러나와 저마다 독특한 색깔과 모양으로 제 상태를 표현하고 있었다.

그런데 갑자기 왜 이런 게 보이는 걸까. 잠시 멍하니 있는데 문득 아버지의 말이 생각났다.

"필요 없으니 내가 눌러놓았다. 말하자면 두 번째 금제다. 하지만 그건 언젠가 네게 필요할 때 풀어질 것이다."

"이게…… 그건가?"

맞는 것 같았다. 그때 이 말을 듣고 난 후 아버지 본모습이 감춰졌었다. 그러면 원래 저한테 있는 능력이었다는 것이다. 아버지의 말씀은 다 옳았다.

"그런데 이게 왜 필요해진 거지?"

말하기 무섭게 기운들이 잡힐 것 같다는 생각이 들었다.

청향초가 먼저 눈에 띄었다. 이건 싱싱한 상태로 쓰기도 하지만 말려서 가루를 내어 쓰면 또 다른 맛을 주기도 한다. 고기를 구울 때 뿌리면 좋을 것이다. 청향초의 싱싱함을 자랑하는 수분이 보인다. 그것만 잡아서 빼면 바로 가루로 낼 수 있을 것 같다는 생각이 들긴 했지만……, 아무리 손짓해도 잡히진 않았다. 보이긴 해도 잡는 건 안 되는 모양이었다.

"흠, 흠!"

마구 헛손질을 하고 있는데 뒤에서 헛기침 소리가 들렸다. 돌아보니 반가운 얼굴이었다.

"애, 애진 형님?"

"미안, 놀랐나? 그런데 뭐 해? 벌써 날파리가 날아다니는가?"

"아, 아니에요! 앗, 애진 형님이 어떻게 오셨어요?"

"걱정이 되어서. 와보길 잘했네."

밥을 제외한 식재료가 널려진 채 그대로였다. 고기는 재우기만 했고 채소는 다듬다가 말았다.

"네, 헉, 제가 정말 정신이 없었나 봐요."

"충격도 받았고, 많이 놀라서 그럴 게야. 뭐가 뭔지 잘 모르지? 사실 나도 오늘만 허락받은 거야. 도와줄 테니 어서 준비해 봐."

"감사해요, 감사해요, 애진 형님."

"험, 험. 그 형님 소리는 빼고."

"그럼, 이름을 알려주시면 언니라고……."

"애진댁이라고 하라니……. 아휴, 호칭이야 뭐 급하지 않으니까……. 자, 그 생선 구울 건가? 아니면 조리려고?"

"오늘은 구우려고요. 워낙 신선하니까 구워서 본연의 맛을 내는 게 좋을 것 같아요."

"이봉 버섯도 같이 구울 거야?"

"이건 소금 양념만 해서 구울게요."

이봉 버섯 하나가 쌀 두 되와 맞먹는 비싼 몸이다. 오두막에 살때는 주위에 널린 거라 대수롭지 않게 먹었었지만 산 아래 내려와서야 귀족들 식탁에나 오르는 귀한 음식이라는 걸 알았다.

"크리 가루가 있네. 이건 묵으로 만들까?"

크리는 이곳의 밤이다. 맛은 이쪽이 더 고소하고 영양가도 풍부해서 묵으로 만들면 아이들과 노인들 영양 보충으로 좋은데 이것도 흔한 재료는 아니었다.

"네, 부탁드려요. 형님 덕분에 첫 번째 식사를 망치지 않게 되었어요."

"오늘만이야, 오늘만. 여긴 아무나 못 들어오는 곳이라."

"물론이에요. 그래도 감사해요."

두 여인이 복닥복닥 움직인 덕에 음식이 하나씩 식탁에 올라갔다. 수저를 놓고 대장군을 위한 차가운 물과 건융을 위한 미지근한 물까지 올리니 상차림이 끝났다. 다 된 음식에서 조화로운 기운이 헤엄치는 것처럼 보였다. 그러고 보니 물에서도 은은한 푸른빛이 봐달라는 듯 꼬리를 쳤다.

"다 된 것 같네. 어디, 그걸 눌러봐."

애진댁이 민영에게 눈짓했다. 민영이 아까 사량 선생이 말한 구슬을 누르자 푸른빛이 점멸하더니 식탁째로 사라졌다.

"와……."

"이런 건 처음 보지?"

"네……."

"사량 선생의 야심작이니 당연하지. 참, 어디 가서 이런 건 말하지 마. 주술의 운용은 비밀스러운 게 많으니까. 하긴 이곳에서 본 것, 들은 것 자체가 모두 말하지 말아야 할 것들이야."

"네, 명심할게요. 말씀해 주셔서 정말 감사해요."

그때 벽 쪽 구슬에서 소리가 들렸다.

"음식만 보내고 뭘 꾸물대고 있는가? 어서 오지 않고!"

"밥이다! 배고파. 엄마는?"

사량 선생과 건융의 목소리였다. 고위 주술사가 만든 물건으로 가득한 이곳에선 당분간 문화의 충격을 겪어야만 할 것 같았다.

"어서 가봐. 오늘은 나도 이만 가봐야 할 것 같으이. 다음에 내가 여유가 날 때 다시 와서 보자고."

"오늘 정말 감사해요."

민영은 다시 '밥, 밥'하는 건융의 목소리에 거의 혼비백산해서 뛰어나갔다. 돌아선 애진댁은 그릇들을 개수대에 던지며 들으란 듯 중얼거렸다.

"부럽다! 나도 이런 설거지통 갖고 싶다……, 부럽다!"

밥을 외치며 식탁에 앉아 있을 거라 생각했던 건융은 민영이 문을 열자 날듯이 뛰어와 품을 파고들며 안겼다.

"엄마!"

"건융이, 얌전하게 잘 있었어?"

"네!"

그런데 대답하는 아이의 입가에 고기 양념이 묻어 있었다. 그러면 그렇지, 그새 무얼 먹은 모양이었다.

신기하게 사라진 식탁은 집무실 한쪽에 놓여 있었다. 그는 이미 의자에 앉아 식사를 시작하고 있었고 사량 선생은 선 채로 젓가락을 들고 있었다. 선생을 무서워하는 건융이 음식만은 받아먹은 것일까?

"죄송합니다. 처음이라…… 많이 미흡했습니다."

"그런 것 같더군."

감히 대장군과 마주 앉을 수 없어 고민하고 있는데 사량 선생이 말했다.

"아까 말한 걸 잊었는가? 대장군께서 드시는 음식은 모두 자네와 자네 아들도 먹어야 한다고."

내용은 살벌하지만 음식을 만든 저야 떳떳했으니 전혀 두렵지 않다. 그저 감사히 먹기만 하면 된다.

"그렇게 서 있으면 불편하지 않나. 여기 앉아서 먹어라."

신기하게도 건융에게 맞춤으로 만들었을 것으로 보이는 의자가 따로 있었다. 그런데 위치가 바로 그의 옆이었다. 민영이 그 옆자리에 막 앉는데 건융은 기다리지 않고 '아!' 하며 입을 딱 벌렸다. 대장군에게!

"소, 송구합니다. 채명이, 동생이 주로 이렇게 먹여주다 보니 그런 줄 알고 있어서…… . 주의시키겠습니다."

탈출할 뻔한 심장을 누르며 민영이 건융을 잡아당겼다.

"아니, 괜찮다. 방금 사량 선생이 말했듯이 아이가 항상 내 음식을 기미할 것이다. 그러니 너도 알아서 하겠지."

그가 말하면서 무감한 눈과 마주쳤다. 한순간 냉기가 몸을 훑는 것 같다. 덕분에 새삼 자신의 처지가 상기되었지만 그래도 민영은 크게 주눅 들지 않았다. 건융이 이렇게 맛있게 먹고 있는 모습만 봐도 기분이 좋았다. 건융이 나중에 처지에 대해 물을 날이 올지도 모르지만 미리부터 불행을 예단하고 걱정할 필요는 없었다.

"너는 왜 먹지 않는 것이냐."

사량 선생이 눈치를 주었다. 선생은 서 있는데 저만 앉아 있어서 민영은 정말 마음이 불편하기 짝이 없었다. 아니, 대장군과 한 상에 앉은 것부터가 미칠 노릇이다. 기미 때문이면 그냥 음식만 좀 덜어서 따로 놓고 먹으면 안 되는 걸까?

안 되는구나…… . 사량 선생이 아예 그런 말은 꺼내지도 말라는 듯 눈을 부릅뜨고 있었다.

"아들을 먹이고 먹는 게 버릇이 되었습니다…… ."

"충분하니 너도 먹어라."

"……네."

민영도 젓가락을 들었다. 정말이지 바늘방석이 따로 없다. 건융은 아무것도 모른 채 잘 먹고 있지만 저까지 그럴 수는 없었다.

밥이 입으로 들어가는지 코로 들어가는지 모르겠다. 제가 먹는지 안 먹는지 매의 눈으로 살피는 사량 선생을 피해 밥을 남길 수도 없었다.

체할 것 같은 분위기지만 오늘 하루만 이렇게 먹을 것도 아니라면 익숙해져야 한다. 민영은 천천히—그러나 필사적으로— 그릇을 비워 나갔다. 마지막에 맑은 강무 국을 마시니 그럭저럭 배탈은 면할 것 같았다. 강무는 소화제 역할을 하는 것인데 애진댁이 미리 이럴 걸 알고 준비해 준 것 같다. 당분간은 계속 강무 국을 준비해야 할 듯싶다.

민영은 어렵게 식사를 했지만 그는 아니었다. 사량 선생이 미리 말한 대로 대장군이 먹는 양은 엄청났다. 애진댁이 이 정도면 넉넉할 거라고 했던 양도 모자라지 않나 생각될 정도였다. 제 몫을 다 먹은 건융은 의자에서 내려서고 싶어 했다. 눈에서 호기심이 반짝거리는 것이 내려서는 순간 온 데 뛰어다닐 것 같았다.

"건융아, 얌전히 있어야 해. 여긴 귀한 물건들이 많아서 함부로 만지면 안 돼."

"안 돼?"

"아이를 너무 다그칠 필요 없다. 뛰어다녀도 다칠 염려는 하지 않아도 된다."

마지막으로 강무 국을 먹는 것으로 식사를 마친 그가 돌아보며 말했다.

아니, 지금 무슨 일로 이런 신세가 된 건지 몰라서 저런 말을 하는 건가? 아무리 막눈이라도 여기에도 건융이 깼다는 잔 이상의 값어치 하는 것들이 수두룩하다는 것은 알겠다.

"흠, 사량 선생과 내가 있으니 무슨 사달이 나도 걱정할 필요가 없다는 말이다. 나는 숙수를 오래 바꾸고 싶지 않다고 했느니. 아이는 절대 다칠 일이 없을 것이다."

"아, 아닙니다!"

설마 또 표정으로 다 드러낸 걸까? 판고에게 대들던 간덩이가 함부로 되살아나면 안 된다. 민영은 속으로 놀란 가슴을 누르며 아무 때나 커지는 간덩이를 나무랐다.

"다 먹었으면 치우지."

사량 선생이 구슬을 누르자 식탁은 처음 옮겨졌을 때처럼 사라졌다.

무하가 그녀와 눈을 맞췄다. 무슨 말을 하려는지 그의 눈이 가늘어졌다. 그 찰나에 숱한 생각이 떠오르며 명치가 조여졌다. 음식이 맛이 없었나? 부족했나? 헉, 생각해 보니 건융이 먹기 좋은 음식들 위주로 만든 것 같다. 이대로 은광으로 쫓겨나는 걸까?

"음식을 하다 말고 왜 눈을 감고 앉아 있었던 거지?"

생각지도 못한 질문에 민영의 고개가 번쩍 들렸다. 속으로 끙끙거리던 것과 너무 다른 말을 들어서 그런지 한순간 정신이 나간 것 같다. 찡그리는 표정이 걱정하는 사람처럼 보였다. 착각도 병이다. 그의 앞이 아니었다면 볼이라도 찰싹 때려 정신을 차렸으련만 다행히 눈만 마주쳐도 정신이 돌아온 덕에 겨우 늦지 않게 대답할 수 있었다.

"잠시 어지러웠던 것뿐입니다. 지금은 괜찮습니다."

"아픈 건 아니지? 아프면 곤란하다."

그가 눈을 찡그렸다. 저 찡그림을 이젠 제대로 해석할 수 있다!

"정말 괜찮습니다! 저는 정말 건강합니다. 아까 잠시 그러고 말았습니다……!"

다음은 광산이다. 맙소사, 절대 아파서도 안 된다! 착각은 말끔히 날아가고 식은땀이 나려는 것 같았다.

"그럼 되었다. 애진댁은 오늘만 부른 것이니 앞으론 네가 다 알아서 해야 한다."

"네, 알고 있습니다."

민영은 대답하면서 속으로 갸웃했다. 저가 아파 보여서 애진댁을 부른 건 아닐 것이다. 볼수록 자꾸만 이상한 착각을 부르는 이를 계속 마주해야 하니 이젠 정신을 똑바로 차려야 한다. 하지만 얼굴 아래 목젖을 쳐다보는 것만도 매우 부담스럽다.

애진댁이 대장군에게 반하지 않는 여자란 없다고 하더니 정말 그럴 만했다. 전엔 천령의 이미지를 복원한 것처럼만 보이더니 이제는 그의 용모가 제대로 눈에 들어왔다. 남들도 저보고 예쁘다고는 하지만 이해 못 할 소리인데 이 사람은 그야말로 빚어놓은 것처럼 잘생겼다. 옷이 사람을 빛내는 건지, 사람이 옷을 빛내는 것인지. 안에는 강렬한 붉은색의 통 넓은 저고리와 바지를, 겉에는 짙은 군청색 도포를 입고 있는데 대충 걸친 것 같은데도 우월한 자태가 드러났다.

'그래서 여자들이 좋아하나 보다. ⋯⋯난 아니지만.'

민영은 일단 내 것 아닌 것은 아예 넘보지 않는 주의이기도 하지만 줄줄이 이어졌다는 그의 여자들 기록은 진심으로 별로였다. 그런 면에서 제 남자는 그야말로 순백 아니었던가. '기록'이 과거와 함께 지워진 것일 수도 있지만, 모르는 게 약이다. 아니, 그는 생각도 없는데 이런 생각을 하는 것만도 무엄한 일일 것이다. 애진댁에게 괜한 이야기를 듣고 애먼 상상만 늘렸다.

"긴장은 무슨⋯⋯."

"네?"

"아니다."

그가 훌쩍 일어나 단상으로 올라갔다. 건융이 여기저기 기웃거리고 놀다가 그를 따라 계단을 오르기 시작했다.

"건융아, 어서 내려와!"

"아니, 그냥 둬도 된다."

사량 선생이 고개를 저으며 말했다.

"내일부터는 아이의 시중은 다른 이가 들 것이다."

"네?"

"나를 무서워하니……. 아니, 내가 아이의 시중을 들 수는 없는 일 아닌가? 네가 음식을 만드는 시간에 따로 아이를 돌볼 이가 있을 거란 말이다."

"앗, 그러면 제가 데리고 있겠습니다."

"네 입으로 부엌은 아이에게 위험하다고 하지 않았나?"

"부엌에 작은 침상도 있으니 그곳에 아이를 두면 될 것 같습니다……."

"아니, 잊은 모양인데, 너의 편리를 위해 아이를 여기 두겠다는 게 아니다."

기껏 건융을 보고 풀어졌던 사량 선생이 다시 딱딱하게 표정을 굳혔다. 꼬박꼬박 대꾸해서 그런 걸까……. 그런데 왠지 저 자체가 싫어서인지도 모른다는 생각이 들었다.

"……네. 죄송합니다."

"차차 익숙해지겠지. 아무튼, 네가 알아둘 것이 있다. 우선 부엌으로 돌아가는 게 좋겠다."

"하면 제 아들은……."

"저녁은 만들지 않을 것인가? 네 아들은 저녁을 먹은 후에 데려갈 수 있다."

"……네."

"네가 앞으로 할 일들을 더 자세히 알려줄 터이니 따라오라."

"잠시만요, 잠깐이면 됩니다."

무하는 본 체도 않고 있는데 건융이 혼자 계단을 오르고 있었다. 민영은 벌써 계단의 반을 올라간 건융을 얼른 안아 내렸다. 계단에 혼자 있는 건융이 위태로워 보여 간이 조마조마했지만 감히 대장군이 장담한 아이의 안전을 믿지 못한다고 말할 수도 없었다. 다음 날 건융을 돌보러 온다는 이에게 기대를 걸 수밖에.

"건융아, 엄마, 부엌에서 일하고 올게. 저녁에 보자? 착하게 잘 있을 거지?"

건융을 세워두고 다시 다짐을 받았다.

"네!"

건융은 아까완 다르게 엄마를 시원하게 보내주었다. 그러고 다시 계단으로 달려가는 걸 보니 기어이 그에게로 가려는 것 같았다.

"귀찮으실 텐데요……."

"그런 걱정하지 않아도 되니 어서 오라."

선생은 이미 문을 나서고 있었다. 눈을 꾹 감고 선생의 뒤를 따라 부엌에 가니 벌여놨던 식재료와 그릇들은 이미 정리가 되어 있고, 방금 보낸 식탁만 덩그러니 있었다.

하지만 지금은 부엌을 살필 때가 아니었다. 선생의 분위기가 심상찮았다. 민영은 잔뜩 긴장한 채 움츠러들었다. 그때 가슴을 쿡 찌르듯 싸늘한 음성이 날아들었다.

"네가 명심할 것이 있다. 누가 뭐라든 난 너를 끝까지 의심할 것이다. 그것을 위해 나는 네 아들을 최대한 이용할 것이다. 인질로 여겨도 좋다. 네가 정 그럴 수 없다고 한다면 다른 선택지도 있다."

쿡, 다시 쿡! 심장을 찔러대는 것 같다. 아들을 인질로 삼겠다는데도 민영은 다른 대답을 할 수가 없었다.

"아, 아닙니다. 명심하겠습니다."

"하긴, 어리석은 자가 아니면 광산을 선택하진 않을 것이다. 너는 네 처지가 불행해졌다고 생각할지 모른다. 하지만 달리 생각한다면 대장군만 잘 모신다면 넌 다른 이들이 부러워할 생활을 할수도 있다. 너는 오로지 대장군이 드실 음식만 만들면 된다. 대신너는 허락 없이는 다른 이와 접촉할 수 없다."

"네, 알겠습니다."

꼼짝없이 감옥생활이 될 것 같다. 그래도 그 허락의 범위에 애진댁과 채명만 들어 있다면 숨통이 트일 것이다.

"네가 주군께 안전한 음식만 만들어 드린다면 나는 너에게 어떤 편의든 제공할 것이다."

"네."

"……한데 왜 말하지 않는 것이냐?"

"네?"

"반죽기가 무엇인가? 필요하면 말하라고 하지 않았느냐?"

"그게……."

반사적으로 입은 벌렸지만 민영은 곧장 대답하진 못했다. 선생이 내내 감시하고 있었을 테니 중얼거리는 말도 흘려듣지 않았을거라는 건 안다. 아까부터 선생의 심기가 불편했던 이유가 이건아니겠지? 반죽기를 말하지 않아서? 설마, 그거야말로 착각이다.하지만…… 반죽기에 대해 묻는 선생의 표정이 너무 진지했다. 민영은 더듬더듬 반죽기에 대해 설명했다.

두 번째 식사 준비를 하던 중 민영은 새로운 사실을 깨달았다.시간이 너무 많이 남는다!

고기를 재고, 나물을 삶고, 볶고, 손이 많이 가서 잘 해보지않던 구절판 준비까지 마쳤지만 아직 해가 저물려면 멀었다. 저녁을 먹을 시간이 되려면 최소한 두 시간은 있어야 했다. 유슬에서 나 이 집에 들어와서나 종일 녹초가 되도록 일하던 그녀에게 생각 지도 못한 여유가 생긴 것이었다.

건융을 보러 가고 싶었지만 사량 선생의 엄명에 갈 엄두가 나지 않았다. 그러다 문득 알곡 사이에 섞인 밀이 보였다.

"정말 이건 왜 여기 있는 걸까?"

오랜만에 밀을 덖어보자는 생각이 들었다. 아마 여기가 아니었 다면 그런 시도는 해볼 엄두도 못 내봤을 것이다. 그런데 지금 쉬 고 있는 화덕엔 넓은 솥이 세 개는 들어갈 수 있었고, 아주 조금 이라면 될 것 같았다. 하지만 작업을 하다가 저녁을 준비할 시간 까지 놓치면 안 된다.

"알람이 필요해…… 앗!"

무의식중에 중얼거리던 민영은 벽에 달린 반구를 보며 배시시 웃었다.

"그러니까, 알람이 뭐냐면요……"

입으로 뱉은 말이니 금제에서 벗어난 것이었다. 하긴 시계도 있 는데 알람이 대수일까. 내친김에 밀 덖는 기계도 말할까 싶었지만 그것까진 아니었다. 원하는 시간에 작은 종소리로 알려준다는 설 명을 하고 나니 혼자 벽 보고 무슨 짓을 하나 싶었다. 그때 대답 이 들려왔다.

"……사량 선생에게 일러두겠다."

"헉!"

설마 감시카메라 담당이 사량 선생이 아니었던가? 아니, 그러 고 보니 왜 눈을 감고 있었느냐 먼저 물었던 건 대장군이었다.

"죄, 죄송합니다. 선생께서 계신 줄 알았습니다."

"내 허락 없이는 아무도 그곳을 볼 수 없다."

"……네."

'보기엔 그리 안 뵈던데. 대장군이란 사람, 먹는 것에 관한 집착이 어마어마하나 보다…….'

집착은 좀 심했고, 경계? 관심? 건융은 뭘 하고 있나 묻고 싶지만 억지로 참고 있는데 놀랍게도 그가 알아서 말해주었다.

"융은 아까부터 잔다."

"가, 감사합니다!"

엉겁결에 무사히 대답은 했지만 순간 멍해지고 말았다. 저 사람은 왜 또 저를 엉뚱한 착각의 동산으로 불러들인단 말인가.

"……마라."

방금…… 뭐라고 했지? 잘 못 들었다. 뭘 하지 말라고 한 것 같았는데……. 하지만 더는 아무런 말도 들려오지 않았다. 물어볼까 싶기도 했지만 본능이라는 신호가 입을 다물게 했다. 들으라고 한 말도 아닌 것 같은데, 뭐.

건융의 이름은 어떻게 알았을까, 하는 작은 의문은 제가 그의 앞에서 몇 번이나 이름을 불렀으니 물으나 마나였다. 그래도 하인의 아이 이름을 저렇게 정답게 불러주니 놀랍다. 그래서인가, 민영은 자꾸 가슴이 이상하게 두근거렸다.

민영은 의식적으로 신경을 끊고 밀을 덖기 시작했다. 덖다가 보니 정말 잊기도 했다. 같은 작업을 일곱 번이나 반복해야 했지만 양이 적기도 하고 시설 덕도 톡톡히 봤다.

"우리 융이, 오늘 밤 간식 해줘야지!"

체에 걸러 소복이 나온 밀가루를 한데 담자 저녁 준비를 할 시간이 되었다. 이것저것 꽤 열심히 만들었는데도 애진댁과 함께 만들었을 때보다 가짓수가 썩 늘지는 않았다. 식당을 한 덕에 만들 수 있는 음식은 꽤 되지만 이곳 고급 재료에 맞춰서 새로 배워야 할 것 같았다. 민영은 구슬을 누르고 달려갔다. 건융을 볼 시간이다!

집무실로 부지런히 달려갔는데 이번엔 사량 선생이 보이지 않았다. 그런데도 건융은 그의 옆에 붙어 앉아 먹은 티를 잔뜩 내고 있었다.

"소, 송구합니다. 빨리 달려온 건데⋯⋯."

"이런 것으로 사과할 필요 없다."

언제 아이에게 떠먹여 준 적이 있느냐는 듯 그는 곧바로 식사를 시작했다. 앉으라는 말은 하지 않았지만 앉지 않으면 그야말로 그의 눈을 다시 봐야 할 것 같아 민영은 얼른 자리를 잡고 앉았다. 그의 눈을 보면 자꾸만 다른 생각을 하게 된다. 착각은 정신건강에 이롭기도 했지만 그보다 훨씬 더 많이 해롭기도 했다.

"엄마, 엄마!"

"응?"

"저기 도구 있어!"

밥을 먹다가 건융이 손가락으로 가리킨 곳엔 병풍 앞에 보기에도 지엄한 칼이 얹혀 있었다. 대장군의 무기이리라. 설마 얘가 저기까지 올라간 건 아니겠지?

"도구가 아니라 칼이야. 가까이 가면 안 돼."

건융은 고개만 갸웃하고는 다른 쪽을 가리켰다.

"저기는 서구랑 낭구가 있어."

"서구? 낭구?"

"응!"

"네, 라고 해야지."

그가 끼어들어 말하자 건융이 냉큼 따라 했다.

"네!"

"조, 존댓말은 확실히 가르치겠습니다."

"아니, 그런 거야 사량 선생이 어련히 알아서 할까. 그래도 어미에게 말하는 법은 그 자리에서 고쳐 줘야지."

그럴 리가 없지만 마치 사량 선생이 앞으로 건융을 가르칠 거란 말처럼 들렸다. 그나저나 이 사람, 대장군과 있다 보면 머릿속이 정말 이상해진다. 밥만 열심히 먹고 있는 것처럼 보이더니 건융과 그녀가 뭘 하는지 하나 놓치는 게 없는 것 같았다.

원래 민영은 건융이 먹을 때면 그것이 또 예뻐서 칭찬하고 토닥이고 쓰다듬는 것이 일이었다. 그러나 바늘방석에서 감히 그럴 수 없으니 그저 눈으로만 예뻐할 수밖에 없었다. 건융도 처음엔 조금 긴장한 듯싶더니 두 번째는 그런 모습도 없었다. 덕분에 식사가 끝나가자 자연스럽게 요구했다.

"엄마, 나 간식은?"

모처럼 밀가루를 준비해놨으니 건융에게 만들어줄 생각이었다. 그런데 이제야 사량 선생의 경고가 생각났다. 먹는 것에 관한 한 절대 숨기거나 따로 몰래 먹는 것이 있어서는 안 된다. 민영은 고개를 저을 수밖에 없었다.

"미안해, 융아. 오늘은 먹을 것이……."

"아이의 간식으로 주려던 것이 없는가?"

"선생 말씀이 절대 대장군과 따로 먹어선 안 된다 하셨습니다."

"그 말을 그렇게 이해했나? 나는 집을 비우는 일이 잦다. 하면 그때마다 굶을 거란 말인가? 내가 식사할 때는 무조건 나와 함께 먹어야 한다는 말이었다."

"앗, ……네."

그가 얼굴이 한껏 붉어진 민영을 재촉했다.

"원래 아이에게 주려던 것을 가져오라."

"네?"

"간식. 나는 주지 않을 것인가?"

"하지만 그것은 천한 음식이라서요……."

"천하다? 독이 든 게 아니라면 특별히 가리는 것이 없으니 가져와라."

"미, 밀로 만든 음식입니다!"

"밀은 독이 들었지 않는가? 그런 걸 아이에게 먹인단 말인가?"

그는 독에 관한 한 민감한 것 같았다. 민영은 그래서 행여 치도곤을 당할까 가슴이 조마조마했지만 그는 정말 궁금한 표정이었다. 덕분에 아는 대로 답할 수 있었다. 그 순간엔 그토록 철저해 보이는 사랑 선생이 식재료를 검수하지 않았을 리 없다는 것까지는 생각이 미치지 않았다.

"제독 과정을 거치면 괜찮습니다. 신기하게도 밀이 식재료 사이에 있길래 조금 준비해 봤습니다. 건융이 좋아하는 것이라……."

"기다리지."

그가 씩 웃는 것처럼 보였다. 아니, 정말로 웃었다. 민영은 그모습이 왠지 신기해서 멍하니 쳐다보았다. 그렇게 웃을 줄도 아느냐 묻고 싶었지만 그녀의 간도 아무 때나 탈출을 일삼지는 않는다.

이미 표정으로 할 말은 다 해버린 줄도 모르는 민영은 얼른 달려가 밀전 두 개를 만들어 돌아왔다. 간단히 소금 간만 해서 만든 밀전은 건융이 좋아하는 간식이었다. 그는 건융이 먹을 몫만 나눈 후 눈 깜짝할 새에 해치우고는 말했다.

"밀이 이런 것인 줄은 몰랐다."

흡족하다는 뜻이기에 민영은 배시시 웃었다. 그런데 돌연 그의 표정이 굳었다.

"다른 이들 앞에서도 그렇게 웃나?"

"네? ……가끔은요?"

"여럿 죽이고 싶지 않으면 내가 없을 땐 그렇게 웃지 마라."

"⋯⋯네?"

민영은 어이가 없었지만 채명도 뭔가 이와 비슷한 잔소리를 자주 하곤 해서 그냥 네, 하고 말았다. 그때 기다렸다는 듯이 사량 선생이 들어왔다.

"명하신 것을 가져왔습니다."

무하가 사량 선생이 내민 작은 갑을 열더니 어느새 배회하고 있는 건융을 불렀다.

"아가, 이리 오너라."

그가 건융을 부르는 음성에 왜인지 가슴이 저몄다. 제발, 이러지 말자, 판민영! 다행인지 불행인지 민영의 정신을 홀딱 깨우는 대답이 들려왔다.

"아가 아니에요, 저는 형이에요, 거늉이에요!"

아까 그가 왜 굳이 건융의 이름을 말했는지 알 것 같았다. 평해가 우각의 아들을 낳고 건융은 형이 되었었다. 그걸 잊지 않은 것까진 나쁘지 않지만 발끈할 상대가 잘못되었다.

"미안하구나, 맞아, 형이라고 했지. 건융아, 이리 오너라."

간이 벌렁벌렁한 대화가 오가고 나자 건융이 무하에게 쪼르르 달려갔다. 아직 낯설어 경계할 것이란 예상과는 다르게 선망 가득한 눈으로 그의 다리에 매달리는 모습을 보니 채명이 서러워할 것 같다.

"건융아."

"네, 대장!"

순간, 민영의 가슴이 울렁거렸다. 그저 건융의 이름만 부른 것인데 알 수 없는 여운이 심장을 두드려댔다. 그 순간에도 막연히 건융이 그를 부르는 호칭을 고쳐 줘야지, 싶은 걸 보면 아직은 제대로 생각이라는 걸 하긴 하는 것 같다.

"네게 줄 것이 있다. 손목을 내밀어봐라."

건융이 두 손을 내밀자 무하가 건융의 왼팔을 잡고 손목에 무언가를 끼웠다. 그것은 손가락 두께의 얇은 나무판으로 만든 팔찌였는데 밋밋한 검은색인데도 방향에 따라 영롱한 빛이 반짝였다. 순간 팔찌에서 강렬한 붉은빛이 뿜어져 나오는가 싶어 놀란 민영이 눈을 깜빡였지만, 다시 보이지는 않았다.

"엇, 그건……."

"이 팔찌가 무엇인지 아느냐?"

저도 모르게 놀란 신음을 냈다. 민영은 이전 세상에 살 때는 참는 게 제 성격인 줄 알았는데 이 세상으로 온 후, 아니 판고와 함께 살면서부터는 성격과 인격의 엄청난 변화를 겪었다. 좋게 말해 솔직한 거지……. 민영이 입을 가렸지만 이미 무하와 사량 선생이 의아한 얼굴로 쳐다보고 있었다.

"아는 건 아닙니다. 빛이 나서 잠깐 놀랐습니다……."

"……."

"이건 빛나는 물건이 아니……."

"선생이 팔찌에 대해 설명해 줄 것이다."

그가 선생의 말을 막았다. 이미 다 들었는데. 앗, 생각해 보니 그 빛은 아까 식재료에서 본 것 같은 느낌이었다. 그걸 말해주진 않는다는 거지? 이해했다.

사량 선생이 팔찌를 가리키며 말했다.

"족쇄다."

"네?"

"이 아이는 팔찌를 낀 채로 절대 이 집 안을 벗어날 수 없다. 만일 대문이나 담을 넘는다면 아이는 잠이 들면서 자동으로 이곳으로 이동하게 된다.”

“……”

“팔찌는 나나, 주군께서 빼주시거나 혹은 스스로 열다섯 번째 달을 맞는 공력을 지니지 않는 한 뺄 수 없다.”

이 세상은 백 년에 한 번, 열다섯 번째 달을 맞는다. 백 년 공력을 지녀야 팔찌를 뺄 수 있다는 말이었다. 그건 안 된다!

“제 아들은 벌하지 않는다고 하셨잖습니까!”

그토록 조심하자던 다짐도 잊은 모양이다. 감히 그를 향해 버럭 소리를 질렀다. 하지만 건융에 관한 한 민영은 무분별해지고 말았다. 민영의 원망 가득한 항의에 의외로 무하는 아무렇지도 않게 답해주었다.

“융이 성인이 될 때까지는 계속 어미와 함께 살 것 아닌가?”

“……”

“성인이 되기 전에 저 스스로 벗을 것인데 무에 문제인가?”

사량 선생도 덧붙였다.

“주군의 밑에서 성년이 되기까지 백년 공력도 쌓지 못하는 건 말이 안 되지요.”

그런 게 당연한 건가? 민영은 입만 벙긋거렸다. 하지만 그가 잇는 다음 말에는 입을 벙긋거릴 수도 없었다.

“하나 너는 아니다. 너는 나의 대문을 벗어날 수 없다. 평생.”

차가운 소유욕이 민영의 온몸을 옭아맸다. 어쩌면, 정말 어쩌면, 그가 저를 원할 거라던 애진댁의 말이 사실일지도 모른다는 생각이 처음으로 어렴풋하게 들었다.

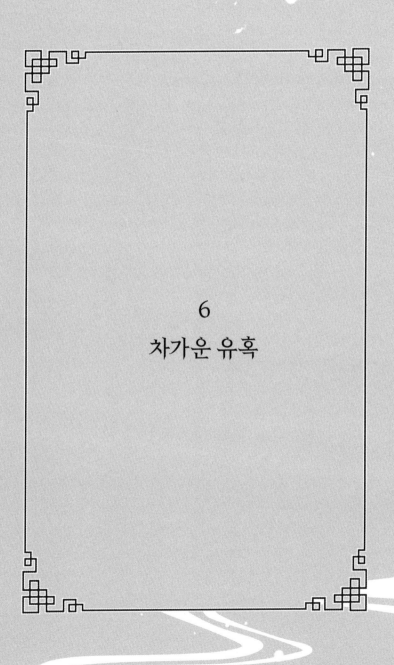

6
차가운 유혹

　재윤은 이불을 덮어쓰고 있었다. 그날의 일 이후 재윤은 며칠간 유모가 아무리 걱정해도 계속 같은 모습으로 꼼짝하지 않았다.

　아이는 귀여웠다. 그리고 왠지 모르게 미웠다. 누나라고 부르며 졸졸 따라다니는 아이가 좋다가도 미워져서 가까이 다가와 손을 잡는 아이를 뒤로 확 떠밀어 버렸다. 고래고래 소리 지르던 어떤 남자의 말대로 유원배는 저 때문에 깨졌다. 하지만 그것 때문에 이불을 덮어쓰고 있는 건 아니었다. 아이와 아이의 엄마가 벌을 받든 말든 저가 혼나는 게 아니라면 상관없었다.

　하지만…….

　힘껏 떠민 아이는 거의 날다시피 넘어지며 탁자 다리에 부딪쳤다. 아이는 놀라서인지 울지도 않은 채 멍한 얼굴로 저를 보았다. 그때 다리가 좁은 탁자가 아이를 덮칠 듯 기우뚱했다. 손만 내밀면 아이를 잡아당길 수 있었을 것이다.

　그러나 재윤은 그대로 선 채 눈을 감았다. 그런데 한참 기다려도 탁자가 넘어지는 소리가 들리지 않았다. 다시 눈을 뜬 재윤은 헉하고 놀라고 말았다. 아이를 감싼 뒷모습이 익숙하면서도 낯선 사람의 것이었기 때문이다. 뒷모습은 익숙했다. 항상 그 모습으로 기억하니까. 그런데 아이를 감싼 모습은 다른 이를 보는 듯해서 왠지 가슴이 울컥했다.

"아…… 버지."

재윤은 힘겹게 그를 불렀다. 돌아선 아비의 품에는 아이가 축 늘어져 있었다. 하지만 그 모습마저 이상하게도 다정하게 보여 재윤은 눈물이 날 것 같았다.

"아, 아버지. 저는……."
"한마디도 하지 마라."

나직한 목소리에 목까지 차오르던 울음이 쑥 들어가 버렸다. 겨우 하인 아이 하나가 다칠 뻔한 것이 이토록 야단맞을 일인가 싶어 새삼 눈물이 차오르던 그때 재윤은 완벽하게 두 동강 난 유원배를 볼 수 있었다.

재윤은 그제야 겁을 먹었다. 유원배가 어떤 물건이던가. 어떤 사악한 것이라도 정화할 수 있다는 보물로 어머니가 생전에 아끼며 애용하던 잔이었다. 선황께서 아버지께 하사하셨지만 어머니의 유품이나 마찬가지라며 아버지가 제게 주신 물건이었다. 하지만 어머니의 손이 많이 닿던 물건이라 최대한 치운다고 치운 곳이 제 눈이 닿지 않을 높이의 탁자 위였다. 그런데 그게 떨어져 깨진 것이다.

그때 아이가 깨어날 듯이 움찔거렸다. 아버지는 아이를 조심스럽게 바닥에 내려놓으며 나직하게 말했다.

"누구에게든, 아무 말도 하지 마라."

돌아선 아비의 익숙한 모습과 아이를 내려놓던 다정한 손길이 다시 한 번 대비되었다. 곧바로 유모가 들어오며 비명을 질렀고, 재윤은 한마디도 할 수 없었다.

"아이의 어미는 이 댁 종속 하녀가 될 모양입니다. 주인님의 식사를 담당하게 되었습니다. 평생 이 댁 문지방을 넘지는 못하겠지만 그래도 평범한 하인보다는 나을지도 모르지요. 그러니 너무 걱정하지 마시고 그만 일어나세요."

유모는 여인과 주인 사이에 떠도는 소문을 제하고 재윤에게 최대한 좋게 상황을 설명했다. 재윤이 화정을 극도로 싫어하는 만큼 아이의 엄마가 새로운 첩이 될지도 모른다는 소식 같은 건 미리 알려 좋을 게 없기 때문이다.

재윤은 그들 모자를 걱정한 적이 없다. 그러나 그렇게 착각하는 유모의 말을 고쳐 주지는 않았다. 마음씨 곱고 착한 아이 행세가 주변인들의 마음을 사는 거라는 걸 알 만큼 재윤은 영악했다. 그러나 아무리 영악하게 굴어도 어미와 아비의 사랑을 얻을 수는 없었다. 어미는 애초에 자신이 아들이 아니어서 싫어했고, 그러면서 아비와 가까워지길 바라지도 않았다.

그래서 재윤은 솔직히 어미의 죽음이 서러운 건지도 잘 몰랐다. 하지만 이제 아버지의 사랑을 얻기도 다 글렀다. 아주 찰나간의 일이었지만 아비의 눈을 스친 실망과 체념을 읽을 만큼의 눈치는 있었다. 아비도 저가 아들이 아니기에 싫어하는 게 틀림없다. 그러니 천한 하인 아이를 그렇게 소중하게 보듬었던 건지도 모른다.

"나는 그렇게나 쓸모없는 아이인 걸까."

목소리가 들린 건 그때였다.

"그럴 리가 있니? 사랑스러운 내 아이야."

"어, 어, 어, 어머니?"

"그럼, 나다, 네 어미."

재윤은 더 이상 물러날 수 없는 이불 속에서 파닥거렸다. 하지만 바로 문 앞에 있는 유모도 그런 재윤을 알아채지 못했고, 목소리는 점점 더 가까워졌다.

❀

"아아, 앗! 아흥, 아아! 상공, 상고옹!"

듣는 것만으로 몸이 뒤틀릴 것 같은 여인의 교성이 지와원 뜰까지 내려앉았다. 바깥을 지키던 몸종 각채가 비비 꼬이는 몸을 가누다가 결국 애인을 찾아 자리를 떴다. 대장군이 오실 적마다 애간장이 끊어지는 화정의 교성을 듣다가 매번 있는 일이기도 했다.

"사, 상고옹……."

절정에 이른 화정의 비음이 아스라이 잦아드는 방 안. 잠자리 날개같이 하늘하늘한 천이 둘러싸인 침상은 주인처럼 보는 것만으로 색정적인 분홍빛을 띠고 있었다. 그 안에 송골송골 땀이 맺힌 여인이 들어 올렸던 허리를 내리며 긴 숨을 내리쉬었다. 하지만 그 순간 들리는 낮은 경고.

"닿기만 하면 그 손가락 잘라 버린다!"

"아이, 상고옹……!"

화정의 비음에서 학을 떼며 물러나는 이는 동구였다. 무하가 화정의 처소에 드는 날은 달에 세 번, 규칙적으로 있었다. 처음엔 무하가 직접 화정이 홀로 용 쓰는 것을 보아주었지만, 나중엔 사방 호위로 하여금 지키게 했다. 그중 북구는 지키는 이상이 되었지만.

"앗, 벌써 이러시면……. 상공……!"

화정의 목소리가 차츰 더 자지러졌다. 그러나 그런 화정을 바라보는 동구의 눈은 싸늘하기만 했다.

"앙, 아흥, 아아, 아아아! 사, 상공!"

화정의 목소리가 다시 한 번 높아졌다. 삼 년이나 해온 일이기도 했고, 방사에 관한 한 그만한 내공을 갖추어서인지 화정의 연기는 실감 나는 것을 넘어 요괴의 요력과 비등한 음기를 뿜어냈다. 때문에 화정의 몸종인 각채는 매번 그 신음을 듣다가 애인을 찾아야 했고, 음기가 성해진 그녀는 애인이 몇 번이나 바뀌었는지 모른다.

북구는 무너졌지만 다른 세 호위에게 요력 충만한 화정을 지키는 건 돈을 주고도 하기 어려운 색다른 수련이었다. 그들은 스스로 평가하며 자신들의 점수를 겨뤘다. 아주 잠깐 동구의 눈이 움찔했다. 하지만 극도의 연기에 몰입한 화정은 안타깝게도 그 순간을 지나치고 말았다. 동구는 스스로 오늘의 점수를 깎으며 지난번 남구와 서구의 점수와 비교하고는 좌절의 신음을 뱉어냈다. 화정은 그렇게 밤새 용을 썼다.

❀

건융은 이미 한참 전에 잠들었다. 일은 적게 했는데도 오히려 정신이 지쳤다. 오늘 새로 어떤 일을 겪게 될지 두려웠던 건 차치하고, 이어진 긴장의 연속과 충격들을 다 소화하기엔 하루 동안 있었던 일들이 다 너무도 엄청났다. 그중 가장 어처구니없는 건 그를 가까이서 볼 때마다 느끼는 미묘한 착각이었다. 왜 불쑥불쑥 그를 잡아당기고 싶은 걸까. 특히 그가 마지막에 저를 향해 지은 미소가 머릿속을 떠나지 않아 민영은 너무 혼란스러웠다.

그래도 잠을 자야 내일은 실수 없이 일할 수 있을 것이다. 민영이 억지로 잠을 청하려는데 방문 앞에서 두 여자가 두런거리는 소리가 들려왔다.

"치죄한다더니, 오히려 대장군 식사만 챙기고 종일 쉴 수도 있으니 팔자 폈지. 그 보물인가 뭔가, 차라리 내 아들이 깼더라면 얼마나 좋아?"

낯익은 목소리였다. 전날부터 민영을 이곳으로, 그리고 대장군의 집무실로 안내하던 하녀였다.

"아서. 자네 얼굴에? 저이 생긴 거 보지 않았나. 저런 용모이니 이런 벌 아닌 벌을 내리신 게야. 곧 대장군을 모신다는 말이 있던 걸?"

모셔? 누가? 내가?

"화정 마님은 어쩌고?"

"화정 마님이 뭐라 하면? 대장군 마음이지."

"하긴 그렇지. 그래도 화정 마님이 아시면 가만히 있진 않을 텐데."

"하긴, 화정 마님 질투가 보통이 아니지. 그래도 오늘은 좋으실 걸? 대장군께서 좀 전에 화정 마님의 처소에 드셨다고 하더라."

"아아, 그날이었구나? 각채 년, 오늘 또 사내 찾아다니겠네?"

"흐흐, 나도 화정 마님 앓는 소리나 엿들어볼까?"

"그건 무슨 신소리야?"

"신소리가 아니고. 그놈의 인간이 워낙 시원치 않으니 나라도 불태워 보려고."

"어쩌려고! 각채 그년, 대장군이 마님 찾는 날에는 사내 하나로 부족하다더라?"

"어머, 남세스러워라!"

"그만큼 우리 대장군이 화정 마님을 녹이신다는 거지!"

"으, 그놈의 인간은 한 번도 힘을 제대로 못 쓰는데……."

"예끼, 자네 서방? 어디 비교할 데가 없어서 대장군을 비교하나?"

"그렇지? 흥, 자네 서방은 아니 그런가?"

"에휴, 자네나 나나. 아유, 우리 화정 마님만 좋겠네?"

일부러 들으라고 하는 이야기 같았다. 같은 게 아니라 그랬다. 그녀들의 목적이 불면이라면 확실한 성공이었다. 그녀들이 볼일이 끝났다는 듯 떠나 버렸을 때, 민영이 애써 모은 잠은 다 달아나 버리고 말았다.

싱숭생숭, 원래 내 것도 아닌 남자가 자신의 첩실과 함께하고 있다는데 왜 마음이 쥐어뜯기는지 모를 일이다. 제 마음만큼 처량한 달이 작은 창 사이로 손톱만큼만 비추는 걸 보고 있자니 민영은 한없이 더 우울해졌다. 그때였다.

툭툭. 문 두드리는 소리였다. 깜짝 놀라 몸을 벌떡 일으켰다. 혹시 하녀가 부르러 온 것일까 하는 생각이 잠시 들었지만, 그녀라면 부르면 그만이지 문을 두드릴 필요는 없었다. 바싹 긴장하는 순간, 목소리가 들렸다.

"일어났으면 잠시 나오라."

방금까지 하녀들의 수다 속 주인공이었다. 민영이 깨어 있다는 걸 확신하는 목소리였다. 앓는 소리에 듣는 이가 사내 몇은 찾게 한다던 당사자가 왜 여기 있단 말인가?

"혹시 초대하고 싶은 것인가? 하면 들어가지."

"아, 아닙니다! 잠시만요."

그때까지 민영은 너무 놀란 나머지 그가 한 말뜻까지 헤아리진 못했다. 서둘러 침의 위에 바로 겉옷을 걸치고 방문을 열자 싸늘한 밤공기가 그녀를 덮쳤다. 건융이 추울까, 서둘러 문을 닫고 나오려던 민영은 비명을 지를 뻔했다. 고개를 조금만 더 돌렸으면 그와 입을 맞출 뻔했다.

"왜, 왜 여기까지……."

반사적으로 뒷걸음질 치려니 제가 닫은 문이 바로 등 뒤에 있었다.

"만일 초대하는 것이라면 거부할 생각이 없었다만."

숨결이 닿는가 싶더니 어느새 그가 물러서 있었다.

"그, 그럴 리가 있습니까!"

"그렇게 단정 지을 필요는 없을 텐데……."

하도 착각의 늪에 허우적거린 터라 무시하려 했더니 마지막에 본 것만은 제대로였다. 욱해서 따져 묻기 직전, 다행스럽게도 이번에는 자각이 늦지 않았다.

"하명하실 일이 있으신지요."

"……출출하다."

밤새 첩실을 녹이려니 힘을 보충해야겠다는 말인가? 지금 그게 그 뜻이지?

"아까 먹은 양이 좀 부족한 듯싶다. 그러니 어서 해줬으면 좋겠군."

족히 성인 3인분은 혼자 해치운 걸 봤는데. 오전엔 못 봐서 모르겠고, 내리 두 끼를 모두 그렇게 먹고도 소화하기 벅차지도 않나? 아니, 화정인가 뭔가, 첩실이 보통이 아니라 정력이 쭉쭉 빨리는 것일 수도 있다.

"네, 잠시만 기다려 주십시오."

민영은 서둘러 건융을 싸매 안고 나왔다. 얼른 후다닥 해치우고 오는 게 낫다는 건 알지만 혹시라도 깨서 엄마를 찾을 걸 생각하면 혼자 둘 수가 없었다. 그런데 갑자기 손이 휑해졌다.

"앗!"

건융을 안은 그가 어느새 성큼성큼 걸어가고 있었다.

"주, 주십시오! 제가 안으면 됩니다."

"너무 꾸물거린다."

그만큼이나 급하다는 뜻인 것 같다. 민영은 순간 화가 치밀었다. 방금까지 첩실과 뒹굴다 힘을 보충하러 온 것인지, 아니면 미리 충전하려는 것인지. 어느 쪽이든 그런 이가 건융을 안고 있다는 것이 못내 불쾌했다. 아니, 저가 뭐라고 불쾌하다고 한단 말인가! 안다. 머리로는 아는데 기분이 나빴다. 너무 나빴다. 좀 전에도 초대니 뭐니 저를 유혹하던 것 아니었나?

'생각을 말자, 생각을 말자, 생각을……'

그런데 그가 향한 곳은 민영이 처음 왔던 길이 아니었다. 그가 작은 대문을 열고 들어가자 거대한 건물의 뒤채와 연결되어 있었다.

"여, 여긴 어딥니까?"

"잡아먹으려 데려온 건 아니니 걱정하지 마라."

그가 피식 웃더니 건물 벽에 붙은 작은 문을 열어 보였다.

"이곳은 내 집무실로 드는 직통 계단이다. 사량 선생이 네게 이건 말해주지 않았나 보군. 하긴, 그럴 새도 없었지."

말은 계단이라지만 그리 넓지 않은 밀실이었다. 문을 닫았다가 여니 집무실 앞이었다.

'엘리베이터네?'

문화의 충격 같은 건 더는 받지 않으리라 다짐했지만 앞으로도 놀랄 게 많이 있을 것 같다. 금제 때문에 엘리베이터라는 말만 할 수 없다 뿐이지, 역시 이 세상에도 있을 건 다 있는 것 같다. 적절히 대중화만 시킬 수 있다면 일반 백성들도 얼마든지 편리를 누릴 수 있을 것이다. 하지만 그 대중화란 것이 신분제와 맞물린 이상 그저 생각 이상으로 발전할 일은 없을 거란 생각이 들었다. 내가 할 수 있는 일도 아닌데 어쩌다 이런 생각까지 하게 된 건지.

"네게 사용 허가를 내줄 터이니 앞으로는 이곳을 이용해 다녀라."

"네, 감사합니다."

안 그래도 건융을 안고 계단을 오르기는 좀 벅찼었다. 민영의 인사는 받는 둥 마는 둥 그는 어느새 부엌을 향해 가고 있었다. 부엌에 도착한 그는 서슴없이 문을 열고 들어가 헤매지도 않고 건융을 곧장 작은 침상 위에다 눕혔다. 그러곤 건융의 옆에 앉은 채 그녀를 빤히 쳐다보았다.

"여기 계시려는 겁니까?"

"빨리 먹고 가봐야 한다."

잠시 잊고 있었다. 그가 왜 한밤중에 여기에 오게 된 건지 생각하니 속이 괜히 치미는데 그걸 내색하면 정말 바보다. 그토록 몸이 달 정도로 총애하는 첩인데 먹거리 하나 준비해 주지 못한단 말인가? ……첩실이 주는 음식도 먹을 수 없다는 거로구나.

이것도 저것도 마음이 좋지 않았다. 속을 콕콕 찌르는 이것이 무엇인지 애써 부정하며 민영은 식재료 칸을 열었다. 그때 그가 말했다.

"아까 먹은 전은 괜찮았다. 남았으면 그것으로 뭔가 만들어다오."

"네, 하면 속이 편한 국물 종류로 만들어보겠습니다."

"아무래도 좋다. 기다릴 테니 천천히 만들어보아라."

첩실이 기다리고 있는 것 아닌가? 빨리 먹고 가봐야 한다고 했으면서.

속이야 시끄럽든 말든 민영은 손을 부지런히 놀렸다.

사량 선생이 만들어준 저장고는 이전 세상의 냉장고가 궁극적으로 바라는 형태일 것이다. 넣어둔 음식의 본연의 맛과 향, 온도까지 그대로 지켜주는 것은 정말 주술이 아니면 따라 할 수 없을 것이다.

그래도 물건을 차갑게 식히는 기능만은 조금 아쉬운데……. 아마 사량 선생이라면 충분히 만들 수 있을 것이다. 오히려 말하지 않으면 화를 낼 수도 있었다. 그건 나중 일이고.

그새 또 딴생각으로 흘렀지만 민영은 손을 쉬지 않고 움직였다. 구왈 고기로 육수를 내는 동안 반죽을 한 후 당파와 천향초를 써는 것으로 재료 준비를 끝냈다. 후두두 반죽을 떼어다 끓여 염지한 채소를 내놓고 보니 소박하다 못해 너무 초라했다. 민영이 이런 걸 내놓아도 되는가 싶어 망설이는데 언제 다가온 건지 그가 벌써 숟가락을 들고 있었다.

"내가 지켜보고 있었으니 네가 굳이 먹어볼 필요는 없다."

기미를 하지 않아도 되는 이유를 그렇게 친절하게 알려줄 필요까지는 없었다. 그제야 제가 부리나케 음식을 만들게 한 그의 목적이 상기되었다. 저가 만든 음식을 먹고 돌아간 그로 인해 밤새 녹아날 누군가를 생각하자 허탈함이 민영을 덮쳤다.

멍하니 침상을 돌아보니 이불을 덮고 새근새근 잠든 건융의 모

습을 볼 수 있었다. 비록 인질로 삼을지언정 아이에게 다정한 그
의 모습에 민영은 괜히 서러웠다. 건융이 그를 좋아하는 게 서러
웠다. 저가 이런 마음인 건 더 서러웠다.

"잘 먹었다."

그가 숟가락을 내려놓았다. 급하다더니 정말 빨리 가고 싶었나
보다. 그 뜨거운 걸 훌훌 마셔 버린 속도였다.

"내일 오전까진 돌아오지 못할 것이니 너는 알아서 챙겨 먹고
점심을 준비해 놓아라."

"어디…… 가시는 것입니까?"

주제넘은 질문이다. 홀린 듯 말하고 나서야 민영은 얼른 입을
막았다.

"아, 아닙니다!"

"그리도 궁금한 얼굴이면서 아닌 척하긴. 세상 사람들이 다 아
는 내 본분을 모르느냐? 그것이 내 본분이라 하던데."

"……요괴를 잡으러 가시는 것입니까?"

홀리듯 질문한 이유가 있었다. 그가 벗어놨던 도포를 걸치는데
끈을 묶으면서 옷의 모습이 조금씩 변하기 시작했다. 왼쪽 깃에
새겨진 사족 학이 스르르 움직이더니 머리를 감싸는 동시에 양어
깨를 둥글게 말며 날개를 세웠고, 오른쪽 깃에 새겨진 두 마리 금
빛 호랑이는 각각 팔뚝에 자리 잡으면서 토시로 변했다. 너무 자
연스러워 한 몸인 듯하던 칼도 이제야 보였다. 제 키만 한 저 큰
칼이 어찌 안 보였을까?

"해월에 인두겁을 쓴 요괴가 나타났다. 사람 수십을 잡아먹었
는데 백을 채우면 사람의 기운과 비슷해져서 찾기가 어려워진다.
영악한 놈이 나를 경계하여 감쪽같이 기운을 숨겼지만 오늘은 활
개를 칠 터. 화정이 요란을 떠는 것이 이런 때는 도움이 되니 오

늘을 놓치면 곤란하다."

"오늘 밤, 화정 마님과 계시는 것 아니었습니까?"

머리를 거치지 않고 가슴에서 말이 바로 튀어나오는 것 같다. 민영의 질문에 그의 눈이 재밌다는 듯 가늘어졌다.

"어찌 알았느냐?"

"하녀들이 제 방 앞에서 떠들기에……."

"화정이 보냈는가 보구나. 신경 쓸 것 없다. 나를 뭐로 생각하는지 모르지만 나는 눈에 든 여인을 두고 다른 여인을 품는 파렴치한은 아니다."

눈에 든 여인? 누구? 설마?

민영은 저를 가리키려는 손가락을 주먹을 쥐며 말렸다. 그가 눈을 동그랗게 뜬 민영을 보며 피식 웃었다.

"굳이 확인하고 싶어 하는 얼굴인데 너 맞다. 나도 사내인 이상 해태 눈이 아니고서야 네가 눈에 들어오지 않을 리가 있겠느냐?"

어버버. 아마 소리를 냈으면 그랬을 것이다. 천천히 고개를 저으며 제 눈이 얼마나 커지는지 시험하고 있는 민영에게 그가 문득 눈을 찌푸리며 말했다.

"광천대에 보낸 이는 동생이라 했고, 혹시 네게 다른 정인이 있느냐?"

"……없습니다."

"그럼 딱히 문제 될 것 없군. 아직 열려 있으니 내려갈 때는 아까 그 문으로 나가면 된다. 오늘은 네 덕분에 마음껏 먹었으니 힘이 부족해 요괴를 놓칠 일은 없을 것이다. 다녀와서 보자."

다녀와서 봐? 뭘 봐?

그런데 그가 문을 연 것은 부엌문이 아니다. 그가 날듯이 휙 나가 버린 후에야 민영의 입이 열렸다.

"여긴 3층…… 인데!"

놀라서 내다봤지만 그의 모습이 보일 리가 없다.

"우-응, 엄마……?"

"응, 엄마 여기 있어, 우리 아가?"

엄마의 품을 확인한 건용은 금세 다시 잠이 들었다. 불빛 아래 빈 그릇이 그의 흔적을 상기시켜 주었다.

"좀 더 맛있는 걸 해줄걸……."

민영이 중얼거리던 그때 무하는 그녀의 머리 위 지붕에 있었다. 그가 제 말을 들었다는 걸 알았다면 민영은 밤새 이불에 발차기 연습을 했을 테지만, 숙소로 돌아가는 길 문득 뒤돌아본 누각의 지붕은 달빛만 일렁이고 있었다.

다음 날, 민영은 아침 일찍 건용을 데리고 부엌으로 갔다. 그는 점심부터 준비하라고 했으니 아침까진 괜찮을 것이었다. 부엌은 흔적도 없이 깨끗해서 어제 일이 꿈만 같았지만 남은 밀가루가 하나도 없는 걸 보면 확실히 꿈은 아니었다.

서둘러 아침을 먹고 나자 맞춘 듯 사량 선생이 나타났다. 반사적으로 움츠린 건용을 보는 그의 눈빛이 왠지 처량해 보였다. 선생이 이내 뒤를 따르던 이를 내보였다.

"아이를 돌볼 이를 데려왔다."

"안녕하세요?"

민영의 눈이 반가움으로 벌어졌다.

"애진아?"

사량 선생이 예의 무뚝뚝한 얼굴로 말했다.

"굳이 소개할 필요는 없어 보이니 생략한다. 애진이 너는 집무실로 아이를 데려가거라."

"네, 선생."

애진이 활짝 웃으며 건융에게 손을 내밀었다. 건융은 사량 선생과는 달리 몇 번 본 적 있는 애진에게는 냉큼 안겼다.

"도련님, 이제 저랑 놀아요! 우리, 대장군 집무실로 갈 거예요. 어때요, 좋아요?"

"응! 거기 도구 있어!"

"도련님은 무슨. 그냥 융이라고 부르면 돼."

"호호, 제가 알아서 할게요, 민영님. 이따가 봬요……."

애진이 능숙하게 건융에게 말을 걸며 돌아섰다. '동구님이 제일 맘에 들어요? 서구님과 남구님이 서러워하면 어쩌죠?' 애진의 말을 듣고서야 민영은 '도구'의 정체가 막연히 짐작되었다.

문득 사량 선생의 헛기침 소리에 민영은 고개를 돌렸다.

"미안하지만 반죽기는 아직 만들지 못했다."

"……아니, 괜찮습니다. 손으로도 할 수 있습니다."

"난 괜찮지 않다. 채명이 놈을 닦달하니 밀 덖는 기계도 있다고 하더군? 그것도 만들어보겠다."

"……네."

사량 선생에게서 사양은 절대 사양할 것 같은 고집이 느껴졌기에 민영은 순순히 고개를 끄덕였다. 선생은 주술가가 아니라 발명가가 더 어울릴지도 모르겠다. 그러면서 선생이 내놓은 걸 보며 민영은 감탄하고 말았다.

"정말…… 예쁩니다!"

그것은 꽃처럼 생겼다. 손바닥만 한 노란색 판에 섬세한 모양으로 조각된 꽃잎 스물네 개가 둘려 있고 사족 학과 늑대범이 꽃을 지키듯 내려다보고 있었다.

"사용법은 간단하다. 하루의 시간에서 알람을 맞추고 싶으면 이대로 원하는 시간에 맞춰 꽃잎을 틀어놓고, 짧은 시간으로 알람을 맞추고 싶으면 늑대범을 중앙에 올리고 맞추면 된다."

그것의 본판은 시계였다. 이곳 시계는 바늘이 시침 하나밖에 없는데, 원하는 시간의 꽃잎을 뒤틀어놓으면 바늘이 닿는 순간 종이 울리게 되는 것이었다. 나중에야 두 짐승이 율기 대장군의 상징이라는 걸 알았다.

"그저 알람인데, 너무 고급스럽습니다. 정말 잘 쓸게요, 감사합니다."

"으흠, 처음 급히 만든 거라 대충 했다. 다음에 더 제대로 만들면 바꾸어줄 것이다. 그건 됐고. 어제 하루 일해봤으니 필요한 게 더 나왔을 것이다. 무엇이 더 있느냐?"

"냉기가 나오는 통이 있었으면 합니다. 조금 차게 식히는 정도와 얼음이 얼 정도로 찬 것 두 가지로요. 아, 약한 온기가 필요할 때가 있기도 합니다."

아무것도 없다고 하면 정말 심기를 거스를 것 같아 엉겁결에 말하고 보니 기다렸다는 듯한 대답이었다. 민영이 괜히 혼자 민망해 있는데 사량 선생이 잠시 진지하게 생각하는 것 같더니 말했다.

"크기는 어느 정도면 되는가?"

"크기는 이 정도면……."

민영이 손으로 대충 가늠했다.

"하나만 만들어도 세 가지 온도를 다 맞출 수 있긴 하지만 이야기를 들어보니 각각 필요할 때가 따로 있을 것 같다. 그것도 곧 만들어오지."

"급하진 않습……."

"내가 알아서 할 것이다."

누가 모르는가. 애진도, 사량 선생도 알아서 잘할 것이다.

"……점심은 시간에 맞춰 내오면 될 것이다."

그렇게 일어나는 선생에게 민영은 마지막까지 주저하던 걸 물었다.

"저, 선생. 대장군께서 돌아오셨나요?"

그가 무사한 건지 에두른 질문이었으나 돌연 사량 선생의 표정이 굳어버렸다.

"대장군의 행적은 눈앞에서 볼 때까지 너는 무조건 모를 일이다."

"네……, 알겠습니다."

선생이 돌아서려다 말고 인상을 굳히며 물었다.

"너, 혹시 주군께 다른 생각을 하는 것이냐? 주군의 눈에 들어 팔자를 고치려는 여자는 한둘이 아니었다."

"아, 아닙니다! 저는 절대 그러지 않을 것입니다! 맹세하라면 맹세도 하겠습니다."

"……어찌 그리 장담하는가? 주군께 진정 한 치도……. 아니다, 지켜보겠느니."

사량 선생이 가는 눈을 더 가늘게 뜨더니 휙 돌아섰다. 감히 대장군을 거절하다니, 그게 더 기분 나쁘다는 표정이다. 어쩌란 건지. 참으로 까다로운 상관이다.

그래도 두 번째 날이라서 그런지 민영은 첫날보다는 덜 허둥댔다. 여유를 부릴 정도까진 안 되어도 순조롭게 상차림을 마치니 소리가 들려왔다.

"식사 준비를 마쳤으면 가져오라."

그의 목소리다. 무사했구나! 이는 딱히 그래서가 아니라 그렇게 나간 이라면 누구나 걱정했을 것이다. 민영은 안도감을 감추며 식탁의 구슬을 눌렀다.

애진이 있는데도 건율은 이번에도 무하의 옆에 바싹 붙어 앉아 있었다. 심지어 건율은 민영이 왔는데도 돌아보지 않았다. 정확히는 엄마가 온지도 모른 채 무하의 소맷자락을 붙잡고서 사량 선생을 쳐다보고 있었다.

사량 선생이 건율에게 무언가를 내밀고 있었다. 선생이 들으면 불쾌하겠지만 거의 애절해 보였다. 그래서인지 건율은 웬일로 그에게 기겁해하는 대신 집중하고 있었다. 하지만 곧 민영을 보고는 '엄마'를 외치며 손을 내밀었다.

민영이 얼른 다가가서 안아주자 선생이 좌절한 표정으로 건율을 애처롭게 보았다. 겉모습도 그렇고, 무서운 이라 들었었는데 실제론 아이를 무척 좋아하는 사람인 것 같다. 왠지 도와줘야 할 것 같은 광경에 마음이 약해졌지만, 건율의 팔목에 채운 흉악한 물건을 만든 장본인이라는 사실을 상기하며 민영은 애매하게 웃었다.

사량 선생이 그녀를 보며 씁쓸하게 말했다.

"이건 그런 게 아니다."

이것도 착각이겠지만 왠지 변명하는 듯 보이는 선생이 들고 있던 알록달록한 다면체 공을 공중에 던졌다. 공은 떠오른 채로 각각의 면에서 빛을 뿜으며 공중을 빙그르르 돌았다. 선생이 떨어질 듯한 공을 부채로 살살 부치자 공은 다시 하늘로 솟아올랐다. 파리한 인상의 남자가 장난감을 갖고 노는 모습은 기괴했지만 건율의 눈은 확실히 사로잡았다. 날개도 없는 공이 중력을 무시한 채 한참이나 색색의 빛을 자랑하며 공중제비를 하는 모습에 건율의 표정이 환해졌다. 하지만 홀리듯 다가간 건율이 건드리자 공은 툭 하고 떨어졌다.

건율이 흠칫 놀라며 뒤돌아 민영의 다리를 붙잡았다. 바로 시무룩해진 사량 선생은 공을 집어 들고는 정말 애타는 눈길로 건융을 쳐다보았다.

민영을 올려다보는 건융의 눈이 반짝이고 있었다. 가져도 되는지, 천진한 감정이 투명하게 들여다보였다. 한창 장난감을 갖고 놀 나이다. 그동안 인형 하나 꿰매준 것이 다였다. 얼마나 만지고 빨았는지 다 헤진 인형 하나뿐인 아이에게 하늘을 날고 빛이 번쩍이는 장난감은 신세계일 터였다. 설령 저것이 또 다른 구속 장치라 해도 어차피 지금은 나갈 생각이 없으니 상관없었다.

민영이 고개를 끄덕이자 건융이 환호성을 지르며 사량 선생에게 다가갔다. 공손하게 두 손을 내민 건융에게 사량 선생이 공을 내밀었다. 그런데 준 사람이 더 감격한 듯한 표정을 짓고 있었다.

"고맙습니다, 해야지."

"고맙쯥니다."

건융의 혀 짧은 인사에 선생의 얼굴이 흐늘흐늘 풀어졌다.

"다음에 또 만들어드, 만들어주마."

선생이 웃는 모습을 보니 그도 평범한 사람처럼 느껴지는 게, 왠지 겉모습보다 훨씬 더 나이가 들어 보였다. 무하가 말했다.

"이제 그만 식사하지. 융아, 장난감은 밥 먹고 가지고 놀아라."

"네!"

건융이 공을 꼭 안고서 그에게로 달려갔다. 그도 건융이 장난감을 잡기를 기다려 주고 있었던 것이다. 무하와 눈이 마주치며 순간 간이 철렁한 민영은 눈을 내리깔고 오직 그의 목젖만 보기를 목표로 했다. 피식 웃는 소리를 들은 것도 같았다. 하지만 그녀는 꿋꿋이 그 위로 눈을 올리지 않았다. 그래도 첫날보다는 식사가 수월했다. 애진도 있고, 생각보다 빨리 강무 국에서 해방돼도 될 듯싶다.

"와……!"

식사를 마치고 식탁을 보내자 그새 건융과 공을 가지고 놀던 애진이 눈을 휘둥그렇게 뜨고 이쪽을 보고 있었다. 하긴, 저 혼자 움직이는 식탁 같은 게 아무 데서나 볼 수 있는 게 아닐 것이다.

"공, 공!"

"네!"

애진이 부채를 부치자 건융이 깔깔거리며 웃었다. 웃음소리가 매우 높았다. 민영에겐 행복한 소리지만 이곳은 가장 중대한 일을 처리하는 주인의 집무실이다. 여기서 저렇게 계속 놀게 해도 될까…….

"애진이 네 식사는?"

민영이 속삭이며 물었더니 애진도 속삭이며 대답했다.

"도련님 주무시면 먹고 올 거예요."

애진이 손가락을 가리키는 걸 보니 이곳에서 먹는 건 아닌 듯했다. 음식 남는 것도 많은데 부엌에서 먹으면 어떤가 싶었지만 그래도 될 거라면 인질이니 뭐니 하는 말은 필요도 없을 것이다. 그도 참 피곤하게 사는구나, 하는 생각을 하다가 민영은 고개를 저었다. 하지만 음식이 남는 건 사실이다. 그러니 자연스럽게 떠오르는 생각이 있었다.

뭐든 말하라고 했으니 해당 사항이 되지 않을까? 민영은 사량 선생에게 조심스레 물었다.

"음식이 조금씩은 남는데요……. 앗, 항상 딱 맞게 할 수는 없어서요."

"안다."

건융에게 보이던 표정, 반의반의 반만이라도 나눠줬으면 좋겠다.

"남는 음식으로 짐승 한 마리 키워도 될까요?"

"……그런 건 주군께 말하라."

다행히 거절은 아니다. 하지만 그에게 직접 말해야 하는 것은 부담이었다. 그러나 사량 선생이 지켜보고 있으니 묻지 않을 수도 없었다.

"……대장군, 키워도…… 되겠습니까?"

"무엇을 키우려고 하느냐?"

왠지 가능성이 높아진 것 같다. 그의 입술이 엷은 호선을 그리고 있었다.

"강아지를 키우고 싶습니다."

"그랬지……."

"네?"

"아니다, 구해 오마."

"아, 아닙니다. 허락만 해주신다면 애진 형님께 부탁해 보려 합니다."

"아니 된다, 들이는 짐승에도 수작을 부리려면 얼마든지 부릴 수 있다."

그의 삶은 참으로 삭막하구나. 힘겹다. 가슴이 조인다.

"네, 하면……. 부탁드리겠습니다! 감사합니다."

민영이 꾸벅 고개를 숙였다. 그런데 그가 툭 하고 되물었다.

"하면, 너는 내게 무엇을 줄 것이냐."

"네?"

"내가 네게 이리 공을 들이는데 너는 무엇을 줄 것이냐 말이다."

이 사람, 사량 선생도 있고 저기 눈을 동그랗게 뜬 애진도 있는데, 제정신이 아닌 듯싶다. 아니, 대장군 정도 되면 이렇게 뻔뻔해도 되는 걸까?

"저는 드릴 것이 아무것도 없습니다……. 죄송합니다. 부탁드린 건 없었던 일로 하겠습니다."

"아니, 하겠다고 약속하고 저버릴 수야 없지. 하니 너는 내게 무엇을 보답할지 생각해 봐야 한다. 아, 내 부엌에서 만든 것은 제외한다."

그가 원하는 것은 분명했다. 말로 하는 것보다 더 확실하게 보여주고 있었으니까. 그건 아직 어린 소녀의 눈에도 보이는지 애진이 잔뜩 붉어진 얼굴로 연신 호들갑스럽게 공 대신 저를 부채질하는 걸 보면 알 수 있다. 그러나 그는 기어이 말로도 알려주었다.

"나는 내 여자에게 매우 관대하다. 그깟 강아지가 아니라 늑대 범 새끼도 구해줄 수 있지. 네가 원한다면 석유산의 빙화도 따줄 수 있다. 어떠하냐, 네가 내게 무얼 줄 수 있을지 감이 오느냐?"

"그, 그만하십시오. 제 아들이 함께 있습니다!"

"들어도 상관없는 이야기다만 방금 기막을 쳤으니 사량 선생에게도 들리지 않는다."

"……먼저 여쭐 것이 있습니다."

"말해봐라."

"제게 거부권이 있습니까?"

순간 그가 잠시 숨을 멈추는 것 같았다. 눈꼬리조차 흔들리지 않는데 그의 분노가 저절로 느껴졌다. 움찔, 눈을 감기 직전 그의 말이 먼저 들려왔다.

"나는 절대 여자를 강제로 취하지 않는다. 앞으로도 그럴 생각이 없고. 그리 보였다면 내 잘못이다."

"……싫습니다."

"싫어?"

"네, 싫습니다."

필사적으로 도리질 치는 민영을 보며 그가 입술을 삐뚜름하게 올렸다.

"내 여자가 되는 것이 네 아들의 미래에 유리할 거란 생각은 해보지 않았나?"

"네, 하지 않았습니다. 무엇보다 저는 남의 남자를 탐하지 않습니다."

"남의 남자라, 설마 완예 공주가 죽은 걸 모르는 건 아닐 테고. 화정이를 말하는 것인가? 화정이에 대해선 어제 말했던 것 같은데……."

"하지만 그분이 대장군의 첩이란 건 사실이죠."

제 말에 민영은 얼굴이 확 붉어졌다. 이건 숫제 투정하는, 혹은 질투하는 여자가 하는 말 같다. 그의 눈이 가늘어지는 모습에 접시 물에 코를 박고 싶을 만큼 부끄러워졌다.

"내 설명이 부족한 게 아니라면 내 말을 믿지 않은 모양이구나. 화정은 정말 그런 용도일 뿐이다. 내 비밀스러운 행적의 방패막이. 난 화정과 동침한 적이 한 번도 없다."

순간, 가슴이 철렁하면서도 뭔가 말랑말랑해지는 이상한 기분이 들었다. 그러면서 민영은 무의식중에 그 말을 믿고 싶어 하는 자신에 놀라고 말았다. 하지만 줄줄이 이어졌다는 그의 여인들을 생각하면 다시 불끈거린다. 역시나 아니다. 저도 그저 그런 그의 일회용 여인이 될 수는 없다.

"그렇다 해도 제겐 소용없는 말씀입니다. 저는 남편이 아닌 이에게 저를 허락할 생각이 없습니다."

"응? 이런! 네 꿈이 그렇게 큰 줄은 몰랐구나. 맹랑하기도 하군, 안주인 자리를 노렸더냐?"

"네?"

"그래, 그런 생각을 할 수도 있지. 내 옆자리가 빈 것은 사실이니. 너의 자신감에 더 끌리는구나."

너무 어이가 없으니 말이 제대로 안 나온다. 억울해서 미칠 것 같은데 빙글빙글 웃는 그에게 민영이 할 수 있는 대답은 고작 한 가지뿐이었다.

"아닙니다. 절대, 절대 그런 생각 한 적 없습니다!"

"그렇게 내숭 부릴 것 없다. 너 정도의 미모라면 그런 욕심을 내도 무리는 아닌 바. 어디 한번 나를 힘껏 유혹해 보아라. 네가 그저 내 여자가 되고자 한다면 조금만 노력해도 넘어가 줄 테지만 안주인이 되려면 많이 노력해야 할 것이다. 음, 화정을 조심하긴 해야 할 거다. 한 번도 날 유혹하는 데 성공하지 못했으니 네 머리채를 잡으러 올지도 모른다. 물론 네가 하는 거 봐서 내가 막아주긴 할 거다."

"아뇨, 그럴 일 없을 것입니다!"

"흠, 아쉽구나, 그건 두고 보기로 하고. 나는 강제하진 않지만 유혹은 할 것이다. 아, 이건 어떠냐? 강아지를 구해다 주는 보답으로 너는 내가 주는 선물 한 가지를 받아야 한다. 내가 선물에 대해선 잘 모르니 일단 석유산 빙화부터 꺾어주마. 석유산 빙화는 피부가 백옥같이 희어지고 십년의 젊은 용모를 되찾아준다고 들었다. 너는 젊고 곱지만 그래도 더 예뻐지고 싶을 게 아니냐?"

"필요 없습니다!"

과연 부풀 대로 부푼 간이 그에게 으르렁거리는 소리를 내게 했다.

"엄마!"

조금만 더 있었다면 저가 어쨌을지 아찔한 순간이었다. 그가 어느새 기막을 거뒀는지 건융이 칭얼거리는 소리가 들렸다. 곁에 오는 줄도 몰랐던 건융이 다리에 매달리며 눈을 비볐다.

"엄마, 잠이 와."

"우리 융이, 자자. 엄마가 코코 재워줄게."

애진이 벌써 이불을 펴고 있었다. 건융이 놀던 곳 옆에는 부엌에서 본 것과 비슷한 작은 침상이 있었다. 건융이 반쯤 눈을 감은 채 말했다.

"엄마, 명은?"

"채명이 형이 보고 싶어?"

"응, 보고 싶어."

"나중에, 나중에 볼 수 있을 거야."

채명이를 볼 수 있게 허락해 달라고 말하면 또 보답을 달라고 할까? 분명 그럴 것이다. 민영은 입술만 질끈 깨물었다. 작지만 빛을 가리는 차양까지 완벽한 침상에 건융은 눕자마자 잠들었다. 건융이 잠들자 사량 선생이 애진을 내보냈다.

민영이 다시 마음을 가다듬고 고개를 돌리자 그가 손을 흔들며 말했다.

"저녁을 준비하면서 생각해 보라. 오늘로 부족하면 내일도 모레도 좋다. 나는 기다릴 수 있다."

"이만…… 물러가…… 보겠습니다……."

어금니가 붙어서 떨어지지 않았다.

"주군. 어찌 그러신 것입니까?"

민영이 이를 갈며 나가자 사량 선생이 무하를 나무랐다. 어느새 새근거리는 건융의 손을 만지작거리는 무하의 눈빛이 그윽했다.

"방금 민영에게 한 말은 거짓이다. 나는 더 기다릴 수가 없다."

"주군……."

건융의 머리를 쓰다듬는 무하의 손길이 애잔했지만 그래도 처음보단 많이 진정되었다.

품에 아들을 처음으로 안던 순간이 겨우 어제였다. 사량 선생의 품에서 자지러지는 건융을 뺏다시피 안으며 그는 아들을 달래는 전음을 보냈었다.

"아가, 내 아들. 아가, 울지 마라, 울지 마라……"

다행히 머릿속으로 들리는 소리가 신기했던지 건융이 곧 울음을 그치고 그를 쳐다보았다. 서둘러 사량 선생에게 민영을 데리고 나가게 하자 낯선 이와 남겨지는 두려움에 건융은 다시 울었다. 낯선 이라니, 그 끔찍한 이가 바로 저였다.

"아가, 내 아들. 울지 마라, 융아, 울지 마라."

소리 내어 달래자 건융이 서서히 울음을 그쳤다. 품에 안긴 새털 같은 무게가 무하의 심장을 꾹 눌렀다. 건융은 눈물을 그치고도 한참이나 경계하는 눈빛으로 그를 가만히 쳐다보았다. 충혈되고 젖은 눈동자에 자신이 비춰 보였다. 무하는 가만히 속삭였다.

"아가……. 보고 싶었다……. 너무너무 보고 싶었구나……."

갑자기 건융이 눈썹을 모으며 소리쳤다.

"나, 아가 아니야! 나는 거능이에요!"

제법 또랑또랑한 대꾸가 너무나 귀여워 저절로 미소가 나올 모습이었다. 하지만 그 깜찍함에 무하는 오히려 더 서러워지고 말았다.

아가가 아니다. 막 태어났을 때 이렇게 안아보지 못했다. 뱃속에서 자라는 걸 보지도 못했고 옹알이하는 것도, 기는 것도, 첫 걸음마도 못 봤다. 벌써 이렇게 자라 말을 할 때까지 보지 못한 세월이 새삼 가슴을 짓눌렀다.

건융은 곧 그의 품이 답답하다는 듯 몸을 틀었다. 아쉬웠지만 내려주자 건융은 엄마와 함께 있을 때부터 궁금하던 방을 탐방하기 시작했다. 넘어질세라 한 걸음, 한 걸음 따라가 보니 어느새 동구가 숨어 있는 가리개 뒤를 빼꼼거리고 있었다.

"어, 아저찌 있다!"

숨바꼭질에서 술래를 찾은 것처럼 건융이 손뼉을 치며 좋아했다.

"저는 동구라고 합니다, 도련님."

동구가 무릎을 굽힌 채 시선을 맞추며 인사했다.

"도구 아저씨?"

"아닙니다, 동구입니다."

"도구!"

"네, 맞습니다."

무하는 동구의 눈이 슬쩍 붉어져 있음을 모르는 체하며 건융의 방향을 틀었다.

"동구는 호위다."

"호위요?"

"그래, 앞으로 너를 지켜줄 것이다."

"멍이도 저를 지켜줘요!"

"그래, 똑똑하구나. 나중에 보게 해주마. 자, 우리 먼저 숨어 있는 다른 호위들도 찾아볼까?"

"네!"

무하가 손을 뻗자 건융이 그의 손을 잡았다. 겨우 이 작은 놀이에 저의 손을 잡아주는 아들에게 무하는 감사했다. 서구와 남구를 찾는 과정도 순조로웠다. 그새 돌아온 사량 선생을 보고는 건융이 무하의 다리에 죽을 듯이 매달려 숨어서 선생을 울상 짓게 했지만 그만큼 제게 의지해 주는 아이에게 감격했다. 그때였다.

"나 쉬 마려!"

건융의 해맑은 선포에 무하는 잠시 멍해지고 말았다. 하지만 사량 선생이 두리번거려 찾은 술잔을 내미는 것보다 무하가 좀 더 빨랐다. 탁자 위에 있던 붓통을 아무렇게나 비우고는 건융의 바지를 내려 받쳤다.

"히익, 그, 그건 오백 년 된 주강목……!"

사량 선생이 신음처럼 중얼거렸다. 일 년에 실금만큼 커서 자라나는 보석이라 불리는 주강목이 요강이 되든 말든, 작은 고추가 통통해지며 나오는 오줌을 받는 그 특별한 감격을 흐리진 못했다. 바지를 올려주는 동안 저의 어깨를 짚는 작은 손에 무하는 또 울컥했다.

"우리 아가, 벌써 쉬를 가릴 줄 아는구나?"

"아가 아닌데. 나 형이에요!"

"그렇구나, 애비가 우리 융이 형인 줄도 몰랐구나. 쉬도 잘하고, 우리 융이 참 착하다."

헤헤! 건융이 헤벌쭉 웃었다. 그 모습이 바로 누군가를 연상시켰다.

"우리 융이, 엄마 닮아서 정말 잘생겼구나."

건융이 칭찬을 칭찬으로 받았다.

"주인니도 잘생겼어요."

순간 누가 명치를 때린 것 같았다. 그의 얼어붙은 표정에 울먹거리는 건융을 토닥이려니 사량 선생이 넌지시 일러주었다.

"대장이라고 하시면 됩니다."

"대장?"

건융이 고개를 갸웃거렸다.

"그래, 대장이라고 불러라."

"대장!"

민영이 고쳐 주려고 생각하고 있는 이 호칭이 고쳐질 때는 다른 이름으로 불릴 것이다.

그런데 그때였다. 부엌을 비추는 구에 민영이 울고 있는 모습이 보였다. 누각 지붕에 올라 처음 그녀가 이곳에 오는 걸 지켜보던 때보다 더 애간장이 타들어갔다. 하지만 건융처럼 직접 보듬을 수 없는 마당에 애진댁을 불러 보내는 것 말고는 할 수 있는 게 없었다.

잠시 후 민영이 식탁을 보내왔다. 이동하는 식탁을 포함해 사량 선생이 부엌을 준비하느라 무려 꼬박 한 달 넘게 매달렸었다. 자동으로 그릇이 세척되게 한 것은 필수였다. 그가 찬물에 손을 담그지 않길 바랐던 민영의 소망을 이뤄주려다 그녀와 헤어지게 되었지만, 이제라도 꼭 해주고 싶었다.

"어디, 엄마가 오기 전에 아비가 조금 먹여줄까?"

"아비?"

건융이 갸웃거렸다. 그 사랑스러움에 사량 선생이 애써 무뚝뚝하게 말했다.

"주군……, 아직 조심하셔야 합니다. 도련님께서 제법 똑똑히 말씀하실 줄 아시니……."

"……알았다. 융아, 엄마가 맛있는 거 많이 만들어주셨네? 우리 융이, 뭐부터 먹을까?"

아기 새처럼 받아먹는 아들의 모습에 그의 눈에서 무언가가 떨어지고 말았다. 사량 선생이 못 본 척 고개를 돌렸다. 민영을 불러 함께 앉은 순간엔 가슴이 터질 것 같았다.

"주모님을 많이 닮아 정말 잘생기셨습니다. 아직은 그렇습니다만 아이의 얼굴이란 시시때때로 변합니다. 언뜻 보면 주군의 얼굴이 보이기도 합니다."

"방비한 것이 있겠지?"

역시 대책 없이 그런 말을 꺼낼 사량 선생이 아니었다.

"항상 몸에 지니고 있을 수 있으면서 티가 나지 않는 것으로 하려고 보니 팔찌가 되었습니다. 이걸 착용하면 용모가 좀 달라 보일 것입니다. 많이 변모되어 보이는 게 아니라 주군과 닮아 보이지만 않을 수준으로 약간의 착시만 일으키는 정도입니다."

"그리고?"

"허락받지 못한 이가 도련님을 모시고 이 저택을 나서려 한다면 머리가 깨지는 고통을 겪으며 기절할 것입니다."

팔찌에 대해 민영에게 거짓말을 한 건 아니었다. 다만 표적으로 하는 대상이 다른 것일 뿐.

"그리고 중요한 하나가 더 있습니다……."

마지막 기능에 대한 설명을 들은 무하는 사량 선생의 신중함에 다시 한 번 감사했다. 그러나 팔찌를 채우는 일은 미움을 살 수밖에 없는 과정을 거쳐야만 했다. 설상가상, 화정이 그 어느 때보다 빠르게 움직였다. 여태 인고의 시간을 견뎌온 것이 누구를 위함인데, 시작부터 자그마한 틈을 만들 생각은 추호도 없었다. 덕분에 오늘 새벽, 굳이 그가 갈 필요도 없었던 요괴를 잘 잡았느냐는 선생의 놀림을 받아야 했지만, 그런 놀림 같은 건 얼마든지 감수할 만큼 중요한 사실을 확인할 수 있었다.

민영은 그에게 혼란을 느끼고 있었다. 건융에게 주인님이라 부르라고 하는 바람에 그의 억장을 무너뜨리게 했지만, 언뜻언뜻 천령을 대하듯 경계가 희미해지는 때가 있었다. 천천히 다가가려던 무하의 계획은 바로 엎어지고 말았다. 아니, 애초에 그 계획대로 할 수 있을 리가 없었다.

"소문은 충분히 퍼지게 했는가?"

"네, 형선이 나섰으니 지금쯤 모르는 이가 없을 것입니다."

"황제의 귀에도 들어갔겠군."

"명분은 부족할 것이 없습니다. 그렇다 해도 황제가 가만있지는 않을 테지만요."

그동안 그가 화정 이외의 여인들을 줄줄이 들였던 이유가 바로 이 명분 하나를 만들기 위해서였다. 그러나 사량 선생의 말처럼 황제가 민영을 그냥 놓아둘 리가 없다. 여태 그랬던 것처럼.

"완예도 없는 마당에 내가 못 막을 리가 없다. 내 목숨을 갈아 넣는 한이 있어도 지킨다."

"주군의 목숨까지 걸 일은 결코 없을 것입니다."

"내가 내 안위를 위해 수하의 목숨을 걸 일도 없을 테니 이대로만 경계해라."

"……네."

"걱정되는 건 안다. 선생만 준비된다면 나는 다시 수술을 할 것이다."

"주군!"

"민영과 건융을 데려온 이상 계속 이대로 살 생각은 없다. 나는 반드시 그와의 고리를 끊고 결판을 낼 것이다."

"……주군."

"엄마!"

건융이 뒤척이며 민영을 찾았다. 무하는 건융의 가슴을 토닥이며 속삭여 주었다.

"아비가 곁에 있다. 괜찮다, 편히 자거라."

건융이 자다가 히죽 웃었다. 그 모습에 무하도 미소를 띠었다. 삼 년 만에 되찾은 주군의 미소만으로도 사량 선생에겐 두 모자를 지킬 이유는 충분했다.

"도련님을 이곳에 계속 모실 수 없습니다."

"……이렇게 눈앞에 있는데도 부족하다."

"대원들도 들지 않습니까, 무엇보다 재윤 아기씨와 마주칠 일은 없어야 할 것입니다."

"……안다. 방은 준비되었는가?"

"네, 앞으로 도련님께서 좋아하실 장난감을 채워드리는 일만 남았습니다."

"걱정하지 말게. 융이도 곧 선생을 좋아하게 될 거야."

"……네."

대답하는 사량 선생의 표정이 조금은 간절했다.

❀

그 사흘 전, 광천대 연무장.

"부대주 체면에 내가 굳이 이놈을 업고 와야겠소? 이게 사람 새끼야, 돌덩이야!"

석찬이 업고 왔던 이를 거의 내동댕이치듯 던져 버리며 투덜거렸다. 그러나 다음 순간 칼을 뽑을 뻔했다. 바닥에 떨어져야 할 채명이 튕기듯이 일어났던 것이다. 채명은 서슬 퍼런 칼날 아래에서도 뒷목을 붙잡고는 능청스럽게 엄살을 떨었다.

"아우, 정말 그렇게 세게 치시면 어쩝니까! 저, 정말 기절할 뻔하지 않았습니까?"

"너, 네놈?"

형곽은 흥분하는 석찬을 손을 들어 막았다. 석찬은 갸웃했다. 주군께 감히 그렇게 바락바락 대드는 이놈도 이상했지만 이놈을 조용히 광천대로 데려가라는 주군의 명은 더 이상했다.

형곽이 말없이 계속 노려보기만 하자 채명은 자세를 바로 하고는 두 사람을 향해 정중하게 고개를 숙였다.

"오랜만에 뵙습니다. 대주, 부대주."

너무나 태연하고 친근한 인사였다. 그 인사에 방금까지 침착하게 보이던 형곽이 별안간 채명의 멱살을 잡아채며 으르렁거렸다.

"네 이놈, 너 어딜 갔다가 온 것이냐!"

형곽은 아름드리나무 같은 건 식전 운동으로 뽑을 만큼 용력이 세다. 그런데도 채명은 손쉽게 그의 손을 털고는 나오지도 않는 기침을 하는 척 목을 쓰다듬으며 엄살을 떨었다.

"아휴, 너무 반가워해 주시네요, 대주."

"너, 너 이놈!"

채명은 형곽의 고함을 들으면서도 빙글빙글 웃기만 했다. 그 모습에 더 성이 난 형곽이 옆에서 눈만 데굴데굴 굴리던 석찬에게 버럭 소리를 질렀다.

"석찬이, 네 눈은 눈이 아니고 장식이냐!"

"엇? 대주. 왜 불똥이 갑자기 저한테 떨어집니까?"

"닮았다고? 이놈을 보고 닮았다고 했느냐!"

"어……. 아닙니까?"

석찬이 자신 없는 목소리로 되물었다. 형곽이 손을 들어 올리는 모습에 곧장 제 뒤통수를 감싸며 몸을 사리는 석찬을 보며 채명이 킬킬 웃었다.

"이놈, 네가 웃음이 나오냐!"

"감히 누굴 보고 웃어!"

두 사람이 동시에 뿜는 흉흉함에 오금이 저릴 법도 하련만, 채명은 태연히 자세를 바로 하고는 다시 허리를 숙인 채 절제된 동작과 목소리로 인사했다.

"광천대 201호, 곡. 대장군의 임무를 수행하고 돌아왔기에 이에 신고합니다!"

광천대는 100명을 유지한다. 1호인 형곽부터 201호인 곡까지, 101명의 빈자리는 대부분 전사자들의 번호였다. 그 마지막 전사자가 된 이가 곡이었다. 하리타타 때 실종되었던 무하가 엄청난 무위를 갖고 돌아온 후 거의 전사자가 생기지 않았었기 때문이었다. 하지만 '거의'다. 이후 생긴 유일한 전사자였던 곡이 방금 돌아온 것이다.

"너, 네가 정말 곡이라고? 죽지 않았구나, 죽지 않았어! 어, 그럼 그때 안 죽었으면서 왜……!"

반가워하다가 놀라며 횡설수설하는 석찬에게 채명이 웃으며 말했다.

"곡이는 이제 이 세상에 없습니다. 저는 채명이라고 합니다."

"대, 대주……?"

석찬이 형곽을 돌아보았지만 돌아오는 건 면박뿐이었다.

"그 눈이 눈이냐, 옹이구멍이지!"

"저, 정말 네가 곡이라고? 그런데 왜 이렇게 작아……. 아……!"

석찬이 말하다 말고 스스로 깨달은 사실에 입을 딱 벌리자 형곽이 달려들 듯 물었다.

"대장군께서 네 체형을 바꿔주셨더냐?"

"네, 이것도 많이 자란 겁니다. 처음엔 이만큼이나 작았습니다."

채명이 제 목 아래를 손바닥으로 가르는 시늉에 형곽과 석찬은 기함하고 말았다. 곧, 아니 채명의 본래 키는 2음(2m)이 넘는 데다 덩치도 커서 팔뚝 두께는 여인의 허리를 능가했고 서 있기만 해도 위압감을 주는 거인이었다. 그랬던 녀석이 이제는 2음에 훨씬 못 미치는 데다 체구는 이전의 반만 해졌다. 우락부락한 거인 집합소에서 좀 작다 싶은 형곽과 비슷한 정도이니 말하자면 보통 사람처럼 보이게 변한 것이었다.

"무슨 임무인지 말해줄 수 있느냐?"

달밤에 석찬과 푸닥거리를 했던 날 밤, 형곽이 하녀의 숙소에서 봤던 그림자가 바로 채명이었다. 그리고 채명이 만나던 다른 그림자는 다름 아닌 무하였다. 곧 알게 될 거란 전음을 듣고 물러났다가 바로 오늘을 맞은 것이었다. 채명이 입을 다물고만 있자 애가 탄 석찬이 버럭 소리를 질렀다.

"아, 도대체 뭔데!"

석찬이 소리 지르고, 형곽이 그런 석찬에게 눈을 부라리고, 또 찔끔하는 석찬을 보며 채명이 큭큭 웃었다.

"대주와 부대주 두 분 다 여전하시네요."

"나나 이 양반 여전한 건 그렇다 치고 말해봐. 뭔데? 내가, 내가 생각하는 그거 맞냐?"

석찬이 다급하게 물었다. 옹이구멍이니 둔하니, 눈치가 없느니 형곽에게 갖은 구박을 받지만 실제로 광천대의 모사와 같은 인물이 바로 석찬이다. 형곽도 석찬의 말을 들은 적이 있으니 바로 알았지, 석찬 말고는 지금의 채명만 보고 과거의 곡을 떠올리는 이는 없을 것이다.

이 두 사람에겐 비밀로 할 일이 아니었다. 채명은 일부러 장난스럽게 말했다.

"제가 아기님을 부르는 소리를 듣지 않으셨습니까?"

"그랬지, 네가 감히 나에게 살기를 뿜는 것도……. 헉! 그, 그럼 정말……."

"도, 도련님, 그분이 정말 도련님이시란 말이냐?"

형곽이 채명의 앞을 가로막는 석찬의 머리를 내리누르며 소리쳤다. 씩 웃은 채명의 미소가 답이었다. 석찬이 입을 떡 벌리고는 멍한 얼굴로 감격한 듯 한참이나 숨을 몰아쉬었다. 그러나 석찬의 감격은 어딘가 좀 방향이 달랐다.

"그, 그 아리따우신 분이 우리 주모님이란 말이지!"

기어이 형곽에게 한 대 쥐어박힌 석찬이 제 나이가 몇인데 아직도 뒤통수를 갈기느냐 툴툴거리는 소리를 들으며 채명은 고개를 절레절레 저었다.

"저는 한 달 전쯤 은밀히 주군의 부름을 받고 오게 된 것입니다. 그 요녀가 죽었다는 건 들었지만 상황을 좀 더 일러주십시오."

그랬다. 채명은 처음부터 무하가 보낸 것이었다.

무하는 성치산 다리 사고 때 협곡 아래로 떨어지며 시공간의 틈에 갇히게 되었다. 시공간의 틈은 가끔 전설 속에 등장하는, 이 세상과 분리된 또 다른 세상이었다. 어떤 이는 하루만 자고 나왔는데 바깥은 백 년이 훌쩍 지났다고도 하고, 어떤 이는 수백 년을 살고 나왔는데 밖은 하루만 지나기도 하는 그런 신기한 공간이었다.

무하가 갇힌 공간은 이 세상과 판박이처럼 비슷했지만 오로지 요괴만 가득했다. 함께 갇힌 이들도 몇몇 있었지만 그가 손을 쓰기도 전에 모두 죽고 말았다. 그곳에서 무하는 요괴를 잡고 내단을 취하고 공력을 회복하는 일을 반복했다. 헤아릴 수 없는 시간과 절망과도 같은 고독의 압박에도 오로지 민영에게 돌아가기 위해서 절대 포기하지 않았다. 그는 민영에게 청혼할 당시에도 구왈을 잡을 만큼 약간의 공력을 되찾고 있었는데 마지막 요괴를 잡았을 때는 이전의 공력을 되찾는 것 이상으로 강력한 무력을 얻었다.

덕분에 그 안에서 몸의 상처도 낫고 기억도 돌아왔지만 그 세상을 벗어난 순간 족쇄도 함께 돌아왔다. 인외의 힘을 얻었는데도 족쇄만큼은 사라지지 않았다. 무하가 시공간의 틈을 빠져나가고 하루도 지나지 않아 황제의 주술사가 그를 찾아왔다.

그런 꼬리를 단 채 민영에게 갈 수는 없었다. 무하는 일부러 병사들을 통해 자신의 생존 소식을 퍼뜨렸다. 달려온 민영을 보는 순간 그는 방대한 공력 덕에 그녀가 홑몸이 아니란 걸 알 수 있었다. 그러나 감격도, 반가움도, 알은체도 할 수 없었다. 황제가 민영에 대해 아는 순간 그녀는 죽은 목숨이었다. 무하는 허망하게 주저앉은 민영을 두고 돌아서며 피눈물을 삼켰다. 나중에 민영이 위험천만한 곳으로 자신을 찾아다녔다는 사실에 그는 또 한 번 가슴을 쳤다.

귀환하면서 떼어두고 온 마음이 그의 모든 것이었다. 그러나 마음만으론 부족했다. 저 대신 민영을 지킬 이가 필요했다. 적당한 이를 물색하려던 찰나, 변을 당한 곡을 채명으로 둔갑시켰다. 채명에 관해선 사량 선생 말고 아는 이는 없었다. 채명이 민영의 곁에 무사히 안착한 것만 확인하곤 아예 연을 끊었다. 황제의 주시는 그만큼이나 지독했다. 그렇게 삼 년이 지나 완예가 죽은 후에야 채명을, 민영을 불러올 수 있었던 것이다. 사량 선생은 완예를 죽인 이가 고맙다고 했지만, 그 누구보다 고마운 이가 바로 무하였다.

"공주는 아기를 낳다 죽었다고 알려지긴 했지만 그런 운이 있을 수 있나. 실제론 살해당한 것으로 추정된다. 그러나 공주를 죽인

이가 누구인지는 모른다.”

“황제가 길길이 날뛰었겠군요.”

채명이 비릿하게 냉소했다. 완예 공주에겐 요녀라는 말도 충분치 않다. 요녀라면 차라리 토벌 가능성이나 있지, 시시때때로 무하를 깔아뭉개고 목숨을 탐하던 그 몹쓸 것은 황제와 근친을 서슴지 않으면서 다음 세대의 지배도 꿈꿨다. 무하에게만 그리 사악하고 모진 것이 아니었다. 만일 완예 공주가 꿈꾸던 것이 이뤄졌다면 매일 벌어지는 피의 축제로 백성들은 공포에 떨어야 했을 것이다.

“공교롭게도 거미줄 해라는 요괴를 숭상하는 집단이 더욱 커지고 사나워지면서 주군의 힘이 더욱 필요해지고 있다. 황궁에서 이빨깨나 부딪치는 작자들도 요괴라면 몸을 사리고 보니 주군 말고는 그들을 쫓는 이가 없는 셈이지. 하지만 방해하는 수작도 만만찮아. 어쩌면 그 사이비 집단이 황궁에 줄이 닿아 있을 수도 있어.”

“헉, 그게 사실입니까?”

“원래부터 큰 혼란에 권력이 관계되지 않는 일이 있던가.”

“그랬군요…….”

“자, 설명이나 환영 인사는 이쯤 하고…….”

이번엔 형곽이 씩 웃었다. 석찬과도 눈을 마주치며 고개를 끄덕이는 모습에 채명의 뒷덜미로 불길함이 훑고 지나갔다.

“주군께서 이 녀석을 광천대 허드렛일에 쓰라셨지, 아마?”

“그러셨죠. 우리 광천대 허드렛일이 좀 많이 밀렸습니다, 대주. 무구 손질에 훈련장 정비, 아, 빨래도 많습니다.”

무구 손질이야 원래 본인들이 할 일이고 훈련장 정비는 따로 하인들이 배정되어 있다. 빨래야 하녀들이 하는 일 아닌가!

"왜, 왜요! 저는 임무 잘 수행하고 돌아왔을 뿐인데, 왜요!"

"주군께서 머리 둘 만큼 너를 낮추는 데 최소 이십 년의 공력을 쓰셨을 것이다. 키가 다시 컸다니 그 공력이 네 몸에 고스란히 남아 있다는 말이렷다! 누구는 요괴와 맨날 치고받으면서도 십 년 공력이 늘까 말까 한데 넌 공짜로 이십 년을 늘렸어? 그것도 주군의 것을 빼앗아서?"

감히 빼앗다니, 말도 안 된다. 그럴 능력이 있다면 저는 황제도 갈아치웠을 것이다. 억울했지만 채명은 입만 뻐끔거릴 수밖에 없었다. 형곽의 말도 맞다. 요괴와 공주, 황제에게서 주군을 지킨 건 이들이었다. 이 정도 심술은 받아줘야 한다. 그리고 그 심술처럼 보이는 그것이 광천대에 복귀할 명분이 되어줄 것이다. 이때까지만 해도 채명은 순순히 며칠만 고생하자 생각했다. 고린내 나는 빨래 더미 산 두 개를 해치우기 전까지는.

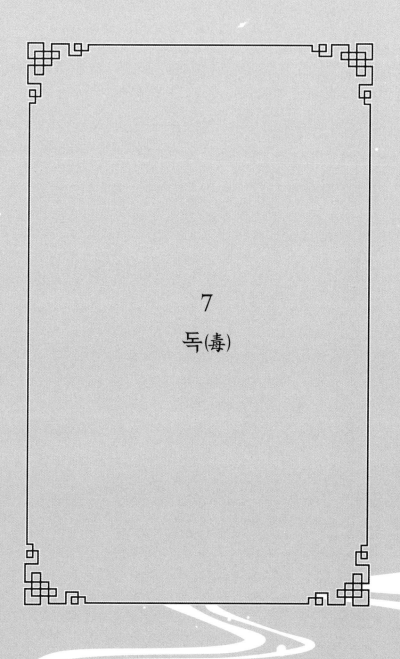

7

독(毒)

애진은 눈을 동그랗게 뜨고 대장군과 건융을 쳐다보고 있었다. 실은 건융과 놀아주기보다 이것이 그녀의 주된 일과였다.

"멍, 멍아……!"

건융이 서럽게 울고 있었다.

"내가 곁에 있는데도 넌 그놈을 찾는 것이냐?"

흐느끼는 건융보다 무하가 더 처량한 표정으로 중얼거렸다. 안 아줘도 안 되고 얼러도 안 된다. 토닥거리며 사정하는 무하의 모습이 이젠 놀랍지도 않다.

처음 제가 알게 된 중대한 사실에 기함했던 걸 생각하면 애진은 지금도 가슴이 벌렁거린다. 처음엔 그저 아기를 돌보러 온 줄로만 알았다. 어머니는 사람들 앞에서는 민영을 유슬댁이라 불렀지만 애진의 앞에선 '민영님'이라고 했다. 곧 그 호칭도 바뀔 거라며. 그렇게만 알고 들어왔었는데…….

어머니는 애진에게 경고했었다. 대장군의 곁에서 본 것과 들은 건 모두 없던 일이라 생각하라고, 돌아선 순간 모두 잊는 것이라고 말이다. 그리고 이제 애진은 진짜로 기억을 똑 떼놓고 다니고 싶어졌다.

사량 선생이 무릎을 꿇은 채 간절하게 도련님을 외치는 걸 본 순간 생각이 멈췄다. 대장군이 '아들' 하고 부르는 걸 듣고는 머릿속이 하얗게 점멸했다. 주모께서 명하신 물건은 신기하면서 매우 유용하다며 널리 쓰면 좋겠다는 선생의 말은 애진의 정신을 붕괴시켰다.

주모, 도련님이란다! 민영과 건융의 진정한 정체를 알고 사색이 되어 돌아온 애진을 어머니는 따끔하게 혼냈다. 그녀가 온 얼굴에 표정으로 드러냈기 때문이었다.

그나마 다행인 건, 아무리 엄청난 현실에도 익숙해질 수 있는 게 인간이란 것이었다. 며칠 지나자 애진은 눈만 동그랗게 뜨는 것 말고는 무하가 쩔쩔매며 건융을 달래는 모습을 보고 있을 수 있었다.

"흐윽, 흑, 흑!"

"우리 융이, 착하지? 우리 뭐 할까, 목마 태워줄까?"

"목마?"

드디어 통했다. 갑자기 떼를 쓰더니 채명이 보고 싶다며 내내 울던 건융이 눈물을 그쳤다. 그에 격앙된 무하가 건융의 다리를 양어깨에 걸치고 집무실 안을 빙글빙글 돌았다.

꺄아아, 짜랑짜랑한 비명이 집무실을 울렸다. 그러나 무하는 건융이 목마라는 단어를 쉽게 알아들은 이유를 짐작했어야 했다. 무하가 잠시 멈춘 새 건융이 그의 머리를 움켜쥔 채 다시 훌쩍거리기 시작했다.

"융아, 왜 그러니, 무서웠어? 다시 살살 태워줄까? 융아?"

"멍이, 멍이 목마 타고 싶어. 으아앙!"

무하가 이를 빠득 갈았다. 잃어버린 삼 년의 시간은 아들이 태어나는 과정뿐 아니라 아들과 함께할 첫 추억까지 모두 빼앗아 버렸다. 그 애석하고 원통함을 채워준 이를 아들이 보고 싶어 한다.

"멍이 보여줄까?"

안타깝게도 그 한 마디에 건융이 당장 눈물을 그쳤다.

"응, 네!"

"채명을 불러라!"

익숙해지다니, 천만에. 혀 짧은 소리까지 하며 미소 띤 얼굴로 명령어에만 살기를 내뿜는 무하의 모습에 애진의 입이 또 멍하니 벌어졌다.

"채명이 오라고 했다. 곧 볼 수 있을 거야, 융아."

"멍이 와요?"

"그럼, 우리 융이가 보고 싶다는데 보게 해줘야지."

"와아!"

다음 순간 무하는 굳어버리고 말았다. 세상의 어느 마비 독도 그를 몇 초나 굳게 할 수 없지만 건융은 아주 간단하게 해버렸다.

"유, 융아! 한 번만, 한 번만 더."

건융은 흔쾌히 그의 원을 들어주었다. 이번엔 아예 무하의 입술에 아주 진하게 쪽 하고 입을 맞췄다.

"다시! 한 번만 더, 융아."

건융은 인색하지 않게 다시 몇 번이나 쪽쪽 입을 맞췄다. 채명을 보여준다고 해서 그런 거겠지만 기분이 좋아진 건융은 무하에게 다섯 번이나 더 뽀뽀를 해주고는 미련 없이 등을 돌렸다.

"누나, 안아줘."

멍하니 있다가 기습을 받은 애진은 뭔가 빼앗긴 듯한 얼굴을 한 무하를 두고 건융을 안아줘도 되는지 몰라 식은땀이 났다. 그에 사량 선생이 고갯짓으로 도움을 주었다.

"죄송합니다, 도련님. 소인은 팔이 아파서……."

"누나, 아파?"

"도련님, 애진이요. 애. 진."

"응, 애진 누나."

건융이 배시시 웃더니 인심 쓰는 척 무하에게 팔을 벌렸다. 영악하게도 무하가 애타 하는 걸 즐기는 것이 환히 보였다.

"요것이 아비를 놀리는구나."

무하가 건융을 번쩍 들고 휘휘 돌았다.

"까르르르르!"

"주군."

사량 선생이 난처한 얼굴을 보였지만 아들을 웃기는 놀이에 빠진 무하는 그의 부름을 모르는 척했다. 그러는 새 채명이 도착했다. 채명의 등장에 건융의 눈이 확 벌어졌다.

"멍!"

"도련님!"

건융은 채명을 보자마자 달려가려 했지만 무하에게 붙잡히고 말았다.

"멍이 많이 젖었다. 멍이 안으면 우리 융이도 젖어."

"멍이 젖었어? 왜 젖었어?"

무하의 말대로 채명은 물에 빠진 생쥐 꼴이었다. 하지만 겨우 그것이 채명에게 안기지 못할 이유는 아니었던지 건융의 입가가 실룩거렸다.

"잠시만, 융아, 이것 보아라."

무하가 채명을 가리키며 손을 뻗어 보였다. 그러자 채명의 주위로만 돌개바람이 일더니 순식간에 말라 버렸다.

"자, 이제 되었다! 어떠냐, 멍이 뽀송뽀송하게 말랐다."

"멍, 뽀동뽀동해! 우와! 우와!"

무하가 기분 좋게 웃었다. 손뼉까지 치며 감탄을 아끼지 않는 건융을 위해서라면 그는 이보다 더 유치한 일도 얼마든지 할 수 있었다.

"우리 건융이도 젖으면 이 아비에게 달려오련?"

"아비? 아부?"

"아버지."

"아버지."

잠시 공간이 멈추는 것 같았다. 말간 눈을 한 아이가 부르는 소리에 무하의 심장도 멎었다. 조심할 건 하더라도 이렇게 먼저 한 번은 들어봤어야 할 말이었다.

크흑, 채명의 어깨가 마구 들썩거렸다. 채명은 무하가 기껏 말려준 소매로 줄줄 흐르는 눈물을 닦았다. 그의 우는 양에 애진도 뒤돌아서고 말았다.

"멍, 울어?"

"아닙니다!"

채명은 시뻘건 눈으로 억지로 미소를 지어 보이다가 무릎을 꿇었다.

"앗, 소인 채명, 대장군의 부르심을 받잡고 왔습니다!"

인사가 늦어도 너무 늦었다. 그럴 새가 없었다는 게 더 정확하지만. 무하는 건융을 채명의 앞에 내려주며 말했다.

"그리 어렵게 말할 것 없다. 여기 너를 모르는 이도 없고. 융이 너를 보고 싶어 하여 불렀다."

어조에 든 쓸쓸함에 채명은 다시 붉어지는 눈을 꼭 감았다. 채명이 자신의 목을 감아 안는 작은 몸을 마주 안았다.

"명, 왜 이제 와? 보고 싶었어."

'네, 저도 보고 싶었습니다.'

채명은 속으로만 답했다.

"도련님, 저는 이제 못 와요."

"명이, 왜 못 와?"

건융이 곧바로 울먹거렸다. 하지만 채명은 지지 않고 단호히 말했다.

"그때 보셨죠? 저는 새 대장이 생겼는걸요? 전 대장님 곁에 있어야 해요."

"나도 대장 있어!"

건융이 무하를 가리켰다. 무하가 손을 내밀자 건융은 얼른 그의 품에 가 안겼다.

"와, 제 대장보다 멋지십니다!"

"응, 나 말도 태워줘."

그 말과 함께 무하가 건융에게 목마를 태워주었다. 가슴이 시리고 따뜻했다. 채명은 눈물을 찔끔거리면서 웃었다.

"저는 이제 제 대장 곁으로 가봐야 합니다. 하지만 다음에 또 뵐 수 있을 겁니다."

"언제 와?"

"다음에, 다음에요."

'그땐 도련님 곁에 끝까지 함께 있을 것입니다.'

"다음에, 다음에 말고!"

"음, 저는 당분간 못 오니까, 주모님, 엄마와 함께 절 보러 오세요."

"응!"

그렇게나 울던 것치고는 건융은 비교적 쉽게 채명을 놓아줬다.

그 짧은 새 친부와 그만큼이나 유대를 쌓은 것이리라.

울지 않겠다. 채명은 마지막으로 무하에게 고개를 숙이곤 비장하게 돌아서서 나왔다. 집무실 층을 벗어나던 채명은 계단 끝에 있는 그림자를 보고 다시 돌아섰다. 그러나 한 계단 오르기도 전에 목덜미를 붙잡혔다.

"누가 봤다던데, 네가 감히 희한한 꼴로 주군을 뵈러 왔다더라?"

형곽이었다. 석찬이 옆에서 세차게 고개를 끄덕이고 있었다.

"빠, 빨래를 하다가……. 주군께서 부르시니 어쩌겠습니까, 그래서 급히 달려오다 보니 꼴이 희한했었던가 봅니다."

"아니, 그 정도가 아니고. 물통을 들고 머리 위로 쏟더라던데?"

석찬이 다시 고개를 세차게 끄덕였다.

"그, 그럴 리가요."

"네놈이 감히 주군께 그런 식으로 고자질하려고 해? 그래, 고자질하니 친히 말려주시디? 어디, 나도 적셔주마! 네가 감히 빨래 요괴에게서 도망쳐?"

"대주도 그걸 요괴라 부르면서……. 으악, 차라리 훈련을 시키라고요! 아니, 병장기를 닦을게요, 그것도 아니면 청소를……. 우아악!"

채명의 비명이 울렸다. 꽥꽥거리는 소리에 지나치던 이들이 두 사람에게 끌려가는 채명을 보긴 했지만 아무도 그를 구해줄 이는 없었다.

무하는 들려오는 소리를 차단하며 건융에게 물었다.

"융아, 목마보다 더 재밌는 거 해주랴?"

"네!"

무하는 아들을 데리고 자신만의 개인 연무장으로 갔다. 다행스럽게도 건융은 새로운 놀이에 홀딱 반했다. 부자의 새로운 놀이가 정해졌다. 건융의 짜랑짜랑한 웃음소리가 높이 울렸다.

하지만 그들이 오기 전에 근처에 숨어 있던 작은 그림자가 그 소리를 듣고 있었다. 웃음소리가 사라지자 그림자는 처량히 눈을 흘겼다.

무하는 이틀, 사흘에 한 번꼴로 야행을 다녔다. 무하의 야행 때마다 민영은 그와 짧은 밤 산책을 했다. 무하가 건융을 안고 앞서 가는 모습을 볼 때마다 민영의 가슴은 이지러졌다. 제 마음을 무시하기 위해서라도 그녀는 더 열심히 음식을 만들었다.

"오늘은 미립포와 차구를 넣은 찜입니다. 애곤 쌀떡에 함박 버섯이 고기의 냄새를 잡아주니 드시기 부담 없고 아침까지 든든할 것입니다."

"미립은 생선이고 차구는 육류렷다. 전에도 말했다시피 딱히 가리는 것 없으니 일일이 설명은 필요 없다. 굳이 설명이 필요하거든 마른 것이냐 젖은 것이냐 정도로 말해도 된다."

"……반쯤 젖은 것입니다."

"이것은 비막 요리입니다, 재어서 볶기만 한 것으로……. 마른 것입니다."

"이건 쌀로 만든 면에 떡을 넣은 탕입니다."

"나리안 만두입니다, 젖은…… 아니, 쪘으니 마른 것입니다."

"전에도 말했지만 굳이 설명하려고 애쓰지 않아도 된다. 네가 만든 건 다 잘 먹고 있으니."

과연 그는 잘 먹긴 했다. 뭘 해주어도 거의 설거지 할 것이 없을 정도로 깨끗이 비웠다. 만들어준 보람이 있게 하는 남자였다. 그것이 또 누군가를 연상시켜서 가끔 마음이 아렸다.

"강아지는 아직 찾고 있다. 붉은 누각에 어울리는 짐승을 찾으려니 썩 마음에 드는 녀석이 나오지 않는군."

차라리 강압적이라면 반항심이라도 치밀 텐데, 그는 자신이 한 말처럼 유혹하는 남자였다.

"……천천히 찾으셔도 됩니다."

"지난번 석유산에서 빙화를 봐둔 적이 있었다. 웬만해선 사람의 손을 타지 않을 장소라 아직 그 자리에 있을 것이다. 내 꼭 강아지를 데려오면서 빙화도 함께 가져오마. 아니지, 늦은 벌로 다른 선물을 하나 더 주어야 할 것 같다. 무엇을 주랴?"

그 빙화는 누구에게 주려고 봐두었던 걸까?

"아무것도 필요 없습니다."

"여인이 제 가치를 높이려고 튕기기도 한다던데 너도 그런 것이냐?"

"아닙니다!"

"상관없다. 내가 주기로 했으니 넌 받으면 그만이다."

그가 대뜸 민영의 앞에 손을 내밀었다. 그가 귀한 빙화니 뭐니 준다고 하긴 했었지만 먼저 비싼 물건을 주면서 유혹을 이었다면 민영의 마음도 차갑게 식었을 것이다. 한데 그건 그런 게 아니었다. 무하는 그녀가 내밀지 않으려는 손을 잡고 손바닥 위에 작은 돌멩이 같은 것을 얹었다. 무하는 곧 손을 놓아주었지만 민영은 그 짧은 새 그와 닿은 손이 화끈거려 얼굴이 달아올랐다.

"이게…… 무엇입니까?"

"지난번 내가 잡은 노갈의 알이다. 아이가 먹으면 병치레가 줄고 몸이 튼튼해진다고 한다."

민영은 어느새 지정석이 된 부엌 침상에서 자고 있는 건융을 휙 돌아보았다. 저를 위한 걸 주었다면 가차 없이 거절할 수 있었을 테지만 이건 아니다. 이곳 아이들은 두 돌이 되기 전 많이 죽는데 귀족들의 아이들은 거의 무사했다. 당연히 이런 보양식 덕이었다.

민영은 차마 거부하지 못하고 도로 내밀지도 못한 채 그에게 물었다.

"저는 이미 대장군께 매여 있는 몸 아닙니까, 어찌 이러시는 것입니까?"

"너를 원한다. 너를 갖고 싶다. 네가 내게 귀한 눈을 하고 나를 원하는 걸 보고 싶다."

누가 심장을 쿵쿵 두드려 대는 것 같았다. 사로잡힌 시선이 놓이지 않았다. 그가 천천히 한 걸음 더 다가왔다. 그가 굳어버린 그녀의 뺨을 살포시 붙잡으며 말했다.

"내 것이 되어다오."

'내 것!'

얼음물을 뒤집어쓴 것처럼 정신이 번쩍 들었다. 입술 안쪽을 강하게 깨물면서 민영은 뒤로 물러섰다. 홀려 버릴 것 같았다. 하마터면 그에게 손을 내밀 뻔했다. 배꼽 아래가 꼬이는 느낌과 함께 그를 강하게 잡아당기고 싶었다. 그의 목을 끌어안고 입을 맞춰 내 것임을 꼭꼭 찍어두고 싶었다. 그가…… 또 천령처럼 느껴졌다.

그가 피식 웃더니 고개를 저었다.

"오늘은 날이 아니로군. 그러나 네가 좋은 어미인 이상 나는 패가 많다. 다음을 기약하지. 하지만 오늘은 왠지 힘이 빠지는 것 같아."

무하는 그대로 가버렸다. 그런데 왜 그 뒷모습이 그토록 쓸쓸해 보이는지, 민영은 쿵쿵거리는 가슴을 진정시키면서도 생각하지 않으려 애써야 했다.

그리고 다음 날, 무하가 어깨 한쪽을 싸매고 있었다. 민영은 감히 묻지도 못한 채 눈길만 주었다. 하지만 속으로 꿍꿍거리기만 하는 그녀 대신 거침없는 이가 있었다. 건융이 걱정스러운 얼굴로 붕대를 가리키며 물었다.

"대장, 아파요?"

순간, 무하의 표정이 조금 묘하게 변했다. 뭐라 말해야 할지 한참이나 생각한 것처럼 그가 느리게 입을 열었다.

"조금. 어제 무찌른 요괴가 힘이 좀 세더구나."

"내가 호, 해줄까요?"

"그렇게 하겠느냐?"

건융이 그의 팔에 올라 그 작은 숨을 훌훌 불며 물었다.

"피, 났어요?"

"아니, 피는 나지 않았다. 네가 이렇게 불어주니 금세 다 나은 것 같다."

칭찬을 듣고는 좋아서인지 건융이 배시시 웃으며 무하를 쳐다보았다. 그것이 마치 한 번도 가져보지 못한 아비를 바라는 눈길 같아 민영은 가슴이 미어졌다. 어쩌면 그는 제 약점을 제대로 짚고 한 번에 훅 쳐들어오는 느낌이었다. 그러나 생각을 이으면 고개가 저어졌다.

저는 매인 몸이다. 만에 하나 그와 시작한다 해도 끝난 후 그를 계속 봐야 한다. 평생. 그걸 생각하면 끔찍했다. 딴생각으로 정신을 돌리려는데 아까부터 눈에 밟히던 무하의 어깨에서 눈을 뗄 수가 없었다.

'아, 그게 타박상에 좋은 약초였지……?'

부엌에서 본 약초를 떠올린 민영은 무심한 척 벌떡 일어났다.

"저는 이만 가보겠습니다."

민영은 건융에게 인사를 하는 것조차 잊고 황급히 물러났다. 짧은 정적이 일었다. 사량 선생이 황당한 얼굴로 말했다.

"이렇게까지 하셔야 합니까?"

"효과가 좀 있는 것 같지 않은가?"

"좀이 아니라 사색이 되어서 나가셨잖습니까!"

"그놈이 세긴 했던 건 건 사실 아닌가? 여기를 맞은 것도 사실이고."

무하가 피식 웃으며 요란하게 감싼 어깨를 으쓱했다.

"붓기는커녕 멍도 하나 없는데 어디가 어떻게 아프신 겁니까!"

사량 선생의 표정이 반쯤 썩어 있었다. 팔이 반쯤 떨어져 나가도 아픈 기색 같은 건 없는 이가 새벽부터 제일 큰 붕대를 찾더니 지금 이 모양이다. 참고로, 붉은 티 하나 없는 어깨에 붕대를 감아준 건 사량 자신이다.

"왜, 민영이 다친 데를 보자고 할까 봐? 보자고 하면 더 좋을 텐데……."

숫제 멍을 만들어 보일 태세에 사량 선생은 혀를 내둘렀다. 아무것도 안 들리고 안 보이는 애진은 해탈한 표정으로 사량 선생이 새로 내놓은 장난감을 건융에게 선보였다.

"아부!"

건융이 장난감의 이름을 외치는 소리가 낭랑했다.

'그가 다칠 수도 있다!'

무하의 연극은 꽤 효과가 있었다. 새로이 깨달은 사실에 민영은 거의 충격을 받고 말았다.

소문으로만 듣던 대장군과 그는 달랐다. 소문의 대장군은 강하고 무찌르지 못하는 요괴가 없고 세상 최강의 무적이었다. 그리고 바람둥이고.

맙소사, 마지막 생각에 민영은 얼굴을 파묻었다. 그게 무슨 상관이람! 그는 그저 대장군이다. '남자'가 아니라. 그가 유혹이란 말로 하는 희롱도 다른 여인이 눈에 들면 사그라질 것이다.

……갑자기 뱃속이 조여들었다. 가슴이 저리는 것은 그를 자꾸만 누군가로 겹쳐서 생각하기 때문일 터였다. 그만, 일하자, 일!

오두막 주변에 있던 풀들의 대부분은 먹을 것이 아니면 약초였기에 이럴 때 도움이 되었다. 민영은 종류는 달라도 연속 두 끼를 멍과 붓기를 가라앉히는 약초를 넣은 탕으로 내놓았다. 며칠 더 내놓기도 해야 할 것 같고, 이런 일이 하루로 끝날까 싶어 약초를 더 준비해야 할 듯싶었다. 식재료를 가져오는 이는 따로 있지만 별도로 필요한 건 애진댁에게 말하면 되었다. 덕분에 애진댁을 만나는 건 비교적 자유로웠다.

민영이 그 장면을 본 건 애진댁에게 다른 약초를 더 부탁하고 돌아오던 길이었다.

"여기까진 어인 일이십니까."

사량 선생이었다. 반쯤 고개를 숙인 채 말하는 모습은 매우 정중하게 보였다. 하지만 차가운 냉기가 뼛속까지 치미는 것 같은 목소리였다. 저한테 하는 건 일도 아니다. 그런데 그 냉기의 상대는 놀랍게도 바로 아기씨, 무하의 딸이었다.

"아, 아버지를 만나 뵈러 왔소."

"지금은 약속한 시간이 아니지 않습니까, 급한 용무가 있으시면 제게 알려주시지요."

"아버지께 직접 말하고 싶소……."

"지금 훈련 중이십니다. 주군의 훈련을 방해할 만큼 급한 용무이십니까?"

그러자 재윤이 크게 당황하며 고개를 저었다. 말투는 조숙했지만, 사량 선생의 냉기까지 견딜 수 있는 건 아닌지 약간 질려 있는 것처럼 보였다.

"아……, 그건 아니오."

"대장군께 아기씨가 오셨었다는 말씀은 드리겠습니다."

"그럴 필요까지는 없소."

"살펴 가십시오."

가차 없는 축객령이었다. 재윤의 옆에서 지켜보고 있던 유모는 손만 부들부들 떨며 감히 대꾸하진 못했다. 운이 나빴다. 사량 선생이 최근 자신의 연구동에 박혀서 거의 나오지 않는다는 소리를 듣고 온 길이었는데 그를 마주친 순간 예상하던 일이었다. 재윤은 아비의 집무실 입구를 밟아보지도 못하고 돌아서야 했다.

민영은 자신이 본 사실을 함부로 티 내지 못하고 그들이 사라질 때까지 움직이지 못했다. 재윤도 재윤이지만, 그녀는 사량 선생이 사라진 방향을 보며 고개를 갸웃했다.

"아이를 좋아하는 것 아니었나……?"

처소로 돌아간 재윤은 저를 기다리고 있는 이에게 말했다.

"어머니, 시키신 대로 할게요."

❀

"허, 아이를 인질로 안전한 숙수를 들였다? 완예도 없어진 마당에 누가 장난을 친다고?"

그 장난을 지금도 꾸준히 벌이는 이가 할 말은 아니었다. 그러나 바로 그 일을 관할하는 정총이 표정도 바꾸지 않고 답했다.

"명목은 그러하고…… 아마도 진짜 목적은 그 여인인 것 같습니다. 엄청난 미인이라고 합니다."

"흐음, 놈이 계집 좋아하는 거야 놀라운 일은 아니다만……."

긍하가 팔걸이를 두드리다가 다시 물었다.

"계집에 대해선 좀 더 알아보았는가? 계집의 고향이 성치산 아래였다지?"

무하의 일거수일투족은 모조리 황제에게 전해졌다. 더구나 그의 주변에 새로 들이는 여자라면 그 누구든 황제의 눈을 피할 수 없다.

"네, 해서 알아보았습니다. 여인은 성치산 인근에서 유명한 산지기의 딸이라고 하는데, 남편을 잃은 후부터 산에서 내려와 살고 있었다고 합니다."

긍하의 눈이 가늘어지며 팔걸이를 더 빠르게 두드렸다. 손가락을 멈추었을 때는 줄기줄기 살기가 흘러나오고 있었다.

"혹시……. 계집의 아들 말이다, 그 아이가 율기의 아들인 것은 아닌가?"

"아이의 나이를 가늠해서 그것부터 의심해 보았습니다. 여인의 남편에 대해선 기억하는 이들이 꽤 많아서 추적하긴 어렵지 않았습니다. 그녀의 남편은 성치산 협곡 다리가 무너지면서 죽었다고 합니다. 바로 율기 대장군이 돌아왔던 그 시기의 사건입니다. 해서 부무울 주술사가 제 남편이고자 확인한다며 덤벼드는 아낙들에 치를 떨고 왔다고 했습니다."

"허, 그게 정말인가?"

긍하는 입을 실룩거리다가 결국 소리 내어 웃었다.

"크하, 하하! 그거, 너무 재밌구나! 그 사고, 놈이 시공의 틈을 빠져나오면서 다리가 무너지게 된 것 아닌가? 하면 그 계집은 제 남편을 죽인 자와 놀아나게 된 거란 말이지?"

사실 다리가 무너진 것은 영주가 공사를 서두르며 횡령을 하려다 난 인재였다. 그러나 책임을 면하기 위해 쉬쉬했는데 공교롭게도 무하의 귀환을 위해 파견한 부무울 주술사에게 딱 걸리고 말았다. 부무울은 영주에게 막대한 금전을 받고 다리 붕괴 사고가 마치 무하의 귀환에 영향을 받은 것처럼 보고했다. 정총은 민영에 관해 조사하다가 우연히 그 사실을 알게 되었다. 그러나 황제의 좋은 기분에 초를 칠 필요는 없었다. 정총은 입을 다물었다.

한참이나 호탕하게 대전을 울리던 웃음소리가 한순간에 뚝 끊겼다.

"그러나 확인해서 나쁠 건 없지. 알아오라."

"네, 폐하."

정총이 손짓했다. 이런 일 정도면 굳이 자신이 직접 움직일 필요가 없었다. 대전엔 황제의 온갖 더러운 일을 처리하는 야적 일원이 항시 대기하고 있었다. 손짓과 거의 동시에 대기하던 야적이 나가는 기척이 느껴졌다. 약간 뒤늦게 황제가 말했다.

"……죽여도 좋고."

"하면 다시 명령을……."

궁하가 돌아서려는 정총에게 손을 들었다.

"아니, 그런 거야 어련히 알아서 할까. 다시 말해봤자 성공할 것도 아니고 말이다. 하지만 알아오라는 것 정도는 하겠지."

"물론입니다."

정총이 허리를 굽혔다.

"시공의 틈이라……, 왜 하필 그놈에게 그런 만고의 행운이 떨어진 것이지?"

궁하의 입술이 비틀렸다. 붙잡힌 팔걸이가 바스러졌다. 백호와 거대한 신수를 조각한, 건국 신화의 모습을 담은 최고의 작품이었건만, 황실 세공사는 달에 두세 번은 팔걸이를 새로 만들곤 했다.

무하가 제국의 재앙이 될 뻔한 하리타타와 동귀어진 비슷하게 사라졌을 때, 모두 무하의 죽음을 점쳤지만 궁하만은 그가 살아 있음을 알고 있었다. 무하의 심장을 쥐고 있는 문신이 아직 자신의 손등에 남아 있었기 때문이었다. 문신은 무하의 절대적인 복종과 행방을 일러주는 역할까지 했다. 그러나 실종 당시엔 무하의 행방만은 알 수 없었다. 그리고 일 년 후.

'멀쩡히, 아니 더 강해져서 돌아왔지…….'

그렇다 해도 놈이 굴종에서 벗어난 건 아니었다. 일 년, 놈에겐 몇 년이었는지 모를 시간이 놈의 자유의 끝이었다.

"조금만 더 발버둥 쳐 보아라. 네가 희망을 보는 그때가 네 최후의 날이 될 테니. 하하하하!"

편전을 가르는 핏빛 미소의 울림에 정총은 허리를 숙인 채 부르르 떨었다.

분노한 음성이 밀실을 울렸다.

"아직도 찾지 못했느냐!"

"송구하옵니다. 아무도 본 자가 없습니다."

"아무도라니! 분명 도성 안으로 들어왔다. 그런데 우리의 눈을 다 피할 수 있다는 말이더냐?"

"아무래도 눈에 띄기 전에 꼭꼭 숨어서 나오지 않는 것 같습니다. 도성을 나다니면서 우리의 눈을 모두 피한다는 건 말이 되지 않습니다."

"어딘가에 둥지를 틀고 나오지 않는다?"

"그렇지 않고서야 말이 되지 않습니다. 시장통이나 객점, 주막, 상가, 나루터, 빈촌까지 모조리 뒤졌습니다. 이미 빠져나갔거나 저희 눈이 닿지 않는 곳에 숨어 있는 것 같습니다."

"아니, 나가지 않았다. 멀어지는 걸 느끼지 못했다. 그러니 찾아라! 도성을 더 샅샅이 뒤지더라도 찾아내라! 탈각, 네 목을 걸고 찾으란 말이다!"

"네, 네!"

탈각은 목을 움츠리면서 필사적으로 남은 곳을 떠올렸다. 그들이 뒤질 수 있는 곳은 다 뒤지고도 여태 찾지 못했다면 남은 곳은 드물다. 이름깨나 행사하는 이들의 집을 중심으로 찾는다면 분명 알아낼 수 있을 것이다.

"놈이 개산에서의 일까지 또 망쳤다지?"

"소, 송구하옵니다."

"송구, 송구, 송구! 이번이 몇 번째더냐! 도대체 그놈의 움직임 하나 막지 못하고 네놈이 제대로 하는 것이 무엇이냐?"

"송구…… 하옵니다. 놈이 광천대도 없이 홀로 들이닥치는 바람에 미처 눈치채지 못했습니다. 피하는 것이 한 발만 늦었다면 저도 하마터면 들킬 뻔했습니다."

개산에서는 크톨이라는 가시나무 요괴를 키우고 있었다. 가시가 무성하지만 일단 나무이기에 들키지 않을 확률이 높고 몸집을 부풀리기에도 용이했다. 그 마을 인원을 다 잡아먹었다면 크톨은 뿌리에 새끼를 품고 번식을 시작할 수 있었을 것이다. 그리하면 그 일대는 요괴의 영역이 됨은 물론 도성에 더 큰 혼란을 불러올 수 있었을 것이다. 그러나 크톨이 이제 겨우 촌장의 가족을 잡아먹고 촌장의 육신에 안착한 후 본격적으로 포식을 시작하려는 순간 무하에게 들키고 당해 버린 것이다.

"머저리 같은 놈!"

탈각은 오들오들 몸을 떨기만 했다. 주인이 저 길고 아름다운 손가락 하나만 까닥하면 질기기로 자랑하는 이 목도 삽시간에 떨어져 나갈 것이다. 다행히도 아직까진 그의 목이 붙어 있어도 되려는지 주인은 분노를 가라앉혔다.

"준비가 끝나가고 있다. 하지만 그놈 때문에 자꾸만 늦춰지고 있으니 다른 요괴를 어서 키워라. 완예만 죽이면 움직일 줄 알았더니, 팔푼이 같은 놈!"

다행히도 마지막으로 주인의 분노를 산 이는 저가 아니었다. 탈각은 참았던 숨을 천천히 뱉었다.

"그놈도 저가 율기를 구속하고 있다고 믿고 있다가 언젠가 뒤통수를 맞을 날이 올 것이야."

"하지만 피의 구속은 아무리 율기라 해도 떨칠 수는 없을 것입니다. 만일 그것을 주인께서 통제하실 수 있다면 놈도 손아귀에 넣으실 수 있을 것입니다."

"그리만 된다면 제일 먼저 그놈의 목부터 따낼 것이야."

"곧 이루어질 것입니다."

"한데, 아직 다른 놈은 포섭하지 못했느냐?"

"북구를 내친 후엔 놈의 집무실 근처로 새 인원은 아예 들어가 볼 수도 없었습니다. 틈이라곤 보이지 않는 놈입니다."

"틈이 왜 없겠느냐. 그 완벽한 놈도 첩이 있질 않으냐."

"하면 화정에게 다시 공작을 해보겠습니다."

"화정이 년이야 패악이나 부릴 줄 알지, 쭉정이라는 걸 아직도 모르느냐? 놈이 화정 그 계집을 아끼지 않는다는 사실에 네 목을 걸지. 새 인원이 왜 없느냐? 다른 첩이 있지 않으냐! 어디까지 떠먹여 줘야 하는 것이냐!"

화정이 어떤 위치인지는 누구보다도 탈각 자신이 잘 안다. 제 목의 지극히 가벼운 가치에 탈각은 바닥에 머리를 쿵 박으며 답했다.

"당장 알아보겠습니다!"

"흥, 황제가 또 손을 쓸 터. 빨리 움직이는 게 좋을 게다."

"명, 받들겠습니다!"

❀

"이건……."

그날 들어온 식재료를 정리하던 민영이 눈썹을 모았다. 식재료는 그녀가 특별히 주문하는 것 말고는 매일 들여오는 것을 쓰고 있었다. 식재료 자체에는 문제가 없었다. 아니, 없어 보였다. 모두 특등품이고 하나같이 신선하며 귀한 재료였다. 하지만 문제가 있었다. 그것도 치명적인 문제가. 민영은 정리하던 것 그대로 내버려 둔 채 집무실로 달려갔다.

"주군."

사량 선생이 눈짓했다. 건융을 머리 위로 들어 올린 채 빙글빙글 돌려주던 무하가 건융을 내려주었다. 하지만 건융이 그의 소매를 꼭 쥐며 보챘다.

"또, 또!"

"좀 있다가 해줄게. 엄마 오신다."

"으응, 또!"

떼를 쓸 만큼 좋아하는 놀이였다. 건융은 나이에 비해 담이 센 건지 꽤 과격하게 노는 걸 즐겼다. 덕분에 이젠 집무실에서 바로 연무장으로 뛰어내려도 비명을 지를지언정 겁을 내진 않았다. 아들이 조르며 보채는 느낌이 좋아서 무하는 마음이 약해졌지만 민영이 달려오는 기세가 심상찮았다.

"엄마가 나랑 못 놀게 하면 어떡해? 그래도 좋아?"

갈등에 잠겼던 건융이 그의 소매를 스르르 놓았다. 그 고민하는 모습이 너무 귀여워서 무하가 건융의 말랑말랑한 볼에 입을 맞추자 답례가 돌아왔다. 축축해진 볼의 감촉에 정말 '사는 것' 같았다. 아직 미완성이지만.

"잠깐만 소인이랑 놀아요."

눈치껏 다가온 애진이 손을 내밀자 건융이 주저하며 안겼다. 거의 동시에 민영이 문을 열고 들어왔다.

"엄마!"

"잠깐만, 건융아. 애진 누나랑 놀고 있어. 엄마가 대장군께 말씀드릴 일이 있어."

민영은 엄마를 반기는 건융조차 미뤘다. 그만큼이나 심상찮은 얼굴을 하고 있었다. 무하가 모르는 척 응대했다.

"무언가. 벌써 음식이 다 된 것 같지는 않은데? 음, 마음이 바뀌어서 나를 보러 왔다고 한다면 그건 그것대로 또 괜찮지만."

"대장군."

민영이 반응 없이 표정만 굳힌 채 저를 똑바로 바라보자 느른하던 무하의 표정에서 감정이 사라졌다. 무표정의 무하는 세상의 차가움을 다 품은 듯 적막과 고요 속에 갇힌 사람처럼 보인다. 차라리 희롱하는 그가 더 나아 보일 정도라 민영은 가끔 저도 모르게 또 간덩이를 키울 때도 있지만 지금은 때가 아니었다.

"오늘 들어온 재료에…… 독이 있습니다."

민영이 대뜸 던져 버린 폭탄에 순간 정적이 일었다. 사량 선생이 즉시 부정했다.

"그럴 리가 없다! 문지방에 독이 든 것을 걸러내는 주술이 걸려 있다."

그 부엌엔 정말 별의별 걸 다 설치해 놓았구나. 하지만 그런 감탄은 나중에, 지금은 설명이 먼저였다.

"그렇다 해도 아마 걸러내지 못했을 것입니다. 재료 하나하나 엔 독이 될 것이 없으니까요."

"하나하나는 괜찮다면? 섞이면 독이 된다는 말인가?"

무하가 물었다.

"네, 맞습니다. 재료가 세 가지 이상 섞이거나, 제각각 조리한 것이라도 음식을 세 가지 이상 먹으면 독으로 변하게 되는 것이었 습니다."

"어찌 알게 된 것이냐?"

무하가 물었다. 무작정 달려오던 민영은 말하기 직전에야 그것 도 설명해야 한다는 걸 깨달았지만 망설이지 않았다. 대답할 수 있는 건 하나였다.

"그게…… 그냥 보였어요."

"보였다?"

"네."

제 눈에 그렇게 보인 걸 어쩌나. 제각각 식재료에서 나온 기운 들이 공중에서 섞이더니 우중충한 보랏빛으로 변하더라고? 황당 하리라는 걸 안다. 그렇다고 말하지 않을 수도 없었다. 민영은 그 런 걸 건융에게, 무하에게 먹일 수는 없었다.

잠시 침묵이 일었다. 그에게서 어떤 불호령이 일어나더라도 꿋 꿋이 말할 것이라, 생각은 했지만 막상 침묵이 길어지니 불안해 졌다. 사량 선생이 침묵을 깼다.

"가보자."

사량 선생이 굳은 얼굴로 앞장섰다.

"숙수의 목을 베는 것도 지겨우니……."

뻣뻣해진 사량 선생의 긴장을 느끼며 그 말이 다시 떠올랐다. 선생이 부엌에 널브러진 것들을 가리키며 물었다.

"이것이냐?"

"네, 정리하려다 그대로 놔두고 나온 것입니다."

신선한 채소와 버섯, 고기, 생선, 오늘은 소금도 들어왔다. 그런데 모든 것들이 같은 기운을 뿜어내고 있었다. 선생이 각 재료를 세 가지씩 들고 뭔가 나직이 읊조렸다. 잠시 후 선생이 말했다.

"네 말이 맞다. 섞이면 독이 되는 것들이다. 주술 독이군."

선생은 혼란스러운 표정으로 그녀를 쳐다보았다. 놀람, 당황, 불신, 의심? 문득 불안감이 솟았다. 기껏 독을 발견하고 쫓겨나는 건 억울했다. 아니, 그보다 자신이 아니라면 이런 독을 다시 막기 어려울 것이다.

"저, 저는 정말 그저 보여서 말씀드린 것입니다. 정말입니다!"

"아니다. 너를 의심하진 않았다. 다른 재료를 준비해 줄 테니 기다려라."

사량 선생은 그날 들어온 모든 식재료를 챙겨서 나갔다. 잠시 후, 애진댁이 직접 재료를 부려 가지고 왔다. 늦어진 터라 그날도 애진댁의 도움을 받아 음식을 했지만 오늘은 두 여인 다 아무 말도 없었다.

그러나 그날도 식사 광경은 그리 다를 것이 없었다. 식사가 끝난 후 무하가 말했다.

"오늘은 이른 저녁에 나가게 될 것이니 지니고 가서 먹을 것을 준비하는 것이 좋겠다."

그 말이 끝이었다. 그런 일이 있는데도 평소와 똑같은 무하의 모습에 민영은 가슴이 아팠다.

방문객이 없는데도 건융을 제 방으로 먼저 보내긴 오늘이 처음이었다. 사량 선생이 먼저 말을 꺼냈다.

"이게 어떻게 된 일입니까? 주모께 그런 능력이 있었습니까?"

하지만 그것에 관해선 무하도 딱히 아는 것이 없었다.

"독이 맞던가?"

"네, 맞습니다. 그것도 주모께서 말씀하신 것과 정확히 일치합니다. 섞이기만 하면 독이 되는 것으로 당장 치명적이진 않지만 장복하면서 몸에 쌓여 치명적이고 고약한 종류였습니다."

어쩌면 무하가 아닌 민영을 노린 것이었을 수도 있다. 음식으로 완성한 순간 사량 선생이 독을 감별했을 테니, 민영을 치워 버릴 좋은 명분이었다. 그렇다고 무하가 목표가 아니란 것도 아니다. 미처 다 섞이지 않은 미완의 독을 먹으면서 완성할 수도 있으니 무하를 해칠 의도는 충분했다. 겨우 숙수를 치워 버릴 목적의 독은 아니었다.

"상당히 공을 들인 독이었습니다. 섞이지 않은 상태라면 저도 밝혀내는 데 며칠이나 걸렸을지 모릅니다. 그런 걸 주모께서는 어찌 그냥 보기만 하고 아신단 말입니까?"

"그냥 보였다……."

"네? 그게 어찌 보입니까?"

"민영이 말하지 않던가, 보이더라고."

사량 선생의 이마에 골이 패었다. 뭔가 오래 고민하던 그가 눈을 휘둥그레 뜨고는 혼자 중얼거리기 시작했다.

"보이다, 보다. 보다? 설마…… 보는 자!"

"보는 자? 그게 뭔가?"

"그건……."

놀란 눈을 하고 입을 뻐끔거리던 사량 선생이 끝내 침을 꿀꺽 삼켰다. 무언가 망설이는 느낌에 무하의 눈이 가늘어졌다.

"혹여 잘못된 건가?"

"아, 아닙니다! 잘못된 거라니요! 그보다 위험한……. 송구합니다. 만일 주모께서 정말 보는 자라면 많이 위험할 수 있습니다."

"위험하다? 왜?"

"'보는 자'는 본질을 꿰뚫어 보는 자입니다. 사람이든 요괴든 하물며 이런 독 같은 것도 '보는 자'의 눈을 속일 수는 없습니다. 만일 그 능력이 알려진다면 누구든 이용하려 들 것입니다."

"혹은 죽이려 들 테지."

무하가 생각을 떠올렸다. 자신이 그 흉한 모습을 하고 있을 때도 민영은, 흉터를 걷어내고 보면…… 이라고 했었다. 웅과 웅에게 한 고백은 사실이었던 것이다. 실제 모습을 보는 것은 아니었으니 몸이 회복된 자신을 알아보진 못했지만 처음 저를 만났을 때부터 혼란스러워한 건 이 때문이었던 듯했다.

무하의 눈이 깊게 가라앉았다. 독을 감별한 것으로 보면 유용하고 도움될 것처럼 느낄 수도 있지만 그보다 위험했다. 누구에게든, 어떤 수를 쓰든 절대 들키지 말아야 할 사실이었다.

"조금 무리한 수를 쓰더라도 서둘러야겠군."

좀 더 원망을 키우더라도 어쩔 수 없게 되었다. 민영을 더 철저히, 본격적으로 보호하기 위해서는 한 가지 방법밖에 없었다.

"건융을 데려와라."

애진에게 전음을 보냈다. 무하가 다가온 기척에 문을 열자 건융이 그대로 부딪칠 듯 내달리며 그를 향해 손을 뻗었다.

"대장!"

방금까지 삭막하게 굳어 있던 무하의 얼굴이 흐늘흐늘 펴졌다.

기세 좋은 아들을 그대로 받아 들어 올린 무하가 건융의 볼에 입술을 쪽 맞췄다. 건융도 자연스럽게 답 뽀뽀를 했다.

"네 엄마는 내게 언제 이렇게 해주려나."

"엄마?"

"나의 하늘, 나의 영광 말이다. 네 뽀뽀도 좋지만 더 좋은 걸 두고 참으려니 미치겠구나."

건융이 고개를 갸웃했다. 해탈에 초탈의 경지에 오른 애진도 얼굴을 물들인 채 고개를 돌리고 있었다.

"선생, 준비되었지?"

"정말 이것을 지금 쓰시려는 것입니까?"

사량 선생이 품을 뒤져 무언가를 꺼내면서 완곡하게 되물었다.

"그러니 가져오라지 않았는가?"

"도련님께서 쓰시는 것이야 당연합니다만, 아직 연치가 어리시니 원래 효력의 십 분지 일도 내지 못할 것이 아까워서 드리는 말씀입니다. 이건 구하기 어려운 건 둘째 치고 두 번은 못 쓰는 것 아닙니까?"

"안다. 꼭 그게 아니라도 다음에 더 좋은 걸 주면 되지. 당장이 더 중요하다."

사량 선생이 건융의 손바닥만 한 작은 호리병을 내밀었다. 어차피 무하가 가져오라고 했으니 당장 쓸 것을 알면서 해본 말이다. 호리병을 받아 쥐고 건융에게 고개를 돌린 무하의 얼굴은 그새 팔불출로 변한 후였다.

"우리 융이, 좋은 거 줄게. 아!"

"좋은 거? 아!"

건융이 뭣도 모르고 아기 새처럼 입을 딱 벌리자, 무하는 호리병 뚜껑을 열어 재빨리 내용물을 그 안에 털어 넣었다.

"어어……."

민영에게 노갈의 알을 주었지만 그 정도로는 부족하다. 노갈의 알은 정제하지 않고 먹여도 되는 가장 기초적인 보양식이었고 이것은 그 몇 단계는 뛰어넘는 영약이었다.

비릿하고 쓴맛에 건융이 인상을 잔뜩 찌푸리고 무하를 원망스럽게 쳐다보았다. 하지만 당장 토하거나 뱉지 못하게 해야 했기에 목 뒤의 수혈을 짚어 잠들게 했다. 무하는 품에서 기절하듯 잠든 건융을 꼭 안은 채 이마를 맞대고 한참이나 쓰다듬었다. 공력을 나눠 약효가 골고루 배이게 하는 것이었다. 잠시 후 민영이 돌아왔을 땐 건융은 애진의 등에 업혀 잠들어 있었다.

❀

지와원 뜰, 턱을 괸 화정이 한가로이 날고 있는 나비를 보며 푸념처럼 중얼거렸다.

"쳇, 나비도 저렇게 꽃을 찾아드는데 요즘 상공께서 안 오셔."

황제에게 보이기 위한 일환일 뿐이긴 하지만 어제는 무하가 그녀에게 들르는 날이었다. 그러나 어젠 아예 얼굴을 내비치는 시늉조차 하지 않았다. 때문에 각채의 앞에서도 체면이 말이 아니었다.

각채가 입을 삐죽이며 대꾸했다.

"그년 때문입니다! 요즘 그년이 살판 난 것 같더라고요. 주인님께서 그년의 숙소에 드나든다는 소문이 돌기도 합니다. 아직 소문일 뿐인 것 같긴 한데, 그전에 제가 가서 따끔하게 혼내줄까요?"

"아서라, 소문이 사실이면 어쩌려고 그러니? 괜히 사달 날라."

하지만 화정의 말이 정말 각채를 말리려는 뜻은 아니었다. 각채는 주인의 뜻을 잘 헤아리는 몸종이었다. 화정은 주먹을 불끈

쥐는 각채를 흘긋 보고는 생긋 웃었다.

그날 늦은 저녁, 각채는 주인의 '만류'에도 불구하고 작정하고 민영의 숙소를 찾았다. 불 켜진 방 안에서는 아이와 노는 소리가 났다. 저녁을 마친 시간이라지만 이 시각에 편히 쉴 수 있는 하인은 드물다. 그런데 민영은 주인의 음식 수발을 제외한 어떤 일도 하지 않으니 저렇게 아이와 노닥거릴 수도 있다. 민영이 벌을 받는 게 아니라 총애를 받는 것이란 소문이 불거진 데는 이런 이유도 있었다.

각채는 화정만 모시면 되는데도 각종 빨래와 청소, 집 안팎 단장과 소소한 심부름들, 화정의 까다로운 입맛에 맞춰 몇 번이나 들고 내는 음식들까지, 하루에도 몸이 서너 개였으면 좋을 때가 많았다. 그런 저보다 민영의 처지가 훨씬 나았다. 순식간에 분탕질하려는 이유가 뒤집혔다.

"이보시오, 거기. 나와보시오!"

건융이 깜짝 놀라며 울음을 터뜨렸다. 사감을 담은 각채의 목소리는 신경질적이고 듣기 거북할 정도의 고음이었다. 민영이 건융을 달래면서 밖으로 소리쳤다.

"……무슨 일이신가요?"

"나오라면 나올 것이지, 무슨 말이 많아."

저 때문에 아이가 겁을 먹은 것에 기세등등해진 각채가 더욱 험악하게 지껄였다. 민영이 저보다 나이는 다섯 살은 더 많지만 저는 화정의 몸종이 된 지 삼 년 차였고 민영은 이 집에 들어온 지 한 달도 되지 않은 신참이다. 무엇보다 민영은 종신 하인이니 신분부터가 다르다. 각채는 얼마든지 저가 우위라고 여겼다. 안주인 자리가 빈 이때 화정이 자리를 잘 잡아둬야 제 앞날이 편했다. 그 자리를 잡는 데 제가 역할을 잘한다면 제 앞날도 펼 터. 각채는 민영이 아이를 안고 나오는 모습을 눈을 가늘게 뜨고 노려보았다.

"혹이 달렸다지만 굼뜨기는."

대놓고 시비를 걸러 왔다고 표하는 이에게 용건을 물을 필요는 없어 보였다. 그것도 건융을 빗대어 험한 소리를 하는 이를 민영은 좋게 상대하고 싶지도 않았다.

"함부로 말하지 마시오! 왜 온 거요!"

"그쪽 하는 꼬락서니가 가관이라 찾아왔소."

"그쪽과 나와는 아무 연관이 없는데 왜 시비를 거는 거요?"

"그쪽? 종년 주제에 지금 나보고 그쪽이라고 했어? 그리고 뭐? 시비라니, 지금 이 각채가 그딴 짓이나 한단 말이야?"

"지금 하는 게 딱 시비요. 그리고 그쪽도 하녀인 걸로 아는데, 스스로 뭐라도 되는 줄 아시오?"

"뭐라! 이, 이년이!"

각채가 한 대 치기라도 할 듯 손을 을러메자 건융이 민영의 품에 파고들었다. 긴장한 어미의 기분을 느끼는지 소리도 내지 못하고 고개를 파묻는 아들을 토닥이는 민영의 손이 부들부들 떨렸다.

"함부로 그 입 놀리지 마! 누구의 위세를 업고 이리 소란이든 그건 네 힘이 아니라 네 주인의 힘이야. 설사 네 주인 위세가 그리 좋다 해도 네 주인이 내 주인보다 높든?"

"그래, 네가 결국 본색을 드러내는구나! 감히 어디다 꼬리를 치는 거야!"

"꼬리를 쳐? 내가 말이냐?"

"하! 몰라서 하는 말이냐! 네가 대장군께 꼬리 친다는 건 이 집에 모르는 이가 없어! 네가 감히 공주의 유품을 깨고도 이리 호강하는 게 몸뚱어리 굴려서가 아니라면 뭐겠어!"

"저 생각하는 대로 남도 그러할 거라 여기는 게 화조가 따로 없구나. 마음대로 지껄여라."

무작정 시비를 걸러 온 자다. 이유도 없고 논리도 없다. 이런 이를 상대하는 자체가 시간 낭비였다. 민영은 각채를 무시하고 들어가 버리려 했다. 하지만 각채는 민영의 생각보다 훨씬 비상식적인 인간이었다. 각채가 왁, 소리를 지르며 민영에게 달려들었다.

"이년이!"

화조란 남부 용골산 화산 지대에 사는 새의 이름으로 크기는 망아지만 한데 머리는 어른 주먹만큼 작은 기형적인 생김새를 지닌 날지 못하는 새다. 머리가 나빠서 직진밖에 할 줄 모르고 가끔 물속에 비친 제 모습을 적이라고 오인해 달려들어 빠져 죽을 만큼 어리석다. 덩치 크고 머리가 나쁘다는 핀잔도 자주 듣는 각채가 가장 듣기 싫어하는 별명이 화조였다. 그걸 몰랐던 것이 민영의 실수라면 실수였다.

"건융아!"

민영은 필사적으로 건융을 감싸 안았다. 저 혼자라면 피하기라도 했을 것이다. 그러나 건융을 안은 채로 황소처럼 달려드는 각채에게서 벗어날 수는 없었다. 순간, 달려드는 각채의 낌새가 이상하리만치 위험하게 변했다. 민영은 보지 못했지만 을러메었던 손을 내려치는 순간 손에서 묘한 빛이 번쩍였다. 그때였다. 챙, 하는 소리와 함께 숨넘어갈 듯한 비명이 들렸다. 바닥에 나뒹군 각채가 숨을 컥컥 몰아쉬며 버둥대고 있었다.

무하였다. 언제 나타난 것인지 칼집째 든 무하가 각채와 민영의 사이에 서 있었다.

"감히 내 것을 상하게 하려 하다니 간덩이가 부었구나. 아니, 네 주인의 간덩이가 부은 것이냐?"

그르르르르.

각채의 상태가 이상했다. 민영을 해치려다 실패해서가 아니라 반쯤 정신이 나가 보였다. 잠시 무하에게도 눈을 번뜩이던 각채가 돌연 기함한 표정으로 바닥에 엎드렸다.

"아, 아닙니다! 컥, 콜록! 제, 제가 저년 노는 꼴이 심기가 상하와……. 그, 그래서 그런 것입니다! 화정 마님은 오히려 저를 말리셨습니다!"

엎드려 빌고 있는 각채는 그새 정신을 찾은 것처럼 보였다. 그 와중에도 화정을 두둔하는 걸 보면 충성심은 있었다.

"화정이 말렸다라……."

"그, 그러하옵니다! 그러하옵니다!"

"민영은 내 것이다. 내 것을 내가 원하는 대로 부리는데 네가 심기가 상했다는 것이냐?"

"그, 그것이 아니오라……."

죽을상을 한 각채가 필사적으로 부정했다.

"말이 이랬다저랬다 바뀌는구나. 여봐라, 이 방자한 년을 데려다가 태형 열 대를 내리거라. 그리고 내 것에 대해 함부로 지껄이는 저 주둥이도 다스려 주어라!"

무하의 말이 끝나기 무섭게 있는 줄도 몰랐던 사내 하나가 울부짖는 각채를 끌고 갔다. 그 광경을 안채를 오가는 하인과 하녀들이 몰려서 보고 있었다. 그들이 저마다 놀란 얼굴을 한 건 각채가 요사를 떤 것이 아니라 무하가 나타난 것 때문이다. 그냥 나타난 것이 아니라 공개적으로 민영을 일러 '내 것'이라고 하기까지 했으니 이로써 소문에 방점을 찍은 셈이었다. 입빠른 이들은 그런 것치고 각채에게 겨우 태형 열 대만 내리는 것은 아직 화정을 총애하기 때문이라며 수군거렸다. 하지만 곧 주인의 손짓 한 번에 돌을 맞은 개미떼처럼 흩어졌다.

무하가 민영을 돌아보며 말했다.

"많이 놀랐을 터이니 오늘은 이만 자고 내일 보자꾸나. 앞으론 네 처소에 함부로 아무나 드나들 수 없을 것이다."

미안하다. 귀로 들은 건 아니지만 그런 말을 들은 것 같다. 그러나 그가 미안할 일은 아니지 않은가. 아니다, 그의 첩 때문에 벌어진 일이니 그 때문에 일어난 일이 맞다!

마음이 이랬다저랬다 널뛰기를 한다. 무럭무럭 솟는 이것이 원망이라면 처음 안채에 발을 들일 때의 두려움을 잊고 제 처지를 망각한 탓이다.

"아닙니다."

민영은 의식적으로 가슴께를 더듬었다. 금빛이 일렁일 그것을 꺼내보지는 않았지만 방패가 되어 저를 막아주는 느낌이었다. 자신의 무의식적인 손짓을 무하가 하나도 놓치지 않고 지켜보는 것도 모른 채 민영은 그가 가기만을 기다렸다. 그런데 눈앞에 그림자가 사라지지 않는다. 얼결에 고개를 들고 보니 뚫어지게 저를 응시하고 있는 그와 눈이 마주쳤다.

"내 여자가 되지 않겠느냐?"

민영의 심장이 요동치며 붉은 감정을 울컥울컥 뱉어냈다. 밉고 야속하고…… 그립다! 손에 더 꼭 힘을 주었다. 따뜻한 감촉이 지켜주는 느낌이 들었다. 흔들리지 않아! 그에게, 아니, 자신에게 소리쳤다.

"아니오."

"너무 단정하지 말라고 했다."

"제 대답은 바뀌지 않습니다."

"아니, 바뀔 수 있다. 나는 인내심이 깊은 남자니라. 만일 네가 무슨 이유로든 너를 내게 준다면 나는 거부할 마음이 없다. 하니 언제든 내게 올 준비를 해라."

절대 그러지 않을 거란 대답은 할 수 없었다. 그는 벌써 사라지고 만 후였다.

의식하지 못하고 있었는데 어깨가 무거웠다. 각채 때문에 많이 놀랐을 텐데 다행히 건융은 편안한 얼굴로 늘어진 채 잠이 들어 있었다.

건융을 눕히고 민영도 누웠지만 그녀는 쉽사리 잠들 수가 없었다. 각채의 일은 지워 버린 지 오래였다.

"내 여자가 되지 않겠느냐?"

새벽녘, 민영은 다시 그렇게 묻는 그에게 고개를 끄덕이는 저를 보고 깜짝 놀라 꿈에서 깨었다.

각채는 얼굴과 엉덩이가 두 배는 부풀어 제 형상을 찾기 어려운 모습으로 지와원에 던져졌다.

"이게 어쩐 일이냐!"

화정이 고운 얼굴을 찡그리며 물었지만 입술이 세 배로 커진 각채는 대답할 수 없었다. 대신 각채를 데려온 하인이 민영의 숙소에서 일어난 일을 소상하게 전달했다. 자기 방으로 돌아온 화정이 입술을 늘어뜨리며 속삭였다.

"그랬단 말이지?"

화정이 요사하게 웃었다.

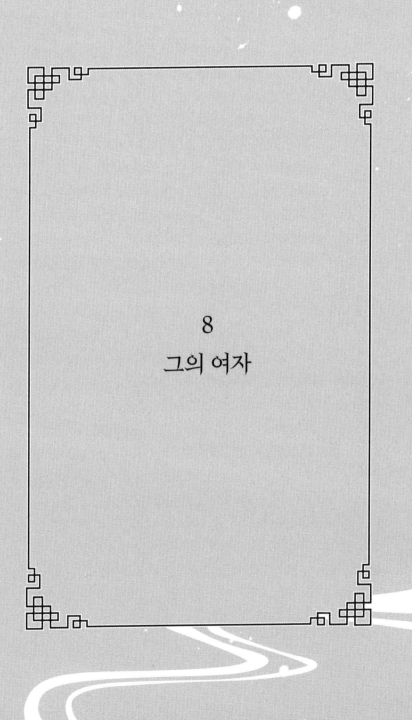

8
그의 여자

벌써 사흘째, 무하는 일과가 끝난 후 거르지 않고 똑같은 말로 민영의 속을 긁었다. 그나마 다행인 건 사량 선생과 애진은 없을 때 일이라는 것이다.

"내 여자가 되어라. 그냥 내 것인 것보다 내 여자인 편이 훨씬 좋지 않겠느냐?"

속이 치민다. 그가 어제 어디에 갔다 왔는지 몰랐으면 모를까, 너무도 뻔뻔했다. 각채는 다시 민영의 숙소에 얼씬도 하지 않았지만 처음 왔던 하녀들은 계속 오갔다. 하녀는 어젯밤도 그녀의 방 앞에서 의도가 분명한 대화를 나누고 갔다.

무하는 어젯밤 화정의 처소에 들었다. 그는 어제 야식을 준비해 달라고 하지 않았다…….

"전에도 말씀드렸지만 저는 남의 것을 탐하지 않습니다."

"지금 그 자리가 공석이라지 않은가."

"저는 관심 없으니 관심 많은 다른 여인을 찾으소서."

"내게 다른 여인을 품어라? 정말?"

"……제 허락이 필요한 일은 아닌 듯싶습니다."

왜 곧바로 답이 나오지 않은 걸까. 뭔가 속을 후빈다. 어젯밤부터 시작된 이 기분은 점점 심해지면서 그예 통증으로 치닫고 있었다.

"나는 허락하지 않을 것인데."

"네?"

민영은 고집스럽게 그의 목젖만 쳐다보겠다던 다짐을 잊고 시선을 들었다.

"나는 절대 너를 다른 이에게 내주지 않을 것이다. 누군가 너를 차지하려는 이가 있다면 나와 사생결단을 해야 할 것이다. 넌 나만의 것이야."

고개를 내리려 했지만 이글거리는 시선에 잡히고 말았다. 뱃속이 조여왔다. 평상시 감정이 숨겨져 있던 눈 속에 타는 듯한 열망이 끓어오르고 있었다. 닿는 순간 뜨거운 욕망에 재도 남지 않을 것 같았다. 그것이 어째서 다정하고 따뜻한 욕망과 겹쳐 보이는 것일까?

맙소사, 미쳤다. 또다시 저를 흔드는 착란에 민영은 황급히 눈을 내렸다.

"……저는 관심 없습니다."

"애석하구나. 나는 관심 많은데. 네 아들이 차지하고 있는 그쪽, 그쪽, 그리고 그쪽에도."

건융은 민영의 가슴에 기대어 꾸벅꾸벅 졸고 있었다. 무하는 말하면서 순서대로 건융이 기대어 있는 가슴과 허리, 목덜미와 둔부를 눈으로 훑었다. 민영이 파르르 떨자 그가 웃음을 터뜨렸다. 그러나 민영은 무하의 희롱에 발끈하면서도 순간 그에게서 자제심을 느끼는 저가 더 요망했다. 정말로 무하가 극도로 인내하며 저를 기다리는 것처럼 느껴졌다.

"이만, 물러나도 되겠습니까?"

꽤 담담한 척 말하고 있었지만 실은 꽁무니를 빼고 도망치는 것이었다. 문제는 그가 그걸 알고 있다는 것이다. 아니, 그것만이 아니라 무하는 제가 속상해하며 마음 끓이는 이유도 아는 것 같았다. 민영이 황급히 문을 빠져나오자 무하의 웃음소리가 뒤따랐다.

민영은 달아나듯 뛰었다. 멀어지는 그들 모자를 작은 그림자 하나가 지켜보고 있었다.

"후우……."

민영은 하녀 하나를 지나치며 작게 한숨을 쉬었다.

접객실에 있을 때는 채명도 곁에 있고 애진댁이 살갑게 대해줘서 몰랐다. 안채로 넘어온 후에도 충격을 소화하는 시간이 길었던 데다 사람들과 마주칠 새가 없어서 느낄 수 없었다.

누각의 2층, 3층은 통제된 구간이라지만 1층은 광천대주가 집무를 보는 곳이라 오가는 대원들과 하인 하녀들이 많았다. 그마저도 민영이 다른 입구로 다닌 후부터 자주 마주치진 못했지만 아주 사람을 보지 못하고 살 정도는 아니었다. 일부러 가까이 다가오는 이들은 없었지만 그래도 눈인사 정도는 했던 것 같다. 그런데 지금은…….

민영은 며칠 투명인간이 된 느낌을 실감하고 있었다. 아니, 왕따라는 말이 더 어울릴지도 모르겠다. 근처에선 보이지도 않는 척 지나치는 이들이 몇 걸음만 떨어지면 곁눈으로 훑으며 자기들끼리 속삭였다. 대부분 질시의 시선이긴 했으나 어떤 이는 호기심과 선망을 보이기도 했다. 그러나 두 부류 양쪽 다 그녀를 못 본 체하긴 마찬가지였다.

각채와의 일은 한밤에 벌어졌는데도 다음 날 새벽이 되기 전에 집 안에 모르는 이가 없었다. 덕분에 민영이 주인의 다음번 여인이 될 거라는 소문이 날개를 달고 온 집 안에 퍼졌다. 그러나 그의 곁엔 삼 년이나 지킨 첩이 있고 지금도 왕래한다. 하지만 줄줄이 이어지던 여인 중 주인이 직접 나서서 '내 것'이라 선언한 여인은 민영이 처음이니 사람들은 어느 줄을 잡아야 할지 눈치를 보는 것이었다.

'다 아니라고!'

그러나 항변도 누구든 상대하는 이가 있어야 할 수 있는 거다. 심지어 애진댁마저도 은근하게 웃기만 할 뿐이니 민영은 힘이 빠지고 말았다. 아니, 정말 중요한 건 남들의 시선이나 생각 따위가 아니었다. 그의 숨소리, 그가 먹는 모습, 그의 음성, 저를 지그시 바라보는 그의 눈빛, 그 모든 것을 견딜 수가 없다는 게 가장 큰 문제였다. 또 뻔히 끝을 알면서도 갈팡질팡하는 마음이 잡히지 않는 것 역시 문제였다. 맙소사, 저는 흔들리고 있었다!

주의가 흐트러진 탓이었을까, 민영은 문 앞에서 갑자기 달려드는 이를 미처 피하지 못했다. 본능적으로 몸이 앞섰다. 건융이 상대의 발에 채이기 직전 아슬아슬하게 잡아당길 수 있었지만 대신 민영이 넘어졌다. 그러나 비명을 지른 건 상대 여자였다.

"아악, 어째!"

여자가 내동댕이쳐진 그릇들을 보며 민영을 노려보았다. 건융이 다칠 뻔한 걸 생각하면 화가 날 일이었지만 자신도, 건융도 무사하니 민영은 일단 여자에게 사과했다.

"저…… 죄송해요. 괜찮으세요?"

"이게 괜찮아 보이……."

고함이라도 지를 듯 얼굴을 일그러뜨리던 여자가 중간에 말을 바꾸더니 억지 미소까지 지어 보이며 말했다.

"아, 아니에요. 앞을 안 보고 급히 달린 제 잘못이죠. 그나저나 다 떨어져 버렸네요."

여인이 보라는 듯 제 손목을 감싸며 널브러진 소반을 내려다보았다.

"제가 주워드리지요."

여인의 행동이 미심쩍긴 했지만 어찌 됐든 소반을 떨어뜨린 건 제 탓이기에 민영은 흩어진 그릇을 모았다. 그런데 뒤에서 갑자기 건융이 울음을 터뜨렸다. 여인이 건융의 머리를 우악스럽게 헝클어뜨리고 있었다.

"무슨 짓이에요!"

민영은 건융을 감싸 안으며 여인에게서 물러났다.

"그냥 귀여워서 쓰다듬어 주었을 뿐인데……. 어머나, 울릴 생각은 없었어요."

여인은 묘한 웃음을 지어 보이더니 소반을 들고 가버렸다.

"건융아, 괜찮아?"

"엄마……."

건융이 얼굴을 파묻고 훌쩍거렸다.

"미안해, 융아. 다음엔 엄마가 다른 사람이 절대 못 건들게 할게. 미안해."

민영이 몇 번 더 토닥이자 건융은 흐느낌을 멈췄다. 아무리 생각해도 너무 불쾌한 여자였다. 특히 마지막의 그 웃음은 마치 독사가 눈을 번들거리는 듯해 더욱 기분 나빴다.

평소라면 신나서 걸어갔을 건융이 놀라서인지 그대로 안겨 있었다. 거의 다 온 길이니 상관없었다. 그런데 자꾸만 건융의 몸이 무거워지는 것 같았다. 민영이 헝클어진 건융의 머리를 쓰다듬으려는데 뜨거운 열이 느껴졌다. 순간 건융의 머리에서 이상한 것이 보였다. 얼마 전부터 보게 된 그것이었다. 식재료들이 내뿜던 저마다의 기운. 그걸 사람에게서 보는 건 처음이었다. 그런데 건융에게서, 그것도 독을 뜻하는 흉흉한 보랏빛이 흘러나오고 있었다.

"융아, 융아!"

민영이 비명을 질렀다. 건융은 몇 번이나 눈을 뜨려 애쓰다가 그대로 고개를 떨어뜨리고 말았다.

"악, 안 돼! 안 돼, 융아!"

민영은 말 그대로 눈앞이 하얘졌다. 숨이 멎을 것 같았다. 삼 년 전 겪었던 그 절망이 다시 몰아치려 했다. 그녀가 마지막에 정신을 차릴 수 있었던 건 건융이 가늘게 숨을 쉬고 있었기 때문이었다. 도중에 달려간 기억은 싹 지워진 채 민영은 그의 앞에 엎드려 빌었다.

"살려주세요, 제발! 제발 제 아들을 살려주세요."

"무슨 일인데 이리 소란인가."

사량 선생이 먼저 다가왔다. 주술에 통달한 자는 의술에도 뛰어나다 들었다. 소문이 돈 요 며칠 특히나 쌀쌀맞았던 선생이었지만 민영은 그에게 매달릴 수밖에 없었다.

"제 아들이 독에 당했습니다! 제발 살려주세요!"

말을 하는 이 순간에도 건융의 생명이 빠져나가는 것 같았다.

"뭣이라?"

선생이 잔뜩 찌푸린 얼굴을 하고선 건융을 살폈다.

"머리입니다! 어떤 여자가 건융의 머리를 만지고 저렇게 되었습니다."

어느새 무하가 단상 아래로 내려와 있었다. 그래도 그동안 같

이 보낸 시간이 있었으니 일말의 연민이라도 보이리라 생각했건
만, 잠든 듯 누운 건융을 내려다보는 그의 눈빛은 마치 무생물을
보듯 아무런 감정도 내비치지 않고 있었다.

"뉘냐."

그의 목소리가 아주 낮게 가라앉아 있었다. 뒤늦게 저에게 물
은 말이라는 걸 알고 민영이 답했다.

"모릅니다, 처음 보는 여자였습니다."

"찾아라."

그건 그녀에게 한 말이 아니었다. 그는 다시 무표정한 얼굴로
사량 선생에게 물었다.

"어떤가?"

사량 선생이 조금 망설이더니 고개를 저었다. 그 작은 동작에
민영은 숨이 멎는 것 같았다.

"독이 맞습니다. 하지만 머리에 직격으로 맞은 거라 약으로 손
을 쓰긴 늦습니다."

"하면?"

"공력을 넣어 뽑아내야 합니다. 한시가 급합니다."

"사, 살려주세요! 제가 할 수 있는 무엇이든 할 것입니다! 뭐든,
그러니 제발!"

"그 '뭐든'이라는 것이 내가 생각하는 그것이 맞는가?"

그가 입술을 비틀었다. 민영은 순간 가슴이 덜컥 내려앉았다.
그동안 봐왔던 차가움은 그저 시늉인 듯 차원이 다른 날카로움이
가슴을 찔렀다. 입만 벙긋거리는 그녀에게 무하가 냉소했다.

"넌 나를 아들 목숨을 담보로 몸이나 탐하는 놈으로 생각한 거
로군."

"그, 그건 아니······. 자, 잘못했습니다. 제발······!"

"아니, 되었다. 살려보지. 아이가 잘못되면 어미도 잘못될 것 같으니. 하나 알아둘 것이 있다. 아니……, 그건 끝나고 얘기하지."

그는 민영을 차갑게 외면한 채 건융을 받아 눕힌 후 머리와 가슴에 손을 얹었다. 민영은 그의 손에서 나온 푸른빛이 건융의 몸 안으로 들어가는 것을 볼 수 있었다. 잠시 후 푸른 막에 둘러싸인 음울한 보랏빛이 나오는 순간, 사량 선생이 건융의 머리 위에 받치고 있던 하얀 면포에 검은색 얼룩이 생겼다.

사량 선생이 건융의 맥을 다시 짚더니 고개를 끄덕였다. 선생은 품에서 작은 호리병을 꺼내 건융의 입에 넣고는 민영에게 말했다.

"되었다. 아이는 무사하다. 주군께서 완벽히 조치하셨으니, 자고 일어나면 아무렇지도 않을 것이다."

금방이라도 멈출 것처럼 가늘게 숨을 쉬던 건융이 깊은 숨소리를 내며 편한 얼굴을 하고 있었다. 민영은 아들의 얼굴에 입을 맞추곤 무하에게 절했다.

"가, 감사합니다! 감사합니다, 대장군!"

"민영."

"……네."

그에게 이름으로 불린 건 처음이었다. 하지만 뼛속까지 시릴 듯 차갑게 느껴졌다.

"네 생각은 잘 알았다. 아까 끝난 후 말한다고 했지."

"네, 말씀하소서."

"그리 마음에 들진 않는다만 나는 네 제안을 거절하지 않을 것이다. 무슨 뜻인지는 네가 더 잘 알 것이다. 하나 이제까지와는 다를 것이다. 나는 네가 날 여기는 만큼만 널 상대해 줄 터이니."

민영은 눈을 감았다. 후회가 밀려들었지만 이미 늦었다. 가장 나쁜 방식으로 그를 모욕하고 말았다.

"내 여자가 되는 것은 거부했으니 그저 내 것이 되는 수밖에. 너는 내 침상을 데워주는 것 말고는 앞으로도 똑같이 일해야 한다."

"……."

"왜 대답이 없는가? 지금이라도 마음을 바꾸고 싶은가?"

잘못했다. 그렇게 말하고 싶었다. 그러나 이미 내뱉은 말을 바꿀 수는 없었다. 그의 차가운 얼굴이 절대 용서해 주지 않을 거라며 뾰족한 방패를 두르고 있었다.

"……아닙니다."

마지막까지 입을 벙긋거렸지만 할 말은 그 하나뿐이었다.

"그럼 이만 오늘 할 일을 해라."

무하가 단상 위로 오르며 쳐다보지도 않은 채 손짓했다. 민영은 문을 닫고 나오며 입술을 깨물었다.

'잘못했어요. 하지만 정말 그런 뜻은 아니었어요.'

지금이라도 말하면 그에게 들릴 것이다. 그러나 그런 비겁한 사과를 스스로 용납할 수 없었다. 부엌으로 천천히 걸어가던 민영이 우뚝 멈췄다.

"나는 네 제안을 거절하지 않을 것이다."

그 순간, 왠지 그의 눈이 참 쓸쓸했던 것 같다. 민영의 눈에서 눈물이 한 방울 툭, 떨어져 내렸다.

민영이 나가자마자 무하는 건융을 품에 안았다. 독과 싸우느라 지친 아이는 그가 주무르고 입을 맞춰도 깨어날 줄을 몰랐다. 한참이나 더 건융의 등을 토닥여 주고 나서야 무하는 입을 열었다.

"놈은 잡았는가?"

어느새 나타난 서구가 부복한 채 대답했다.

"네, 하지만 이미 죽어 있었습니다. 송구합니다."

"아니, 예상했던 바다."

"하온데 놈의 오른손 검지가 없어졌습니다."

"황제가 의심의 그늘을 뻗었군."

무하의 말에 사량 선생이 사라진 검지의 용도를 추측했다.

"놈의 검지에 도련님의 피가 묻어 있었을 것입니다. 주군과 혈연을 확인해 보려 함일 테지요."

대조할 피만 있다면 얼마든지 가능하다. 민영이 알고 있는 DNA 검사 이상으로 확실한 혈연을 증명하는 방법이었다. 서구의 눈이 크게 벌어졌다.

"당장 찾겠습니다! 놈을 쫓는 동시에 곧바로 통제했으니 분명 찾아낼 수 있을 것입니다!"

"아니, 찾는 시늉만 하고 실제로 찾진 마라."

"주군?"

"예상했다지 않았느냐. 하지만 찾지도 않으면 그건 그것대로 의심받을 수 있으니 최대한 쫓아라."

"네, 주군."

"놈이 어떻게 안채까지 온 건지는 알아봤는가?"

민영에겐 여인으로만 보였던 범인은 실은 역용한 사내였다. 민영의 경계심을 조금이나마 덜기 위해 여인으로 변장한 것이었다. 놈이 안채 사람이 아닌 건 확실했다. 허락된 사람만 오갈 수 있는 안채에 들어올 수 있었던 건 조력자가 있다는 의미였다.

"화정의 몸종, 각채가 들여보냈습니다."

"화정이 아니고?"

"화정의 개입 여부는 아직 확인하지 못했습니다. 놈은 각채가 정을 통하던 사내 중 하나였습니다."

"날로 방법이 다양해지는군."

화정을 들인 이후 무하는 여인들을 꾸준히 들였다. 화정을 견제하기 위함이기도 하지만 언젠가 되찾아야 할 민영을 위해서였다. 여자들은 차례로 들어왔다가 많은 보상을 받고 나갔다. 모두 그와 밤을 보낸 기억이 또렷이 새겨진 채로. 지녕처럼 가짜 기억에 매여 미련을 보이는 이들도 있었지만 대부분의 여자들은 완예가 무서워서라도 모두 제 발로 나갔다.

황제는 무하의 여인들에게 암살자를 보냈다. 그저 유희의 일환이었다. 완예 공주도 덜 보내지는 않았다. 안됐지만 지키지 못한 여인도 하나 있었다. 죽은 이에겐 핑계밖에 안 될 얘기지만, 욕심이 과해 완예 공주와 직접 드잡이를 하려다 그 자리에서 죽었기에 무하가 지키고 말고 할 새도 없었다.

하지만 언제고 민영은 그 여자들에 대해 손톱을 세울 것이다. 제대로 설명하려면 진땀깨나 흘릴 생각을 하면서도 무하는 상상만으로도 즐거웠다. 그러나 정말 웃기 위해선 앞으로도 많은 준비와 시간이 필요해 보였다.

지난번 각채가 민영을 공격하려 했을 때 그 손에 공력이 흘렀었다. 할 줄 아는 거라곤 화정의 비위 맞추기와 사내들과 뒹구는 것밖에 없는 각채가 저를 스스로 단련했을 리 없다. 황제가 그의 여인을 해하려는 새로운 암살 방법이 또 늘어났다는 의미였다. 그러나 무슨 방법이든 절대 소용없겠지만.

"처분은 어찌하시렵니까?"

"화정에게 맡겨라. 놈과 관계가 명백하여 오리발을 내밀 수도 없으니 제 손으로 직접 처리할 것이다."

"명대로 하겠습니다."

서구가 물러났다. 그러고도 시간이 꽤 흐르도록 무하는 계속 아들을 어루만졌다. 보듬는 손길에 애가 끓었다.

"탈은 없겠지?"

사량 선생이 답했다.

"주군께서 직접 손을 쓰셨잖습니까. 그것이 아니어도 무려 이 백년 묵은 회회 요괴의 내단의 힘이 먼저 자리 잡고 있으니 그만한 독은 하루만 지나도 사라졌을 것입니다."

지난번 무하가 사량 선생의 염려에도 불구하고 먹인 것이 회회 요괴의 내단을 정제한 약이었다. 회회 요괴는 두꺼비 몸에 사람 얼굴을 한 요괴로, 인간 아이를 납치해 몸 안에 알을 낳아 새끼들 먹이로 삼는다. 아이는 요괴 새끼들에게 몸과 영혼까지 잡아먹히고, 새끼들은 아이를 닮은 모습으로 태어나 아이의 부모를 찾아가 마을을 초토화시킨다. 당연히 발견 즉시 토벌해야 할 질 나쁜 요괴였다. 오래 묵은 놈은 가끔 내단이 나오는데 내단은 해독과 공력을 높이는 효력이 있기에 극히 귀한 취급을 받았다. 귀한 건 차치하고 회회 요괴의 내단은 일생에 한 번만 효력을 주면서 어릴수록 효과가 반감하기에 사량 선생이 섭취를 늦추길 권했었던 것이다. 하지만 그걸 먹은 덕분에 건융이 이번 독에서 무사했다.

"민영이 사람 몸의 기운도 볼 줄 아는가 보군."

"처음부터 그랬던 건 아닌 것 같은데……, 아마도 맞는 것 같습니다."

"민영에 대해 알려지지 않도록 더 주의해야 할 거야. 그리고 민영이 또 어떤 걸 보는지도 알아봐야 할 것 같아. ……나중에."

"네, 그러겠습니다."

무하는 다시 말없이 건융만 토닥였다. 사량 선생이 조심스럽게 물었다.

"주군, 많이…… 기분이 상하신 것입니까?"

"내가? 설마 민영에게 말인가? 내가 그럴 자격이 있는가? 이 어린 것에게 이런 일을 겪게 한 내가 감히 기분이 상한단 말인가!"

"……만반의 대비를 하셨지 않습니까."

"아무리 대비했다고 한들 건융과 민영이 겪는 고통이 덜해졌는가?"

무하는 다시 건융을 보듬었다. 미안하고 또 미안했다. 그나마 규칙적으로 새근거리는 건융의 숨소리가 그의 마음을 위로해 주었다.

"주군, 차라리 주모께 말씀드리는 것이 낫지 않습니까? 주모께서도 아셔야……."

"아니, 그럴 순 없다. 만일…… 떠나 보내려면 민영은 결코 몰라야 한다."

"그것이 주모께 더 모진 일일 수도 있습니다!"

'주군에게도 그것이 가장 모진 일이지 않습니까!'

"선생, 건융을 보고 있노라면…… 나는 할아버지의 마음을 이해할 수 있다. 내 여자와 내 아들을 살릴 수만 있다면 난 내가 가진 모든 것을 내려놓고 목숨도 바칠 수 있다."

"주군께서 목숨을 바칠 일은 없을 것입니다! 제가, 제가 이번엔 절대로 그런 일이 생기게 하지 않을 것입니다!"

"고맙다, 선생. 선생에겐 빚이 많아."

"그런 말씀 마십시오!"

발끈하는 사량 선생에게 무하는 피식 웃어 보였다. 지독히도 씁쓸한, 자신을 향한 조소였다. 무하는 민영을 비추는 구슬을 지켜보다가 말했다.

"오늘은 석유산으로 갈 것이야. 그동안 어미 잃은 삵견을 찾았

었는데 아직 찾지 못했으니 빙화부터 가져와야겠어. 삼 년쯤 묵혀
뒀으니 이제 딸 때도 되었지. 강아지는 선생이 적당히 찾아줘."

"……알겠습니다."

"당장 출발하겠다. 모레 밤, 형선에게 일러 신방을 꾸며줘."

사량 선생은 고개를 숙였다. 씁쓸해하면서도 순간 살아나는 무
하의 눈빛에 선생은 민영이 그에게 얼마나 중요한지 다시 한 번 알
수 있었다. 고통과 절망으로 점철된 무하의 삶에 빛줄기가 되어주
는 한 선생은 민영을 위한 무엇이든 해줄 수 있다. 우선, 최고의
신방을 꾸미는 것부터.

❀

찰방찰방, 자욱한 물안개 속에서 물 튕기는 소리만 들렸다. 규
칙적으로 들리는 소리가 노랫가락처럼 울렸지만 그 안에 있는 이
의 심기까지 어루만져 주지는 못했다.

"이제 일어나셔도 됩니다."

애진댁이 민영의 등을 밀던 수건을 거두며 속삭이듯 말했다.
오늘 시중을 들러 오는 순간부터 애진댁은 민영에게 말을 높였다.
원래 그의 여인들을 보살피던 역할을 했다며 대수롭지 않게 고백
하는 애진댁의 말에 민영은 잠시 배신감을 느끼기도 했지만 애초
에 그녀는 거짓말을 한 적은 없었다. 오히려 애진댁이 자연스럽게
사량 선생과 대장군에게 직접 명을 받는 것을 이상하게 생각하지
못했던 제가 어리석었던 것뿐이다.

좀 더 있으면 안 될까요? 뻔히 눈빛을 다 읽었을 텐데도 애진댁
은 그저 웃으며 민영의 팔을 부축했다.

애진댁의 얼굴에 소리 없는 탄사가 스쳤다. 미리 말을 높여 신

분에 선을 긋지 않았다면 얼굴만 예쁜 게 아니라 몸도 예쁘다며 주책없는 칭찬을 아끼지 않았을 것이다.

물에 젖어 터질 것 같은 입술과 빠질 것 같은 깊은 눈도 매혹적이었지만 민영의 목 아래 드러난 몸은 같은 여자가 봐도 감탄스러웠다. 젖은 머리카락에 살짝 가려진 가슴은 모양 좋게 솟아 있었고 잘록한 허리에 쭉 뻗은 매끈한 다리와 당겨진 둔부는 사내들의 애간장을 녹일 만큼 환상적이었다. 물론 그걸 볼 수 있는 사내는 하나뿐이겠지만.

"계속 젖은 채로 계시면 몸이 상합니다. 어서 가시지요."

애진댁의 부드러운 재촉에 민영은 발걸음을 떼었다. 욕실을 나오다가 걱정스레 고개를 돌리자 묻기도 전에 애진댁이 말했다.

"도련님은 애진이 잘 돌보고 있으니 괜찮습니다. 제 딸이라서가 아니라, 많이 부족하지 않도록 가르쳤으니 도련님 걱정은 하지 않으셔도 됩니다."

신분제 사회니 이해하려 해도 하룻밤 새 이토록 다르게 대할 수 있는 건가 싶다. 마치 준비된 듯한 말의 내용에 민영은 묘한 위화감을 느꼈다. 그런데 지녕에겐 이러지 않았던 것 같던데? 지녕을 떠올리며 엉뚱하게도 가슴을 찌르는 뾰족한 생각이 무엇인지는 무시해야 했다.

"그게……. 네, 고마워요."

건융은 밤에는 절대 엄마와 떨어지려 하지 않았다. 그건 그토록 좋아하는 채명에게도 마찬가지였다. 애진에게 맡기고 나오면서 울며 매달리려는 건융에게 금빛 목걸이를 걸어주었다. 제가 아무리 보채도 그것만은 주지 않던 엄마가 내어주는 목걸이를 걸자 건융은 마지못해 애진에게 안겨 손을 흔들었다. 그래도 또 울었을 텐데.

"바로 옆방에 있으니 설령 무슨 일이 생겨도 괜찮아요. 어서요, 대장군께서 속이 다 타시겠어요."

다 안다는 듯 애진댁이 채근했다. 정말 서두르려는 것인지 단장하는 시간은 씻는 시간보다 짧았다. 하지만 준비된 잠자리 옷을 보는 순간 민영은 아찔했다. 옅은 분홍빛에 다 비치는 천에 겨우 끈으로 매듭을 지은 것도 옷이라고 칭할 수 있다면 이게 바로 그런 것일 게다. 다행히 그 위에 걸치는 것이 또 있었다. 두루마기처럼 덮어쓰는 푸른색 긴 겉옷은 몸을 다 감쌀 정도로 넉넉하고 풍성했다.

하지만 걸친 사람 눈에만 다 가린 것처럼 보이는 그 옷은 움직일 때마다 하늘거리며 안쪽 자태를 다 비추었다. 남자의 시각적 자극을 극대화시킨 이곳식 최상의 유혹적인 옷이었다. 다행스럽게도 민영은 모르는 덕분에 그대로 준비를 마쳤다.

이제 그에게 갈 차례였다. 한 걸음 한 걸음, 민영은 자꾸만 그날이 생각났다.

오두막에서의 욕실은 호수를 관통하는 작은 개울물이었다. 천령이 씻기 좋게 돌을 쌓아 만들어준 천연 욕실에서 씻고 나올 때도 이렇게 떨었던가. 그가 먼저 씻고 들어가 기다리던 방문을 열 때의 망설임도 기억났다. 그에게로 가면서 천령을 생각하는 것이나 천령을 놓아주고 그에게 안길 생각을 하는 것, 어느 쪽이 더 몹쓸 짓인지 모를 일이다.

이대로 가는 길이 끝나지 않았으면 했다. 하지만 순식간에 짧아진 길은 어느새 문 하나를 성큼 앞으로 당겨왔다. 애진댁이 멈춘 방 앞에선 은은한 붉은빛이 흘러나오고 있었다. 애진댁은 민영이 더 망설일 새도 없이 문을 열어 안으로 그녀를 떠밀고는 떠나버렸다.

민영의 앞에는 발 하나가 가로막혀 있었다. 발 사이로 안이 희미하게 비쳐 보이는데 그는 보이지 않았다. 이대로 뒤돌아설까. 그러나 그런 생각은 민영이 진짜로 실행하기도 전에 그의 목소리가 들리면서 팽개쳐졌다.

"울었나?"

무하는 뒤에서 나타났다. 앗, 하는 순간 그가 민영을 안은 채 발을 넘어갔다. 방 안을 밝히는 붉은 불빛은 안채에 온 후 자주 본 청광이 아닌 붉은 향초에서 나오는 것이었다. 빛을 비추는 용도 말고도 은은한 향기가 새어 나오면서 긴장한 몸을 이완시키고 아주 연하게 감각을 자극하는 역할도 하는 그것은 사량 선생이 직접 심혈을 기울여 만든 것이었다.

안으로 이끌 때 잠시 안겨 있었지만 무하는 어느새 민영과 떨어져 서 있었다. 그가 다시 물었다.

"울었나?"

"……아니오, 울지 않았어요."

어제는 울었지만 오늘은 울지 않았으니 안 울은 거다. 민영은 고개를 들고 무하를 쳐다보았다.

무하도 신부를 기다리는 새신랑처럼 침의를 입고 있었다. 어느 곳 하나 젖지 않은 상태였지만 말간 물 향기가 스치는 것 같았다. 왠지 익숙하면서도 낯선 위화감이 심장 언저리를 쿡쿡 찌르며 혼미해졌다.

"다행이야, 우는 여자를 안고 싶진 않았거든."

무하가 빙긋 웃었다. 심장이 두근두근 요동을 쳤다. 발끝이 곱아들어 한 발짝만 움직여도 넘어질 것 같다.

"많이 기다렸느니. 이제 이리 오라."

무하가 손을 내밀었다. 또 그가 그날 밤의 누군가와 겹쳐 보였다. 참 못쓰게도 그것이 면죄부를 주었다. 곱아들었던 발이 풀리더니 저절로 앞으로 한 발짝 내디뎠다.

"왔네."

그가 낚아채듯 그녀를 안으며 말했다.

"네가 온 거야, 그렇지?"

그와 눈이 마주쳤다. 쿵쿵 뛰는 심장 소리가 머릿속에서 울렸다. 고개라도 돌리고 싶었지만 옴짝달싹하지 못한 채 그대로 숨만 가빠지고 있었다. 민영은 눈을 감는 것조차 할 수 없었다. 무하가 속삭였다.

"말해봐. 너, 정말 아들 때문에 온 건가?"

"……네?"

"모르는 척하지 마. 내게 온 것이 정말 네 아들 때문인 거냐고 물었다."

"그……."

"아니, 대답하지 마."

돌연 그가 민영을 감싸 안으며 침대로 무너졌다.

"네가 원해서 온 거라고 말하지 않을 거면 아무 말도 하지 마라."

"……온 겁니다."

"뭐라?"

"제가 원해서 온 것…… 같다고요."

그가 다시 눈을 맞췄다. 그가 웃는다. 언제 쓸쓸함을 머금었느냔 듯 무하의 눈은 달아올라 있었다.

"오래…… 기다렸다."

여운이 가슴을 두드렸다. 버티지 못한 가슴이 다시 쿵 내려앉았다. 하지만 다음 순간, 민영은 생각이란 것조차 할 수 없게 되었다.

무하는 서두르지 않았다. 천천히, 아주 천천히 입술을 내렸다. 마지막에 눈을 감자 그가 그녀의 입술을 머금었다. 머금은 입술 사이로 혀가 톡톡 문을 열어달라 졸랐다. 부드러운 청에 살며시 입술이 벌어졌다. 하지만 시작의 부드러움은 거짓이었다. 입술이 열리자마자 급히 쳐들어온 혀는 거칠게 입안을 휘저었다. 다음 순간 그녀의 입술은 그에게 송두리째 삼켜지기 시작했다. 머릿속에 천둥이 일었다. 심장 쿵쾅거리는 소리가 귓속에서 소란을 떨더니 시야가 멀어졌다.

바르작거리던 몸에서 점점 힘이 빠지기 시작했다. 민영은 숨을 몰아쉬다가 그의 입술도 함께 삼켰다.

"좋군."

그가 정복자인 양 내려다보며 말했다. 몸이 펄펄 끓어오르는 것 같다. 배꼽 아래가 저릿저릿했다. 그는 알고 있다는 듯 입술을 느리게 늘어뜨렸다.

"네가 온다는 걸 알고부터 형선이 이 옷을 준비했다더군. 마음에 들어. 하지만 그래도 벗는 게 더 마음에 들 것 같아."

형선이 누굴까? 눈만 깜빡이던 민영은 어느새 긴 겉옷이 벗겨진 걸 알았다. 이제 남은 건 속이 훤히 다 내비치는 투명한 옷감 한 겹뿐이었다. 은밀한 손이 옷을 벗기는 줄도 모른 채 입맞춤에 매달려 있었던 것이다.

가슴이 툭 떨어져 내렸다. 이번에 심장을 찌른 건 열정이 아니었다. 하지만 무하는 그녀가 죄책감 같은 것에 빠지는 걸 허락지 않았다. 그나마 몸을 감싸고 있던 천이 끈 하나를 풀자 맥없이 벌어지고 말았다.

앗, 그가 새어 나오는 비명을 삼켜 버렸다. 몸에 닿는 느낌이 매끈했다. 그리고…… 뜨겁고 딱딱한 기운이 당장에라도 쳐들어올 듯 은밀한 중심에 곧장 닿아 있었다. 눈이 휘둥그레진 민영을 달래듯 그가 입술을 핥더니 천천히 쓰다듬으며 입을 떼었다.

"미안. 말했잖으냐, 오래 기다렸다고."

그가 다시 입술을 겹쳤다. 숨을 다 빨아들일 듯한 입맞춤에 민영은 그의 숨을 탐해야 했다.

"하아……."

그가 깊은숨을 토해냈다. 미치겠다, 애타는 속삭임을 들은 것도 같다. 그 노골적인 욕망이 민영에게도 불을 붙였다. 그가 목덜미를 따라 천천히 입술을 내렸다. 봉긋이 솟은 가슴에 닿는 느낌에 뱃속이 화끈거렸다.

'응, 나도 그래, 미칠 것 같아…….'

뉘에게 하는 말인가? 설마, 정말 입 밖으로 토한 말은 아닐 것이다. 아무리 제 마음에 면죄부를 주고 싶다고 해도 이런 망상을 계속하는 거야말로 미친 것이었다. 아는데, 머리로는 아는데 그에게서 자꾸만 천령을 느꼈다.

"안 돼. ……다른 건 몰라도 다른 놈을 끌고 오지는 마. 너는 내 거니까!"

그는 민영이 무슨 생각을 하는지 아는 것처럼 으르렁거렸다. 거칠게 입을 맞춰오는 무하에게 뜨끔하면서도 왜 망상을 완전히 떨치지 못하는 걸까.

부드러움을 던져 버린 무하가 거칠게 민영의 몸을 더듬었다. 사나워진 폭풍에도 흥분한 몸은 저절로 열리기 시작했다. 한순간 모든 생각이 날아갔다. 제 몸의 통제권을 잃은 채 민영은 그가 이끄는 대로 반응했다. 그가 닿는 곳마다 익어버릴 듯 몸이 뜨거워지고 있었다.

"아학!"

신음과 함께 왈칵, 무언가가 흘러나온 것 같았다. 무하는 그 순간을 놓치지 않았다. 그가…… 들어왔다. 깊게 들어온 순간 그는 입술을 떼며 눈을 마주쳤다. 한 번 더. 또 한 번. 다시 한 번. 천천히 몸을 움직이는 그를 그녀 안의 세포가 하나하나 반응하며 느끼고 있었다.

"드디어……."

그가 무어라 말하는 것 같았다. 하지만 들리지 않았다. 먹먹해진 감각은 오로지 그를 느끼는 것에만 집중해 살아 움직였다.

"제발……!"

제가 뭐라 말하는지도 모른 채 민영은 간청했다. 좀 더 해달라고? 아니면 그만둬 달라고? 아마 후자는 아니었을 것이다. 그가 움직이는 것에 맞춰 몸을 흔드는 건 그녀 자신이었다. 마지막 순간 머릿속 안쪽 어딘가가 하얗게 터지고 말았다.

아릿한 쾌감과 통증을 느끼며 아주 잠깐 정신을 놓은 것 같다. 정신을 차렸다 싶었을 때 무하가 중얼거리는 소리가 들렸다.

"거짓말……."

그가 흐르는 줄도 몰랐던 눈물을 닦으며 그녀의 눈가에 입을 맞췄다.

'울었구나.'

왜 울었을까. 제 처지가 처량해서? 천령을 배신해서? 아니면, 무하와 몸을 섞으면서 아득한 기쁨을 느껴서? 방금까지 제가 지르던 신음을 부정할 수 있다면 뭐든 우길 텐데 아무 생각도 나지 않았다.

그가 민영을 안고 몸을 돌렸다. 제 몸에 편안히 기댄 채 숨을 고르는 민영에게 무하가 말했다.

"한 가지만 약조해 주어라."

"……."

"너는 내가 그러라 할 때 떠나라. 네 아들과 멀리멀리. 절대 이곳을 돌아보지 말고."

뭔가 바뀌었다. 이건 원래 저가 하려던 말이었다. 당신에게 다른 여인이 생기면, 버려지는 순간 놓아달라고…… 그렇게 말하려했다. 그런데 그가 먼저 말한다. 가라고, 놓아주겠다고. 그런데도 안도감 같은 건 손톱만큼도 생기지 않는다.

"하지만 그전엔 안 된다. 나 이외에 다른 놈을 쳐다봐서도 안되고, 나를 먼저 떠나려 해서도 안 돼."

'오로지 당신 편의대로 숨죽이고 살라는 것이야? 버림받기 전까지 그렇게?'

이성적이라면 그렇게 따져 물어야 한다. 아니, 따져 묻진 않더라도 그렇게 이해하고 받아들여야 할지도 모른다. 그런데 그 말이다르게 들렸다. 그 다르게 들리는 말을 따를 거냐면 그건 또 아니었다.

"내게 '그러라' 할 때가 언젠가요? 다른 여인을 들일 때? 아니면, 다시 결혼할 때?"

"……당연한 말을 하는군."

"그렇다면 그럴 일은 없겠네요."

"……뭐?"

"전에 말씀하셨죠? 안주인 자리를 원한다면 많이 노력해야 할거라고. 이제부터 많이 노력할게요."

"그게…… 정말인가? 왜?"

"마음이 바뀌었어요. 마음이 바뀌는 데 이유가 있나요? 아니면…… 오늘 대장군이 너무 좋아져서 그런지도 모르지요."

민영이 짐짓 요염하게 웃으며 무하의 가슴에 볼을 비볐다.

"너……!"

민영의 몸이 갑자기 뒤집혔다.

"무슨 생각이냐!"

"정말 생각이 바뀌었어요. 제 아들도 이대로만 자랄 수 있다면 어느 대가댁 서자보다 더 나을 수도 있겠지요."

최대한 가볍게, 빈정거리듯, 혹은 영악하게 내뱉는 그녀의 말에 무하가 으르렁댔다.

"너, 그런다고 내가 지금 보내줄 줄 아느냐? 내가 원할 때가 아니면 안 된다고 했다!"

"믿지 않으시는군요. 하지만 난 정말 노력할 건데……."

민영이 그의 가슴을 스르르 어루만졌다. 새털같이 가벼운 유혹의 손짓에 무하는 순간 포효하듯 신음을 내질렀다.

"네가 자초한 것이다!"

어맛! 짧은 비명이 채 가라앉기 전에 그가 돌진했다. 이번엔 부드러움 같은 건 한 조각도 없는 무자비한 정복자만이 있었다. 입술에, 목덜미에, 가슴에, 그리고 좀 더 아래 은밀한 곳까지, 그는 민영의 몸에 한 군데도 남김없이 소유의 인을 새겼다. 그리고 다시는 놓아주지 않을 듯 깊게 파고든 채 그 안쪽까지 자신의 흔적을 남겼다.

"아흑, 아, 아아……!"

침실은 민영의 비명으로 가득 찼다. 기진한 민영이 몸을 늘어뜨리고 숨을 골랐지만 그가 곧 다시 덮쳤다. 세 번째는 무자비함은 조금 가셨지만 거친 몸놀림은 여전했다. 민영은 다시 까무러쳐야 했다. 그리고 네 번째……. 그 뒤는 기억할 수 없었다.

"너무 좋아져서?"

까무룩, 마지막에 완전히 정신을 놓는 순간 으르렁거리는 말을 들은 것 같다. 만일 꿍꿍이를 감추고 있는 거라면 두려움에 떨어야 했을 것이다. 하지만 기절하듯 잠든 민영의 입가엔 아주 옅은 미소가 맺혀 있었다.

다음 날, 민영이 홀로 눈을 떴을 때 밖은 벌써 해가 높이 떠 있었다. 대장군과 한 침상을 쓰게 되긴 했지만 그녀의 본분은 여전히 그의 먹거리를 책임지는 일이었다. 정신이 반쯤 깨서 서둘러 일어나려던 민영은 그만 다리가 풀려 버려 넘어지고 말았다.

"으악!"

새어 나오는 비명을 참을 수 없었다. 다치진 않았지만 민망한 그곳에 둔통이 일어 일어날 수가 없었다.

"마님, 무슨 일이세요? 어디 다치신 건가요?"

애진댁의 목소리였다. 그러나 낯선 호칭에 잠시 멍했던 민영은 애진댁이 자신의 비명에 들어오려는 거란 걸 깨닫고 소리쳤다.

"아, 아뇨! 잠시만요, 잠시만!"

다행히 침상 옆에 옷이 미리 준비되어 있었다. 통증을 무시하며 허겁지겁 옷을 걸치는 순간 바깥에서 울음소리가 들려왔다. 민영이 문을 열자마자 눈물 콧물 범벅이 된 건융이 달려와 안겼다.

"엄마!"

"오, 건융아. 잘 잤어? 울었어?"

"엄마, 엄마, 엄마!"

건융이 격하게 파고들며 서럽게 울었다. 어제는 괜찮은 것 같더니 역시나 처음 떨어져 잔 것에 충격을 받은 모양이었다. 잘 잤느냐, 엄마는 잘 잤다, 융이는 왜 울까, 큰 형아는 이제 엄마랑 안 자는 거다, 등등 별의별 말로 달랬지만 건융은 엄마를 붙잡고 꼼짝도 못하게 했다.

"엄마 이제 부엌에 가야 하는데, 건융아?"

"안 돼!"

민영이 일하러 간다는 소리를 듣자마자 건융은 다시 울고불고 난리 났다. 이 정도로 놀란 건가 싶어 안쓰럽기도 했지만 이 또한 익숙해지는 과정이라는 생각에 민영은 건융을 떼어놓으려 했다. 그러자 애진댁이 끼어들며 말했다.

"마님, 지금은 안 가셔도 됩니다. 대장군께서는 출타하셨어요."

"애진 형……. 애진댁?"

"호호, 이제 제대로 부르시네요. 지금은 여기 새 처소 구경하시고 쉬세요. 저녁땐 돌아오실지도 모르니 그때에 맞춰 준비하시면 됩니다."

"새 처소라고요?"

그러고 보니 민영이 있는 곳은 낯선 곳이었다. 어젯밤은 워낙 정신이 없어 그저 애진댁이 이끄는 대로 오가서 몰랐는데 자신에게 아예 커다란 대문이 달린 별채가 주어진 것이었다.

"네, 한번 둘러보세요. 선생이 여기 부엌에도 웬만한 건 다 만들어줬으니 이제 전 살판났어요!"

"애진…… 댁이 왜요?"

"어차피 익숙해질 말인데 제발 편히 말씀해 주세요. 아니면 형선이라고 부르셔도 돼요. 아차, 당연히 이 부엌은 제가 일할 곳이니까 그렇지요. 마님이 드실 건 제가 챙겨드릴 거예요."

형선, 이름을 듣고 나니 순간 현기증이 났다. 그 민망한 잠자리 옷을 만든 장본인이 바로 애진댁이었다. 민영은 홧홧 달아오르는 표정을 숨기며 고개를 기울였다.

"마님…… 이요?"

"주인의 여인이시니 당연히 마님이지요. 화정처럼 가짜도 아니고……"

"네?"

"아, 아니에요. 그냥 혼잣말이요. 그런 당연한 호칭 같은 건 굳이 의심하지 마시고 날씨도 좋으니 산책할 겸, 도련님과 함께 나와 보세요."

애진댁은 연신 싱글벙글 웃으면서 주위를 둘러보길 권했다. 언뜻 보이는 바깥 풍경만 봐도 아기자기하고 예쁜 곳이었다. 그러나 애진댁은 곧 통증으로 뻣뻣하여 잘 일어나지 못하는 민영을 눈치 채고는 뜨거운 찜질부터 해야겠다며 야단이었다. 그러면서 다 안다는 듯이 웃는 것만은 감추지 않았기에 민망함은 민영의 몫이었다. 그럼에도 애진댁을 뭐라 할 수 없는 건 그녀가 너무도 기뻐하고 있었기 때문이었다.

정말 이렇게 해도 되는 걸까……. 무하는 민영이 어깃장을 놓는 것이라 여기는 것 같았지만 자신이 어제 한 말은 거짓이 아니었다. 그의 곁에 남아 오래오래 함께 살아가고 싶었다. 제 생각이 맞다면. 아니, 아니라 해도 지금은 돌이킬 수 없다. 그러니 지금은 이렇게, 그에게 말했듯 최선을 다해 그의 마음을 사기 위해 노력해야지.

❀

민영이 일어난 시각, 무하는 황제의 앞에 서 있었다.

"보내온 보고는 받았다. 그래, 도성에서 멀리 벗어나는 걸 허가해 달라고?"

"도성을 벗어나고자 한 말이 아닙니다. 거미줄 해 집단이 출몰

하는 범위가 넓어졌기에 수색범위를 넓혀 발견 즉시 토벌하기 위함입니다."

"수색은 광천대와 광평대로 충분하지 아니한가? 제 수하를 믿지 못함인가?"

"그것은 아닙니다. 하나 제 힘이 보태지면 더 수월하고 백성의 피해가 줄어들기에……."

"아니, 되었다. 도성 밖의 일부 백성을 생각함은 나쁘지 않으나 그로 인해 도성의 안위를 무너뜨릴 수는 없다. 또한 겨우 집단 하나 때문에 율기 대장군이 도성을 비우는 건 허가할 수 없다."

"……명 받들겠습니다."

무하와 황제 사이에 오간 대화는 축약해서 이 정도였다. 그러나 이 대화가 오가기 위해 대신들이 벌인 설전은 지난번과 크게 차이가 없었다. 그 후 대전은 다시 무하를 둘러싼 성토장이 되었다. 황실과 도성을 수호해야 할 대장군으로서 도성을 벗어날 궁리만 한다는 둥, 그 많은 돈을 벌었으니 다른 데서 써봐야 하는 것 아니겠느냐는 둥, 또 가당치 않은 보고로 황제의 심기를 어지럽혔다는 둥, 그들의 목청 대회가 끝난 후에야 무하는 물러날 수 있었다.

잠시 후, 정총은 후궁과 뜨거운 정사를 벌인 향기가 채 가시지 않은 황제의 침소로 들었다. 어떤 식으로든 무하를 농락한 후의 궁하는 제 안에서 정염이 치솟는 것을 느꼈다. 하여 무하를 보낸 직후의 정사는 거의 행사와 마찬가지였다. 정사의 여파로 몸과 마음이 여유로워진 궁하가 느긋하게 중얼거렸다.

"내 예감이 맞았다면 참으로 재밌었을 텐데 아쉽구나……."

건융을 해하려던 암살자의 손가락은 무사히 황궁으로 들어왔다. 거의 들킬 뻔한 적도 있었지만 사람이 오가는 한 그 작은 것을 빼오지 못할 리가 없었다. 바로 그날 밤, 잘 싸매진 그것은 화정이 직접 매를 치고 쫓아낸 각채의 음부에 숨겨져 대문을 넘었다. 그리고 곧바로 무하의 피로 혈연관계를 확인했다. 그러나 긍하에겐 아쉽게도 혈연을 증명하는 빛은 나지 않았다.

"폐하의 눈앞에서 확인하지 않았습니까. 부무울 주술사도 장담했듯이 피의 확인을 피할 재간은 없습니다."

하지만 그것은 부무울의 장담일 뿐, 실제로 피의 확인은 피해 나갔다. 이는 건융이 낀 팔찌의 역할이었다. 건융의 몸에서 터럭이라도 떨어지는 순간 주인과의 연관을 끊어버리는 주술이 걸려 있었던 것이다. 사량 선생은 건융이 태어나는 때에 맞춰 그 주술을 완성시켰다. 그러나 그런 사실을 알지 못함에도 긍하의 눈에선 미심쩍은 빛이 사라지지 않았다.

"새 계집을 들였기에 좀 미적거리기나 할 줄 알았더니 또 달아나려 하지 않더냐."

"여태 어떤 계집을 들이든 대장군이 집에 붙어 있는 일은 없지 않았사옵니까."

"흥, 계집의 아들이 제 아들이었다면 또 달랐겠지. 아들이 있는 계집을 취하다니, 대를 잇기라도 할 셈인가?"

"맞습니다! 그럴 수도 있습니다. 공주께서 아니 계시니 계집은 오래갈 수도 있고, 그렇다고 후사를 보는 건 불가능할 테니…….그렇게라도 광천대를 이을 생각인지도 모릅니다."

"그래도 혹시나 했었는데……. 하긴 설령 정말 있다 해도 놈이 제 자식을 내 눈앞에 데려다 놓을 만큼 그리 미친 짓은 하지 않겠지."

"하지만 어떤 아이든 대장군이 후계로 키운다면 그 또한 쓸모가 있을 것입니다."

"오호라, 정총, 네가 참으로 쓸모 있는 말을 하는구나. 흐음,

그렇다고 놀이를 그만둔다면 율기가 얼마나 서운하겠느냐."

궁하가 해사하게 웃었다. 정말 놀이를 기대하는 아이처럼.

"지당하신 말씀이십니다."

"계집의 아들이 율기의 후계임을 상정하고 야적을 꾸려라."

그렇게 되면 놀이가 아니다. 물론 야적이 목표를 대충 치려 한 적은 없었지만 무려 무하의 후계를 친다고 가정하는 거라면 야적의 우두머리 황패가 직접 나서야 할 일이었다.

"하면 다시 야적의 씨가 말라 버릴 수도 있습니다."

한 번 여인을 잃었던 때, 무하는 야적의 흔적을 근거지까지 쫓아 말살했다. 그곳에서 더 나가면 황제와 직접 닿을 수도 있으니 끝낸 것이지, 아니었으면 야적이 다시 일어날 수도 없었을 것이다.

"여태 한 번밖에 성공하지 못한 것이 더 수치 아니더냐?"

그 성공도 실은 완예 공주가 한 일을 야적이 덮어쓴 것이었다.

"소, 송구하옵니다."

"네가 송구할 일은 아니지. 그래, 정말 이번엔 더 재밌을 것 같구나. 놈이 그 계집과 아이를 지켜내면 계집의 자식은 네 말대로 후계가 되는 것임을 확인할 수 있고, 아니라면……, 그 또한 괜찮지 않으냐?"

야적 같은 것이야 다시 키우면 그만이다. 무하가 뿌리까지 다 뽑아버린들 저에게는 절대 칼을 드리울 수 없으니 거기까지가 한계였다.

"네, 당장 명하겠습니다."

"아니다. 말하지 않았느냐, 이번엔 정말 재미있을 것이라고. 하니 너도 직접 움직여라."

"……네."

정총은 겨우 늦지 않게 답할 수 있었지만 얼굴은 흙빛으로 굳었다. 야적들이 율기 대장군의 집에 들어 살아나온 이가 드물다. 실패하고도 그러한데 성공하고서야……. 하지만 실패하고선 반드시 죽음이 기다린다. 계집이든 아이든 반드시 죽이리라. 정총은 주먹을 꼭 쥐었다.

⊛

새 옷, 새 사람, 새 처소……. 하룻밤 새 민영의 위상이 달라졌다. 너무 당연하다는 듯 호칭과 말투를 바꾼 채 자연스럽게 처소를 지휘하는 애진댁이 있었으니 망정이지, 그녀가 아니었다면 무인도에 떨어진 조난자가 따로 없었을 것이다.

무하가 집에 없는 바람에 할 일은 없어졌지만 민영은 종일 바빴다. 제가 생각한 것이 맞는 건지, 제대로 방향을 잡았는지 맹렬히 고민하느라 시간이 어떻게 지나는지도 몰랐다. 밤이 되었는데도 그가 돌아오지 않아 초조함이 더해졌다. 또 급하게 요괴와 싸우러 간 것인지, 설마 다치진 않았는지 마음이 시끄러워 제대로 쉴 수도 없었다.

하지만 지난밤의 여파가 보통이 아니었다. 너무 오랜만에 치른 밤은, 그것도 오래도록 기다렸다는 남자를 도발한 대가는 만만한 것이 아니었다. 피곤과 수면을 이기지 못한 몸이 결국 잠에 넘어가고 말았다.

"미안하지만 아들, 이제부터 엄마는 양보해라."

꿈인 줄은 알고 있었다. 엄마 곁에서 자겠다고 칭얼거리는 건융을 애진댁이 놀라운 솜씨로 달래서 데리고 갔으니 그런 말이 곁에서 들릴 일은 없었으니까. 하지만 민영은 듣는 순간 벌떡 일어나 소리칠 뻔했다.

'당신, 역시 천령이 맞잖아! 맞지? 나, 착각한 거 아니지!'

그러나 꿈은 꿈, 스스로 꿈꾸는 걸 알면서 바라는 것이 이루어지는 꿈은 더 서러웠다.

그러는 새 몸이 공중에 뜨는 느낌이 들었다. 이젠 정말 잠이 깨야 하나 싶었지만 '쉬, 나야.'라는 주문이 민영을 다시 꿈길로 인도했다. 정말 잠이 깬 건 몸이 옥죄어오는 느낌 때문이었다. 정신이 들면서 곧장 깨달은 건 서늘한 공기와 사내의 손에 알몸이 노출되었다는 것이었다. 본능적으로 몸부림치려는 순간 목덜미를 훑던 입술이 귓가에 속삭였다.

"쉿, 나야. 나 말고 감히 누가 널 만질 수 있나."

금세 누그러지는 민영을 보며 그가 쿡쿡 웃었다. 민영이 잠에서 완전히 깨어나자 그의 본격적인 탐방이 시작되었다. 그가 그녀의 긴장한 옆구리를 손가락으로 훑어내려 갔다. 허벅지 안쪽을 파고드는 은밀함에 반사적으로 힘을 주었던 다리가 스르르 벌어졌다.

새벽의 그는 거칠고…… 다정했다. 사나운 정복욕을 감추지 않으면서도 부드럽게 어루만졌다. 흐늘흐늘해진 몸과 마음이 속절없이 끌려가는 것 같았다. 그는 민영의 몸을 마음껏 조율했다. 삼키고 더듬고 헤집었다. 아득해진 정신이 무하의 손길에 따라 덩실덩실 춤췄다.

"하아!"

마지막 욕망을 방출하며 그가 만족의 긴 한숨을 내쉬었다. 온전히 소유한 정복자의 탄성에 민영은 몸과 마음이 다시 한 번 사로잡힌 느낌이 들었다.

민영은 멍하니 떠도는 생각의 홍수에 잠긴 채 그의 목덜미에 고개를 파묻었다. 그의 체취가 몸을 적시는 것 같았다. 무하에게선 기묘한 약초 냄새가 은은하게 풍겨 나왔다. 천령이 풍기던 희미한

흉내는 흔적도 없다. 그런데도 그를 되찾았다는 희열의 망상이 지워지지가 않는다.

'이대로 괜찮을까…….'

잘못된 생각을 하는 게 아닌지 두려우면서도 멈출 수가 없었다. 민영은 그의 어깨에 의미 없는 그림을 그리다가 물었다.

"또 요괴와 싸우러 가신 게 아닌가 했어요."

"음."

"괜찮으신 거죠?"

"그러니 너를 안을 수 있었지."

그랬다는 건지, 아니라는 건지. 성의 없는 답과 함께 음흉한 손가락이 둔부 뒤쪽에서 침범해 들어왔다. 으흑, 숨죽인 비명과 함께 그가 다시 일을 치르려던 순간이었다.

"엄마!"

옆방과 통하는 문 바로 앞에서 들리는 소리였다. 바로 옆방이 건융이 머무는 곳이었다. 반사적으로 일어나려는 민영을 붙잡은 건 곧이어 들린 다른 목소리였다.

"도련님, 아직 코 주무셔야 해요. 마님, 엄마는 부엌에 가셨어요. 맛있는 거 만들어 오실 거예요."

애진의 목소리였다.

"부엌에?"

건융이 되묻는 목소리도 들린다. 부엌과 식당, 건융이 어쩔 수 없다는 걸 아는 두 단어였다. 다시 애진이 조곤조곤 건융을 달래는 소리가 들렸다.

"네, 그러니 조금만 기다리시면 돼요. 그때까지 소인이랑 놀아요."

"……응."

건융이 시무룩하게 고개를 끄덕이는 모습이 그려지는 대답을 들으면서 옆이 들썩였다.

"그러고 보니 어제는 네가 일할 새가 없었겠는걸. 일을 빼앗으면 안 되지. 네가 맛있는 걸 만들게 하려면 서둘러야겠군."

의문은 순식간이었다. 다음 순간 그의 몸 위에 얹혀 있던 민영의 자세가 뒤집혔다. 그는 자신의 말대로 서둘렀다. 이른 아침부터 '맛있는' 걸 만들기 위해 달려가던 그녀의 다리가 몇 번이나 풀릴 만큼.

❀

재윤은 이불을 덮어쓴 채 훌쩍거렸다. 그때 목소리가 들렸다.

"아가, 왜 우느냐."

귀신이 된 어머니는 생전엔 절대 하지 않던 그런 음성으로 재윤을 달래주었다. 다정하고 친절한, 그러나 그 괴기스러운 모습만큼 음산함은 배제할 수 없었기에 따뜻함을 느낄 순 없는 목소리였다.

"어머니."

처음 저를 찾아왔던 어머니를 보고 기겁한 것도 잠시, 이제 재윤은 완예 공주가 괴기스러운 모습으로 머리 위에서 날아다녀도 태연할 만큼 익숙해진 상태였다. 아무에게도 말한 적 없었기에 재윤은 그게 정상적인 게 아니란 걸 전혀 인지하지 못했다.

"오냐, 내 딸."

완예 공주가 이를 드러내며 웃어 보였다. 밀랍 같은 볼을 가리는 치렁치렁한 핏빛 머리카락에 움푹 파인 두 눈과 말라붙은 검은 입술 사이로 뾰족하고 검푸른 이를 드러낸 모습은 보는 이를 몇 번은 기절시키고도 남을 모양새였지만, 재윤은 철철 흐르는 눈물을 닦으며 어미와 눈을 마주쳤다.

"어머니 말씀이 옳았어요. 아버지도 사내아이를 귀애하셨어요."

"아버지라니!"

철판을 긁는 거친 쇳소리에 방 안 문고리가 거세게 흔들렸다. 보통이라면 그 정도로 심령을 잃었을지 모른다. 하지만 재윤은 그저 겁먹은 표정으로 사과를 중얼거릴 뿐이었다.

"히끅! 죄, 죄송해요, 어머니."

"다시는 그 천한 것을 아비라 부르지 말라고 했지! 내가 그러지 않았느냐!"

"네. 네, 어머니."

흑흑, 가냘픈 울음소리에 완예 공주는 금세 표정을 다시 가라앉혔다. 가장 적당한 그릇이지만 또한 가장 다루기 어려운 그릇이다. 두려움에 마음을 닫으면 곤란했다. 제대로 길들이기 위해서는 좀 더 공을 들일 필요가 있었다.

"아차, 우리 아가가 놀랐구나. 미안하구나⋯⋯."

"괜⋯⋯ 괜찮습니다. 어머니. 죄송해요."

"아니다. 그보다 우리 아가 마음을 다치게 한 그놈이 무척 괘씸하구나. 무슨 일이 있었는지 말해주겠느냐?"

사근사근한 어미의 목소리에 재윤은 본 대로 이르기 시작했다. 자고 일어났더니 유모가 곁에 잠들어 있었던 것, 깨우지 않고 홀로 정처 없이 돌아다녔던 것, 저도 모르게 어느 구석진 곳에 들어갔다가 남자 아기의 웃음소리를 들었던 것, 그곳이 무하의 허락 없이 들어갈 수 없는 곳이었다는 것.

재윤의 이야기를 듣던 완예 공주의 얼굴이 와락 구겨졌다. 순간 까매진 얼굴이 마른 반죽을 일그러뜨린 것처럼 주름이 지며 흉측하게 변했다.

"그러니 너도 아들로 태어나야 했지 않으냐!"

"죄송합니다, 어머니. 죄송해요, 죄송해요."

재윤이 몇 번이나 머리를 조아리며 사과해도 완예 공주의 흉흉한 표정은 사그라질 줄을 몰랐다. 원혼이 된 완예 공주는 죽어서도 아들을 향한 집착만은 잊지 않았다. 애초에 원혼 따위가 정상적인 사고를 할 수 없기도 했겠지만 집착하는 것에 관한 한 더욱 비틀릴 수밖에 없었다.

그러나 완예 공주는 줄기줄기 내뿜던 귀기를 금세 거둘 수밖에 없었다. 필사적으로 용서를 빌면서도 본능적인 거부감을 표하는 재윤의 기력에 아이를 잠식한 귀기가 서서히 갉아 먹히고 있었기 때문이다. 참아야 한다. 조금만 더 다듬으면 그릇으로 쓸 수 있는데 겨우 분노쯤이야 못 다룰까.

"애야, 아가. 미안하다."

벌써 몇 번이나 반복된 형식의 대화였다. 달래고 화내고 용서를 빌고 주춤했다가 다시 달래고. 이쯤 되면 귀신이 저를 해할 수 없다는 걸 알아챌 법도 하지만 재윤은 고작 다섯 살일 뿐이었다. 살아서 고운 모습이나 죽어서 귀신이 된 모습이나 재윤에겐 그저 같은 어미였다. 똑같이 자신을 두렵게 하는 존재. 달콤해진 어미의 목소리에 재윤은 필사적으로 매달렸다.

"어머니, 용서해 주시는 거예요?"

"오, 그럼, 우리 아가, 용서하다마다."

기대도 못 했던 이른 용서에 재윤은 안도의 미소를 지었다.

"하면 율기의 새 여자에 대해 알아오너라."

"네, 어머니!"

재윤은 당장 유모를 졸라 소문을 긁어모으고 들은 대로 어미에게 전했다. 민영의 용모가 어떠하며 대장군의 음식을 만드는 일을 한다는 것이나 처소가 어디며 거의 은둔생활을 하는 것처럼 왕래하는 이도 없다는 것 등등. 하지만 다 듣고도 완예 공주는 만족하지 않았다.

"그것을 여기로 데려와라. 내, 직접 봐야겠다."

"하지만…… 그건 아, 대장군께서 허락하지 않으실 것입니다."

아무리 어려도 재윤도 어미와 아비의 사이를 알고 있었다. 아니, 아비도 아니지만. 귀신으로 나타난 첫날 완예 공주가 제일 먼저 알려준 사실이 그것이었다. 또한 아버지, 아니 대장군이 어머니를 경계하고 여인들을 따로 보호한다는 것도 안다.

"내가 없는데 그놈이 뭘 경계하겠느냐. 그래도 혹여 방해가 있을 수 있으니 그놈이나 사량이 없을 때 데려오면 되지 않겠느냐."

전 같으면 되묻는 것만으로 호령을 들었을 것이다. 그러나 '친절한' 설명에 재윤은 힘이 났다.

"곧 데려올게요, 어머니!"

대답하는 재윤의 눈이 한층 탁해졌다. 오늘 좀 더 잠식할 수 있었던 덕분에 완예가 현신하는 시간이 길어졌다. 이제 조금만 더 있으면 저 그릇을 차지할 수도 있으리라. 완예 공주의 미소가 짙어졌다.

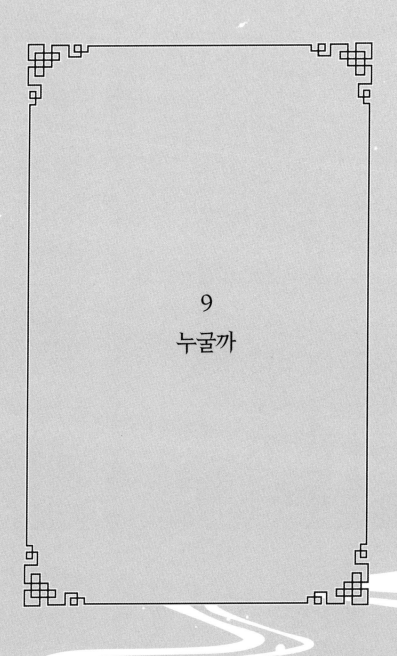

9

누굴까

"으음⋯⋯."

뒤척이다가 닿은 무언가를 끌어안은 것은 습관 같은 것이었다. 끌어당기다가 오히려 당겨진 품으로 파고들던 민영은 번뜩 잠이 깨고 말았다.

"저런, 부족했던 모양이지?"

쿡쿡, 웃음소리가 들리는 것 같더니 어느새 열린 안으로 그가 들어왔다. 그의 움직임에 맞춰 몸이 흔들렸다. 민영은 속으로 출렁이는 신음을 뱉으며 며칠 새 이 상황이 익숙해졌다는 생각이 들었다. 문밖은 벌써 밝았다. 일어날 시간이었지만 손가락 하나 까닥할 힘이 없었다.

"엄마!"

옆 방 문 앞에서 민영을 깨우는 목소리가 들렸다. 이 또한 아침 행사로 굳어지고 있는 일 중 하나였다.

"내가 입혀주지."

민영은 아기가 된 것처럼 그가 옷을 입혀주는 대로 가만히 있었다. 무하가 문을 열자 엄마를 외치던 건융이 그의 다리에 먼저 매달렸다.

"대장!"

그와 밤을 보낸 날 이후 주변 모두의 호칭이 바뀌었다. 심지어 사량 선생까지 민영을 부르는 호칭과 말투를 바꿨다. 더욱 놀란 건 사량 선생이 건융에게도 말을 높이고 언급한 말이었다.

"도련님이 주군의 후계자가 되실 수도 있습니다."

"네? 그럴 리가요!"

"아기씨는 다른 가문으로 시집갈 것이고, 주군께서 핏줄을 보는 걸 황제가 두고 볼 리가 없으니 도련님이 후계가 될 가능성이 높지요."

그때 민영이 놀란 건 선생의 황제에 대한 불경스러운 언사보다도 무하와 황제의 관계에 대한 진실이었다. 선생이 자세한 이유까지 말해주진 않았지만 황제는 무하를 극도로 싫어한다고 했다. 황제는 무하가 새로 결혼할 것을 허락할 리도 없거니와, 설사 다른 이와 혼인한다 해도 그 자식을 두고 볼 리가 없다는 말에 민영은 소름이 돋았다.

그러고 보면 처음부터 사량 선생이 건융을 교육할 거란 말도 했었다. 무하의 밑에서 성년까지 백년 공력을 이루는 건 당연하다는 말은 그 일환이었던 것이다. 선생의 말을 듣자 문득 어쩌면 무하가 저를 받아들인 이유가 건융 때문일지도 모른다는 생각이 들기도 했다.

아무튼, 호칭이 그런 식으로 거의 바뀌었지만 건융이 무하를 부르는 호칭만은 바뀌지 않았다.

"왔느냐?"

건융이 끌어안는 것을 물리치지 않을 뿐, 그가 내려다보는 시선은 매우 무감각했다. 반면 무뚝뚝하기만 한 그를 건융은 한없는 경외의 시선으로 바라보았다. 이런 이가 건융이 입을 벌린다고 먹을 것을 넣어줬다니. 이럴 때 보면 제가 정말 망상을 한 건가 싶기도 했다.

"엄마에게 가도 된다."

"네!"

건융이 여느 날처럼 그녀를 향해 기운차게 날아올랐다. 이제는 떨어져 자는 것에도 더는 무서움을 타지 않는 대신 아침 인사가 길었다. 그러던 건융이 갸웃거리며 물었다.

"엄마, 여기 아야, 했어?"

"응?"

"여기, 여어기."

민영의 얼굴이 확 붉어졌다. 건융이 목덜미 아래 새겨진 얼룩들을 콕콕 짚었기 때문이었다.

"아니, 아픈 거 아니야!"

민영이 아무렇지도 않은 척 앞섶을 여미자 옆에서 쿡쿡, 웃음소리가 들렸다. 그가 눈을 휜 채 입꼬리를 올리고 있었다. 일부러 그런 것이다. 또 애진댁의 야릇한 미소와 마주칠 게 분명했다.

"걱정하지 마, 다 익숙해질 테니."

"역시, 일부러 그러신 거죠!"

"음? 뭐가?"

옷을 느슨하게 입혀준 것, 아니면 옷을 다 여며도 아슬아슬하게 보이는 자리에 자국을 남긴 것. 모르는 척 시치미를 떼는 무하에게 민영은 발끈하다가 고개를 돌렸다.

너무…… 자연스럽다. 원래 그랬던 것처럼 그가 약을 올리고 저는 약이 올라 동동거린다.

"아니에요, 쭉 모르세요. 융아, 엄마 부엌에 다녀올게. 애진 누나랑 이따가 와."

"네!"

정말 화가 난 척 몸을 돌렸다. 망상이 춤추는 걸 들킬 수는 없었다. 방금 또 그를 천령과 겹쳐 보고 있었다. 성격도 다르고 키도 다르다. 무엇보다 그 깊은 상처가 이토록 매끈하게 나을 수 있을 리가 없다. 그런데도 이 혼란에서 벗어날 수가 없다.

성큼 다가온 무하가 민영을 돌려세우더니 자연스럽게 입을 맞추고는 말했다.

"먼저 갈 테니 천천히 와."

"와, 엄마한테 뽀뽀했다!"

건융이 눈이 동그래져서 소리쳤다. 그새 무하는 벌써 문을 닫고 사라졌다. 혼란과 호기심 가득한 아이에게 설명하는 것은 민영의 몫이었다.

"건융아, 이건 말이지……."

천령을…… 잊어야 하는 걸까?

"그럼 아버지. 오늘도 평안하세요."

"오냐, 고맙다. 너도 평안하여라."

탁, 재윤이 나가며 문이 닫히자마자 사량 선생이 입술을 짓씹으며 말했다.

"작은 사갈 같은 것!"

"아직 어리지 않은가. 그 일도 제 어미가 시켜서 한 것이지, 모르고서 한 일 아닌가. 그 어미도 없으니 선생도 그만 잊어라."

"주군, 저것이 모르고 그랬다고요? 아니요, 저것은 분명 알고 있었습니다. 그것에 제 손목을 걸지요!"

단순히 남의 눈에 보이기 위함이지만 재윤은 무하에게 정기적으로 문안 인사를 했다. 그것은 지금도 마찬가지였다.

작년의 일이었다. 재윤이 제가 키우는 새를 자랑하겠다며 들고 온 적이 있었다. 재윤이 새를 꺼내 보인다며 날려 보내고 그 새를 잡기 위해 야단이 일었다. 그 작은 혼란을 틈타 재윤은 무하가 마시는 찻잔에 독을 풀었다. 겨우 네 살짜리 아이가 한 일이라고 의심해 보지도 못할 정도로 치밀했다. 사량 선생이 재빨리 손을 쓰지 않았더라면 정말 위험할 정도의 치명적인 독이었다.

"그렇다 해도 제 어미가 시킨 일일 뿐이다. 제 핏줄을 따를 수밖에 없으니 어찌하겠느냐."

"제 핏줄을 따라 저것도 곧 큰 사갈로 자라겠지요!"

"그만해라. 그렇다 해도 황제에게 보낼 수도 없는 것 아닌가."

"차라리 그랬으면 좋겠습니다. 저것이 어찌 태어난 것인지 알면서도 한때 연민을 품었던 것이 징글징글할 뿐입니다!"

"선생, 곧 융이 오니 표정을 관리하는 게 좋을 것이다."

"아차, 네!"

사량 선생이 자신의 입술을 쭉 늘리며 미소를 만들어 보였다. 그 모습이 더 괴기해 보인다고 하면 아마 상처받을 것이다. 그래도 건융을 볼 때의 눈빛만큼은 지어 보이는 것이 아니라 그런지 요즘 건융은 선생에게 가끔 웃어주기도 했다.

"오, 도련님 오셨습니까!"

문이 열리기 전에 벌써 달려 나간 선생이 건융을 반기며 소리쳤다. 재윤을 볼 때처럼 비슷하게 가늘어진 눈매가 건융을 향해선 차원이 다른 온기를 품고 있었다.

"오늘은 제가 무얼 데려왔는지 보시렵니까?"

보여주기도 전에 사량 선생의 품속에서 무언가 낑낑거리는 소리가 난다. 건융의 눈동자가 놀라움으로 벌어졌다. 선생이 바닥에 내려놓자 온몸이 새까만, 그야말로 칠흑 같은 색의 작은 강아지가 꼬물꼬물 기어가더니 건융의 다리를 툭 건드렸다. 놀라서 애진의 뒤로 달아났던 건융이 그 자리에서 끙끙거리는 강아지에게 다시 다가가 손을 내밀었다. 작은 분홍색 혀가 제 손을 핥자 건융이 좋아서 어쩔 줄 모르며 놈을 끌어안았다.

"어때요, 마음에 듭니까?"

"……네."

상기된 볼이 아이의 기쁨을 드러냈다. 덕분에 건융은 오늘 움찔하지도 않고 선생을 향해 환하게 웃어 보였다. 그것은 곧 선생의 기쁨이었다.

"제가 이 녀석을 위한 집도 하나 만들어 드리지요."

등락제국 최고로 좋은 개집이 탄생하려는 순간이었다. 어느 대가댁도, 심지어 황제도 이런 고급 인력이 만든 개집은 없다. 무하가 물었다.

"융아, 좋으냐?"

"네!"

"하면 선생에게 고맙다고 인사하거라."

"고맙쯥니다, 사량 샌새."

건융이 강아지를 얼마나 마음에 들어 했는지는 무하와 사량 선생이 생각한 이상이었다. 건융의 눈높이에 맞춰 거의 무릎을 꿇고 있던 선생의 볼에 촉촉한 것이 살짝 닿았다가 떨어졌다. 선생의 마비는 무하보다 오래갔다. 선생은 볼에 닿은 감각을 놓치지 않기 위해 부적을 만들까 진지하게 고민했다.

⁂

"아악!"

고음의 비명과 함께 파삭, 벽에 부딪친 자기가 산산조각 나며 제 몸의 형체를 잃었다. 쨍그랑, 짜르르, 우당탕탕. 방 안에서 울리는 요란한 소리에 밖에서 대기하던 하녀들이 서로 눈치를 보며 고개를 저었다.

"화정 마님, 저러다 안에 있는 물건 다 부수는 거 아냐?"

"그럼 네가 좀 말리던가!"

"말리긴, 저번에 들어갔다가 나 애꾸 될 뻔한 거 몰라?"

"조용히 기다리다가 치우기나 해야겠다."

"아휴, 치우는 건 우리 몫이지."

하녀들의 수다가 이어지는 동안에도 방 안에선 한동안 무언가가 깨지는 소리가 들렸다. 그렇지만 하녀들은 알 수 없었다. 깨지는 소리만 요란하지, 실제로 화정의 표정은 고요하다는 것을. 손닿는 것을 모두 깨버린 화정은 개운한 표정으로 손을 탈탈 털었다.

"방이 이 모양이 됐으니 새로 꾸며야겠네."

방을 그 모양으로 만든 당사자가 할 말은 아니었다. 그러나 당연한 것을 원한다는 듯 생긋 웃는 화정의 앞에 누군가가 있었다.

"이번 일을 잘해준다면 얼마든지 새로 꾸밀 수 있을 것이다."

"어머나, 그것이 사실이옵니까? 하지만 그 계집을 여기로 불러내는 건 할 수 없습니다."

"그것까지 바라진 않는다. 계집의 처소에 네가 이걸 가져다 놓기만 해도 된다. 직접 전해주기만 해라."

화정은 상대가 내미는 손바닥만 한 부적 하나를 받아들였다.
여러 번 보았기에 거무튀튀한 색에 차가운 질감을 한 그것이 사람
의 가죽으로 만든 부적임을 화정은 어렵지 않게 알아챘다.

"제가 찾아가는 것도 어려운 일인데……. 하지만 찾아가는 것
뿐이라면 명분은 만들 수 있지요."

화정이 입술을 핥으며 고혹적으로 웃었다. 아무리 매혹을 뿌린
들 상대가 전혀 반응할 수 없는 사내라는 걸 생각하면 소용없는
일이건만 이는 그녀의 습관과도 같은 미소였다.

"기설아, 게 밖에 있느냐?"

"네!"

기설이 들어왔을 때는 화정과 이야기하던 이는 이미 사라진 후
였다. 잘 열지 않는 덧창이 열린 걸 의아해하는 기설에게 화정이
말했다.

"너, 가월란을 살 수 있는 곳을 아느냐?"

기설이 흠칫하다가 고개를 끄덕였다. 가월란초의 효용 때문이
었다.

가월란(佳月蘭). 달빛의 아름다움을 넘는 난초. 이름은 예쁘지
만 약효는 그리 아름답지 않다. 독은 아니고, 오히려 피부가 좋아
지는 효과가 탁월하다고 알려져 기녀들이 즐긴다. 하지만 기녀들
이 가월란을 찾는 진짜 이유는 미용 때문이 아니다.

"좋구나, 은밀히 나갈 준비를 하거라."

그날 화정은 '은밀한' 외출을 하고 돌아왔다. 다음 날, 더는 은
밀하지 못하게 된 그것을 지닌 화정이 민영의 처소 문을 두드렸다.

화정이 고압적으로 난동을 부렸지만 민영의 처소 대문을 넘는
건 실패했다. 그녀를 맞은 이가 애진댁이었기 때문이다. 애진댁이

라면 화정도 한 수 접어줘야 할 무하의 수족이었다. 하지만 문 앞
까지 민영을 불러낼 수는 있었다.

"네가 민영이냐."

아무도 그녀가 누군지 소개하지 않아도 민영은 단번에 화정의
정체를 알 수 있었다. 이 집에서 자신을 이리 칭할 수 있는 젊은
여자는 단 한 사람이었다. 화정은 소문으로 듣던 대로 화사하고
요염한 매력을 풍기는 아름다운 여자였다.

"네, 그렇습니다. 화정님."

"오호라, 네가 날 알아보면서도 그리 뻣뻣하게 인사를 하는 것
이냐? 그러해? 네 어찌 아직 내게 인사를 올 생각을 하지 않았단
말이냐?"

"민영 마님이 인사를 올릴 필요는 없소!"

애진댁이 성을 내며 소리쳤다.

"애진댁, 네가 뭔데 나서느냐, 너는 가만있거라!"

"내가 가만있을 것 같소?"

"이, 이이, 네가 날 감히 능멸해?"

두 여인의 대치가 살벌했다. 화정이 안하무인으로 애진댁을 겁
박하고 있었지만 손만 을러대지, 움찔거리기만 하는 걸 보면 이대
로 물러날 수도 있을 것 같았다. 그러나 오늘 쫓아낸다고 해서 끝
날 일은 아닐 것이다.

"애진댁. 잠시만 물러나 계세요. 저도 여기에만 있을 테니 걱정
마시고요."

애진댁은 염려스러운 표정으로 물러났다. 딱 한 걸음, 주인의
권위와 안전을 타협한 거리였다.

"경황이 없어 미처 인사를 드려야 할지 몰랐습니다. 소인, 인사
올립니다."

화정은 여자인 제가 봐도 아찔한 색기를 풍기는 화사하고 화려한 미인이었다. 정말 이런 여자를 첩으로 두고도 품지 않았다고? 순간 치미는 감정이 무엇인지 민영은 부인할 수가 없었다. 화정이 이죽거렸다.

　"흥, 엎드려 절 받기가 따로 없네."

　"아쉽게도 부엌과 처소에만 매인 몸이라 인사를 올릴 수 없었습니다. 용서해 주세요."

　"대답 한 줄에 제 사정까지 얹다니 영악한 계집이로다. 하면 감히 날 대문 밖에서 맞는 이 무례도 대장군 핑계를 댈 것이냐?"

　"송구합니다."

　"되었다. 네게 온 볼일만 보면 그만이니. 자, 이것이나 받아라."

　화정이 작은 꾸러미를 내밀었다.

　"무엇입니까?"

　"이것이 무엇인지 몰라서 묻는 것이냐?"

　"……."

　"어허, 정말 몰라서 물은 모양이구나?"

　화정이 요사한 미소를 짓더니 쯧쯧 혀를 차며 말했다.

　"대장군께서는 부마이시다. ……공주께서 덕이 높아 첩을 허하시긴 했지만 그렇다 해서 부마가 씨앗을 보는 것까지 허용되지는 않는다. 그건 공주께서 계시지 않는 지금도 변함없다."

　"……네."

　화정이 코웃음을 쳤다.

　"하, 설마, 몰랐던 게냐? 아니지, 아니면 알면서도 혹시…… 욕심이라도 부렸던 것이냐?"

　"아닙니다……."

　"공주께서 안 계시니 뭔가 다른 생각을 하는지 모르는데 욕심은 화근이 될 터. 혹 나중에 새장가를 드시면 모를까, 너는 아니다. 새장가도 황제 폐하의 허락이 없으면 불가하다. 비록 따님이지만 공주님 소생이 계신 한 네가 대장군의 후사를 볼 생각은 아예 꿈도 꾸지 말라는 말이다."

"네, 명심하겠습니다."

"명심으로 될 일이 아니다."

화정이 다시 꾸러미를 내밀었다. 겨우 주먹만 한 작은 꾸러미지만 그것이 풍기는 좋지 않은 기운에 절로 거부감이 일어났다.

"이것이…… 무엇입니까?"

"가월란 꽃을 말린 가루다. 하루에 한 번 한 숟가락씩 따뜻한 물에 타서 한 달간 꾸준히 먹으면 네 태내에 아이가 생기지 않을 것이다."

그렇다, 기녀들이 애용하는 가월란의 진정한 목적은 바로 불임이었다. 그것도 영구 불임.

"어서, 받지 않고 뭐하느냐."

화정이 생긋 웃으며 민영을 재촉했다. 하지만 손을 내밀지 않는 민영에게 화정은 그것을 억지로 손에 쥐여주고 가버렸다. 애진댁은 불길한 물건이라며 대문 안에도 들여선 안 된다고 펄펄 뛰었지만 민영은 그것을 문밖에 두는 것이 더 불길하여 들고 들어올 수밖에 없었다.

"제게 주세요, 당장 태워 버려야겠어요! 무슨 수작을 부린 게 틀림없습니다!"

척 봐도 그랬다. 줄기줄기 새어 나오는 불길한 빛깔은 여태 봐 온 어떤 것보다도 기분 나쁜 색을 띠고 있었다. 보랏빛보다 더 음울한, 검은빛에 가까운 잿빛, 그 안에 든 무언가가 비명을 지르는 느낌에 심장이 두근거렸다. 그 때문에 민영은 그것이 애진댁의 손을 거치는 것조차 불안했다. 그럴 물건이 아니었다.

"아니오, 그냥 내가 태울게요."

민영은 그것을 직접 아궁이에 던져 버렸다. 다 태워서 재가 될 때까지 지키고 잡귀를 쫓는 부적도 함께 태워 그것의 존재를 철저히 지웠다. 제 눈에 그 불길함이 한 점도 보이지 않게 된 후에야 민영은 말할 수 있었다.

"애진댁."

"네, 마님."

"화정님의 말이 틀린 건 아니네요. 물론 화정님이 가져온 약을 먹겠다는 말은 아니에요. 그렇지만 그분과의 사이에 아이를 가져선 안 된다는 말은 맞지요? 다른 여인들도 다 그런 약을 먹었나요?"

은근슬쩍 다른 여인에 대해 끼워 묻는 저가 졸렬하게 느껴지면서도 민영은 묻지 않을 수 없었다.

"다 먹었지요. 가월란인지 하는 저런 악독한 건 아니었지만요."

"……네, 그랬군요. 그럼 애진댁이 알아서 저도……."

"제가 미처 챙기지 못해 이런 일을 겪게 해드려 정말 죄송해요. 그런데 마님, 그 여인들은 약을 먹든 안 먹든 효력은 같았답니다."

"네? 하지만……."

그에게는 아기씨도 있고, 공주는 아기를 낳다가 죽었다고 들었다. 그런데 어떻게 다른 여자들에게선 약의 여부와 상관없이 아이를 보지 않을 수가 있나.

"이런, 그런 건 제가 할 말이 아닌데. 못 들은 척 잊어주세요."

잊을 수 있을 리가. 그러나 더는 말해줄 생각이 없는지 바쁜 척 다른 일손을 잡는 애진댁에게 캐묻지는 못했다.

괜한 혼란만 늘고 말았다. 민영은 그 와중에 공주의 사인이 가슴을 꼬챙이로 쿡 쑤시는 것 같다는 생각은 애써 억눌렀다. 하지만 누를수록 돋아난 감정들은 더 요란하게 가슴을 헤집는다. 때문에 무하의 옛 여인들에게 피임이 그리 중요하지 않은 다른 가능성에 대해선 생각할 여유가 없었다.

화정은 영악한 여자였다. 그러니 완예와 황제를 공유하며 첩자 노릇도 할 수 있었다. 민영에게 쳐들어간 것에 추궁을 당하기 전 화정은 먼저 무하를 찾아가 실토하고는 당당히 요구했다.

"폐하께 약조하신 제 처소 방문일을 지켜주세요."

"사람들이 볼 수 있도록 말이냐?"

"네, 오늘은 절대 그년과 함께 있는 모습을 보여주셔선 아니 될 것입니다, 만일 그러시다면 지난번 제게 오시지 않은 것도 폐하께……."

화정은 말을 마칠 수 없었다. 줄기줄기 내뿜는 살기를 줄이지 않은 채 그가 나긋나긋한 어조로 말했다.

"너, 한 번만 더 그 입으로 모욕된 말을 한다면 네 입을 찢어주리라."

직격으로 내리쬔 살기에 화정은 부들부들 떨었다. 그나마 기절하지 않은 걸 보면 입만 산 태내감보다 강단은 있었지만 저도 모르게 지리는 건 어쩔 수 없었다.

"오늘 밤, 요란하게 행차할 터이니, 가봐라."

화정은 다리에 힘이 풀린 채 동구의 손에 이끌려 말 그대로 문 밖으로 던져졌다.

새 계집을 찾아간 데 대한 경고를 들을 건 각오했었지만 이는 예상보다 강했다. 후들거리는 다리로 겨우 일어나던 화정은 입술을 깨물었다.

'공주가 아니 계시니 이 정도로 나를 괄시하는 건가? 아니면 그 계집을 누구보다도 총애해서?'

어느 쪽이든 상관없었다. 자신은 무사히 임무를 다했고 계집에게 다녀왔던 일도 추궁이 끝났다. 이제 계집이 무슨 일을 당하든 상관할 바가 아니었다. 아니, 이렇게까지 고생했는데 아무 성과가 없다면 다음엔 정총을 크게 비웃어줄 테다.

나올 땐 고개도 들지 못했으나 물러나는 화정의 눈매는 표독스럽게 살아 있었다. 화정은 무하가 있는 문을 향해 속삭였다.

"두고 보세요. 꼭 당신을 가질 거예요, 상공."

처소가 바뀐 걸 제외하곤, 그리고 무하가 매일 그녀의 침상으로 찾아온다는 것을 제외하곤 민영의 일상은 다를 바 없었다. 식사를 마친 후 막 일어나려는데 그가 툭 말을 던졌다.

"오늘은 화정에게 가야 해."

민영은 입을 벙긋거렸다. 그런데 소리는 나오지 않았다.

다녀오세요? 가지 마? 아니면, 한 번도 화정과 동침한 적 없다고 했으니 오늘도 그럴 거라 믿는다고?

그중 무슨 말을 할 수 있을까? 아니, 그중에 선택지가 있긴 한가? 생각이 나지 않았다. 그렇지, 그는 자신의 남자가 아니라 대장군이었다. 부마였고 저 이전에 이미 첩이 있는 남자였다.

그렇다 해서 보내줘야 하나? 혼란 속에 문득 올려다보니 그가 저를 가만히 바라보고 있었다. 무하가 묻고 있었다. 첫날밤 선언한 것을 그새 잊었느냐고. 안주인 자리를 차지하겠다며 '노력'할 거라던 선언을 어쩔 거냐고.

"내가 그러라 할 때 떠나라."

아마 그가 그때 그 말을 하지 않았다면 민영도 그런 식으로 그를 도발하지 않았을 것이다. 오기? 그런 게 아니었다. 그대로 그를 놓아줘선 안 된다는 본능이 그런 말을 하게 했다. 지금도 그랬다. 이성이 뭐라 답을 고르기 전 몸이 먼저 그에게 다가갔다. 아주 천천히, 매우 바싹. 민영은 무하의 어깨에 두 손을 얹으며 속삭였다.

"사람들에게 보이기만 하고 당장 내게로 오실 거죠?"

쿨럭! 뒤에서 기침하는 소리가 났다. 하지만 민영의 귀엔 들리지 않았다. 건융 말고도 관중이 있다는 걸 잊을 만큼 그녀의 속은 맹렬히 끓어오르고 있었다. 그가 누구든 지금 이 순간 이이는 자신의 남자였다. 내 것, 내 남자.

제대로 된 답이었나, 무하가 씩 웃었다.

"화정이 꽤 요란하게 환대할 터인데."

"그럼 저는 오늘 저녁 소박맞은 여인 연기를 해야겠네요. 그리고…… 애진댁에게 욕조에 과일 향을 뿌려달라고 할 거예요. 복숭아…… 어때요?"

순간, 무하의 눈이 번뜩이는 것 같았다. 감당할 수 없을 것 같은 위험 신호가 왔다. 저야말로 한입에 먹기 좋게 잘린 복숭아가 된 느낌이었다. 그래도 민영은 그의 눈을 피하진 않았다. 한참이나 그녀의 숨을 빨아들이던 무하가 아주 낮게 속삭였다.

"복숭아……, 좋군. 그러려면…… 지금 날 놔주는 게 좋을 거야. 내가 널 건드리면 화정에게 내일 다시 가봐야 할 것 같거든."

민영은 화들짝 놀라 뒷걸음질 치고 말았다. 민영이 잠시 비틀거렸지만 그는 움찔하기만 할 뿐 잡아주지 않았다. 아니, 차마 손도 댈 수 없는 것 같았다. 이를 악문 것 같은 그의 턱을 보며 민영이 샐쭉 웃었다. 마주 보는 눈이 새치름하니 가늘어졌다.

"복. 숭. 아."

그가 한 글자, 한 글자 또박또박 씹어내듯 뱉어내더니 휙 나가
버렸다. 그리고 정적이 일었다.

"대장, 히잉……."

저를 본 체도 않고 가는 이의 뒷모습에 건융이 정적을 깼다. 그
리고 그제야 마비에서 풀려난 듯 사량 선생과 애진도 움직이기 시
작했다.

선생이 하루아침에 호칭과 말투를 바꾸긴 했으나 그녀를 대하
는 내용까지 바뀌진 않았었다. 그는 민영에게 말투만 높인 채 차
가운 태도를 고수하면서 앞으로의 식사도 더 칼같이 챙기라는 경
고부터 했었다. 그런 그가 귀신을 보듯 쳐다보는 눈빛이 조금 민
망했다. 정말이지 조금. 애진은 아예 눈도 마주치지 못하고 건융
을 달래는 시늉만 하고 있었다.

민영이 배시시 웃었다. 그러자 선생이 몸을 부르르 떨더니 고개
를 휙 돌렸다. '화산의 요물이…….' 어쩌고 하는 말이 저를 두고
하는 말은 아니렷다.

"선생, 오늘은 이만 갔다가 내일 봬야 할 것 같습니다."

"……네, 그러시지요. 내일 뵐 수 있으면 말이지만요."

"네?"

"아닙니다. 원래 본인이 한 일은 본인이 책임지는 법입니다. 아
차, 그걸 내일까지 완성하려면 서둘러야겠습니다. 갑자기 급한 볼
일이 생겨서 먼저 가보겠습니다. 애진아, 너도 따라 나오너라."

"네? 네, 네……."

애진은 민영에게 인사하는 것도 잊은 채 건융을 안고 그대로 선
생을 따라가 버렸다.

덩그러니 혼자 남게 된 민영은 저도 모르게 떨고 있던 몸을 감쌌다. 맙소사, 그제야 깨달았다. 저가 누구에게 어떤 도발을 한 것인지. 덕분에 민영은 군이 소박맞은 연기를 애써 할 필요가 없었다. 새하얘진 얼굴로 처소로 돌아가는 그녀를 본 이들은 저마다 다른 표정으로 고개를 흔들었다.

"마님, 기다렸습니다."

화룡점정, 이 말이 어울릴지는 모르지만 민영의 깨달음에 가장 강력한 마침표를 찍은 이가 바로 애진댁이었다. 애진댁이 민영을 욕조에 앉히고 기대에 찬 얼굴로 덤덤 꾸러미를 한 아름 내밀었다.

"복숭아도 종류가 많아 어떤 향을 골라야 할지 고민했답니다, 직접 골라보시지요."

그날, 화정은 무하의 말처럼 대문에서부터 그를 요란하게 환대했다. 무하가 침소로 들고 얼마 지나지도 않아 애간장을 녹이는 교성이 들리기 시작했다. 그날의 당번은 남구였다. 남구는 다음 날 서구와 동구에게 술을 샀다.

사량 선생의 말대로 민영은 다음 날 선생을 볼 수 없었다. 정확히는 애진댁 말고는 아무도 볼 수 없었다. 새벽까지 처소 바깥까지 터질 것 같은 민영의 신음을 삼키던 무하는 오늘 화정의 처소에서 나와야 하기에 가고 없었다. 누구는 손가락 하나 까닥할 수 없는데 누구는 그 많은 시선을 피해 은밀히 지붕을 타고 오갈 수도 있으니 뭔가 불공평한 것 같다.

"마님, 이건 선생이 보내신 것입니다. 오늘 새벽에 완성했다고 하시더군요."

애진댁이 기력 없이 천장만 멀뚱멀뚱 쳐다보고 있는 민영에게 쟁반을 내밀었다. 손가락만 한 투명한 작은 호리병에 담긴 그것은 마치 속에 발광체라도 들어 있는 양 스스로 빛을 뿜어냈다.

"이게 뭔가요?"

"빙화랍니다."

"네?"

"그날…… 대장군께서 이걸 늦지 않게 가져오시려고 얼마나 서두르셨는지 모른답니다. 그날 바로 드릴 수도 없었던 거였는데, 호호. 빙화는 차가운 기운을 정제하지 않으면 약이 아니라 독이 된답니다. 해서 사량 선생이 그날부터 직접 정제해서 지금껏 만드신 것이랍니다. 빙화를 취한 여인들이 몇 있긴 해도 마님이 드시는 이것만큼 효력이 좋은 것은 없을 것이에요. 하니, 어서 드세요."

애진댁이 몇 번이나 언급하는 '그날'은 아마도 첫날밤을 얘기하는 것 같다. 애진댁이 아이처럼 흥분한 얼굴로 민영을 재촉했다.

"어서요, 뚜껑을 여는 순간 기운이 날아가니 바로 드셔야 합니다. 그리고 이걸 드셔야 몸도 쉽게 회복되고 기운을 차릴 수 있어요."

아직 몽롱한 정신에 민영은 민망한 티를 낼 기운도 없었다. 저보다 더 설레 보이는 애진댁의 채근에 뚜껑을 여는 순간 그녀의 말대로 기운이 온 사방으로 마구 날아가려 했다.

'가지 마!'

민영은 그가 저를 위해 구해온 이것들이 날아가는 꼴을 두고 볼 수 없었다. 몸은 호리병의 뚜껑을 여는 것조차 힘들었지만 기운을 잡아두는 것은 얼마든지 할 수 있을 것 같았다. 된다! 전엔 움쩍도 않던 것이 잡혀왔다. 민영은 호리병을 입술에 대고 쭉 들이켜며 도망치려던 기운까지 함께 마셨다.

"어……!"

민영은 호리병을 놓치며 입을 막았다.

"앗, 마님. 뭔가 안 좋으세요?"

민영은 고개만 흔들었다. 몸속으로 순식간에 퍼지는 감각에 놀라 호리병을 놓친 것뿐이다. 사량 선생이 극도로 정제한 덕에 마시는 순간 몸속으로 흡수되었지만 입을 벌리면 조금이라도 기운이 날아갈까 잠시 입을 다물고 있었다. 다행히 흡수되는 시간은 몹시 빨랐다. 잠시 후, 민영은 기운이 다 안착한 걸 느끼고 나서 입을 열었다.

"이게…… 빙화로군요."

피부가 좋아진다? 십년의 젊음을 되돌린다? 그건 아마도 밖으로 드러난 가장 작은 효과일 것이다. 영화에서 볼 수 있음직한, 몸이 순식간에 나아지는 기적을 경험한 민영은 놀라움에 눈을 휘둥그레 떴다. 방금까지 기력 한 줌 없던 몸에 힘이 용솟음쳤다. 오늘은 죽었다 깨나도 더는 그를 받아들이지 못하리라 싶었던 여성에서 샘이 흐르기까지 했다. 그런데 그게 끝이 아니었다. 민영은 차마 이런 것까지 애진댁에게 보일 수 없어 이불을 덮어쓰고 말았다. 갑자기 솟아난 열기가 온몸을 달궜다. 이불 아래 감춘 몸이 저절로 마구 비틀렸다.

"마님, 괜찮으세요? 어디 아프신……. 마님, 그럼 필요할 때 부르셔요."

걱정스레 말하던 애진댁이 갑자기 퇴장해 버리더니 무하의 목소리가 들렸다.

"내가 맞춰서 온 것 같지?"

"대, 대장군. 이거, 부, 부작용이……."

어물쩍거리던 중얼거림은 그가 이불을 확 걷는 것으로 막혀 버렸다. 온몸이 빨개진 채 어쩔 줄 모르고 바르작거리는 민영을 보며 무하가 제 옷을 하나씩 벗기 시작했다.

"그거 부작용 아냐. 원래 그런 효력을 내는 거지."

"그, 그런······!"

"그래서 빙화는 절대 처녀는 먹을 수 없는 약이기도 해. 정확히는 남자가 없는 여자는 먹어서는 안 돼. 하지만 너에겐 내가 있으니······. 자, 설마 새벽에 끝난 거라고 생각한 건 아니겠지? 밤이 또 있긴 하지만 그렇게까지 기다릴 인내심은 누가 찢어버려서 말이야. 오늘 나는 요괴 토벌을 위해 집을 비운 상태이니 어젯밤처럼 신음은 삼켜줄게."

대화는 그것으로 끝났다. 빙화의 어마 무시한 효력은 그녀를 다치지 않게 보호해 주었지만 결국 지치는 것까지는 어쩔 수 없었다. 한밤, 민영은 잠에 빠져들며 간신히 애원했다.

"보, 복숭아는 다신 안 쓸게요······."

그의 대답은 들리지 않았다. 나중에 복숭아 향을 다시 쓰지 않았는지는 애진댁이 안고 왔던 덤덤 말고도 훨씬 더 다양하게 골라 써봤다는 것으로 대신 말할 수 있다.

그날 이후, 그가 요괴를 토벌하러 가는 일은 사실이 되고 말았다. 보통 새벽에 나갔다가 밤에 돌아오기 일쑤라 그의 얼굴을 제대로 보기도 어려웠다. 종종 하루 이틀 멀리 나갔다가 오기도 해서 아예 집을 비우는 일도 잦았다. 하지만 민영은 무하와 잠자리는 거의 매일 하는지라 애진댁에게 묻지 않을 수 없었다.

"전에 그 약, 아직 안 됐나요?"

"아차, 마님께서 재차 이런 말씀을 직접 하시게 하다니 정말 송구합니다. 빙화를 먹은 여자는 일 년은 수태할 수가 없습니다. 빙화의 냉기도 일종의 독이라 아무리 정제했다 해도 몸이 완전히 받아들이는 시간이 그만큼 걸린다고 합니다. 미리 말씀드리지 않아서 정말 죄송합니다."

순간, 설명할 수 없는 묘한 감정이 가슴을 치고 지나갔다. 그의 아이를 바란 건 아니었다. 당연히…… 아니었나? 아니다. 그럼 아니어야지.

"아니에요. 그럼 되었네요."

그럼 일 년 뒤에 말해달라고 하려던 민영은 입을 다물었다. 일 년 뒤에도 저가 계속 이곳에 있을 수 있을까? 그런데 만일 이 집을 나가는 일이 생기더라도 그 이유가 다른 여자 때문은 아닐 거라는 생각이 들었다.

"그러라 하면……."

가슴이 울컥 죄였다. 민영은 그가 말하는 때가 어떤 순간인지 알 것 같았다. 바깥에서 소문으로만 듣던 것과는 극명하게 다른 황제와의 관계가 바로 그것이리라. 최고 권력자의 눈 밖에 난 이의 말로가 어떤 것인가. 생각만 해도 가슴이 선뜩했다.

'정말 그런 때가 오는 건 아니겠지. 그럴 거면 차라리 다른 여자를…….'

아니, 어떤 순간이 오더라도 그를 다른 이에게 내주는 건 생각만으로도 싫었다. 스스로 속일 수는 없었다. 그 밤 이후, 민영은 무하를 이미 마음에 담았음을 인정해야 했다. 하지만 아직도 무의식중에 그와 천령을 겹치는 망상을 완전히 버리지는 못하는 것 같아 고개를 파묻고 도리질 쳤다.

"멍, 보고 싶다!"

건융이 뜬금없이 중얼거렸다. 건융은 마치 해바라기처럼 무하를 따라다녔다. 무하가 반응이 있든 없든 그의 다리에 매달려 안기는 것도 너무나 좋아했다. 하지만 무하가 오래도록 자리를 비우자 채명이 생각난 모양이었다.

"그래, 채명이!"

건융이 말할 때까지 잊고 있었던 사실에 민영은 미안해지고 말았다. 처음엔 전처럼 실신하진 않았을까, 몇 번이나 걱정하다가 애진댁이 괜찮다고 전해주는 말에 안심하고는 가끔만 떠올리고 말았다.

"우리 채명이 보러 갈까? 보러 가도 되는지 사량 선생에게 물어봐야겠다."

"멍, 멍, 멍!"

건융이 소리 높여 채명을 부르는 소리에 마당에서 놀던 강아지가 뛰어왔다. 어느 날 건융의 품에 안겨 처소 식구로 합류하게 된 녀석은 밥을 주는 애진댁과 건융만 따르는지라 민영은 솔직히 개를 키우는 실감은 못할 때가 많았다.

"채명 형이라고 해야지."

"아닙니다, 장차 광천대와 광평대를 물려받을 후계가 되실 분인데 호칭은 미리 바로 해야지요. 그리고 채명은 마님의 사람이니 만나러 가시는 데 굳이 허락이 필요 없습니다."

어느새 나타난 사량 선생이 민영에게 다가오며 말했다. 처음엔 가능성 높은 것처럼 말하던 후계 자리가 이젠 아예 정해진 것처럼 선생은 노골적이었다. 물론 무하와 황제와의 관계를 알면서 건융의 후계설은 기쁨은커녕 두려운 이야기가 되고 말았지만, 그 또한 저가 계속 무하 곁에 있을 수 있어야 가능한 이야기다. 민영은 미리 떨고 미리 걱정하는 건 하지 않기로 했다.

"선생, 오셨어요!"

"사랑 샌새!"

건융이 쓰다듬던 강아지까지 놓고 사량 선생을 반겼다. 강아지를 받은 그날 이후 건융은 사량 선생의 얼굴을 보고도 울지 않는 것은 물론이고 이렇게 반기기까지 했다. 혀 짧은 발음 덕분에 '사랑'이 된 것이 사뭇 흐뭇한 얼굴로 선생이 건융에게 무언가를 내밀었다.

"무얼 또 주시게요, 융이 버릇 나빠져요."

민영이 질색하며 손사래를 쳤다. 선생이 만날 때마다 저에게 선물을 안기니 건융은 그에 익숙해진 모양이었다. 건융은 지난번 선생을 보자마자 인사 대신 선생이 항상 들고 다니는 부채를 달라며 손을 내밀었다. 민영이 따끔히 혼냈지만 결국 그 부채는 건융의 차지가 되었다. 그때 민영은 아직 껄끄럽기 그지없는 사량 선생에게 절대 건융에게 뭘 주지 말라고 다부지게 요청했다. 그러나 지금도 건융의 방에는 바깥 아이들은 구경도 못할 장난감들이 넘쳐났다.

"흠, 이번엔 도련님 것이 아니라······."

사량 선생이 슬쩍 강아지를 보는 척하며 손을 펼쳐 보였다. 과연 이번엔 건융의 것은 아니었다. 개 목걸이였으니까. 하지만 건융을 위한 맞춤 기능이 장착된 것임은 틀림없다.

"도련님이 아무리 멀리 있거나 숨어도 이 녀석은 주인을 찾을 수 있을 겁니다. 도련님도 마찬가지로 어디에 있든 이 녀석을 부를 수 있습니다. 지금은 간단히 그 기능만 넣었지만 이놈이 자라면 약간의 훈련을 병행해 멀리서도 몇 가지 명령을 알아들을 수 있게 할 것입니다."

"네······."

저렇게 눈을 빛내는 이에게 어떻게 거절할 수 있을까. 지난번 혼나고 난 후 민영의 허락을 기다리던 건융이 임마가 고개를 끄덕이자 탄성을 지르며 기쁘게 손을 내밀었다.

"우와!"

"여기, 자, 우리 멍멍이와 숨바꼭질 해볼까요?"

안타깝게도 그 멋진 흑구의 이름은 멍멍이었다. 채명이 들었다면 더 서러워했을 이름이다.

"숨바꼬찌!"

건융이 만세를 부르며 사량 선생과 멍멍과 놀이를 빙자한 목걸이 능력 검사를 했다. 아니, 목걸이 검사를 빙자한 놀이였나? 아무튼, 그러느라 건융은 채명에 대해 잠시 잊고 말았다. 하지만 다음 날 건융은 다시 채명을 찾았다. 이날도 무하가 없었기 때문이었다. 드디어 채명을 만나러 가기 위해 나서던 길, 문을 열자 전혀 상상도 못했던 사람이 바로 눈앞에 서 있었다.

"나를 아느냐?"

아이의 말투는 오만했다. 민영은 얼른 고개를 숙여 인사했다.

"아기씨를 뵙습니다."

"아기찌 누나!"

건융이 재윤을 알아보고 소리쳤다. 그러자 재윤의 유모가 호통을 쳤다.

"누나라니, 그 무슨 방자한 호칭이요!"

"죄송합니다. 함께 자라던 이웃 누이가 있어서 그런 겁니다. 주의시키겠습니다."

"버릇을 잘 들이는 것이 좋을 것이오!"

유모가 기세등등하게 소리쳤다. 보통 집이라면 주인의 첩이 아이의 유모보다 웃전일 수도 있지만 재윤의 유모는 격이 달랐다. 공주의 딸을 돌보는 이로서 일반 평민에 비할 바가 아님은 물론이고, 본래 공주의 시녀 출신이기도 해서 무하의 첩은 눈 아래로 보았다. 이 정도 말을 높이는 것만 해도 공주가 죽고 없기 때문이었다.

"용서하십시오. 단단히 일러두겠습니다."

민영은 그들 앞에서 건융을 나무라고 싶지는 않았지만 그래도 사달이 나는 것보다 낫지 싶어 주의를 주었다.

"건융아, 누나 아니야. 누나 아니야. 아기씨야, 아기씨."

"응, 아기찌……."

하지만 그것으로 재윤에게서 흥미를 잃은 건융이 민영을 재촉했다.

"엄마, 멍이 형아, 빨리 가자!"

"어딜 가는 길이었구나. 알겠다."

재윤이 시무룩하니 한 발짝 물러났다. 유모가 소리치기 직전 건융에게 마주 인사하려던 손도 슬그머니 내려갔다.

"아기씨, 그러실 필요가……."

"내일 아이를 데리고 내 처소로 오라. 아이의 말대로 내 동생이 될 수도 있다고 들었느니."

전혀 아이가 할 법하지 않은 말투가 차갑게 민영의 등줄기를 훑었다.

"아, 아닙니다."

"내일, 와라."

재윤은 할 말을 마쳤다는 듯 그대로 돌아섰다. 이미 멀어지고 있는 재윤에게 민영은 안 된다거나 무하의 허락을 구한 후에 가능하다는 말을 할 수가 없었다. 이번에 무하가 토벌하러 간 요괴는 까다로워서인지 오늘 새벽 사량 선생도 지원하러 가고 없어서 사실상 재윤을 통제할 수 있는 이가 아무도 없었다.

"이제 우리 갈……. 설마, 아기씨가 여기 왔다 간 겁니까?"

민영이 뒤늦게 생각해 낸 간식을 챙기느라 그제야 나오던 애진댁이 멀어지는 재윤과 유모를 보더니 긴장을 세웠다.

"왜 온 겁니까, 무슨 일로!"

"네, 내일 우리더러 오라고 하네요. ……어쩌죠?"

"가지 마십시오!"

"하지만 아기씨가 직접 와서 한 말인데요, 어떻게 거절하죠?"

"대장군께서 계시면 모르지만 지금은 더더욱 안 됩니다. 제가 어떻게든 수를 쓸 테니 가지 마세요."

"알겠어요. 일단 채명에게 다녀와서 얘기해요."

"네, 이쪽으로 가시면 돼요."

민영은 애진댁이 가는 도중 어딘가를 돌아보며 고개를 젓는 모습을 보지 못했다. 그림자 속에 숨은 누군가가 애진댁이 몰래 들어 보이는 주먹에 움찔하는 것도 알아챌 수 없었다.

아마 민영은 코앞에서 벌어진 일이라 해도 몰랐을 것이다. 재윤의 그림자에 숨은 음침한 기운이 무엇인지 생각하느라 아직도 정신이 혼란스러웠기 때문이었다. 그것을 본 순간 너무 오싹해서 실은 건용을 꼭 끌어안는 것 말고는 재윤을 제대로 쳐다보지도 못했다. 그것은 너무나도 사이하고 기분 나쁜 기운이었다. 며칠 전, 화정이 갖다 준 그것에서 풍기던 기운보다도 훨씬 더. 마치 제멋대로 움직이는 듯한 그림자에서 눈동자를 본 것 같은 착각에 민영은 으스스 떨리는 몸을 감싸 안았다.

"저는 바깥에 있을 테니 편히 만나고 오세요."

애진댁이 가리키는 곳에 우물가에 넋 놓고 앉아 있는 채명이 있었다. 민영이 몇 발 다가가기도 전에 인기척을 느낀 채명이 돌아보았다.

"누, 누님! 도련님!"

두 사람을 알아본 채명이 벌떡 일어나며 소리쳤다. 전차처럼 달려오던 채명이 건융을 향해 팔을 활짝 벌리다 말고 움츠렸다. 제 손에 쥔 젖은 무언가가 있기도 했지만 반쯤 젖은 몰골이 전에 일부러 물을 뒤집어썼던 것 못지않게 쫄딱 젖어 있었기 때문이다.

"멍, 멍!"

사정이야 알 바 없는 건융은 안아달라며 폴짝거렸다. 제 꼴에 어쩔 줄 몰라 하는 채명에게 민영이 고개를 끄덕였다.

"안아줘도 돼. 젖으면 어때, 날씨도 더워서 이 정도는 괜찮아."

"아……. 우리 멋진 도련님, 보고 싶었어요, 진짜 보고 싶었어요!"

"멍, 보고 싶었어!"

허락이 떨어지기 무섭게 두 강아지가 달라붙었다. 이산가족 상봉이 따로 없다. 서로 좋다고 안고 뒹구는 둘에다 멍멍도 끼워놓았다면 세 마리 강아지가 뒤엉킨 꼴을 볼 뻔했다. 한참이나 뛰고 구르며 격하게 반가움을 표하던 두 강아지 중 큰 강아지가 나중에야 그녀를 기억해 내고 돌아보았다.

"누님, 잘 지내셨죠!"

건융에게만큼은 아니지만 채명은 그녀에게 거의 꼬리 치듯 반가워했다. 하지만 그를 보는 민영의 표정은 어딘가 좀 미묘했다.

"장난으로 하는 말이 아니구나……. 너한테도 건융이 도련님이었구나. 그래, 너도 알고 있었으리라는 건 알았지만……."

민영이 작게 한숨을 쉬었다. 반쯤 시선을 내린 채 말하는 그 쓸쓸한 어조에 채명이 손사래를 쳤다.

"누, 누님, 저 채명입니다, 채명! 호칭이야 좀 바꾼다고 제가 어디로 가는 것도 아니고, 여기 일만 끝나면 곧 누님 곁에 갈 거란 말입니다!"

"아차, 그랬지. 너는 혼자 이렇게 고생하는데 사정은 생각도 않고 내가 괜한 투정을 부렸구나. 미안하다, 채명아."

"미, 미, 미안하다니요! 누님이 왜 미안하십니까, 절대 그렇지 않습니다."

방금도 놀라던 채명이 지금은 거의 사색이 된 채 손을 휘저었다. 지금도 꾀를 부린 대가를 톡톡히 치르는 중인데 주모의 심기까지 거스르고서야 이보다 더한 시궁창을 만날 수도 있다. 그러고도 남을 양반이다, 형곽은.

"이까짓 것 하나도 고생이 아닙니다! 누님도 제가 다방면으로 재주가 있다는 것 아시죠? 제가 여기서 새로운 소질을 또 하나 발견하지 않았습니까! 누구도 저보다 더 빨래를 잘하지 못할 겁니다! 하, 하, 하!"

어색하게 웃는 채명을 모르는 척 민영이 소매를 걷으며 말했다.

"그래도 이건 너무 많다. 내가 좀 거들게."

"히익! 뭐 하시는 겁니까! 누, 누굴 죽이시려……, 아니, 제가 정말 잘한다니까요!"

"네가 잘할 건 알아. 하지만 도우면 좀 낫잖니?"

"제발, 안 돼요, 아, 하지 마세요, 안 돼요, 제발 누님!"

그런데 필사적으로 빨래를 사수하는 채명을 돕는, 혹은 방해하는 복병은 따로 있었다. 첨벙, 첨벙! 물 튕기는 소리에 돌아본 민영과 채명이 동시에 소리쳤다.

"안 돼!"

두 사람이 거의 동시에 달려들었다. 하지만 물이 가득 담긴 대야에서 첨벙거리던 건융은 이미 머리부터 발끝까지 다 젖어 있었다. 저를 보고 어른들이 놀라든 말든 건융은 그저 좋았다. 까르르 웃는 맑은 웃음소리가 우물가를 울렸다.

"미안해, 명아. 가서 우리 융이부터 말려야겠다. 다음에는 제 대로 준비해서 올게. 애진이랑 같이 오면 될 거야. 그땐 밀린 이야 기도 좀 많이 하자."

"누님, 절대 안 돼요!"

"응? 오지 말라고?"

"그, 그게 아니라 빨래는 절대……."

"또 보러 올게, 명아."

벌써 저만치 발을 옮기는 민영의 품에 안긴 건융이 채명에게 손 을 흔들었다. 마주 열심히 손을 흔들던 채명이 두 사람의 그림자 를 향해 속삭였다.

"행복해 보이세요, 도련님. ……주모께서도요."

피식 웃으며 돌아서던 채명의 얼굴은 저를 기다리는 산더미를 보고는 다시 거무죽죽하게 변하고 말았다.

"소질……. 내가 이걸 보고 내 입으로 소질이 있다고 했었나!"

형곽이 없어서 다행이었다. 아니, 다행스러운 일은 아니다. 이 번엔 주군께서도 함께 출전하셨는데 토벌이 길어지는 걸 보면 여 간 애를 먹는 게 아닌 모양이었다. 그래도 여기 있는 것보단 칼을 들고 요괴를 써는 게 훨씬 마음이 편하겠다.

"아휴!"

들어줄 이도 없는 한숨을 크게 내쉰 채명이 다 젖은 바지를 둥 둥 걷었다. 첨벙, 철럭철럭. 빨래가 순식간에 때와 이별하기 시작 했다. 소질이 있다는 건 아마도 사실인 듯싶다.

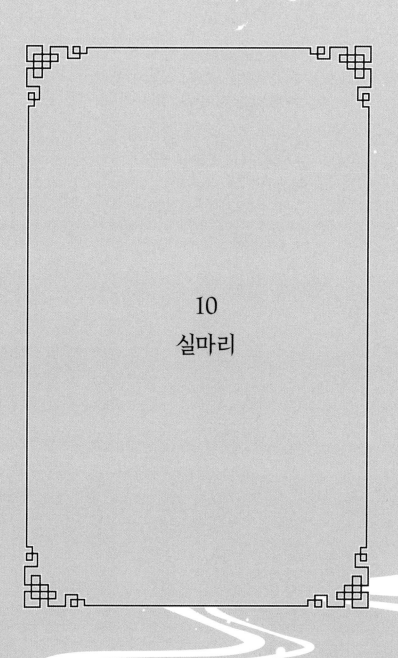

10
실마리

　사람만 한 몸체에 거대한 나방 날개를 단 요괴가 하늘 가득 메우고 있었다. 사람 눈 모양의 문양이 박힌 날개를 펄럭일 때마다 금빛 가루가 떨어졌다. 멀리서 보면 금빛이 뿌려지는 환상적인 광경이지만 가루는 호흡기를 막는 치명적인 독이었다. 복면을 두른 광천대가 활을 날리자 융단 같은 날개에 촉을 단 가시들이 쏙쏙 돋아났다.

　키에엑! 요괴들이 고통스러운 비명을 지르며 검은 액체를 토해 냈다. 바위도 녹여 버리는 독액이 비처럼 후두두 떨어졌지만 독에 맞는 대원은 없었다. 좁은 협곡에 군데군데 튀어나온 바위가 대원들의 몸을 가려주었다.

　놈들의 근거지이기도 한 이 협곡에 요괴들을 몰아넣은 것이 바로 이번 토벌 작전의 핵심이었다. 여태 이곳에 요괴들을 모두 몰아넣느라 유난히 시간이 오래 걸렸다. 사량 선생이 쳐 놓은 그물이 협곡 전체를 덮었다. 하늘이 막힌 이싱 나방 요괴들이 달아날 곳은 없었다. 그래도 놈들은 여전히 높이 있었다.

잠시 소강상태인 듯 보이던 그때, 무하가 벽을 차듯 뛰어올라 놈들 위로 솟구쳤다. 당황한 놈들이 어째 보기도 전에 무하가 그대로 뛰어내리며 칼을 내질렀다. 요괴들은 공격을 포기하고 방향을 틀어 도망쳤다. 하지만 놈들이 날아야 할 하늘은 더 낮아져 있었고, 돌아선 놈들을 맞는 건 대원들이 날리는 검풍이었다. 빗발치는 검풍에 나방 요괴들이 하나둘씩 떨어졌다. 검풍이 그치고 난 후 서 있는 이들은 무하와 광천대원들뿐이었다.

"사방을 정리하라."

"네, 주군!"

형곽에게 뒤를 맡긴 무하는 전투가 끝나자마자 더 안쪽으로 달려갔다. 형곽은 함께 달려가고 싶은 마음을 누르고 돌아서서 소리쳤다.

"광평대는 생존자부터 수습하라!"

"네, 대주!"

광천대와 광평대원들이 일사불란하게 흩어졌다. 땅에 쓰러져 있는 건 죽어서도 독가루를 품고 있는 나방들만이 아니라 먹이로 잡혀온 사람들도 포함되어 있었다.

광천대원들이 주위를 경계하며 나방 요괴를 확인 사살하는 동안 광평대원들이 앞다퉈 희생자들에게 다가갔다. 그러나 그들 대다수가 가슴에 기복이 없었다. 잡혀온 지 이미 수 일이 지나 체액을 빨아 먹히고 목내이(木乃伊)처럼 말라 버린 이들이 대다수였다. 때문에 백이 넘는 인영 중에 구해낸 생존자는 채 열이 되지 않았다.

요괴 확인 사살과 생존자 수습이 끝나자마자 형곽은 무하가 간 방향을 향해 달렸다. 하지만 그가 무하에게 도착했을 때는 일은 이미 끝나 있었다.

크에에에엑!

추악하고 긴 비명이 협곡을 울렸다. 제 새끼들을 미끼로 던져 주고 숨어 있던 대왕 나방 요괴의 몸이 반으로 갈라진 채 떨어지고 있었다. 하지만 그 장면을 끝으로 협곡은 자욱한 먼지로 뒤덮여 보이지 않았다.

"들어오지 마라!"

먼지를 뚫고 무하의 전음이 들렸다. 먼지, 아니 그것은 대왕 나방 요괴의 독가루였다. 숨을 멈춘 채 몇 분이나 더 지나서야 형곽은 어렴풋하게 시야를 회복할 수 있었다.

"주군! 무사하십니까!"

"조금만 더 기다려!"

잠시 더 기다린 후에야 무하가 형곽을 불렀다. 독가루는 자연적으로 가라앉은 것이 아니었다. 무하의 주위로 익숙한 재가 떨어져 있는 것을 보니 사량 선생이 이런 상황도 대비한 모양이었다. 그럼에도 형곽은 가까이 다가갈수록 피부가 따끔거리는 걸 느꼈다.

대왕 요괴가 죽어가면서 최후의 발악으로 뿜어낸 독가루는 이 주변을 다 오염시키고도 남을 정도로 치명적이었다. 일반인들은 이곳에 발을 디디는 것만으로도 중독되고 말 것이다. 이 일대를 정화하려면 주술사 몇이 힘을 써야 할 터인데 그만한 인력을 요청한다고 해서 황제가 들어줄 리가 없을 것이다. 하지만 무하는 요청할 것이고 거절당하는 건 물론, 오염도 무하의 탓이 될 테지…….

뻔히 그려지는 앞날에 한숨을 숨기며 형곽은 쓰러진 요괴의 모습을 확인했다. 요괴는 방금 그들이 해치운 나방 요괴들과 비슷하지만 머리 부분이 사람의 얼굴을 하고 있었다. 신수도 간혹 사람의 얼굴을 하곤 하나 그건 영력을 많이 쌓은 경우였다. 이놈은 사람을 보통 많이 잡아먹은 게 아닐 것이다. 그건 아직 형체가 있는 시신의 수만 봐도 알 수 있다. 시신조차 남지 않은 이들도 있을 걸 생각하면 족히 마을 몇 개는 사라졌을 것이다.

"최근 나타난 놈들 중 이놈에게 당한 이들이 가장 많을 것 같습니다. 이 정도로 광범위하게 독을 썼으니 피해는 더 은밀하게, 대단위로 발생했을 것입니다."

"아무리 은밀하다고는 하나 이렇게나 피해가 커지고 있는데 지금껏 숨길 수 있었던 것이 이놈을 더 키웠다."

"거미줄 해와 연관이 없을 수는 없겠지요."

"우연히 다른 무리가 더 생긴 게 아니라면."

"어찌 인간이 같은 인간에게 이런 천인공노할 짓을 저지른단 말입니까!"

형곽이 분노를 터뜨렸다. 매번 보면서도 결코 익숙해질 수 없는 악독함이었다. 무지몽매한 백성을 현혹하는 이상한 집단은 어느 세대에나 있지만 여태 이토록 대규모 살상을 일으키는 집단은 없었다.

"어쩌면 인간이 아닌지도 모른다."

"네?"

"대주도 거미줄 해의 배후가 권력의 중심에 가깝다는 것을 알고 있을 것이다. 그런 불순한 집단을 키우는 것은 분명 백성들에게 위해를 가하고 나라의 근간을 흔드는 일이다. 큰 혼란을 야기함으로써 조정에 분란을 일으키고 민심을 동요하게 해서 반역을 일으킬 목적일 수도 있다. ……다른 나라라면 말이다. 하지만 등락제국은 아니다. 적어도 지금 등락제국에서 녹을 먹는 자들 중엔 황가가 바뀌는 걸 바랄 이들은 없다. 그런데 지금의 사태는 반역을 염두에 둘 만큼 규모가 커지고 있다."

"하면 요괴가 이 나라를 장악하기라도 하려는 거란 말입니까?"

"……가능성은 있다."

무하가 이런 말을 할 정도라면 가능성 정도가 아니라 확신이라고 봐야 한다. 그러나 절대 대외적으로 할 수 있는 말은 아니었다. 반역을 의심하게 한 것만으로 황제는 무조건 무하를 죽이려 들 테니까.

"하면…… 앞으로 우린 어찌해야 하는 것입니까?"

황제에게 말할 수 없는 상황에 자체적으로 대비하는 것 말고는 할 수 있는 게 없다. 알면서도 묻는 형곽의 표정이 창백하게 굳었다.

"훈련을 강화하라. 앞으로 부산물 거래는 최소한으로 줄이고 나머지는 모두 광천대와 광평대의 군장 강화와 상비용 영약을 늘리는 데 쓴다. 언제든 황궁으로 출동할 수 있도록 준비한다."

"명, 받잡겠습니다!"

잠시 후, 석찬이 모습을 드러냈다.

"무사하신 겁니까, 주군?"

"보다시피 이상 없다. 생존자는 얼마나 되던가."

"여섯이 살았습니다. 송구합니다."

처음엔 여덟을 구조했지만 그중 둘은 끝내 숨을 거두고 말았다.

"부대주가 송구할 일이 아니다. 주변 마을을 더 살피고 가야 할 것 같다."

"그것은 저희가 알아서 할 터이니 주군께선 어서 돌아가시지요."

"맞습니다, 오랜만에 석찬이 옳은 말을 다 합니다."

"오랜만이라고요? 무슨 그런 섭한 말씀을……!"

무하는 그새 평소대로 돌아와 투닥거리는 두 사람의 어깨를 두드리고 전투가 벌어진 곳으로 돌아왔다. 맨 먼저 본 것은 생존자들이었다. 요괴들이 한 번에 한 마을 사람들을 모두 통째로 납치해 와서 잡아먹곤 했으니 아직 살아 있는 이들 모두 같은 마을 사람이리라.

무하는 뒤따르고 있던 형곽에게 은밀히 말했다.

"요괴를 키우는 이들은 항상 사람들 속에 숨어 있었다. 협곡 전체에 덫을 놓는 시간이 오래 걸렸을 뿐이지, 침투할 때까지 놈들은 우리가 오는 것을 몰랐다."

"하면! 주군께선 저들 중에 꼬리가 있을 수도 있다고 보시는 겁니까?"

형곽이 몰래 그들을 살피며 속삭였다.

아내와 딸의 주검을 안고 오열하는 남자, 남편의 시신에 엎드려 흐느끼는 아낙, 깨어나지 않는 엄마를 흔들며 손을 빨고 있는 아이, 혼례복을 입은 채 넋을 잃고 머리를 흔드는 새신부, 살았다며 감사를 표하는 사냥꾼 한 사람과 나비 신이 다 어디로 간 거냐며 광기를 보이는 여자. 하나같이 다 애달파 보이지만 한편으로는 모두 의심스러웠다.

하지만 저 정도로 위장한 꼬리라면 쉬이 정체를 드러내진 않을 것이다. 그러나 무하는 이번엔 왠지 알아낼 수 있을 것 같았다.

"아마 '보일'지도 모르지."

"네?"

"아니다. 구조와 조사를 위해 모두 데려가는 것으로 하라. 도망치려 한다면 더 쉽겠지만."

"네, 알겠습니다."

'너에겐 보일까?'

이제 돌아갈 때였다. 형곽에게 뒤를 맡긴 채 무하는 도성을 향해 달렸다.

“준비되었나?”

“이번엔 정말 성공하지 않을 수 없을 것이오! 생각지도 못한 조력자가 있었거든!”

황패가 이를 크게 드러내며 장담했다.

정총도 안다. 화정은 제 일을 제대로 했다. 부적은 목표의 위치를 정확히 가리키고 있었다. 정총이 화정에게 건넨 부적은 계집의 몸을 특정하는 것이었다. 그러니 계집이 어디에 있든 얼마든지 찾을 수 있었다. 하지만 계집이 있는 곳을 안다 하여 이토록 성공을 장담할 수는 없다.

“조력자라니? 미리 넣어둔 세작 말인가?”

“세작 같은 게 아니오. 알면 놀랄걸? 흐흐흐, 곧 알게 될 거요.”

황패가 회심의 미소를 지었다.

황제의 명을 받은 지 이미 오래되었다. 정총도 그렇지만 황패역시 목숨을 부지하기 위해서는 이번 임무를 무조건 성공해야 한다는 사실을 알고 있었다.

결행 시기는 무조건 무하가 집을 비울 때였다. 거기에 사량 선생도 없는 때를 골라야 했다. 그런데 최근 호기를 잡았다. 무려황제가 직접 재가할 만큼 무하가 꽤 먼 곳에 오래도록 나가서 돌아오지 않으니 이때를 놓치면 안 됐다. 그런데 거기에 놀라운 조력자까지 만났으니, 그야말로 하늘이 도운 게 아니고 뭔가.

황패가 히죽 웃으며 혀를 내밀어 입술을 핥았다. 껄렁거리는 모습이 뒷골목 왈패처럼 한없이 가벼워 보였지만 그렇다 해서 황패란 존재 자체가 가벼운 건 아니었다. 황패도 요괴의 정수깨나 먹

은 덕에 공력이 백 년은 넘은 괴물이라 할 수 있었다. 물론 정총
은 그 이상이다.

아무튼 정총에겐 황패의 거드름을 받아줄 인내심이 바닥난 상
태였다. 그의 표정을 읽은 황패는 어깨를 으쓱하고는 길잡이에게
손짓했다.

"이제 이놈만 따라갑시다."

정총과 황패가 서로 마주 보며 고개를 끄덕였다.

율기 대장군의 집은 주술로 보호되어 있어 담을 넘는 행위는
주술에 걸리게 되어 있었다. 어설픈 도둑 같은 건 담을 넘자마자
발각되는 동시에 격퇴되었다. 하지만 야적의 정예가 어설픈 수준
은 아니었다.

길잡이를 위시하여 세 사람이 차례로 담을 넘었다. 세 사람만
담을 넘는 건 아니었다. 세 사람은 목표를 향해, 십 수 명의 야적
들은 목표를 흐리기 위해 곧 움직이기 시작할 것이다.

길잡이를 따라 황패와 정총이 소리 없이 담과 마당 위를 날았
다. 바깥사랑채를 순식간에 돌파한 길잡이가 본채 담장 앞에서
발을 멈추고 말했다.

"여기가 '구멍'입니다. 하지만 흔적을 남기지 않고 완전히 뚫으
려면 백 년의 공력을 한 번에 쏟아야 합니다."

이곳에 구멍을 뚫기 위해 다섯이 죽었다는 것까지 정총이 알 필
요는 없었다. 하지만 길잡이의 말은 저도 힘을 보태라는 뜻이었
다. 길잡이가 그만한 공력을 지니진 않았을 테고 황패 혼자 힘을
다 쓰면 일을 할 손이 없어진다. 처음부터 황패는 이럴 요량으로
저와의 '동행'을 반겼을 것이다.

"네가 반, 내가 반의 힘을 쓴다."

쩝, 혀를 찬 황패가 군말 않고 손을 내밀었다. 둘이 동시에 '구

멍'을 향해 힘을 쏟아 넣었다. 구멍이 뚫렸지만 길잡이는 여전히 긴장한 채 무언가를 기다렸다. 멀리서 억눌린 비명이 울렸다. 미끼가 된 새끼 야적들의 생이 으스러지는 소리였다. 그제야 길잡이가 고개를 끄덕였다.

휘릭, 공기를 가른 그림자가 본채의 담을 넘었다. 이번엔 길잡이의 발걸음이 느리기 그지없었다. 본채는 과연 주술로 뒤덮인 거대한 덫이었다. 특별히 주술 덫에 민감한 길잡이가 하나씩 피하지 않았다면 진즉 들키고도 남았다. 대신 안을 지키는 인원은 그리 많지 않았다. 본래는 광천대가 훈련 삼아 경계를 하기에 '구멍' 같은 건 있을 수 없는 일이지만 광천대와 율기 대장군이 없는 지금은 어쩔 수 없이 틈이 생길 수밖에 없었다.

"이 방향은……?"

길잡이를 따라가던 정총이 의아함을 비쳤다. 길잡이가 가리키는 방향이 꽤 익숙한 곳으로 향하고 있었다.

"맞소이다."

황패가 히죽거리며 답했다.

"아기씨가 목표를 붙잡아두었지요."

"아기씨가? 어떻게?"

"어떻게는, 가보면 알 거고요"

황패의 입이 다시 한 번 벌어졌다. 이번엔 정총도 그 입을 찢고 싶다는 생각 대신 고개를 끄덕였다. 방향을 안다 해도 지금은 정당한 방문이 아닌 시각, 정총은 느릿한 길잡이의 안내를 따라 이리저리 몸을 날렸다.

채명과 만나고 돌아오면서도 민영의 마음은 밝아지지 않았다. 아직 재윤의 초대가 남아 있었기 때문이었다. 그것이 정녕 '초대' 인지는 모르지만 그보다 재윤의 그림자에서 본 그 사이한 눈동자를 생각하면 지금도 가슴이 두근거렸다. 화정은 문간 앞까지 왔어도 애진댁이 쫓아낼 수 있었지만 재윤은 다르다. 초조해하는 민영에게 애진댁이 묘책을 내놓았다.

"제게 방법이 있습니다. 내일, 아니 대장군께서 돌아오실 때까지 처소에서 꼼짝도 하시면 안 됩니다! 오늘 채명을 보러 나갔다 오신 게 오히려 잘됐습니다."

"네?"

"도련님은 이제부터 아프실 테니까요……."

애진댁이 마당에서 땀을 흘리며 멍멍과 뛰어다니는 건융을 보며 고개를 끄덕였다.

"제깟 것이 감히 황족의 명을 어겨!"

재윤의 서슬에 유모가 와들와들 떨었다. 이상하게도 재윤에게서 완예 공주의 기운이 느껴졌다. 방금 한 말은 공주가 생전에 하던 어투 그대로였다.

"어제 물을 덮어쓰고 고뿔이 심하게 걸려 올 수가 없다고 합니다. 알아봤더니 정말 그런 일이 있긴 했습니다. 본 사람이 많았습니다."

"나와 약조했지 않았느냐, 그게 무슨 핑계냐!"

"하오나…… 아픈 아이라 어미가 보내지 않는다고 하는데 어찌합니까."

"감히 내게 약조하고도 그런 핑계가 통한다고 하더냐? 작은 아이 하나 데려오는 것이 무에 그리 어렵더냐! 무조건 데려와라, 무조건!"

"말씀드리기 송구하오나 아이를 지키는 그림자가 있을 것입니다. 해서 강제로 데려올 수는 없습니다."

"하면 네가 머리를 써야지, 아니 그러하냐?"

재윤이 씩 웃었다. 그 웃음에 유모는 저도 모르게 엉덩이를 찧고 말았다. 정말 완예 공주를 본 듯한 기분에 소름이 돋고 다리가 떨려 제대로 일어날 수도 없었다.

"네, 무, 무조건 해보겠나이다."

말투까지 완예 공주에게 하던 식으로 극존칭을 올린 유모가 엉금엉금 기다시피 방을 나가 사람을 불렀다. 이런 일을 벌이고서 무사할지는 모르지만 운 좋게도 지금은 재윤의 명을 들어줄 상황은 되었다.

아이나 아이의 어미를 지키는 그림자가 있음은 당연했다. 무하의 여인들에겐 모두 그림자가 딸려 있었다. 애진댁이 그 그림자였다. 하지만 이번엔 여인 하나가 아니라 아이까지 둘이다. 애진댁의 눈만 흐리면 얼마든지 가능했다.

유모가 무하의 여인의 처소 안을 기웃거려 소식을 알아내는 건 기본이었다. 완예 공주가 없다 해도 꾸준히 황제에게 그 소식을 전하는 것 역시 유모가 할 일 중 하나였다. 먼저 강아지를 훔쳤다. 얼마 지나지 않아 애진과 건융이 강아지를 찾아 대문을 나섰다.

"멍멍아!"

건융이 멍멍을 찾아 걷기 시작했다. 정확히 재윤의 처소를 향해서.

"건융이 없어졌어요!"

민영의 비명이 채 가라앉기 전에 대문을 두드리는 이가 있었다.

건융의 행방을 알리러 온 이였다. 민영은 혼비백산하여 달려갔다. 함정이든 뭐든 건융이 호굴에 가 있는데 제 안위만 붙들고 있을 순 없었다. 율기 대장군의 집 안이나 황제의 영역인 그곳에 민영이 제 발로 들어갔다.

애진댁도 동행했지만 대문은 민영만 삼키고 닫혀 버렸다. 마당엔 재윤의 유모가 하인들 몇과 함께 기다리고 있었고, 참담하게도 건융은 마당 한가운데 쓰러져 있었다.

"융아!"

기겁한 민영이 달려가 아들을 안아 들었다. 그러나 건융은 미동도 하지 않았다. 숨은 쉬고 있었지만 흔들어 깨워도 정신을 차리지 못했다.

"융아, 아가, 융아! 이게 무슨 짓이오? 왜 아이를 데려온 것이오? 내 아이에게 무슨 짓을 한 거요!"

민영이 단상에 올라 내려다보고 있는 유모를 노려보며 소리쳤다.

"감히 예가 어디라고 소리를 지르는 것이냐!"

"말해보시오! 내 아들에게 무슨 짓을 했느냐 말이오!"

"발칙하구나! 제풀에 제가 쓰러진 걸 왜 내게 묻느냐!"

유모의 표독스러운 눈에 독기가 줄기줄기 흘렀다. 상대한다고 답이 나올 이도 아니었고 그보다 건융이 먼저였다. 민영은 건융을 안고 일어섰다.

"……하면 가겠소!"

"간다? 누구 맘대로 가겠다는 것이냐!"

"나를 막겠다는 말이오? 대체 내가 무슨 잘못을 했다고 이러시오!"

"황족의 명을 거역하려 한 죄, 그것이 네 죄다."

"아기씨의 초대를 지키지 못한 건 잘못이나, 사정이 있지 않았소!"

"초대라니, 황당한 소리를 하는구나. 감히 초대라니, 네깟 것이 어찌 황족의 초대를 받을 수 있다는 말이냐. 네가 대장군의 총애를 받는다고 참으로 방자하기 짝이 없구나! 물고를 내야 정신을 차릴 년이로다! 여봐라, 이년을 가두어라!"

"네!"

졸지에 민영은 건융과 함께 갇혔다. 치솟는 분노보다 깨어나지 않은 건융 때문에 민영은 그게 더 애가 탔다. 사정도 하고 소리도 치고 애걸도 했지만 걸어 잠긴 문밖에선 아무 대답도 없었다. 결국에는 문을 두드리는 것도 포기할 수밖에 없었다.

훨씬 멀리, 대문 밖에선 애진댁이 문을 두드렸지만 아예 대꾸조차 없었다. 애진댁은 실질적인 권한이 컸지만 재윤의 처소만큼은 그녀도 들어갈 수 없는 곳이었다. 애진댁이 재윤의 처소 주변에서 기절한 애진을 발견하면서 사안은 더 심각해졌으나 그럼에도 여전히 그녀가 할 수 있는 일이 없었다. 애진댁이 밖에서 발을 동동 구르는 새, 해가 저물었다.

"건융아, 융아, 제발……."

문을 두드리는 걸 그만둔 후로 민영은 계속 건융을 주무르고 깨우려 애썼다. 그러길 수 시간.

"엄마……."

다행히 건융이 정신을 차렸다. 눈은 떴지만 늘어지는 아들의 모습에 민영은 억장이 무너졌다. 다른 누구도 아닌 자신에게 너무너무 화가 났다. 너무 갑작스럽고 황당하게 당해 버렸다. 무하가 돌아온다면 풀려나겠지만 그전에 '물고'가 날 것 같았다. 설마 큰일이 나기야 할까 싶다가도 자꾸만 최악의 상황이 떠올라 저도 모르게 고개를 저었다.

'그는 언제 돌아올까. 그때까지 버틸 수 있을까.'

민영이 문을 두드리길 그만두고 주위를 둘러봤지만 탈출할 구멍은 전혀 없었다. 창문 하나 없이 문과 벽으로만 둘러친 작은 건물은 창고라고 보기에도 이상한 곳이었다. 다행이라 해야 할지 당장 무슨 짓이라도 할 것 같던 분위기와는 달리 조치가 없었다. 하지만 점점 불길한 생각이 깊어지고 있는 그때 건융이 민영의 품으로 파고들며 말했다.

"엄마, 추워……."

"추워?"

여름이라도 해가 지면 기온이 낮아진다. 그래도 사방이 막힌 곳이라 추위를 느끼는 건 이상했다. 그런데 건융은 팔다리가 싸늘해져서 덜덜 떨고 있었다. 민영은 얼른 겉옷을 벗어 건융을 덮어주고 팔다리를 주물러 주었다. 그래도 계속 추워하는 건융을 꼭 안아주던 민영의 눈에 무언가, 아니 누군가가 보였다. 어둠 속에서 어떻게 그것이 보이는지 알 수는 없었다. 어디로 들어온 걸까, 의문은 그것의 비명인지 웃음소리인지 모를 소리가 울리는 동시에 사그라졌다.

"꺄르르르르르르르르."

머릿속이 뒤엉킬 것 같은 혼란하고 요사한 소리가 허공을 울렸다. 민영은 아찔한 느낌에 건융의 귀부터 막았지만 건융은 그저 더 춥다며 달라붙기만 했다.

"누구예요!"

대답을 기대하고 소리친 건 아니었다. 여인은……. 여인이라고 해야 할지 잘 모를 그것은 기괴하고 음습하며 끔찍한 몰골을 하고 있었다. 희미하게 사람 형체를 한 얼굴 부위 사이로 붉게 빛나는 눈동자와 날카롭고 긴 손톱이 위험 신호를 보내고 있었다. 그것은 민영의 외침에 다시 한 번 킬킬거리고 웃었다.

"엄마, 뭐예요?"

건융이 민영의 시선을 따라 고개를 돌리며 물었다. 뒤늦게 건융의 눈을 가렸지만 이미 봤을 것이다. 절대 놀라지 않을 수 없는 기괴한 모습이었다. 한데 건융은 그저 춥다며 다시 파고들 뿐이었다. 건융은 그것을 보지 못하는 것 같았다. 하지만 보지 못한다고 안심할 때가 아니었다. 새빨간 입술 안에 시커먼 이를 드러낸 귀신이 점점 다가오기 시작했다.

"엄마, 추워!"

건융이 다시 추위를 호소했다. 건융은 보지 못하는 대신 귀신처럼 보이는 그것을 냉기로 인식하는 것 같았다. 귀신, 이제야 그것의 존재가 무엇인지 알 것 같았다.

"저리 가!"

민영은 건융을 안은 채 한쪽 팔을 허우적거렸다. 하지만 민영을 통과하듯 훅, 하고 짓쳐 들어온 귀신이 건융을 붙잡았다. 건융은 그것을 볼 수 없지만 그것이 건융에게 해를 끼치는 건 얼마든지 가능한 것 같았다. 그것이 민영에게서 건융을 마구 떼어내려 했다.

"안 돼!"

"싫어! 엄마랑 있을 거야!"

민영은 건융을 붙잡는 것 말고는 할 수 있는 게 없었다. 저를 움켜쥐는 우악스러운 손길에 놀란 건융이 팔을 내저으며 발버둥 쳤다.

"끼야아아악!"

별안간 귀신이 비명을 지르며 훌쩍 물러났다. 귀신은 건융의 손에 스친 부위가 고통스러운 듯 연신 비명을 질러댔다. 실제로 몸에서 검은색 연기가 새어 나오는 것처럼 보이기도 하면서 귀신의 음산한 색이 점점 옅어졌다. 그 순간 민영은 건융의 팔찌가 하얗게 빛나고 있는 것을 볼 수 있었다.

그러나 그것에 놀라고 있을 때가 아니었다. 건융에게 호되게 당한 귀신은 이번엔 민영을 향해 쇄도했다. 귀신은 눈 깜짝할 새 아까보다 더 길게 늘어진 손톱을 휘둘렀다.

"앗!"

반사적으로 비명을 지른 민영은 곧 저가 아무렇지도 않은 걸 깨달았다. 표정을 볼 수는 없지만 귀신도 당황해하는 것 같았다. 희망이 생겼다. 민영은 다시 귀신이 공격할 때를 기다렸다.

빙화를 먹을 때 겨우 가능성만 보이던 것이 그 순간엔 기적처럼 뜻대로 되었다. 팔찌가 귀신에게 충격을 가할 수는 있는 것 같지만 피해를 입는 건 직접적으로 스친 부위뿐이었다. 건융의 여린 손목을 잡고 휘두를 수는 없었다. 민영은 팔찌에서 귀신을 칠 수 있는 기운을 찾아 움켜쥐고는 다시 달려드는 귀신의 앞으로 던져 버렸다.

"끼에에에에엑!"

귀신이 비명을 지르며 튕겨 나갔다. 바닥에 나뒹군 귀신은 머릿속을 터뜨릴 듯 고함을 지르며 몸을 뒤틀었다. 검은 연기가 뭉텅뭉텅 새어 나오던 귀신은 잠시 후 모습이 흐려지더니 사라졌다.

"하아……."

민영은 기진한 채 벽에 몸을 기댔다.

"엄마, 엄마아!"

건융이 무서움에 떨며 그녀를 끌어안았다. 작은 팔이 등을 감싸는 힘이 그 어느 때보다 강한 위로가 되었다.

"괜찮아, 괜찮아, 융아."

건융은 더는 추위하지 않고 안긴 채 잠이 들었다. 늘어진 팔목에서 투박한 팔찌가 찰랑거리며 흔들렸다. 혹시나 하고 빼보려 했지만 역시 빼려고 잡기만 하면 꿈쩍도 하지 않았다. 그 팔찌에 이런 힘이 숨어 있을 줄은…….

멍하니 팔찌를 쓰다듬던 민영은 건융을 다잡아 안았다. 귀신은 물러갔지만 아직 호굴에 갇힌 채였다. 민영은 다시 문밖의 사람을 찾거나 하지 않았다. 이제 그가 올 때까지 다시 저 문이 열리지 않기를 기도하는 수밖에 없었다.

시간을 들인 공이 있었다. 아직 재윤은 그릇이 되기에 덜 다듬어졌지만 종종 차지할 수가 있었다. 처소에 자리 잡고 몇 달이 지난 지금, 완예 공주는 재윤의 몸을 가끔씩 차지하곤 했다. 덕분에 주위 사람들에게 영향을 미칠 귀기도 모을 수 있었다.

밤에 가끔 유모와 하인들을 재우고 돌아다녀도 아무도 몰랐다. 재윤의 몸이니 잡귀와 요괴를 막는 주술에도 영향을 받지 않았다. 돌아다니던 중에 그분의 그림자를 만난 건 우연이 아니었다. 표식을 지닌 그림자를 쫓다 보니 그분의 의중을 헤아릴 수 있었다. 그에게 다가갈 최적의 길이 이렇게 쉽게 찾아왔다.

그 천한 것이 집에 없는 시간에 맞춰 그것들을 잡아오는 건 쉬운 일로 보였다. 그러나 재윤은 아직 완전한 그릇이 되는 것을 거부했다. 재윤이 정을 붙이던 가장 어린 부엌 하녀의 손가락을 잘랐다. 재윤은 당장 그 천한 것의 여자를 데리러 갔다. 그마저도 다음 날로 미뤄 결국 하녀의 목숨으로 대가를 치렀다.

분은 풀었으나 하녀를 죽인 것은 재윤의 거부를 샀다. 그래서 완예 공주는 다시 재윤을 직접 닦달하는 중이었다. 그러나 마지막에 다시 재윤의 반항에 막히고 말았다.

"그냥 여기로 데려오라고만 하셨잖아요."

"그래서? 이제 상황이 달라졌다지 않느냐? 누구의 명인지 모르느냐?"

"……하지만 사람을 죽이는 건 싫어요."

"감히 네가 내 명을 어기려는 게냐?"

쇠 긁는 소리와 함께 그림자가 무섭게 일렁거렸다. 몸서리가 쳐질 정도로 방 온도도 내려가 심약한 이라면 바로 혼절할 지경이었지만 재윤은 그래도 고개를 저었다.

"싫어요!"

겨우 하녀 아이가 죽은 것 때문에 감히 거역할 마음을 품다니! 길이 들지 않는 그릇 따위 찢어발기고 싶었지만 저것이 유일했다. 완예 공주의 음성이 금세 다시 다정해졌다.

"내가 원하는 게 아니다. 네 아버지께서 저 둘의 목숨을 원하신다!"

"하지만 아버지는 저이를 총애하세요."

"네 이년! 누가 아비라고!"

쩌렁쩌렁 울리는 어미의 분노에 재윤은 저도 모르게 몸을 웅크리고 말았다. 머릿속이 아찔하니 금세 쓰러질 것 같았다.

"유모, 유모!"

재윤이 힘껏 소리치자 다급히 문이 열렸다.

"아기씨, 부르셨습니까!"

"네 이년, 네 아버지께서 널 용서하지 않을 것이다! 네 이년!"

완예는 일단 물러나기를 선택했다. 유모 따위야 제압이 가능했지만 저 극렬한 거부감이 계속되는 건 문제가 있었다. 그릇의 본령이 점점 약해지고 있었다. 시간만 좀 더 들이면 얼마든지 완벽히 차지할 수 있을 것이다. 하지만 당장 할 일이 있었다. 먹이를 잡아다 둔 것만 해도 가장 큰일을 한 것이었지만 저가 직접 해결한다면 그분의 총애를 더욱 듬뿍 받겠지!

완예 공주가 희희낙락하며 민영과 건융을 가둔 감옥으로 달려갔다. 그리고…… 튕겨 나왔다. 하마터면 쌓아두었던 귀기를 몽땅 잃을 뻔한 걸 생각하면 그것들을 갈기갈기 찢어야 후련할 일이었다. 그래도 괜찮다. 저 대신 저 요망한 것을 찢어줄 이들이 오고 있었다. 무의 공간으로 빨려들며 완예 공주는 히죽 웃었다.

❈

"이쪽입니다."

길잡이가 안내하는 길을 따라 조심스럽게 담을 넘던 정총은 속으로 혀를 내둘렀다. 그동안 보냈던 야적들이 죽어나간 이유를 알 만했다. 요소를 지키는 무사들은 물론 사람의 눈이 닿지 않을 곳까지 촘촘히 새겨진 주술진들이 그물망처럼 저택 전체를 덮고 있었다. 황궁의 경계도 이에 비할 바가 아닌 듯했다. 막상 들어오고 나니 더 확실히 알 수 있었다. 여기까지 온 건 '조력자'의 도움이 아니었다면 꿈도 못 꿀 일이었다.

그 어린 아기씨가 조력자라, 몇 번 재윤을 본 적 있는 정총으로선 고개를 갸웃거리지 않을 수 없었다. 재윤은 평소 순종적이고 조용한 아이였다. 제 아비가 아닌 걸 모르는지 율기 대장군을 무서워하면서도 좋아하는 것처럼 보였다. 하지만 재윤이 목표를 잡아 가둔 건 아버지를 정면으로 거역한 것이다. 완예 공주도 없는 마당에 무슨 배짱으로 이런 일을 한 건지 이상했다. 어려서 그런 걸까? 아무리 어리다 한들 율기 대장군도 이 일을 그냥 넘기지 않을 거라는 건 알 텐데.

아니, 재윤이 어찌 된다 해도 정총이 상관할 바는 아니었다. 재윤을 엮은 것 때문에 나중에 탈이 생겨도 어차피 덮어쓸 이는 황패였다. 실패하면 무조건 죽음이요, 성공하면 큰 상이 내려질 것이다

"저곳입니다."

길잡이가 담장 안 가장 외곽의 작은 건물을 가리켰다. 지키는 이 하나 없이 외떨어진 건물에 그들의 목표가 갇혀 있는 것이다. 마당을 넘어가 문을 부수고 목표의 목을 따기까지 그리 오랜 시간이 걸리지 않을 것이다. 이제 다 왔다. 가는 목 두 개만 취하고 공간을 접으면 끝난다. 정총은 일이 너무 쉬워서 의심이 갈 정도였다. 그러나 성공하고도 무사히 나가지 못하면 끝장이다.

"탈출로는 생각해 둔 것이 있나?"

정총이 뒤늦게 물었다. 그러자 황패가 씩 웃으며 손목께를 만지작거렸다. 최악의 상황에 빠져도 도망갈 수단쯤은 있다는 뜻이었다. 물론 정총도 마찬가지였다. 길잡이에겐 해당이 안 되는 일이긴 하지만 그거야 제 운명이었다.

길잡이가 먼저, 황패와 정총이 차례로 마당을 밟았다. 퍽 늦은 시각이기도 했지만 역시나 사람 그림자 같은 건 없었다.

길잡이가 먼저 문 안으로 작은 대롱을 꽂아 안을 들여다보았다. 대롱은 어둠 속도 환한 낮처럼 볼 수 있게 하는 주술품이었다. 길잡이가 고개를 끄덕이고는 문 주위로 종이 몇 장을 붙이고는 손을 휘저었다.

재윤을 위한 최소한의 배려랄까, 그냥 열어도 그만일 문이 펑, 소리와 함께 부서졌다. 기습과 동시에 아이를 뒤로 감추며 벽으로 물러나는 민영의 모습에 암살자들의 눈에 이채가 서렸다. 평범한

아녀자에게 기대하지 못한 대비한 듯한 동작이었다. 그러나 그뿐이었다. 목표에게서는 한 점의 공력도 느낄 수 없었다. 이대로 손만 대면 목이 꺾일 간단한 일이었다.

문이 열린 터라 유난히 밝은 달이 안으로 들어와 민영의 모습을 비추었다. 황패가 혀를 차며 휘파람을 불었다.

"소문으로 듣던 것보다 더 곱네! 이거, 살짝 맛만 보고 볼일 보면 안 되겠소?"

껄렁거리는 말투가 심히 불량스러웠지만 내심 안 된다는 걸 알고서 하는 말이었다. 아무리 강력한 조력자가 있다 하나 호굴이다. 말 그대로 '맛만' 본다 한들 그 짧은 시간에 목숨이 갈릴 수 있었다. 정총의 얼굴이 무섭게 일그러지는 걸 보며 허허, 헛기침을 내뱉은 황패의 표정 또한 차갑게 굳었다.

"아깝긴 하지만 이만 죽어줘야겠다. 대신 곱게 보내주마."

황패가 칼을 꺼냈다.

"내가 하지."

여기까지 온 이상 공을 세우는 건 기왕에 자신이. 정총이 허리띠를 풀어 휘두르자 흐늘거리던 띠가 빳빳해지며 날을 세웠다.

공기를 가르는 소리와 함께 민영은 어깨에 타는 듯한 고통을 느꼈다. 고통이나 죽음이 오는 공포보다 건융을 지키지 못한다는 절망감에 기절할 것만 같았다. 단번에 끝내지 않은 건 희롱인 걸까. 그러나 정작 더 놀란 건 정총이었다.

정총은 단번에 끝낼 요량으로 민영의 목을 노렸다. 그러나 마지막 순간 무언가를 맞고 칼은 빗나가서 그저 스치기만 했다.

"누구냐!"

정총이 긴장하며 암기가 날아온 방향으로 칼을 세웠다. 목표물을 먼저 죽인다는 선택지도 있었지만 본능은 저가 움찔하기도 전에 죽어버릴 거라 속삭이고 있었다. 그때 생각보다 더 가까이서 목소리가 들렸다.

"거기까지."

당연하다고 해야 할지, 밖을 망보던 길잡이의 목소리는 아니었다. 경고의 외침도 없었던 길잡이의 운명은 굳이 궁금하지 않았다. 곧 목소리의 주인이 모습을 드러냈다.

괴인은 한가롭게 소풍하는 것처럼 나타나 작은 꼬챙이로 이를 쑤시며 건들거리고 서 있었다. 정총은 그가 이를 쑤시던 그것이 암기로 썼던 것과 같은 것임을 직감했다. 공력이 담긴 검을 겨우 이 쑤시는 나뭇조각으로 막은 자다. 제 경지를 아득히 추월한 자임이 틀림없었다.

하지만 황패는 괴인의 경지를 가늠하지 못했던 모양이다. 먼저 두 가녀린 목숨부터 취하고자 움직이던 황패가 일순 경직된 채 눈만 껌뻑거렸다. 자세히 볼 수 있었다면 황패의 목덜미에 방금 괴인이 이를 쑤시던 꼬챙이가 박혀 있음을 알 수 있었을 것이다.

"못 들었나? 거기까지라고 했는데?"

괴인이 히죽 웃으며 한 발 더 다가왔다. 그러자 달빛에 비친 괴인의 모습이 드러났다. 괴인은 빨갰다. 긴 머리카락이며 눈썹이며 눈동자, 거기에 입은 옷까지 모두 빨갰다. 괴인이 히죽 웃으며 말했다.

"하나는 씨앗이 망가진 걸 보니 황제의 개요, 원혼이 덕지덕지 붙은 너는 망자들의 예비 식량이렷다."

환관과 살수를 조롱하는 말에도 두 사람은 굳은 몸을 풀지 못했다. 정총은 황패처럼 직접적으로 마비되지 않았음에도 움직일 수 없었다. 빳빳한 신경이 이미 저승 문턱에 들었음을 일깨워 주고 있었다.

히죽 웃던 괴인이 갑자기 눈을 왕방울만 하게 떴다. 피가 묻은 민영의 어깨를 보는 괴인의 눈동자가 마구 떨렸다.

"나, 이제 죽었다!"

속삭이듯 읊조린 괴인의 표정이 갑자기 흉신악살처럼 변했다.

"너냐?"

괴인과 눈을 마주친 황패가 다급히 고개를 저었다. 그 덕에 마비가 풀린 걸 알았지만 그 이상의 반응은 없었다.

"그럼 너로구나!"

괴인의 눈과 마주친 정총은 저도 모르게 뒤로 주춤거렸다. 하지만 곧 정신을 차리며 소리쳤다.

"……쳐, 쳐랏!"

정총은 괴인에게 암기를 던지며 단도를 꺼내 들었다. 정총은 알았다. 여기서 괴인을 물리칠 희망이 없었다. 괴인은 존재만으로 저를 마비시킨 괴물이었다. 까마득한 격차가 실감 났다. 그렇다고 그냥 포기할 수는 없다. 정총은 괴인이 앞으로 나서는 순간 숨겨 뒀던 단도를 뒤로 던졌다. 그러나 그의 마지막 시도는 부질없이 끝나고 말았다. 민영을 향해 던진 단도는 괴인의 손짓만으로 벽에가 박혀 버렸다.

"눈 감으쇼!"

괴인이 소리쳤다. 뉘에게 한 말인지 모를 말에 민영이 얼른 눈을 감았다.

괴인은 그들을 손바닥 안에 두고 놀고 있었다. 공간을 접는 귀물을 꺼낼 시간조차 없었다. 그런데 그때 기적처럼 구명의 기회가 찾아왔다.

"응? 이건 또 뭐야?"

괴인이 눈살을 찌푸리며 목덜미 쪽으로 손을 뻗어 긁적거렸다.

괴인이 내린 손에 가느다란 침이 잡혀 있었다.

"뭐야, 니들 말고 또 있었냐?"

그에 더 놀란 건 정총과 황패였다. 설마 길잡이? 천만에, 그럴 리가 없었다. 문 앞에 나타난 낯선 형체에 정총과 황패도 긴장했다.

"넌 뭐냐?"

새로 나타난 불청객이 괴인의 짜증스러운 물음에 아랑곳없이 말했다.

"계집, 여기를 봐라!"

새 불청객은 괴인에게나 암살자들에게 눈길도 주지 않았다. 불청객의 요사스러운 목소리에 민영이 움찔거렸다. 새 불청객은 사람이 아니었다. 대충 인간화를 하고 있지만 긴 부리와 날개가 그대로 드러난 요괴였다. 간 크게도 율기 대장군의 집에 침범한 요괴가 있음에 놀라는 것도 잠시, 정총은 괴인과 요괴의 대치에 귀물을 다시 꺼낼 기회를 엿봤다. 목표를 없애진 못해도 이런 괴물의 존재를 알릴 수만 있다면 용서받을 자신이 있었다.

"아직 눈 뜨지 마쇼, 잉?"

"계집, 나를 보란 말이다!"

순간 민영의 눈이 살짝 떴다 감겼다. 거의 동시에 괴인이 움직였다. 자신만만하게 나타난 것도 허무하게 요괴는 괴인의 칼에 단숨에 목이 잘렸다.

"바, 바늘에 찔리고도 어떻게……. 태, 태호족이구나! 태호족이 어떻게……!"

괴인이 목이 잘리고도 중얼거리는 요괴의 부리를 짓밟자 그제야 조용해졌다. 그 틈에 정총은 귀물을 꺼냈다. 황패도 마찬가지였다. 각자 귀물을 찢어발기며 괴인이 공격하는 것이 상대방이길 바랐다.

눈앞이 하얘지는 걸 느끼며 정총은 회심의 미소를 지었다. 그러나 이상한 감각이 느껴졌다. 여전히 황패가 보였다. 그런데 황패의 머리만 따로 놀고 있었다. 괴인이 뭐라 중얼거리고 있는데 그 소리가 들리지 않았다. 그제야 정총의 머리가 땅에 툭 떨어졌다. 불안감이 현실이 되는 순간이었다.

"이제 눈 떠도 돼요."

사뭇 발랄해진 괴인의 목소리만으로 상황은 희망적이라고 봐야 했다. 그러나 마지막에 본 장면 이후로 무슨 일이 벌어졌을지는 예상되어 민영은 눈을 뜨는 게 두려웠다. 그런데 눈을 뜨자 예상외로 주위는 너무나도 깨끗했다.

놀라는 민영에게 괴인은 안절부절못하는 표정으로 말했다.

"잘못했어요. 내가 쬐끔, 아니 좀 많이 늦었어요. 내가 그러려던 게 아니고……."

괴인의 말이 주절주절 길어졌다. 변명 같은 그의 사죄의 말은 반복한 것을 빼고도 백 문장은 될 법했다. 간략하자면 엊그제 만난 정인에게 일이 생겨 뒤를 봐주다가 늦고 말았는데 그래도 봉인이 덕지덕지 붙은 처소에서 일이 생길 줄은 몰랐단다. 그래도 혹시 하고 달려왔는데 그새 일이 생겼다는 것이었다. 엊그제 만난 이가 정인이 될 수 있는가는 차치하더라도 그가 왜 늦었다며 사과하고 있는지부터 이해할 일이지만 민영은 다른 이유로 놀란 상태였다.

"정말 정말 잘못했어요. 그러니 잘 좀 말씀해 주시면 안 될까요? 내 다음엔 다시는 이런 일이 생기지 않도록 하겠어요. 그건 내 꼬……, 흠, 내 이 머리털을 두고서라도 맹세하지요! 그전에 태워 버리면 어쩌지?"

괴인은 절망적으로 중얼거렸다. 그때 건융이 민영의 어깨를 가리키며 말했다

"엄마, 젖었어……."

"히이익!"

건융의 말에 돌아본 괴인이 세상 다 산 것 같은 표정으로 비명을 질렀다. 다친 민영보다 더 아픈 표정으로 달려든 그가 상처에 대고 혀를 쓱 내밀었다. 민영이 기겁하며 뒤로 물러나자 아차, 하고는 다시 소매를 뒤져 호리병을 꺼내 상처에 부었다. 찰나간에 벌어진 일이었다.

순간, 앞이 하얗게 탈색되었다. 민영이 비명을 지르지 않은 건 참아서가 아니라 그럴 수 없어서였다. 상처가 날 때보다도 더 심한 고통에 건융을 놓쳐 버릴 정도였다. 다행히 앉은 채라 건융은 다치지는 않았지만 너무 아파서 민영은 매달리는 건융을 피해 버릴 뻔했다.

"엄마?"

"괜찮아, 괜찮아."

말을 하는 순간 깨달았다. 정말 괜찮아졌다. 순간의 고통은 심했지만 화끈거리던 통증은 사라졌다. 확인해 주듯 괴인이 말했다.

"상처는 잘 아물었네요. 이, 이것부터 치료했어야 했는데! 으악! 정말 잘못했어요!"

두 암살자를 거의 갖고 놀던 이였다. 민영과 건융이 아무리 발버둥 친다 해도 손가락 하나만으로도 짓누를 수 있을 것이다. 그런데 거의 울 것 같은 얼굴로 손을 모은 괴인의 표정은 장난을 친다고 보기엔 너무 진지해 보였다.

"저……."

"응, 나는 태호족의 밀모라고 해요! 밀모라고 불러주시면 돼요!"

때아니게 우렁찬 목소리로 제 소개를 한 괴인이 초롱초롱한 눈망울을 들어 민영을 쳐다보았다. 괜찮다거나 용서하겠다거나 잘 말해주겠다는 말을 기대하는 그에게 민영이 겨우 트인 목소리로 말했다.

"그때 그 도둑……!"

괴인, 밀모는 그제야 알아차렸다. 저가 가장 자랑스럽게 여기는 세 개의 풍성하고 긴 꼬리가 흔들거리는 모습을 따라 민영의 눈동자도 함께 움직이고 있다는 것을.

"아, 이런. 맞아, 그랬었지. 그러니 모습을 숨기고 있으라 했었는데……. 나는 정말 죽었다."

밀모는 좌절한 채 꼬리를 말며 엎어지고 말았다.

❈

민영은 밀모에게 단 한마디만 물었다.

"그때도…… 그가 보낸 거였나요?"

민영이 모든 걸 알아챘다고 생각했는지, 그게 아니면 다른 데 정신이 팔려서인지 밀모는 정신없이 고개를 끄덕였다. 실마리가 풀렸다.

밀모가 데려다주는 길에 방해하는 이는 아무도 없었다. 민영을 데려다주자마자 밀모는 그림자 속으로 사라졌고, 애진댁이 신발도 신지 못한 채 뛰어나왔다. 자신을 보고 사색한 얼굴로 눈물만 뚝뚝 흘리는 애진댁에게 민영은 괜찮다고 말할 기운도 없었다. 애진의 손길에 이끌려 몸을 씻고 자리에 눕자 건융이 파고들었다.

"엄마……."

"괜찮아, 우리 융이. 괜찮아."

건융이 뒤척이며 잠꼬대를 하는 것을 꼭 안아주었다. 건융은 잠들어서도 그녀의 손을 잡고 놓아주지 않으려 했다. 몇 번 더 칭얼거리던 건융은 민영의 음성을 들으며 깊게 잠들었다.

"후……."

저도 모르게 긴 한숨이 새어 나왔다. 새근거리는 건융을 토닥이고 있자니 방금까지 있었던 일이 꿈만 같았다. 하지만 꿈이 아니었다. 그러나 어둠을 바라보는 민영은 오늘 있었던 일을 떠올리는 게 아니었다.

"천령……."

억지로 묻고 있던 이름이 입 밖으로 흘러나왔다.

울컥, 눈물이 나왔다. 가슴이 치받치며 숨이 막히는 것 같았다. 흘러나오는 눈물이 베개를 적시고 있었지만 민영의 얼굴에 비친 표정은 슬픔이 아니었다.

"천령, 천령, 천령……!"

되뇔수록 왈칵왈칵 눈물이 거세졌다. 그동안 그녀를 억죄던 감정들이 해일처럼 밀려들었다.

"흐윽, 끅!"

흐느낌이 새어나오자 민영은 주먹으로 입을 틀어막았다. 손가락을 깨문 잇자국이 깊어지는데도 아픔이 느껴지지 않았다.

긴 꿈을 꾼 것 같았다. 눈물 사이로 시간을 거스른 기억이 흘러나왔다. 이 세상에 처음 던져졌을 때, 아버지를 만났을 때, 천령이 호수에 떨어졌을 때, 천령을 얻었을 때, 천령을 잃었을 때, 채

명을 만났을 때, 건율을 낳았을 때, 그리고 마지막으로 무하를
만났을 때.

망상이 아니었다. 혼란과 혼돈의 중심이던 '그'와 '그'가 하나로
겹치더니 완벽히 한사람이 되었다.

"얼마나……."

외로웠을까. 힘들었을까. 그리웠을까. 아팠을까…….

그가 버텨야 했을 인내와 고통과 기다림의 시간이 저미듯이 가
슴속을 파고들었다.

"끄흑……."

문으로 걱정스럽게 서성거리는 그림자가 비쳤다. 민영은 더욱
세게 손가락을 물었다. 다음 날 피멍이 든 손을 보고 기겁하는 애
진댁에게 민영은 말갛게 웃어 보였다.

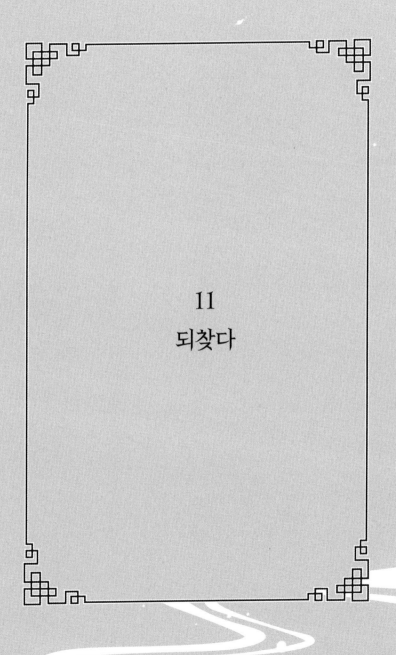

11

되찾다

대문을 넘는 무하의 발걸음이 급했다. 출정을 떠났던 무하가 홀로 귀환하고 있었지만 원래 그의 행적은 외따로 신출귀몰한지라 이상하게 볼 이는 없었다. 그가 그저 집에 빨리 오기 위해 달린 것이라는 건 아무도 모를 일이었다.

먼저 민영에게 달려가고 싶었지만 참았다. 다리에 매달리며 침범벅의 강력한 환영인사를 해줄 아들을 보는 것도 미뤄야 했다. 공간을 접는 기술을 가진 덕에 먼저 집에 도착한 사량 선생이 무하를 맞았다.

"오셨습니까, 주군."

사량 선생의 표정이 예사롭지 않았다. 마주치는 눈빛, 그리고 아주 작은 몸짓이 많은 것을 예고하고 있었다.

무슨 일이 생겼다. 해결은 된 일이다. 그러나 사안이 심각하다. 그에게 심각한 일이란 민영과 건융에 관한 것이었다.

"들어가지."

무심히 걷는 무하의 뒤로 사량 선생이 따랐다. 그 뒤로 누군가가 멀찍이서 심하게 오들거리며 살금살금 뒤따랐다.

"말하라."

"그게……."

사량 선생은 답지 않게 먼저 크게 숨을 고르고 말을 시작했다.

"이틀 전 일이었습니다……."

선생의 말이 끝났다. 무하가 나직하게 말했다.

"들라."

순간, 공기가 일렁이는 듯하더니 '누군가'가 슬그머니 나타났다. 밀모는 곧장 무릎을 꿇고 바닥에 머리를 박았다.

"자, 잘못했어요!"

시시한 일을 시킨다며 한껏 거드름을 피우던 모습은 온데간데 없었다. 꼬리 세 개를 엉덩이 밑으로 감춘 밀모가 엎드린 채 손만 올린 모습으로 빌었다. 비굴하리만치 처량한 모습이었다. 그런데 아무리 고개를 숙이고 있어도 가타부타 답이 없었다. 궁금해진 밀모가 고개를 들려던 찰나였다.

퍽, 꾸웨액!

무언가 깨지는 소리와 함께 밀모가 먹따는 소리를 내며 뒤로 나자빠졌다. 석공이 깨기를 포기해 자연석으로만 존재하는 미락석을 무언가가 꿰뚫고 들어갔다. 밀모가 머리를 박고 있던 데서 종이 두께만큼도 떨어지지 않은 곳이었다. 본래 무하가 민영에게 주려고 나방 계곡 안쪽을 뒤져 찾아낸 홍옥이 새로운 바닥 장식이 되고 말았다.

"나, 나, 나를 죽일 셈이야!"

존댓말은 그새 팔아먹고 평소 버릇대로 소리치던 밀모는 무하와 눈이 마주치자마자 목을 움츠렸다. 예전, 처음 무하와 만났을 때 봤던 무감각하고 차가운 눈길에 밀모의 목소리는 다시 기어들어갔다.

"주, 죽이진 않을 거…… 죠."

무하의 눈이 가늘어졌다. 정말 저것을 죽일지 말지 고민하는 눈빛 같아 밀모는 딸꾹질을 하기 시작했다. 사량 선생은 저 철딱서니가 강력한 우군이라는 사실에 혀를 쯧쯧 찰 뿐이었다.

밀모는 무하와 맹약을 맺은 존재였다. 무하가 수련하던 시절, 그는 태호족에 커다란 은혜를 준 적이 있었다. 그들이 잃어버린 신물을 찾아서 돌려준 것이었는데 그 대가로 부족 최고의 후예인 밀모가 무하를 따르기로 계약한 것이었다. 하지만 밀모는 민영이 갓 도성에 왔을 때 그녀를 지키라는 명을 거부했다. 처음 민영의 방에 침입해 물건을 훔쳐오는 것 같은 건 재미로도 할 수 있는 일이었지만 무하의 기운도 없는 이를 자신이 보호하는 것은 맹약과 어긋난다며 뻗댔다.

민영을 무하의 기운으로 덮는 가장 단순하고 간단한 방법이 바로 몸을 나누는 것이었다. 해서 무하는 무리한 방법이라도 민영과 서둘러 밤을 보낸 것이었다. 물론 진짜 이유가 딱히 그것 때문만은 아니었지만.

실은 밀모가 뻗댄 것도 단순히 우기는 것일 뿐이었다. 밀모는 제 반려를 곁에 두고 독수공방하는 무하가 바보 팔푼이라며 혀를 찼다. 태호족의 논리였다. 엉덩이가 꽤 가벼운 종족의 발언이긴 했지만 밀모의 억지가 반쯤 통하기도 했다. 하지만 임무를 제대로 수행하지 못한 것은 다른 문제였다.

"민영이나 건융이 털끝이라도 다쳤다면 그랬겠지."

그러자 밀모의 눈이 다시 정신없이 빠르게 흔들렸다. 다음 순간 밀모는 제 멱살을 쥐고 있는 무하의 눈을 피해 눈을 꾹 감았다.

"다쳤나?"

으르릉거리는 듯한 울림에 밀모는 대답 대신 팔아넘긴 존댓말을 찾아와야 했다.

"자, 잘못했어요……."

무하는 다시 용서를 비는 밀모를 내팽개쳤다. 사량 선생이 미리 두 사람이 무사하다는 사실을 강조하지만 않았다면 밀모는 반죽음이 되었을 것이다.

"말해!"

"그……. 주모님 어깨에 생채기가……."

히익! 밀모는 제가 자랑하는 붉은 터럭이 한 움큼 잘려서 제 눈앞에 흐트러진 것에 항변도 못한 채 애걸하며 변명했다.

"고, 곧바로 내가 핥아준…… 게 아니고! 끝까지 들어봐! 그러려다 내 침을 부어주었어! 그것만으로 나을 정도였다…… 고요."

밀모는 다시 손을 모았다. 그런다고 무하의 분노가 쉬이 가라앉을 리가 없었다. 밀모는 변명할 기회조차 사라지기 전에 급히 제가 알아낸 사실들을 읊기 시작했다.

"그 계집이 사달이긴 했지만 계집이 일을 저지른 것 같지는 않더라고. 아, 너는 그 계집이 불쌍하다고 했지만 나는 본래 싫어했잖아? 그런데 이번엔 많은 게 이상했어."

"……계속 말해봐."

살았다! 아주 조금 안심하자마자 밀모는 자세를 바로 하고 떠들기 시작했다.

"겉으론 분명 유모라는 여자를 시켜서 한 거 같더라고. 그런데 유모라는 여자는 그날 밤부터 내내 기절해 있던데 계집이 누군가와 대화를 하더라. 이상하지?"

"……."

"더 이상한 건 내가 가까이 다가가니까 감쪽같이 기척이 없어지더라니까? 그런데 아무리 살펴도 계집과 기절한 유모 말고는 아무도 없었어. 할 수 없이 계집의 처소 곳곳을 샅샅이 뒤졌거든? 그랬더니 얼마 전에 사량 선생이 보낸 꼬리가 있더라고. 꼬리도 데려왔어."

밀모가 소매춤을 뒤졌다. 그 모습에 무하가 이마를 찌푸렸다. 밀모가 꺼내는 작은 복주머니 속에 그 데려왔다는 꼬리가 들어 있는 것이다. 복주머니 안에 엄청난 양의 물건을 욱여넣는 건 가능하지만 산 사람을 넣지는 못한다.

"앗, 꼬리 말고도 그것들까지 챙겨왔어. 여기다가 다 꺼낼까?"

"잠시만요."

사량 선생이 밀모를 제지했다. 하늘하늘한 서생 복장의 소매 어디에서 그런 것이 나올 수 있는지 사량 선생이 커다란 방수포를 집무실 계단 아래에 펼쳤다. 방수포는 단순히 이물질을 묻지 않게 하는 용도가 아니라 일종의 결계가 형성된 공간으로 주술이 걸린 무엇도 통하지 않게 하는 것이었다.

밀모가 그 위에다 복주머니를 탈탈 털었다. 그러자 민영의 앞에서 감쪽같이 사라진 정총과 황패, 길잡이와 어린 소녀 하나, 그리고 새 머리를 단 요괴 하나가 나타났다.

요괴까지 포함된 것에 놀랐지만 사량 선생은 소녀의 시신을 먼저 확인하고는 무하에게 고개를 끄덕였다.

"제가 보낸 꼬리가 맞습니다."

"잘 수습해 주어라."

"그리하겠습니다."

꼬리로 보낸 아이는 이제 겨우 열 살 남짓했다. 그리 위험한 일은 아니라고 판단해 보낼 수 있었다. 그저 재윤의 근처에서 자잘한 심부름만 하면 되는 일이었다. 그러나 아이의 손가락 열 개가 모두 잘린 채 사라져 있었다. 위험한 징조가 있었다면 당장 구해 내었을 것이다. 하지만 밀모가 이런 모습으로 데려올 때까지 몰랐다니 바로 요 며칠 새 벌어진 일이었을 것이다. 아니, 때가 언제든 늦은 건 사실이다.

그런데 이상한 건 이런 시신의 모습이 익숙하다는 것이다. 하지만 이런 일을 저지를 사람은 이미 이 세상 사람이 아니었다. 사량 선생의 눈이 무겁게 가라앉았다.

무하가 물었다.

"저 요괴는 뭔가?"

"저놈들과 한패는 아니었어. 무식하게 쳐들어와서는 다짜고짜 주모한테 눈을 뜨라지 뭐야? 뭔지 몰라도 심상치 않아서 일단 죽이고 거둬왔어."

제 내키는 대로 주군께 반말지거리를 해대는 저놈을 언제고 크게 혼내리라, 사량 선생은 주먹을 감추며 물었다.

"눈을 뜨라고 했다고요? 그러면 혹시 주모께서 요괴를 보셨습니까?"

"음……, 모르겠는데?"

그 엉성한 대답에 사량 선생은 다시 주먹을 부르르 떨고는 새 머리 요괴를 살폈다. 하지만 큰 단서는 있었다. '보라'고 했다. 다른 암살자들처럼 해치려 한 것이 아니라 그것이 목적이었다면 무엇이든 분명 작용한 것이 있었을 것이다. 그러나 선생도 요괴에게선 별반 소득을 얻지 못했다. 아무것도 알아낼 게 없는 미지의 적이 보태진 셈이었다. 선생은 무하에게 고개를 숙였다.

"송구합니다."

"아니, 목적이 무엇이든 다시 접촉할 것이다. 그때를 대비해야지. 그럼, 밀모."

"응, 네? 네!"

"재윤이 보이지 않는 누군가와 대화하고 있었다고?"

"응, 그랬는데……. 엇, 내가 기척을 못 느끼는 존재라면……. 설마?"

"설마!"

사량 선생과 밀모가 동시에 외쳤다. 짐작하는 바가 맞다면 꼬리로 보낸 아이의 시신의 모습이 설명되고도 남는다. 집 안에 이런 종양이 숨어 있었다니 기함할 일이었다.

"사량 선생, 알아볼 수 있나?"

"밀모님의 기적까지 피한다면 '그것'이 무엇이든 여간하진 않을 것입니다. 하지만 '그것'의 존재를 알게 된 이상 반드시 찾아낼 수 있습니다."

일부러 짚어 말하지는 않았지만 이미 세 사람 다 '그것'의 정체를 어렴풋이 짐작하고 있었다. 무하가 쓸쓸하게 물었다.

"가망이…… 있는가?"

정을 주지도, 줄 수도 없는 아이였지만 그래도 저를 아버지라고 부르고, 또 그렇게 알고 있던 아이였다. 사량 선생은 연민을 보이는 무하에게 단호히 고개를 저었다. 선생이 아이의 시신을 가리키며 말했다.

"저 아이의 상태를 보아하니 이미 잠식이 꽤 진행된 것 같습니다. 대화를 했다는 것으로 보아 아직 완전히 잠식한 건 아닌 것 같지만 구하기 위해선 완전히 구속한 후 조치를 해야 할 것입니다. 하지만 그러려면……."

사량 선생이 말을 흐렸다. 그러자 밀모가 불퉁거리며 이었다.

"너네 황제, 그놈이 개입하려 들겠지."

어차피 밀모가 황제를 섬길 일은 없다지만 그래도 인간의 영역 안에서 하기엔 다소 경박한 말이었다. 그래도 이런 말을 해도 될 상대는 고를 줄 안다. 그만한 눈치는 있었다. 동의하듯 사량 선생과 무하의 표정이 무거워지자 도리어 밀모의 표정은 살아났다.

"나, 나 이제 용서해 줄 거야?"

아니, 밀모가 눈치란 것을 키우기란 요원한 일 같다. 사량 선생은 혀를 차며 목을 잃은 다른 시신들에 고개를 돌렸다. 그새 밀모는 벽에 날려 부딪쳤다가 거꾸로 떨어졌다.

"왜 늦었나, 제대로 된 변명이라면 살려는 주겠다."

무하가 거꾸로 처박힌 밀모를 향해 물었다. 이 순간, 민영에게 말한 변명을 읊는다면 그대로 이 세상을 하직해야 할 것이다. 주섬주섬 일어나던 밀모는 무하가 칼을 뽑기 직전 필사적으로 외쳤다.

"어디까지 하는지 보려고 그랬어! 그 계집이 어디까지 하는지 보려고. 네가 더는 그 계집에게 연민 따위 가질 필요 없다는 것 좀 알라고!"

마지막 핑계로 댄 것이지만 사실이기도 했다. 그래서 강아지를 찾으러 나온 건융이 납치당할 때부터 줄곧 지켜만 봤던 것이다. 여차하면 손을 쓸 수 있을 정도로 지키긴 했지만 너무 여유를 부린 게 실책이었다.

다행스럽게도 무하는 칼을 뽑지는 않았다. 왠지 이걸로 용서받은 것 같아 밀모는 오그라든 폐 안으로 깊게 숨을 들이쉬었다. 물론 다음이라는 건 없겠지만. 마침 사량 선생이 시신에 대해 알아내기도 했다.

"주군, 이쪽은…… 정충인 것 같습니다."

"정충? 하면 이쪽은……?"

무하의 눈이 매섭게 가라앉았다.

"네, 맞습니다. 야적의 우두머리, 황패로 보입니다."

무하는 한참이나 말없이 시신들을 훑어보기만 했다. 정총까지 덤비다니, 그야말로 반드시 죽일 작정이었다. 황제는 유희의 선을 벗어난 것이다. 야적을 송두리째 없앤다? 그건 너무도 당연한 일이다. 하지만 겨우 그걸로 끝낼까?

잠시 정적이 일었다. 그 무거운 정적을 깨면서 밀모가 눈치를 보며 슬금슬금 다가왔다. 그것이 더 신경을 거스르는 모양새인 걸 모르는 건지 밀모는 몇 번이나 멈췄다가 종종걸음을 했다 반복했다.

무하는 밀모가 마지막으로 뭔가 말할까 말까 망설이느라 그런다는 것을 알고는 있었지만 무시했다. 정말 중요한 거라면 미리 말했을 것이다. 또 무슨 헛소리를 할지 굳이 물을 필요는 없었다. 밀모의 부족한 눈치를 생각하면 그때 무하는 물었어야 했다. 그래서 밀모는 끝내 민영이 여객에서부터 저를 알아봤다는 말을 할 기회를 놓치고 말았다.

새가 지저귀는 아침이다. 무하는 문고리를 잡은 채 그대로 멈춰 있었다. 세상 그 무엇과도 바꿀 수 없는 그의 단둘뿐인 가족이 도란도란 이야기를 나누고 있었다. 이제야 정말로 집에 돌아온 느낌이다.

"엄마, 거늉이 잘 잤어요. 엄마, 잘 잤어요?"

"엄마도 잘 잤어. 우리 융이 잘 잤어? 뽀뽀!"

쪽, 소리와 함께 안에서 일어나는 일이 훤히 그려진다. 그런 장면을 지키지 못할 수도 있었다는 사실을 알게 된 순간 무하는 피가 거꾸로 도는 것 같았다. 저의 이기심에 이 사지로 두 사람을 데려온 것이 잘못이었는지 몇 번이고 되짚었다. 하지만 더는 참을 수 없었다. 저가 숨을 쉬기 위해서라도 반드시 두 사람이 있어야 했다. 그리고 이제 저들에게 위협을 줄 수 있는 그 모든 것을 배제할 생각이다.

무하가 문을 열었다. 민영에게 안겨 조곤조곤 이야기를 나누던 건융이 무하를 보고는 눈을 크게 벌렸다.

"야가, 우리 아들, 너는 이따가 안아주마."

하지만 그런 말로 달려드는 건융을 말릴 수는 없었다. 어느새 엄마의 품에서 벗어난 건융이 무하의 다리를 꼭 끌어안으며 큰소리로 외쳤다.

"대장!"

안아주고 싶었다. 보듬어주고 싶었다. 얼마나 무서웠을까, 암살자의 살기에 노출당한 후유증이 남지는 않았는지 마음이 끓었다. 사량 선생이 이미 살폈다지만 제 눈으로 당장 확인하고 토닥이고 쓰다듬고 싶었다. 하지만 민영의 앞이다.

"야가, 우리 착한 융이, 엄마가 먼저지? 응?"

"싫어, 지금 안아줘, 안아줘!"

당황한 무하는 그가 가장 잘하는 모습을 할 수밖에 없었다. 얼굴을 굳히고 표정을 지운 채 매달린 건융을 가만히 내려다보기만 했다. 민영이 들리지 않게 열심히 달래면서.

민영은 서운할 것이다. 그렇지만 민영은 그를 보며 환하게 웃고 있었다. 그 어느 때보다 더 기쁜 얼굴로.

"돌아오셨어요?"

"응, 조금 전에."

"다치신 데는 없지요?"

다치긴 네가 다쳤지. 할 수만 있다면 당장 너와 건융만 데리고 오두막으로 되돌아갈 텐데.

"보다시피."

"무사하셔서 정말 기뻐요."

민영의 분위기가 좀 달라진 듯했다. 전에는 얇은 막을 둘러쓴 듯 조심스러웠다면 지금은 무언가 내려놓은 듯 편안한 분위기였다. 무하는 건융을 다리에 매단 채 민영을 끌어당겼다. 그러자 울음소리가 두 사람을 갈랐다. 그에게 매달린 채 서럽게 우는 건융을 내려다보며 민영이 풋, 하고 웃었다.

"우리 건융이 당신을 많이 좋아해요."

우리 건융……. 누군가 가슴을 잡고 휘젓는 느낌이다. 일부러 감정을 누르고 더 딱딱하게 말했다.

"내 핏줄은 유일하니 더 늘어날 수 없다. 그러니 너만 잘한다면 융이 내 후계가 되는 일에 이변은 없을 것이다."

화를 낼지도 모를 말이다. 그럴 것이다. 그런데 민영은 외려 방긋 웃었다.

"네, 그러면 좋지요. 어떻게 더 잘할까요?"

민영이 그의 등을 감싸 안으며 고개를 파묻었다. 건융은 울음도 뚝 그치고 놀란 얼굴로 이번엔 엄마에게 매달렸다.

"엄마, 배고파!"

꼼짝없이 걸릴 수밖에 없는 마법의 주문에 민영은 아들을 들어 안았다. 하지만 건융을 데리고 나가는 대신 바깥을 향해 외쳤다.

"애진아, 우리 융이 배고프대!"

"싫어, 엄마가!"

눈치 빠른 아들의 항의에 무하는 실소를 삼켰다. 지금은 아들과의 사랑 경쟁에서 물러나야 하는 듯싶었다. 그런데 아까부터 조금 이상해 보이는 민영이 그의 어깨에 기대더니 무게를 더했다.

이번엔 그를 안으려는 게 아니었다.

"민영?"

"우리 융이……, 좀 안아줄래요? 나 조금 졸려서……."

"민영!"

"미안…… 해요, 당신이 안 계시니 잠이 잘 안 오더라고요. 그래서인지 지금 졸음이 확 몰려와서……. 앗, 나 자는 새 화정님께 가면 안 돼요?"

"그게 무슨 소리……, 형선!"

무하는 한 손으론 건융을 안고 한 손으론 민영을 부축한 채 다급하게 외쳤다. 놀란 애진댁이 문을 열었을 때 민영은 이미 그의 품에 늘어져 있었다.

"사량 선생을 불러, 빨리!"

'그런 일을 겪고 아무렇지도 않을 리가 없지!'

무하는 자책했다. 사량 선생이 급히 민영을 살피고 정말 자는 거라고 말해주긴 했지만 무하는 속이 부글부글 끓었다. 이런 일을 다시 겪을 수는 없다. 그는 놀라서 울음을 터뜨린 건융을 간신히 달래 애진에게 맡기고 사량 선생과 독대했다.

"이제 또 다른 선택을 해야 할 때가 온 것 같아."

"주군!"

사량 선생의 표정이 급격히 밝아졌다. 무하의 정체를 아는 그날부터 사량 선생이 피를 토하며 간청한 일이었다. 무하는 여태 그 것만은 선택하지 않으려 했었다. 당연히 따라야 할 희생이 너무도 많기 때문이었다. 그러나 그가 참은 대가는 더한 희생을 강요하고 있었다. 황제가 끝내 바라는 일이 무엇인지는 예상하고도 남았다. 그 끝에 자신만 걸려 있었다면 무하는 지금도 이런 결정을 하지 못했을 것이다. 그러나 민영과 건융이 실제로 사신을 맞을 뻔했다. 그의 마지막 보루가 무너진 것이었다.

"정말 결심하신 것입니까!"

"수술을 마치면 결행하도록 하지."

"주군! 이 목숨을 바쳐서라도 반드시 성공하겠습니다!"

무하의 결심을 이끌어냈다는 그 하나만으로 사량 선생은 밀모의 꼬리털을 벗겨내는 것을 미루기로 했다. 과정은 나쁘지만 그야말로 바라마지 않던 결과였기 때문이다. 그동안 무하가 황제에게 일방적으로 당하기만 했던 굴욕적이고 억울한 시절을 생각하면 사량 선생은 만세를 부르고 싶은 심정이었다. 사량 선생의 눈에 커다란 불꽃이 스쳐 지나갔다.

눈이 반짝 뜨였다.

"마님!"

애진댁이 반가운 목소리로 불렀다. 애진댁의 부축을 받아 일어나고 나서도 민영은 잠깐 멍했다. 곧 엉클어진 정신이 정리되면서 마지막 기억이 떠올랐다.

"대장군께서 돌아오셨어요?"

"생각 안 나세요, 마님?"

"그게…… 꿈이 아니었나?"

생각이 빙글빙글 춤추었다. 그가 온 걸 보고 잠을 청한 것이 어렴풋이 떠올랐다. 애진댁이 안쓰러운 얼굴로 말했다.

"하루가 꼬박 지났어요."

"네에? 정말요?"

민영이 허둥지둥 침대를 벗어나려다 말고 물었다.

"우리 융이, 놀라지는 않았어요? 괜찮아요?"

"도련님은 저랑 애진이 잘 돌봐드렸으니 걱정하지 마세요. 지금

은 낮잠 주무세요. 마님이야말로 몸을 추슬러야지요. 선생 말씀
이 많이 놀라서 그러신 거래요."

"선생께서요?"

"네, 대장군께서 많이 걱정하셨어요."

"대장군은 뭐 하세요?"

"회의 중이셔요."

"오늘은 출전하지 않으셨군요."

"마님이 누워 계시는데 출전하실 리……. 에구머니나. 일어나
시자마자 알리라 하셨는데 제 정신 좀 봐요!"

애진댁이 허둥지둥 밖으로 나갔다. 침상 밖으로 발을 뻗으니
약간 어지러웠지만 오래 누워 있던 후유증일 뿐이었다. 하루를
몽땅 잃어버리긴 했지만 몸은 개운했다. 민영은 무하가 오기 전에
서둘러 몸단장을 시작했다. 하지만 머리를 다 빗기도 전에 그가
달려왔다.

"일어났나?"

"죄송해요, 걱정하셨어요?"

"더 잘한다더니?"

"이제부터 잘할게요."

민영이 무하의 허리를 끌어안으며 기댔다. 스스럼없이 안기는
민영에게 놀랐지만 무하는 모르는 척 그녀를 더 당겨 안고는 턱을
들어 올려 입을 맞췄다. 그 어느 때보다 적극적인 민영 때문에 그
만둘 수가 없을 정도였다. 하지만 사량 선생이 밖에서 기다리고
있었다. 기다리는 사안만 아니었다면 이대로 모르는 척 침대에 누
웠을 텐데. 그가 입술을 떼자 민영이 불쑥 말했다.

"나 자는 새 화정님께 가신 거 아니죠?"

무하는 저도 모르게 움찔했다. 저가 화정에게 간 건 아니지만

화정이 그의 집무실에 다녀가긴 했다. 세작질에 포함된 행사였지만 민영에게 그런 것까지 알게 하고 싶지는 않았다.

"어어, 정말이에요? 화정님께 가신 거예요?"

"아니, 가지 않았다. 그런데 안주인이 되겠다던 그 말, 정말 진심이었느냐?"

"제 말을 믿지 않으셨다니 섭섭해요. 말했죠? 안주인 자리만 노리는 게 아니에요. 난 당신의 유일무이한 여자가 될 거라고요."

무하는 돌변한 민영의 태도가 반가우면서도 한편으로는 이상하고 의심스러웠다. 하지만 분명한 건 따지거나 저항하고 싶지 않다는 것이다.

"갑자기 꿈이 커졌군."

"꿈일지 아닐지는 두고 보면 알지요."

품을 벗어난 민영이 그의 입에 입을 맞췄다. 반응하지 않으려는 무하의 입술 안으로 혀를 집어넣으며 더 깊은 입맞춤을 유도하기도 했다. 저도 모르게 민영의 웃옷을 다 헤치고 드러난 그녀의 가슴을 움켜쥐다가 무하가 좌절의 신음을 뱉으며 입술을 뗐다.

"사량 선생이 기다리고 있다."

"네? 그, 그런 걸 지금 말하면 어떡해요!"

화정에게 갔느냐며 추궁하는 바람에 잊었다고 말할 순 없었다. 무하가 민영의 옷매무시를 함께 고쳐 주고 밖으로 나가자 건융이 먼저 그녀를 맞았다.

"엄마, 이제 아야, 안 해?"

건융의 눈에 걱정이 어려 있었다. 어린 마음에 잠만 자는 엄마를 두고 얼마나 두려웠을지 생각하니 민영은 가슴이 지끈거렸다. 하지만 지금 건융의 곁엔 그녀 혼자만 있는 게 아니었다. 많이 위로받고 사랑받고 안심을 보장받은 아이답게 금세 떨쳐 버릴 수 있을 것이다.

"엄마 안 아파! 엄마는 코코 잔 거야. 엄마가 아픈 줄 알았구나?"

민영이 과장된 몸짓으로 자는 시늉을 하며 눈을 부리부리 떴다.

"엄마, 코코, 잠꾸어기야?"

"응, 맞아!"

"엄마, 잠꾸어기 하지 마요……."

"미안, 융아. 엄마 이제 잠꾸러기 안 할게."

그때 큼큼, 헛기침과 함께 사량 선생이 끼어들었다.

"제가 잠시 봐도 되겠습니까?"

"네."

맥을 짚고 눈동자를 살피고 몇 가지 질문으로 문진을 한 사량 선생이 고개를 끄덕였다. 덕분에 민영은 환자라는 꼬리표를 뗐다. 선생이 밖에서 기다린다는 걸 몰랐다면 그 꼬리표를 떼기도 전에 일을 치를 뻔한지라 아직도 화끈거렸다.

사량 선생이 쳐다보자 무하가 고개를 끄덕였다. 선생이 내쳐 말했다.

"마님, 마님께서 확인해 주셨으면 하는 것이 있습니다."

"뭐든 말씀하세요."

민영에게 말하면서 선생과 무하는 깨달았다. 밀모가 끙끙거리며 말하지 않았던 사실이 무엇인지. 만일 자신들이 봐달라는 것을 민영이 볼 수 있다면 민영은 밀모에 대해서도 알게 되었을 것이다.

그렇다 해도……. 그것까지 아는 건 아니겠지? 사량 선생과 무하가 눈을 마주친 채 아주 작게 고개를 저었다.

민영에게 허락을 구하자 선생은 서둘러 일을 진행했다. 민영이 정말 괜찮다는 사실을 재차 확인한 후에 그들은 함께 광천대 연무장으로 향했다. 광천대 연무장 한쪽에는 장막이 드리워져 있었고 세 사람은 장막 뒤에 섰다. 장막 앞쪽엔 나방 요괴에게서 살아남은 생존자 여섯이 있었다. 옹기종기 모인 이들이 불안한 얼굴로 두리번거리며 왜 자신들을 모이게 했는지 눈치를 보고 있었다. 사량 선생이 말했다.

"혹시 저들에게서 뭔가 보이시는 게 있다면 말씀해 주십시오. 아무것도 없다면 다행이지만요."

하지만 민영은 선생의 말이 채 끝나기도 전에 옆에 서 있던 무하의 팔을 꼭 붙잡은 채 손을 떨었다. 무하가 민영을 감싸 안으며 물었다.

"무엇이 보여?"

"다, 다섯이에요."

"뭐?"

"사람은 하나고……, 다섯이 요괴예요."

사량 선생은 몰래 혀를 찼다. 저들의 안심을 사기 위해 그대로 두었건만 저 중 다섯이나 다 요괴일 줄은 몰랐다. 저택에는 요괴를 막는 대 요괴 결계가 둘러 있었다. 민영이 기습을 받은 날 들어온 요괴는 기적처럼 정총과 황패가 낸 구멍을 통해 들어올 수 있었던 것이다. 그런데 초대를 받은 이들도 주술은 무효화되었을 것이다.

"누가 사람입니까?"

선생이 물었다.

"저기 저 여자요."

민영은 지금도 나방 요괴께서 저를 부르신다며 하늘에 대고 부르짖는 여자를 가리켰다.

"저것들 정체도 보이시나요?"

"네⋯⋯."

공벌레를 사람 크기로 키워놓으면 저만할 것이다. 수를 헤아리기도 어려운 날카로운 갈고리처럼 생긴 수많은 다리가 꾸물거리는 요괴들 사이에서 웃다가 울다가 실성한 듯 소리치는 여자의 모습이 아슬아슬하기 짝이 없었다.

"하면 생존자는 하나로군."

곤충 모습을 한 요괴라면 고문은 의미 없었다. 배후와는 이미 완벽히 끊겼다고 봐야 한다. 그래도 요괴의 모습을 감춘 채 그대로 생존자인 양 사람들 사이에 숨었다면 또 다른 희생을 불러왔을 것이다.

곧 형곽을 위시한 광천대원들이 뒷마무리를 하게 했다. 민영에게 그것까지 보일 필요는 없었다.

마무리를 보지 않았지만 민영은 처소에 이르자 참았던 헛구역질을 했다. 그녀가 봤을 기괴하고 끔찍한 광경을 상상만으로 짐작해야 하는 무하는 무력감을 느끼고 말았다. 사량 선생도 어쩔 줄 모르는 얼굴로 사과했다.

"죄송합니다, 주, 마님."

"아니에요, 이렇게라도 도움이 돼드릴 수 있다니 그게 더 감사하죠. 다음엔 이렇게 약한 모습을 보이진 않을 거예요."

"장하십니다, 감사합니다, 주, 크흠. 마님."

무하가 고개를 저었다.

"아니, 너에게 다신 이런 무리한 일을 요청하진 않을 것이다."

"전혀 무리한 일 아니었어요!"

"내 눈에 무리해 보인 거면 무리한 것이다."

"아니라니까요. 제가 곤충을 싫어해서 그런 것뿐이에요. 아마 우리 아버지가 보셨다면 겨우 이 정도로 놀라느냐며 웃으셨을 거예요."

"마님, 아버지가 계십니까?"

사량 선생이 놀란 얼굴로 물었다.

"네, 나냐, 남자냐, 양자택일하라고 하시더니 훌쩍 떠나 버리셨어요. 나중에 우리 융이 태어나는 날, 제 이름이랑 같은 뜻이라며 이름만 보내셨더라고요. 제 이름이 '하늘에 영광'이란 뜻이거든요. 하지만…… 그때가 마지막이었어요. 아마 지금도 어디선가 유유자적 세월만 보내고 계시겠죠."

"커흐흠, 도, 도련님 이름이……. 크흠, 그, 그렇군요."

애써 자신이 언급한 '남자'에 대해 무시하려 애쓰는 선생을 보며 민영은 샐쭉 웃었다. 방금 두 번이나 선생이 실수할 뻔한 호칭이 무엇인지도 알 것 같았다. 무하가 눈을 가늘게 뜨며 저를 쳐다보고 있는 걸 알았지만 민영은 모르는 척 미소만 빼어 물었다. 사량 선생이 황급히 화제를 돌렸다.

"여쭐 것이 있습니다. 밀모를 만났다고 들었습니다. 혹시…… 밀모도 알아보신 것입니까?"

"네, 알아봤어요. 붉은 털이 멋진 여우 일족이더군요. 태호족이라고 들었어요."

처음부터 말이지요.

밀모를 만나는 순간 무하가 쳐놓은 거짓 휘장이 벗겨졌다. 밀모는 처음 도성에서 머물던 객잔에 침범한 그 도둑이었다. 밀모가 민영의 짐을 훔친 것이 우연일 거라는 건 말이 안 될 것이다. 설령 밀모의 취미가 도벽이라 해도 자신이 곧장 무하의 집에 취직할 수 있었다는 것부터가 너무 작위적이었다. 그렇게, 밀모의 등장은 모든 것을 드러냈다.

'천령, 내 남자!'

머리띠를 벗어난 무하의 머리카락 한 가닥에 손이 갔다. 무의식적인 그녀의 몸짓에 눈이 휘둥그레진 선생이 고개를 돌리는 것도 모른 채 민영은 손에 잡힌 머리카락에 입을 맞췄다. 더는 의심하지 않는다. 갈팡질팡 흔들리던 혼란이 가라앉으면서 오히려 넘치는 행복감을 다스려야 했다.

"너……."

무하가 민영의 손을 잡았다.

'뭐 하는 짓이냐.'

'유혹하는 중이지요.'

'선생이 있다!'

'어머, 깜빡 잊었어요.'

두 사람이 눈으로 열심히 공방을 나누는 새 사량 선생은 돌아선 채 연신 숨만 몰아쉬었다. 창백한 이가 얼굴이 붉어지면 보라색으로 보인다는 사실을, 민영은 오늘 처음 알았다. 그럼에도 물러나지 못하는 걸 보면 무하와 중요한 일을 처결해야 하는 모양이었다.

"저는 이만 물러날게요. 식사 준비할 때가 된 것 같아요. 오늘 특별히 더 맛있는 걸 해드릴게요."

"너……."

"네?"

"……괜찮은가?"

"네?"

"아까 그렇게 놀라지 않았나."

"놀라긴 했는데 지금은 괜찮아요. 특별한 거 해주고 싶다니까요?"

민영이 생글생글 웃었다. 대놓고 의심스러운 티를 내고 있었지만 무하는 지금은 먼저 할 일이 있었다. 재윤을 생각하면 안타깝지만 징글징글한 완예는 반드시 없애야 했다.

"미안하지만 오늘은 함께하지 못할 거야. 하지만 내일 저녁엔 반드시 돌아오지."

분위기로 보아 요괴를 토벌하러 간다는 말이 아니었다. 집에 있으면서 그녀에게 오지 않는다는 건…….

"……굶고 다니시는 건 아니죠?"

민영이 그의 손을 잡으며 말했다. 질투에 불타는 여인처럼 보이면 곤란하다고 생각하면서.

사량 선생은 계속 돌아선 채 지금이라도 자리를 피해줘야 하는 건지 잠시 고민했다. 하지만 민영이 곧 무하를 놓아주는 것 같았다.

'같았다'. 그때 돌아서지 않은 것은 육감이었다.

민영은 여전히 돌아서 있는 사량 선생을 흘끔 보고는 발꿈치를 들었다. 건융과 같은 소리를 내진 않았지만 사량 선생은 알았다. 그녀가 건융이 처음 무하를 마비시켰던 행위를 똑같이 했다는 것을. 무하는 그때처럼 굳어버리고 말았다.

"기다릴게요."

건융과 다른 점이 있다면 민영은 재빨리 작별인사를 하고 물러났다는 것이다. 뒤늦게 무하가 입을 열었다.

"민영이……."

하지만 그게 다였다. 민영이 사라진 방향을 바라보는 무하의 눈길이 매우 복잡했다.

"아니다, 우선 할 일부터 하자."

"네, 주군."

무하는 한 번 더 민영이 있는 곳을 돌아보고 대문을 나왔다.

"덫은 잘하고 있는가?"

"열심히 단장 중이라고 합니다."

"화정이 쓸모가 있을 때도 있군."

그들은 완예를, 귀신을 화정에게로 유인할 계책을 세웠다. 아주 간단한 계책이었다. 오늘 밤, 화정이 황제를 만나러 입궁한다는 소식을 은밀히 흘린 것뿐이었다.

완예라면 그 소식에 눈이 뒤집어지지 않을 수 없을 것이다. 궁하는 자신이 가진 방대한 공력을 여색을 탐하는 데 썼다. 완예 공주를 품기 위해 부른 날에 화정도 함께 대기시켰다가 품곤 했었다. 완예 공주의 질투심은 대단했지만 그 많은 비빈들에 비해 그나마 화정에겐 너그러웠다. 하지만 지금 화정은 황제에게 가고 저는 가지 못한다. 완예는 화정이 혼자 황제와 밤을 보내려는 것을 용납할 수가 없을 것이다.

"어쩌면 내일 해가 뜨기 전에 해결될 수도 있겠어."

빨리 해결될수록 빨리 민영의 곁으로 돌아갈 수 있다. 그러나 사량 선생은 고개를 저었다.

"그리 쉽지는 않을 것입니다. 침착된 상태가 얼마나 된 건지에 따라 떼어내는 데 시간이 걸릴 테지요."

"……정말 재윤은 구할 수 없는가."

"짐작이지만 아마 거의 융화되었을 것입니다. 퇴치할 때 순순히 물러난다면 모르지만 공주가 발악한다면 떼어내는 순간 아기씨의 영혼도 거의 남아나지 않을 것입니다."

"알겠다."

무하가 쓸쓸히 몸을 돌렸다. 정을 바라던 작은 아이에겐 연민이 없을 수가 없었다. 결말은 뻔했다. 애초에 제 딸의 몸을 차지한 완예가 어떨지는 보지 않아도 알았다. 하지만 완예를 이대로 둔다는 건 있을 수 없는 일이다. 무하의 눈이 무겁게 가라앉았다.

그 시각, 화정은 사량 선생의 말대로 열심히 단장 중이었다.

"폐하께서 날 찾아주시다니, 이 얼마 만이냐!"

무하는 발톱의 때만큼도 여기지 않지만 화정은 도성을 들썩일 만큼 아름다운 여자였다. 그런 여자가 곱게 단장하니 그저 보는 것만으로도 눈이 환해지는 느낌이다. 기설과 하녀 셋을 더 데려다 온종일 단장을 마친 화정이 드디어 자리에서 일어났다.

"가자."

표면적으로 화정은 무하의 첩이기에 황궁에 오갈 명분은 딱히 없었다. 완예 공주가 죽은 다음엔 아예 황궁으로 갈 길이 뚝 끊기고 말았다. 그런데 황제가 부른다는 연통이 온 것이다. 황제와 보내는 밤은 그 어느 사내와 보낼 때보다 황홀했다. 바라 마지않던 일인 데다 황제가 전갈을 보내는 방법 그대로였기에 화정은 전혀 의심하지 않았다.

화정이 몰래 저택을 나서려는 순간이었다. 앞서 문을 연 기설이 어찌할 바를 모른 채 고개를 숙였다.

"뉘냐, 누가 앞을 가로막은 것이냐?"

"나다!"

나타난 그림자를 본 화정은 잠시 놀랐지만 곧 비릿하게 웃으며 말했다.

"아기씨 아니신지요? 주무셔야 할 시간에 이런 곳엔 어인 일이신가요? 유모도 아니 계시네요?"

"방자한 것!"

"네?"

"네년이 감히 뉘에게 꼬리를 치려고!"

"어머, 아기씨 그게 무슨 말씀이십니까?"

"네년이 지금 어딜 가려는지 내 모를 줄 알았더냐?"

"어머나, 아기씨가 어찌 아셨죠? 그러게요. 지금 제가 어딜 가는 길일까요? 끈 떨어진 신세 주제에 지금 어디서 큰소리는, 흥."

목소리는 낮췄지만 다 들리도록 중얼거리던 화정이 순간 달려드는 재윤에게 놀라며 엎어지고 말았다. 엎어진 것이 다행이었다. 그게 아니었으면 그대로 목이 꿰뚫렸을 것이다.

"이, 이게 무슨 짓……, 꺄아악!"

화정이 한 번 더 몸을 굴렸다. 재윤이 다시 칼을 휘둘렀기 때문이었다.

"꺄악, 아기씨가 미쳤다! 기설아, 기설아!"

그러나 기설은 대답하지 않았다.

"네가 감히 폐하를 넘봐? 네까짓 게 감히 나의 폐하를?"

재윤이 다시 칼을 휘둘렀다. 화정은 비명을 지르며 몇 번 더 몸을 구르다가 도망치기 시작했다.

나의 폐하? 그건 완예가 생전에 자주 하던 말이었다. 화정은 그제야 깨달을 수 있었다. 눈을 희번덕거리며 칼을 휘두르는 저 아이는 재윤이 아니었다. 화정은 더 빨리 달리는 것 말고는 할 수 있는 게 없었다. 그러나 아무리 달려도 방금까지 몇 걸음 남았던 대문이 가까워지지 않았다.

"꺄아악!"

결국 발이 꼬여 넘어진 화정의 뒤로 재윤이 다가왔다.

"네년, 살아 있는 몸뚱이를 지니고 있으니 좋았을 테지? 하지만 이 몸도 이렇게 살아 있단다."

"고, 고, 공주마마!"

"그래, 나다."

"고, 공주마마, 요, 용서를⋯⋯."

"넌 내가 내 것을 탐한 자를 용서하는 걸 보았느냐."

"꺄아아아악!"

번득이는 칼날을 보며 화정은 의식을 놓고 말았다. 이번엔 재윤이 쓰러진 화정을 바라보며 비릿한 미소를 지었다. 그리고 그대로 심장을 찌르려는 순간이었다.

"악, 아악, 아악!"

재윤이 칼을 놓치면서 제 머리를 쥔 채 비명을 질러댔다. 무언가 저를 잡으려 하고 있었다. 재빨리 사태를 파악한 완예가 재윤의 몸을 벗어나려 했다. 그러나 그 순간 금빛 오라가 재윤의 몸을 얽어맸다.

"크아악!"

탈출에 실패한 완예가 무릎을 굽히며 쓰러졌다.

"어서!"

사량 선생이 호령했다. 그다음부터의 과정은 일사천리였다. 모포에 둘둘 말린 재윤이 모처에 옮겨지고 마당에 남은 건 화정과 기설뿐이었다. 완예가 만든 결계가 무너짐과 동시에 사량 선생이 새로운 결계를 만들었기에 기설은 아무것도 목격하지 못한 채 그저 쓰러진 화정을 발견할 수 있었을 뿐이었다.

"놔라, 감히! 이 손 못 놓겠느냐! 놔라!"

재윤이 발버둥치며 고함을 질렀다. 다섯 살 아이의 힘이 아니었다. 붙잡고 있던 형곽의 손에 힘줄이 솟았다. 형곽을 걷어차려는 재윤을 채명이 가세해 다리를 붙잡았다. 두 무사에게 철저히 옭아매이자 재윤이 무하를 처량하게 바라보며 애원했다.

"아버지, 아버지, 이 사람들이 저를 죽이려 해요. 아버지, 구해

주셔요!"

"아버지라니! 닥쳐라, 요망한 것!"

석찬이 소리쳤다. 사량 선생이 친 결계 덕에 완예 공주가 도망치는 것은 무사히 막았다. 덕분에 재윤만 제압하면 되는데 그 과정에 방심한 석찬이 재윤의 공격에 다리를 맞고 뼈에 금이 가고 말았다. 보통 사람 같으면 다리가 절단 날 수도 있는 상황이었다. 이 자리에 있는 이들 중 재윤의 몸을 차지한 이가 누구인지 모르는 이가 없었다. 그런데도 재윤인 척 동정을 사려는 행태가 가증스럽기 그지없었다.

"아버지……."

무하가 재윤, 아니, 완예에게 말했다.

"그만. 순순히 재윤을 놓아준다면 소멸 대신 승천시켜 주겠다."

"아버지, 그게 무슨 말씀이세요. 이 사람들에게 저를 놓아주라고 하세요. 아파요, 저 아파요."

저가 잡힌 순간부터 무하가 다 알았다는 걸 알 텐데도 완예는 역시 완예였다.

"완예, 소용없다지 않느냐?"

"끼야아아아악!"

무하가 기어이 그 이름을 부르자 돌연 비명을 지르며 돌변한 재윤의 얼굴이 악귀처럼 일그러졌다. 아니, 이미 악귀 그 자체였다. 사납게 빛나는 붉은 눈동자에 귀기가 흐르더니 광소를 터뜨리며 소리쳤다.

"그래? 소용이 있어 보이는데. 내가 나가지 않으면 어쩔 테냐!"

"강제로 끄집어내야지."

"흥, 나를 강제로 끌어내면 이 아이는 망가질 텐데?"

과연 짐작대로였다. 저것은 살아서도 어미가 아니었지만 죽어서는 더더욱 아니었다. 회심의 미소를 짓던 완예는 무하의 대답에 찢어지던 미소를 멈추고 말았다.

"애석하지만 할 수 없지."

"뭐라? 이 아이를 망가뜨리겠다는 말이야!"

"말은 바로 해야지. 누가 재윤을 망가뜨린다는 것이냐. 지금이라도 네가 순순히 나온다면 재윤은 무사할 수 있을 거야."

"안 돼! 싫어! 내가 왜? 강제로 하지 않는다면 날 절대 떼어낼 수 없을걸? 할 수 있다면 해봐! 그러니 재윤이 망가지면 다 네 탓이야!"

하나마나 한 대화였다. 더는 완예와 말을 섞을 필요가 없었다.

"사량 선생."

"네."

"시작해."

"아악, 안 돼! 정말 하려고? 아냐, 아니지? 이 아이는 네 딸이라고!"

"닥쳐!"

무하의 일갈에 완예는 정말로 놀란 표정을 지었다. 곧 파랗게 질린 재윤이 간신히 속삭이는 목소리로 말했다.

"아, 아버지⋯⋯."

가녀린 목소리에 듣는 이들 모두가 흠칫했다. 그 틈에 재윤이 다시 속삭였다.

"아버지⋯⋯. 살려주세요⋯⋯."

아직 충혈된 눈은 그대로지만 이 목소리의 주인은 완예가 아니었다. 적어도 재윤을 붙잡고 있던 형곽은 그렇게 믿었다. 그의 손이 느슨해지려는 찰나, 사량 선생이 소리쳤다.

"속지 마라!"

하지만 그 짧은 순간 재윤은 형곽의 한쪽 팔을 벗어났다. 재윤이 믿을 수 없는 괴력으로 형곽의 팔을 꺾으려는 순간 바람처럼 달려든 무하가 재윤을 잡아 내리눌렀다.

"죄송합니다."

형곽이 다시 재윤을 철근처럼 옥죄었다. 무하가 고개를 끄덕이자 사량 선생이 곧장 재윤의 몸에 부적을 붙였다. 빙의한 원귀를 강제로 끌어내는 소환진이었다.

"악! 안 돼! 살려줘. 살려줘!"

"너는 이미 죽었다."

"아냐! 이 몸은 이제 내 거야! 나는 폐하께 다시 돌아가야 해! 난 폐하의 아이를 낳을 거야! 내 아이가 황제가 될 거야! 내가 이 아이를 어떻게 하든 네가 무슨 상관이야! 이 아이는 네 딸도 아니잖아!"

무하는 더는 완예를 쳐다보지도 않았다. 사량 선생이 종이에 싼 흰 가루를 꺼내어 재윤의 주위로 둥글게 금을 긋고는 형곽과 채명에게 말했다.

"너희는 뒤로 물러나라."

형곽과 채명이 조심스럽게 재윤을 놓고 물러났다. 아까 발악하던 모습을 보면 놓아주자마자 당장에라도 뛰쳐나올 것 같았지만 재윤은 행여 금에 닿을세라 작게 움츠리며 소리만 질렀다.

"안 돼! 안 돼! 살려줘! 살려……."

찢어지는 비명과 함께 재윤이 힘을 잃고 털썩 무너졌다. 그때였다.

"아, 아버지……."

재윤이 희미하게 미소를 지으며 무하를 불렀다. 이번엔 정말 재윤이었다. 무하가 무어라 하기 전에 사량 선생이 먼저 고개를 저었다.

"아직 아닙니다!"

"……안다. 화근을 남길 생각은 없다."

"안 가! 나는 못 가! 이 아이가 잘못되면 너는 무사할 줄 아느냐! 아아악!"

완예는 계속 발악했다. 하지만 남의 몸에 기생한 원귀가 소환진에 이길 재간이 없었다. 소환에 저항할수록 재윤이 망가진다는 걸 알면서도 완예는 끝까지 비명을 지르며 재윤을 갉아먹었다. 사이사이 처연한 미소를 지으며 그를 바라보는 재윤을 끝까지 지켜보는 것이 무하가 할 일이었다. 이 순간을 기억하는 것이 그가 재윤을 저버린 후 감수할 대가일 것이다. 그리고 완예의 저항은 끝을 보이고 말았다.

"아악, 안 돼, 안 돼, 안 돼!"

주술로 보호된 결계 안에 육신을 벗어난 귀신이 모습을 드러냈다. 강제로 소환한 원귀는 생전의 모습 같은 건 연상할 수 없는 끔찍한 모습이었다. 사량 선생은 귀신이 완전히 모습을 드러내자마자 곧장 원 안으로 부적을 날렸다.

원귀를 빼내는 시간은 길었지만 소멸시키는 건 순식간이었다. 부적이 몸에 달라붙자 원귀는 끔찍한 비명을 지르며 타올랐다. 공중에 떠오른 부적이 재도 남기지 않고 하얗게 타버리는 동시에 원귀도 사라졌다. 영영. 소멸된 원귀는 사람이든 짐승이든 어떤 것으로도 윤회의 길을 밟을 수 없게 된다. 완예에게 가장 잘 어울리는 최후였다.

의식은 끝났지만 아무도 움직이지 않았다. 석찬이 가장 먼저 긴 정적을 깼다.

"끝난…… 겁니까."

사량 선생이 고개를 끄덕였다.

"대체 저 망종이 어떻게 원귀가 되어 이 집 안에 숨어 있을 수 있었던 겁니까?"

석찬이 묻긴 했지만 이는 모두가 궁금한 사안이었다.

"아까 들었지 않느냐, 황제에 대한 집착으로 원귀가 된 듯하다. 제가 낳은 핏줄이 있으니 내 눈을 피해 숨어 있을 수 있었던 거지."

"선생, 재윤부터 살피라."

"죄송합니다."

묻고 답할 때가 아니었다. 사량 선생이 쓰러져 있는 재윤을 살폈다. 아이는 정신을 잃은 채 아주 가느다란 숨을 이어가고 있었다.

"기력을 소진하고 잠든 상태입니다. 깨어나 봐야 알겠지만……, 사람을 알아볼 이지도 없을 수 있습니다."

"……추스른 후 데려다주어라."

무하가 돌아섰다. 사량 선생이 그를 급히 불렀다.

"주군!"

재윤이 이렇게 된 건 분명 망상을 버리지 못한 완예의 집착 때문이었다. 하지만 모두 완예의 탓이기만 할까? 무하의 등이 유난히 외로워 보였다.

아니. 주군의 잘못은 아무것도 없다. 그러니 자책 같은 건 조금도 하지 마라.

선생은 그렇게 말하고 싶었다. 그러나 그런다고 무하의 쓸쓸함이 덜어지진 않으리라. 무하의 마음을 위로할 이들은 따로 있었다.

"황제가 완예 공주에 대해 알았을 수도 있으니 그에 대해 대비해야 하지 않겠습니까?"

"……아니다. 황제는 모를 것이다. 알았다면 이미 저 아이를 데려가거나 죽였을 테지."

"알겠습니다. 수습하겠습니다."

한밤, 통제되었던 후원이 새벽이 되기 전 열렸다. 그동안 없어진 재윤을 찾느라 소동이 있을 만도 하건만, 유모를 비롯해 재윤을 찾는 이들은 없었다. 재윤은 종종 저 홀로 저택을 배회하길 잘하기도 했고, 최근 유모는 재윤이 너무 무서워서 어린 주인이 사라졌는데도 찾으려 하지 않았다. 다음 날 낮, 재윤이 제 발로 걸어 들어올 때까지도 발을 뻗고 기다리기만 했다.

돌아온 재윤은 이미 이전의 재윤이 아니었다. 총명함을 잃고 넋을 뺀 재윤은 며칠에 한 번 정신을 차렸다. 짧게 정신을 차린 순간에는 어머니를 부르며 발작하다 넋을 뺐다. 얼마 지나지 않아 황제에게도 그 사실이 알려졌다. 그걸 트집으로 무하를 추궁할 거라는 긴장도 잠시, 황제는 아무런 반응을 보이지 않았다. 백치가 되면서 이용 가치를 잃은 재윤은 아예 황제의 관심 밖이 되고만 것이다. 재윤은 그렇게 친아비에게도 버림받은 채 사람들의 뇌리에서 조용히 잊혔다.

전날 화정에게 간다면서 나갔던 무하는 다음 날 밤이 되어서야 돌아왔다. 유례없이 피곤함을 드러낸 그는 민영을 안는 대신 건용의 마법의 언어를 뱉어냈다.

"배고파."

설마, 아니겠지? 반사적으로 민영은 그를 뾰족하게 노려보았다.

왜? 무하가 눈치 없이 멀뚱멀뚱 쳐다보기만 했다. 영문 모를 얼굴이다.

참, 이런 남자였지. 민영은 피식 웃음을 감추며 일어섰다. 안 그래도 무하가 오면 꼭 만들어주고 싶은 게 있었다.

"잠시만요, 편히 쉬면서 기다려 주세요."

민영은 일부러 애진댁을 불렀다. 일이 많아서가 아니라 무하가 혹시 부엌에 따라오지 못하게 하기 위함이다. 무하와 함께 있다 보면 저가 그를 덮치지 않을 자신이 없었다. 지금은 무하의 마법의 주문부터 해결할 때였다.

유난히 들떠 보이는 민영에게 애진댁이 물었다.

"마님, 무얼 만드시려는 거예요?"

"특별한, 아주 특별한 거요."

민영은 애진댁에게 부탁할 것도 없이 진작부터 준비해 둔 재료를 차례로 꺼냈다. 재료를 보는 애진댁의 눈이 휘둥그레졌다가 해쭉 웃었다. 정력과 몸보신으로 유명한 연근, 난근, 삼, 구름버섯을 비롯해 조개, 새우, 장어를 깔고 갖은 약재들이 선반에 가지런히 놓였다. 민영은 그것을 산닭의 배에 채워 넣은 후 솥에 넣고 끓이기 시작했다.

화덕에 옮겨진 솥은 얼마 지나지 않아 금세 끓기 시작했다. 뒷 정리를 하던 애진댁이 슬그머니 물었다.

"처음 보는 음식이네요, 이건 뭐라 부르나요?"

"산수탕이라고 해요."

"들어본 적 없는 이름이네요. 정말 몸에 좋아 보여요!"

"이름은 '우리'가 지은 거니 처음 듣는 게 당연하지요. 예전에 제가 가끔 감기에 걸리거나 토라지거나 하면 건융 아빠가 만들어 주곤 하던 거예요."

"우리, 어……, 네. 그걸…… 대장군께 드리시게요?"

당황한 애진댁이 말을 더듬었다. 정확히 사량 선생과 비슷한 반응에 민영은 모르는 척 의뭉을 떨었다.

"네, 애진댁도 방금 좋아 보인다고 하지 않았어요? 대장군도 드시면 좋아하겠죠?"

"……네. 그렇네요."

애진댁은 정리하던 손을 멈출 정도로 황망함을 숨기지 못했지만 민영은 모르쇠로 완성된 산수탕을 꺼내 상을 차렸다.

"마님, 혹시……."

"다 됐다! 음? 뭔가요? 급한 일 아니면 다녀와서요."

"네, 마님……. 앗, 제가 들고 갈게요!"

"아니에요, 이건 내가 들고 가려고요."

민영은 행여 애진댁이 따라올세라 산수탕을 들고 부엌을 나갔다. 거의 달릴 듯 나가는 뒷모습이 위태로워 보일만치 민영은 왠지 들떠 보였다.

"마님……."

애진댁이 혼란스러운 표정으로 눈을 찌푸렸다. 그 끔찍한 일을 당한 후부터 요즘 계속 민영이 이상했다. 하루에도 서너 번씩 울었다 웃었다를 반복하는 모습이 정말 걱정스러울 정도였다.

집 안에서 납치와 암살이 일어난다는 건 이 집에서 그리 놀랄 일도 아니다. 그러나 민영에게 있어서는 안 될 일이었다. 그러기 위해서 그림자가 존재하는 거였는데…….

그날 혀를 깨물며 숨죽여 울던 민영을 생각하면 지금도 애진댁은 가슴이 찢어졌다. 그러나 다음 날 피멍이 든 손을 하고서 웃는 걸 보고 걱정이 되면서도 감탄했더랬다. 여리지만 강하고 따뜻한 주모는 자신들과 주군 무하의 홍복이었다. 하지만 너무 쉽게 안심한 게 아닌가 싶었다.

너무 힘들어서 현실을 부정하는 건 아닐까? 그렇다면 정말 큰 일이다. 사량 선생과 다시 한 번 의논해 봐야 하는 게 아닌지 애진댁은 진지하게 고민하기 시작했다.

"드세요, 몸에 좋은 것, 많이 넣었어요."

민영이 무하의 곁에 붙어 앉아 작은 그릇에 닭을 찢어놓으며 말했다. 척 봐도 참으로 노골적인 재료들이 가득한 음식이었다. 그러나 그래서가 아닌 다른 이유로 무하는 젓가락을 들 수 없었다.

무하가 먹든 말든 열심히 살을 다 발라낸 민영은 손을 씻더니 제 그릇을 채워 먹기 시작했다.

"저녁, 먹지 않았는가?"

"먹긴 했는데요, 저도 같이 먹어야지요."

기미 따윈 필요 없다고 말하기엔 배시시 웃는 웃음이 매우…… 음흉했다. 목적을 이보다 더 선명하게 보여주기도 어려울 것이다.

조용한, 그리고 긴장감 넘치는 식사가 끝났다. 그러나 무하는 그대로 잠을 청하려 했다. 민영에겐 아직 시간을 주어야 한다. 그런데 무하가 몸을 씻고 침의로 갈아입고 온 순간 거의 비슷한 속도로 채비를 마친 민영이 그에게 몸을 붙여왔다.

이 방에 들던 첫날, 문 앞에 장승처럼 굳어 있던 여자는 어디에도 없었다. 그날 입었던 옷과 비슷한 투명한 잠자리 옷을 걸친 민영이 네가 이러고도 버틸 거냐며 웃고 있었다.

"너는 하루 꼬박 쓰러질 만큼 충격을 받았다. 나는…… 자제할 자신이 없다."

누가 자제하래? 정말 충분히 쉰 덕분에 민영은 몸도, 마음도 힘이 넘쳤다. 애진댁 말로 제가 잠든 새 그가 먹였다는 특별한 영약이 뭔가 작용을 한 듯싶은데 꼭 그래서만이 아니라 저가 참고 싶지 않았다!

민영은 못 들은 체 이를 질끈 문 무하를 뒤로 밀었다. 그녀의 가벼운 손짓에 무하가 순순히 밀려나 침상에 몸을 뉘었다. 옷자락을 들치자 그의 맨몸이 바로 드러났다.

'내 것, 내 남자.'

어디선가 팡, 팡 터지는 소리가 들리는 것 같았다. 제 심장에서 들리는 소리인지 귓가에서 들리는 소리인지 요란한 소리가 민영의 머릿속을 울렸다. 매끈한 몸에 심장 부근에만 남은 연한 상처가 가슴을 죄었다. 심장 위로 손바닥을 대고 길게 쓸었다. 볼을 대고 귀를 기울이자 힘차게 쿵쿵 울리는 소리에 마음이 놓였다.

"그렇게 마음 놓고 있을 때가 아닐 텐데?"

반쯤 억눌린 소리가 머리 바로 위에서 울렸다. 아, 유혹하는 중이었지! 실제로 유혹은 꽤 성공적인지 아래에서 올라오는 열기가 심상치 않았다. 조금 두렵긴 했지만 민영은 내쳐 활화산의 중심을 가린 껍데기마저 슬쩍 벗겨 버리고 말았다.

"으으……."

무하가 앓는 듯, 혹은 화를 참는 듯 으르렁거렸다. 뒷덜미로 짜르르 소름이 훑어 내려갔다. 진작 이렇게 해볼걸, 짜릿짜릿하며 두근두근했다. 자제하지 못할 것 같다더니, 무하의 인내심을 찬양해야 했다. 아주 느린 손으로 옷을 다 벗길 때까지 무하는 그 상태 그대로 꼼짝도 하지 않았다.

그 위로 올라 납작 엎드린 민영이 그의 목덜미부터 살살 훑어 내리다가 까만 정점을 입에 머금었다. 좀 더 아래도 도전해 봐야지. 민영이 손을 아래로 내리며 입을 떼려는 순간이었다.

"오늘은 여기까지."

흐읍, 그가 숨을 몰아쉬는 것 같았다. 민영이 그때까지 입고 있던 잠자리 옷이 다시는 제구실을 못할 처지로 변하고 만 것도 순식간, 무하를 애무하며 이미 흥분해 있던 안으로 그가 들어왔다.

"짐승을 부르는 데 성공했군."

그가 포효했다. 거세고 거칠고 굶주린 짐승에게 한입에 삼켜진 채 민영은 생각했다.

'다음엔 더 잘할 수 있을 것 같아.'

그가 잠든 것 같았다. 무하가 잠든 모습은 처음 보는 것이었다. 이곳에 온 후의 이야기였다. 예전에 잠든 천령을 깨우는 것은 민영의 즐거움 중 하나였다. 하지만 지금은 그를 깨울 생각은 없었다. 민영은 무하의 반듯하고 깨끗한 콧날에 닿지 않게 살그머니 얼굴을 더듬으며 속삭였다.

무하는 그날 일에 대해 아무 설명도, 묻지도 않았다. 무하가 그럴 수밖에 없다는 걸 알고 있었다. 자신이 그에 대해 말한다면 무하는 재윤과 양자택일을 해야 할지도 모른다. 하지만 이대로 아무 말도 없이 끝낸다면 앙금이 생길지도 모른다. 어느 쪽도 선택할 수 없는 무하 대신 저가 마무리를 해주는 게 옳았다.

"귀신을 봤어요. 우리를 죽이고 싶어 했어요. 그런데 귀신이 저는 만지지도 못했어요. 건융을 해칠까 봐 많이 무서웠어요. 그런데 건융의 팔찌에 맞고 사라졌어요."

"칼을 든 남자 둘이 들어왔어요. 밀모가 나타나 우리를 구해주었어요. 우리는 괜찮으니까 혼내지 말아줘요?"

"좀 놀라긴 했는가 봐요……."

"그런데 이젠 괜찮아요."

"내게 '그러라', 한다고요? 흥, 절대 그러지 못할걸요? 나는 소유욕이 강한 여자라고요. 오로지 나만이 당신 여자예요. 당신은 내 거라고요."

주절주절 할 말은 더 많았지만 의지를 벗어난 눈꺼풀이 자꾸만 내려앉았다. 민영은 그를 잠시 더 감상하다가 스르르 잠이 들고 말았다.

잠시 후, 무하가 눈을 떴다. '굶은' 그를 충족시켜 주느라 하루 꼬박 자면서 충전한 힘을 몽땅 쏟아낸 민영은 그의 큰 기척에도 깨어날 줄을 몰랐다.

무하는 조용히 사랑 선생을 불렀다.

"민영이 다 안 것 같다……."

사랑 선생의 얼굴이 흐려졌다.

"오호라, 찾은 것이냐?"

밀실의 지배자가 반색하며 물었다. 고개를 조아린 탈각은 조심스럽게 두려움을 감추며 대답했다. 확실한 건 없었다. 하지만 이 때쯤 무엇이든 보고를 올리지 않으면 다음은 자신의 목을 바쳐야 한다.

"하물탕의 혼이 소멸하기 직전 보내온 장면을 수습한 것이 다인지라 이 어리석은 몸은 확신할 수가 없었습니다. 하찮은 저의 눈으로는 판단이 어려운 바, 주인님의 눈을 어지럽힐 수도 있다는 걸 알면서도 마지막을 살려 가지고 왔습니다."

탈각이 매우 공손한 손짓으로 제 손바닥만 한 구슬을 주인에게 바쳤다. 구슬 안에는 망측하게도 눈꺼풀만 달린 눈알이 들어 있었다. 눈알은 마치 살아 있는 듯 구슬 안에서 깜빡거리기까지 했다.

"눈을 떠 보이거라."

눈알은 탈각과 숱한 주술로 이어져 있었지만 주인의 한마디가 곧 주문이었다. 주먹만 한 눈꺼풀이 반짝 눈을 떴다. 눈동자와 눈자위 모두 까만 그것은 왠지 소름 돋을 기괴한 분위기를 내뿜고 있었지만 주인은 어여쁜 것이라도 보는 양 미소 지으며 속삭였다.

"어서, 이제 내게 보이거라."

그러자 눈동자가 서서히 색을 갖추기 시작했다. 색이 명멸하며 하물탕이라 불리는 것의 마지막 기억이 재현되었다.

하물탕의 시야엔 몇 사람이 함께 있었다. 칼을 든 시커먼 놈 하나, 또 칼을 들고 있는 시커먼 놈 하나, 그 안쪽 구석에 웅크리고 있는 여자가 하나. 하물탕은 복면을 쓴 자들은 아랑곳없이 오로지 여자만 향해 소리쳤다.

"계집, 여기를 봐라!"

하물탕의 목소리에 여자가 움찔했다. 그러나 하물탕의 시야 밖에 또 누가 있었던지 방해하는 목소리가 들렸다.

"아직 눈 뜨지 마쇼, 잉?"
"계집, 나를 보란 말이다!"

다음 순간 하물탕의 목이 하늘을 날았다. 천장과 바닥이 빙그르르 돌더니 바닥이 급격히 빨리 다가왔다. 그게 마지막이었다. 그러나 하물탕은 제 임무를 훌륭하게 완수했다. 아주 짧은 순간이었지만 여인이 아주 작게 벌렸던 눈을 구슬 속 눈동자가 잡아냈다. 주인의 입술이 작게 호를 그렸다.

"찾았다!"
"그, 그게 정, 정말입니까?"
"그래, 찾았느니. 과연, 그런 곳에 숨어 있었더냐!"

주인의 높은 웃음에 탈각은 식은땀을 흘리기 시작했다. 분명 좋은 소식이었으나 더 중요한 것이 남아 있었다.

"자, 어디냐, 어디에 그것이 숨어 있더냐?"

주인이 물었다. 그러나 탈각은 바로 이것 때문에 식은땀이 날 수밖에 없었다. 그가 부리는 인형은 열이었는데 그중 하물탕은 가장 머리가 나빴다. 그래서 성공 가능성이 가장 낮은 하물탕에게는 죽기 직전의 소식만 전할 수 있는 주술을 걸어두었을 뿐이었다. 주술을 거는 것도 심력에 제한이 있기 때문이다. 하니 이 넓은 도성에서 하물탕이 어디로 간 것인지까지 알 재간은 없었다.

"그, 그, 그게……. 주, 죽을죄를 지었습니다. 하물탕이 간 곳을 알지 못하나이다."

이런 대답밖에 할 수 없었던 탈각은 와들와들 떨기만 했다. 다시 입을 열 순간이 오기나 할까? 그런데 놀랍게도 주인이 직접 그를 구제해 주었다.

"계집 옆에 복면인들이 보이는구나. 엊그제 정총이 사라져서 아직 안 돌아왔지."

"……하, 하오시면?"

"황제의 유희가 아니고선 정총이 움직이겠느냐?"

탈각의 눈이 휘둥그레졌다. 주인의 말 한마디에 모든 것이 앞뒤가 들어맞았다.

"마, 맞사옵니다! 하물탕은 제가 만든 인형 중 가장 지능이 떨어져서 그곳이라 해도 무작정 뛰어들었을 것입니다."

침을 삼킨 탈각이 쐐기를 박았다.

"율기 대장군의 집이었습니다!"

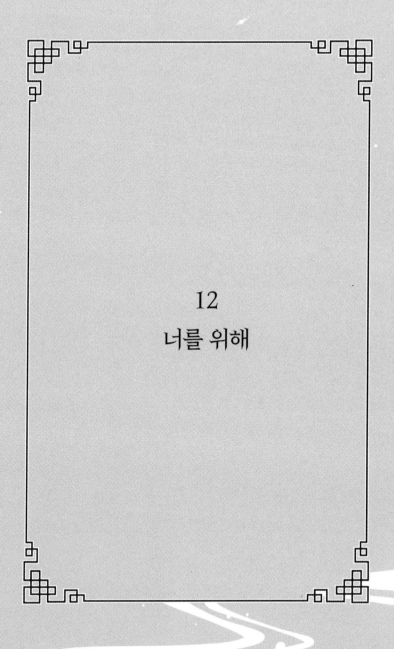

12
너를 위해

세상이 온통 어둠 속에 잠겼다. 그런 밤은 연인들이 사랑을 속삭이기 좋은 시간이다. 녹황석을 통째로 깎아 만든 수정 호롱이 옅은 빛을 뿌리는 방에서 민영은 무하를 기다리고 있었다.

'오늘은 오겠지? 오늘은 올 거야.'

무하를 보지 못한 지 사흘째였다. 다시 만나는 순간 그가 말해 줄 것이라 믿었다. 당장 나타나지 않는 것도 그 때문이라 믿었다. 하지만 그것도 하루에서 이틀, 사흘이 지나자 서서히 자신감이 떨어지더니 슬슬 불안해지기 시작했다.

'내가 잘못 생각한 걸까?'

민영은 제 몸을 끌어안았다. 정말 착각한 거라고? 그럴 순 없다. 그건 지난 삶을 송두리째 부정하는 일이었다. 애타는 속이 말라가던 그때 문이 덜컥하는 소리가 들렸다.

"대장군?"

문밖 어둠 속에 서 있는 이의 그림자가 달빛에 비쳐 보였다. 그런데 그는 문고리만 쥐고 있는지 더는 문이 열리지 않았다. 민영이 다가가 문고리를 당기자 문은 힘없이 열렸다. 무하가 그 앞에 있었다. 민영이 무하에게 손을 내밀었다. 그는 문을 넘지 않은 채 민영의 손만 잡고 말했다.

"내가 정말 들어가도 될까? 내가…… 자격이 있어?"

"대장군?"

"그렇게 부르지 마."

왜? 민영은 묻지 않았다. 대신 민영은 무하를 끌어당기고 문을 닫았다. 다음 순간 민영은 울고 있었다. 그는 하염없이 우는 민영에게 어깨를 내어준 채 그녀를 깊숙이 당겨 안았다. 그 어떤 변명도 민영이 먼저 말을 하고 난 후에야 할 수 있다. 무하는 가만히 민영을 안고 기다렸다.

"어떻게 그럴 수 있어, 어떻게……."

당연히 원망의 말부터 들어야 했다. 백 번 할 말이 없다.

"내가 두 사람을 두고 계속 저울질하는 미친년은 아닌지, 얼마나 갈등하고 고민했는지 알아?"

아, 그쪽이었나? 무하는 이 순간 어울리지 않게도 피식 웃을 뻔했다.

민영이 숨을 골랐다. 그 긴 시름을 이렇게나 짧게 털어낸 민영이 당차 보이고 자랑스럽고 또 안타까웠다. 민영이 그만큼 강해져야만 했던 순간 저는 곁에 없었다.

"언제…… 알았어? ……우리 건융이."

"……처음부터. 다리를 세우던 협곡에서 떨어졌을 때 나는 시공의 틈에 갇혔어……."

무하는 천천히 사실을 풀어냈다. 시공의 틈에서 나온 순간 황제의 주술사가 기다리고 있다는 사실 전까지. 왜 다리 공사에 참

여할 결심을 한 건지 말하지 않았는데도 민영의 눈은 이미 붉어져 있었다. 하지만 민영은 입술을 깨물더니 미소를 지어 보였다.

"그래서 상처도 다 사라지고 키도 커진 거였네?"

"키는 거의 본래대로 돌아온 거였지. 아주 조금 커지긴 했지만."

"내 남자, 잘생긴 건 알았는데 본래 이랬구나……."

민영이 그의 눈과 코, 입 주변을 쓰다듬으며 속삭였다. 유혹하려는 손짓이 아닌데도 무하의 몸은 은근히 달아올랐다. 그러나 민영은 정말 그게 아니었던지 번뜩 고개를 들며 물었다.

"혹시 채명도……?"

"응, 원래 광천대원이야. 죽음을 위장해 신분을 없앤 후 너에게 보낸 거였어. ……어떻게 알았어?"

"……도련님, 소리가 너무 자연스럽더라고. 처음엔 자기를 그렇게 원망하는가 싶더니 상황을 받아들이는 게 너무 쉬웠어. 그럴 애가 아닌데."

"아……."

"어쩐지, 우리 융이 죽어라 멍이라고 부르더라니……."

역시나 '멍'과 '형'은 달랐다. 아무리 형이라고 고쳐줘도 안 되던 호칭의 비밀을 알게 된 민영은 헛웃음이 나올 뿐이었다. 가끔 장난스럽게, 그리고 민영이 조금 서운해하던 도련님이라는 호칭도 애초부터 굳어진 것이었다.

"처음엔 그런가 보다 했지만 나중엔 그 허우대가 되고도 나랑 떨어지기만 하면 픽픽 쓰러지는 게 말이 안 되긴 했어. 그러면서 광천대 빨래는 아주 잘하더라."

빨래터에서 넋 놓고 있었으면서 소질이 있느니 어쩌니 엉뚱한 변명을 늘어놓던 채명을 생각하면 웃음이 터졌다.

그래서 채명이 저를 용서해 줄 거냐 물었나? 용서? 어디 괘씸

한 면이 있어야 용서를 하고 말고 하지. 이참에 베갯머리송사도 가능한지 시험해 볼 참이다.

"광천대원이면 보통 무사가 아닐 텐데 빨래는 너무 했다. 언제 복귀하게 해줄 건데?"

하지만 무하는 만만하지 않았다. 무하가 눈을 가늘게 뜨더니 대답을 돌렸다.

"그거야 광천대주에게 달렸지."

"아, 그럼 그분께 선물이라도 해야 하나?"

무하는 정말 진지하게 고민하는 것처럼 보이는 민영의 허리를 잡아채 침상에 눕혔다.

"나와 있으면서 다른 놈 생각하지 마!"

"그건 또 무슨 소리야?"

"다른 놈 앞에서 웃지도 말고. ……함부로 뭐 줄 생각도 하지 말고."

"어……, 그거 질투하는 거야?"

"당연하지!"

너무 어이없어서 물었다. 그런데 냉큼 고개를 끄덕이는 무하 때문에 입을 벌렸던 민영이 허리를 잡고 웃었다. 제 허리가 아니라 그의 허리를. 한참이나 웃기만 하는 민영의 입술을 제압해 그가 천천히 옷을 벗길 때에야 겨우 웃음이 멈췄다.

아직 할 말은 많지만 당장 급한 불부터 꺼야 했다. 민영이 무하의 목 뒤로 팔을 감으며 깊숙이 입맞춤했다.

"사랑해, 하늘에서 떨어진 내 남자, 천령."

"사랑해, 내 하늘의 영광, 민영."

"세뇌한 보람이 있네."

큭큭, 다시 입술을 늘리던 민영은 금세 웃을 수 없게 되었다.

오늘의 고백을 고민하던 무하의 고뇌가 욕망으로 승화한 이상 장난스러움은 끼어들 수 없었다.

본능적이며 열정적인, 그리고 엄숙하기도 한 정사는 지난번 격렬함과는 또 다른 기쁨을 주었다. 하지만 사랑이 끝난 순간 민영의 한마디에 현실로 돌아왔다.

"어떻게 부마가 된 거예요?"

"……왜 갑자기?"

민영이 말을 높이는 순간 생긴 거리감에 무하는 거의 절박함을 느꼈다. 민영은 고개를 저으며 짐짓 가벼운 어조로 말했다.

"당신이 온전히 천령이 될 수 있으면 그때요."

민영이 옳다. 그는 아직 천령이 될 수 없다. 저가 민영을 속인 이유가 그것이면서도 민영에게는 저를 성치산에서 만난 천령으로 대해주길 바라다니 모순이 따로 없다.

강하고 아름다운 여자! 사랑하지만 이 순간 더 사랑하게 되었다. 매 순간 더 사랑할 것이다.

민영이 모든 사실을 알게 되는 순간 그녀도 자신이 짊어진 것들에서 벗어날 수 없다. 아니, 여기까지 온 이상 더는 민영과 향후 운명을 따로 생각할 수 없다. 민영도 당연히 알아야만 한다. 무하는 깊게 숨을 들이쉬었다.

"나는…… 맹약에 묶여 있어. 아마 내가 우리 융이만 할 때였을 거야. 선황제, 잉계제가 당시 제일 주술사인 항차이를 시켜 나의 가슴을 열고 심장에 맹약을 새겼어. 황실에 대한 절대복종과 황태자 긍하, 현 황제의 생에 내 생명을 종속시킨 굴종의 맹약이었어."

하긴 그따위 것을 맹약이라는 말로 포장하는 것도 우스운 일이었다. 좋게 말해 맹약이지, 노예의 낙인이었다. 긍하가 죽으면 무하도 죽게 되는 주술이 새겨진 순간 생명의 주인은 그 자신이 아니게 되었다.

"잉계제는 그 정도로 만족했는지 모르지만 긍하, 지금의 황제는 그걸로 부족해했어. 내가 처음 요괴를 죽였다고 알려진 건 일곱 살 때였지만 실은 내 첫 번째 요괴 사냥의 시작은 다섯 살 때였어. 긍하가 내게 보낸 것이었지."

긍하는 무하와 동갑이다. 그런데도 긍하는 다섯 살, 혹은 그 이전부터 무하를 죽이고 싶어 했다.

"나는 성장기 때까지 사람보다 요괴를 더 많이 만났어. 만난 사람들 중에도 그냥 스치는 이보다 나를 죽이려 한 이가 더 많았지. 열여섯 살까지는 어찌어찌 버텼어. 잉계제가 황태자의 재롱에 관여하지 않았기 때문이었어. 황태자 긍하는 내게 맞춰 아슬아슬한 이들로만 보냈거든. 하지만 성년이 되는 열여섯 살 겨울에는 내가 아예 상대할 수 없는 자가 왔더군. 잉계제가 보낸 이였어. 잉계제는 내가 성인이 되기는 원하지 않았던 거야."

무하를 괴롭히던 긍하의 악랄한 유희, 조롱은 이미 아득한 시절부터 시작되었던 것이다. 민영은 붉어지는 눈을 부릅뜨고 울지 않기 위해 주먹을 꽉 쥐었다.

"그때 사량 선생을 만났어. 그에게 목숨을 구함받고 노예가 되었었지."

"네에?"

민영이 기어이 비명을 지르고 말았다.

"사량 선생에게 나는 저절로 굴러들어온 최상의 실험체였어. 황실과 적절히 연관이 있는 소모품. 딱 그런 것이었지. 사량 선생은 잉계제에게 원한이 있었거든. 선생은 내게 걸린 주술을 역이용해 복수를 꿈꿨어."

민영의 일그러지는 표정을 보며 무하는 고개를 저었다.

"그렇다고 사량 선생을 미워하진 마. 사량 선생은 내 심장을 열어보고 주술에 대해, 나에 대해 알았어. 그는 곧장 자신의 공력을 몽땅 쏟아부어서 내 생명을 옭아맨 주술을 틀어버렸어. 지금 사량 선생은 서생처럼 흐늘흐늘한 몸매를 지녔지만 원래 풍채가 지금의 두 배는 넘었어. 진력을 쏟아 내 심장에 새겨진 주술을 파훼하려 애쓰면서 생명력과 공력을 날린 결과였어. 그 결과 선생은 다시는 공력을 쌓을 수 없는 몸이 되었지."

하지만 그때 한 수술도 생명의 제약만 간신히 빗겨가게 했을 뿐, 완전히 성공하지는 못했다. 원래 하려던 것이 아닌 갑자기 목적을 바꾼 수술이라 준비가 미흡해서 성공할 수 없었다며 사량 선생은 내내 애석해하고 원통해했다. 심장을 열어보지 않았다면 무하의 정체를 알지 못했을 것이지만 그렇게 기회를 날려 버린 것에 사량 선생은 두고두고 자책했다.

"그렇게 난 열여섯을 넘겨 성년이 되었어. 아마 잉계제는 많이 놀랐겠지. 자객의 손에서 살아 돌아온 것도 모자라 자결의 염을 보내도 통하지 않게 되었으니까. 그러나 나는 여전히 굴종의 주술에 얽매여 있었어. 그 후로 잉계제는 나를 황태자 긍하의 직속 호위로 넣고는 요괴와 싸우게 했지. 인간의 정기와 육신을 탐하는 요괴는 화수분처럼 생겨났으니 상대가 부족한 적은 없었어. 그렇게 요괴 토벌에만 신경을 쓰다 보니 쓸모가 보였는지 더는 나를 신경 쓰지 않고 내버려 두는 것 같았어."

덕분에 숨통이 트일 수 있었다. 아예 감투까지 쓰고 요괴 토벌을 하다 보니 그때부터 수하라는 이름으로 사람들을 곁에 들일 수 있었다. 그들이 광천대였다. 사람의 정을 처음으로 느끼고 잠시나마 꿈을 키우며 작은 행복감마저 누리기도 했었다. 그러나 잉계제와 긍하가 노린 것이 바로 그것이었다.

"요괴와 싸울수록 백성들 사이에 내 이름이 높아졌어. 잉계제가 일부러 내 공적을 널리 알린 탓이었지. 무슨 꿍꿍이인지 예측이라도 했어야 했는데…… 한순간에 당하고 말았어. 어느 날 대전에 들었더니 잉계제가 공적을 크게 치하하며 선포했어. 부마가 되라더군."

완예 공주는 잉계제의 딸 중 가장 미모를 자랑하면서 총애받는 딸로, 귀족 가문들이 서로 탐내는 신붓감이었다. 타국의 왕비로 보내도 모자랄 완예 공주를 이제 갓 이름이나 겨우 올리는 장수에게 준다고 하자 논란이 일었으나 잉계제는 그대로 관철했다.

한순간 허를 찔린 무하는 거의 좌절하고 말았다. 민영은 당시를 떠올리며 허탈한 숨을 뱉는 무하의 손을 잡고 볼을 기대었다.

마치 구멍 난 심장을 어루만지는 듯한 느낌이었다. 무하는 가만히 위로를 건네는 민영을 안고 입술을 겹쳤다. 이대로 그녀를 이끈다면 더한 위로를 얻을 수 있을 것이다. 하지만 무하는 억지로 입술을 떼었다. 아직 해줄 이야기가 많이 남았다.

"완예 공주는 황태자 긍하를 지극히 따르는 이였어. 세상이 떠들썩할 정도로 요란한 혼례식을 치르고 선황제가 꾸민 신방에 던져지고 나서야 나는 부마라는 족쇄의 진정한 의미를 알게 되었어. 두 나신이 새하얗게 엉긴 채 날 기다리고 있더군. 긍하였어. 그때가 처음은 아닌 것 같더라고. 그리고 그날이 끝도 아니었지."

무하가 그때 느꼈을 모멸감이나 혐오감이 어땠을지 상상하는 것만으로 민영은 절로 구역질이 치밀었다. 그러면서도 한편으론 무하가 완예 공주와 진정한 부부의 관계를 맺지 않았다는 것에 안도감을 느꼈다. 민영은 결국 묻지 않을 수 없었다.

"그, 그럼……. 재윤 아기씨는?"

"전에 말했던 거 기억나? 내 핏줄은 유일하다고 했던 거."

"맙소사……!"

그게 그 뜻이었구나. 그때 의미심장한 무언가를 느꼈지만 심장을 콕콕 찌르는 알 수 없는 감정에 감히 생각도 못했었다. 다 안다는 듯 무하가 씩 웃었다.

"맞아, 우리 융이만이 내 유일한 자식이야. 앞으로도 유일하진 않겠지만."

"네……. 네?"

"융이 내 자식인 걸 알게 되면 황제는 반드시 융이를 죽이려 들 거야. 그냥도 죽이려 드는데 필사의 방법을 쓰려 하겠지. 물론 무슨 수를 쓰든 지키겠지만 지금과는 차원이 다른 위기가 닥칠 거야. 그러니 절대 들켜서는 안 돼. 하지만 걱정하지 마. 난 언제까지나 이렇게 살 생각은 없으니까."

직감적으로 민영은 무하가 거대한 폭풍을 몰고 올 거라는 걸 예감할 수 있었다. 아마 나라가 흔들릴 폭풍이겠지. 그에 두려움이 느껴지지 않는다면 거짓말이겠지만 그보다 든든함이 먼저였다. 믿을 수 있다. 믿겠다. 하지만 그 어린아이에게 그 지독스러운 저주를 새긴 만행에는 치가 떨리고 분노할 수밖에 없었다.

"선황과 황제는 왜 당신을 미워하는 거예요? 왜 당신에게 그토록 모진 짓을 한 거죠?"

"그건 곧 얘기해 줄게. 오늘은 이만큼만 소화하고 네 이야기도 들어보고 싶어."

"뭐가 궁금해요?"

"우선, 밀모는 어떻게 알아본 거야?"

"음……, 뭐부터 얘기해야 하지? 아, 우리 아버지요!"

"성치산 산지기라고 했지."

"그것 말고요."

"음, 보통 사람은 아니시지? 아니, 인간이 아니시지?"

민영에게 들은 사실이 워낙 단편적이긴 했으나 그분이 인외의 존재임은 어렵지 않게 추측할 수 있었다. 생각보다 쉽게 받아들이는 무하에게 오히려 민영이 더 놀랐다.

"어? 혹시 우리 아버지 만난 적이 있어요?"

"아니, 만난 적은 없었어."

"아⋯⋯."

민영은 단번에 시무룩해지고 말았다. 물론 진짜 부녀 관계가 아니란 건 굳이 묻지 않아도 알 수 있다. 하지만 그런 걸 따질 수 없는 관계라는 것도 충분히 알기에 무하는 민영을 안고 토닥여 주었다. 겨우 소식 한 자 전해 들을 기회를 잃은 것에 실망한 것도 잠시, 민영이 고개를 갸웃했다.

"그런데 어떻게 알았어요?"

"날 도와주신 분이 그분 같아서."

"도와주셔요? 어떻게?"

"내가 빠졌던 시공간의 틈. 하필 내가 떨어진 그 자리에 공력과 상처를 모두 회복할 수 있는 영약과 요괴가 지천에 널린 것이 단지 운이 좋아서였다고 생각할 수는 없지 않을까?"

우연이라고 보기엔 너무 절묘했다. 무하는 당시 공력을 조금씩 찾아가고 있긴 했지만 아마 거기에 빠지지 않았다면 용도 잡아먹는다는 무지막지한 용소 안에서 살아날 재간은 없었을 것이다.

"아버지⋯⋯, 아닌 척하면서 계속 지켜보셨나 봐요."

건융의 이름도 그분께서 지어주셨다고 했다. 만일 민영을 찾으러 갈 생각을 하지 않고 허튼짓을 했다면⋯⋯. 무하는 괜히 오소소 돋는 소름을 무시하고는 다시 질문으로 돌아갔다.

"밀모를 알아본 게 그분과 관계 있어?"

"아버지 덕분에 알아보게 된 거냐고 묻는 거라면 아니에요. 내가 아버지의 딸이 될 수 있었던 게 바로 그 때문이거든요. 아버지 말씀이 나는 '꿰뚫는 자'래요."

"꿰뚫는 자?"

사량 선생은 '보는 자'라고 말했었다. 표현이 다르지만 무하는 그 두 가지가 같은 말이란 걸 알았다. 그런데 민영이 잇는 말은 그 야말로 청천벽력과도 같았다.

"하지만 인간 세상에 숨어 사는 요괴를 만나게 되면 위험하다고 했어요. 성치산 인근은 당연히 괜찮았지만요. 들키는 순간 요괴들의 표적이 될 수 있으니 아예 요괴와 접촉하지는 말라고 했……. 천, 대장군?"

"뭐! 요괴들의 표적이 되다니, 그게 무슨 말이야?"

무하가 벌떡 일어나며 소리쳤다.

"그게…… 요괴의 왕이 되려는 자가 인간 세상에 숨어 산다고 했어요. 그자가 날 알아채면 한입에 제물로 삼켜질 테니 요괴를 만나면 무조건 도망치라고요."

도망칠 수 있을 리가. 민영이 유슬에서 떠날 때를 맞춰 관도를 정리하긴 했었다. 그러나 요괴의 표적이 된다면 그건 정리 정도로 해결될 일이 아니다. 그 먼 길을 채명에게만 맡겨두고 있었던 걸 생각하면 아찔하기만 했다. 저택 안에 거의 가둬놓은 것이 미안했었는데 그것도 안일한 처사였다는 생각도 들었다.

"들키지만 않으면 괜찮다고 했는데……. 나…… 많이 위험한 거예요?"

무하는 민영의 머리를 가슴에 끌어당겨 안았다. 제 여자도 지키지 못하면서 세상을 뒤집을 수는 없다. 그는 고개를 저었다.

"아니, 당신이 위험할 일은 없어. 절대로."

"그럴 줄 알았어요."

"미안하지만 당신은 이제 나 없이는 한 발짝도 밖에 못 나가."

"나갈 수 있게 해주기는 했고요?"

민영의 목소리가 웃음을 머금었다. 그의 분위기만 봐도 심각하고 두려울 법도 하건만 최대한 담담하게 받아들이려는 제 여자가 안타깝고 대견했다.

"아니. 생각해 보니 난 악독 남편이었군."

"악독은 아니고 폭군이라 해요. 그 정도는 용서해 줄게요."

쿡쿡 웃음기가 심장으로 전해졌다. 무하는 민영을 가슴에서 떼어내고 입술을 겹쳤다. 고백과 회한을 풀기 좋은 밤은 사랑을 나누기에도 좋았다. 두 번째 나누는 사랑은 은근하고 오래 타올랐다. 민영이 잠들기 직전 속삭였다.

"믿으니까, 걱정하지 않아요……."

민영의 이야기를 전해 들은 사량 선생이 되물었다.

"'꿰뚫는 자'라고 하셨습니까?"

"선생이 말한 '보는 자'와 같은 뜻이라 여겼는데 아닌가?"

"잠시만요. 알아보겠습니다."

사량 선생은 급히 자신의 처소로 돌아갔다가 거의 한나절이나 지나서 돌아왔다. 그런데 돌아온 사량 선생의 표정이 그리 밝지 않았다.

"있던가?"

"네, 제가 지닌 오래된 문헌을 샅샅이 뒤져 찾아냈습니다. 주모님의 말씀이 아니었다면 이해할 수 없는 내용이 있었습니다."

"무어라 했던가?"

"'요자(妖子)가 꿰뚫는 것을 취하면 자격을 얻는다'라는 내용이었습니다."

"요자?"

"요자란 단순히 요괴의 자식이 아닙니다. 성왕이 몇 백 년에 한 번씩 제 몸을 떼어내어 분신 비슷한 생명체를 만드는데 그것이 요자입니다. 문헌 몇을 조합해 살펴보니 요자는 자격을 얻으면 격이 높아진다고 합니다."

"격? 하면 요괴가 아니게 된다는 것인가?"

"최종으로 성왕이 되려 할 수도 있다고 봅니다."

그런데 그 자격이 바로 꿰뚫는 자, 민영을 가리키고 있다는 말이었다.

"하면 요자가 거미줄 해와 연관이 있겠는가?"

"둘이 따로라면 그것이 더 말이 안 될 것입니다."

보는 자, 혹은 꿰뚫는 자는 몇 세대에 한 번씩 나타날까 말까 한 드문 인재로서 문헌에서나 찾아볼 수 있는 능력을 지니고 있다. 그런 이의 등장과 인간 세상에서 분탕질을 하는 요괴들의 세력이 우연히 함께 나타날 수는 없었다. 무하가 움켜쥔 주먹에 하얀 뼈가 도드라졌다.

"거미줄 해를 없애야 하는 또 다른 이유가 생겼군."

요괴의 기습은 항상 성했지만 거미줄 해가 생기면서 바야흐로 인간과 요괴들은 거의 전쟁을 치르고 있었다. 만일 인간을 잡아먹으며 요력을 키운 저열한 요괴가 성왕이 된다면? 인간은 요괴들의 지배를 받거나 먹이가 되는 미물로 전락할 것이다.

문득 자신이 아는, 아니 민영에게 전해 듣기만 했던 격이 다른 존재가 떠올랐다. 인외의 존재라 하여 아무나 시공의 틈 같은 걸 만들 수 있을까? 그것도 소용돌이치는 용소의 표면에 하필 자신이 위험한 때를 맞춰서? 아니, 반신의 존재가 아니고서야 불가능한 일이다.

'성치산의 주인, 과장한 말이 아니었어. 그분이 바로 성왕이시군.'

"흐음……."

절로 신음이 새어 나왔다. 만일 사실이라면 민영은 바로 성왕의 딸이었다. 동시에 요자가 노리는 제물이기도 했다. 어쩌면 그녀가 성왕의 딸인 것이 요자가 노리는 또 다른 이유가 될 것이다.

"사량 선생, 밀모를 불러줘. 밀모가 잡은 것 중 요괴도 있었지?"

"아……!"

사량 선생이 안색이 새파래져서 급히 밀모를 불러왔다. 무하는 밀모가 똑바로 서기도 전에 물었다.

"요괴가 곧장 민영에게만 달려들었다고 했었지?"

"어……, 저를 보라고 했던가? 낌새가 이상해서 절대 눈을 뜨지 말라고 했는데 요력이 담긴 목소리였어."

"그럼 민영과 눈을 마주쳤나?"

"잠깐? 주모께 직접 확인해 보는 게 더 빠르지 않을까…… 요?"

밀모는 멀뚱멀뚱한 얼굴로 말하다 말고 은근슬쩍 말을 높였다. 뒤늦게 심각함을 눈치를 본 것이긴 한데 무하나 사량 선생 모두 그에게 신경 쓰지 않았다. 사량 선생이 새카매진 얼굴을 감싸 쥐며 말했다.

"주군."

"아마 요자가 보낸 요괴였을 것이다."

"그런 것 같습니다. 하지만 아직 어떤 정보가 간 것인지는 모릅니다."

"요자는 분명 민영을 알아보았을 것이다."

"제가 최대한 주모의 기운을 감추는 술을 씌워두겠습니다. 처소도 옮기는 게 낫겠습니다."

"요자가 왜 무하의 여자를 넘봐?"

멀뚱거리며 묻는 밀모에게 사량 선생은 쥐어박고 싶은 얼굴을 하고서 말해주었다.

"넘보는 게 아니라 주모를 제물로 삼으려고 찾고 있었던 듯합니다. 정황으로 봐서 거미줄 해의 수장이 요자인 걸로 추정하고 있어요."

"아니, 그 양반은 왜 그런 걸 만들었……, 맞아, 지금이 그때구나!"

소리치다가 밀모가 고개를 주억거렸다. 이상한 발언에 사량 선생과 무하의 시선이 집중되자 밀모가 뒷머리를 긁적이며 말했다.

"성왕이 불멸의 존재일 수 있는 이유가 그거잖아. 권태로움을 솎아내는 것. 삶의 지겨움을 모아 떼어낸 존재이니 어딘가 부족한 게 당연하지. 그래서 요자는 완전해지기 위해 성왕을 탐한다고 하대. 물론 완전해질 일은 없지만. 우리 아버지는 요자를 성왕의 분비물이라고 부르시더라."

"그게 사실인가요!"

"밀모!"

거의 달려들 듯 묻는 두 사람에게 밀모는 아버지가 더 확실히 안다며 제 꼬리털 하나를 뽑았다. 그토록 아끼는 꼬리털이건만 필요할 땐 뽑는다. 눈물을 머금고. 밀모가 꼬리털을 손가락 사이에서 비비자 불에 타면서 작은 연기구름이 생겼다. 곧 그 안에서 붉은 털에 형형한 눈을 가진 태호족 수장, 구말이 모습을 보였다. 사량 선생도 할 수 없는 태호족 고유의 혈육간 연결 방식이었다.

"오랜만이네, 무하. 밀모 이 녀석, 사고는 안 치고 잘 있느냐?"

"오랜만이오, 구말. 미안하지만 급히 물어볼 것이 있소."

어떤 곳이든 연결은 되지만 짧은 유지 시간 때문에 반가워하는 구말과 길게 인사말을 나누고 있을 여력이 없었다. 무하는 민영이라는 말만 빼고 곧장 꿰뚫는 자와 요자에 대해 확인을 요청했다.

"꿰뚫는 자가 나타났다고 했나? 어허. 그럼 자네 염려대로 요자가 노리는 게 맞을 거야. 인간 세상에 분탕질 치는 그 어리석은 것에 대한 자네 짐작도 아마 맞는 듯하이. 사실이라면 이건 인간세상의 일만은 아니구먼. 곧 큰 사달이 벌어질 수도 있겠어. 혹시 필요하면 부르시게. 내 한 힘 보태겠네."

구말은 다음에 다른 정보를 모아 알릴 약속을 하고 연결을 끊었다. 덕분에 한 가지는 확신할 수 있었다. 요자는 성왕의 후계자 따위가 아닌 그저 되다 만 마물의 수장일 뿐이다. 요자와 싸우는데 성왕의 개입을 가능하진 않아도 된다는 것이다.

"수술을 서둘러야겠다."

"주군."

사량 선생의 얼굴이 흐려졌다.

"그런 얼굴 할 것 없다. 내가 이제야 찾은 아내와 아들을 두고 모험을 할까. 나를 믿고 그대를 믿는다, 사량 선생."

"하면…… 그것 또한 결심하신 것입니까, 주군?"

사량 선생의 눈이 격랑처럼 흔들렸다. 무하는 눈동자처럼 흔들리는 선생의 어깨를 잡아주며 말했다.

"그래. 그동안 이 모자란 주인을 따르느라 고생 많았다. 나는 내 자리를 되찾겠다!"

"주군!"

사량 선생이 무릎을 굽히며 그대로 바닥에 엎드렸다. 그 격정적인 동작에 밀모가 기운차게 고개를 끄덕이면서 말했다.

"그럼 이제 무하가 황제가 되는 거야?"

"밀모, 계속 그런 식으로 경박하게 지껄이면 네가 자랑하는 그 꼬리털이 깡그리 태워지는 꼴을 볼 것이야!"

"이크, 영감 화났네!"

얼마나 화가 났는지 그나마 주군의 계약자라고 해주던 존대도 잊은 사량 선생에게 밀모는 꼬리를 말았다. 이런 땐 도망치는 게 수다. 그리고 요즘 그가 도망치는 장소는 정해져 있었다. 당연히 제 꼬리털의 아름다움을 알아주는 어여쁜 주모의 곁이다. 맛있는 것도 많이 주고 제 사는 이야기도 다 받아주니 얼마나 좋은 여인 인가 말이다. 부엌 근처로 가까이 갈수록 화덕에서 풍기는 냄새에 침샘이 요동을 쳤다.

입과 눈이 즐거운 주모의 곁을 사수하려면 주모께 잘 보이는 게 최고였다. 아차, 조만간 그 애송이가 주모의 곁에 온다. 그 건 방진 애송이는 제가 정식으로 그림자가 되면 불성실한 당신은 쫓 아낼 거라며 속을 긁었다. 유구무언이라 녀석의 건방진 발언을 치 죄할 수도 없었다. 게다가 녀석은 주모와 도련님과도 오래 같이 살아서 친분 면에선 좀 불리했다. 흥, 녀석이 오려면 아직 시간이 남았다. 지금 주모에게 확실히 눈도장을 찍어둬야 했다. 밀모의 발걸음이 빨라졌다.

밀모가 떠난 후 사량 선생이 조심스레 입을 열었다.

"실은 주모에 대해 더 말씀드릴 것이 있습니다. 예로부터 '보는 자'는 황제의 사람이라고 했습니다. 보는 자를 품는 황제의 시대 는 태평성대를 누리며 다음 세대의 번영을 약속한다고 합니다."

"······."

"주군?"

운명에 휘둘린 것 같다는 생각도 잠시, 무하는 이것이 순리라 는 생각이 들었다. 사량 선생을 만나 산다는 희망을 찾게 되었고 민영을 만나며 인간으로서 꿈을 꿀 수 있게 되었다. 억압과 고통 의 시간을 청산하고 진정한 삶을 살기 위해서 제자리를 찾아야만 했다. 그러기 위해선 반드시 이 족쇄부터 끊어야 한다.

"수술은 언제가 좋겠는가?"

"최대한 빨리 날을 잡겠습니다."

"민영이 알아선 아니 된다."

"……알고 있습니다."

실은 사량 선생으로선 민영의 도움을 청하고 싶었다. 이번에 문
헌을 조사하면서 알게 된 사실이었는데, 꿰뚫는 자는 주술의 흐
름을 볼 수 있으며 그 흐름을 붙잡거나 파훼할 수 있는 힘이 있을
수도 있다 했다. 무하는 자신을 하지만 이미 한 번 없애는 데 실
패한 주술을 다시 또 한 번 건드는 건 반드시 위험이 따른다. 하
지만 민영에게 그런 힘이 있는지는 확인할 수 없으니 당장은 의견
을 낼 수도 없다. 아마 민영이 할 수 있다 해도 무하가 반대할 가
능성이 높지만.

"민영이 드러난 이상 분명 요자의 수작이 있을 것이다."

"그것은 제가……."

"아니, 그곳을 먼저 친다. 분명 요자가 움직이는 선의 젖줄과도
같은 곳이니 한동안 마비시킬 수 있을 것이다."

"하, 하지만 주군, 그곳은 태내감의 본가입니다. 그야말로 호굴
인 것은 물론이고 아직 확인이 끝나지도 않았지 않습니까? 선불
리 건드렸다간 대사를 그르치게 될 것입니다."

"그곳에 보낸 우리의 눈이 돌아오지 않은 것으로 이미 확인은
끝난 걸 사량 선생이 더 잘 알지 않나? 걱정 마라. 선불리 건드리
진 않을 것이니."

무하의 말이 옳다. 그래도 이건 무리였다. 사량 선생은 다시 만
류하려는 말을 하려다 꾹 삼켜야 했다. 지금 무하에겐 민영을 위
협하는 그 어떤 것도 용납되지 않는 것이다.

똑똑, 문을 두드리는 소리가 들렸다. 방금 다녀간 애진댁이 무언가를 잊었나 싶어 민영은 돌아보지도 않고 답했다.

"들어와요, 애진댁."

하지만 문 열리는 소리가 들리지 않았다.

"……접니다."

굵은 남자의 목소리였다. 며칠 전만 해도 까불거리며 장난치던 목소리가 떨리고 있었다. 민영이 개키던 옷을 놓고 왈칵 문을 열었다.

"어서 와, 명아……."

"누니, 아니 주모……."

채명은 문 앞에서 그대로 무릎을 굽혀 자세를 잡고는 꾸벅 절을 했다.

"광천대 201호 곡…… 이었던 채명, 주모께 정식으로 인사 올립니다."

삼 년 전 그때가 떠올랐다. 바싹 마르고 힘이 빠진 아이가 손을 내밀었었다. 우연히 굶주린 아이가 그녀의 식당을 찾은 게 아니었다. 자신이 이 아이를 구한 게 아니었다. 절도 있게 고개를 숙인 그 아래 숨겨진 희생과 헌신에 민영은 울컥하고 말았다. 슬쩍 고개를 든 채명이 당황을 숨기지 못했다.

"엇, 어어……! 왜 우십니까!"

"너, 네가, 나와 우리 융이를 위해 그 삼 년을…… 흑!"

"설마, 누님! 제가 그 시간을 희생한 거라고 생각하시는 겁니까? 아니면 제가 불행했다고 생각하시는 것입니까? 그렇게 생각하시면 저 정말 서운합니다."

"명아……."

"주모, 저는 삼 년 전 죽은 것입니다. 주군께 새로 목숨을 받고 주모를 모실 수 있어서 저는 일생의 영광으로 생각합니다."

"죽다니……, 네가?"

"아무리 제가 삼 년 만에 돌아왔다지만 이곳에서 저를 알아보는 이가 아무도 없었다는 것부터 이상하지 않습니까? 그건 제가 모습이 완전히 바뀌었기 때문입니다."

"명아, 무슨 일이 있었던 거니?"

"으하하, 이제야 진짜 제 누님, 제 주모 같으십니다!"

의뭉을 떨던 채명이 금세 진지한 얼굴로 변했다.

"삼 년 전, 주군이 막 이곳으로 돌아오셨을 때의 일입니다. 주군은 돌아오시자마자 갈곡이라는 요괴를 토벌하기 위해 출동해야 했습니다. 갈곡은 도마뱀을 닮은 모습에 여덟 개의 다리와 두꺼운 가죽을 지닌 데다 독을 뿜어내는 요괴입니다. 주군을 행방불명되게 한 하리타타 급은 아니었지만 공력 백 년을 넘게 쌓은 무인 열도 쉽게 감당하기 힘든 요괴였습니다. 하지만 주군의 앞에선 그야말로 한 마리 도마뱀일 뿐이었습니다. 그날 주군의 무위가 세상에 알려지기도 했었지요. 그러나 주군이 현장에 오셨을 때 저는 이미 갈곡에게 당하고 난 뒤였습니다."

잠시 그때를 회상하던 채명이 피식 웃음을 흘렸다.

"생각해 보면 전 운이 좋았던 것 같습니다. 절벽 아래로 떨어지면서 저는 그때 죽을 거라는 걸 직감했습니다. 그런데…… 눈을 뜨고 보니 주군께서 제게 공력을 나눠주고 계셨습니다. 저는 그렇게 살아났지요."

"……."

"어, 주모! 주모, 제발, 울지 마세요, 울지 마세요."

눈물만 뚝뚝 흘리던 민영은 고개를 저으며 계속하라 손짓했다.

"아……. 음, 흠! 제가 원래 도성 빈민가 뒷골목 출신이라도 말씀드린 적 있었지요? 그건 사실입니다. 빈민가 중에서도 아주 안쪽 하류 인생이었지요. 부모도 없고 형제도 없고 피붙이라곤 아무도 없는. 주군이 그런 저를 광천대로 받아들여 주셨을 때만 해도 제가 용력이 세고 덩치가 쓸 만해서 이용하기 좋아서라고 생각했었지요. 음, 믿지 못하시겠지만 제가 그때는 좀 컸거든요? 이만큼?"

채명이 제 머리 위로 손을 긋더니 볼을 긁적였다. 반항심 가득하며 세상 모든 이가 제 적이던 시절을 고백하는 건 민영의 앞이라도 민망한 일이었던 것이다.

"하잘 것 없는 저를 살리자고 공력을 나눠주시다니 기함할 일이었지요. 저는 그 자리에서 주군께 진정으로 무릎을 꿇고 충성을 맹세했어요."

"키가 지금보다 컸다고?"

"아아, 그거요? 주군께서 저에게 다시 공력을 더 나눠주시고는 제 모습을 바꾸면서 키도 줄여 버리셨어요. 그러느라 주군께서 얼마나 힘을 많이 쓰셨는지 저는 감히 상상할 수도 없어요."

"그는…… 처음부터 다 알고 있었구나."

"네, 그럼요. 제가 아닌 다른 누구였더라도 반드시 주모를 지키도록 보내셨을 거예요."

"채명아, 내게 와줘서…… 고맙다."

"주모, 제 목숨을 살린 건 주군이시지만 제 인생을, 제 삶을 지핀 건 주모와 도련님이십니다. 덕분에 저는 가족의 정과 진정한 애정을 느낄 수 있었어요. 주모와 도련님은 저의 또 다른 생명이십니다. 저는 평생 주모와 도련님을 위해 살 겁니다."

"그러면 안 되지! 너는 너를 위해 살아야 해!"

"두 분을 위해 사는 게 저를 위하는 겁니다."

"채명아."

"헤헤, 그렇게 이름 불러주시는 게 참 좋습니다."

절대 제 소망을 바꿀 수 없을 거라며 해맑게 웃는 채명에게 민영은 고개를 저을 수밖에 없었다.

"원래 이름이…… 곡이라고 했었니?"

"아, 그건 예전에 아무렇게나 붙여진 이름입니다. 채명은 그날 주군께서 새로 지어주신 이름이지요. 저는 이 이름이 참 좋습니다. 도련님께도 익숙한 이름이고요."

"멍이?"

"아우, 누님!"

"드디어 누님이라고 하는구나?"

민영이 까르르 웃었다. 채명도 따라서 활짝 웃었다.

"헤헤, 오늘까지만 누님이라고 해보겠습니다. 바깥에서 뵈면 그렇게 또 부를 수도 있지만요. 하지만…… 누님이야말로 제겐 영원한 주모이십니다."

"고맙다, 명아……."

"아닙니다. 주모께서 이렇게 제 이름을 불러주시는 지금이 얼마나 행복한지 정말 모르실 겁니다. 저는 행복합니다, 주모."

민영은 채명의 손을 꼭 붙잡았다. 미소를 지으려 했지만 자꾸만 눈물이 나왔다. 채명을 보낸 그의 마음이 어땠는지 생각할수록 가슴이 들끓었다. 지난 시간 채명의 희생, 아니 정성은 또 어땠고. 민영은 한참이나 울면서 웃었다.

"율기 놈이 직접 덮쳤단 말이더냐?"

"네, 그러하옵니다. 광천대는 엉뚱한 곳으로 보낸 후 율기 대장군 혼자 덮쳤다고 하옵니다. 그동안 대장군의 행적은 소상히 좇고 있었으나 그쪽으로 향하는 줄은 미처 몰랐습니다. 송구하옵니다."

익찬이 허리를 굽히며 말했다. 익찬은 정총 이후 새로 온 환관이다. 그가 전하는 소식이 마음에 들지는 않았지만 긍하는 눈살만 찌푸릴 뿐 책하지는 않았다. 무하가 마음먹고 사라졌다면 날고 긴다 해도 행방을 모르는 한 추적하지 못하는 게 당연했다. 그래도 태내감이 무너진 일을 이렇게 빨리 전한 것만큼은 고무적이었다.

율기가 직접 덮친 이상 태내감의 비리야 줄기줄기 나올 터, 구제할 가치는 없었다. 태내감이 완예의 외삼촌, 외윤의 손을 타는 자라는 게 조금 걸리긴 했지만 그런 생각도 아주 잠시였다. 태내감 따위야 대체할 인간이 많았다. 외윤도 슬슬 내칠 때가 되었다. 완예가 죽자마자 발 빠르게 황후의 줄을 잡고 있기에 두고 볼 뿐이었다. 긍하는 손을 저었다.

"되었다, 나가보아라."

익찬이 물러나자 긍하는 그때까지 제 목덜미를 주무르고 있던 여인을 끌어당겨 내렸다.

"앗!"

놀라는 비명이 작은 앙탈처럼 느껴져서 순간 마음이 끓었다. 저를 보고 방긋 웃는 입술에 입을 맞추자 발그레해지는 모습도 좋았다. 들인 지 삼 년이나 지나고도 아직 이렇게 몸과 마음이 동하는 건 이 여자뿐일 것이다. 그렇다 해도 온전히 믿는 건 아니지만. 애초에 긍하는 누구도 믿지 않았다.

"역시 그대가 추천한 이라 그런지 그럭저럭 쓸 만하군."

"소첩은 그저 저이가 세숫물을 엎은 나인을 혼내는 대신, 자신의 속곳을 벗어 닦고는 폐하께서 지나가신 후에야 일을 처리하는 모습을 본 것뿐입니다. 감히 저의 언급이 그에게 이런 지위를 줄 줄 알았다면 더욱 조심하였을 것입니다."

"아니다, 잘했다. 저렇게 잘하지 않느냐. 마음에 드느니."

"한 일도 없이 소첩이 괜히 황감하나이다."

"네 추천 덕에 들어온 줄도 모르고 요 며칠 내내 후궁의 처소로만 안내하는 자로다. 그런데도 황감한 것이냐?"

"그야 그의 본분이 아니오니까? 이번에 새로 온 아이가 서넛 된다고 들었습니다. 폐하께 작은 기쁨이나마 드릴 수 있도록 좋은 이를 보내 교육하도록 하겠습니다."

"너는 질투도 하지 않느냐?"

"폐하께서 저를 이리 불러주시지 않으셨습니까? 저는 그걸로 만족하옵니다."

"그래, 이게 가장 총애받는 그대의 자신감이겠지!"

여인은 아니라는 말을 하는 대신 고개만 돌리고 볼을 붉혔다. 과연 궁하가 가장 아끼고 총애하는 여인답게 그의 마음을 사는 재주가 탁월했다. 무엇보다 잠자리에서 가장 만족하니 총애하지 않을 수가 없다.

"이리 오너라."

"아아, 폐하……."

곧 여인의 가는 신음과 함께 정사의 향기가 풍겼다. 정사를 끝내고도 여전히 고운 모습 그대로인 여인을 위에 올려 안고서 궁하가 중얼거리듯 속삭였다.

"너는 이상하지 않으냐? 율기가 백성의 안위를 해치는 요괴 토벌에 지대한 공헌을 함에도 내가 왜 그놈을 이토록 죽이고 싶어

하는지?"

"지존의 행사에 감히 의문을 갖지 않습니다."

궁하는 피식 웃었다. 아부 같은 말을 진심처럼 말하는 것도 재주였다.

"그래도 나의 후계를 가져야 하는 몸이니 너는 알아둬야 할 것이야."

"네, 폐하."

"그놈은 과거의 망령이다. 해서 반드시 사라져야만 한다."

"폐하의 의지가 곧 법입니다."

"그렇지, 너는 고운 입술로 옳은 말만 하는구나. 그 말이 옳다. 하지만 어린 시절의 치기로 놈을 너무 키워 버렸어. 놈을 없애는 건 언제든지 할 수 있으나 때를 보아야 할 것이야."

실은 언제든 할 수 있는 건 아니었다. 하리타타의 일 이후로 거의 인외의 힘을 가진 존재로 거듭나 돌아온 무하는 건들기 거북한 존재가 되고 말았다.

하지만 놈이 다른 생각을 한다면?

놈이 한 번의 수술로 자결의 염을 떨친 것은 알고 있다. 하지만 굴종의 주술을 완전히 없애지는 못했다. 한 번 한 수술, 두 번은 못할까. 반드시 다시 시도할 것이다. 그때가 바로 기회였다. 놈은 그 수술을 견디지 못할 것이다. 아니, 견딘다 해도 깨어날 땐 괴물이 되리라. 괴물은 제 가장 가까운 주변인물부터 잡아먹을 것이다. 그러기 위해서 반드시 수술을 해야 하는 건 아니다. 그러나 궁하는 그 기다림의 시간을 당기고 싶었다. 그러니 수술을 해라, 꼭.

"때는 반드시 올 것입니다, 폐하."

"그렇지, 기다리는 이에게 때는 올 것이다. 그게 아니라 해도 놈은 나에게 절대 반항할 수 없다. 그건 내 후계에게도 마찬가지

일 테고. 그러니 아들을 가져라."

"오늘, 오늘은 꼭 폐하의 아기님을 갖고 싶습니다. 소첩, 반드시 폐하의 후계를 낳을 것입니다."

"오냐, 안 그래도 내 한 번 더 품으려 했느니."

침상이 다시 일렁였다. 금세 정사의 향기가 짙어지고, 여인의 신음과 미소도 짙어졌다.

❀

털걱, 털걱, 털걱!

실제론 소리가 나지 않지만 안에선 아마 이런 소음이 나고 있을 것이다. 사량 선생의 야심작이 돌아가는 모습을 보면서 소리를 상상하던 민영이 기계의 동작을 멈췄다. 그녀가 노랗고 탱탱한 반죽을 꺼내자 건융이 외쳤다.

"엄마, 거늉이 빵!"

"건빵?"

집무실 부엌에 출입할 수 있는 이가 늘어났다. 침상에서 절대 벗어나지 않는 조건으로 애진과 함께 있게 된 건융이 난간을 붙들고 폴짝폴짝 뛰며 재차 주문했다.

"응! 거늉이 빵!"

"건빵이 뭔가요?"

애진이 무심결에 묻다가 어머니 눈치를 보고는 움찔했다. 어머니는 주모께 스스럼없이 대하는 걸 가장 경계했다. 다행히 애진댁은 딸을 나무라는 대신 소매를 걷어붙이며 반죽을 받아들었다.

"마님, 이번엔 소인이 만들어보겠어요."

"조금 기다렸다 해야 해요."

"아차, 이건 발효부터 하죠?"

반죽이 발효될 동안 가만히 기다릴 새는 없다. 색색의 설탕을 녹여 빚은 꽃장식을 만들다 보니 뒤에서 감탄사가 들렸다. 솜씨 좋은 애진댁은 지난번 한 번 가르쳐 줬는데 거의 비슷하게 따라 만들었다. 실은 반죽을 얇게 미는 솜씨는 애진댁이 훨씬 낫다. 건빵도 애진댁의 손에서 더 훌륭하게 탄생할 것이다.

원래 계획은 건빵이 아니었지만 건융이 원하는 것부터 만들다보니 한 번 더 반죽을 부었다. 건빵은 지금 만드는 음식들에 비하면 너무 소박하지만 어떠랴, 건융의 주문이 우선이다. 지금 만드는 음식이 바로 건융의 생일을 축하하기 위해 준비하는 것이었으니까.

"이제 성형 부탁해요."

"네, 마님."

"우와……."

애진댁의 손놀림에 보고 있던 건융이 감탄사를 토했다. 잠시 뒤 화덕에서 나온 건빵 하나를 후후 불어 먼저 건네주자 건융이 이번엔 애진댁을 녹였다. 쪽, 입맞춤을 받은 애진댁이 몸을 떨며 건융을 끌어안는데 별안간 남자 목소리가 들렸다.

"도련님, 헤퍼요!"

"뭐야? 수컷으로 태어나 최소 두 자릿수의 암컷을 기쁘게 해주고 거느려야 하는 걸 모르냐!"

"밀모, 나가요."

민영이 제법 토라진 목소리로 말했다.

"헉, 도련님 얘기가 아니라 태호족 얘깁니다, 태호족!"

"것 봐요. 자꾸 그렇게 도련님께 말도 안 되는 소리를 하니까 주모께 미움받죠."

채명이 민영에게 싹싹 비는 밀모에게 이죽거렸다.

"그렇다고 나의 귀여운 아들에게 감히 헤프다고 해? 명이 너도 나가!"

"헉, 주모! 그게 아니라요……. 물론 아기님은 어디에도 뽀뽀할 자격이 있죠. 그럼요, 하하하!"

번갈아 민영에게 쫓겨날 뻔했던 두 사내는 민영의 눈을 피해 후일을 기약했다.

괜한 일로 둘이 아웅다웅하는 건 하루 이틀이 아니었다. 아직 태호족 후계인 밀모에 견주지는 못해도 채명 또한 무하에게 공력을 나눠 받은지라 썩 밀리지만은 않았다. 또 조만간 두 사람은 광천대 연무장을 초토화시키는 주범이 될 것이다. 둘이 경쟁하는 이유는 다름 아닌 민영과 건융의 총애 때문이었다. 처음엔 모르고 걱정만 하던 민영은 이젠 둘을 조율하는 법을 터득하게 되었다.

"오늘 이후 두 사람이 또 싸웠다는 소리가 들리면 우리 융이 못보게 할 거야!"

"싸우다니요, 서로의 기량을 겨루고 실력을 증진시키는 대련이라고 부릅니다만?"

"맞습니다, 대련! 하, 하, 하."

밀모와 채명이 차례로 뜻을 맞춰 말하는 척했지만 억지로 웃는 입가가 푸들푸들 떨리는 것까지는 감추지 못했다.

"그럼, 대련 많이 하렴, 명아. 밀모, 대련해도 좋아요. 앞으로도 쭉, 계속."

상냥하고 예쁜 미소에 담긴 축객령에 자칭 눈치 빠른 밀모가 소리쳤다.

"대련, 하지 않겠습니다!"

"그럼요, 훈련하기도 바쁜데 무슨 대련은요?"

"안 싸울 거지?"

"네!"

"네!"

두 강아지를 조련하고 잠시 후 돌아보니 어느새 세 마리의 강아지가 엉겨 붙어 있었다. 덩치 큰 사내 둘이 건융을 물고 빨고 있으니 이 넓은 부엌이 좁아 보일 정도였다.

저렇게 스스럼없는 걸 보면 건융은 확실히 밀모를 좋아한다. 채명이 막강한 경쟁자로 여길 만했다. 그런데 어떤 식으로 좋아하는지는 좀 의심스러웠다.

건융이 밀모를 처음 만난 날이었다. 건융은 처음엔 약간 쭈뼛하더니 어른들의 눈치를 보고는 천천히 그에게 다가가 손을 내밀었다. 그러곤 그 조그마한 입을 한껏 모으고는 '쯧쯧' 하며 손을 까닥거렸다. 사량 선생이 그렇게 미친 듯이 웃는 건 그때 처음 보았다. 나중에 무하에게 듣기로 그도 사량 선생이 그렇게 웃는 건 처음 본다고 했다.

음식들을 거의 차리고 두 번째 만든 빵을 화덕에 넣을 때쯤 건융이 하품을 했다.

"주인공이 지금 잠들면 안 돼! 어서 먼저 데리고 가요."

"나머지는 제가 하겠습니다. 시간에 맞춰 꺼내기만 하면 되는 것 아닌지요."

"아뇨, 이건 내가 만들어서 완성해 주고 싶어요. 그러니 애진댁도 가봐요."

애진과 채명, 애진댁까지 내보내자 밀모가 멀뚱멀뚱 서 있다가 남은 건빵 바구니에 손을 집어넣었다.

"눈치 안 봐도 돼요, 많이 먹어요, 밀모."

"감사합니다!"

건빵을 한껏 욱여넣고 양 볼을 부풀리며 우물거리는 모습이 다

람쥐 같았다. 어차피 밀모가 채명과 아웅다웅하는 척하는 것도 다 친해지는 과정이었다. 밀모가 좀 많이 능청스럽고 장난기가 많았지만 이런 이가 무하의 곁에 있어줘서 고마웠다.

"밀모, 할 말이 있는 거죠? 말해봐요. 혹시 그이가 또 화정님 처소에 가야 한다는 말을 전하라는 건 아니죠?"

농 아닌 농을 하면서도 민영은 심각한 답이 돌아올 줄은 몰랐다.

"어, 아니에요. 당연히 간식 먹으러 온 거죠. 도련님도 여기 계시다고 하고. 수술 날짜 잡는 얘길 듣다 보니 머리가 아파서……."

"수술이라고요?"

"우풉, 네, 네?"

돌연 밀모가 심하게 기침을 하더니 시선을 피했다.

"설마, 그가, 무하가 수술을 한단 말이에요?"

"죽었다……."

밀모는 꼬리를 만 채 앓는 시늉을 했다. 그러나 밀모는 실수로 말한 게 아니었다. 꿰뚫는 자에 대해 알아본 사량 선생은 수술의 성공 관건이 민영에게 달렸다고 믿었다. 눈 가리고 아웅이지만 자신 대신 밀모를 시켜 무하의 수술 사실을 알리게 한 것이다.

"무슨 수술이요? 설마…… 심장을 여는 건가요?"

"헉, 그걸 어떻게 알았어요?"

밀모가 이번엔 진짜 놀라 앓는 시늉도 멈추었지만 민영은 그가 눈에 들어오지 않았다.

직접 봤기에 민영은 그것이 얼마나 위험한지 가장 잘 안다. 그녀는 무하가 굴종의 주술에 대해 고백하기 전부터 그것에 대해 알고 있었다. 그의 심장에 무언가 매우 불길하고 기분 나쁜 기운이 똬리를 틀 듯 감싸고 있는 것을 '봤기' 때문이다.

그것이 단지 심장을 친친 감싸고 있기만 했다면 잡아당겨 풀어낼 수도 있었을지 모른다. 하지만 그것은 심장을 꿰뚫고 마치 꿰맨 것처럼 어지럽게 박혀 있어서 그대로 잡아당기면 무하의 심장까지 다칠 수 있었다. 한순간만 삐끗해도 무하는 심장을, 생명을 잃게 될 것이다. 하나라도 떼어내려는 순간 나머지 기운들이 그를 사납게 공격할 것이다. 직접 심장을 열어 각각의 기운들의 연결을 끊지 않는다면 절대 시도할 수 없는 방법이었다. 그런데 바로 그 심장을 여는 수술을 한다는 말이었다.

"수술, 언제 한대요?"

밀모는 당황하며 대답했다.

"아, 아직은 안 정해졌어요."

"그가 나한테 말해주진 않겠죠?"

"……네."

"걱정하지 말아요, 밀모. 그에겐 아는 체하지 않을 거예요."

민영은 놀라긴 했지만 생각했던 것보다 훨씬 침착했다. 그것이 걱정하지 않아서가 아니라는 데 밀모는 제 꼬리털을 걸 수 있었다.

"감사해요, 충성을 다할게요, 주모!"

"사량 선생을 여기로 오라고 해주세요."

"그런데 주모, 지금 도련님 생일잔치를 하기 위해 모인 것 아닙니까……?"

민영은 아차 싶었다. 며칠이나 들떠서 준비하던 건융의 생일잔치를 그가 수술한다는 말에 한순간 까맣게 잊고 말았다.

그 모습에 밀모는 삐죽 웃음을 감췄다. 겨우 여자 하나에 목맨다고 무하를 놀리긴 했지만 이런 여자라면 그럴 가치가 있어 보인다. 뭔가 거스를 수 없는 분위기를 갖춘 여자라 더욱 잘 어울리는 것 같다. 무하가 황제가 된다 해도 국모로서 충분히 잘 해나갈 것 같았다.

화덕에서 후각을 자극하는 강한 냄새가 흘러나왔다. 민영이 완성된 회심작을 꺼내어 그릇에 담고는 밀모에게 내밀었다.

"다 됐어요. 밀모가 들고 갈래요?"

빵을 받아든 밀모가 한순간 멈칫했다. 그는 몇 번이나 빵과 민영을 번갈아 보며 머뭇거리다가 말했다.

"예뻐요, 맛있겠어요. 그런데 주모. 이거 혹시……."

저는 아니죠? 라는 말은 차마 나오지 않았다. 민영은 생긋 웃기만 했다.

쟁반에 담긴 빵은 냄새도 좋지만 특히나 앙증맞고 귀여운 모양이었다. 당연히 건융이 좋아할 모양으로 강아지를 닮았다. 빵 강아지는 전체적으로 빨갛고…… 탐스러운 꼬리가 세 개였다.

"생일 축하해, 우리 건융이, 사랑해!"

"축하한다, 아들."

"으흠, 흠, 흠! 도련님, 생일 축하드립니다."

무하의 아들, 소리에 사량 선생이 헛기침만으로 끝내고는 건융의 축하 인사 행렬에 끼자 뒤이어 거의 비슷한 인사의 합창이 이어졌다.

"축하드려요, 도련님."

"축하드려요, 도련님, 오래오래, 건강하고 행복하셔야 해요."

애진과 애진댁, 동구와 서구, 그리고 주르르 눈물을 흘리는 채명의 뒷덜미를 누르며 밀모가 마지막을 장식했다.

"축하해, 도련님! 자, 뭐부터 먹을까, 응?"

"와아아아아!"

저가 좋아하는 음식들의 산에 다들 저만 바라보며 인사를 잇는

사람들에 한동안 어리둥절했던 건융이 손뼉을 치더니 상에 다가
갔다. 고기찜과 전, 화채, 튀김, 구이 등이 차려진 상은 화려했
다. 그것도 좋지만 평소에 간식으로 엄마가 가끔만 해주던 음식
들이 잔뜩 차려진 상에 눈이 휘둥그레진 건융은 제일 먼저 당연
하다는 듯 하나를 가리켰다.

"엄마, 저거!"

당연히 건융이 그것부터 고를 줄 알았다. 밀모는 울상이면서
웃기도 하는 괴상한 표정으로 냉큼 저를 닮은 빵을 내밀었다.

"도련님, 날 드시오!"

와하하하하하!

한바탕 웃음이 터진 후 이번엔 건융이 인심을 쓸 차례였다.

"대장, 아!"

"맛있구나!"

손톱만큼 얻어먹고 감격한 무하가 건융을 끌어안다가 뿌리쳐지
고 말았다. 아직 줘야 할 이가 많았다. 시무룩해하는 무하를 보
며 밀모가 이를 드러내고 웃다가 사량 선생에게 꼬리를 지르밟혔
다. 그러든 말든 건융은 모인 이들 하나씩 호명하며 빵을 나누어
주기 시작했다.

"멍, 모, 애진, 때기, 샌새, 도구, 낭구, 서구, 아!"

서구 말고는 모두 어딘가 부족한 호칭은 순서대로 채명, 밀모,
애진, 애진댁, 사량 선생, 동구, 남구다. 발음이 어떻든 모두 손
톱보다 더 적은 양을 감사하게 받아먹고는 과장스레 몸을 떠는 것
을 잊지 않았다. 사량 선생까지도!

즐겁게 먹는 시간이 지나자 제일 먼저 민영이 상 아래 숨겨두
던 선물 보따리를 풀었다. 민영의 선물은 여밀이라는 덩굴풀을 엮
어 만든 모자였다. 잔치 음식을 준비하느라 며칠 동동거리면서도

건융이 낮잠을 자는 동안 틈틈이 만든 것이었다. 이쪽 세계에선 볼 수 없었던 야구 모자챙에 작은 동물 귀가 달려 있어서 이곳 사람들은 처음 보는 앙증맞고 귀여운 모자였다.

"맘에 들어?"

"와⋯⋯!"

다행히 건융은 마음에 드는지 제가 직접 모자를 쓰더니 벗지 않았다. 쓴 모양은 삐뚤지만 그것이 더 귀여워 사람들은 쿡쿡 웃었다.

두 번째, 무하의 선물은 역시나 영약이었다. 공력을 높여주는 건 아니지만 아직 여린 몸에 먹을 수 있는 최상의 영약임은 굳이 말할 필요가 없었다. 영약보다 건융이 더 좋아한 진짜 선물은 목마를 태워 한 바퀴 돌고는 하늘 위로 띄워 놀아준 것이었다.

채명과 세 호위들도 무하만큼은 안 되지만 비슷한 영약을, 애진댁과 애진은 운잠이라는 구름벌레가 만든 꼬치 솜을 넣은 베개를 만들어왔다. 구름벌레가 입으로 토해내는 실은 튼튼해서 열 가닥만 꼬면 사람이 올라탈 수 있는 강도가 있고, 꼬치로 만든 솜은 보온과 통기가 좋아 침구와 옷에 최고의 재료였는데 모녀가 직접 운잠을 구해 만든 것이었다. 밀모는 제 꼬리털 한 줌을 뽑아 넣은 허리 장식을 선물했다. 태호족의 손님이며 친구라는 표시로, 초대를 받거나 위급할 때 도움을 받을 수 있는 표식이었다. 사량 선생은 목걸이를 선물했다. 건융의 팔찌와 같은 재질인 흑강목으로 만든 것으로 모든 영적인 존재를 쫓거나 그런 존재에게서 모습을 숨길 수 있는 주술이 새겨진 것이었다.

다른 이들이 봤다면 기절할 만큼 엄청난 선물들이었다. 그나마 값을 매길 수 있는 운잠 베개만 해도 황실의 특별한 날이나 진상되는 대단한 물건이었으니 그 면면이 그만큼 대단했다.

조용히 치러진 그들만의 잔치는 흥겹고 행복했다. 나중에 형곽과 석찬이 자신들은 빠진 서운함을 채명에게 풀긴 했지만 건용을 향한 축복만큼은 아끼지 않았다. 행복한 하루가 마무리되었다.

그리고 다음 날, 무하가 말했다.

"잠시 떠나야 해. 서남부 미립 늪지대로 가야 해서 며칠 걸릴 거야. 나중에 사량 선생도 합류할 거라 나 없는 동안 조심해야 해."

"네, 어디에도 가지 않고 여기만 있을게요. 여긴 누구도 찾아오지 못할 테니까요."

무하가 민영이 요괴의 표적이 된다는 걸 알게 된 후 모자는 처소를 옮겼다. 애진댁을 포함해 허락된 이들 말고는 아무도 민영을 볼 수 없었다. 그도 그럴 것이 민영이 있는 곳은 무하의 집무실 위, 다락방이었기 때문이다.

그리 크지 않은 공간에 침대 하나, 작은 서탁과 의자 하나. 민영이 처음 부엌 하녀로 이 집에서 묵었던 방보다 삭막한 곳이었다. 바로 옆 사량 선생이 직접 꾸민 건용의 방은 몇 배는 더 아기자기하고 화려해 더욱 비교되었다. 그런데 그 다락방이 원래 무하가 머물던 곳이었다는 사실에 민영은 울컥함을 감춰야 했다. 생각할수록 무하의 외로움이 사무쳤다.

무하가 민영의 이마에 입술을 누르며 말했다.

"답답해도 조금만 더 참아."

"그럼요. 당신 걱정이나 해요. 잘, 다녀오셔야 해요."

민영은 무하를 끌어당겨 입술에 깊게 입맞춤을 했다. 그리고 방긋 웃으며 작별인사를 했다. 마치 아무것도 모르는 것처럼.

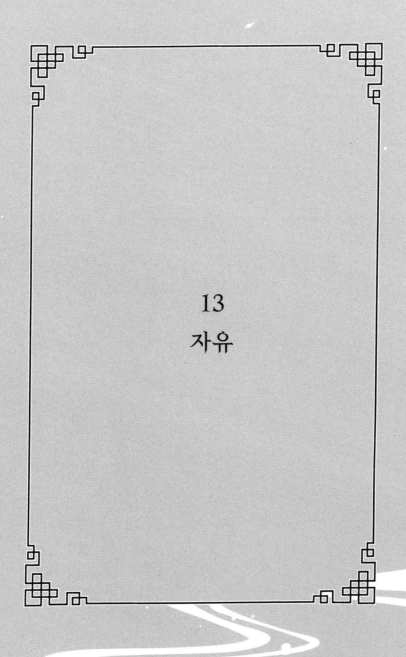

13
자유

"부르셨습니까, 주모."

무하가 고백한 날 이후 사량 선생은 호칭부터 바꿨다. 사량 선생이 민영에게 공손히 읍하며 고개를 숙였다.

"부르다니요, 다만 제가 움직일 수 없으니 밀모에게 부탁한 것뿐입니다."

"저런, 밀모님에겐 당장 편히 하시면서 저는 아직도 멀었나 보군요."

휴……. 과장되게 한숨을 쉬는 사량 선생만 보자면 처음 만났을 때 그 차갑고 무섭던 이와는 다른 사람 같았다. 평소라면 쿡쿡 웃을 법도 하건만 민영은 오늘 그럴 마음의 여유가 없었다. 물론 다 알고 온 사량 선생에게도 여유가 있어서 그런 건 아닐 테지만.

"죄송해요, 사량 선생. 제가 마음이 매우 급해요. 밀모에게 그 이야기를 전하게 한 건, 제가 도움이 되리라 여기신 것이기 때문이지요?"

알고 있었느냐는 말 따윈 필요 없었다. 그나마 유지하던 미소를 지운 사량 선생이 다시 간곡히 허리를 숙였다.

"맞습니다, 주모. 도움을 간청드립니다."

수술 성공 가능성을 조금이라도 높일 방도가 있다면 간과할 수 없었다. 굴종의 주술은 무하의 성장과 함께 심장 안쪽 깊이 숨어 버렸다. 일단 건드리는 순간 반발력이 나타나므로 그 과정에 무하가 직접 공력을 끌어올려 몸을 보호하고 있어야만 한다. 그 말은 수술 과정 내내 심장이 파이는 고통을 견뎌야 한다는 뜻이었다.

생살을 찢는 고통도 견디지 못할 것인데 심장을 헤집는 것을 이겨내라는 건 보통 사람은 상상도 할 수 없는 일이었다. 여태 수술을 재시도하지 못한 것은 그런 이유였다. 그런데 그것조차 감수해야만 할 순간이 온 것이다.

하지만 사량 선생으로선 그렇게 위험한 수술을 감행할 수는 없었다. 애초에 제대로 뿌리 뽑지 못해서 주군을 다시 위험에 빠뜨린 것이 사량 선생이 여태 통탄하는 일이었다. 그것을 바로잡아 줄 이가 바로 여기 있다. 그러나 이건 그가 이리 간곡하지 않아도 되는 일이었다.

"선생, 그게 부탁할 일인가요?"

"네?"

"제가 그를 구할 수 있는 일에 도움이 된다는데 부탁할 일은 아니잖아요."

"그렇군요. 제가 주모께 엄청난 결례를 저지른 것 같습니다."

"그런 이야기로 심력을 낭비할 생각은 없어요. 제가 무얼 하면 되는지 알려주세요."

"역시 주모께서는……."

"네?"

"아, 아닙니다! 저는 실은 주모께서 '보는 자'인 줄로만 알았습니다. 하지만 주모의 말씀을 들어보니 '꿰뚫는 자'라고 하셨지요?"

"네, 맞아요. 저는 '꿰뚫는 자'입니다. 아버지께서 그렇게 말씀하셨으니 틀림없습니다."

"아······."

사량 선생은 잠시 눈을 꾹 감았다가 떴다. 형형하게 빛나는 눈으로 그가 다시 물었다.

"꿰뚫는 자는 단순히 '보는' 것만이 아니라고 들었습니다. 기운을 꿰뚫는다는 건······."

"맞아요. 보이는 기운을 잡을 수도 있습니다."

"그게 사실입니까! 주모께서도 하실 수 있습니까!"

거의 달려들 듯 묻던 사량 선생은 저의 사나움에 민영이 놀랐을까 저어했지만 그녀는 눈도 깜빡하지 않고 답했다.

"네, 맞아요. 처음부터 할 수 있었던 건 아니었는데 얼마 전부터 가능하더군요."

귀신이 달려들 때 팔찌의 기운을 빌면서 확인한 사실이다. 하지만 그때 상황을 다시 짚어서 무하를 괴롭게 할 생각은 없었다.

"하, 할 수 있다면 지금 제게 보여주실 수도 있습니까?"

사량 선생이 갈급한 표정으로 물었다. 그가 그리 간절하지 않아도 민영은 보여주었을 것이다.

"그럼요. 약소하지만 선생의 선물을 준비해 봤어요."

민영이 곱게 수놓은 작은 향주머니를 꺼냈다. 바느질과 거리가 먼 민영 대신 애진댁이 솜씨를 부린 팔익조가 새겨진 주머니는 민영의 손을 거치는 순간 달라졌다. 여름 끝의 오후 햇살은 뜨거웠다. 민영은 주변 열기를 잡아 모아 주머니 속에 담았다. 달궈진 주머니가 잠시 열을 뿜어내다가 곧 체온과 비슷한 온도로 변하면서 일렁였다.

"자, 받으세요."

주머니를 쥐자 손끝부터 서서히 온기가 전달되기 시작했다. 사계절 파리한 안색을 띠고 있는 그의 얼굴이 순식간에 붉어졌다. 사량 선생은 두 손으로 주머니를 감싸 안은 채 아무 말도 하지 못하고 바라보기만 했다.

"예상으론 한 반년 정도는 열기를 품고 있을 거예요. 선생이 더 좋은 걸 갖고 계신 걸 알지만 도움이 되었으면 해요."

"……주모."

말을 잃은 그에게 민영이 조심스럽게 말했다.

"이만하면 도움이 될까요?"

도움이 되다마다! 기대 이상이었다. 그가 직접 보지 않았다면 믿을 수 없는 이 부드러운 기의 운용은 저를 떼어낼 시도에 극악으로 발작할 주술력의 반발을 최소한으로 억제할 수 있을 것이다. 사량 선생은 가슴이 끓어오르는 벅찬 감격을 느꼈다. 이 수술은 반드시 성공한다!

그래도 확인할 것이 더 있었다.

"하지만 주술로 얽어둔 기운은 다른 이야기겠지요."

"네, 그래서 제가 그걸 보고서도 떼어낼 수 없었어요."

모든 것을 다 파악했기에 할 수 있는 대답이었다. 주술사도 기를 움직일 수 있고 민영도 할 수 있다. 하지만 차원이 다르다. 쉽게 비교하자면 민영에 비해 주술사들은 맹인이나 다름없다. 알면 알수록 사량 선생은 점점 기운이 고양되었다. 이제 확인하는 절차가 남았다.

"그것은 물리적으로 잡아 끊지 않으면 제거할 수 없을 것입니다. 제가 할 일이 바로 물리적으로 끊어내는 것입니다. 하지만 기운은 남아서 연쇄작용을 일으켜 제거를 못 하게 방해할 수 있습니다. 주모께서 잘하시리라 믿지만 그래도 먼저 저와 연습해 보지 않으시겠습니까?"

"당연하지요. 벌써 준비되어 있는가 보네요."

"맞습니다."

"……부엌에서 하지요. 당장 시작할 수 있나요?"

"네, 당장 준비하겠습니다!"

민영은 무슨 준비인지 묻지도 않았다. 영민하게 최적의 장소까지 내어주는 그녀에게 사량 선생은 또 한 번 감탄을 삼켰다. 그런데 마지막으로 더 중요한 문제가 남았다.

"주모, 주군께서 절대 허하시지 않을 것입니다."

"나도 허락하지 않을래요."

"네?"

"그는 내 거예요. 억지라고 해도 좋아요. 하지만 사량 선생이 청한 것부터 내 도움이 필수라는 거겠지요? 내 허락 없이 절대 그런 위험한 수술을 하게 할 수는 없어요. 만일 내가 도움이 되지 않는다면 곁에서 지켜보기만이라도 할 거예요."

사량 선생은 미소를 지었다. 민영의 말대로 억지로 여길 수도 있다. 그러나 억지라 해도 상관없었다. 무하는 민영의 말을 거부할 수 없을 것이다. 무하의 명을 정면으로 거역한 불충에 대한 대가는 나중에 달게 받을 것이다. 무조건 살릴 것이다. 무조건.

"네, 주모께 맡기겠습니다."

"하면 언제, 어디서 할 건가요?"

"사흘 후입니다. 광천대가 미립으로 떠나면 주군과 저는 은밀히 이곳으로 되돌아올 것입니다."

"이곳으로요? 여긴 세작의 눈이 가장 많은 곳 아닌가요?"

"맞습니다. 그렇기도 하지만 저의 주술력을 최대로 쏟아부은 곳이기도 하지요. 해서 저들의 눈을 속이기 좋기도 하거니와 주술력의 반발을 감출 수 있는 가장 적합한 곳입니다. 또한, 장소가 이곳이 아니었다면 저는 주모께 감히 도움을 청할 수 없었을 것입니다. 저택에서 벗어날 수 없는 주모께 이런 터무니없는 부탁을 할 수 있었던 것도 그것입니다."

"네, 그러면 연습부터 하도록 하죠."

"서두르겠습니다."

긴박한 사흘이 지났다. 그동안 애진댁조차 출입할 수 없게 된 부엌에 산 채로 들어온 짐승이 일곱 마리, 그중 처음 두 마리를 제외하고 모두가 살아났다. 마지막 세 마리 짐승은 두 발로 걷고 말하고 사람의 몸에서 태어난 것이긴 했지만 사량 선생은 주저 없이 몸을 갈랐고, 민영은 살려냈다. 준비된 '짐승'은 더 많았지만 마지막 날 낮부터는 민영이나 사량 선생 둘 다 힘을 아끼기 위해 연습을 마쳤다.

"마지막으로 준비할 것이 있습니다. 이걸 완벽히 하신다면 주군을 설득하기 수월할 것입니다."

그건 말하자마자 이루어졌다. 사량 선생은 그야말로 민영에게 또다시 엎드려 절하고 싶은 마음을 참아야 했다. 수술은 밤에 이루어질 것이다. 아직 해가 높은 시각, 민영은 부적 삼아 건융을 안고 잠을 청했다.

✿

"감축드리옵니다, 폐하!"

익찬은 돌연 무릎을 꿇으며 큰절을 올리더니 숨 가쁘게 말을 이었다.

"연연궁에서 연통을 보내셨습니다. 폐하, 황후마마께서 회임하셨다고 하옵니다."

익찬이 고하는 것을 신호로 머리 허연 여의원이 들어와 좀 더 자세한 사실을 고했다.

"감축드리옵니다, 폐하. 마마께서 회임하신 것을 확인했사옵니다. 신년 봄, 아기님이 태어나실 것입니다."

"오, 장한지고, 장한지고!"

긍하가 용상에서 벌떡 일어났다. 단숨에 황후가 머무는 연연궁으로 달려간 긍하는 그 자리에서 자신의 주치의 입으로 다시 한 번 회임을 확인하고 황후를 치하했다.

"장하오, 정말 장해, 황후! 여봐라, 성별은 알 수 있느냐?"

성질 급한 긍하의 성정을 아는지라 황제의 주치의는 이미 주술사 셋을 대동하고 있었다. 세 명의 주술사가 차례로 황후를 살피고는 한목소리로 말했다.

"태자님이십니다."

"드디어! 으하하, 아하하하하하!"

긍하는 광소를 터뜨렸다. 그에겐 여인도 많고 아이도 많았으나 황위를 물려줄 후계를 가진다는 것은 세상에 새로운 기쁨이었다.

"이번엔 아들이어요! 제 아들이 황위를 이어받을 것이어요!"

문득 제 귀에 속삭이던 기억이 스쳤다. 완예가 이 사실을 알았다면 난리가 났을지도 모른다는 것과 함께 묘한 안도감이 들었다. 만일 황후가 계속 태기가 없었다면 저도 그 망상에 박자를 맞춰줬을 것이다. 그러나 태어나지 못하고 죽은 아이에 대한 기억은 깨끗이 지워진 지 오래였다.

"연회를 벌여라, 내 이 기쁨을 만천하에 알리리라!"

어미에게 이용당하고 영혼이 찢겨 조각만 남은 딸아이 같은 건 더더욱 모를 일이었다.

❀

모든 것은 계획대로였다. 무하는 요괴 토벌을 위해 출동하는 광천대와 저택을 벗어난 뒤 약속된 사흘 후 귀환했다. 이 밤, 그는 자신의 생을 기억하는 순간부터 시작된 속박에서 완전히 벗어나기 위한 마지막 관문을 넘어가게 된다. 그것이 목숨을 걸어야 하는 위험을 동반할지언정 반드시 넘어설 것이다.

"선생."

"주군, 오셨습니까!"

수술로 정한 모처는 바로 사량 선생의 집무실이었다. 무하의 집무실 바로 아래층으로, 세작들의 눈이 두 번째로 집중된 곳이지만 들여다볼 수 없는 곳이기도 하다.

사량 선생의 방은 완벽히 수술실로 꾸며져 있었다. 물리적인 소독은 물론, 감염을 막는 부적이 사방 벽에 도배되어 있었고 가장 중요한, 기의 반발과 폭발을 억누르는 주술이 침상 중앙에 새겨져 있었다.

침상은 기대앉을 수 있게 반만 꺾여 세워져 있었는데, 가운데와 아래쪽에 넓은 가죽 줄이 걸쳐져 있었다. 줄은 몸통과 손발을 고정하기 위한 것이었다. 맨정신으로 수술을 견디기 위한 최적의 자세에 최소한의 보조 도구였다.

그리고 그 옆의 작은 탁자에는 가느다란 칼과 실이 꿰인 바늘이 줄을 맞춰 놓여 있었고, 물과 면포, 어울리지 않지만 차 한 잔도 올려져 있었다. 당사자로서 보는 순간 기가 질릴 광경이건만 무하는 머뭇거리지 않고 옷을 벗기 시작했다. 하의만 걸친 채 침상에 눕는 무하에게 다가간 사량 선생이 깊게 심호흡을 하더니 가만히 그를 불렀다.

"주군."

"선생, 나는 견딘다. 걱정하지 않아도 된다."

"주군을 믿습니다. 주군도 절 믿으시지요?"

"물론이다. 선생."

사량 선생은 먼저 차를 내밀었다.

"드십시오."

무하가 차를 다 마시자 사량 선생은 가죽 끈으로 그의 몸과 다리를 고정시켰다. 그까짓 끈으로 무하를 구속할 수는 없지만 주술력이 더해진 데다 무하가 스스로 몸을 움직이지 않는 데 도움이 되는 용도였다.

"기대시고 마음을 편히 하십시오."

"시작해도 된다."

그러나 무하의 허락에도 사량 선생은 칼을 들지 않았다. 의아함이 드는 동시에 무하는 문득 몸에 퍼지는 나른함을 느낄 수 있었다.

"선생?"

"주군, 저는 주군을 두고 모험을 하기엔 제 부족함을 통감함에 도움을 청했습니다."

"……누군가?"

이대로 무하가 수술을 중단하고 일어나려면 얼마든지 할 수 있다. 어쩌면 이 수술의 위험성 때문에 사량 선생은 차라리 그러길 바란 것일 수도 있다. 그런데 그러기엔 멀리 왔다. 무하는 기다렸다.

"혹시 이 방에 다른 사람이 더 있다는 걸 아셨습니까? 그분께는 이런 능력도 있습니다."

"하아……."

무하는 길게 한숨을 쉬며 눈을 감았다. '그분'. 사량 선생이 이리 칭할 이는 단 한 사람뿐이다. 무하가 가만히 불렀다.

"민영."

놀랍게도 민영은 무하가 누운 침상 바로 아래에서 침대보를 들치고 나왔다. 민영이 모습을 보일 때까지 무하는 그녀가 그곳에 있는 줄은 몰랐다. 그의 예리한 감각을 피할 만큼 그야말로 완벽하게 숨은 것이었다. 민영일 줄은 알았지만 그녀가 있던 장소에 무하는 정말 놀랐다.

"어떻게……."

"제가 도와드린 것이 아닙니다."

사량 선생이 먼저 말했다. 민영이 아직 자유로운 무하의 손을 꼭 잡으며 말했다.

"나는 '볼' 수만 있는 게 아니라 '잡을' 수도 있어요."

"민영……."

"나, 할 수 있어요. 그러니 하게 해줘요!"

"네가 할 수 있고 없고의 문제가 아니야……."

"당신, 나빠! 그런 마음은 사치라는 거 알지? 입장을 바꿔 생각해 봐!"

"……미안."

무하는 눈물을 매단 민영을 슬그머니 잡아당겼다. 떨림을 간신히 자제하고 있던 민영이 눈물을 터뜨리며 소리쳤다.

"내가 함께하지 않으면 이 수술, 절대 허락하지 않아."

"……민영."

"거절할 권리는 없어. 아니면 수술 못 해."

"……."

"나, 억지가 아니야. 정말 나, 할 수 있어! 제발 날 믿어줘!"

"널…… 믿지 못해서가 아니야. 네가 힘들까 봐……."

"그게 날 믿지 않는 거야!"

"민영."

"할 거야, 말 거야!"

어느새 눈물을 쏙 감춘 민영이 그를 노려보고 있었다. 걱정, 분노, 자신감, 기대, 떨림……. 무엇보다 절대 물러나지 않겠다는 다짐으로 민영이 빛나고 있었다. 무하는 그녀의 입가로 살며시 고개를 내렸다.

두 사람이 입을 맞추는 동안 사량 선생은 잠시 뒤돌아서 있었다. 선생은 민영이 부르는 소리에 다시 뒤돌아섰다.

"이제 시작해요."

무하는 잠들어 있었다. 실은 그가 먹은 차는 사량 선생이 고안한 가장 강력한 마취제였고, 약효가 도는 순간부터 의식을 잃기까지는 순식간이었다. 그럼에도 무하가 약효에 저항하려 했다면 이렇게 잠들 수 없었다. 무하가 잠든 것이야말로 완전한 허락이었다.

사량 선생이 칼을 들었다. 이미 예전에 한 번 갈랐던 가슴엔 희미한 자국도 보이지 않았지만 선생은 정확히 그곳을 갈랐다.

사량 선생이 입은 하늘색 도포로 피가 튀다가 금세 멎었다. 바로 지혈침을 찌르려던 선생은 눈썹만 까닥이고는 곧 뼈를 갈랐다. 쿵덕거리며 뛰는 심장이 드러나는 순간 민영의 입에서 미처 참지 못한 신음이 새어 나왔다.

민영은 눈을 질끈 감지 않기 위해 이를 악물었다. 이미 세 사람이나 심장을 갈랐지만 그건 죽어도 싼 중죄인이었던 데다 남이었다. 그러나 지금은 제 낭군이다. 더더욱 딴생각을 할 새가 없다. 집중하자마자 튀어 오르는 피 대신 검고 붉고 푸르고 음침한 색을 모두 섞어놓은 기가 보였다. 저것이 바로 무하를 억죄는 굴종의 족쇄다!

"이제부터 시작합니다."

민영이 고개를 끄덕이자 선생이 곧장 칼을 찔러 넣었다. 피가 튀며 민영의 하얀 옷도 적셨지만 그녀는 칼이 들어간 그 안쪽에서 요동치는 기운을 잡는 것에만 집중했다.

사량 선생은 혈관에 새겨진 주술을 파괴하고 있었다. 이미 혈관과 한 몸으로 자리 잡은 주술을 긁어내는 순간 심장을 둘러싸고 있던 기가 일제히 용트림했다. 민영은 혈관이 갈라지며 생명이 새어 나가려는 곳을 틀어막고, 저가 파내지려 하자 심장을 공격하려 날카로워진 기의 돌기를 이를 악물고 잡았다. 실제로 민영이 잡고 있는 것은 무하의 손이었지만 그녀가 손에 힘을 줄 때마다 발악하는 기의 파동은 요동치지 못하고 움찔대기만 했다.

"좀 더 빨리!"

사량 선생이 스스로 다그치듯이 외쳤다. 땀으로 시야를 가리지 않기 위해 머리에 두른 두건이 흠뻑 젖어 그 아래로 물이 뚝뚝 흐르고 있었다. 아교처럼 붙어 떨어지지 않으려는 기는 사량 선생이 뿌리를 잘라야 떼어낼 수 있었다. 가장 깊숙이 숨은 주술을 긁어낸 순간 민영이 그것을 쏙 잡아 뽑았다.

"됐어요, 지금!"

상처 난 혈관이 터지기 직전 사량 선생이 다시 찔러 넣은 칼끝에 묻은 약이 혈관 바깥에 도포되었다. 혈관이 아무는 것과 비슷하게 칼이 빠져나온 자리의 상처가 붙기 시작했다. 생각지도 못했던 너무 빠른 회복에 일순 사량 선생의 눈에 놀람이 스쳤다가 곧 다른 뿌리를 찾기 시작했다. 놀라거나 의문을 품는 건 나중에. 가장 깊숙이 숨은 가장 큰 저주의 근을 뽑아내었다. 이제부터 심장 전체에 퍼진 주술의 흔적을 긁어내야 했다. 여기부터는 시간 싸움이었다.

민영은 숨을 몰아쉬었다. 의식처럼 무하의 손에 입을 맞춘 후 거칠게 몰아치는 심장을 향해 손을 뻗었다. 잡았다!

"지금요!"

선생의 칼이 움직였다. 잡아낸 기를 손안에 으스러뜨린 후 다른 하나를 잡았다.

"지금!"

눈꼬리를 타고 식은땀이 흘렀다. 둘! 다시 지금! 울컥, 무하가 검은 피를 뱉어냈다. 이미 세 사람의 수술을 성공했지만 무하의 것은 또 달랐다. 준비된 죄수들보다 더 오랜 시간 동안 주술과 함께 성장한 무하의 것이 협착이 더 심했다.

"안 돼!"

비명과 동시에 사량 선생의 칼이 다시 한쪽을 헤집었다.

"주모, 이곳도!"

민영이 지혈까지 해줄 수 있다는 걸 알게 되면서 사량 선생의 손길은 거침없어졌다. 시간이 없었다. 민영은 출혈점을 잡으면서 바로 선생이 잘라낸 줄기를 뽑아내었다.

"크윽!"

무하의 신음에 정신이 아득해지는 순간 사량 선생이 다시 소리쳤다.

"조금, 조금만 더 참으십시오! 거의 다 됐습니다. 주모, 어서!"

무하의 신음이 점점 짙어지고 있었다. 의식이 반 이상 돌아왔다는 증거였다. 무하를 완전 마취할 수도 없거니와 회복을 더 빠르게 하기 위한 조처였는데 그 고통이 너무 막심했다. 사량 선생도 심장을 열어보고서야 알았다. 의식을 온전히 한 채 수술하겠다는 계획은 터무니없었다. 예전 첫 수술이었다면 지금 무하의 공력으로 버틸 수 있었을지 모르나 지금은 아니었다. 무하의 성장과 함께 함께 자란 주술은 가장 깊숙이 자리한 근이 너무 커졌다. 거의 심장 전체에 퍼져 모두 다 제거할 동안 무하는 절대 제정신으로 버틸 수 없었을 것이다.

하지만 지금은 성공을 바라보고 있다. 불순한 그것들이 조금씩 제거되면서 심장은 점점 제 색을 찾아가고 있었다. 조금만, 조금만 더! 끝, 끝이 보인다. 이번이 마지막!

"다 됐습니다! 이제 덮어야 합니다!"

사량 선생이 종료를 외쳤다. 출혈이 너무 심해 늦으면 아무리 무하라도 심각한 손상을 입을 수 있다. 그러나 민영이 고개를 저었다.

"아녜요, 잠시, 잠시만요!"

민영이 돌연 심장 안쪽으로 손을 넣었다. 곧 빨갛게 피칠이 된 민영의 손에 아주 작은 무언가가 잡혀 있었다.

"무언가요?"

"나중에요. 보신 후 태우세요."

민영이 그것을 수술대 옆에 놓인 찻잔 안에 넣고 나서야 마무리 작업이 진행되었다. 사량 선생이 절개한 가슴에 마지막 땀을 매듭짓자 다시 민영의 손이 춤추었다. 이제 불길한 색의 기가 빠져나간 곳에 생명력을 채워 넣을 시간이었다.

민영은 미리 준비한 상황화라는 두꺼비 내단을 무하의 심장 위에 올려놓았다. 섭취해도 좋은 약이지만 앞서 연습에서 농축된 기를 바로 전달하는 것이 더 효과적이라는 것을 알게 되면서 사량 선생이 조치해 놓은 것이었다. 내단은 민영의 손짓에 조금씩 몸을 줄이며 무하의 몸속으로 흡수되었다. 몸 안으로 파고든 정제된 순수한 기가 금세 남은 상처와 **뼈**를 잇고 갈라진 살갗을 붙였다. 마지막에 살을 꿰맨 실이 스르르 녹아 떨어지는 걸 확인하며 민영도 다리에 힘을 잃고 쓰러졌다. 기운을 움직이는 건 단순한 작업이 아니었다. 민영은 온몸이 땀으로 흠뻑 젖어 있어, 기절하지 않은 게 다행이었다.

"주모!"

"난 괜찮아요. 쉿, 보세요. 잠들었어요……."

과연 좀 전까지는 고통스러워하던 무하가 고요한 숨소리를 내고 있었다. 사방에 퍼진 핏자국만 아니었다면 방금까지의 일이 꿈결처럼 믿어지지 않았을지도 모른다. 민영은 간신히 손만 들어 올려 무하를 쓰다듬으면서 미소 지었다.

잠시 후, 사량 선생은 기진한 채 잠든 남녀를 다른 방 침상에 옮겨 눕힌 후 수술실로 돌아왔다. 그도 침상을 찾아 쓰러지고 싶었지만 그럴 수 없었다. 마지막에 민영이 찻잔에 담은 정체불명의 무언가를 확인한 사량 선생이 눈을 부릅떴다.

찻잔 안에 담긴 그것은 아기 손톱만 한 알, 혹은 씨앗처럼 생겼다. 그것을 면포 위에 쏟자 그 안에 무언가 들어 있는 것처럼 보였다. 선생은 수술 때도 꺼내지 않았던 확대경을 꺼내 그것을 비췄다.

확대경을 비추고도 선생은 다시 부적 하나를 더한 후에야 정체불명의 씨앗의 안을 들여다볼 수 있었다. 처음엔 벌레처럼 보이던 그것은 문양의 집합체였다. 선생이 그것의 정체를 확인하는 순간 그것이 꿈틀댔다. 곧장 그 흉측한 것에 불을 붙이는 사량 선생의 손이 파르르 떨렸다.

"보신 후 태워 버리세요."

맙소사, 민영은 이것이 무엇인지 알고 말한 것일까?

그것은 사람의 몸속에 심어진 저주술에서 파생될 수 있는 주술 생명체였다. 껍질을 깨고 나오는 순간 숙주를 마인으로 만들어 미쳐 날뛰게 하는 악마의 씨앗이라 불리기도 했다. 공력이 최소 백 년 이상인 사람의 몸속에 십 년 이상 머물러야 하는 극악한 조건을 만족해야 깨어나기에 거의 볼 수 없는 일이었지만 무하는 그 조건을 거의 충족하기 직전이었다. 민영이 그것을 마지막에 떼어 낸 걸 생각하면 기를 완벽히 숨기고 있다가 굴종의 주술이 모두 사라지면 그때 깨어나도록 심어진 것이었다. 아니, 수술을 하지 않았더라면 무하는 몇 년 후 반드시 마인이 되었을 것이다.

"하늘님, 하늘님, 하늘님……!"

사량 선생은 바닥으로 주르르 미끄러진 채 울었다. 수술은…… 성공했다. 무하는 자유다!

무하는 눈을 떴다. 익숙한 장소다. 그만의 공간이었다가 최근 엔 민영과 함께 머무는 곳이었다. 지금도 바로 옆에 민영이 잠들어 있었다. 수술이 끝나고 시간이 얼마나 흘렀는지는 잘 모르지만 최소 하루는 지난 것 같았다. 무하는 눈을 뜨고도 품 안에서 들리는 규칙적인 숨소리를 한참 듣고만 있었다. 언제까지나 더 기다릴 수 있을 것 같았는데 어느새 눈을 반짝 뜬 민영과 눈이 마주쳤다.

"잘 잤어?"

"무하."

민영이 그의 이름을 부르며 배시시 웃었다. 그러면서 한마디 덧붙였다.

"말했지? 내가 살렸으니 당신은 내 거라고."

달라진 말투가 그녀의 기쁨을 표하고 있었다. 그리고 그녀가 얼마나 두려워했었는지도. 민영은 그의 목을 꽉 끌어안았다가 떼었다. 눈물은 없었다. 아니, 딱 한 방울 맺힌 눈물은 그가 핥아버렸다. 민영이 무하의 목에 감았던 손을 내리고는 수술한 부위를 어루만지기 시작했다. 그러던 민영이 갸웃하더니 말했다.

"공력을 운용해 봐요."

무하는 금세 되돌아간 민영의 말투가 아쉬웠지만 곧 그녀가 시키는 대로 했다.

겉으론 아물었지만 칼과 사나운 기가 헤집은 속이 멀쩡할 수는 없었다. 공력을 운용하긴 버거울 수도 있지만 조금 아프면 어떤가. 그는 아내의 말을 잘 듣는 남자였다.

단전에서부터 시작된 공력이 심장을 거치는 순간 둔통에 대비했던 무하가 눈을 번쩍 떴다. 민영이 그의 가슴에 손을 댄 채 눈을 감고 있었다. 놀랐지만 무하는 공력을 운용하는 걸 멈추지는 않았다.

몸속을 한차례 돌아간 공력은 심장을 거치면서 잠시 약해졌다가 몇 차례 돌고 나자 곧 막힘없이 움직였다. 심장을 통과할 때도 이물감이 전혀 없었다. 사량 선생이 염려했던, 수술이 성공해도 완전히 아물려면 영약과 휴식을 취해도 한 달은 걸릴 거라던 후유증이 그새 완벽하게 치유된 것 같았다.

"어떻게 한 거야?"

"수술했을 때 했던 걸 응용한 거뿐이에요."

민영은 어깨를 으쓱했다. 배시시 웃는 그녀에게 좀 더 자세히 물을까 하는데 사량 선생의 목소리가 들렸다.

"주군, 주모. 들어가도 되겠습니까?"

"들어오라."

일어나 있는 무하와 민영에게 다가온 선생이 먼저 허리를 숙여 인사부터 했다.

"주군, 온전한 자유를 찾으신 것을 감축드립니다!"

수술의 성공은 깨어나면서 직감했지만 사량 선생이 재확인 해 주는 말에 안도감과 말로 다하지 못할 환희가 격랑처럼 일었다.

"고맙다. 선생. 고생했다."

할 말은 수없이 떠올랐지만 그것이 지금 무하가 할 수 있는 최대한의 표현이었다. 말하고 보니 순서가 바뀐 걸 자각할 수 있었다.

'고마워. 네게 먼저 말했어야 했는데.'

민영이 고개를 저었다.

'내 것을 지킨 건데 당연한 일이지!'

'아무렴, 나는 네 것이야. 그래도 오늘 이 일을 당연하게 생각하진 않아.'

민영은 말갛게 웃고는 사량 선생을 눈짓했다. 지금은 사량 선생의 시간이었다. 선생은 감격에 젖은 채 고개도 들지 못하며 말했다.

"이렇게 늦게야 굴레를 벗겨드리게 되다니 불충입니다."

"선생, 그대는 충분히 애썼다. 다시 한 번 고맙다."

선생은 말없이 눈을 붉혔다. 자신이 치하받는 것보다 더 중요한 일이 있다. 선생은 한 번 숨을 크게 들이쉬고는 비장한 표정으로 들고 있던 면포를 내밀었다.

"이게 뭔가?"

선생이 직접 면포를 들춰 보였다. 그런데 그 안에는 무언가가 타고 남은 재가 아주 조금 있을 뿐이었다.

"주모께서 맨 마지막에 찾아낸 것입니다……."

사량 선생은 그것을 보이기만 하고는 얼른 다시 꼭꼭 싸맸다.

"무언데 그러는가?"

"이것은 주술 생명체로 악마의 씨앗이라고 불리는 것입니다. 공력이 최소 백 년 이상인 사람의 몸속에서 십 년 이상 머물러야 깨어날 수 있는데, 깨어나는 순간 숙주를 마인으로 만들어 미쳐 날뛰게 만드는 것입니다. 부화 조건이 까다롭고 길긴 하지만 깨어나기만 하면 숙주가 된 대상은 이것에서 벗어날 수 없습니다."

"이런 게…… 내 몸속에 있었단 말인가?"

"네, 그렇습니다."

무하는 잠시 할 말을 잃었다. 정작 그것을 꺼내고 없애라 했던 민영도 선생의 설명에 경악을 감추지 못했다.

"나를 죽이려고 기다린 게 아니야. 내가 마인이 되길 바란 거군."

궁하가 정녕 바란 것은 단순히 무하가 죽는 게 아니라 이름이 더럽혀진 채 역사에 오물로 기록되는 것이었다.

민영은 주먹을 하얗게 말아쥔 채 아직 본 적 없는 황제의 악랄함에 치를 떨었다. 하지만 무하나 사량 선생이 황제의 악독함에 새삼 놀랄 일은 없었다. 수술은 끝났고 굴종의 주술에서 완전히 벗어났으며 최악의 함정까지 완벽히 벗어났다. 지금은 기쁨을 누려야 할 순간이었다. 그리고 그 일등 공신은 단연 민영이었다.

"그럼 당신은 기를 보는 것뿐만 아니라 움직일 수도 있는 거야?"

사량 선생의 앞이라 호칭이 달라졌다. 민영은 마음이 간질간질

해서 설레는 걸 누르고 답했다.

"모든 기를 내 마음대로 움직일 수 있는 건 아니에요. 그랬다면 수술도 필요 없었을걸요? 사량 선생이 정확히 주술의 근원을 제거하지 않았으면 하지 못할 일이었어요."

"방금 내가 공력을 운용하는 것도 도왔잖아."

"네? 벌써 말입니까? 그건 위험한……."

지레 놀라는 선생에게 무하가 손을 내밀었다. 무하의 맥을 짚어 확인한 선생이 감사하고 대견함을 담아 민영을 쳐다보았다.

"그건 그냥 방향을 틀어준 것뿐이지, 실질적으로 내가 움직인 건 거의 없었어요. 그것도 당신이 협조하지 않았다면 못했을 거예요."

최대한 별것 아닌 일처럼 말하는 민영에게 사량 선생이 정색하고 말했다.

"주모, 이번 수술은 처음부터 제가 혼자 할 일이 아니었습니다. 만일 주모께서 돕지 않았다면 설혹 성공했다 해도 결국 주군을 지키진 못했을 것입니다."

"어, 저, 그게……."

"민영, 당신은 대단해. 고마워."

"어……, 그럼요! 내가 좀 대단해요! 대단한 나를 평생 찬양하고 살라고요!"

무안함을 뻔뻔함으로 승화시키려는 민영의 노력은 별로 성공적이지 않았다.

"당연히 평생 주모를 찬양하며 존경하고 공경할 것입니다!"

사량 선생이 너무도 진지하게 말했다. 붉어지는 그녀의 얼굴에 무하는 이마를 마주 대며 웃었다. 그래도 마지막에 축하받을 사람은 무하였다.

"축하해요, 축하해요, 축하해요, 무하!"

"응, 고마워. 사랑해."

이름은 아주 작게 속삭였다. 무하는 흐뭇하게 웃었지만 순간 헛바람을 삼킨 사량 선생의 얼굴이 시뻘게지고 말았다. 여유와 행복을 만끽하는 건 여기까지, 숨 한 번 크게 쉬면서 갑자기 분위기가 무거워지고 말았다.

"민영."

"네."

"내가 수술을 강행한 이유는 자유를 찾기 위해서이기도 하지만 그 이상의 이유도 있어."

"······네."

"나는 황제를 폐할 거야."

놀란 민영이 무하의 손을 꽉 쥐었다. 무하는 차마 소리도 내지 못하는 그녀를 토닥여 주었다.

"이제 전에 하다 만 나의 이야기를 마저 할 때가 된 것 같아."

민영은 천천히 고개만 크게 끄덕였다.

"나는 선선대 황제이신 강해제의 손자야. 나의 할아버지께서는 황제가 되자마자 병을 이유로 황위에서 물러나셨어. 그리고 그 전대 황제의 막내아들이었던 잉계제가 황위에 올랐지. 하지만 실상은 내 아버지의 목숨을 담보로 황위를 거래하셨다고 하더군. 전대 황제께서 갑자기 서거하신 후 미처 황실을 장악하지 못한 시기에 벌어진 일이었어. 할아버지는 공력을 모두 폐하고 조용히 낙향하기로 했었지만 잉계제의 치열한 추격 끝에 결국 목숨을 잃으셨고, 당시 채 세 살도 되지 않았던 아버지만이 홀로 살아남으셨다고 해. 아버지는 천운으로 화전민에게 거둬져서 길러지셨대."

상상도 못했던 사실의 폭격이었다. 사량 선생이 그 뒤를 이었다.

"당시 강해제의 친위대에게도 척살령이 떨어졌지만 그들 중 몇은 살아남았습니다. 그들은 진실한 등락제의 후계인 강해제의 혈육을 찾아 복권하기 위해 전국을 떠돌았습니다. 하지만 안타깝게도 잉계제가 한발 빨랐습니다. 주군의 부친과 모친께선 잉계제의 손에 목숨을 잃었고 그들은 주군의 존재조차 모른 채 절망하여 뿔뿔이 흩어졌습니다."

어조는 담담했지만 민영은 그 속에서 피를 토하는 한을 느낄 수 있었다. 동시에 사량 선생이 삼인칭으로 말하는 '그들' 중 한 사람이 바로 그 자신이라는 것도. 사량 선생은 막연히 짐작하던 것보다 훨씬 윗대였던 것이다.

두 사람은 민영에게 잠시 시간을 주었다. 겨우 몇 마디로 설명하기엔 너무도 엄청난 이야기였다. 단시간에 소화하기엔 충격이 큰 게 당연했다. 그래도 민영은 예상보다 훨씬 빠르게 회복한 얼굴로 선생이 한 말을 되짚어 물었다.

"진실한 후계란 무슨 말인가요?"

"잉계제의 출생에는 미심쩍은 면이 있습니다. 잉계제의 모친인 야락비는 황제의 총애를 받았지만 당시 황제는 모종의 이유로 더는 생산이 불가능한 몸이었습니다. 그럼에도 야락비는 기적적으로 잉계제를 회임했는데 그녀가 회임 직전 요괴를 찾은 정황이 있습니다."

"요괴가 기적을 일으켰다는 건가요?"

"기적을 일으킨 건 맞지만 진짜 기적은 아닌 걸로 추정됩니다. 야락비가 임신한 직후 4황자와 5황자가 차례로 죽었으니까요."

"맙소사!"

"잉계제가 황위에 오른 후 혈통의 증명을 간신히 넘긴 것이 그 사실을 뒷받침하는 일입니다. 아무리 막내 황자라 해도 진실한 후계의 아들이라면 그런 반응이 나올 리가 없으니까요. 또한 요괴의 도움이 아니고선 4, 5황자와의 관계도, 그들을 감쪽같이 없애는 일도 불가능했을 것입니다. 강해제를 끌어내리고 해친 것도 바로 그 요괴의 도움을 받은 짓입니다."

"그 요괴의 정체는 알아냈나요?"

"무능하게도 친위대들은 강해제도 후계도 지키지 못한 채 흩어져서 살아남는 것밖에 하지 못했습니다."

무능함이란 말에 강한 자책이 느껴졌다. 민영은 사량 선생을 평생 짓눌러 온 것이 무엇인지 어렴풋이 느낄 수 있었다.

"그렇게 슬퍼하지 마세요. 오랜 세월 무하를 지켜주고 곁에 남아줘서 고마워요."

민영은 사량 선생의 손을 붙잡았다. 민영이 제 정체를 알아챈 것은 둘째 치고 오히려 위로받는 사실에 황망하여 사량 선생은 다시 화제를 전환했다.

"거미줄 해의 최종 실마리가 황궁에 닿아 있는 걸 알아냈습니다. 정확히 황제를 가리킨 건 아니지만 황제가 알면서도 눈 감고 있는 정황은 포착되었습니다."

"그럴 수가……."

"민영, 두렵겠지만 믿고 기다려 줘. 황제를 폐하려는 이유는 꼭 내 자리를 되찾기 위해서만이 아니야. 황제 궁하는 뭔가 잘못되어가고 있어. 그는 절대 백성의 어버이가 돼서는 안 되는 사람이야. 전에도 쉽게 사람을 죽이곤 했지만 광기가 점점 진해지고 있어. 인신공양으로 득세하는 요괴의 세력을 토벌하기는커녕 그조차 자신의 유희를 위해 이용하고 있어. 토벌을 빙자해 나서서 마을 몇 개를 흔적도 없이 지워 버리기도 했지. 일종의 사냥을 했던 거야."

"거미줄 해의 세력이 커질 때부터 겉으로만 토벌을 외치면서 광천대의 활동을 방해해 왔습니다. 제 유희를 위해 일부러 거미줄 해를 키운 것입니다. 혼란이 가중될수록 황제의 살인은 덮기 쉬우니까요. 은근슬쩍 요괴의 행각이라 덮어씌울 수도 있고요."

민영은 절레절레 고개만 저었다.

"괜찮아. 우리는 절대 실패하지 않아."

"그럼요. 당연하죠!"

민영이 단호하게 답했다. 그러나 대답과는 달리 민영의 표정은 굳게 굳어 있었다. 회복이 너무 이르다고 했더니 역시나 시간이 더 필요한지도 몰랐다. 두 남자가 민영을 다시 기다리며 걱정스레 전음을 나눌 때였다. 돌연 무하의 어깨를 잡은 그녀가 선언하듯 외쳤다.

"당신은 내 거예요!"

돌연 민영이 무하에게 도장을 찍듯 입을 맞췄다. 그러곤 제가 한 행동에 놀라 어쩔 줄 모르더니 사량 선생과 눈이 마주치지 않기 위해 고개를 파묻었다.

민영이 갑자기 심각해진 이유는 다른 게 아니었다. 무하가 황제가 되면? 황제가 아내 하나로 만족한 예가 있던가? 역사에 기록될 역모냐, 복위냐 절체절명의 심각한 주제를 두고 방금 저는 있지도 않은 여자에 대해 질투심을 불태우고 있었던 것이다. 맙소사! 민영의 얼굴이 홧홧 달아올랐다.

하지만 다행스럽게도 무하가 알아서 해석해 주었다.

"걱정하지 마. 당신 허락 없인 절대 안 죽어."

"맞습니다, 주모. 절대 주모의 허락 없이는……."

사량 선생의 목소리가 약간 떨리는 건 아마 민영의 대담한 행각에 놀라서였을 것이다. 민영은 붉어진 볼을 감추며 일어났다.

"기를 북돋는 음식을 만들어줄게요!"

"아니, 오늘은 쉬어. 무조건."

"그래도 가봐야겠어요. 우리 융이가 찾을 거예요."

"그래, 엄마 바라기 우리 아드님이 있었지. 그런데 민영. 나는 다시 토벌대에 갔다 와야 할 것 같아."

"주군!"

"안 돼요! 회복할 시간은 있어야지요!"

두 사람이 동시에 말렸지만 무하는 고개를 저었다.

"아니, 당신 덕분에 괜찮아. 그래도 오늘 밤까지는 쉴 테니 걱정하지 않아도 돼. 선생, 밤까지 날 지켜보면 되잖아?"

사량 선생도 더는 반대하지 못했다. 둘만 있으면 모를까, 민영은 사량 선생 앞에서 더는 추태를 보이지 않기 위해서라도 빠르게 방을 나섰다. 문이 닫히자 사량 선생이 과장되게 길게 한숨을 쉬고는 무하를 돌아보았다.

"주군, 후궁은 포기하셔야겠습니다?"

"그렇게 보이지?"

맥없이 대답하는 입가로 피식 피식 미소가 비친다.

"곧 화정이부터 내보내야겠습니다."

"음……."

잠시 후, 두 남자의 웃음소리가 커다랗게 울렸다.

❀

쾅, 쾅쾅! 크륵, 쿠아앙!

천둥 치는 것 같은 굉음은 도탁이라는 요괴의 꼬리와 칼이 부딪치며 나는 소리였다. 사람 키만 한 꼬리가 칼과 부딪칠 때마다 산과 대지를 울려댔다. 거기에 중간중간 시야를 혼란하게 하는 부채 모양의 깃털이 비수처럼 날아들어 싸움이 이어질수록 묘하게 도 사방이 꽃밭처럼 화려하게 변해가고 있었다. 요괴의 깃털은 그 현란함으로 정신을 어지럽게 하는 영향이 있어서 공력이 약한 자는 홀려서 자진해서 먹이가 되기도 했다. 이미 여러 사람이 그런 식으로 당했다.

도탁은 본래 다 자라도 보통의 사냥개 크기였다. 날지는 못하지만 희귀한 데다 그 화려한 꼬리털 덕에 영물로 신성시되기도 했다. 그러나 이놈은 머리가 사람의 형상을 하고 있었다. 이미 도를 넘겨 사람의 정기를 취한 증거였다. 덩치도 집채만 했다. 하지만 아직 언어까지 터득하지 못한 저급한 상태였는데 그렇기에 폭주하기 쉬웠다. 그리고 바로 지금이 폭주상태였다.

크라락, 콰앙!

공방이 이어지는 가운데 요괴의 고통스러운 비명이 울렸다. 시간이 지나갈수록 도탁이 지르는 비명은 점점 자주 새어 나오고 있었다.

크와왕! 쾅! 크르르르르, 크아앙!

단말마 같은 비명을 지른 도탁이 먼지바람을 일으키더니 날갯짓을 했다. 단 한 번의 도약으로 공중으로 도약한 놈이 냉큼 뒤로 돌았다. 몰릴 대로 몰리자 공격하는 척하며 도망칠 심산이었던 것이다.

"가라!"

기합과도 같은 한마디와 함께 날아간 칼이 까맣게 멀어지는 도탁의 꼬리를 잘랐다. 순차적으로 양옆에서 날아간 검격이 날개를 꺾었다. 꼬리가 떨어지는 충격에 막강한 방어력까지 잃어버리고만 것이다. 추락하기 시작하는 놈의 위로 올라선 무하가 다시 칼을 휘두르고는 뛰어내렸다.

쿵! 거대한 몸체와 목이 각각 다른 방향으로 떨어졌다. 사람 형상을 하고 있던 도탁의 목은 땅에 떨어져서도 괴악한 비명을 질러댔다. 무하가 재차 그 머리를 세로로 양 등분하고 나서야 정적이 찾아왔다.

"주군!"

"주군!"

형곽과 석찬은 달려오자마자 목을 잃은 요괴의 가슴을 갈라 재차 죽음을 확인했다. 놈은 세 개의 심장이 갈리고도 꺾인 날개를 푸드덕거리다가 잠시 후 조용해졌다. 역시나 무지막지한 생명력을 가진 놈다웠다.

형곽은 석찬에게 후처리를 맡긴 후 무릎을 꿇었다. 정말이지 면목이 없었다. 무하는 자신에게까지 비밀스러운 연유로 이번 일을 전적으로 맡겼었다. 그런데 놈에게 광천대 둘이 중상을 입고 겨우 붙잡아두는 것밖에 할 수 없었다. 뒤늦게 무하가 오지 않았다면 반드시 사망자가 발생했을 것임은 물론, 아직 남아 있는 인근 마을도 몇 개나 초토화되었을 것이다.

"실책에 벌을 내려주십시오."

"벌은 나중에. 뭔가 이상하다."

"무엇입니까?"

"아직 이지가 완성되지 않았는데도 놈이 너무 강했다. 특이점은 없었는가?"

무하가 해체되고 있는 도탁을 보며 물었다. 수백이 넘는 인명을 해친 요괴가 이젠 한낱 조각난 고깃덩어리로 변해가고 있었다. 그 뒤로 쓰러져서 신음하는 대원들이 거의 열이나 되었다. 요괴가 하리타타 수준의 재앙 급이 아니고선 광천대에 중상자가 생겨날 리가 없다. 한데 겨우 이 한 마리 요괴를 상대하느라 돌이킬 수 없는 일이 벌어질 뻔했다.

"특이점이라면……. 이번엔 사람을 모아다가 제물로 바친 것이 아니라 스스로 사냥을 한 것으로 보입니다. 해서 거미줄 해 표식을 찾을 수 없었습니다."

"아니, 요괴가 급격하게 이런 모습으로 변하는 건 인위적인 이유 말고는 있을 수 없다. 이미 몇 마을을 지나쳐 왔으니 처음 시작된 곳이 따로 있었을 것이다."

"다시 찾아보겠습니다."

"요괴를 키워내는 속도가 빨라지고 흔적을 지우는 것도 더 교묘해졌다. 이만큼이나 자란 놈이라면 분명 몇 마을이나 지워졌을 터인데 우리가 직접 발견할 때까지 몰랐다는 것은 말이 안 된다. 첫 번째 흔적부터 찾아야 할 것이다."

아무리 황제가 미친놈이라 해도 이는 유희의 범위를 훨씬 넘었다. 거미줄 해가 그만큼이나 더 노련해지고 거대해졌다는 의미였다. 어쩌면 지난번 태내감을 쓸어버리면서 위기감에 발악하는 것일 수도 있지만 그런 안일한 생각으로 대처할 생각은 추호도 없었다.

"맞습니다. 시작점을 찾아내지 못하면 그 또한 문책의 빌미를 주겠지요. 반드시 찾겠습니다."

"아니, 이건 말도 안 됩니다. 문책이라니요! 도성에 장군을 묶어두고서 사전에 발견하지 못했다고 떠든다면서요! 요괴는 자꾸만 강해져서 여기저기 생겨나는데 제국의 이 넓은 땅덩어리에서 일어나는 모든 요괴 사건을 오로지 장군께만 처리하라는 것부터 말도 안 되는 것 아닙니까! 그놈들은 제멋대로 둥지를 키웁니다. 요괴에게 당한 후에야 알 수 있는 마당에 사전에 어찌 알고 피해를 차단한단 말입니까!"

"어디 문책할 이유가 있어서 한다더냐."

석찬의 항의에 형곽이 한마디 받다가 입을 꾹 다물었다. 그 누구보다 답답하고 억울할 이 앞에서 울분을 터뜨릴 수야 없다. 무하는 두 수하의 염려스러운 시선을 모르는 체 생각에 잠겼다.

'놈들의 진짜 목적이 무엇일까?'

이는 이전에도 여러 번 떠오른 의문이었다. '거미줄 해'가 요괴를 키운 진짜 목적이 있을 것이다. 그저 사회를 혼란스럽게 만들 요량이라 해도 이만큼 일을 벌였으면 제 성과를 자랑하기 위해서라도 나설 때다. 하지만 요괴의 분탕질은 점점 더 커지는데 중앙에선 오히려 잊어가고 있었다.

그때 무하의 시선에 무언가가 잡혔다. 그것은 가늘게 피어오르는 연기였으나 단순한 연기가 아니었다.

"먼저 가겠다! 너희도 최대한 빨리 따라라!"

무하는 형곽에게 소리치고 그대로 달려 말 위에 올랐다. 이유를 물을 새도 없이 사라지는 무하를 보고 갸웃하던 형곽은 무하가 향한 방향을 보고 경악해서 석찬을 불렀다.

"석찬, 당장 대원들을 불러라! 부상자와 돌볼 사람만 남기고 당장 귀환한다!"

"아니, 저건 어찌하시고……."

석찬이 거대한 도탁의 사체를 가리켰다. 형곽의 목소리가 더 다급해졌다.

"그게 문제가 아니다. 저길 봐라!"

"으헉!"

석찬과 휘하 부하들이 산 위를 돌아보고는 기겁했다. 먼 하늘에 붉은 연기 세 줄기가 서로 가로지른 모양으로 피어오르고 있었다. 저 모양이 뜻하는 건 하나뿐이었다.

황제가 죽었다!

⊛

풍악이 울렸다. 악사들의 음악에 맞춰 무희들이 춤췄다. 맛있는 음식들이 연달아 오르고 향기로운 술이 잔치의 정점을 보탰다. 누각 아래에선 여흥을 돕는 무술 대련이 벌어지고 있었다.

"으하하하, 모두 많이들 들어라, 들어."

"감축드리옵니다!"

"감축드리옵니다, 폐하. 황후마마!"

궁하는 황후의 태자 잉태 축하연을 성대하게 벌였다. 비빈들과 그 자손들, 무하에게 축출된 태내감 대신 새로 들인 태내감과 대소신료들, 그 식솔들까지 초대한 성대한 잔치였다. 연회는 해가 높이 뜨는 시각부터 시작해 늦은 오후가 되기까지 계속되었다. 승상 바흰은 권주를 마다하지 못하고 쓰러져 의원에 실려 가긴 했으나 그런 이를 제외하곤 감히 먼저 자리를 비울 이는 없었다. 분위기가 무르익자 궁하가 일어나 높이 술잔을 들며 외쳤다.

"선포하노라! 태어날 태자는 바로 황태자로 책봉할 것이다!"

허억! 사람들의 놀란 신음성이 여기저기서 울렸다. 당연히 놀랄 일이었다.

황제의 후계 선포는 등락제국의 황제만이 가지는 권능이었다. 황제가 인정하는 순간 정식으로 황태자가 되는 것이며, 이는 후계 구도에 가장 앞서는 것은 물론, 황위 계승 절차에도 중요한 작용을 하는 것이었다. 따라서 아직 태어나지 않았음에도 황후의 뱃속의 아이는 이미 황태자로 인정받았다는 의미였다.

그러나 듣는 이들 모두 의문이 생기지 않을 수 없었다. 이는 나라의 명운이 기우는 전쟁을 앞두었을 때라든지, 혈육이 하나뿐이라든지, 죽을병에 걸려 반드시 후사를 정해야 하는 때나 있을 수 있는 일이기 때문이다. 아무리 황후에 대한 총애가 깊고 기쁨이 크다 한들 매우 무리한 처사였던 것이다. 그러나 생각은 생각이고 처세는 또 달라야 했다.

"감축드리옵니다!"

"감축드리옵니다!"

사람들은 너도나도 앞다퉈 황후를 향해 축하 인사를 올렸다.

"폐하⋯⋯."

감격한 황후가 말을 잃은 채 그를 바라보았다.

"어떠하오, 이제 나의 마음을 믿을 수 있겠소?"

긍하는 황후에게 몇 번이나 태자를 잉태하면 후계로 삼겠노라, 약조했었다. 하지만 황후는 믿지 않았다. 정확히는 말로는 믿겠다면서 자신이 없어 했다. 이는 완예가 생전, 황제가 이복 여동생들을 여럿 취할 만큼 황실의 짙은 핏줄에 집착함을 황후에게 세뇌하듯 주지시켰기 때문이다. 완예는 이미 죽었지만 긍하가 다른 이복 여동생에게서 후사를 볼 가능성도 컸다. 하지만 이 선포가 그런 걱정을 한 번에 날려 버릴 것이다.

긍하는 웃었다. 그것이 정말 자신의 의도인 줄만 알고.

"폐하, 감읍하나이다!"

군중 앞이라고 제법 근엄하게 말하는 긍하에게 황후는 곱게 웃으며 바닥에 깊게 엎드려 인사했다.

"임부가 바닥에 엎드리다니 말이 안 되오. 자자, 그대는 장차 이 나라 국본의 어머니이니 몸을 더 중히 하시오."

긍하가 황후를 손수 잡아 일으키는 모습에 대신들은 다시 앞다퉈 인사하며 눈도장을 찍으려 들었다.

"자, 축하의 잔을 들라!"

"후계의 잉태를 감축드리옵니다!"

"황태자 전하의 잉태를 감축드립니다!"

군중의 합창에 궁하는 순간 핑, 하고 울리는 머리를 잡았다. 황태자라니? 이상한 말이었다. 제가 정말 그런 걸 허락했단 말인가?

혼란에 빠진 궁하의 앞에 술잔이 드리워졌다. 황후가 직접 따른 술을 공손히 바치며 말했다.

"저의 감사와 축하를 담아 드리옵니다."

"오오, 그대의 감사와 축하라니 가장 뜻깊은 잔이 아닐 수 없소!"

술을 삼키자 의문도 의아함도 같이 삼켜졌다.

"제가 잔을 올려도 되겠습니까?"

"신도……."

"제 잔도 받아주소서."

재상과 태내감에 이어 비빈들의 엉덩이도 들썩했다. 내미는 술을 다 마실 수는 없는 일, 잔을 올릴 수 있는 영광의 선택도 황후의 몫이었다.

"그대가 걸러주시오."

저마다 간절히 황후의 선택을 바랐지만 딱 다섯 잔을 허한 황후는 이후 술잔을 바치는 총애도 독점했다.

"역시 황후가 따르는 술이 가장 향기로우이! 여봐라, 어서 후계의 선언을 대외에도 공식적으로 선포하라!"

조금 이상함을 느끼는 이들도 있었지만 흥이 한껏 달아오른 황제를 막을 이도, 명분도 없었다. 술이 몇 동이가 더 들어오고, 산해진미가 계속 교체되었다. 그것을 가장 즐기는 이가 황제였는데 그러다 결국 딸꾹질을 하기에 이르렀다. 아무리 공력을 일으키지 않았다 하나 너무 대취한 것이었다. 그런 와중에도 황후의 말은 새겨들었다.

"폐하, 과하십니다. 오늘은 그만 드소서."

"오오, 황후. 황후가 하시는 말씀인데 내 들어야지. 가까이 오지 마라. 내게서 나는 고약한 술내에 우리 태자가 상하면 어쩌누."

"호호호, 고약하다니, 말도 안 됩니다. 소첩은 폐하께서 이리 기뻐해 주시니 그저 황감하고 행복하나이다."

"행복? 행복? 으하하하하! 그래, 짐은 행복하다네. 행복해! 아하하하."

"이만 침수 드소서."

"그래, 자야지. 하나, 둘, 셋……. 자고 또 자고 일어나면 우리 태자가 태어나겠지? 끙, 그럼 어서 자러 가야지!"

끝까지 취기를 날릴 생각이 없던 긍하는 일어나다가 비틀거렸다.

"폐하!"

지레 놀란 황후가 그를 부축하며 내관을 불렀다.

"익찬, 폐하를 뫼시어라."

"예이."

익찬이 긍하를 붙드는 그 순간 황후가 작은 신음을 토해냈다.

"어멋!"

"황후!"

황후가 살짝 비틀거리는 모습에 긍하가 놀라 소리쳤다. 그러자 긍하가 놀랄세라 황후는 금세 미소를 되찾으며 말했다.

"소첩도 조금 피곤한 모양입니다. 이 정도는 아무것도 아니니 염려하지 마소서."

"어허, 그런……."

"어의에게도 봐달라 이르겠습니다."

"내 흥에 취해 황후가 몸이 상할 뻔했노라. 여봐라, 황후를 먼저 뫼시어라! 어의 각을 불러 황후전에 보내도록 하고."

"네!"

궁하는 황후가 먼저 가는 모습을 지켜봐야 한다고 고집을 부렸다. 누각 아래에서 저 멀리 황후가 사라지는 걸 확인하고 나서야 궁하도 퇴장하고자 했다.

"가자."

"네, 가셔야지요."

익찬이 답했다. 순간 궁하는 뭔가 불길함을 느꼈다. 급격히 공력을 일으킨 궁하가 몸을 비틀었지만 날카로운 무언가가 그의 가슴을 뚫고 나오는 것이 더 빨랐다.

"너, 너……."

"화, 황제 폐하!"

"폐하!"

"꺄아아악!"

"으아악!"

피를 토하는 궁하의 주위로 비명이 빗발쳤다. 비명은 황제를 향한 것이 다가 아니었다. 자신들이 당면한 위기에 비명과 고함이 속출했다. 시중을 들던 내관과 궁녀들이 모두 칼을 거꾸로 쥔 채 참석자들을 향해 휘둘렀다.

"반역이다!"

"아악! 끄아악! 너, 네놈이 감히……!"

위기는 바로 변으로 이어졌다. 사방으로 비슷한 비명과 피 칠갑이 번지며 연회장은 순식간에 쑥대밭으로 변했다. 그 짧은 순간에도 위급함을 알리려는 시도는 있었다.

"내관과 궁녀들이 모두 역……, 아악!"

"폐하를 보호……."

"금의위, 금의위!"

죽어가는 이들이 애타게 찾는 금의위들이 달려왔다. 겨우 문 하나 사이인데 금의위가 달려 들어오는 것보다 죽이는 이들의 손속이 더 빨랐다.

심장이 찔린 궁하는 이미 가망이 없었지만 바로 죽지는 않았다. 때문에 비빈들과 저의 자식들이 죽어가는 광경들도 고스란히 보고 있어야 했다.

"폐하, 폐하!"

"폐하! 역도를 모두 참살하라!"

"참살하라!"

뒤늦게 금의위장의 목소리가 들리는 그때 황제의 머리 위에서 누군가 소리쳤다.

"거미줄 해여, 영원하라!"

누구? 익찬, 그놈의 목소리였구나. 거미줄 해…… 가 왜 나를?

생각과 동시에 뜨거운 피가 눈에 튀었다. 금의위가 익찬을 벤 것이다. 그러나 그 때문에 궁하는 아무것도 보이지 않게 되었다. 그것이 아니라도 점점 눈이 감기고 있었다.

금의위가 진입하자마자 역도들은 순식간에 참살되었다. 하지만 이미 죽은 이들은 돌아올 수 없었다. 궁하도 그중 하나였다. 마지막 눈을 감는 순간 궁하는 생각했다.

'무하, 그놈이 죽는 꼴을 봤어야 했는데…….'

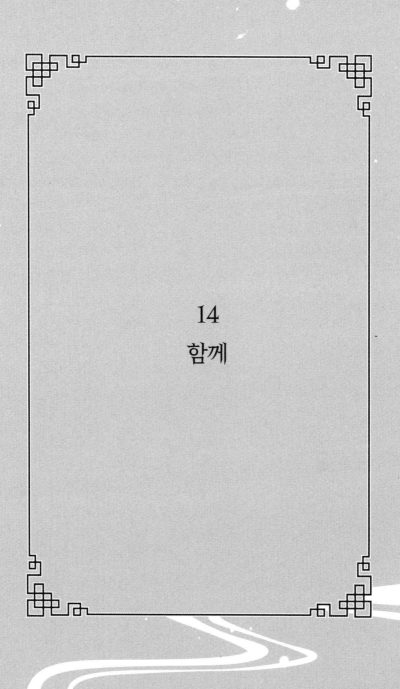

14
함께

　무하가 황궁에 도착했을 때는 이미 모든 것이 끝난 후였다. 연회가 있었던 천혜각은 아직 핏자국도 채 가시지 않았고 황궁 가득 칼날을 세운 황군들이 핏발 선 눈을 번득이고 있었다. 가히 바늘 하나 떨어지는 소리에도 칼부림이 일어날 경계 태세를 배경으로 한쪽에선 조용하지만 분주한 장례 준비가 한창이었다.

　무하는 허울뿐이긴 하나 황실 호위대장을 겸직하기도 했다. 금의위장이 침통한 표정으로 그에게 일렀다.

　"살아나신 분은 황후마마와 연회에 참석하지 못한 비빈 몇 분이 다입니다."

　정말이구나, 정말이다. 무하는 굳은 얼굴로 황제가 앉아 있던 공석을 돌아보았다.

　저가 하고자 한 일이었다. 반드시 황제가 되고자 한 건 아니었으니 궁하가 사라진 것만으로 기뻐야 할 것이다. 그러나 무하에게 남은 건 허탈함뿐이었다.

눈앞에서 누군가 먹이를 찬탈한 느낌이 이런 걸까? 헛헛함과 공허함을 뭘로 메워야 할지……. 순간 민영이 떠오르긴 했지만 사랑만 하기도 아까운 정인에게 자신의 이런 감정까지 책임지라고 하긴 싫었다.

"반역의 도당은 모두 잡았소?"

"현장에 있던 이들은 모두 주살했습니다. 고문을 위해 남겨두려 했으나 생포한 자들도 모두 자결했습니다."

"한 명도 생포하지 못했단 말이오?"

"면목없습니다."

"내게 할 말은 아니오."

금의위장은 고개를 떨구고 물러났다. 돌아서는 금의위장의 뒷모습이 실로 절망스러웠다. 그는 이번 사태의 책임을 지고 목이 달아날 것이다.

대규모 장례 절차에 돌입한 황궁은 어수선하고 긴장감이 감돌았다. 황제가 죽은 뒤에도 무하는 불청객이었다. 그는 황궁을 뒤로한 채 집으로 돌아올 수밖에 없었다.

❀

"아버지!"

민영은 판고를 소리 높여 외쳐 불렀다. 부르면서도 알고는 있었다. 이건 꿈이다. 현실일 수 없는 몽글몽글한 주변 배경도 그렇지만 아버지에게서 풍기는 분위기가 그랬다. 판고는 하얀 도포를 입고 또 하얀 구름처럼 생긴 짐승을 타고 있었는데 날개도 없는 짐승은 공중에 반쯤 떠 있었다. 어쩌면 현실에서도 볼 수 있을 것도 같지만 확실히 실제는 아니다. 자각하고 나니 왠지 더 크게 불러야 할 것 같았다.

"아버지!"

"나 귀 안 먹었으니 그냥 말해도 된다."

"너무 오랜만이에요, 저 보러 오셨으면 좀 가까이 와주세요!"

민영이 까치발을 들며 요란하게 손짓했다.

"그놈의 간덩이는 성치산 뿌리만 하지."

"네? 산에도 뿌리가 있어요?"

뻔한 딴청에 넉살이 느는 걸 보면 괴롭고 고단한 삶은 아니렷다. 판고는 어처구니없음을 잔뜩 포장한 채 하얀 짐승 아래로 내려왔다. 민영은 그가 닿을 거리가 되자마자 덥석 안겨들었다.

"어허, 이게 무슨 짓이냐!"

판고는 버럭 소리를 지르면서도 그녀를 밀어내지는 않았다. 민영이 판고의 품에 얼굴을 비비며 아양을 떨었다.

"좋아서요! 아버지, 정말정말 보고 싶었거든요."

"예끼, 네가 시시때때로 나 흉보던 거 다 알거든."

"어머, 다 듣고 계셨단 말이에요?"

"그래, 고얀지고!"

까르르르!

민영이 한참이나 소리 내어 웃었다. 그 틈에 판고는 뒤로 슬쩍 물러났다. 꿈이라지만 이 이상의 접촉은 위험했다. 잠시의 포옹에도 연이 이어지려 한다. 그와 연이 이어지면 민영의 다른 한쪽의 연은 끊어지게 되어 있었다. 공간의 미아인 민영에게 그와의 인연은 그만큼이나 위험했다.

솔직히 판고는 이대로 민영을 뺏어오고 싶었다. 무한에 가깝지만 또 무허에도 가까운 삶에 처음 생긴 딸이란 생명체는 신기하고 재미있다가 점점 귀해졌다. 저를 무서워하지 않는 것도 아니면서 바락바락 대들 때면 영악한 척하는 저 순진한 것의 속내가 엿보여 판고는 저도 모르게 관대해졌다. 그러니 제 남자라며 갖고 싶다고 하는데 어쩔 수 없이 양보해 줄 밖에. 인간의 삶은 짧다. 기왕 양보한 것, 좀 더 기다릴 수 있다.

판고가 물러나는 모습에 민영은 서글픈 얼굴을 했지만 다시 달려들지는 않았다.

"아버지……."

"네게 일러둘 것이 있어서 왔다."

"……네, 말씀하세요."

"그놈, 흠흠, 네 남자 놈이 대적하는 것이 어떤 존재인지 아느냐?"

"네, 요자라고 들었어요.

민영이 사뭇 걱정을 담아 말했다. 그러면서도 민영은 기어이 '놈'자를 붙이는 판고에게 밉지 않게 눈을 흘기는 걸 잊지 않았다.

"요자가 너를 노리는 건 알고 있지?"

"네."

"놈이 너를 잡아먹으면 거의 반신의 경지에 이른다. 기필코 널 취하려 들 것이다."

"그가 저를 지켜줄 거예요."

"흥, 단단하게도 믿는구나!"

"그럼요, 제 남자인걸요?"

"그래, 네 남자 놈, 네 것이지."

"헤헤."

"어쭈, 그놈 때문에 네가 위험해진 건데도 그리 좋으냐? 네가 그놈에게 오지 않았다면 너는 절대 요자에게 들킬 일이 없었을 것이다."

"그 사람 때문이 아니에요. 그냥 요자가 나쁜 거지요. 그리고 제 남자가 그 나쁜 요자를 물리칠 거예요."

"네 믿음만큼 이길 확률도 확실하면 좋겠다만, 요자는 보통이 아니다. 네 남자 놈이 아무리 세다고 한들 인간이다. 인간 수백, 수천을 흡수해 먹은 요자를 감히 상대할 수 있다고 보느냐?"

"네, 할 수 있을 거예요!"

"내가 벽에다 말하고 말지!"

"헤헤. 그래도 저 도와주시려고 오신 거지요? 이기라고요?"

"말 안 해주고 그냥 갈까 보다!"

판고가 팽하자 푸른 털이 푸르르 날렸다. 민영은 다가들지는 못하고 발만 동동 구르며 몸을 꼬았다.

"아잉, 아버지이!"

"한 번만 더 콧소리 내면 그냥 간다!"

"아우, 내가 이러면 그이는 껌뻑 죽기만 하는데."

민영이 입을 삐죽이며 눈웃음을 쳤다. 사안에 어울리지 않게 가볍게 구는 것처럼 보이지만 그 마음을 모르랴. 판고는 머리 한 번 쓰다듬어 주고 싶은 마음을 다잡고는 코웃음을 쳤다.

"내가 그놈이랑 같으냐? 같아?"

"헤……."

"그 멍청한 웃음도 그만!"

"네에……."

"잘 들어라. 요자는……."

판고의 말이 이어졌다. 그동안 민영의 얼굴에서 서서히 웃음기가 사라졌다. 마지막엔 그의 말 한 마디 한 마디에 민영은 굳은 표정으로 고개를 끄덕였다.

"그럼 거기서 보자."

그리고 돌아서려던 판고에게 민영이 물었다.

"그럼, 아버지. 저 이제 죽어요?"

아닌 밤중에 홍두깨도 유분수지, 여태 저 살리자고 하는 말을 무슨 방법으로 이해하면 이런 해괴한 질문이 나오는 걸까? 황당함에 이어 어처구니없는 얼굴을 한 판고에게 민영이 기어들어가는 목소리로 말했다.

"아니, 거기서 보자면서요. 전에 아버지가 저보고 저 죽기 전에는 볼 수 있다고 하셨잖아요……."

민영의 이마에 불이 번쩍 났다. 작별 인사이자 대답이었다.

"아야!"

아직 날도 밝지 않은 새벽, 민영이 이마를 잡으며 벌떡 일어났다. 잠이 들지 못한 채 누워만 있던 무하는 그녀의 비명에 같이 일어났다.

"무슨 일이야?"

"무하!"

그의 이름을 부르는 걸로 마음이 조금 추슬러졌다. 아직 이마에 불이 나는 것 같았다. 아버지 앞에선 내색하지 않았지만 불안하고 두렵고 혼란스럽고 걱정스러웠다. 그래도 가장 큰 건 기쁨인 것 같다. 이 통증이 증거였다.

"아버지, 아버지가 나를 만나러 오시겠대요!"

"……뭐?"

멍하니 공허함 속을 헤매던 무하의 정신이 번쩍 깼다. 자신이 짐작한 대로라면 민영의 아버지의 정체는 너무도 엄청났다. 하지만 그가 어떤 존재이든 민영에겐 그저 그리운 아버지였다.

"다행이네. 또 뵐 수 있겠네. 많이 보고 싶어 했잖아."

"맞아요. 하지만 나 죽기 전에 한 번 볼 수 있다기에 내가 죽는 거냐고 물었더니……, 아고고, 나 이마에 혹 안 났어요?"

민영이 엄살을 떨며 무하에게 이마를 바싹 들이밀었다. 과연 이마 가운데에 불그스름한 기운이 보이긴 했다. 하지만 무하는 꿀밤을 먹인 판고의 기분이 백 번 공감되었다.

"그런 소릴 하니 아버님이 혼낼 만하지."

"어어, 당신은 내 편이어야지요!"

"그럼, 나는 당신 편이지. 내 색시, 많이 아팠겠네."

무하는 웃음을 참으며 민영의 이마를 호 하고 불어주고는 입을 맞췄다.

"무조건?"

"그럼, 무조건."

"우리 융이 혼낼 때도?"

그 말엔 무하는 당장 대답할 수 없었다.

모자가 무하의 다락방으로 이사 온 직후의 일이었다. 잠시 한 눈을 판 새 그의 탁상에 기어오른 건융은 탁자 위의 군사 지도를 야무지도록 잘게 찢었다. 찢은 종이를 공중에 날리며 '눈이다!' 소리치는 표정은 참으로 해맑았다. 그 장면을 보고 무하는 놀라긴 했지만 그건 건융이 책상 위에 서 있었기 때문이었다.

그때 민영은 건융을 정말 따끔하게 혼냈다. 차마 말리지 못하는 무하 대신 사량 선생이 거의 애걸하듯 잘못을 빌었지만 도리어 버릇 잘못 든다며 건융은 더 혼났다. 물론 그 지도가 중요한 자료이긴 했다. 그러나 그건 건융의 손에 닿게 둔 사람 잘못이다. 그 조그맣고 사랑스럽기만 한 아들을 혼낼 데가 어디 있다고…….

민영의 눈이 가늘어졌다.

"……그래도 당신 편."

"대답이 좀 늦지만 그건 용서할게요. 음……. 그리고 아버지가 당신에게 전하래요."

민영이 쉽게 용서한 건 급격히 전환된 이 화제 때문일 것이다. 순간 무하는 민영을 안은 채 긴장했다. 대조적으로 민영이 긴장감 없이 말했다.

"잘못될 일은 없으니 순리대로 하라셔요. 내가 싼 똥은 내가 치우겠다고 하시는데, 그건 무슨 말씀이신지 모르겠어요. 아유 참, 사위에게 처음 하는 말씀이 왜 그리 저렴하시담!"

"그렇게만 말씀하셨어?"

"네, 그냥 원래 하려던 대로만 하면 될 거래요. 그런데…… 그 대비에 내가 꼭 필요하다고 하셨어요."

불길했다. 차라리 대답을 듣지 않고 싶었다. 그러나 묻지 않을 수 없었다.

"……뭔데?"

그리고 민영이 잇는 말에 무하는 질색할 수밖에 없었다.

"안 돼!"

그러나 무하는 민영의 주장을 꺾을 수 없었다. 사량 선생도 그녀의 말에 기함했지만 그에게도 '아버지의 말씀'은 통할 수밖에 없었다. 그래서 이미 준비된 방향에 민영이 말한 방법이 추가되었다. 황제가 죽은 후 하루가 지난 날의 일이었다.

참극의 날, 가장 고위 신료라 할 수 있는 재상과 태내감은 황제의 가장 가까이 있었기에 변을 면하지 못했으나 그래도 많은 이들이 살아남았다. 그들 중 가장 세력 있는 이들이 백청과 청대부였다. 그동안 든든한 버팀목이었던 황제가 죽자 입만 살아 있던 그들로서는 당연히 뒤가 마려울 수밖에 없었다. 황제가 아무리 홀대

했다고는 해도 무하를 까 내리기 바빴던 사실이 덮어지지는 않는다. 그들은 황제가 없는 이 정국에서 살 길을 도모해야 했다.

하지만 남아 있는 이들이 마땅치 않았다. 연회에 초대받지 않아 끈 떨어진 신세가 증명된 외윤이라도 잡아보려 했지만 이상하게도 그는 그날 이후로 칩거에 들어간 채 모습을 드러내지 않았다. 백청과 청대부는 외윤 대신 국무부 지기 대장군을 끌어들여 중론을 모았다. 각각 행정부와 법치부, 국무부를 대표하는 이들이 목소리를 모으자 국사(國事)는 이미 결정된 것이나 다름없었다. 그리고 그들이 곧장 향한 곳은 황후전, 아니 태후전이었다.

"태후마마, 아뢰옵기 황공하오나 황실 지존의 자리를 비우는 법은 없사옵니다. 섭정을 맡을 만한 황실 어른들도 모두 변을 당한바, 황후마마, 아니 태후마마께서 자리를 지켜주셔야 할 것으로 사료되옵니다."

"소신의 생각도 그러하옵니다."

"소신도 그렇게 여기옵니다."

"조금만, 내게 조금만 시간을 주세요. 낭군을 잃은 아녀자의 슬픔을 추스를 시간과 마음의 여유가 필요합니다."

태후가 눈물지으며 고개를 돌리자 살짝 눈을 들었던 대신들이 흠칫 놀라 각자 고개를 돌렸다. 상복을 입었음에도 태후는 아름다웠다. 아니, 상복을 입은 모습이 그 어느 때보다 더 아름다워 보였다. 상복은 기본적으로 안은 검고 겉은 희게 입는다. 태후는 검은 저고리와 치마를 입고 흰색 도포를 걸쳤다. 도포의 넓은 소매에 두른 긴 검은색 띠 위엔 팔익조의 긴 꼬리가 금실로 수놓아져 있었다.

감히 상복에 금실 장식을 쓸 수 있는 자는 오로지 황제뿐이었다. 게다가 등락국 황제의 상징인 팔익조 문양이었다. 이미 황제

의 선포에 인정된 후계를 품은 태후가 그런 상복을 입은 건 정당
한 일이었다. 그런데 황제가 죽은 바로 그날 맞춘 듯 입고 나타나
기엔 너무나 섬세하고 아름다운 옷이기도 했다.

그러나 그런 상황을 읽을 자는 없었다. 안다 해도 상관없었다.
불끈 솟는 미망에서 벗어난 백청이 먼저 소리쳤다.

"아뢰옵기 황공하오나 아니되옵니다, 태후마마! 마마의 마음은
이해되오나 지존의 자리이옵니다. 불순한 마음을 품을 이도 있사
오니 한시도 비워둘 수 없사옵니다!"

"불순한 마음을 품다니요? 누가요?"

백치 같은 질문에 세 대신이 서로 돌아보며 눈을 맞췄다.

성왕의 축복을 제외하고도 그동안 쌓아온 황권은 아직 튼튼했
다. 황제의 피가 섞이지 않은 이가 아니면 옥새는 반응하지 않았
고 나라의 굵직한 처결은 옥새가 찍히지 않고서는 통과될 수 없었
다. 아예 나라를 전복할 것이 아닌 마당에야 뇌가 청순하고 온화
한 태후는 신료들로서 바라 마지않는 주인이었다.

"감히 불순한 자가 있단 말인가요? 성왕께서 수호하시는 이 등
락제국에 반기를 드는 이가 있어요?"

이 또한 순진무구한 언사였으나 이상하게도 세 신료의 등줄기
에 식은땀이 흘렀다. 두 대신의 눈치를 받은 지기 대장군이 입을
열려 했다. 물론 반기의 주체는 명확했으며 이들을 꼽는 게 가장
만만했다. 그런데 그보다 태후가 더 빨랐다.

"그인가요? 율기 대장군?"

"네? 이, 이번 망령된 사건은 거미줄 해가 일으킨 일 아닙니
까?"

지기 대장군이 준비했던 대답 대신 멍청히 대꾸했다.

"그래서 거미줄 해라는 것이 어디 있단 말입니까? 그건 핑계에

불과해요! 황제 폐하께서 누누이 말씀하셨어요. 그자를 조심하라고. 매사에 그분의 심기를 거스르는 이가 율기 대장군 아니던가요? 이번에도 그래요. 황제 폐하를 모셔야 하는 가장 막중한 책임을 지닌 이면서 그는 뒤늦게 와서 요괴 토벌을 하러 갔다는 핑계로 끝냈어요. 왜 아무도 그가 잘못된 걸 지적하지 않나요!"

세 대신의 눈이 마주쳤다. 차마 무하에게 책임을 물을 용기는 없기에 새로운 지지대와 허수아비를 기대했을 뿐이었다. 그런데 그런 이가 있었다. 그것도 지존의 자리를 예약한 이가.

"그, 그건……."

"지기 대장군, 혹시 그대가 율기 그자로부터 청탁을 받았나요?"

"처, 청탁이라니요!"

"백청 대감, 청대부 대감, 그대들이 그와 내통한 것인가요?"

"내, 내통이라니 말도 안 됩니다!"

"억울합니다!"

질린 얼굴로 목소리를 높이는 이들을 노려보던 태후가 돌연 나긋나긋한 어조로 말했다.

"그대들의 말이 맞아요. 지존의 자리를 비울 수는 없지요. 낭군을 잃은 슬픔보다 태자의 안위를 살피는 게 먼저고 나라를 보존하는 게 먼저지요. 좋아요, 섭정이 되겠어요."

"힘 있는 결단이십니다! 망극하옵니다!"

"망극하옵니다, 마마!"

"섭정으로서 첫 번째 명을 내립니다. 당장 그에게 죄를 물으세요!"

"하, 하오나……, 마마. 사안이 명백하와 이는 반발이 있을 줄로 압니다. 또한 율기 대장군을 잡아 가두면 당장 범행을 저지른 거미줄 해의 득세를 막을 이가……."

"그만하세요, 지기 대장군! 범인이 누군지 안다고요? 거미줄 해라고 했습니까? 그 거미줄 해를 토벌할 책임을 진 이가 누구인 가요! 나라 최고라는 대장군이 그깟 사이비 집단을 막지 못하는 것 자체가 미심쩍은 일이었어요. 아니, 이는 반역입니다! 설마, 같 은 대장군이라고 그의 편을 들어주시려는 것 아닌가요, 지기 대 장군?"

"아, 아닙니다! 천부당만부당하신 말씀이십니다, 마마!"

기껏 옳은 말 한 번 했다가 반역도로 몰릴 뻔했다. 그런 지기 대장군을 보며 백청과 청대부는 그를 비웃으면서도 모골이 송연 해졌다. 섭정을 수락한다는 말을 함과 동시에 백치미가 사라진 듯 보이는 태후에게서 살기가 뿜어져 나오는 듯했다. 사나운 개를 몰 아내고자 더 사나운 맹수를 머리 위에 얹은 것은 아닌가 싶어 목 덜미가 서늘해지는 순간이었다.

"화, 태후마마의 말씀이 지당하십니다!"

"지당하시고말고요! 율기 대장군에게 죄를 물어야 합니다!"

"유, 율기 대장군은……."

그래도 무언가 말을 해보려던 지기 대장군은 태후와 눈이 마주 치자마자 꼬리를 내리고 고개를 숙였다.

"네, 당장 죄인을 압송하라 이르겠……, 압송하러 가겠나이다!"

"죄인을 정리하는 것으로 섭정을 시작하겠습니다! 폐하의 발치 에 놈의 목을 함께 묻을 것입니다!"

"며, 명을 받드옵니다."

"태후마마, 만만세!"

"태후마마, 만만세!"

세 대신이 후다닥 물러나자 태후가 읊조렸다.

"만만세라……."

태후의 입꼬리가 살짝 올라가 있었다.

"주군, 큰일 났습니다!"

"주군! 황후, 아니 태후가 미쳤습니다! 주군을 반역죄로 압송하라는 명을 내렸답니다! 지기 대장군이 주군을 압송하러 오고 있다고 합니다."

"주군, 일단은 피하십시오!"

"맞습니다, 주군. 이유야 어떻든 일단 피신하는 것이 맞다고 봅니다. 이대로 황궁으로 들어갔다간 정신 나간 여자의 손에 죽게 생겼습니다."

형곽과 석찬이 집무실로 뛰어들어 오며 외쳤다. 살기등등한 그들의 표정은 이대로 무하가 잘못될 것 같으면 반란이라도 일으킬 기세였다.

"형곽, 석찬."

"네, 주군!"

"예상하던 일이니 소란 떨 것 없다."

"네?"

"네?"

어리둥절해하는 그들의 앞으로 사량 선생이 나섰다.

"주군의 말씀대로다. 이미 예상한 일이다."

"예상하신 일이란 말입니까?"

"대주, 채명이 그놈이 그렇게 방정을 떤 이유가 이것이었나 보오."

석찬이 형곽의 옆구리를 쿡 치며 말했다.

"녀석, 놀러 간다면서 작별 인사를 요란하게 하더라니……."

형곽은 오늘 새벽에 들이닥쳐 도련님과 소풍을 가야 하니 훈련

을 할 수 없다고 선언하던 맹랑한 얼굴을 떠올렸다. 장소도 시간
도 불명인 이상한 소풍을 간다면서 다시 보자던 채명의 표정이 묘
하게 복잡해 보이긴 했었다. 형곽이 눈을 부릅뜨고 외쳤다.

"하면 주군! 저희는 무얼 하면 되는 것입니까!"

"문을 열어줄 때까지 기다려라."

"네?"

"때가 되면 알 것이다. 다만 단단히 준비는 하고 있으라."

"네, 주군!"

"네, 주군!"

죽을 자리가 될 수도 있음에 희희낙락한 얼굴로 물러나는 형곽
과 석찬의 뒷모습을 보며 무하가 말했다.

"죄를 묻는다니 답해 드려야지. 선생, 가지!"

"네, 주군."

"죄인은 오라를 받아라!"

요란하게 대문을 두드리는 황군들 앞에 무하가 직접 문을 열고
나왔다. 그의 등장과 함께 일순 정적이 일었다. 율기 대장군의 무
력이 제국 최고라는 걸 모르는 이는 없다. 그의 한 걸음 한 걸음
에 포위했던 대군이 후퇴하는 희극이 벌어졌다. 당장 그가 압송
을 거부하고 대항한다면 이 자리의 반은 피떡을 만들지도 모른다.
아무런 제지 없이 걸어간 무하가 검병에 손을 댄 채 말 위에서 식
은땀을 흘리는 지기 대장군에게 물었다.

"내 죄목이 무엇이오?"

너무나 담담한 어조에 지기 대장군의 얼굴에 핏기가 솟구쳤다.
무하를 포박하기 위해 난다 하는 황군을 거의 끌고 왔다. 그의 집
을 거의 에워싸긴 했으나 그들을 둘러싼 채 수런거리고 있는 백성

들이 더 많았다. 아무리 힘없는 백성들이라 하나 최소한의 양심이 그들 앞에서 부끄럽게 했다.

"내 죄목이 무엇이오?"

재차 묻는 말에도 지기 대장군은 푸들푸들 입술을 떨기만 했다. 보다 못한 부관이 나서서 대답했다.

"반역자는 오라를 받아라!"

"반역? 내가 반역을 했단 말이오?"

"율기 대장군이 반역자래!"

"뭐? 율기 대장군이 폐하를 시해했다는 말이야?"

"아하, 이렇게 소식이 느려서야! 거미줄 해인가 뭔가 하는 그 요괴 집단이 폐하를 시해했다잖아!"

"그런데 왜 율기 대장군이 반역자야?"

"폐하가 돌아가셨을 때 율기 대장군이 없었기 때문이래. 율기 대장군은 황실 호위를 겸하고 계시잖아."

"율기 대장군은 폐하의 명으로 요괴 토벌을 가신 거잖아?"

"그럼 폐하께서 반역을 명하신 거야?"

백성들의 수군거림이 이어질수록 더없이 붉어지던 지기 대장군이 기어이 고함을 질렀다.

"죄는 조사를 해보면 나올 것이다! 죄인은 어서 오라를 받아라!"

"조사하면 나올 죄라면 나는 아직 죄인이 아니오."

"궤변이다! 죄인은 폐하를 지키지 못한 죄를 인정하지 않는가? 정녕 황실을 능멸하려 하는가! 순순히 오라를 받아라!"

"궤변하는 이가 궤변이라고 하니 거 참 이상하네."

"누구냐! 감히 황실의 행사에 주둥아리를 놀리는 이들이 있으면 반역으로 간주하고 즉참한다!"

군중의 수군거림이 대번에 수그러들었다. 그러나 지기 대장군과 황군을 바라보는 눈은 반항심을 잃지 않았다. 그러는 동안 거리에는 백성들이 점점 더 몰려들고 있었다. 그들 중 율기 대장군의 은혜를 입지 않은 이가 없었다. 그러나 칼을 빼든 황군에게 끝까지 반항할 수는 없었다.

"물렀거라! 감히 황실의 행사에 반하는 자는 즉참한다!"

"즉참한다!"

황군들이 복창했다. 본보기로 보이기 위해서라도 당장에라도 누구든 베어낼 황군의 기세에 무하가 손을 저었다.

"그만하시오, 지기 대장군."

"죄인이 뉘 보고 그만하라 마라……."

"정녕 내가 그만두게 하고 싶소?"

무하가 지기 대장군에게만 들리도록 조용히 읊조렸다. 지기 대장군은 말 위에서 무하를 내려다보고 있으면서도 무하의 압박감에 눌리고 말았다. 지기 대장군은 애써 아무렇지 않은 척 수하에게 손짓했다. 백성을 향해 칼을 든 이들이 착검하는 소리에 일촉즉발의 긴장이 가라앉기 시작했다. 그러자 무하가 그에게 말했다.

"내가 가리다. 조사하면 나온다니 그 조사가 어떤지 받아보면 알겠지."

덕분에 지기 대장군의 얼굴이 더 우그러졌다. 마치 백성들에게서 칼을 거뒀으니 보답하는 듯 보이지 않는가 말이다. 부끄러움보다 여기 모인 백성의 입을 다 막을 수 없다는 사실에 목덜미에 힘줄이 돋아났다.

이렇듯 무하에게 모든 면에서 밀리긴 하지만 지기 대장군에겐 믿는 구석이 하나 있었다. 그가 황궁을 출발하기 직전, 태후에게서 받은 전갈이 그것이었다. 무하에겐 금제가 있으니, 황실의 명을 절대 거역할 수 없다. 하니 감히 반항하지는 못할 것이란 말이었다. 과연 그 말대로 무하는 순순히 명을 따르는 것처럼 보였다. 정말 순순한 거냐 묻는다면, 묻는 자의 입을 찢어버릴 것이다.

"주군!"

"주군!"

그때 형곽과 석찬, 광천대원들과 광평대원들까지 우르르 몰려나와 황군과 대치했다. 순간 일촉즉발의 긴장이 되살아났다. 그러나 무하가 먼저 손을 들어 수하들을 진정시켰다.

"광천대와 광평대는 반역의 집단이니 모두 구금한다!"

지기 대장군이 지엄한 목소리로 소리쳤다. 그러나 끝내 식은땀을 숨기지 못하는 그의 모양새는 가련할 정도였다. 백성들이 가리키며 수군거리는 모습에 그의 얼굴이 시뻘게지는 와중에 무하가 나섰다.

"조사는 받겠소. 하나 그전까지 죄는 인정할 수 없으니 오라도 받지 않으리오. 광천대와 광평대들도 저택 내 근신하라 이르겠소."

"그러…… 시오. 가, 갑시다!"

너무 안도한 나머지 말이 떨리는 바람에 위신이 깎였지만 지기 대장군은 인식할 새가 없었다. 죄인을 압송해 오겠다고 큰소리쳐 놓고 제 발로 나선 이와 겨우 동행 따위나 해서야 체면이 말이 아니었다. 하지만 무하가 광천대와 광평대까지 수습해 준 덕에 충돌 없이 갈 수 있는 것만 해도 감지덕지했다.

그의 임무는 그저 무하를 황궁 안으로 인도하는 것까지였다. 그 밖의 심문은 금의위장이 맡을 것이다. 효수가 거의 확실시된 이가 심문을 맡는다는 건 금의위장도 태후로부터 무언가 언질을 받았다는 뜻이었다. 이대로 간다면 율기 대장군은 다시는 황궁을 되돌아 나오지 못할 것이다.

"하면 여기 올라타시오."

성난 군중의 눈도 그렇고, 무하를 감히 가둬서 호송할 수는 없게 되었지만 준비한 마차에 태우기라도 해야 했다. 그러나 그조차도 가로막혔다.

"제가 직접 모시겠습니다."

사량 선생이 마차를 직접 몰고 나오고 있었다. 뚜껑 없는 마차였지만 사량 선생이 뛰어난 주술사라는 건 모르는 이가 없는바, 당연히 무슨 장치는 없는지 매의 눈으로 살피게 했다. 하지만 마차를 살핀 이는 아무것도 없다는 눈짓을 하고는 물러났다. 이래서야 사량 선생의 동행도 막을 명분이 없었다. 설령 사량 선생이 무슨 짓을 하려 한다 해도 괜찮다. 그가 아무리 뛰어나다 해도 황궁 주술사 수십의 주술까지 이겨낼 수는 없다. 얼른 무하를 황궁으로 데려가기만 하면 지기 대장군의 임무는 무사히 종료되는 일이었다.

"황궁으로 돌아간다!"

"여봐라, 물렀거라!"

"물렀거라! 길을 터라!"

마차가 천천히 출발했다. 선두에 지기 대장군과 무하의 마차, 황군이, 그리고 그 뒤를 백성들이 구름처럼 따르고 있었다.

"주군."

"말해도 된다."

공력으로 둘러싼 마차 바깥으로는 바퀴 굴러가는 소리조차 새어 나가지 않았다. 알아채고 이상하다고 여길 수는 있으나 지기 대장군은 무하가 뭘 하든 상관하지 않고 싶은 눈치였다. 무하를 황궁까지 데려가기만 하면 다 끝난다고 생각하는 그의 안일함이 참으로 도움되는 때였다.

"주모, 괜찮으십니까?"

"네, 괜찮아요."

민영의 목소리는 사량 선생이 앉은 자리 아래에서 들렸다. 사람이 숨을 수 있을 거라고 믿을 수 없을 교묘한 좁은 공간에 민영이 동행하고 있었던 것이다. 샅샅이 뒤진다고 했지만 주술적인 장치 말고는 찾을 생각을 못했기에 생겨난 빈틈이기도 했다.

"마차가 황궁을 통과하지 못할 수도 있습니다."

"그럼 민영을 밖으로 나오도록 하면 그만이다. 민영의 말대로라면 우리는 곧장 놈과 대적할 수 있을 것이다."

"믿어요, 무하."

"주모, 지금이라도 생각을 바꾸시면……."

"아뇨, 이 길이 옳아요! 내가 가야만 요자가 제 발로 나올 거예요. 또 내가 아니면 요자의 정체를 밝혀낼 수 없어요. 아버지도 제가 숨어만 있다면 도와주지 않으실 거예요."

"판고님의 도움이 없다 해도 물리칠 수 있다!"

"알아요, 당신이 이길 수 있겠지요. 황궁과 도성을 다 부수고 제국 백성들 목숨을 헤아릴 수 없이 뭉개고 난 후에요."

요자가 얼마나 오래된 요괴인지는 모르나 하리타타는 찜 쪄 먹을 강한 상대인 것은 확실하다. 이긴다 해도 엄청난 인명 피해와 폐허를 부를 것이다. 결국 상처뿐인 영광만이 남을 것이다.

'그렇다 해도…… 다른 이들 목숨 다 합한 것보다 네가 더 중해!'

사실 무하는 지금에라도 얼마든지 마음을 바꿔 민영을 안전한 곳으로 빼돌릴 수 있었다. 그러나 그런다면 민영은 실망할 것이다. 애초에 사지(死地) 같은 이 길에 동행하겠다는 민영을 막지 못했으면서 지금 와서 마음을 돌리게 할 수 있을 리가 없다. 강행한 이상 민영이 믿는 이를 저도 믿어야 했다. 그렇다 해도 불안감을 완전히 해소할 수는 없었다.

"나는 네가 가장 중하다."

"나도 무하가 가장 중요해요."

강한 의지가 느껴졌다. 더는 민영을 설득할 생각을 버렸다.

"그래, 가자. 함께 요자를 물리치자."

"네, 함께 가요!"

이제야 진정한 동행이 시작되었다. 지금 무하가 걱정할 건 교묘하게 만든 틈 안에 웅크린 민영이 얼마나 불편할까였다. 그러니 어서 가서 요자를 해치우는 게 민영을 편하게 해주는 일이었다.

거미줄 해, 태후, 요자.

이미 의심은 하고 있었지만 거미줄 해의 배후는 태후였다. 계속되었던 의문도 풀렸다. 설마 요괴가 등락제국을 삼키려는 것일 줄이야. 그래서 후계를 가진 순간 바로 황제를 죽인 것이다. 완예가 아들을 낳으려 하자 죽인 이유도 명확해졌다. 태후가 요자임은 판고가 알려온 사실이니 의심할 여지가 없다. 적이 일직선으로 그어져 하나로 귀결되었으니 어쩌면 가장 다행스러운 일이었다. 태후, 요자만 해치우면 모든 것이 끝난다.

얼마 지나지 않아 황궁이 보이기 시작했다. 거대한 대문이 지척에 보이기 직전 사량 선생이 속삭였다.

"주모, 지금입니다."

"네!"

순간 민영의 기척이 사라졌다. 무하 말고는 그 기척의 변화를 읽을 수 있는 이는 없었다. 아니, 한 사람, 한 존재가 더 있었다.

"온다, 온다, 온다!"

차를 들이러 들어오던 시녀가 눈을 희번덕대며 외치는 태후를 보고는 기겁했다. 그러나 상전에 관한 한 그저 보는 것, 듣는 것만으로도 죄가 될 수 있다. 감히 놀라움을 표한 두려움에 고개를 숙였던 시녀는 금세 아무것도 본 적 없다는 듯 차를 내려놓았다. 하지만 그녀의 이런 노력이 무색하게 태후의 이상한 언행은 계속되었다.

"그것이 제 발로 오는구나! 제 발로!"

아하하하하! 상중에 기운찬 웃음소리가 천장을 뚫고 뛰쳐나가려 했다. 안절부절못하는 시녀의 표정만 새파래질 뿐 태후의 미소는 더욱 짙어졌다. 그렇게 이상한 상태인데도 태후는 예뻤다. 요사스럽도록.

"그렇지, 와야지, 제가 안 오고 배기겠는가!"

제아무리 율기 대장군이라 하나 금제가 통하니 끝이었다. 죽을 자리라 해도 오라면 오고, 가라면 가야지. 더구나 제 먹이도 함께 데려와서 수고를 덜어주기까지 하다니, 이 얼마나 기특한가!

"오너라, 오너라, 어서 오너라!"

태후는 거의 미친 사람처럼 창밖을 내다보며 외쳤다. 거의 정신 나간 듯 보이는 주인의 심기만 살피던 시녀는 곧 제 눈을 의심하게 되었다. 주문을 외듯 중얼거리는 태후의 눈이 붉게 물들고, 섬섬옥수 고운 손이 부풀어 오르듯 커지며 털이 부슬부슬하게 나고 있었던 것이다. 그 순간 태후가 돌아보았다.

"보았느냐?"

시녀는 차 쟁반을 떨어뜨리며 실금하고 말았다. 태후의 고운 입술이 쫙 찢어지더니 수 겹으로 층이 진 뾰족한 이빨을 드러냈다.

"아악!"

기어이 참지 못한 신음이 새어 나온 것이 시녀의 마지막 목소리였다. 언제 다가왔는지 모를 태후가 어느새 그녀의 목을 졸라 꺾어버리고 말았다.

"미안하구나, 그것이 오는 것에 내 잠시 흥분하여 본모습을 보이고 말았구나. 어쩌겠니."

목이 부러진 시녀를 털어버리던 태후, 아니 요자가 갑자기 몸을 굳혔다. 점점 가까이 오던 기운이 갑자기 사라져 버렸기 때문이다.

"아니, 이것이 도망을 쳐!"

시녀를 죽이면서 가라앉혔던 흥분이 다시 용암처럼 들끓었다. 누가 보는지 아랑곳없이 태후는 그대로 창문 밖으로 뛰어내렸다.

"마마!"

누군가 비명을 지르는 소리가 울렸다. 아마도 태후가 창문에서 떨어져 내린 것으로 보여서 놀란 비명이었을 것이다. 단층이라지만 높이 쌓은 층계 아래까지는 보통 2층 높이 정도 되었다. 그 높이를 고양이가 착지하듯 가볍게 내려디딘 태후는 기겁해서 달려오는 이를 무시하고 그냥 달려가려다 멈칫했다.

이상하다. 너무 흥분한 것 같았다. 이 긴 세월을 벼르고 기다려온 것은 그 먹이를 위한 것이 아니었는데 겨우 냄새만 풍기는 먹이 때문에 지금까지 이룬 것을 거의 버릴 뻔했다. 물론 먹이를 놓칠 생각은 없었지만 다 된 이것도 놓을 생각은 없었다.

"마마, 태후마마!"

비명을 지르던 이가 가까이 달려왔다. 사가에서 그녀의 유모였던 유시였다. 당장 마음은 급했지만 태후는 일단 발걸음을 멈췄다.

"예울이 죽었다."

유시의 다리가 휘청거렸다. 예울은 유시가 딸처럼 아끼던 아이였다. 그러나 이 순간 유시에게는 죽은 아이보다 태후가 더 중요했다.

"누굽니까! 여봐라! 여봐라!"

유시는 휘청거리면서도 태후를 부축하며 소리쳤다. 그녀의 비명이 아니더라도 이미 금군들이 새까맣게 몰려오고 있었다. 제일 앞에 달려온 금의위장에게 태후는 겁에 질린 얼굴로 속삭였다.

"모른다. 난 도망치려다가……. 놈이다, 놈이 틀림없다! 놈이 날 죽이고 이 나라를 잡아먹으려는 게야!"

유시가 말을 받았다.

"율기 대장군 말씀이십니까?"

"그래, 그놈이 황궁으로 오는 척하다가 도중에 도망쳐서 나를 습격한 것이 틀림없다!"

"여봐라, 어서 태후마마의 처소를 수색하라!"

"네!"

"너희들은 마마의 곁에서 떨어지지 마라."

"네."

병사들은 곧장 흩어졌으나 네 명의 무장한 여인들은 근처에 남았다. 황실 여인들을 호위하는 여무사들이었다. 그들은 평소에도 태후의 근처에 있어야 할 이들이었지만 태후가 낯선 이들이 곁에 있는 게 싫다며 담장 밖으로 물렸었다. 지키는 이들만 속이 탈 수밖에.

그 와중에 후계를 품은 태후까지 죽이려는 이가 나타났다. 범인이 율기 대장군이라는 말은 사리에 맞지 않으나 누구도 지적할 이는 없었다. 그보다 물 샐 틈 없이 지키고 있는 곳에 자객이 들어왔다는 것부터가 보통 일이 아니었다. 그런 엄청난 이에게서 태후가 무사히 도망친 것이 더 이상한 일이긴 했지만 우선은 자객부터 잡아야 했다.

"마마께서 창문에서 떨어지셨습니다! 홀몸이 아닌 분이십니다, 어서 어의가 봐주십시오!"

유시의 외침에 비명을 듣고 대기하던 어의가 다가왔다.

"마마, 소신이 살피겠나이다."

당연히 태후가 멀쩡하리라는 건 어의 각, 아니 요자의 종 탈각이 더 잘 아는 바이다. 탈각은 태후가 내민 고운 손을 잡고 안위를 살피는 척 진맥하고는 큰소리로 외쳤다.

"천운이옵니다! 놀라신 것 말고는 무탈하십니다."

"다행입니다, 마마! 자객의 흔적은 잡으셨소?"

유시가 태후의 처소를 돌고 나오는 이에게 물었다. 시녀의 주검을 발견했다는 금군의 보고에 유시가 말했다.

"마마의 처소부터 옮겨야겠습니다."

"유시, 놈이 날 죽이러 왔다면 궁을 옮긴다고 해서 무슨 소용이 있겠느냐?"

그런데 그 대답은 금의위장이 했다.

"태후마마, 아뢰옵기 송구하오나 방금 율기 대장군이 지기 대장군과 지금 막 황궁 입구에 들어섰다는 전갈이 있었사옵니다."

율기 대장군이 범인일 리가 없다는 말이었다. 금의위장은 강직함을 보인 것뿐이었으나 태후가 바라는 말은 아니었다.

"감히……. 그럼 저 안에 예울은 뉘가 죽였다는 말이냐! 내가 실성이라도 했다는 말이더냐!"

"천부당만부당한 말씀이시옵니다! 저는 그저……."

"네놈의 충직함을 아껴 살려주려 했거늘……. 여봐라! 이놈을 당장 하옥하라! 그놈과 무슨 연관이 있는 것이 아닌지 내가 직접 치죄할 것이니라!"

날벼락이 따로 없었다. 당황한 금군들이 어쩔 줄 몰라 하자 탈각이 소리쳤다.

"감히 태후마마의 명을 무시하는 게냐!"

"아니옵니다!"

금의위장이 스스로 무릎을 꿇고 금군들이 그를 오라로 묶었다. 자객이 들었다는 마당에 희극이 따로 없었다. 금의위장이 끌려가는 모습을 노려보며 태후가 소리쳤다.

"너희를 아무도 믿을 수 없다. 놈이 어디 있느냐? 선황 폐하의 온기가 아직 가시지 않은 이곳으로 놈을 들일 수는 없다. 내가 그곳으로 가서 놈의 죄를 묻고 단죄하리라! 여봐라, 어서 앞장서라!"

그 누구보다 곱고 순하던 태후가 노기를 드러내자 누구도 감히 말릴 수 있는 이가 없었다. 꼭 금의위장이 끌려가서가 아니라 잘못했다간 당장 목이 베일 것만 같은 두려움이 느껴졌기 때문이다. 유시만이 겁도 없이 자객을 아직 찾지 못했으니 위험하다 아뢰었지만 소용없었다.

강박증에 걸린 것 같은 태후의 모습은 마치 생전의 황제가 살아 돌아온 듯해서 얼결에 뒤따르던 몇몇 고위 관료들은 서로 눈빛만 맞췄다. 무하를 미워하는 광증은 대를 물려 더 강해지는 건가 보다 생각하기도 했다. 그들 모두 오늘이 무하의 죽을 날임을 의심하지 않았다.

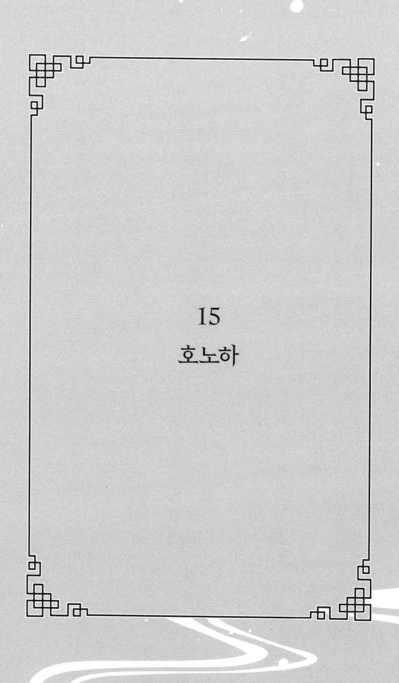

15
호노하

　무하가 탄 마차를 저지하는 이는 없었다. 아니, 지기 대장군이 저지하지 못하니 마차는 그대로 황궁 입구를 통과했다. 그러나 그곳까지였다. 무하는 황실의 위엄을 보이는 너른 광장 입구에서 마차를 멈추고는 지기 대장군에게 말했다.

　"더는 들어가지 않겠소."

　"그게 무슨 말이오!"

　지기 대장군이 펄쩍 뛰며 물었다. 말이 호송이지 실은 무하가 제 발로 따라왔기에 가능한 일이었다. 황궁 입구를 넘었으니 호송에 실패한 것은 아니나 여기서 멈추면 그의 위신도 위신이거니와 뭔가 불안할 수밖에 없었다.

　"마마께서 직접 이리로 오고 계시니 여기서 기다리지요."

　영문 모를 소리였다. 자신도 모르는 일을 어찌 무하가 안단 말인가. 지기 대장군이 되물으려 하는 순간 내관이 달려오며 소리쳤다.

"태후마마께서 납십니다!"

지기 대장군이 눈을 크게 떴다. 무하는 마치 대답이라도 하는 것처럼 중얼거렸다.

"반드시 지킬게."

"그건 또 무슨 말이오?"

지기 대장군은 당연히 그 질문에 대한 답은 들을 수 없었다. 어느새 이곳으로 달려오고 있는 일행을 발견했기 때문이다. 얼마나 서둘렀는지 금군들이 땀에 전 모습이었다.

반면 태후는 우아하게 가마에서 내려 광장의 높은 계단 위 단상에 앉았다. 그러나 무하를 보는 순간 태후의 눈에서 불꽃이 튀었다.

"죄인이 어찌 무장을 한 채 마차에 타고 있느냐! 어서 죄인을 꿇려라!"

태후의 호통에 지기 대장군이 움찔했다. 죄인이 아니라 마치 손님이라도 모시고 온 것처럼 굴던 자신이 상기된 탓이다. 사방의 눈이 그를 찔렀다. 지기 대장군은 그제야 무하를 향해 목을 뻣뻣이 세운 채 소리쳤다.

"죄인은 어서 마차에서 내려라!"

무하는 천천히 마차에서 내리긴 했으나 칼을 풀지도, 무릎을 꿇지도 않았다. 대신 태후를 똑바로 올려다보며 외쳤다.

"제가 어찌 죄인입니까?"

"무어라, 감히 지존인 나를 능멸하느냐! 너의 죄는 네가 더 잘 알 것 아니냐!"

"저는 제 죄를 모르겠습니다."

"닥쳐라! 황실의 안위를 책임진 자가 선황을 돌아가시게 해놓고도 어찌 그리 당당할 수 있느냐!"

"이상한 말씀을 하십니다. 제가 황실의 안위를 책임진 적이 있습니까?"

"뭣이라!"

"황궁 안에 발을 디디는 것조차 어려운 자가 황실의 안위를 책임지다니 어불성설입니다."

옳은 말이다. 그러나 옳다고 언제나 말할 수 있는 건 아니다. 자객이 나타났다는 소리에 황궁은 발칵 뒤집힌 상태였다. 태후의 행차에 대소신료들까지 대부분 따르고 있었다. 그렇게 다들 모여 있었지만 무하가 입궁한 상태에 대해서나 감히 지존에게 꼬박꼬박 대꾸하는 걸 지적하는 이가 없었다.

태후는 당혹감을 감출 수 없었다. 궁하의 빈자리가 느껴졌다. 겨우 계집이나 밝히고 취미로 사람 사냥이나 하는 궁하의 장악력이 이 정도일 줄은 몰랐다. 태후는 무하의 무위를 두려워하며 또한 신뢰를 보이는 저 머저리들도 다 쓸어버리고 싶었다.

하지만 조금만 더 참아야 한다. 태내에 황실 혈통이 있는 이상 어차피 이 나라는 자신의 것이다. 태자는 자신의 소유물, 태내에서부터 굴종이 새겨진 존재라 권력을 경쟁할 필요가 없다. 죽을 때까지 절대복종은 물론이고 키워서 후계만 생산하고 없애도 되었다. 후계가 이어지는 한 대대손손 황권을 휘두르며 야금야금 권속으로 요직을 채운다면 자신은 제국 위에 군림한 채 요괴들의 나라를 만들 수 있다. 그러자면 우선 무하부터 없애야 한다. 그리고 사라진 먹이도 찾고.

"여봐라, 죄인을 당장 포박해 무릎 꿇려라! 지기 대장군, 무엇 하는가!"

"……네? 네!"

눈알만 데굴데굴 굴리던 지기 대장군이 무하에게 어기적거리며 다가갔다. 무하가 저항이라도 한다면 제일 먼저 목이 떨어질 판이라 여간 경계하는 게 아니었다. 지기 대장군은 어느 정도 무위와 권세를 지닌 덕에 백청과 청대부가 끌어들이긴 했으나 보다시피 소심하고 우유부단한 터라 보는 이로 하여금 숨통 터질 위인이었다.

"잠깐!"

무하의 한마디에 지기 대장군이 개구리처럼 펄쩍 뛰었다. 지기 대장군에게 기대를 버린 태후가 직접 소리쳤다.

"죄인이 무슨 잔말인가!"

"내가 죄인이라는 억지를 부리는 것보다 먼저 밝힐 것이 있소. 이번 황실의 난의 주범이 거미줄 해라는 것은 이미 알려진 사실이오. 나는 그동안 거미줄 해를 쫓았고 드디어 배후를 알게 되었소. 이 자리에서 그 배후를 밝히려 하오."

"무엄하도다, 억지라니! 무슨 헛소리를 하려는 것이냐! 어서 죄인을 포박하지 못할까!"

태후의 비명과도 같은 고함에 기가 살아난 지기 대장군이 칼을 빼들었다. 그러나 무하는 본 체도 않고 마차를 향해 속삭였다.

"이젠 그대의 차례요."

기다렸다는 듯 사량 선생이 마차 안장을 들췄다.

"뭣 하느냐! 저들이 수작 부리기 전에 당장 저지하지 못할까!"

지기 대장군이 저도 모르게 칼을 내려쳤지만 무하가 돌아보지도 않고 내민 손에 막혀 버렸다. 그가 다시 공격할 엄두를 내지 못하고 있는 새 무하는 다른 손을 내밀어 마차에서 빠져나오는 민영을 부축했다.

"나오시오."

"어, 어?"

"사람이다! 사람이 왜 저기에……?"

"여자가 저기서 왜 나와?"

"헉, 어여쁜데?"

"소문은 들었어. 호색한 율기 대장군이 제 여자를 숨겨 온 것인 가?"

"마지막 가는 길에 마지막까지 총애하던 여인과 함께 가려나 보 이."

수군대는 소리가 커지는 가운데 태후는 눈만 부릅뜬 채 그들을 향해 삿대질했다.

"너! 너!"

"모두 조용히!"

무하가 공력을 담아 지른 호령에 순식간에 주변이 쥐 죽은 듯 조용해졌다. 이제부터 바늘 떨어지는 소리조차 쩌렁쩌렁 울리게 들릴 것이다. 무하가 단상을 가리키며 말했다.

"보이시오?"

"네……. 보입니다. 똑똑히."

민영이 당장 달려들 것 같은 태후를 바라보며 고개를 끄덕였다.

"어찌 생겼소?"

"머리카락은 색 빠진 푸른색에 이마 위로 제 손가락만 한 뾰족 하고 누런 뿔이 두 개 솟아나 있어요. 얼굴은 녹색 피부에 비늘이 돋아나 있고 입술은 유난히 작으면서 피를 머금은 듯한 빨간색이 에요. 손은 마른 그늘 이끼 색에 손톱은 검어요."

"호노하로군요."

사량 선생이 큰소리로 중얼거리자 몇몇 황궁 주술사들이 함께 고개를 끄덕이다가 경악하며 태후를 쳐다보았다. 호노하는 인간 의 탐욕과 질투를 부채질하고 종국에는 모든 것을 가로채는 요괴 였다. 탐욕의 주제는 재물이나 권세, 수명, 외모, 공력 등 인간의 욕망 대부분이었는데 황궁이야말로 호노하의 탐욕을 채울 수 있는 최고의 장소였다.

민영은 의도적으로 요자의 외모를 구체적인 단어로 거칠게 표현했다. 둔갑하기 전 본모습이 보이지 않는 한 듣는 이들은 민영이 말한 대로 상상할 수밖에 없었다. 게다가 그녀의 등장과 동시에 유난히 동요하는 태후도 그 믿음을 더해주었다. 그러나 장소와 사람은 아직 태후의 편이었다.

"미, 미쳤구나! 감히 지존을 능멸하고 살아남길 바라느냐! 저것들을 당장 죽여라! 죽여라!"

지기 대장군이 칼을 쳐 들며 소리쳤다.

"태후마마를 능멸한 저들을 쳐라!"

금군들이 일제히 세 사람이 타고 왔던 마차를 중심으로 동심원을 그리듯 포위하며 달려들었다.

"하앗!"

첫 번째 칼날이 마차에 닿기도 전에 무하가 분신과도 같은 칼을 휘둘렀다. 단 한 번의 기합에, 단 한 번의 공격. 살기를 억제한 공력의 반출에 달려들던 첫 번째 원이 넘어지고 그 뒤를 따르던 겹겹의 원이 쓰러졌다. 맨 먼저 당한 지기 대장군 또한 쓰러지는 인원에 포함되었다. 아직은 깨달은 사람들이 없었지만 쓰러진 이들 중에 죽은 이는 없었다.

일순 정적이 일었다. 남은 장수들이 서로 눈짓을 나누다가 다시 명령을 내렸다.

"반역자를 처단하라!"

"와아아아!"

장수들과 금군들이 원을 둘러싸며 덤벼들었다. 아무리 무위가 강하다 한들 무하는 혼자다. 사량 선생도 손발이 묶인 건 마찬가지였다. 사량 선생을 대비해 황궁 주술사들이 힘을 합해 주술력을 억제해 놓았기 때문이다. 일 대 수백, 수천, 수백만이 넘는 군사를 무하 혼자 감당할 순 없으리라. 피해는 좀 생길지언정 결국 쓰러지는 건 무하여야 했다.

타아앗!

무하가 한 걸음 내디디며 검을 날렸다. 압도적. 이 한마디로 모든 것이 설명될 것이다. 달려들던 장수들과 금군들이 방금 그랬듯이 낙엽처럼 날아갔다. 그가 두 번 날린 검풍에 공간은 처음만큼 넓어지고 말았다. 그야말로 압도당한 금군들이 제자리에 선 채 꼼짝하지 못했다.

"쳐, 쳐라!"

검풍에서 벗어났던 장교 하나가 소리를 지르며 달려들었다. 장교가 앞서자 금군들도 다시 칼을 들고 달려들었다. 그러나 반대로 무하는 칼을 내려뜨린 채 손가락으로 앞을 가리켰다.

"그만, 저기를 보라!"

"무슨 수작이냐!"

장교는 들은 체도 않으려 했지만 이미 고개를 돌린 금군들과 신료들 사이에선 소란이 일고 있었다.

"쳐라, 당장 저 반역자를 죽이란 말이다!"

장교의 발악에도 금군들 사이에서 시작된 동요는 바로 옆까지 번져 왔다.

"저, 저기……."

장교 바로 옆에 있던 부관도 아예 굳어버린 모습으로 고개를 돌려 손가락질만 하고 있었다. 방금 무하가 가리킨 곳, 태후가 있는 방향이었다.

"엇!"

"아……!"

금군들은 명령이라도 받은 듯이 일제히 동작을 멈추고 그곳을 바라봤다. 그들의 앞에 방금까지 태후가 입고 있던 화려한 상복을 입고 있는 존재가 있었다. 그 존재는 조금 전 민영이 설명한 모습 그대로였다. 질척거리는 녹빛 바탕에 불길한 푸른색과 검은색이 어우러진 요괴.

"호노하!"

황궁 주술사 중 하나가 그것을 가리키며 외마디 비명을 질렀다.

"호노하?"

"호노하가 저렇게 생긴 거야? 저렇게 추한 것이……."

"태후마마?"

"저것이 태후라고?"

표현이 점점 사나워지고 있었지만 그 말에 반박할 자는 없었다. 경악한 시선이 집중된 가운데 태후였던 그것이 발악하듯 소리쳤다.

"아니야, 아니야!"

드러났던 호노하의 모습이 다시 바뀌기 시작했다. 서서히 본래 아름다운 태후로 돌아온 그녀가 무하를 돌아보며 외쳤다.

"율기, 저자가 내게 사술을 부린 것이다! 저 요망한 것이 말한 대로 나를 둔갑시켜 모두를 현혹한 것이다. 보라, 저자의 악랄한 수작이 이것이었다! 이래도 저자가 반역자가 아니던가? 당장 저자를 죽여라!"

금군들은 갈팡질팡했다. 그들을 지휘해야 할 장수들과 관료들도 당황한 채 서로 눈만 끔벅거렸다. 태후의 목소리가 그들의 동요를 갈랐다.

"나는 황상께서 인정하신 정통 후계를 가진 어미니라! 어찌 내

말을 의심하느냐! 감히 황실을 능멸하고 반역에 가담하려는 건
가!"

정통 후계. 그 말에 따귀를 맞은 듯 정신을 차린 장수들은 다
시 무하를 향해 칼을 빼들었다. 어떤 일이 있어도 황제의 후계를
속일 수는 없었다. 이는 등락제국 건국과 함께한 성왕의 축복이
깃들어 있기 때문이었다.

"반역자의 사술에 현혹되지 말고 태후마마를 지켜라!"

이번엔 태후를 수행하던 금의 부대장 망원이 단상에서 뛰어내
리며 무하에게 달려들었다. 망원도 무하의 말에 반신반의하긴 했
었다. 아니, 무하의 말을 믿었다. 태후의 바로 옆에 있던 금의 부
대장은 태후가 호노하로 변하면서 번지는 역겨운 냄새를 맡을 수
있었기 때문이다. 정말 사술을 부려 둔갑하게 했다 해도 냄새까
지 풍기게 할 수는 없었다. 태후는 요괴였다.

알면서도 망원의 칼끝은 무하를 가리켰다. 정통 후계 때문이었
다. 황실의 핏줄이 아니고선 성왕의 축복이 이어지지 않는다. 후
계가 태어날 때까지는 무슨 일이 있어도 태후를 지켜야 했다. 적
어도 그는 그렇게 생각했다.

"멈춰라!"

무하가 소리쳤다. 포효와도 같은 고함에 수천의 병사가 동시에
멈칫했다. 그 뒤로 새까맣게 몰려들던 금군들까지 동작을 멈췄
다. 나름 공력으로 방어하고자 한 고위 무사들도 일순 몸이 굳는
건 마찬가지였다. 무하는 가장 앞에 있는 이에게 물었다.

"망원 부대장, 정녕 호노하가 품은 자식을 황제로 모실 생각인
가!"

"태후께서는 호, 호노하 따위의 요괴가 아니시다! 율기 대장
군, 그대 옆에 있는 사량 선생이 사술로 꾸민 짓이 아니던가!"

망원의 목소리는 심하게 떨렸다. 무하는 망원이 태후의 정체를 제대로 알고 있음을 알 수 있었다. 그럼에도 그가 태후를 모시려 하는 이유도 알 수 있었다. 그건 아직 긴가민가한 채 충격에 빠진 다른 이들도 같은 생각일 것이다. 그만큼 황제의 핏줄에 집착하는 것이다. 하지만 이렇게까지 일을 꾸민 요괴가 정말 그 '핏줄'에게 황권을 넘기고 나라를 지탱할 거라고 여긴 걸까?

"황실의 정통을 요괴가 이을 수는 없다! 나는 지아비를 해치우고 나라를 망치려는 저 요괴를 없애고 등락제국을 바로 세우겠다!"

"무, 무슨 말을 하려는 것인가! 율기 대장군, 보자 보자 하니 정녕 반역자였구나! 황실의 핏줄이 아니고선 누구도 이 나라의 지존이 될 수 없다!"

"맞소, 반역자요, 반역자!"

지켜보던 백청과 청대부가 목소리를 높였다. 두 사람의 말에 평소 무하를 좋게 보던 이들까지 고개를 끄덕이기도 했다. 거기에 맞서 사량 선생이 소리쳤다.

"저것의 정체가 바로 거미줄 해의 수장이며 황제와 황실 사람들을 해친 주범이오!"

경악이 파도처럼 번졌다.

"즈, 증거가 없지 않소!"

누군가 소리쳤다. 하지만 그건 진짜 부정하고자 한 말이 아니라 새로운 희망을 갖고자 애원하는 말이었다. 요자로선 그런 분위기를 용납할 리가 만무했다.

"미쳤도다, 미쳤어! 여봐라, 저 음흉한 작자가 계속 주절거리게 놔둘 셈이냐!"

돌진에 실패한 금군들 대신 궁수들이 사방 지붕 위에 나타났

다. 아직 혼란스러운 얼굴을 한 망원이 허공에 손을 가르며 소리
쳤다.

"쏴라!"

"부탁한다."

무하가 작게 속삭였다. 그런데 마차에는 언제 나타났는지 모를
붉은 머리의 거대한 사내가 민영의 곁에 있었다. 대신 그들이 타
고 왔던 마차에 매어둔 말이 감쪽같이 사라졌음을 인식한 이는
없었다.

뚜껑도 없던 마차에 얇은 우산 하나가 덧씌워졌다. 말 그대로
화살 비가 내리는 가운데 겨우 우산으로 가려서 뭐 하겠느냐 하
겠지만 집중된 화살 중 어느 하나 우산을 관통하는 건 없었다.
우산 아래 몸을 피한 건 사량 선생과 민영, 정체를 알 수 없는 붉
은 사내뿐이었다. 무하에게는 거의 수만 발에 달하는 화살이 고
스란히 쏟아지고 있었다. 빗발치는 화살 사이사이로 공력을 담은
철시 공격이 더해졌다. 그러나 무하에게 작은 생채기 하나 내지
못했다. 아니, 그에게 닿는 것조차 없었다. 그가 칼을 휘저어 막
는 것도 아니었다. 그 자리에 굳건히 서서 공력으로 방패막을 만
들었을 뿐이었다.

화살 비가 그치며 수런수런 관객들의 동요가 다시 커지고 있었
다.

"맙소사, 어떻게 저럴 수가!"

"율기 대장군이 저렇게 강했었나?"

"아무리 공력이 강하다고 한들 저렇게 오랫동안 방출할 수가
있나?"

"혹시 사람이 아닌가?"

"저자야말로 요괴다!"

"무슨 소리? 대장군이 요괴라면 왜 살수를 쓰지 않는 거지?"

"맞아, 막기만 하고 있어!"

그제야 사람들은 무하가 아직 본격적인 반격을 하지 않았다는 것을 깨달았다. 처음 공격에 쓰러진 이들도 죽은 자는 거의 없었다. 오히려 방금 화살 공격에 사상자들이 생겼을 뿐이었다.

"대장군이 만약 칼을 이쪽으로 겨눴다면……"

누군가의 속삭임에 사람들은 부르르 떨었다. 그 말에 응답하 듯 무하가 다시 외쳤다.

"나는 여기 있는 누구도 해칠 생각이 없소! 나는 다만 저 요괴 의 정체와 악행을 밝히고 나라를 올바로 세우려는 것뿐이오!"

"헛소리 마라! 너는 반역자일 뿐이다! 여봐라, 어서 저자……"

"저, 저기 봐!"

"태후마마?"

"아까 그 모습이야!"

"사량 선생이 한 짓이라잖아!"

"아냐, 황실 주술사들이 이미 그의 주술력을 봉인했어."

"저건 본모습으로 되돌아가는 거야!"

"본모습? 정말 태후마마가 요괴였어?"

요자가 저도 모르게 제 얼굴에 손을 뻗었다. 되돌아갔던 그녀 의 모습에 균열이 가고 있었다. 갈라진 얼굴 사이로 녹빛 피부가 드러나고 짙은 노란색 눈자위에 피보다 붉은 입술이 점점 색을 되 찾아갔다. 풀어 헤쳐진 머리장식 사이로 뾰족한 뿔이 솟아나면서 기형적으로 긴 손가락 끝의 검은 손톱 색이 강조되어 보였다.

사람들은 태후의 모습에 놀란 나머지 보지 못하고 있었지만, 그때 우산 밖으로 빼꼼 고개를 내민 민영이 그녀를 향해 손을 뻗 은 채 속삭이고 있었다.

"돌아가라, 돌아가라, 돌아가라."

"되었소. 어서 몸을 숨기오."

민영이 잽싸게 우산 뒤로 몸을 웅크리는 걸 확인한 무하는 다시 요자를 향해 몸을 돌렸다.

"저 사악한 요괴를 끌어내라!"

누군가 외쳤다. 무하가 황궁에 미리 심어둔 이였다. 분위기에 휩쓸린 다른 이들도 그의 외침을 받았다.

"요괴를 없애고 황실을 바로 세우라!"

"요괴를 죽여라!"

"죽여라!"

"모두 피해!"

마지막에 무하가 외쳤지만 한발 늦었다. 몇몇 이들이 검은 줄기가 휘둘러진다고 느낀 순간 태후, 아니 요자의 반경 10장 넘게 에워싸고 있던 병사들의 사지와 목이 절단 나고 말았다.

"으아악!"

무하에게 칼을 내밀었던 망원의 목이 구르며 무하를 애타게 쳐다보았다. 비명이 난무하는 피바다의 한가운데, 이제 모습을 되돌리는 수고를 하지 않는 요자가 자리에서 일어났다.

"가소로운 것들! 내가 겨우 인간들 따위를 무서워해서 이런 수고를 한 줄 아느냐!"

앙소를 내뱉은 요자가 다시 긴 손톱을 휘둘렀다. 간간이 칼을 들어 막으려는 시도는 있었지만 검은 손톱은 강기를 두른 칼을 잘라내고 그 너머의 사람까지 토막 내 버렸다. 그리고 또 한 번 휘두르려는 손톱이 무언가에 막혀 버렸다. 무하의 애병과 마주친 손톱에서 불꽃이 튀었다.

저를 맞선 무하의 모습에 요자가 붉은 입술을 늘이며 웃었다.

"물러나라!"

굴종의 명이었다. 그러나 무하의 칼은 여전히 요자를 똑바로 겨눴다. 요자는 당황했다. 무하가 죽을 자리인 줄 알면서도 오늘 황궁에 온 것은 굴종의 인 때문이다. 그런데 그보다 더한 직접적인 명령이 통하지 않다니, 왜?

"왜, 왜 굴복하지 않는 거지? 황제의 모든 것을 받은 나의 명을!"

"없애 버렸으니까."

무하가 담담히 답하며 칼을 치켜들었다. 아주 잠깐 인상을 찡그리던 요자가 거짓말처럼 표정을 고치며 코웃음을 쳤다.

"용케도 재주를 부렸구나! 그래, 그런 재주쯤 부릴 줄은 알아야 재미도 있지. 처음부터 그런 것에 기대지 않아도 감히 나를 능멸할 수 없다, 인간 따위!"

놈의 주위로 음울한 아지랑이가 일렁이며 머리카락이 갈기처럼 휘날렸다. 무하는 어쩔 줄 모른 채 요자를 멍하니 지켜보기만 하는 이들을 향해 소리쳤다.

"모두 물러나라!"

그제야 정신을 깨운 이들이 바닥을 기고 달려 최대한 멀리 물러났다. 하지만 문을 열고 도망칠 수는 없었다. 사람 형상이긴 하나 박쥐의 날개를 단 요괴들이 문을 점령한 채 들이닥치고 있었다. 어린아이보다 조금 더 큰 키에 마르고 새까만 몸을 지닌 놈들은 일견 작고 약해 보였지만 금군이 든 창을 수수깡처럼 부러뜨렸다. 무하가 소리쳤다.

"모두 요괴에게서 떨어져라! 장수들과 장교들은 어서 생존자들을 도와라! 지기 대장군은 어서 대문을 여시오!"

지기 대장군은 망설이지 않고 문 쪽으로 달렸다. 일개 병사는 문을 열 권한이 없기도 하거니와 요괴가 가로막고 있는 저 문을 열 자는 자신밖에 없었다. 왜? 라는 의문조차 들지 않았다. 지기 대장군은 평소 무하에게 느끼던 상대할 수 없는 압박감과 박탈감이나 고까움 같은 건 이 순간 깨끗이 잊어버렸다.

그때 다른 쪽에서 비명이 들렸다. 관료와 주술사들이 모인 쪽이었다. 요괴는 금군들도 가지고 놀 만큼 힘이 좋았지만 무력이 없는 이들부터 목표로 삼았다.

"으아악, 아악!"

비명이 난무했다. 장수들이 달려들어 요괴들을 막으려 했지만 자유롭게 날아다니는 요괴들보다 빠를 수 없었다. 아니, 막으려 해도 몇 안 되는 장수들의 힘으론 역부족이었다. 그때 지기 대장군이 방해하는 요괴들을 가까스로 물리치고 문을 열 수 있었다.

어찌 된 영문인지 저택 내에 구금되었던 광천대가 이미 황궁 문 앞에 있었다. 그 뒤로 귀와 꼬리 달린 이들의 모습도 보였지만 지기 대장군에겐 그들의 모습이 제대로 눈에 들어오지 않았다. 그 수인(獸人)들이 무하의 저택을 지키던 금군을 제압하고 광천대와 함께 황궁으로 쳐들어왔음에도 그저 아군의 등장에 감사할 뿐이었다.

"비키시오!"

맨 앞에 서 있던 형곽과 석찬이 곧장 달려들며 소리쳤다.

"사악한 요괴들을 물리쳐라!"

광천대가 광장 안으로 들어가며 외치는 소리를 듣고서야 지기 대장군은 뒤늦게 그들의 뒤로 합류했다.

"와아아!"

광천대와 정체 모를 수인들이 아직 망연자실해 있는 금군들 대신 요괴들과 싸워 관료와 주술사들을 구하기 시작했다. 광장 중앙에선 요자와 무하의 싸움이 시작되고 있었다.

"소용없다! 모두 다 죽인다, 죽인다!"

둔갑한 모습을 벗어던진 요자는 거추장스러운 옷가지까지 찢어 버린 채 무하와 싸우기 시작했다. 한 번 휘두를 때마다 사람과 병장기를 잘라내던 검은 빛줄기가 무하를 매섭게 따라붙었다. 약간만 스쳐도 살이 패이고 뼈가 깎이는 공격이었다.

"아악!"

다리가 잘려 미처 달아나지 못했던 병사가 흘린 빛에 맞아 절명했다. 안타까우나 다행인 건 주변에 더는 요자의 공격이 미치는 이는 없다는 것이었다. 아니, 한 사람 더 있긴 했다.

"으앗, 악, 앗!"

요자가 흘린 빛은 민영이 몸을 숨긴 마차에도 미쳤다. 밀모가 그 앞에서 칼을 요리조리 틀어막으며 경망스럽게 비명을 지르고 있었다.

"무하, 좀 제대로 잘해봐!"

마치 겨우 그 정도도 제대로 막지 못해 공격을 흘리느냐며 방정을 떠는 밀모 때문에 요자의 분노가 더 거세졌다. 요자가 괴성을 질렀다.

"크아악, 죽어라!"

요자가 무하의 공격마저 무시하며 밀모를 향해 손톱 채찍을 날렸다. 정확히는 민영이 탄 마차를 향한 것이었다. 하지만 기습과도 같은 공격은 무하의 검 끝에 비껴가면서 민영이 숨어 있는 우산에 맞았다. 무슨 방비가 되어 있었던들 쇠도 갈라 버리는 엄청난 공격에 우산 따위, 단숨에 찢어질 것이다. 그러나 그 당연한 기대는 맞은 부위가 조금 움찔한 것만으로 허망하게 끝나 버렸다.

"아이구, 우리 사랑 선생이 고수 열 명을 만들어낼 영석을 갈아

넣어 만든 방어막인데 그딴 게 통할 것……. 으악, 무하, 너 일부러 안 막아준 거지!"

"막아줘야 했나?"

머리끝을 스치는 검은 채찍에 꽥 비명을 지르던 밀모는 금세 허세를 부렸다.

"당연히 아니지. 나 이렇게 멀쩡하잖아?"

멀리서 방정맞은 아들을 지켜보던 구말이 이마를 잡고 한숨을 쉬다가 곧 따라붙는 요괴를 향해 칼을 그었다.

"아악!"

저를 앞에 두고도 여유롭게 만담을 즐기는 두 사람의 모습에 요자의 눈에 귀화가 피어올랐다. 아무것도 자르지 못할 게 없는 손톱 채찍이 겨우 주술사가 만든 방어막에 막혔다. 무하라는 인간은 아직 상처 하나 없는데 오히려 요자의 몸에만 실금이 몇 개나 나 있었다.

"이럴 리가 없다, 감히 인간 따위가 어찌 이런 나에게, 나에게!"

태어나서 삼백년, 자아를 갖고 요력을 키운 것이 백년이 넘었다. 인간이라면 어릴 때부터 영약으로 목욕을 했다 한들 그만한 세월을 거스를 정도의 공력을 쌓을 수는 없다. 다 저 먹이 때문이었다. 저 알량한 것 때문에 모든 것이 틀어지고 말았다. 순간 요자의 눈이 검은빛을 뿜어내기 시작했다.

"감히, 이 나를! 감히!"

요자의 몸이 부풀어 오르기 시작했다. 최후의 형태로 변신하는 것이었다.

무하가 변하기 시작한 요자를 그대로 두고 보기만 한 건 아니었다. 공력을 최대로 끌어올려 요자의 중심을 파고들었지만 검은빛으로 둘러싸인 요자의 주위는 결계에 막힌 듯 뚫리지 않았다. 제 아무리 막강한 공력이라도 밖에서는 절대 뚫리지 않을 결계였다. 그 안에서 천천히 변신을 끝낸 요자는 최소 두 배는 더 큰 키와 세 배는 커진 몸집, 커다랗고 사나운 발톱을 자랑하는 네 개의 두꺼운 다리와 두 개의 손을 가지고 몸을 일으켰다.

크아악!

요자가 질러대는 괴성만으로 공력 없는 신료들은 물론 무장들까지 쓰러지는 이들이 속출했다.

"모두 죽어라!"

허공을 웅웅 울려대는 괴상한 목소리로 포효한 요자가 다시 손톱을 늘려 마구 휘두르기 시작했다. 넘실대는 검은빛의 채찍이 닿는 것마다 스러지기 시작했다. 땅이 파이고 기둥이 잘리고 주춧돌이 날고 건물이 무너지며 먼지가 일었다.

사방을 가린 먼지 속에서 날붙이들이 날아들어 무하를 공격했다. 쓰러진 병사들의 무기가 조각나 그를 향해 빗발쳤다. 너무 많고 빨랐지만 무하는 모든 공격을 거의 생채기 없이 막아냈다. 하지만 그건 속임수였다.

"조심해!"

밀모가 외쳤다. 비처럼 쏟아지는 병장기 속에 요자의 채찍이 교묘하게 숨어들어 무하의 몸을 탐했다. 하지만 밀모의 한발 늦은 외침보다 무하가 더 빨랐다. 병장기 사이를 통과하듯 지나간 무하는 기어이 요자의 손톱을 잘라내고 말았다.

"크아악!"

하늘을 울리는 비명이 다시 울렸다. 이번엔 공격력을 담은 포효가 아닌 고통의 비명일 뿐이라 귀를 막은 이는 다치지 않았다. 손톱은 단순한 무기가 아니었다. 요자의 요력의 근원이며 공격의 최종 수단이었다. 손톱이 잘리는 건 힘이 깎이는 것이나 마찬가지였다. 그러나 손톱은 하나가 아니었다. 근접한 순간 무하는 더 쉽게 위험에 노출되었다. 손톱이 스치기만 해도 몸이 몇 조각으로 갈라질 것이다.

"피해!"

밀모가 다시 소리쳤다. 그러나 무모하리만치 요자에게 가까이 다가간 무하는 기어이 목적을 이뤘다. 넘실대는 검은 채찍 살마저 뛰어넘은 무하가 요자의 다리를 베어낸 것이다. 다리 하나를 잃은 요자의 몸이 살짝 기우뚱했다. 하지만 승기를 잡은 줄로만 알았던 무하의 공격은 뼈아픈 결과를 가져왔다.

"아악!"

피가 튀었다. 민영이었다.

요자는 때론 무하의 공격을 맞아주며 밀모가 방어력을 자랑하던 우산을 때리고 있었다. 우산에 금이 간 순간 요자는 무하의 공격을 피하는 대신 민영에게 손을 뻗은 것이다. 우산 한 귀퉁이가 잘리며 손톱 채찍이 날아들었다. 밀모가 황급히 막았지만 밀모를 타고 넘은 채찍은 민영의 가슴을 가르고 지나가 버렸다.

"그래, 너만 없애면……!"

클클, 요자가 웃었다. 이 건방진 인간의 힘의 원천이 저 먹이렷다. 대가로 다리 하나를 잃었지만 저것만 삼키면 얼마든지 복구할 수 있다.

"민영!"

무하가 돌아보지 못한 채 애타게 소리쳤다.

"나는 괜찮아요, 어서 요자부터 해치워요!"

민영이 또렷한 목소리로 답했다. 조금만 빗겨 맞았다면 머리가 날아갔을 것이었다. 하지만 마지막 순간 밀모가 채찍의 방향을 비튼 덕에 목숨만은 구했다. 모든 힘을 쥐어짜 온전한 목소리를 낸 것을 끝으로 민영은 반쪽만 남은 우산 뒤로 쓰러지고 말았다.

"죽인다!"

무하가 포효했다. 민영의 상태를 확인할 수 없어 애가 탔지만 그녀의 말대로 요자를 없애는 게 먼저였다.

어느새 몸집을 약간 줄인 요자는 다시 손톱을 휘둘렀다. 몸집이 줄어들었다지만 요자의 몸은 여전히 무하의 두 배가 넘게 컸다. 무하가 몇 걸음 뛰는 것보다 요자의 한 걸음이 더 빨랐다. 검은 채찍이 평정심을 잃은 무하의 몸을 감았다. 무엇이든 베어버리는 채찍 그물에 무하가 걸려든 것이다. 제아무리 발버둥 친다 해도 으스러진 육신의 파편이 되는 수밖에. 요자가 희색한 순간이었다.

하아!

거친 기함과 함께 채찍그물이 찢겨 나가면서 요자의 몸이 힘없이 허물어지고 말았다.

"이, 이걸 리가! 이걸 리가 없어! 어떻게 네가? 감히 인간인 네가!"

다리 하나가 잘리고 손톱도 부러졌지만 그건 변신한 모습 중 일부일 뿐이었다. 작아진 대신 요력을 압축한 요자는 이 건방진 인간의 공격을 더는 허용하지 않을 거라 자신했다. 그러나 민영이 쓰러지자 아예 뒤를 보지 않고 달려드는 무하의 저력을 알지 못한 것이 실책이었다. 자만의 대가로 손톱이 모조리 박살나고 말았다.

"으, 으아악!"

손톱, 요력을 모조리 잃은 요자가 땅을 뒹굴기 시작했다. 무하가 그런 요자를 끝내기 위해 칼을 내려치는 순간이었다.

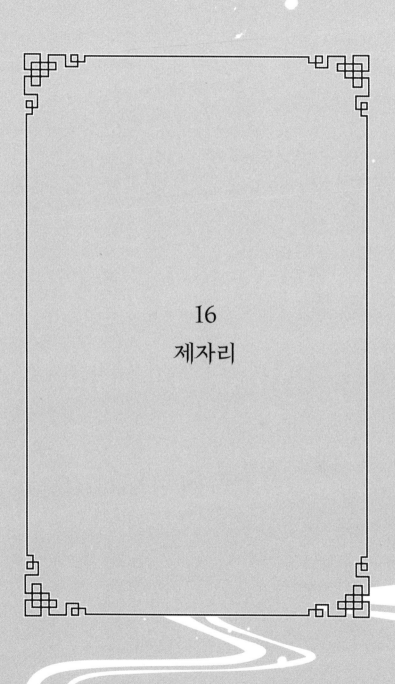

16
제자리

"거기까지."

공력을 모조리 쏟아부은 무하는 갑자기 뒤에서 들리는 목소리에 항거할 수 없었다. 그러나 요자를 이대로 보내는 것은 또 다른 화근이 될 일이었다. 그대로 요자의 심장을 관통하려는 순간이었다.

"네 할 일은 거기까지다. 우선 이 아이부터 살려야 하지 않겠느냐?"

무하가 돌아보자 마차를 방어하던 우산이 벗겨져 있었다. 덕분에 민영이 요력에 당한 상처를 추스르느라 기진한 사량 선생과 이미 정신을 잃은 민영이 보였다.

갑자기 나타난 사내는 머리는 희지만 무하 또래로 보이는 이였다. 슬금슬금 사내에게 다가가던 밀모는 그가 대충 휘젓는 손짓한 번에 나가떨어지고 말았다. 사내가 나타날 때까지 아무도 몰랐다. 그 사실에 가슴 섬뜩한 긴장으로 경계하는 순간 그는 이미 민영에게 손을 대고 있었다. 생명을 쥐어짜더라도 민영을 상하게 할수는 없다. 무하가 그에게 칼을 겨누며 소리쳤다.

"건들지 마!"

"버릇없는 놈!"

맥락 없는 말인데도 무하는 그 한마디로 무언가 느낄 수 있었다. 사내는 무하가 칼을 내리는 걸 보고는 민영의 어깨에 손을 갖다 대었다. 찢기고 드러나 버린 민영의 어깨는 한눈에 봐도 심상치 않은 색으로 부풀어 있었다.

"허억!"

겨우 눈을 뜬 밀모가 민영을 보고 신음을 질렀다. 무하는 그처럼 소리도 내지 못했다. 상처에서부터 민영의 목덜미 위로 불길한 검푸른색이 점점 번지고 있었다.

'살려주십시오!'

사내를 방해라도 할까, 무하는 그 간절한 외침을 감히 소리 내어 말하지도 못했다. 아직 요자가 버티고 있지만 않았다면 무하는 그 자리에서 엎어져서 머리라도 박았을지도 모른다. 그런데 정말 마지막 순간 죽을 위기를 넘긴 요자가 부스스 일어나고 있었다.

무하는 즉각 요자를 향해 칼을 들었다. 하지만 요자는 무하를 본 체도 않은 채 사내를 향해 손을 내밀며 애걸하듯 속삭였다.

"아, 아버……."

"닥쳐라!"

호통을 들은 요자의 표정이 악귀같이 일그러지다가 곧 굳어버리고 말았다. 겨우 말 한마디에 입과 몸이 봉인당했기 때문이었다. 절대적인 힘의 격차를 느낀 요자의 눈에 한없는 두려움과 절망이 서렸다. 먹이만 먹는다면 저자를 자신이 차지할 줄 알았다. 아니, 먹이를 먹었다면 정말 저런 힘을 가질 수 있었을지 모른다.

요자는 민영에게서 마지막까지 탐욕스러운 눈길을 떨치지 못했다.

사내가 허공을 움켜쥐는 동작에 민영이 신음을 지르며 몸을 틀었다. 잠시 기절했다가 깬 눈을 뜬 사량 선생이 민영이 움직이지 못하도록 팔을 붙잡았다.

"흥, 눈치는 있구나."

사내가 손을 쭉 잡아당기는 시늉을 하자 민영은 발작하듯 몸을 튕겼다가 다시 기절하고 말았다.

"민영!"

사량 선생이 급히 민영의 맥을 짚고는 안타까이 바라보는 무하를 향해 고개를 끄덕였다. 사내는 사량 선생이 민영의 안위를 확인하는 걸 기다렸던 것처럼 손을 펼쳐 보였다. 그의 손 위에 요자가 뿌려대던 검은빛을 압축한 듯한 구슬이 드러났다.

"헉, 어찌 그런……."

보기만 해도 악독한 기운에 사량 선생이 질린 얼굴을 하며 민영을 잡아당겼다. 사내는 대수롭지 않게 그것을 자신의 입에 쏙 넣고는 무하에게 손가락을 까닥였다.

"이리 오너라."

마치 동네 무뢰배처럼 참으로 건방지고 가벼운 손짓이었다. 아마 민영이 봤다면 체면 구긴다며 툴툴거렸겠지만 무하는 이끌리듯 다가가 깍듯이 고개를 숙여 인사했다.

"살려주셔서 감사합니다."

"칠칠치 못한 놈! 너는 처음 봤을 때부터 마음에 안 들었어."

"면목없습니다."

"면목없는 놈에게 역시 이 아이를 맡길 순 없……."

"면목은 없으나, 부디 그 말씀만은 거두어주십시오. 제게 민영은 목숨과도 같습니다."

"흥, 목숨을 이리 다루나?"

"다시는 이런 일이 없을 것입니다!"

"너와 네 선조에게 준 기회는 이것으로 다 쓴 것이다."

이 말을 듣는다면 까무러칠 관료들이 한둘이 아닐 것이다. 그건 그가 등락국의 선조에게 약속했던 축복을 거둔다는 의미였으니까. 이제 무하가 다스릴 등락제국은 성왕의 축복 없이 인간의 힘만으로 시련을 견뎌내야 할 것이다. 그동안 등락제국을 빗겨갔던 시련들—가뭄과 홍수, 태풍, 해일, 전염병, 전쟁 등—을 다 그들 스스로 감당해야 한다는 의미였다. 하지만 그것이 순리였고, 그것을 이겨내는 것이 정상적인 인간의 과제다.

"네, 그동안 베푸신 것만도 과분한 은혜였습니다. 그러나 그것보다 민영을 살려주신 것이 가장 큰 은혜입니다."

"흥, 입에 발린 말은 잘하는구나."

"진심입니다."

"되었다. 이제 저건 내가 거둬가겠다."

사내, 판고가 요자를 가리키며 말했다.

"아버님 뜻대로 하십시오."

"아버님?"

판고의 눈썹이 못마땅하게 휘었다.

"아내의 아버지시니 저의 아버님 아니십니까?"

"크하하하하하하하!"

호탕하게 웃던 판고가 갑자기 뚝 멈추며 말했다.

"맹랑한 놈. 그러나 맞는 말이긴 하구나. 어디 네가 죽을 때까지 저 아이를 얼마나 위하고 아끼는지 지켜보겠다. 저 아이가 너 때문에 운다면 나는 저 아이와 저 아이의 자손들을 모두 데려갈 테니 그리 알아라."

“절대로 그럴 일은 없을 것입니다!”

“흥!”

판고가 돌아섰다. 아직 민영이 판고를 보지 못했다. 무하는 판고를 잠시나마 붙잡고 싶었지만 이미 자신에게 주어진 기회는 다 썼다는 걸 본능적으로 깨달았다. 아마 다시는 그를 볼 수 없을 것이다. 그때 연약한 신음과 함께 민영이 눈을 뜨더니 곧장 소리쳤다.

“아버지!”

“크흠, 흠, 흠!”

“아버지! 아버지!”

민영이 재차 소리치며 부르자 판고가 어쩔 수 없다는 듯 돌아섰다. 그런데 돌아선 판고의 모습이 달라져 있었다. 정수리 아래 구부러진 두 개의 하얀 뿔이 아니더라도 그는 이미 인간의 모습이 아니었다. 민영이 이 세계로 오던 날 처음 봤던 바로 그 외양이었다.

“우와…….”

민영의 눈이 동그래졌다. 그런데 민영은 바로 앞의 판고를 보는 게 아니라 시선을 좀 더 아스라이 멀리 두고 있었다.

“오라, 내 본모습까지 보이는 것이냐?”

“와, 우리 아버지 이렇게 멋있었구나…….”

“흥, 네가 못 알아봤을 뿐이지. 나는 처음부터 멋있었다!”

민영의 시선이 멀어질 만큼 판고의 뒤로 거대한 그림자가 드리워져 있었다. 그 그림자는 이 광장을 채우고도 모자라 실체화한다면 황궁은 이대로 사라져 버릴지도 모른다. 그 거대함보다도 아름다움에 반한 민영이 입을 다물지 못하고 있었던 것이다. 하지만 그녀의 다음 말에 판고는 기가 차고 말았다.

“정말 멋있어요, 아버지! 앗, 이렇게 멋진 모습이었으면 저도 한 번 태워주시지!"

"발칙한 녀석! 어쩐지 그 고얀 녀석이 누굴 닮은 건가 했더니……."

"어머, 우리 건융이 보셨어요? 정말 아버지랑 만나게 해드리고 싶었어요!"

"만났다, 만나자마자 나보고 태워달라고 하더구나."

"어머, 그랬어요?"

"고얀 녀석, 벌써 태워주고 왔다. 그러느라 늦었으니 나보고 뭐라 하지 마라!"

말로는 고약하다면서도 입가엔 숨길 수 없는 미소가 그려져 있었다. 건융은 생애 처음이자 마지막으로 만나는 할아버지와 엄청난 경험을 했으리라.

"감사해요, 아버지! 우리 건융이, 아버지를 절대 잊지 않을 거예요."

판고는 입술만 실룩이다가 기어이 돌아섰다. 더는 머물러서는 안 된다. 영역 이외에 그가 머문 자리에는 찌꺼기가 생겨나 조화의 규칙이 어그러진다. 기껏 구해놓은 딸아이의 터전을 망쳐서야 되겠는가.

"간다!"

"아, 아버지……! 다시 뵐 수 있는 거지요?"

"네가 죽기 전엔……."

전에도 들었던 말이다. 아마 그때는 정말 민영이 죽을 때인지도 모른다. 그렇다면 판고를 다시 만나는 건 꽤 오랜 후가 되는 것이 나을 것이다. 그래도 민영은 그를 꼭 한 번 더 보고 싶었다.

"아버지, 아버지 덕분에 살 수 있었어요."

방금 목숨을 구한 걸 말하는 게 아니었다. 이 세계에 받아주었던 그 처음 시작부터, 그리고 아버지가 되어주고 이 세상에 적응하고 살아갈 수 있도록 머물러 준 그 시간 모두 포함해서다. 민영에게 판고는 죽어서도 다시 만날 아버지였다.

"잘 살아라!"

판고가 석화(石化)된 요자의 뒷덜미를 잡았다. 판고에게 계속 무시당하고 있던 무하는 그가 돌아서기 직전 재빨리 허리를 숙였다.

"감사합니다, 아버님!"

이번에도 무시하나 싶었던 판고는 인상을 찌푸릴지언정 대답해 주었다.

"내가 싼 똥, 내가 치운다고 하지 않았느냐. 그러니 감사할 건 없다."

"아우, 아버지!"

민영이 채신없다며 입을 삐죽 내밀었지만 곧 따라오는 미소에 애정이 가득했다.

돌아서서 미소를 감춘 판고는 몇 걸음 걷다 마치 연기가 흩어지듯 사라졌다. 그리고 잠시 후, 황궁 위로 거대한 생명체가 나타났다. 과연 그것을 생명체라고 부를 수 있을까? 방금 요괴의 소란에 기겁한 사람들도 저절로 경건한 마음이 들게 하는 그 존재에 손을 모으며 엎드려 절했다.

거대하다는 수식어 말고는 정확한 표현을 하기 어려운 존재였다. 황궁을 뒤덮을 만큼 커다란 몸은 온통 하얗고 서기가 어린 듯 후광이 비치고 있었다. 새의 날개처럼 생긴 네 쌍의 날개는 잠자리의 것처럼 투명하며 그 또한 빛이 나는 듯했다. 앞의 두 개 다리는 새의 발굽이 나 있고 뒤의 네 개는 맹수의 발톱을 하고 있었다. 머리에 난 긴 뿔은 신비로워서 보는 것만으로 축복받는 느낌이었다.

광천대 덕에 살아남은 황궁 주술사 하나가 그 존재를 알아보고 소리쳤다.

"성왕이시다, 성왕께서 강림하셨다! 오오, 성왕이시여!"

미지의 존재의 정체에 사람들은 환호하며 격렬히 절을 올렸다. 하지만 그 존재가 전하는 말에 금세 두려움과 절망에 빠지고 말았다.

"모두 들어라. 약속한 시간이 끝났느니. 나의 호의를 교만과 방만함으로 채운 너희의 어리석음을 더는 두고 볼 수 없다. 해서 나의 축복을 거두노라. 이제 너희의 힘으로 시대의 부름과 저항을 이겨내라!"

아마 요괴의 자손이라도 황제로 모시려던 누군가는 안 된다고 외치고 싶을 그런 절망적인 선언이었다. 방만하고 태업해도 흥청거리고 살 수 있는 그들의 절대적인 안정과 부귀가 흔들리게 되는 것이다. 일반 백성들에겐 멀고도 상관없는 얘기라 성왕의 이 선언은 그들에게만 청천벽력이라는 게 가장 큰 절망일 것이다.

공황에 빠진 이들에게 또 다른 성왕의 전언이 내려왔다.

"신물은 이제부터 내 딸의 것이다. 나의 딸아. 너와 너의 자손만이 내가 준 신물의 힘을 쓸 수 있으리라."

신물은 성왕이 등락제국의 태조에게 직접 선물한 것으로, 이 나라의 옥새였다. 옥새는 성왕의 축복의 증거로서 황제의 혈통에 반응해 황제의 3대손까지만 쥘 수 있고 황제에겐 공력을 공급해 주는 희대의 보물이었다. 축복을 거두면서 그 신물의 소유권까지 다른 이에게 넘어가 버린 것이다.

사람들은 바로 그 성왕의 딸에게 집중했다.

딸? 뉘가 저 지고한 존재의 딸이란 말인가? 그런데 그 존재가 바로 인간인 듯하니 관료들은 서로 눈을 맞췄다. 하지만 황실은 황실, 정권교체를 한다는 건 또 다른 혼란과 엄청난 피를 부를 것이다. 몇 대를 거슬러 흐린 핏줄을 찾으려 해도 선선대 황제 잉계제가 황위에 오를 때 철저히 피의 숙청을 한지라 황실의 핏줄은 본래 귀했었다. 해서 지금 남은 황실의 핏줄은 갓난쟁이 공주 둘 말고는 없었다. 그 공주를 새 황제로 맞으랴? 그러느니 성왕의 따님을 찾는 것이 백번 낫다. 그리고 성왕의 전언으로 보아 딸이 이 황궁 내에 있는 게 분명했다.

성왕은 그 말을 끝으로 멀어지기 시작했다. 이렇게 사라지면 죽기 전 말고는 다시는 볼 수 없으리. 판고의 모습이 사라지기 직전 민영은 그제야 생각난 듯 외쳤다.

"아버지, 궁금한 게 있어요! 마지막이니 말씀해 주세요!"

"말하라."

"아버지, 뿔 한쪽은 왜 부러진 거예요?"

그 순간 무하는 우아하게 날던 판고가 움찔 비틀거리는 걸 보았다고 생각했다.

"나중에 만나서 내키면 알려주마."

그때라면 상제에게 대들다가 한 대 맞은 거라는 말을 해줄 수 있을지도 모른다. 판고는 그렇게 사라졌다.

"아버지, 아버지, 아버지……!"

민영은 판고가 사라질 때까지 계속해서 불렀다. 그리웠고 앞으로도 보고 싶을 것이고 감사하다고, 그 온 마음을 담아 외쳐 부르는 것으로 인사를 대신했다. 그리고 그가 사라지고도 한참 뒤, 손을 내리고 고개를 바로 한순간 민영은 저를 삼킬 듯 쳐다보고 있는 격한 눈동자들과 마주쳤다.

"무, 무하……"

민영이 그의 뒤에 몸을 숨기기도 전에 맨 앞에 있던 노신이 머리를 조아리며 외쳤다.

"황제 폐하!"

"……?"

"황제 폐하를 뵙습니다!"

노신의 뒤를 이어 관료들이 일제히 민영의 앞에 엎드려 절했다.

"무, 무슨 말씀들이세요?"

"성왕의 따님이야말로 성왕께서 인정하신 새로운 이 나라의 황제 폐하이십니다!"

"무하?"

민영이 애처로이 그를 불렀다. 무하는 금세 상황을 파악하고 실소를 감췄다. 성왕의 축복은 상징적인 의미를 넘어선 절대적인 가치를 지니고 있었다. 시대의 부름과 저항을 이겨내라는 명제의 두려움에 이들은 또 다른 축복에 매달리는 것이었다. 참으로 어리석고 졸렬한 이들이다. 그러나 무하는 그들의 희망을 꺾을 생각이 없었다. 무하는 오히려, 제발 저들을 물리쳐달라는 신호를 백만 개쯤 보내고 있는 민영에게 고개를 숙였다.

"당신을 새 황제로 모신다는 말이오. 하니 이 나라를 이끌어주십시오, 폐하."

"무하!"

민영이 무하의 귓가에 바싹대고 작게 소리쳤다. 하지만 무하의 엉뚱한 답변에 속만 더 울컥해지고 말았다.

"당신이 한 말은 당신도 지키시오. 나 말고 다른 남편은 절대 용납하지 않겠소."

민영이 눈썹을 치켜떴다.

'무슨 소리야, 이런 순간에 장난해?'

'장난 아니야! 나는 진지해.'

'장난이 아니란 말이 더 말이 안 돼!'

'아니, 진심이야.'

'말이 안 된다고!'

'말이 되는지 안 되는지 볼까?'

과연 모든 이들이 처음 무릎을 굽힌 노신과 같은 생각을 하는 건 아니었다. 관료들 사이에서 누군가 빠져나와 무하를 향해 소리쳤다.

"이런 건 인정할 수 없소! 황실의 주인은 엄연히 따로 있소. 황실의 핏줄이 아니 계시는 것도 아니고 나라의 주인을 바꾸다니 말도 아니 되오!"

그는 살아남은 어린 공주의 외삼촌이었다. 비록 외윤은 제 집에서 요괴에게 체액을 빨린 채 목내이가 된 모습으로 발견되었지만 살아 있을 적 권세는 남달랐다. 저라고 제2의 외윤이 되지 말란 법은 없다. 목숨을 건 일이지만 나라의 주인이 될 수 있는 마당에 이 정도 모험을 못 할 것 없다. 그러나 사량 선생이 그 알량한 희망을 꺾어주었다.

"진정한 적통은 바로 이분, 율기 대장군이시오! 선선황인 잉계제가 강해제께 무슨 짓을 했는지 똑똑히 아는 분들도 많으실 것이오. 율기 대장군이야말로 억울하게 쫓겨난 바로 그 강해제의 손자시오."

"거, 거짓말!"

"말도 안 되는 소리!"

"그 무슨 황당한 말이오!"

격하게 부정하는 이들의 속내를 모르랴. 사량 선생은 그들에게 그들도 알고 있는 방법까지 친절히 일러주었다.

"누가 그런 거짓말을 할 수 있소? 전 같으면 옥새만 쥐었으면 증명이 되었겠지만 그것 말고도 증명은 얼마든지 할 수 있소."

주술로 혈통을 증명하는 건 황실의 기본 의례였다. 초대 황제는 죽기 전 자신의 피를 담은 구슬을 남겼고, 그것은 대대로 황제의 혈통을 증명하는 데 쓰였다. 장자 중심의 직계일수록 환한 빛을 내게 되어 있는데 잉계제의 빛이 극도로 초라했다는 건 쉬쉬했으나 많이들 알고 있는 일이었다.

자신만만한 사량 선생의 웃음에 사람들은 굳이 증명하지 않더라도 그 말이 사실임을 알 수 있었다. 물론 증명 과정을 거쳐야 할 것이나 성왕의 딸이 무하의 여인임이 분명하니 그가 황제가 되는 것은 자명한 사실이었다.

"화, 황제 폐하를 뵙습니다."

제2의 외윤을 꿈꾸던 이가 냉큼 무하를 향해 무릎을 꿇으며 조아렸다. 굴복하는 동시에 살려달라는 의미였으나 무하가 고개를 젓는 바람에 새파랗게 질리고 말았다. 무하는 그를 본 체도 않고 말했다.

"그대들이 처음 추대한 분이 황제가 되시는 게 옳소."

"무, 무하!"

민영이 무릎 꿇은 이보다 파랗게 질린 얼굴로 다시 그의 이름을 외쳐 불렀다. 무하는 남들에겐 들리지 않게 그녀에게 소곤거렸다.

"이렇게 내 이름을 계속 부르려면 황제가 되는 게 좋을걸?"

"말도 안 돼!"

"돼. 아니, 그래야 해. 성왕의 따님."

"아냐, 이거야말로 꿈일 거야…… 앗, 저자를 잡아요!"

그저 부정하는 것으로 이 황망한 순간을 벗어나려던 민영이 갑자기 누군가를 가리키며 소리쳤다. 민영이 가리키는 것과 거의 동시에 뛰쳐나간 밀모가 어수선한 틈을 타 도망치려던 이를 잡아 대령했다.

"어의 아니시오?"

"어의를 왜……."

밀모가 어의를 잡아 내팽개치는 광경에 관료들은 저마다 몸을 떨었다. 당장 성왕의 선언에 우르르 몰려와 민영을 받들겠다고 했지만 정황을 보면 무하가 황제가 될 가능성이 높다. 무하가 황제가 된다면 바로 내쳐질 이들이 한둘이 아니었다. 특히나 청대부가 그러했다. 차라리 요괴의 손에 죽은 백청이 부러울 정도였다. 그런데 민영의 명령 한마디에 당장 누군가가 앞에서 매쳐지니 벌벌 떨 수밖에.

그런데 그들의 눈앞에서 어의의 모습이 서서히 변하기 시작했다. 키가 줄어들며 몸 전체로 잿빛 긴 털이 빈틈없이 둘러싼 어의의 모습은 인간이라고 볼 수 없었다.

"앗!"

"저, 저자도 요괴였어!"

본모습이 드러난 탈각은 도망칠 의지조차 잃은 채 눈을 감고 엎드렸다.

"저 호색한 놈이 저렇게 추한 요괴였다니……."

누군가의 한탄은 탈각에게 딸을 바친 이가 한 말이었다. 그 말고도 딸을 바치고 조카를 바치고 여인을 구해 바친 이가 한둘이 아니었다. 요자가 황후 시절부터 곁에 두는 실세였던 탈각에게 잘 보이기 위해 한 짓들이었다. 요자가 태후가 된 그 며칠 새 미녀를 바친 이들도 몇 있었다. 두 눈이 시뻘게진 이들이 탈각에게 발길질을 해대기 시작했다.

그깟 인간들의 발길질 따위, 손만 저어도 떨칠 수 있었지만 탈각은 감히 반항하지 못한 채 그대로 얻어맞았다. 제 의지가 아니게 본모습으로 변한 직후부터 거미줄에 걸린 먹이처럼 무기력해지고 말았기 때문이었다. 마치 요자에게서 받던 지배력, 아니 그보다 더한 지배력에 몸을 움직일 수가 없었다.

"민영, 힘들겠지만 조금 더 수고해 줘야 할 것 같소."

"네."

무하는 광천대에게 탈각을 맡기고 민영과 황실 구석구석을 돌았다. 민영의 눈앞에 모습을 숨길 수 있는 요괴는 없었다. 장장 보름이 넘는 동안 민영은 황궁 안에 둔갑한 채 숨어 있는 요괴들을 찾고 무하는 인간이 포함된 거미줄 해의 잔당을 소탕했다.

놀랍게도 요자를 가장 오랫동안 보필해 온 태후궁의 유모는 평범한 인간이었다. 그 오랜 세월 주변인들까지 속이며 사람 행세를 해온 요자가 실은 오십년도 전에 잉계제의 어미, 야락비가 임신할 수 있도록 도운 요괴라는 사실이 밝혀진 건 나중 일이었다. 요자가 이 나라를 차지하기 위해 얼마나 오랜 세월 공을 들여 치밀하게 준비했는지 알게 되면서 사람들은 치를 떨었다.

그러는 동안 무하는 혈통을 증명했다. 무하가 정당한 황위 계승자임이 밝혀지자 당연히 그를 황위에 올리고 민영을 황후로 책봉하자는 주장이 거셌다. 하지만 칠백년 동안 맹신해 온 성왕의 축복에 기대는 이들의 주장도 만만치 않았다. 처음 주장대로 민영을 황제로 모시자는 것이었다. 더구나 당사자인 무하도 민영을 추대하니 후자에 힘이 쏠리기 시작했다. 그러나 기적을 본 기억과 감동은 단 며칠 만에 희석되었다. 아무 근본 없는 여자를 황제로 모실 수는 없다고 목소리를 높이는 이들이 늘었다. 매일 혈전을 방불케 하는 설전이 벌어지며 주인 없는 대전은 다시 도떼기시장으로 변했다.

그런데 한 가지만은 일치하는 것이 있었다. 누가 황제가 되든 무하와 민영의 아이가 후계가 된다는 것이다. 그럼에도 무하가 황제가 된다면 들이는 후궁에 따라 가문의 위상이 달라지니 헛꿈을 꾸는 이들은 주장을 굽히지 않았다. 그 모든 것을 내다보고 있는 무하는 자신이 황제가 되어야 한다며 찾아오는 이들을 무시했다. 그리고 민영을 설득했다.

"정 당신이 황제가 되기 싫다면 우리 건융이 당장 황제가 될 수밖에 없어."

무하는 민영을 믿었다. 그저 사랑하는 여자라서 억지를 부리는 것이 아니었다. 종종 기발한 생각과 넓은 시야로 자신을 이끌기도 하는 민영은 군주로서 어울리는 이였다. 그는 여태 무사로서 살아왔고 황제의 칼로써 곁에서 민영을 잘 보필할 자신도 있었다. 그 모든 것을 차치하고 황실의 씨가 마르기 직전인 지금, 후궁이라는 잡음을 원천적으로 차단하는 길은 민영이 황제가 되는 것이었다.

"건융은 겨우 두 돌 넘은 아기라고!"

"아기 황제를 모시고 섭정을 할 수도 있지."

요자가 꿈꾸던 정국이다. 민영은 어린 황제를 둘러싼 숱한 모략과 음모를 쉽게 그릴 수 있었다. 그런 혼란을 자신의 손으로 불러올 수는 없다. 그보다 민영은 무하의 생각이 진심으로 단단하다는 것에 흔들렸다. 결국 민영은 고개를 끄덕였다.

"폐하를 모십니다."

"등락제국 최초의 여제가 되심을 감축하옵니다."

무하와 사량 선생, 형곽과 석찬을 비롯한 이들이 먼저 무릎을 꿇었다. 뒤를 이어 백관들이 엎드렸다. 민영은 그들의 머리 위로 선포했다.

"새로운 등락제국의 시작을 알리노라!"

여제의 나라가 열렸다. 등락제국 700년 11월, 어느 가을날의
일이었다.

❈

요자는 눈을 퍼뜩 떴다. 하늘도 보이지 않는 안개, 사방에 깔
린 기화요초와 현묘한 색을 품은 괴석들은 인세에서 볼 수 없는
것이었다. 본능적으로 성왕의 영역 안에 들어섰다는 걸 알게 된
요자는 감격하며 외쳤다.

"저를 성역으로 데려오신 것이군요, 아버지?"

"닥쳐라, 너는 아직도 그런 망발을 입에 담느냐?"

"네? 아, 아버…… 으악!"

다시 한 번 성왕을 부르려던 요자의 입이 비틀리며 얼굴 한쪽
이 뭉개졌다.

"감히 아비라 부르지 마라! 너는 내가 뱉어낸 찌꺼기, 분비물이
다. 정확히 말해주랴? 내가 싼 똥이란 말이다. 똥이 아비라 부르
다니 이 얼마나 황당하고 불쾌한 일이더냐!"

"아냐, 아냐, 그럴 리 없어!"

"내가 인정한 자식은 그 아이 하나뿐이니라. 너희, 똥들이 왜
그리도 '꿰뚫는 자'를 탐하는 줄 아느냐? 성왕이 될 자격을 갖춘
다고? 천만에. 너희에게 부족한 것을 꿰뚫는 자들만이 조금 채워
줄 수 있기 때문이다. 뭐, 아주 조금이지만. 그러나 똥 속에 영약
을 처넣어도 똥은 똥이다. 똥이 영약으로 변하진 않는단 말이다.
알겠느냐?"

"그, 그럴 리 없어, 내가, 내가 세상을 지배할 거야! 내가 모든

것을 다 가질 거라……."

펙! 부서진 몸에서 핏물이 솟더니 그마저도 곧 까만 재로 변해 버렸다. 오랜 세월 권력과 지배욕을 탐해온 요자의 허망한 끝이었다.

그 재마저 날려 버린 성왕, 민영에겐 영원히 판고라고 새겨질 그가 우울하게 속삭였다.

"내게서 저런 저급하고 저열한 것이 탄생하는 것을 보면 나도 완전한 존재는 아니라는 것이겠지. 그래서 상제가 나를 계속 부려 먹을 수 있는 건가 보다……."

성왕이 문득 고개를 쭉 빼더니 눈을 반짝였다. 방금 보이던 우울은 그새 깨끗이 지워진 채였다.

"얼씨구, 이거 참 재미있게 되었구나……. 축복은 아니 주기로 했는데, 어쩌지?"

성왕이 고민하는 얼굴로 빙글빙글 웃었다. 고민은 무슨. 그는 만개한 웃음을 지으며 안개 너머로 손짓을 했다.

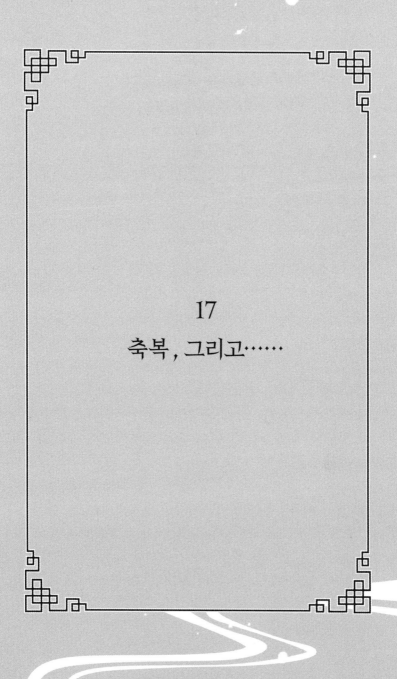

17

축복, 그리고……

새로운 황제가 등극하는 날이었다. 유난히 화창한 날씨에 만조 백관과 귀빈, 각층의 백성들이 모인 자리에서 민영은 모든 의례를 끝내고 하늘에 고했다.

"새로운 황제가 하늘에 인사 올립니다."

그때였다. 갑자기 하늘에 구름이 끼더니 어두워졌다. 화창한 하늘이 갑자기 가려지는 기사에 몇몇 이들이 하늘이 여황제를 허락하지 않는 징조라며 입방아를 찧던 순간이었다.

"이, 이것은, 와아……!"

"이게 뭐야?"

"설마……!"

여기저기서 탄사와 경악이 이어졌다. 눈송이같이 몽글몽글한 하얀 뭉치가 하늘에서 떨어져 내리고 있었다. 눈은 아니었다. 그런데 그것은 몸에 닿는 순간 빛을 발하며 사라졌다.

"구름씨다!"

"세상에나, 정말!"

정말 구름씨가 하늘에서 내리고 있었다. 마치 민들레씨처럼 생겼다 해서 구름씨라 부르는 그것이 내리는 장면은 문헌에서나 볼 수 있는 진귀한 일이었다. 그것은 상서로운 축복이라 알려졌다. 구름씨란 걸 안 사람들은 조금이라도 더 몸에 맞기 위해 체통도 잊고 발버둥 쳤지만 축복은 넉넉했다. 구름씨는 황궁을 다 덮고도 인근 도성까지 내리고 있었다.

구름씨에 온통 둘러싸이다시피 한 민영이 반짝반짝 빛났다. 어머니 품에 안긴 건용도 함께 빛났다. 바로 곁에 붙어 있는 무하의 주위로는 툭툭 날리듯 떨어지며 사라지긴 했지만 그것까지 볼 수 있는 이들은 거의 없었다.

"하늘에 영광이옵니다!"

사량 선생이 외쳤다.

"하늘에 영광이옵니다!"

사람들이 따라 외쳤다. 칠백년의 축복이 끝난 등락제국에 새로운 축복이 내린 것이다. 축복의 주인공인 여황제에 대해 입방아를 찧던 이들은 행여 누군가 제 말을 들었을까 고개를 숙였다. 나중에 사량 선생이 선창했던 말이 새 황제의 이름이기도 하다는 것에 사람들은 더욱 깊게 감명했다.

축복의 증거가 이보다 더하기도 어려울 것이다. 그런데 그들은 한 가지 더 기이한 경험을 할 수 있었다. 구름씨가 그치면서 하늘에서 목소리가 울렸다.

"딸아, 원하는 것 한 가지를 들어주마!"

그것이 성왕의 목소리임은 듣는 이들 모두 저절로 깨달을 수 있었다. 소원은 무조건 이루어질 것이다. 새로운 기적이 이루어지는 순간을 놓칠세라 사람들은 숨소리마저 죽이며 귀를 기울였다. 민영은 고민하는 기색도 없이 말했다.

"밀에서 나는 쓴맛을 없애주세요!"

사람들은 허리를 꺾을 만큼 기함하고 말았다. 기적을 바라던 그들에게 새 황제의 소원은 소박하다 못해 너무 사소하고 작았다. 실망스러움에 황제를 잘못 모셨다며 한탄한 이들이 다수, 등락제국 두 번째 축복을 직접 보고 경계와 질시를 보내던 사신들의 비웃음이 한가득이었다. 그러나 그건 그 순간 성왕이 중얼거리는 소리를 못 들어서 할 수 있는 말이었다.

"저 맹랑한 게 꼭 제 간덩이만큼이나 큰 걸 바란단 말이야……."

"그것은 너와 네 핏줄의 땅에서 자랄 것이다."

소원의 크기보다 쩨쩨한 성왕의 축복에 사람들의 의심과 불만은 더 커졌다. 그러나 그것이 제국의 가장 큰 힘이 될 기적이었음이 밝혀지기까지 오랜 시간이 걸릴 것도 없었다.

새 황제가 머무는 궁은 잉계제나 긍하가 대를 이어 화려하게 증축한 건물 대신 초대 황제와 긍하의 할아버지 강해제가 머물던 중앙궁이었다. 정통성을 다시 세운다는 것과 새로운 제국의 시작이라는 의미를 상징하는 최적의 보금자리였다.

등락제국, 아니, 대륙의 사상 최초 여제가 탄생한 날, 바깥은 밤늦도록 축제 분위기로 시끄럽고 들썩거렸다. 그런 분위기를 이어 문밖까지는 황제궁으로서 아름답고 격조 높은 장식과 조명이 밝았지만 침실은 은은한 조명과 소곤거리는 목소리가 여염집과 다를 것이 없었다.

"엄마, 엄마!"

애진과 함께 자러 가기 직전 건융은 두 사람 사이에 앉아 잠자리 인사를 하는 중이었다. 오늘의 긴 행사에서 건융은 앉아만 있

으면 됐지만 바로 그 앉아 있는 것이 무척 고단했던지 눈꺼풀이
이미 반쯤은 내려간 상태였다.

"이제는 어마마마라고 하는 거야."

무하가 아들의 말을 슬쩍 고쳐주었다.

"어마마, 엄마?"

"맞아."

"아빠?"

"아빠도 아바마마라고 불러야 해."

민영도 무하의 말을 거들었다.

"아바……."

건융은 말하다 말고 울먹거리기 시작했다. 피곤한데 가장 친숙
한 호칭에, 기껏 바꾼 대장의 호칭까지 또 바꿔 부르라니 당황하
고 짜증이 난 탓이다.

"괜찮아, 우리 아들. 괜찮아, 나중에 해도 돼."

민영이 끌어안고 이마에 입을 맞추자 건융이 칭얼거리며 파고
들었다. 이젠 애진을 곁에 두고 혼자 자는 게 익숙해지긴 했겠
만 그래도 엄마 품이 더 그리울 것이다.

"오늘은 엄마가 재워줄까?"

"네!"

힘찬 대답을 한 것이 무색하게도 건융은 채 열을 세기도 전에
잠들었다. 금세 규칙적인 숨소리를 내며 잠든 아들의 가슴을 토
닥이는 민영의 표정이 더없이 자애로웠다. 그리고 바로 옆에 그와
똑 닮은 표정의 남자가 건융의 다리를 살살 주물러 주며 숙면을
취하도록 돕고 있었다.

"잠들었네."

"응, 우리 아들 잘 잔다."

민영이 무하를 보며 답했다. 웃는 그녀의 얼굴에 무하는 불길이 솟았다. 그가 손짓하자 곧장 애진이 들어와 건융을 받아 안았다. 아직 어리지만 건융은 이미 차기 황태자로 지목된 상태다. 말 많고 까다로운 법도대로라면 아예 궁을 따로 내주어 머물러야 하겠지만 절대 그럴 생각이 없는 새 황제는 아이가 원할 때까지 무조건 한 지붕 아래에서 지낼 생각이었다.

문이 닫히자마자 무하가 민영을 낚아채며 말했다.

"폐하, 오늘 수청을 들기 위해 단단히 벼렸나이다."

"어머나, 그러면 내 기대해 보겠노라."

괜히 무게를 잡고 말하던 민영이 제풀에 까르르 웃었다. 그 웃음이 채 끝나기도 전에 무하의 입술이 민영의 입술을 삼켰다. 방금 갈아입은 침의가 벗겨지기까지 걸린 시간은 그야말로 전광석화였다. 오늘 그들은 황제 등극식과 더불어 새로 혼례식도 올렸다. 따라서 오늘은 그들의 새로운 첫날밤이다. 따지자면 세 번째?

처음 그 밤과 같은 설렘과 열정은 그대로지만 서툴게 더듬거리던 망설임 같은 건 없어졌다. 입술 속에서 서로 희롱하며 삼키려는 작은 전쟁을 시작으로 거침없이 서로의 가장 예민한 곳을 깊게 애무하는 손길이 능수능란했다. 어느새 목 아래로 내려온 입술은 손길을 따라 살갗 위를 전전하며 소유의 문신을 새겼다.

"오늘 종일 당신을 갖고 싶었어. 예뻐, 당신."

"나도. 나도! 당신이 제일 멋있었어."

입술이 겹치고 나신이 겹쳤다. 묻은 몸이 깊었다. 애처로운 숨소리가 더욱 불을 살랐다. 쾌락과 사랑의 감각이 두 사람을 채찍질했다.

"사랑해, 사랑해."

"사랑해!"

단어로 내뱉을 수 있는 말은 그것뿐이었다. 깊은 밤, 연인의 밤은 끝나지 않게 길게 이어졌으면 했다.

"하아……."

나른한 한숨을 내뱉은 민영이 거의 희미해진 그의 심장 흉터를 훑으며 말했다.

"당신은 내 거야."

"맞습니다. 소첩은 영원히 폐하의 것입니다."

"아니, 제대로."

"나, 무하는 영원히 민영의 것이야."

"나, 민영은 영원히 천령의 것이야."

"무하라니까!"

"천령도 내 남자야!"

"둘은 안 돼!"

눈썹을 역삼각형으로 세운 남자가 제법 화난 척을 했지만……. 푸흡! 동시에 터진 웃음에 숨길 수 없는 행복이 터져 나왔다. 그리고 민영은 진지하게 소원했다.

"난 나중에 꼭 천령이랑 살고 싶어. 우리가 시작한 그곳에서."

"하오면 신첩, 때가 되면 눈물을 머금고 놈에게 폐하를 양보하겠나이다."

까르르, 높은 웃음소리는 금세 무하의 입속으로 파묻히고 말았다. 다시 이어지는 밤. 열락의 밤. 살며시 훔쳐보던 달빛이 부끄러워 고개를 돌렸다.

❀

등락제국 701년.

제국의 황태자 책봉하다. 훗날 융 대제로 불리는 건융은 축복이 사라진 제국의 시작이라는 역사를 쓰며 시험의 도마에 올랐지만 이후 더욱 발전하며 부국강병을 이루는 기초를 마련한 황제로 기록되었다.

등락제국 703년.

1황녀, 유리 탄생하다. 어머니 황제의 외모와 기를 운용하는 법을 물려받은 유리 황녀는 타국의 제후와 왕자들이 눈독을 들였으나 황녀가 직접 제 남자를 데려와 모두 닭 쫓는 개가 되었다. 황녀 부부는 대를 이어 서로 아끼며 사랑하는 부부의 표본으로 여자들에겐 부러움을, 남자들에겐 동정을 샀다. 왜 동정을 샀는지 기록으로 남지는 않았다.

등락제국 705년.

2황녀 유원, 2황자 회품 탄생하다. 아버지를 쏙 빼닮은 2황녀와 천성이 순하고 머리가 좋은 2황자는 각각 무력과 주술 방면에서 이름을 날리며 국방의 한 획을 그었다. 역시 부모를 닮아 수려한 외모를 자랑하는 터라 목을 매는 이들이 많았지만 그들 또한 어머니와 언니, 누나의 전철대로 자신의 짝을 찾았다.

등락제국 7XX년.

등락제국 최초의 여황제 졸(卒)하다. 이미 수십 년 전 황실을 떠나 성치산에서 살던 여황제가 떠나는 날 성치산 아래 살던 이들은 기사를 경험했다고 전해졌다.

성왕이 모습을 드러내고 하늘에서 구름씨가 내리며 젊은 날의 아름다운 모습으로 등천하는 황제를 배웅한 사람들은 무병장수의 축복을 얻고 여황제가 떠난 것을 애통해했다. 그런데 눈 좋은 누군가는 보았다. 그 아름다운 여인의 허리를 끌어안고 있던 한 남자를. 그를 떼어내려고 콧김을 불던 성왕이 여황제가 달래는 것에 토라진 체하던 모습도. 눈 좋은 이도 구름씨가 앞을 더 많이 가리며 그 뒤는 보지 못했으나 왠지 알 것 같았다. 두 사람은 영원히 함께하리라.

눈 좋은 이, 등락제국 황제가 웃으며 눈물을 감췄다.

(完)

작가 후기

두근두근, 새 작품이 나올 때마다 항상 느끼지만 설레고 두렵고 가슴이 뜁니다.

동화같이 아련한 이야기를 쓰고 싶었습니다. 인간과 요괴, 영물과 신수가 어우러져 사는 세계, 그 세계에 어느 날 느닷없이 떨어진 여주인공. 흔하고 낡은 소재지만 그런 상황에 관한 상상만은 언제나 신선하고 포근하고 로맨틱하다고 생각합니다.

민영은 공간의 미아입니다. 본문에도 살짝 언급했다시피 공간의 미아는 세계를 건너뛴 충격을 쉽게 인지하고 받아들입니다. 민영처럼 성격이 뒤바뀌는 바람직한 후유증을 겪기도 합니다. 어쩌면 후유증이 아니라, 민영이 '하늘에 영광'이라는 이름을 지어준 부모님과 평범하게 살았다면 이런 성격이었을지도 모르지요.(웃음)

민영은 인연에 목마른 사람입니다. 공간의 미아라서 살던 세상에 쉽게 미련을 떨치기도 했지만, 그 세상엔 제 인연이 없기에 더욱 쉽게 이 세상에 정착할 수 있었습니다. 그 첫 번째 다리는 판고가 되어주었고 받침돌이자 근간이 되어준 이가 천령입니다. 또 최고로 사랑스러운 건융도 있지요. 민영에게 이 세상이 당연하고 모든 것이 되어줄 이유는 그것으로 충분합니다.

무하(천령)는 태어나면서부터 지금까지 살아가는 것이 투쟁인 사람입니다. 인연을 입에 담는 것조차 사치인 그가 민영을 만난 건 그야말로 처음이자 마지막으로 맞는 행운이었고 행복이었습니다. 그 행운과 행복을 지키기 위해 더욱 고독하고 괴로운 인내의 시간을 버텨야 했던 그가, 저는 가장 애잔한 인물로 기억될 것 같습니다.

보고 싶고 사랑스러운 아들과 만나던 장면에서 무하가 흘린 눈물 한 방울에 여러분도 함께 가슴이 울렸으면 하는 바람을 담았는데, 어떠셨나요? 그런 아버지의 볼에 입을 맞춰 녹여준 건융의 사랑스러움은 제 조카를 모델로 했습니다.(도근도근, 앞으로도 많은 뽀뽀를 부탁해!)

본문에 나오는 요괴들의 이름과 특징, 생김새 모두 저의 순수 창작물입니다. 요괴를 상상하는 즐거움도 있으셨나요? 여주인공 이름, '하늘에 영광'이 어느 드라마에서 나온 주제가의 한 소절인지 아는 분도 계시리라 믿습니다.

변덕스러운 날씨가 '나는 봄'임을 매우 강력히 자랑하네요. 비가 촉촉이 내리는 오후, 빵 굽는 냄새를 맡으며 커피 한잔하면 딱 어울릴 것 같은 날씨입니다. 제 작품을 덮으며, 기분 좋게 웃으셨으면 좋겠습니다. 모두 행복하고 건강하세요!

오븐 속의 빵을 기다리며.
2018년 4월 봄날 전은정